作者签名页

北京市顺义区作家协会编（珍藏版78）

潮白文粹

顺义小说選

上卷

许福元 编著

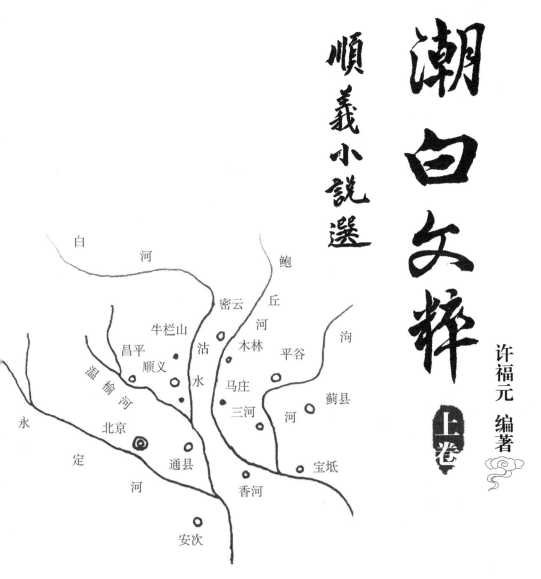

秦汉时期潮河白河位置图

團結出版社
UNITY PRESS

© 团结出版社，2024 年

图书在版编目（CIP）数据

潮白文萃 / 许福元编著；顺义区作家协会编.
北京：团结出版社，2024.10. -- ISBN 978-7-5234
-1214-5

Ⅰ. I217.1

中国国家版本馆 CIP 数据核字第 2024R57F74 号

责任编辑：张茜
封面设计：凌子

出 版：团结出版社
　　（北京市东城区东皇城根南街 84 号 邮编：100006）
电 话：（010）65228880 65244790
网 址：http://www.tjpress.com
E-mail：zb65244790@vip.163.com
经 销：全国新华书店
印 装：葫芦岛华美彩色印刷有限公司

开 本：170mm×240mm 16 开
印 张：75　　　　　　　　　字 数：1180 千字
版 次：2024 年 10 月 第 1 版　　　印 次：2024 年 10 月 第 1 次印刷

书 号：978-7-5234-1214-5
定 价：156.00 元（上下册）

《顺义小说选》编委会

北京市顺义区作家协会
许福元文学创作工作室　　选　编

主　　编：许福元

编委会成员：（按姓氏笔画）

王艳霞　　许福元　　肖文强

胡广星　　柏凤英

封面题字：临河居士

校　　对：魏子楚

审　　读：赵国培

插　　图：王雍子　　子　厚　　元　之

地图提供：王　鹏　　萧　冰

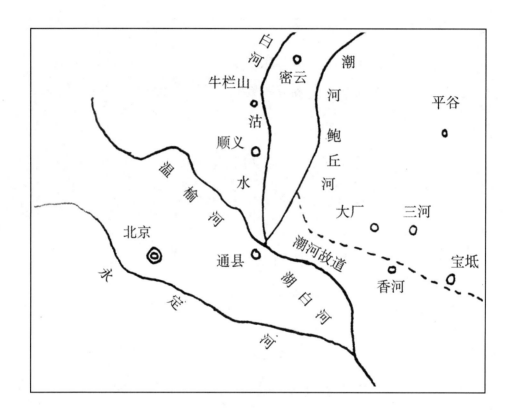

北魏时期潮白河位置图

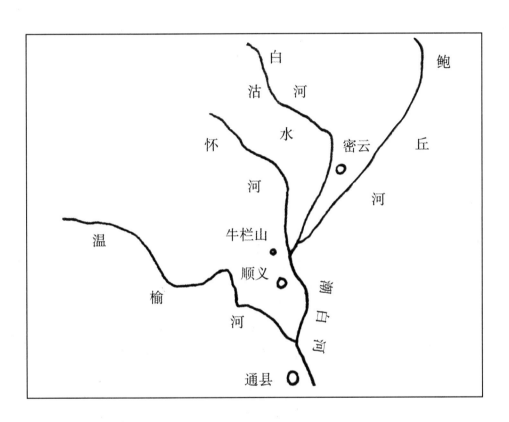

北宋时期潮白河位置图

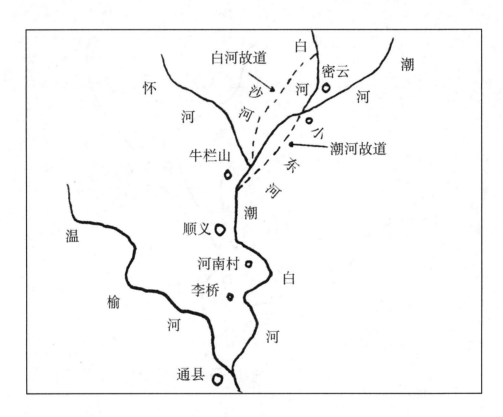

明代潮白河位置图

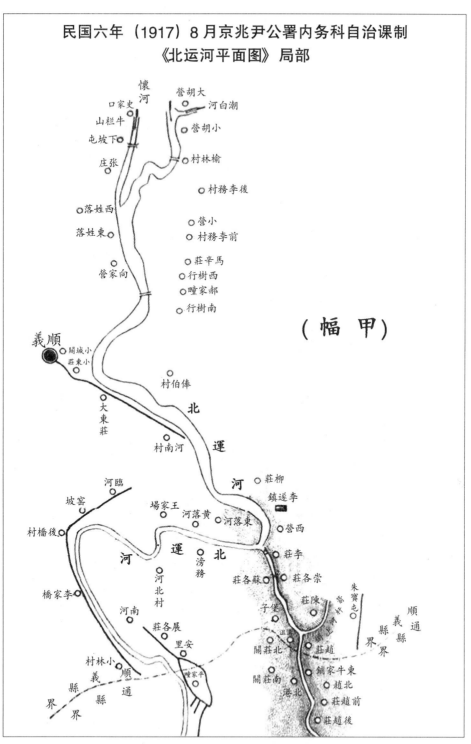

民国六年（1917）8月京兆尹公署内务科自治课制
《北运河平面图》局部

（幅　甲）

引自王鹏摄影集《北京顺义与大运河》

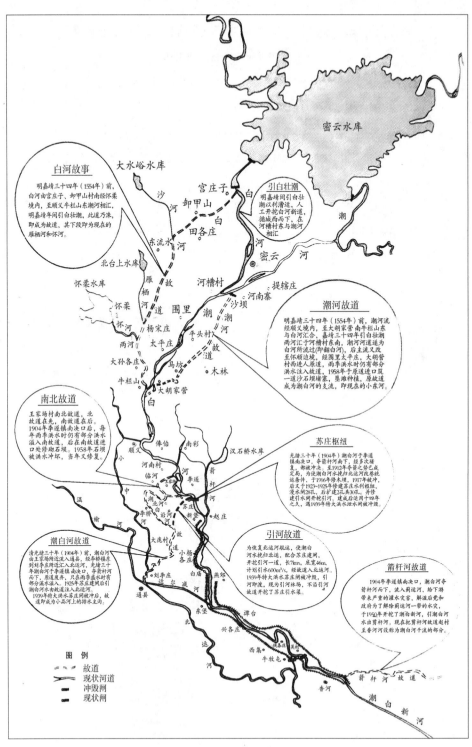

密云水库

白河故事

明嘉靖三十四年（1554年）前，白河由宫庄子、卸甲山村南经怀柔境内，至顺义牛栏山东潮河相汇，明嘉靖年间引白壮潮，此道乃涞，即成为故道，其下段即为现在的雁栖河和怀河。

引白壮潮

明嘉靖年间引白壮潮以利漕运，人工开挖白河新道，循城西而下，在河槽村东与潮河相汇。

潮河故道

明嘉靖三十四年（1554年）前，潮河流经顺义境内，至大胡家营 南牛栏山东与白河汇合，嘉靖三十四年引白壮潮两河汇于河槽村东南，潮河道遥为白河所流过（即翻白河），后主流又改至原顺境，经国里太平庄、大胡营村西进入原道，雨季洪水时仍有部分洪水入注故道，1958年于道进口筑一遍沙石坝堵塞，是难种植，原故道成为潮白河的支流，即现在的小东河。

南北故道

王家场村南北故道，北故道在先，南故道在后。1904年季遥镇南决口，每年雨季洪水时仍有部分洪水溢入南故道，后在南故道进口处修砌石坝。1958年石坝被洪水冲坏，当年又修复。

苏庄枢纽

光绪三十年（1904年）潮白河于季遥镇南决口，夺箭杆河南下，终多次堵复，都就冲决。至1912年苍势之势已成定局，为使潮白河水挽归北运河改巷运送条件，于1916年修苏木坝，1917年被冲，后又于1923-1925年修建苏庄水利枢纽，漫水闸28孔，后扩建3孔共30孔。并修建引水闸开挖引河。建成后运用十四年之久，这1939年特大洪水闸同被冲毁。

引河故道

为恢复北运河航运，使潮白河水挽归北运，配合苏庄建闸，开挖引河一道，长7km，底宽46m，计划让水600m³/s，经故道入北运河，1939年特大洪水苏庄闸冲毁，引河即废，现为引河场站，不沿引河故道开挖了苏庄引水渠。

潮白河故道

清光绪三十年（1904年）前，潮白河由王家场附近流入通县，光绪三十年距季遥庄附近决入北运河，引箭杆河而下，原道废弃，只在季洪水时仍有部分洪水溢入。1925年苏庄建闸后引潮白河南而故道注入北运河。1939年特大洪水苏庄闸被冲后，故道即为成小运河上的排水主沟。

箭杆河故道

1904年季遥镇南决口后，潮白河夺箭杆河而下，流入蓟运河，给下游带来严重的灌水灾害，解放后党和政府为了解除蓟运一带的水灾，于1950年开挖了潮白新河，引潮白河水出剪杆河，现在把剪杆河故道起村至香河设称为潮白河干流的部分。

图例
〜〜〜 故道
〉〈 现状河道
■ 冲毁闸
▬ 现状闸

由萧冰提供《潮白河历史变迁示意图》

序：涛 声 回 响

许福元

　　顺义真是个风水宝地。观秦汉时地图，潮河与白河的发源地，分别是河北的丰宁与沽源，两处相距一百多公里。但两河各自在青山峻岭间不辞辛劳地一路欢歌跳跃，双双流入顺义境内。白河从牛栏山北跌下，像个顽皮的孩子，扑进顺义平原母亲的宽阔怀抱；潮河水如潮涌从木林流入北小营。东汉张堪种稻八千余顷，就得益于白河之水与箭杆河之泉。到了明朝，启动"引白壮潮"工程，潮、白二水，又合流后从牛栏山静静地流经顺义平原大地。说顺义人有福了，就是有潮白河水的养育、滋润、丰泽、厚爱之。我们有理由为生长在顺义这片沃土和岁月而感到自豪和骄傲。

　　因此，顺义的文明是水的文明，顺义的文化是平原文化，顺义的文学特征是绿水加沃野。是绿色的、上善的、丰腴的、广阔的。既原始也现代，既古老也清新，既厚重又轻灵，既朴实又绚烂。

　　此《顺义小说选》，展示新中国成立至2024年计75年这一历史时期，作者共83人。集顺义作者个人主要代表作，去掉了浮华、沉淀了岁月。各呈自家独特风格，各领自身独立风骚。不同时期、不同地域的作者，在这本书中风云际会、谈笑风生，照耀着顺义夜空明亮的星辰。也是传递顺义文化基因，更是赓续顺义文化文脉。

　　顺义的小说创作亦如一条河流，从上世纪六十年代始，每个年代都有代表性作者，都有标志性作品，都有时代精神，有历史烙印。其势如潮白河水，后浪推动前浪，呈汤汤之势，前途浩渺。

　　所以，本小说异彩纷呈。既有大河奔腾，也有小桥流水；既有平畴阡陌，也有瓜棚柳下；既有壮怀激烈，也有温情软语。自然也有对历史的钩沉，对现实的反映，对风物的描摹，对人物的剖析。其中的故事，背后有哲理；其中的生活，有烟火气息。本书使泛黄的旧日历又鲜明有力起来，展现了时代的形象与烙印，是顺义小说丰富与饱满的化石，是唤醒我们记忆的枕边书。

"他山之石，可以攻玉。"虽名为《顺义小说选》，但也收入部分兄弟区、部分作者之个人佳作。如：密云郑丛洲，山川毓秀；王也丹，雍容优雅；平谷张爽，京东王朔；通州张溪芜，隐喻象征；大兴周树莲，万千气象；朝阳赵国培，纵横捭阖；京城何学海，寻道深山；东城秦景棉，小家碧玉；博雅林万华，柳河之子；沙龙王培静，军旅军魂；书痴方言，其文必精；房山凸凹，桑麦厚重。此《顺义小说选》也是借风扬帆，响应凸凹、郑丛洲、王也丹等所倡导的"新乡土文学""新山乡巨变"系列之一者。

　　不废江河万古流。文学的江河万古流淌。此《顺义小说选》不过是一朵小小的浪花，充满激情那雄浑远去的涛声，唤得回响而已。企盼新人辈出，如星汉灿烂；喜望后浪推前浪，涛声依旧。

2024 年 5 月 1 日

目 录

小 说 林

非 虚 构

他 山 石

小说林

元之学画

甲辰立春

在选编《顺义小说选》之初，编者曾有过担心，印象中，顺义写小说的人屈指算来，也不过十几个人。但一路选编下来，竟有四十二人之多。而且很多人是跨界的，散文、随笔、诗歌都写，且写得都不错，但本书只能选其小说。就像画中的编者，放眼望去，那些树木，无论是高是矮，是粗是细，是老是嫩，都是乔木，即都是小说。所以谓之【小说林】。

【作者简介】

王恩桥，男，中共党员。1942年1月21日生于河北省任丘市石村，1962年6月毕业于北京顺义师范。先后在大东庄完小、顺义文化馆、区委党史办任职。参加过顺义多部史志书籍的编纂，担任过首届顺义文联副主席、作协主席，出过《乡亲乡情》和《焦庄户的故事》两本书。、

卷首语

—— 寄语《顺义小说选》

二十世纪末，著名作家浩然同志写文章，说顺义是他的"生活基地"，是养育艺术的土地。

在这块土地上，人民艺术家老舍先生曾响应党中央、毛主席的号召，深入田间地头，和农民兄弟同吃同住同劳动，留下了不朽的作品。

在这块土地上，先后有蜚声文坛的浩然、刘绍棠、王蒙、邓友梅、秦兆阳、张志民、李学鳌、孟伟哉、谢冕、雷加、冯牧、毛志成、赵大年、何镇邦、周大新、刘庆邦、邹静之、晓白等著名作家，以孙迅韬、姚欣为代表的文学编辑曾亲临顺义的会场课堂，传经布道，答疑解惑，修改文章，培养新人。

作为见证者和参与者，我于1963年奉调到县文化馆工作。在领导的支持下，把石占琴、路俊杰、张友明、史晓燕等文学青年网罗到文化馆，成立文学组。在群众文学的园地里，耕耘播种，收获希望。

在大家共同努力下，沙里淘金似的把王克臣、许福元、冯连才、刘振华、张宝星等一批爱好文学的青年挖出来，办学习班，学习写作，下决心把心声变成铅字。还创办了一个文学刊物。

叫什么名字？大家异口同声说：就叫《无名花》！

进入21世纪后，区委响应大家的呼吁，成立了文联和作协。从此，顺义的文学爱好者有了自己的家。

在文联及作协的组织领导下，有更多的新人投入了文学创作活动，涌现出王艳霞、胡广星、金克亮、杜文亮、肖文强、李言录、张艳、聂淑云、向湖、李晔、岑金、张广超、孙殿英等一批佼佼者，渲染得顺义文坛百花齐放、姹紫嫣红！

2024年，新年伊始，许福元又个人出资选文，编印出版这本《顺义小说选》，成为顺义文学史上的又一朵无名花。

希望有更多人喜欢这本书，多读读小说，也练着写写小说，让顺义这块黄土地上草木葱茏、繁花似锦。

语丝微言

王恩桥老师曾为文化馆馆长，他在任职期间，干了一件意义重大、影响深远的事，就是创办文艺刊物——《无名花》，首开京郊区县文艺刊物创办之先河。由此筑巢引凤，作者云集。现在活跃在顺义文坛，成为北京作协会员、中国作协会员者，无不受此摆渡、感召、吸引、恩泽、影响，直接或间接地传承与濡染。王恩桥老师的这一创举，当时似乎并未显得多么张灯结彩、锣鼓喧天。但顺应历史潮流，满足群众文化需要，依靠大家力量，在顺义文学史上，却写下了浓墨重彩的一笔。因此，王恩桥老师是顺义文艺期刊的开拓者、引领者、启蒙者。

 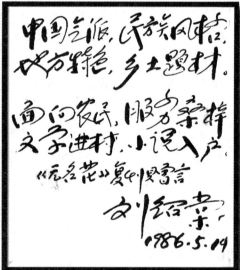

刘绍棠为《无名花》题词

【作者简介】

石占琴，顺义双营人，1943年7月生。1961年南彩中学初中毕业。1971年到顺义文化馆文学组工作。1979年调县妇联工作。1985年电大语文类大专毕业，参加过家史、村史、顺义革命史写作。1986年调顺义乡镇企业局工作。1979年调北京市文学艺术界联合会戏剧家协会工作，1998年8月退休。

过 路 人

一天中午，我骑车进城去办一点事，为了不耽误后晌下地干活，把车蹬得飞快。路上的尘土被轱辘溅起，在身后扬起了一道白烟，不一会儿，就上了直奔县城的大马路。

公路两旁，加拿大白杨，长得又高又直，把公路遮得不见多少阳光，微风拂过，凉凉爽爽的。

地里是一片墨绿。早玉米秆粗叶茂，已经吐出了花红线。黄豆秧子长得也很旺。真使人有点儿不敢相信，这竟是大旱年景长出的庄稼。偶尔可以看到一块玉米叶子下垂着，显得蔫蔫的没有精神。看样子，它们是在要水喝了。

我骑车顺着公路往前走，忽然听到近处有流水声，哗哗哗响得那么不平常。我赶忙下车，顺着声音找去。穿过正在灌水的玉米地，就见有一条三尺多深的干沟，水泡坏堤埂，流进了干沟里。玉米地跑水了，这不但浇不着玉米，还会冲坏缺口的庄稼，冲走肥料。我知道这块地是大王庄的地。"怎么办？找工具来，把口子挡住吧。"可是又一想："挡好这个缺口，起码也得半个钟头，这一耽误，回来就赶不上下午下地干活了。我们队里的活儿那么忙，可耽不得呀！干脆，走！只当我刚才没从这儿过。"于是，回身上了马路，蹬车就走。可是，我的两条腿呀，再也没有刚才那么有劲了；耳边也总响着哗哗哗的流水声，那声音仿佛在说："瞧这个青年人，风格真'高'呀！见着困难就让！"我好像看见那片流水，把缺口冲的更大了；粗壮的玉米冲倒了；远处没有浇到的玉米叶子下垂着，蔫蔫的，好像因为喝不到水，在那儿生气。

"嘭"的一声，我从车上摔下来了，原来是前轱辘撞到白杨树上。这一绊，倒把我摔笑了。我一边揉着腿，一边笑着骂自己："该摔，谁叫你见到别的队受损失就跑呢！这哪像个共青团员呀？"我暗暗责备着自己，掉转车头，返回跑水的地方。可是在跑水的地方，已经有个人在挡水了。那人是个小伙子，他穿的白背心、学生蓝裤子，弄得满是泥水。我心想；这准是大王庄的看水员。只见他用力挖土挡口子，但因为缺口水流太冲，挡上土就被冲跑了。我赶快放下车，甩掉鞋，一下子便跳到水里，手脚一齐挡缺口。那小伙子见我来帮忙，冲我笑了笑，没有说什么，就又大锨大锨地扔土。缺口"关"由我把守，水的冲劲小了，终于是把缺口挡住了，水头掉转方向，流进了玉米地。那个小伙子又走上挡好的新堤背，用脚踩来踩去，好使它牢固一些。

堵完缺口，我们一起洗了手脚。那小伙子，穿好鞋袜，拿起锨，抬腿就走。我心想：这个人才怪呢！帮他干了半天活，也不是让他谢谢，可总不应该连句话都不说呀！我火了，高声喊住了他："咳，同志，你是哪个队的？"

"我们村就一个队呀！"

"大王庄有六个生产队，这还能瞒我。"

小伙子说："我是小王庄的，我们村才四十九户，就一个生产队。"

噢！我的脸唰地一下子红了。原来他也是个过路人。

语丝微言

不要小看石占琴这篇千字小小说，那是发表在近六十年前的《北京文艺》上，经过大作家林斤澜的肯定与荐稿。那时，石占琴刚参加了团中央举办的全国农村青年文学创作积极分子大会，正意气风发，风华正茂。她当时不仅代表了顺义文学青年，也彰显出当时全国农村文学青年那种热情似火、激情燃烧、蓬勃向上、青春万岁的昂扬奋进时代。因此，她成了很多文学青年心中光风霁月的偶像。她的这篇短小说也曾激励、鼓舞过当时不少文学青年，起到了一种昭示与引领、导向与启示的作用。可以这样说，这篇《过路人》是顺义小说的序言，是顺义文学交响乐的前奏，是顺义文学队伍的前哨。随之而来的，是文学同路人、赶路人和在文学之路上不断前行攀登的人。正如一条河流，源头只是涓涓之水，但纳细流、汇众溪，遂成汤汤之势。

【作者简介】

　　张友明,女,1940年生,高中毕业。顺义望渠村人。1975至1980年在县文化馆工作。主要作品有小说《好婆婆》《长胜大爷》《老房东》《热气腾腾的田野》等。

长胜大爷

一

　　阳春三月,杨柳吐絮,麦浪滚滚;渠埂边,河沟旁,到处是一层层嫩绿的青草;各种无名的野花,一簇簇,一朵朵,争鲜夺艳,田野里尽染着一片绿茵茵的春色。

　　一个喜讯在队里传开:白鼻梁又快下驹了。白鼻梁本是一匹棕红色的母马,因为它的鼻梁是白的,老饲养员长胜大爷便给它起了这么个名字。它已经给队上下了三个驹,是匹有功的母马。为了让长胜大爷能更好地精心喂养这匹有功的母马,队里决定再派个人去帮助长胜大爷喂牲口。挑来挑去,竟把我挑上了。我挺高兴,生产队这么些人就挑上了我,这足以说明大伙信得过我。

　　这一天,天刚麻麻亮,我就扛着铺盖卷儿径直朝饲养院走去。听老人说,我们队的饲养院是当年地主"财迷精"的饲养院。长胜大爷从小在这个院子里吃尽了苦头。土改那年,他什么也不要,就要那个院子,就要院里的饲养屋。互助组、合作社那会儿,长胜大爷自愿给大伙喂牲口,不少人家的牲口都牵进了他这个院子。人民公社成立那年这院子成了我们生产队的饲养院,大伙选他当了饲养员。十几年来,长胜大爷一心扑在集体上,精心饲养着集体的牲口,是三里五村有名的模范饲养员。不过,他有个怪脾气,平时少言寡语,可他要说出话来,那真是卖甘蔗不带刀子——干撅,噎得你说不出道不来的,是个出了名的倔人。头天晚上,我爹嘱咐我说:"去了好好跟你长胜大爷干。他一身的本事,一辈子就不待见那偷懒耍滑的人。甭看他倔,只要你好好干,他会把心都掏给你的。"

我想着爹的话，不觉来到了饲养院。

饲养院里静悄悄的，一个人也没有。一股青草味夹杂着牲口粪味扑鼻而来。从圈里不时地传出了牲口的响鼻声、嚼草声、挪蹄声。我四下望去，小院扫得干干净净，归置得井井有条，利利落落，就跟个住家户样。我推开挂着锁的屋门，这是一所两明一暗的三间房。它的外屋是大间，放着绳绳套套，耙子犁杖、草筐料箩筐一类的家什；里屋是小间，就是长胜大爷住的地方。手把门，临窗的炕，炕沿边上放着一张方桌，桌上摆着一套毛主席著作和一本《饲养员手册》。屋子的四墙很干净，什么也没有，唯独在墙角挂着一把黑色的鞭子……

"屋里是春贵吗？"听那熟悉的声音，我知道是长胜大爷来了，就赶忙一边答应着，一边走出来。只见长胜大爷推着一车拍拍实实的垫脚土来了。我赶忙上前去接，他把头一摇，猛地推上了一个坎，就势倒在个圈门前。

真的，别看长胜大爷六十多岁了，也别看他满脸的皱纹，胡子拉碴，脸上黑黑的，但耳不聋，眼不花，腰不弯，背不驼，那身子骨比起我这个小伙子来一点也不差。他把车撂下对我说："走，屋里待会儿去。"我跟他进了屋，他把我的铺盖打开，铺在了炕头。

我说："您上岁数了，您睡炕头吧。"

"我睡哪儿都一样！"说着，长胜大爷一屁股坐在地上的一个木墩上，掏出烟袋，抽起烟来。

我说："大爷，往后您叫我干啥，我保证不让您操心。"

"那好。"尽管长胜大爷头也没抬，可以听得出，他那声音含着深情厚谊。

都说长胜大爷不爱说话，说出话来就噎人，可我一点也不觉得。他态度多和蔼，待人多热情！他怎么会是个倔人呢？

二

可是，没过几天，他那个倔劲儿就让我尝着了。这一天，长胜大爷照往常一样，拉出白鼻梁，给它又是刷身又是挠痒。那白鼻梁带着个大肚子，一步一步地跟在长胜大爷的身后。临走时，长胜大爷对我说："待会儿你把锅里的料豆捞出来，控在筛子里。"

我说："您就放心去吧。"长胜大爷走后，我按照他的意思把料豆捞到一个筛子里，控在锅台上的一个瓦盆上。然后出去给那没使的毛驴添了点草，一个圈一个圈地起了粪，又推了几车新垫脚土。当我推着最后的一趟垫脚土走进院子时使我大吃一惊：那馋嘴的毛驴不知什么时候跑了出来，它把那料豆连筛子带盆都拱到了地上，正在那里一嘴一嘴地吃着料豆呢!

那毛驴一见到我，马上就跑进了圈里。我往前一看，盆也碎了，料豆撒了满地，沾得尽是泥土。我那气呀不打一处来!我进得里屋，一眼就看见了挂在墙上的那把鞭子，我顺手摘了下来，风风火火地追进圈里"叭叭"两鞭子下去，那毛驴的脊背上就出现了两道明显的鞭印，直打得它恨不得钻进墙里去。我正举鞭再打下去，只听一声怒吼："住手!"

不知什么时候，长胜大爷回来了。他拉着白鼻梁气冲冲地向我小跑似的过来。他一把夺过我手里的鞭子，厉声厉色地说："这鞭子是给你打牲口的吗! 看你人不大，气性倒不小!"

"您看，料豆全让它给拱撒了。"我生气地解释着。

"它是牲口，它知道什么? 你放的不是地方，又没把它圈好，能怪它给拱撒了?"长胜大爷的话，噎得我无言对答。

"我推垫脚土去了……"我小声争辩着。

"推垫脚土就有功了? 门就不知道关上? 今儿你干了多少活，打牲口也没理! 我还跟你说下，就这一回，下回再打可不行!"他把我没鼻子带脸地数落了一顿。我委屈地撇着嘴，低着头，手里不住地撕扯着那一根根的干草。

我干了那么多活，他好像都没看见。不就打了两下牲口吗? 有什么大不了的事，至于跟我发这么大火? 要是再大点错，还不得把我吃了? 怪不得都说他倔，他可是真倔呀!

在饲养院里挨了长胜大爷一通儿批，我满心想向我爹诉诉委屈，谁想回到家里又挨了我爹一通儿训。我爹说："那鞭子是你随便动的吗? 你用它打牲口，那就跟打在你长胜大爷心上一样。他十一岁就给'财迷精'放牲口，每天都要来回走三十里地。还得过一道大河。十来岁的孩子，容易吗? 稍不称'财迷精'的心，'财迷精'就要举起这鞭子没头没脑地打他。鞭子抽在他那皮包骨头的身上，一下一道血印呀。有一次，他又累又困，牲口吃着草，他躺在地上就睡着了。碰巧让'财迷精'看见了一顿皮鞭，直打得他几天起不来炕啊! 新中国成立后，从土改到现在他把这鞭子一直挂在他屋子的墙上，就是为了要永远记住这阶级的仇恨，提醒自个儿好好为社会主义出力，不再吃那二遍苦……回去好好跟你长胜大爷认错，不许再惹他生气。"我听了爹的这一席话，心里也不知是什么滋味，饭也没吃，调头就回到了饲养院。

这时，天已黑了。我走进饲养院，见长胜大爷正站在槽边，给牲口添草。当他走到毛驴跟前的时候，他把身子向前探着，用他那粗壮的大手，抚摸着毛驴的脊背。

我看见，那正是我用皮鞭子打过的地方。看到这个情景，我的脸一下发起烧来。长胜大爷听到动静，回头看了看我。我按照我爹的嘱咐，说道："大爷，我不该打牲口。"长胜大爷听了，转过脸对我说："往后注意就行。你大爷是个倔人，你别往心里去啊!"

我帮长胜大爷干了一阵活，长胜大爷让我先回屋睡觉。我躺在炕上，哪里睡得着。过了好一会儿，长胜大爷进到屋来，他以为我睡着了走到炕边，便拉过一条毯子盖在我的身上。这时我才想起，刚才躺下的时候，竟什么也没盖。那双温暖的大手触到了我的肩头，一股暖流"刷"地一下流向了我的心窝。心里一热，我的眼睛湿润了。他还是那么疼爱我呀!爹的话，刚才驴圈的情景，又像电影一样地闪现在我的脑海，我开始感到他并不"倔"；要说他"倔"，这"倔"正是无限热爱社会主义集体事业的坚强性格。

三

白鼻梁下驹这天，社员们一下子就把个饲养院给站满了。

长胜大爷已经一夜没合眼了。我跟队长几次换他去歇歇他也不肯。直到小马驹安全落地，我把熬得的半盆小米汤端来递到他手上，他看着白鼻梁喝完了米汤，这才长长地舒了一口气，蹲在窗根底下的太阳地里掏出烟袋，有滋有味地抽了起来。大伙兴高采烈地看着那新生的小马驹，它漆黑漆黑的毛，光溜得像块青缎子；脸上的那道白鼻梁，多像它妈呀!还是个小骒马呢!小家伙欢欢实实的，一落生就在大马的肚子底下胡乱地顶撞着找奶吃，尽管大马已经筋疲力尽，但它还是用它那发干的长舌把小马驹通身舔了个干干净净。那小马驹就像撒娇似的卧在大马的身边，高仰着它那黑白分明、好看的小长脸，让人们尽情地欣赏。可它到底还是刚刚落生，不一会儿，它就合上眼，头一低一仰地打起盹来。

"这白鼻梁可真是匹有功的马呀!往后该给加点料，让它好好歇歇啦。"

人们你一言我一语，赞不绝口地议论着：

"是呀，它都给咱们下了四个驹了。"

"这下，长胜大爷可又多了个宝贝儿!"

"哈哈哈……"人们的欢笑声充满了整个饲养院。

长胜大爷抬起头，看了看那甜睡的小马驹，一丝欣慰的笑容从他的脸上掠过。听着人们的赞赏，我也为长胜大爷高兴，心里美滋滋的。

四

谁想到，小马驹顺利地落了生，可那白鼻梁竟然没下奶!那小马驹一个劲地围着白鼻梁转，不时地钻在白鼻梁的肚子底下用力地顶撞着。望着那烦躁不安的白鼻梁，望着那急不可待的小马驹，我出来进去，急得就像热锅上的蚂蚁。

长胜大爷见我着急，劝我说:"干着急不管用。咱们想法给白鼻梁治奶，下奶前用人工喂养小马驹。"

长胜大爷说完，便吩咐我给小马驹买奶去。

我急忙到离村四里地的杨庄去打牛奶。回来时，只见长胜大爷怀里抱着小马驹，正用手抚摸着它……

我惊愕地问:"您抱它干啥?"

"那白鼻梁得好好休息一会，不能让小马老搅它。"

我赶紧说:"给您，牛奶、白糖，都在这儿。"

"好，有了这个，就不愁小马驹闹了。"长胜大爷接过牛奶、白糖又对我说:"草料我全添好了，你连歇着带看着这小东西。我去去就来。"说完，他就上饲养屋去了。

我坐在马棚里，听着长胜大爷在饲养屋抱柴禾烧火。一会儿，就见他左手端着个大碗，右手拿着个奶瓶，来到马棚。他两手颤抖地把奶倒进瓶里，放上白糖，吹了又吹，试了又试，端到小马驹嘴头上，看着小马驹"咕噜咕噜"地把奶喝净。那小马驹喝饱了奶，不一会儿就眯起两眼，睡着了。长胜大爷望着圈里的母马和小马，冲我点头笑了。

俗话说:"猫狗识温顺。"这小马驹也是这样。由于长胜大爷日夜喂它，过了几天，它一步也不离开长胜大爷。长胜大爷上哪儿它追到哪儿。就连吃饭，长胜大爷也要事先把它安顿好了，然后才能绕道回家。一天夜里，我们刚躺下睡觉，那小马驹用它那灵活的小脑袋拨开门，走进来。它在长胜大爷的头上闻着，长胜大爷猛一翻身，起来，下了炕又把它送回到圈里。

长胜大爷每天又要伺候小马，又要去找各种草药给白鼻梁治奶，我见他太辛苦了，几回想替他伺候那小马。可还没容我走近它呢，那小东西就地刨起了小蹶子，弄得我也不好上前了。

一天，我正在推垫脚土，白鼻梁的圈里传出长胜大爷招呼我的声音。我不知道出了什么事，急忙跑过去。长胜大爷的眼睛闪着亮光，他兴奋地说:"白鼻梁下奶了。"我望着长胜大爷手上滴下的白色的奶水，心想:这奶水里，有长胜大爷多少心血啊!这时，我才看出他的眼睛已经熬红了，脸熬瘦了:可他的精力仍然那么充沛，精神仍然那么饱满。

在长胜大爷的精心喂养下，白鼻梁壮壮实实，小马驹眼看着长起来了。

沐浴着煦丽的阳光，呼吸着那充满了泥土香味的清新的空气，我跟着长胜大爷，拉着白鼻梁，带着小马驹，漫步在村郊野外。

不知长胜大爷从哪儿弄来的各色各样的花布条，用他那双粗壮的大手给小马驹拧了个红缨。也不知他从哪儿找来的两个小铜铃铛，给小马驹挂在了脖子底下。小家伙一跑一颠地老远就能听见"当啷"的响声，走着走着，它猛地衔一嘴草尖，惊起了一些小蜜蜂花蝴蝶，在它的头顶飞来飞去……由于贪玩，它常常被落下挺远。每当这时，白鼻梁就要回过头去，仰起长脸"咴咴"一叫。那小东西小耳朵一立，望望我们，又低下头去吃草；等我们走得更远，它才脑袋一甩，四蹄一刨，像受了惊似的追上来，那对小铜铃铛便"当啷"地又响起来了

听着那清脆的铃声，看着这个欢蹦乱跳的小马驹，望着那迈步在田间路上的白鼻梁，长胜大爷的脸就像蔚蓝色的天空一样豁亮，他那神采奕奕、精神焕发的脸上露出了欣慰的笑容。

我为自个能和这样的一个老人在一起而感到欢欣鼓舞。我从心底里愿意接好这一班，像长胜大爷那样全心全意地为社会主义事业作出贡献。

想到这儿，我的心简直就要和那个小马驹一块飞跑起来了……

载 1973 年《北京文艺》第 5 期

语丝微言

张友明，听上去像个男士，实际上是个女作家。她虽是城里人，却落户于望渠村。当时的文化馆馆长王恩桥颇有伯乐风度,将这位已成农妇的老高中毕业生毅然调到文化馆,专事创作。张友明也不负众望,先后写出了《兰子》《老房东》《长胜大爷》《好婆婆》《热气腾腾的田野》等一系列小说。她的作品，植根于顺义这片热土，又有着城里人感觉的新鲜、观察的敏锐、捕捉的独到、驾驭文字的妙处。所以，读起来觉得既接地气又高屋建瓴，心思缜密又豁达大气。如果说，石占琴的那篇小小说《过路人》，只是顺义小说的先声与萌芽；到了张友明手里，则完成了由土到雅、由粗到细、由讲故事到追求意境。顺义短篇小说，才真正算是丰满与成熟。张友明在顺义小说领地纵横十年，自成一家，代表当时顺义小说的水平，乃居于当时北京郊区县的前列。半个世纪以后再读她的小说，也感到鲜花重放。她勇立潮头，昭示后来者。

【作者简介】

　　赵松泉，1945年1月生于京郊顺义区李遂镇。初中毕业后，他种过地，管过果园，当过乐手。后来进了县文化馆，从此和文学结了缘。这个农民的儿子，胸中似乎包藏不住他对家乡父老的真情厚谊，他用笔将它们流泻到纸上，十年辛勤的耕耘，他发表了六十多篇（约有七十万字）的中短篇小说。他的小说清新淡雅，就像他坐在高高的谷垛下，和你在娓娓地讲故事。于是，你了解了他，了解了那块养育他的土地……他说过，文学之路是个无底洞，一钻进去，就黑咕隆咚怎么也钻不到头。好在我们寻找的那出口处，有一片五彩缤纷的阳光……

蓝套服和红发卡

　　天上有比翼鸟，地上有模范夫妻。

　　在百户人家的豆腐庄，邱若愚和胡英堪称一对模范夫妻。若愚正在不惑之年，胡英小若愚两岁。丈夫在庄上小学任教，妻在自家田里务农，加上一个十一岁的男孩巴狗儿，构成了一个暖烘烘的小家庭，像大树上的一只雀儿巢。关于这对模范夫妻的妙闻轶事，庄上流传许多，这里只挑两则公之于世。

　　一则。在某个夜晚，若愚的一个弟子到老师家里来告假。小学生自有小学生的规矩，这男孩轻手轻脚来到老师住的屋前，先喊声："报告！"里面传出惶恐之声："莫急，莫急，稍候片刻……"小学生好奇，隔着门缝一看，见老师蹲在炕沿下，正给师娘洗脚哩！

　　另一则。有个星期天若愚伴胡英到西大甸去打草，往返途中，路经水深齐腰的箭杆河。去时人轻篓空，两口顺顺当当趟过了河。回来时人乏篓重，若愚下河便有些迈不动腿。偏偏胡英给他做的懒人鞋已穿过三年，松了，涉到河心，一只脚陷进淤泥里。待费力将脚拔起，鞋子遗留在淤泥中了。老夫子急了，憋足一口气，"噗通"蹲了下去。胡英见丈夫被水没了顶，便在河心抖了起来，变了声地大叫："救人哪！有人淹死啦……"岸边一伙锄地的男人闻声，都飞跑过来，裤管也没挽，便扑通跳下河。这会儿，若愚自个冒出来，手中举着一只鞋，向众人连连道："鞋子本人已经捞到了，诸位辛苦。"

　　因若愚自小在庄上长大，处事行为又有些憨憨愚愚，再者，那些年教师的尊严也让人用木棍敲掉了，所以这两则故事便给庄上人留下了话柄。人们和若愚碰了面，便要冲他喊："稍候片刻！"或是"诸位辛苦！"

以上，均系闲话，到此刹住，赶紧书归正传。

只说这天傍晚，若愚给学生放了学，自己也沿着村街往家走。正是初秋时节，空中的风凉凉的，树上的蝉儿叫得响响的。若愚蹽着两条长腿，也走得爽爽的……

"若愚兄弟，近日好神气哟！"

若愚回转头，见黄四家的正站在自家门前跟自己逗趣儿。这女人看来喜欢若愚的憨憨乎乎，见着若愚不练几句嘴皮子不放过他。不过如今从上头看重教书的，她倒也不拿那话柄取笑他了。若愚和她也逗得来呢：

"四嫂子，我再神气，也抵不过你家四哥哩！"

"耶耶！我家那东西往哪儿摆。瞧大兄弟这身套服，光得耀眼，怕是坐飞机出国也行了——得百八十的吧？"

若愚这才记得，现在自己正罩着一身藏蓝色涤纶哔叽的新套服！也这才明白今日自己走起路来，为啥爽爽的，胸也挺得有些直。他冲那女人笑笑：

"嘿嘿，这一套还不满五十块哩，你家黄四卖一挂羊肉，够这两身儿的……"

"够买八身的呢！你趁早快点回家吧，晚了，胡英准说她家爷们儿叫哪个大姑娘抢去了……"

黄四家的开心地呱呱笑几声，转身进了院。若愚张着嘴对那边站一会儿，欲轻声戏谑地骂一句："这娘们儿……"立刻觉出自己是教书先生，便没吐出口，于是，也转身往家走。

路上，若愚嘀咕着黄四家的最后那句话，觉得挺有趣儿。哼，过四十的人了，姑娘们正眼也不肯看一眼喽！不过，他今日确实感觉似乎精神了许多、年轻了许多，讲课走路也来劲、提神，并且有一种从没有体验过的东西，一阵阵儿地在自己心里头流。看来还真没花冤枉钱哟！管不得巴狗儿她妈死乞白赖地要买这身套服呢。为这，自己还险些又跟她赌一场气。

原来，如今上级知道教师们苦，便首先想到该让他们多挣一些钱。这几年，若愚可算是连升三级，连提三次工资，把各种补贴加起来，超过原来一倍还拐个弯儿。三口之家猛一下子增加这么多收入，自然宽裕了许多。可有了钱，若愚却不叫花，往外拿一个子心也疼。本月一号，若愚连升三级，本月工资连同追补费合一块，他拿回家二十张"工农兵"。当他把这些钱提到胡英手里时，胡英的手也有点儿颤了：

"一次……就落这么多钱！"

"你当家的能耐喽！往后，大把大把票子给你挣。"

若愚仰身躺在炕上，伸舒服了胳膊腿儿。在学校忙忙碌碌一日，到家来该享享福儿了。

"美得你成仙了。这些钱还……收着？"

"嗯，还把它包裹在那捆补衬里！凑一个整数，存银行。"

胡英将躺柜盖子打开，掏出棒槌粗的一个碎布捆，里三层外三层地打开，那心儿里，便露出一卷厚厚的人民币。这是若愚的主意，家里白日经常没人，小偷儿来了撬开锁是不要这个烂布捆的！胡英将新钱陈钱合在一起，依旧放在补衬里裹紧，捆牢，仍塞在躺柜那个角落里。

"哎，柜盖上咋还落五张？"若愚问。胡英连忙攥上那五张大票，坐到若愚身边来："听俺说！"胡英指着男人的袖口上的一块补丁，"你这身蓝卡布制服三年没下身，都挂不住针儿了。这五十块，给你买身套服……"

"又有钱了不是？"

"如今庄上种田的，也见不到你这身衣裳了。做老师的……"

"做老师的怎么？这个样儿，学生一回没把我轰出教室去。"

"又要急，俺不是跟你商量么！这么办，这五十块先单搁着，往后碰上合适的衣裳再说。"

"嗯。"

这事就这样过去了。可是昨日胡英赶柳镇集，竟自作主张把这身蓝套服买回来了！若愚这下又来了气，于是昨晚便躺在炕上，大被蒙头，一声不语。胡英轻声轻气央告了半宿。直到急得她洒了几滴眼泪儿，若愚才出了声，伸出一只胳膊，把媳妇揽进自个儿的被窝儿里。

不过若愚也有个优点，一块云彩下一阵雨，只要被胡英哄出笑脸，事因他就全忘了，从没有不依不饶的时候。今天早上起来，胡英叫他试套服，他便服服帖帖地穿上了，并且这身蓝色的涤纶的中山服一着身，他又讪讪地笑，觉得委屈了媳妇。他用一只大手给胡英抹抹头发，逗她说："你这件褪色的竹子布裙也该换换了，要不，不怕配不上我？"直到眼下他穿着新套服在街上神气地走，心下还在念叨，谁家的媳妇也没他的好哩……

若愚就这样美滋滋回到了家。丁是帮胡英烧火，关鸡笼，一家三口围着炕桌吃晚饭，倒也别无它话可记。只是有一点让若愚看着蹊跷，吃饭时，胡英头上还捂住块大头巾，脸儿红红的，总用眼角偷偷瞅着他。

吃过晚饭，他们的儿子巴狗儿跳到躺柜前忙不迭地打开了电视机。今晚有足球现场转播。若愚放下饭碗，也赶紧趿拉着鞋站到了电视机前。可不要说爷儿俩不会享福，屋子里有炕有椅，不坐下来舒舒服服地看。那屏幕上颤颤抖抖，恍恍惚惚，运动员们像是在雾中赛球，不凑到屏幕前，不好分出路数来呢！这也怪若愚，他喜欢买处理货，县上开交易会，赶上星期日他定要想法捎上胡英逛一回。到了那儿，专看哪个摊子前挂没挂写有"处理"字样的牌子，找到了，拉着胡英就往里钻。这台12英寸的黑白电视机，就是这么买到的。不过父子看得蛮专心，不时为里头的表演喝彩。

过一会儿，若愚觉得后脖颈被股气流吹得热乎乎，有些痒。转过头，是胡英悄没声地凑过来了。

他看到胡英头上，仍罩着那块厚厚的大头巾呢。于是若愚伸手就把头巾拽下来。

"呵！"若愚差点儿叫起来。

胡英削了发，还戴上了一只漂亮的红发卡！若愚几乎不认识她了。穿的还是那青布裤、蓝士林褂儿，怎么削头，戴上只红发卡，人就会变样儿了呢！瞧她那头发从头顶渐渐往下削起，两鬓边的又往后拢去，连白白的耳朵也露出半个来。原来巴狗妈的头发是这么黑，脸也是这么白，两道眉毛也变细了，弯了，像阳春的柳叶儿。头顶别的那只红发卡最惹眼，像宝石似的，灼灼发光，把她的脸也映得泛红了。若愚突然记起，他曾见过这样的一只红发卡，也是戴在胡英头上的，而且是在一个最美好的时刻。哦，他想起来了，是在他们的婚礼上！胡英的头上，就别的是这样的一只红发卡。

记得那日，他俩拜堂。程序进行到夫妻一鞠躬时，若愚偷眼望了自个的新媳妇一眼，呵，红发卡！有时，先入为主是很重要的，以后，红发卡的印象便印在若愚的心上，久久磨灭不掉。待入洞房，若愚才敢仔细端详自个的媳妇。她乌黑的头发，圆圆的脸庞。生得白白净净，小巧玲珑。怯怯地坐在那儿，长睫毛合到一处，微微地颤动……"猫咪……我的猫咪！"若愚在心里叫起来。那会儿，他刚刚出校门，满脑袋的罗曼蒂克呢……

岁月，最磨人的性情！渐渐，他们身上的罗曼蒂克味儿、猫咪味儿，都跑得无影无踪了！

可是，今晚若愚似乎又兴奋起来，他拉过胡英的手，笨拙地摩挲着。

夜里，两口儿又多说了好多话。明日是星期日，又碰巧是柳镇集，胡英要逮几只自家育的鹅到市上卖，于是也想要若愚跟去。若愚这一高兴，又是一个月没有逛街集了，便满口答应。事情商量妥当，夫妻二人亲热一回，然后渐渐入梦。

第二天，胡英在前推着鹅车，若愚在后面相跟，早早地出了村。也是冤家路窄，二人刚上大道，黄四家的便甩着大脚从后面赶上来。

"嘿，我说胡英疼汉子可真是名不虚传，咋不把先生圈在鹅笼子里捎着？"

胡英忙回身搭话："四嫂子，您也赶集儿！"

"呵！我可是跟你们不一样，我是死了爹死了娘的长脖子雀儿——孤雁一只！"黄四家的靠近前，突然像发现了什么奇特动物一样，瞪起铃铛大眼，围着胡英就地转三圈。"啧啧，巴狗儿妈好漂亮哟！青年头，红发卡，四十岁上要卖俏喽！"

若愚赶紧解围："莫玩笑，她脸皮儿薄。"

那婆娘冲他来了："我说先生，你可要小心。那集千人逛，万人看，漂亮小伙儿有的是，要是叫哪个给拐跑了，你先生别伤心，哈……"

那婆娘一阵大笑，两只大奶子一耸一耸走了！

胡英被那婆娘闹得心里发慌，推起小车摇摇晃晃。若愚呢，他望着那婆娘的背影，不觉又还原出一些痴想来。昨晚，这黄四家的说他要被大姑娘抢跑时，自己心中自有些飘飘悠悠，今日这黄四家的说胡英要被人拐走，他便不免有些怅怅然起来。于是不觉便靠近了胡英两步。

"她这头发，昨晚看着还好。大白天的瞅着……咋像一只山喜鹊窝哩！"

若愚看着胡英的头，自己跟自己讲着话。又看到那只红发卡，哎哟，未免也有些太刺眼！瞧这初秋的野地里开开阔阔，满眼不是绿就是黄，像天底下就这一点红在她头顶上晃。嘻，也太那个……自此，一路上若愚的眼睛便不肯从胡英的头上挪开了。离家时的兴头没了，心中不觉有些快快不快。

来到柳镇集，果然这里人山人海。两里长的一条大街，从头望不到尾。街筒子里人头攒动，吆喝声连天。两三次，胡英推车上的鹅险些被挤下来。若愚没顾上管胡英，两眼只管在妇女们的头上搜寻。渐渐地，他嘘了一口气。这里头，烫画卷儿的也有，梳马尾巴的也有，实在显不出削短发的哩！至于女人们头上零碎儿，不知从啥时候起，一下子叫她们搞得眼花缭乱起来。颜色赤橙黄绿，式样千奇百怪。更有甚者，竟在耳垂上套上两只大耳环。了不得！若愚整日闷在蝈蝈笼似的教室里，哪里见过这大千世界，不免心中暗暗称奇。又过来一个，耳垂上，悠悠吊着两个小东西。若愚天真地生出个念头："我一抬手，兴许就把那两个小东西扒拉掉！"可他只是这么想想，自然不会真那么做。若愚在街头上，就这样胡乱地瞅瞅，胡乱地想想，不知不觉中连胡英的影子也望不见了。

他再无心逛西洋景，急急地在街面上寻胡英。他可不是怕胡英被哪个拐走了，他知道她是奔了鸭鹅市。可鸭鹅市在哪儿呢？无奈，若愚只好像条大黑鱼似的在这人的长河中瞎撞。结果没撞着胡英，却撞着一位抱鹅的小伙子。他拦住了人家：

"同志，你这鹅？"若愚认出来，人家抱的鹅，像自个家的。

"我这鹅买的，怎么了？"

"同志，别多心。我是说，您这鹅是买谁的？"

"你这人好怪！我买的是鹅，又不是买她的人，问人家名字干什么！"

"呵，误会！误会！我是说那个卖鹅的人，她是什么样儿的？"

"你是问这些，是个女的，三十七八。那大嫂挺和气，人儿长得不赖，头发上，别着一只红发卡！"

红发卡！无疑是她了："劳驾，您告诉我她在哪儿？"

"不远。往前走百步，往右拐有个小胡同，那儿就是鸭鹅市。"

按照指点，若愚找到鸭鹅市。呀，远远地看见胡英正往车上捆空鹅笼——狗儿妈好利索，十只鹅公出手了！

若愚赶紧挤过去，便帮胡英捆鹅笼，边问她："哎，是不是急着去找我，贱贱的把鹅都卖了？"

"嗯，也有点儿，也不。"

"哎呀，我一个大活人，丢得了么？要少卖好多钱的呀！"

"这你可没猜对。今儿个有行情，十只鹅，卖一百二十块呢！"

"呵，那就不少，不少，顶我一月工资了！"

若愚又嘘出一口气。望望胡英，她正冲自己咪咪地笑，那意思，明明是等着丈夫夸奖哩。谁知，若愚见她那笑模样儿，竟想起那抱鹅小伙儿的话来。"那大嫂人儿长得不赖，头发上，还别着一只红发卡。"瞧她戴着那红发卡，笑吟吟的，是太惹眼哩！要不，那小伙儿咋记得这清楚？38 岁的人，半辈子都那么过来了，如今干嘛要想起戴着红发卡。真真儿的，她干嘛非要戴着红发卡！

想到这儿，若愚的心上又渐渐地躁起来。

"哎，你愣着啥！天还早，听说镇上小剧场有电影，咱也看看去。"胡英拉了丈夫一把。

"啥片子！"

"听一个买鹅的小伙说，叫什么《被爱情遗忘的角落》。"

"哼，听买鹅小伙儿说！那又露又啃的，你爱看？"

"轻声些！谁去看那个。俺是听说那小剧场里，全是一色的皮椅子，咱也坐那上头看一遭。呵？"

胡英扬着头，乞求似的望着丈夫的眼睛，又是那可怜见儿的样子。若愚的心又软了，怎好一口阻止她！可若愚毕竟是个大男人，有心计的，执拗一会儿，他突然捂住了肚子：

"哎哟！我有些肚疼，要看你就去看，我先回家。"

若愚知道，这下胡英那电影一准儿是去不成了。对胡英，若愚把握得百分之一百一的准。果然，胡英立刻显得手忙脚乱起来，急急地说：

"俺瞧你脸也不是色儿哩！准是早晨喝过粥就往外跑着风儿了。快回家，给你烧碗热汤喝，趴炕头卧卧就好了！"

于是，夫妻二人双双往家走。路过黄四的肉杠处，胡英说："看黄四哥的羊肉又鲜又嫩，羊肉补肚子，俺去割一斤？"

有些天没见肉星星，若愚的嘴也馋了。可远远地，他望见四嫂子也正在男人身边搭手儿哩，于是说了声："你就去买，我先头里走！"便脚步也没停。出了街市，一路上村外大道，他便蹽开长腿，只用了一刻钟便走完了三里地，到家了。

不大个工夫，胡英也进了门。手刚挑门帘，便问："肚疼好些了吗？"

若愚真在炕上卧着。见胡英进来，忙翻身坐起，他看见胡英手上提的肉了。无论拉什么肉，他还是都喜欢肥的："肚疼过去了。你这肉肥吗？"

"肥！黄四哥说指哪儿割哪儿的。我去给你做羊肉挂面汤？"

"不。切三分之一，包饺子，大家都吃——哎，你头上那红发卡呢？"他发现她头上的红发卡不见了。

"刚才在集上，不知啥时挤丢了！"胡英说着，脸上不无惋惜之情。不知她惜的是买它用的那两元钱，还是惜的什么。

"丢了就好！"险一险，若愚就把这几个字说出来。他的肚子不疼了，冲胡英喊："快捏饺子。我剁馅，你和面，待会儿巴狗儿玩回来，又该喊饿了。"

既然鹅能换回羊肉馅包饺子，而且还会换来别的一些东西，所以每日间，胡英定要为她的鹅公婆们打来两篓嫩嫩的节节草，可说是雷打不动。可是到傍晚，胡英打回第二篓节节草，却见当家的又大被蒙头躺在炕上，被窝中，时有呼呼喘气之声，于是乎，胡英立刻又乱了脚步。

原来，不知从什么时候起，若愚便不肯陪胡英一起下田打青草了。做了半辈子教师，也该享享休礼拜的福儿了，可下晌儿他刚歪到炕上，窗外便有人喊："若愚兄弟，在家吗？"

若愚赶紧坐起。还没容他跳下炕，黄四家的已经撩门帘走进来，一屁股坐在炕沿上：

"大先生，胡英不在家，闷了吧？"

若愚吓得竟口吃起来："四……嫂子，你、你这是……"

"我来陪陪你呀！怎么着，不欢迎？"

那婆娘说着，真的往若愚身边挪了挪。今日，她穿着件薄薄的的确良小褂儿，肉坨子似的，在若愚身边散着热气。若愚赶紧往炕角落里蹲蹲。

"哟，哟，瞧吓得那样儿，可惜了儿的这老爷们儿给你当——告诉你，嫂子给你送宝贝来了！"

"把手伸出来！"那婆娘命令着。

若愚疑疑惑惑，但还是把手伸出来。黄四家的一只手在兜里摸一把，然后"啪"地一下子。把个东西拍在若愚手心里。

若愚定睛一看：呵，那只红发卡！

"怎么样，是宝贝吧？巴狗妈丢了这东西，减七分彩呢！"

"这，这是从哪里捡到的？"

"说了，你不许吃醋——就在你四哥肉摊儿上！你四哥说是巴狗妈拉肉时掉下的。我说，嗨，是你们巴狗儿妈诚心留给你四哥的，也说不定。"

"你这是怎么说，分明是……分明是……"

"瞧急得那样儿，放心，没人抢你的巴狗妈！"说着说着，那婆娘竟正经起来，贴近若愚的耳朵一脸深奥莫测的神情，"说是说，笑是笑，你还真别放纵你媳妇。青天白日顶着这么个扎眼的东西，招风哩！先人古语，丑妻近地家中宝，在理的。别叫人家说教书的家里刚见些钱，媳妇就臭美哩！好了，你不待见我，我走啦——"

若愚被她这真真假假地一闹腾，都不知她是怎么出门的。

这一场儿，一心想着鹅公的胡英怎会知道呢！不过到这里，看官们对若愚的脾气秉性，也把握得八九不离十了，对眼下他的生闷气，便也自然认为是在情理之中了。

不过，这又苦了胡英：给他端饭，他不吃；给他倒水，他不喝。胡英知道，这只有躺到被窝儿里苦苦地劝，才能让他出声儿呢！于是，赶紧侍候巴狗儿吃完饭，便早早儿地铺被睡下了。

果然，胡英在被窝里央求了个把钟头，又急得把几串眼泪洒到枕巾上，若愚才吭出声儿来：

"那，你听我的话么？"

"俺哪样没听你的！"

"那红发卡，不兴戴了！"

"不是丢了吗？"

"你不会再买吗？"

"俺听你的不就得了。俺不过看着西头娟娟妈戴了，也想新鲜新鲜。你不喜欢，就不戴，这二十来年俺头上没顶过啥，不也过来了。"

"这么说那发卡要是找到了，你也不要了？"

"还要它做啥？"

"好！你听我给你说，这里头有道理哩！"

"俺听着呢。"

"大凡一个人，要不管它世道怎么变，能管住自己才是本分。比如你如今夜家雀儿跟着蝙蝠飞，今儿戴发卡，明儿烫曲绺发，后儿叮叮当当戴上了金耳环，那还了得了！再说，也不是新时期的就件件好，出土文物在地下一埋几千年，可值老鼻子钱了。"

这会儿，若愚的话多了，也来了精气神儿。每每到这早晚开导起胡英来，他的话也会滔滔不绝。

斗转星移，日月如梭。往后，小小邱家仍像地球绕着太阳不停地画圈圈那样，也顺理成章地沿着自己的轨迹转。那只红发卡不过像颗豆儿大的石子，投进邱家那小小的湖泊里，激起丝丝波纹，一会儿变得平平静静的了。只有一点需要补充，那只失而复得的红发卡，不但被若愚悄没声儿地撇到学校后的水沟儿里，他自己那身蓝套服也只穿过几日，便也将他请下了身。他要跟胡英比齐了走，般般配配一辈子。再说那衣服毕竟太惹眼，穿着也不怎么舒服，躺不得躺，坐不得坐，好好的人让衣服管着哩！

最后还要絮叨一点。若愚两口儿的爱情一点没受那小波澜的影响。那两口子的爱情倒真有些像孩子们跳的猴皮筋儿，越抻越软、越拉越长哩！这不，昨天晚上若愚父子俩看电视，胡英削了三只小荷花似的心里美萝卜，捧进来，她那么望着若愚，可怜见儿的样子，大个儿的给丈夫，中溜儿的给儿子，最小的留在自个儿手心儿里。

语丝微言

赵松泉，现在的顺义作者，几乎将这位20世纪八九十年代有影响的作家遗忘了。他曾在全国文学期刊，发表六十多篇中、短篇小说，共七十余万字。这个纪录，至今顺义无人能超过。他的小说集《蓝套服与红发卡》1991年出版，收入他二十一篇小说，浩然为他写了2733字的《赵松泉简介》，此等待遇，至今也无人超过。浩然评论说："这些小说写得很美，松泉对家乡那块土地和亲朋邻里的深切热爱与情义，洋溢在每一篇的字里行间。他们使我这个了解顺义，了解潮白河两岸生活的人不能不共鸣，不能不为之动心。"对文学创作的态度，赵松泉在《我和文学》一文中说："我总觉得我身上有一层坚硬的壳，自己又不能像蝉儿那样，在一昼夜之间脱掉它！我必须不懈地努力。" 非常可惜和遗憾，赵松泉可能由于自己手造的墙，与文学彻底隔绝了。不然，今天站在我们面前的，很可能是一位顺义本土的文学导师。

对泥土的深情厚谊

浩　然

　　赵松泉是北京郊区顺义县人。而北京市郊区是我三大块"生活基地"中的重要一块。几十年间，我经常喝那儿的水，吃那儿的饭，睡那儿的热炕头：在漫长又坎坷的人生与艺术道路上，乡亲们所赐予我的恩惠，就是活神仙也难以计算其数目的。"有恩报德"属于我为人处世的最起码的准则之一。但是，对一个文人书生来说，实在不可能做出多么大的奉献与孝敬，只能在社会主义精神文明建设方面，也就是说在培养、扶植农民自己的文学新人这桩事情上，出点微薄之力。因此，我总把帮助农村多出作品多出作家当成自己的责任，只要区县乡村有这类事情要我去伸伸手，比如办学习班、开创作会，召之即来，从不推诿；不管水平高低、认识正误，来了就掏心窝子话往外端。跟赵松泉就是在这样的场所相识的。

　　赵松泉1945年出生在顺义县潮白河东岸李遂村的一个普通农家。顺义县，又跟我有着特殊的关系：从区干部变成新闻记者的第一次外出采访，就在顺义；发表的第一篇小说就取材于顺义；第一部长篇小说《艳阳天》主人公的模特又出在顺义，与他一直亲密无间地交往了几十年。因为这样的特殊关系，我必然自觉不自觉的对顺义有点"偏心眼儿"；盼着顺义快出作品快出作家。跟赵松泉接触的最初阶段，我并没有特别地重视他。他实在没有任何足以引人注意的特点。他那张消瘦，类似贫血的脸孔，留给我的印象是柔弱的、忧郁的。他不善交际言谈，也不会自我张扬和表现；凡热闹的地方他都怯生生地躲避开，似乎有点孤僻。以后常听到他的同事张友明和他的顶头上司、文化馆馆长王恩桥介绍，那个拉胡琴的赵松泉正在默默地刻苦地学着写小说，很有点钻劲。接着，在不属于北京市所管辖的刊物上读到他的几篇小说作品，由此终于发现他是一棵文学的苗子。同时也弄明白他的柔弱、忧郁原因：起点低，学写难，条件差，必须在别人轻视，甚至瞧不起，自己也没有把握能够达到成功目的的夹缝中挣扎拼命，往前挪动。这境况我有过亲身体会。所以我很能理解他。业余创作本来就很苦很难，一个农村业余作者则更难；而他赵松泉要想成气候那就难上加难！他终于选择了这一行，而且像是有决心坚持到底。这点不仅让我对他产生了好感，而且寄托了希望。

　　只有初中文化程度，当土里刨食、养家糊口的农民当到而立之年的他，既有农民的那种自信，又有农民的那种自卑。自信，使他不仅具有"钻"的强度，而且耐久；他本来可以在人生的道路上，前进得更快些，自卑却使他过早地埋下头来，大有听天由命的味道。

我钦佩那些有信心、有干劲的青年作者。人世间各种职业千千万，没有哪一种职业的成功像文学这样更需要足够的自信。有了自信才有自觉，有了自觉才使自己生发出足够的吞吃辛苦、忍耐寂寞的勇气和力气。松泉就是具有这种能力的人。三十多岁才开始在文学的路上练步，如果没有"背水一战"和"孤注一掷"的精神准备，那步子迈得动吗？从另一方面看，松泉如果没有《功夫到了自然成》和古今中外所有成功者都具有"我一定要干成功，一定能成功"的自信心，能让这股子"精气神儿"立起来儿又经受住失败的摔打不崩溃吗？松泉一直没有动摇自己的奋斗决心，同时也没有迷乱认定的创作方向，是取得进步和成绩的关键所在。

我也主张作家要有"埋头苦写"的精神。人的时间有限，即使在盛年旺期，精力也是有限的。怎样在有限的时间内利用好和充分发挥有限的精力，从而做成和想做的事情，就得接受、坚持"有所得必有所失"的这个客观的、不以人的意志为转移的原则。在生活道路上，遇到一些于文学创作的成功无关紧要的，花花绿绿，乃至金光闪闪的机会，不论多么弃之可惜，弃之不忍，都得一咬牙躲避开，任其失去；目不它视，心不它想，就专心致志地搞自己的文学创作，不成功誓不罢休。要想达到这样的境界，确实要求我们"埋头"。但埋头不同于自我封闭，更不可萌生走"个人奋斗"小路的念头。搞文学创作表面看属于"个体户"，实质上不论生成过程还是让产品走向社会的过程，步步都离不开"社会群体"。以编选出版这套丛书为例子，如果没有得到市委领导、北京十月文艺出版社以及各方面的支持和共同劳动，又怎能在目前"出书难"的情况下，把各位压在手里的一篇篇文章变成一本本书，送到我们的服务对象手里呢？文学作品从怀胎到诞生的周期里，跟社会群体密不可分的关系，比这个编选出版过程更直接，更微妙，更不可脱离。不把这种关系处理妥善，有些很有前途的文学苗子就大有可能自误或埋没。

当我发觉了松泉的有利条件和不利因素的时候，曾经托人给他捎过几句指指点点的话。仅此而已。我没有给过他直接的帮扶。因为这个时候的我，正是"倒了霉"以后的我，实在有点自顾不暇：为了保住写作的权力，不失去能够让业余作者借点"光"的能力，我倒真的"埋头"自顾了。如今我已经从土里抬起脑袋，为报效"生活基地"的父老乡亲，试验起农村"文艺绿化"的工作：创建一个县文联，管起一家刊物，又操持、主编了这套北京泥土文学丛书。于是，想借此机会把松泉和类似松泉的一些业余作者拽出来，共同做一番冲闯攀登的努力。希望能以此为起点，使他们的创作更上一层楼，给北京郊区的文学创作打开一个新的天地。

　　我让松泉把稿子归拢一下，交给我那本《苍生》的责任编辑吴光华过目。得到老吴的肯定之后，我很高兴，证明没有选错目标，也证明松泉的小说写得很不错了。

　　这本小说集收入赵松泉21篇短篇小说。虽然不是他十几年间精心耕耘的全部收获，确是主要成果的展示。这些小说写得很美，松泉对家乡那块土地和亲朋邻里的深切热爱与情义，洋溢在每一篇的字里行间。他们使我这个了解顺义，了解潮白河两岸生活的人不能不共鸣，不能不为之动心。作家对他所写的生活不热爱，就难以熟悉；而对他不熟悉的生活，也不可能生发出热爱之情。松泉对他笔下的生活既熟悉又热爱，所以他才能够从日常生活中那些司空见惯了的凡人小事之间，捕捉到生动的形象和素材，编织成有趣的故事，再以朴实而自然的语言表现出来，不仅真切道出了农村的变化和发展，同时还具有很浓的生活气息和很强的时代色彩。

　　松泉对生活熟悉又充满情感，所以才能运用自如地从不同角度和不同侧面反映当今农村既细微又巨大的变化，同时塑造了一群有血肉，有一定思想深度的人物形象。松泉对家乡的热爱是真挚的，对生活的熟悉是有根底的。即使那几篇揭示传统世俗观念对人的精神束缚的篇章，以及暴露某些社会弊病的某些侧面的作品，也表现出作者的爱心和社会责任感。在松泉那张柔弱的，忧郁的脸上，只见皱起的眉头，没有龇牙瞪眼，更没有杀气腾腾。我仿佛只听到他几声感叹，没有听到破口大骂。这便是赵松泉的性格，也是赵松泉小说的风格特点。赵松泉的思想是健康的，作品也是健康的。

　　我们有机会把一位思想健康而又有发展前程的新作家，连同他的第一本书，严肃地推举到读者面前，感到欣慰而又安然。

1990 年 12 月 17 日草于密云县云水山庄

【作者简介】
　　梁宝辉，顺义高丽营村人，当代画家。二十世纪八十年代曾在顺义文化馆文学组工作，现居昌平区。

邵头"当政"

　　长杆垄上午四遭地，顾德祥放下锄头，脸没顾得擦，走进堂屋就要吃饭。但他觉得今晌家里不是个滋味：饭桌虽已放好，但碗筷没拿，饭菜还在锅里。他走进东屋，只见媳妇坐在红漆柜前的长条板凳上，鼓鼓地生着气，他心里明白：她是为锁柱招工的事。

　　顾德祥只好默默地走回堂屋，自己盛上了饭。媳妇走过来劈手把碗夺过去，发疯般地嚷道："你，你还有脸吃饭？因为你，孩子、大人跟你受罪！"顾德祥火一下子被她骂上来，真想上去给她两巴掌。可手掌到半截又放了下来，心想："俗话说，拙妻逆子不通气的烟袋，谁遇到也脑袋疼，打她干什么，打坏了吃药还得自己花钱。"他只好耐着性子，蹲在地上一言不发。

　　媳妇越闹越欢："我早就说过干部不能当，你早要听我的，何至于闹得现在这样，'破鼓乱人捶，墙倒众人推！'"

　　媳妇的这通儿气，是头晌到队上买菜时招来的。头晌，她登上菜园子边，老远就听到干活的几个妇女吵吵着公社机械厂招工、生产队放人的事。她有意往前走了走，隔着篱笆听起来。

　　队长申力媳妇王巧莲在问别人：

　　"石头妈，你说这次公社招工，队上叫谁去？"

　　"我说呀，不是二旺就是赵四家的黑虎头。"

　　"有人说，还没准是顾德祥的大儿子锁柱呢！"

"说不定，别看他爸爸在庄上不惊人，可这孩子可不错。"

"哼，什么根什么苗。甭说队上这关过不去，就连村上这关他也休想！"

顾德祥媳妇站在篱笆外听王巧莲越说越不上串，在一边搭讪道："我孩子根好不好碍你什么了？不是别的关过不去，是你们家那道关过不去，你爷儿们现在不是'正晌午'吗？"

王巧莲没想到，"墙内讲话，墙外有人听"。索性一不做二不休，既然说到这份儿上了，憋在心里的话都往外甩呗：

"你别满嘴喷粪，我告诉你，现在可不是'四人帮'乱世的时候了！"

顾德祥的媳妇更不示弱，扔掉胳膊上挎着的竹篮子，跳起脚嚷道："你今儿个当着大家伙的面说说，'四人帮'时，我们家怎么了？"

"你们怎么了，你们办的缺德事还少啊！"

顾德祥媳妇再也受不住这样的侮辱，扯开缠在篱笆上面的一片拉拉秧，像条疯了似的母牛朝王巧莲冲去。多亏菜园子干活的几个妇女一起阻拦，才把她截住。她仍不依不饶，嘴巴喷出的唾沫星子溅到了别人脸上。

"你非得说说，我们家办了什么缺德事。"

"还用我说，村上的人谁不知道人家邵头那几年的罪，不都是遭在你身上了。"

"他遭不遭罪，你跟我说得着吗？谁让他赶上那年月了！哼，现在邵头你们'当政'了，要捏咕就来吧，""扑通"一声，顾德祥媳妇一屁股坐在了韭菜地里。

正在谁说都不听、谁劝都不灵的这个当儿，油菜地西边豆角架里走出来一个男人：个头不高，但长得倒很精明。他叫李天山，是二队菜园子园头，外号"小诸葛"。他走到顾德祥媳妇跟前，没用几句话，就把她打发走了……

"小诸葛"的话为什么那么显灵，这大伙心里有数，原来，李天山一辈子无儿，只有三个闺女。大闺女、二闺女都已出阁，三闺女今年也二十三岁，他和老伴商量着：就在当村找个家像个家、人像个人的户，老两口到老来也有个依靠。真是儿大不由爹，女大不由娘，没等老两口子查看好主，女儿秀梅就和顾德祥的大小子锁柱好上了。听街上有人讲，有天晚上，两人在村西头柳树行里被人撞上了。无风不起浪，秀梅和锁柱还确有这么回事。后来秀梅和锁柱合计，干脆和两家老人敞明了。

一天晚饭后，秀梅趁着爹妈都在屋，当面锣，对面鼓，一股脑儿把他俩对象的事都说了。"小诸葛"素日偏疼老闺女，秀梅也觉得问题不大。谁想，她把事情刚说完，就被爹妈拦下了。妈说："你跟他搞，看着他家什么元宝边了。"爹说："打我这也不成。"秀梅又哭又闹，后来"小诸葛"放低了条件：成也罢，锁柱必须得出去当工人。眼下城里到乡下招工少了，就是当个社办工人也可，打那以后，顾家、李家的事就这么撂着。顾德祥媳妇心里有这件事揪揪着，当然要给李天山点面子……

再说眼下顾德祥媳妇的一通儿闹腾，他不用吃饭肚子就鼓了。他慢慢地走进西屋，一头歪倒在炕上。眯上了眼睛，仿佛又来到了另外一个世界，到处都是灰茫茫的，一种内疚隐隐的像是钝锯一样拉着他的心！他不怨媳妇的责备，更不怨队长媳妇在菜园子的发泄，他感觉那些年自己在做人上，确实不够格，尤其在邵头身上，他像有一笔还不清的债。

邵头，名叫邵瑞兴，老家原籍在山东，是小时父亲逃荒要饭用八股绳把他挑到潮白河畔柳河庄的。打土改前两年算起，他先后当干部三十年，虽然在村独一姓，可没落出什么不好的名声。

顾德祥以前在村只不过是个"草民"，"文化大革命"使他得到了"锻炼"入了党，当上了大队管政治的副书记。

再说顾德祥媳妇，以前还算是个勤俭人。打男人当上了副书记以后，自觉身份提高了，头一年就待在家里不到队上去了。秋后一结账，全家超支二百一十多元！那天讨论困难户补助，顾德祥把队委会成员们请到家里，小叶茶闷着，媳妇又炒了半簸箕花生，趁大家热热闹闹吃着、喝着的当儿，顾德祥开了口："哥儿们、爷儿们的，论过日子我也不比谁傻，要是不当干部，我一年拔草钱就得卖上二百多块。眼下就不成了，亏队上这二百多，拿什么堵？"私下约好捧场的会计赵三和搭了腔："我看队上穷富还在乎您亏的这俩钱，我看哪，来年您多给队上、村上卖膀子力气，什么都有了，大家说哪？……"可大家一个也没开腔儿。没开腔？没开腔就等于默认了。于是，一个"决议"写进了队委会的记录本："顾德祥超支贰佰壹拾叁元陆角贰分，经队委会研究，免掉。"

顾德祥和赵三和这出鬼把戏，第二天晌午就到了支部书记邵头的耳朵里。邵头找了顾德祥：重开队委会，重新研究二队困难户补助问题。结果，原"决议"作废了。

事后，顾德祥媳妇好一通儿大闹，她骂男人窝囊废，别人怎么摆布怎么是。打那以后，在顾德祥和他媳妇心里，邵头成了他家"扒豁子"的人。

冬天，基本路线教育运动开始了。上边要求，不但要进一步摆出农村阶级斗争的表现形式，而且还要结合整党整风，摆出党内斗争的表现。

在公社党员学习班上，顾德祥放了颗卫星，揭发了邵头一桩事，成了大伙儿注意的中心：柳河庄地主子女田文，文化大革命被没收了房屋，一家七口挤在两间小草棚里。田文是个木匠，别看红卫兵造反时打伤了母亲的一条腿，但他忍事，不但不分白天黑夜地侍候老人，生产队的活计一点儿没耽误。后来，有人由外地给他介绍了一个对象。姑娘对人没意见，就提一个条件：要求归还他家的房子，都没批准。一辈子大事要紧，后来，他只好决定在自家东场再盖三间。码礤、脱坯都已干完；瓦、木匠也都凑齐；酒、肉、面也都鼓着肚子备个老足，就要立架了。这时顾德祥带着民兵找上门来勒令田家停工，理由是他家东场院土改时已归庄上所有。邵头是土改时期的干部，村落事知情摸底，他劝顾德祥要按政策办事。顾德祥火冒三丈，坚持要田家停工。为了说服顾德祥，邵头只好搬来村里土改时期的土地账。

学习班上，顾德祥避开了土改时期的政策问题，攻击邵头翻文化大革命的案，亲自为地主查地契。于是邵头成了资产阶级在党内的代表人物，一时间"乌纱""党票"都丢了……

顾德祥躺在炕上肚子里饿，心里头苦，一个劲儿地在炕上翻饼。坐在一边的儿子实在忍不住，推了推他轻声说："爹，别生气了，憋坏了怎么办，您起来吃饭吧。"顾德祥望着儿子一阵阵辛酸，眼泪"扑簌簌"地掉了下来。他后悔，后悔邵头下台后，自己当了支部书记，不该在二队大搞跨空分配，个人超支、借支，最后也闹个撤职处分。以至于邵头重新"当政"，自己寄他篱下，影响了儿子的前途，耽误了儿子的婚事。

想到儿子的婚事，顾德祥脑子里又闪进了"小诸葛"。他知道，"小诸葛"不同意和顾家成亲，并不在于锁柱是不是能出去当工人，这只不过是个推托而已。他想的是通过招工这件事，试探探顾德祥在邵头的心里究竟还占有多大的地盘儿。因为他看出一步棋：自从顾德祥下台后，村上大人、小孩再也不是以前那样对他殷诚了。尤其春上，锁柱为避免一起伤人事故，临危不惧把手扶开到壕沟里，事后队长不但没去安慰他，反而因破坏拖拉机牵引杠而对他大吵大闹起来，除叫他包出修理费用外，而且，还要他包出手扶拖拉机的误工费。别人总归是别人，在"小诸葛"心里只要顾、邵两家能和好，才不至于因为闺女的婚事，将来自己跟着吃"挂落儿"……

中午顾德祥就在这一片烦乱的思绪中度过了。下午干了半晌活，收工时刚进家门，媳妇又告诉他这消息：二队队委会决定今晚研究招工问题。又催他，找个投缘对劲儿人，在会上给锁柱说说情！顾德祥也觉着自己再不这么办不行了。乡下有这样一种习惯：只要老大娶不上，一般老二就得费些口舌。因为姑娘那头随便就可以问：既然他家这么好，那么好为什么老大就是娶不上。

顾德祥除锁柱外，底下挨肩的两个小子也都"塔"似的，一把扳不倒了。再从房来讲，除有五间等着翻盖的外，还没有新盖一所。要等给三个儿子盖上房，再娶上媳妇，真得好好地拼几年命。

吃罢晚饭，顾德祥就去找副队长顾顺昌。顺昌媳妇告诉他：顺昌早去开队委会了。

顾德祥来到二队队室的小院，老远就听到一个壮年男人的喊声，这是队长申力的声音：

"什么？叫锁柱出去当工人！美得他，除非咱队这一百多口人都死绝了轮到他的份儿呢！"

顾德祥打了个寒战，一股凉气冷丝丝地呷到肚子里。他下意识地向前挪动了几步，又听到一个男人的发言，是邵头："我说申力，什么话可不能说绝了！"

"什么，我话说绝了？说绝了，也比他顾德祥把事做绝了强！他有权时整别人今天非得叫他尝尝这个滋味。"

"陈年老账，算啦！"

邵头的话虽然不多，这回可惹翻了申力，他"啪"的一声，手掌拍在桌子上，大声吼道："邵瑞兴，邵瑞兴，今天我才看准了你，你原来是'癞狗扶不上墙啊'！我要早知道你这样搁人，当初，我们就不该保你。"

要说申力对待邵头，那真是一心无瑕。在队上为工作，两人虽然有时免不了拌几句嘴，但社员谁都知道他俩"臭嘴不臭心"。他们有着老缘分，当年，邵头被开除了党籍，申力说什么也不服，身背干粮来回步行八十多里到县委替邵头打官司，后来官司没赢，还把自己绕里边去了，也弄了个党内留察二年处分。

有当年的委屈，邵头现在又是二队包队支委。申力想：不管谁说什么，最后还得他拍案而定。谁知今晚邵头倒为顾德祥说起话来了。

申力坚持个人主张，继续言道："我看顾德祥和他儿子跟集体一直是'牛蹄子，两瓣子'，就说春上摔坏拖拉机这件事，我看……"

"手扶拖拉机的事我调查过了，我们不但不应该罚锁柱，还应该……"

"还应该怎么着，给他打个佛龛供起来？"没等邵头讲完，申力"腾"地站了起来，头顶正撞在低垂在办公桌上方的电灯泡上，弄得电线来回晃动。他并不多瞧邵头一眼，索性把凳子搬到屋角背光处。

事情总得有个眉目，邵头不能再顾虑申力，他接着说："拖拉机摔坏的事，我们不但不能罚锁柱还应该表扬他。因为，他救了人，自己还负了伤。"说到这儿，老保管员莫汉章也发了言："我看就连顾德祥这两年也变得不少。锁柱挨罚后，他妈说什么也不叫他开了。可顾德祥不那么做，劝自己媳妇无数回，他说，'队上培养个拖拉机手不容易！'"

这时，不知谁说了一句："我看哪咱队外出工人就定锁柱了！"

邵头问大家："大伙的意见呢？"

"同意……"

只有申力气哼哼地说出了一句："我保留个人意见。"

窗外，明月高悬，照得队室整个小院像是镀了一层银。顾德祥冷丁丁地站在那里，涓涓的夜露潮润了他的衣衫，他那躺在地下的倒影微微有些颤抖，突然，鼻孔里一阵发酸，两行热泪，扑簌簌滴在了胸前的衩襟上。

语丝微言

梁宝辉20世纪80年代在顺义文化馆文学组工作时，以画画见长。现在他的画作已经走出昌平，进军北京，在全国书画界也颇有名声且获奖无数。他的这一篇小说，是处女作，也是封笔作。故事讲的是粉碎"四人帮"之后，挨过整的"邵头"重新当政，对整过他的人——顾德祥不挟私怨，仍以公平、公正之心对待。故事虽然简单，情节也不复杂，却准确、形象地反映出在那个历史时期，一场浩劫之后，人们之间如何消除积怨，平复内心沟壑，达到相互谅解的。未经历"文革"的人，很难想象那以革命的名义，举辉煌的大旗，对人的尊严肆意的践踏，对人的内心进行无情的伤害。而人与人心理上的"破镜重圆"，并非如作者叙述那么简单。

【作者简介】

韩绍金，顺义区焦庄户人，农民，做过协议工，种地为生。早年爱好文学，后停笔。现居住马坡花园小区。

妈　　妈

那天，我正和几个小伙伴藏猫玩儿，为了不叫同伴捉住，我悄悄地钻进街旁棒秸垛里。很得意地想：准没有人知道我藏在这儿！后来我用手慢慢地拨开几根棒秸向外看，只见一个人低着头，不紧不慢地走过来。

呀，是妈妈！

"妈妈！"我兴奋地叫了一声，一下子蹿出棒秸垛。几个小伙伴发现了我，猛扑过来："快捉呀！快捉呀！……"

我急喊："不玩啦！不玩啦！捉住也不算！"

我欢跳着扑向妈妈，拽着她的小褂下襟儿，摇着脑袋，撒娇地问："妈妈，您上哪儿呀？您上那儿呀？"

妈妈看着我，伸手捏掉我耳朵上挂着的一片棒秸叶儿，又把我前胸和后背的柴土末子拍打掉，才告诉我："到你赵爷爷家去！"

"我也去！"我松开妈妈的褂子，跑在她前面。我多么想变成小家雀，一下子飞到赵爷爷家里！

我太想赵爷爷了！他那和气的瘦长脸儿，颤悠悠的山羊胡儿……

听妈妈说，在我大哥和二姐穿屁股帘的时候，爸爸就到很远很远的北京去做工了。家里活儿常是赵爷爷帮着做，栽白薯啦，搭炕抹房啦，还帮着推碾子倒磨呢！末了，妈妈总是摸着我的脑袋嘱咐："豆豆，以后翅膀硬了，千万别忘了你赵爷爷。"

我使劲地拍了三下肚脐眼儿，保证说："那当然啦，长大我挣了钱，全给赵爷爷打酒喝，喝得他呛鼻子!"

真的，赵爷爷是个最棒、最来劲的老头!

我随着妈妈，蹦蹦跳跳地来到赵爷爷家门口。这儿地势很洼，离西边的金鸡河只有几十步那么远!我敢说，坐在赵爷爷家热炕头上，准能听见河水欢唱的歌声!我的眼睛穿过栅栏门的缝儿向院里看，咳，赵爷爷住的那三间西厢房，瞧不见一块砖，都是大土坯码的。跟我家柴火棚子一般矮。听赵爷爷说过：每逢金鸡河发大水时，洪水就会漫进院里，有时还会流进门槛内。每年夏天，赵爷爷的屋里就爬进几个浑身黄疙瘩的癞蛤蟆。河沟里的蛤蟆叫起来，屋里的蛤蟆和蛐蛐在水缸缝呀，柜下呀，也跟着"咯嘎嘎""蛐蛐蛐"亮开嗓门儿叫，吵得人觉也睡不好!

赵爷爷下狠心了，想把老秫秸房拆掉，垫高地基，翻盖成新房，就是钱不凑手。钱这个玩意儿，我真不知它是好是坏。说它好吧。有些大人为争它，斗起来就像两条掐架的狗!说它坏吧，赵爷爷没有它，房就盖不起来!

我见赵爷爷托着腮帮儿发愁，就说："我家有，您跟妈妈去要吧。"

赵爷爷果真从妈妈手里拿了一百块钱!为这事，赵爷爷还夸我懂事呢……

我乐滋滋地想起那天赵爷爷夸我的情景，真比吃糖还甜哪!

妈妈推开用秫秸编成的二门，带我进了院子。院子东边的猪圈墙上靠着刮了皮的木条儿。院子里挺黑，好像天上没有太阳似的，今天没有阴天呐。我看着四周，明白了赵爷爷家东面有一堵三个大人高的土坡，坡上住着党支部书记李大伯。他家有十多棵我搂不过来的大杨树，不断向赵爷爷的院里撒着一片片金黄的叶子，透过那些又黑又大的树脑瓜，才知道太阳在东半天晃晃悠悠地挂着，树荫遮住了赵爷爷家的院子，也遮住了晒着熟白薯干的房顶。唉呀呀!那牛皮筋似的好吃的白薯干，要是见不着阳光，准得发大毛哪……

"这地方真不好!赵爷爷是个大好人，好人偏住不上好地方!"我嘟嘟着，接着就使劲地叫起来："赵爷爷，赵爷爷——"

赵爷爷喂牲口刚回来，正好在家。他迎着我们进了北屋。我搂着赵爷爷的大腿问："您家什么时候盖房呀?"

赵爷爷向坐在炕沿上的妈妈看了看，乐呵呵地说："豆豆，替爷爷着急啦？快喽!快喽!等你下回到这儿来，就是敞敞亮亮、青砖到顶的大房啦。哎，那阵子……"赵爷爷用右手的中指弹了一下我的脑门儿，喜滋滋地眯着眼睛："那时候，你大叔就会有了你的大婶子喽，再过一两年，你就有了小弟弟，我就抱上胖胖乎乎的大孙子，那日子……"

大叔还没有媳妇，赵爷爷就想着抱孙子了。多逗呀!

我屈了一下鼻子，用手刮着脸："没羞哟！没羞哟！"

赵爷爷哈哈大笑起来，双手捧着我的脸巴儿，白胡梢儿在我的鼻梁上来回摩挲，真叫痒痒呢。我痒得想躲开，赵爷爷却托起我，用硬茬儿的脸跟我使劲挨了个亲儿。一会儿才对妈妈说："您看看——"

顺着赵爷爷的手指看着西墙，下半截白灰抹面的墙皮早掉了，坯墙向里凹了一些，像是被水涮的。地面上有细末浮土，那是从墙上落下来的。靠南一点的柜上面，裂着一个小孩嘴大的竖口子……

"这房今年就得动工！侄媳妇，借您那一百块钱，我准备叫大小子下集去买花架。"

"那……"妈妈两眼看着西墙，挪动了一下身子，发出一声轻微的叹息。又扭过头来，看着赵爷爷："大叔，您是不是……"

赵爷爷咬着烟嘴儿，没有吸，等着妈妈说下去。

妈妈咬着嘴唇，又别过脸，躲开赵爷爷的眼神。

我不知道妈妈来赵爷爷家干什么，就急问："妈妈，您说话呀！"

妈妈的脸抽搐一下，好像赵爷爷喂的那头小黑马淘气时被人抽了一鞭似的。这时，正从坡上传来一阵乱七八糟的声音，比我们下课还乱："抬呀！使劲啦！嗨哟哟……"

赵爷爷嘟嘟一句："这是坎上在盖房——苫背。"

"抬呀，使劲呀，嗨哟哟……"上坎的声音不断从窗缝钻进来，妈妈没有说话，眼睛时而睁开，时而闭上。一会儿，妈妈的脸上恢复了平静，她抻了抻自己小褂，又把头发撩到上面，说，"大叔，真对不住你。"赵爷爷一摆手，"侄媳妇，您说哪去了，谁跟谁呀，您帮了大忙，您大兄弟得一辈子记着这码事儿。"

妈妈摇摇头说，"不是，大叔……是景他爸爸来信了，要钱花……您是不是把那一百块钱……真……对不起……"

妈妈不再往下说了，低头看着湿地皮儿。

赵爷爷听了这句话，把我从他的身边推开，腾地站起来了，瞪大了眼睛，气呼呼地盯着妈妈，一拃长的白胡子，颤悠悠乍着，推打着胸前第二颗钮袢儿。

赵爷爷站着有好一会儿。妈妈的头仍然低着。

赵爷爷的眼皮上下翻动了几下，额头紧皱着，又松开来……又重重地叹了一口气。赵爷爷吃力地猫下腰，把冒着烟的烟锅照水泥炕沿上扣了几下，带着火星的烟灰徐徐地落在地上，熄死了。烟袋插进牛皮的烟荷包，慢慢地用纸线绳儿扎上口，颤抖抖地别在腰间，又看了我一眼，点点头。这才趿拉着鞋，一步一步挪着走近了靠在西墙的两节黑柜前，掀了三下，把柜盖打开了，一只手伸进里面去。

我看着妈妈又缓缓地抬起头来，脸上发白，眼睛睁得很大，看着赵爷爷弯曲的脊背，大张着嘴，突然，伸出右胳膊在空中摇动着："大叔——"

赵爷爷没有回过头来。

赵爷爷把一个白皮包袱提到炕上，打开，从里面拿出一沓整票，捏在右手中，颤巍巍向妈妈递过来，手背上根根暴露的青筋蹦起老高，那叠票子在那大手里剧烈地抖动着。

妈妈伸出手，又缩回来，想接又不敢接的样子。赵爷爷没看妈妈的脸，一下子把钱塞到妈妈手里。

我忽然明白了这里的意思，大声喊："妈，不能要！"

妈妈的手像被烧红的火筷烫了一下，一把票子掉在地上。

赵爷爷猫腰从地上把票子捡起来，又递到妈妈手里，说："侄媳妇，我也知道您的难处，拿着。"

从赵爷爷家出来，走到上坡，见大闹叔手里的刨子在刨着一块什么板儿，大耳朵上夹着半截红蓝铅笔，正朝着我乐。一会儿，他又停下刨子，向在西墙根挑木头那个人喊："挑好的来，拣红松的来！"大闹叔说完，又对我翻了翻眼珠儿。大闹叔最喜欢跟我闹着玩了。他说："豆豆，瞧人家三春，跟你一般大，就盖了五间全柁全檩的大瓦房，多神气，就等着长大了说媳妇啦。豆豆，你呢？没有房，媳妇没人给呀，哈哈哈……"

他说的三春，就是李大伯的小儿子，跟我一般大，属猴的，个子可比我矮半个脑袋。要说摔跤，就算他搂我后腰，不是吹，白给吃。三春呀，三春，你也真不要脸，小地蘑菇似的就让爸爸给盖房，娶媳妇啦，真叫没出息！

我向大闹叔斜斜眼儿，伸伸舌头说："我不要媳妇，不要，就是不要嘛！"

这时，从西房那儿飘来喷鼻香的炸豆腐味儿，炖肉条子味儿　还有煮灌肠味儿……

"要吃点儿得多解馋！"我心里说，又立刻反对，"豆豆呀，你真叫没出息，为啥想吃别人家的东西！"

听大人说，闻不见味儿就不馋了，我就用手捏住鼻子，也想回家吃饭了。

我跳跶着来到妈妈身边，晃着她的手："妈妈回家，妈妈回家吧！"

妈妈没动窝，听"冬瓜"大妈说话："……可不是吗，早先根本不想盖房，依他爸爸的意思，等三春大了，让他出去得了。现在听说上边有文件，不从农村招工了，才想盖房，两人一人一处，不生闲气不打架，多好。嗨，大妹子，你没看哪，上我这儿帮工的是落人不落门儿，一窝蜂似的。这个问缺钱不，那个说烧的不够，到他家背去，真叫我知足啊……"

李大妈非常兴奋地说着说着，又立刻拉下脸来了："现在的人哪，都是见权眼开，我们三春他爸爸下台那二年，有病都没人蹬这个门槛，哼!"

"冬瓜"大妈挪动了一下脚，又换了口气说："这回可好喽，连公社钱书记都来问俺盖房的事儿，这房就跟吹气似的支起来了，真快! 大伙都帮忙啊，谁帮忙咱心里也有个数。"

妈妈接过来说："我早知道你家要盖房，也就……"说着，妈妈将手伸进右褂兜里，掏出那叠大整票，说："你家盖房，准缺钱。这是豆他爸爸特意捎回来给你们用的，大嫂子，拿着吧，拿着吧。"

我差点大叫起来：妈妈呀，这是刚从赵爷爷手里要回的那一百块钱哪。我吃惊地瞪大了眼睛。

"冬瓜"大妈连忙摆手："哎哟，兄弟媳妇，我家可不缺钱用，你说我家能缺钱用吗。"

妈妈听了这话，眼有些发直了，又搭讪着说："那……那你家不是还要瓦房么？留着用吧"

"冬瓜"大妈乐呵呵地接过钱："你真好，就容爸爸知道了，准得夸你会办事哪!"

妈妈的嘴角也堆起了微笑。

我再也忍不住了，大声叫起来："妈妈，妈妈!"妈妈呵斥我："豆豆，大人说话，小孩听着!"我跟皮球似的蹦起来："不嘛，我就不嘛，这是刚从赵爷爷那儿要的……"

下边的话儿我还没有说出嘴，突然觉得屁股上火辣辣地痛起来，是妈妈用大手拧了我的屁股。

我痛得难忍，"哇哇……"大哭起来。

平常日子妈妈最喜欢我了，管我叫"宝贝疙瘩""心尖上的肉儿"，什么好吃的都给我留着，从来没碰过我一个手指头。刚才我做错了什么事，用那么大劲，拧我？妈妈啊，我跺着脚哭还不解气，又躺在地上打滚哭，边哭边嚷着："您是刚从赵爷爷那儿要来的嘛! 哇，哇哇……"

我从手指缝看见妈妈正向"冬瓜"大妈焦急地解释着："别听孩子的，没有的事……"

接着，妈妈匆忙走近我，把我紧紧抱在怀里，好像后面有狗追似的离开"冬瓜"大妈的门口。妈妈的脸贴着我的脸了，她嗓门儿里呼哧呼哧的拉锯声是那么响，我往后仰着脑袋，推开妈妈的脸哭喊着："放下我，躲开我! 您坏，您坏呀! 哇哇哇……"

我的嗓子哭哑了!

妈妈抱着我,躲进了一个小胡同。这儿两边是很高的石头墙,向前看去,显得又窄又怕人,好像是张大嘴要把我们吞进去似的。

妈妈蹲下来,放下我,我拼力扭绷着,想挣脱妈妈。妈妈却用一只胳膊使劲地夹着我,像怕我跑掉永远也不回到她身边似的。我的左脸紧贴着妈妈胸前,妈妈那怦怦的心跳声我听得很清楚。妈妈另外一只手在爱抚地摸着我的屁股:"豆豆,还疼吗?"

"疼……"

妈妈见我快说不出话来了,用绿头巾角儿擦着我的眼。"豆豆,别哭了,听妈话啊,妈回家给你烙饼吃……"

"我不吃!我就不吃!"

"豆豆,你不知道妈妈的心哪!"

我晃着身子,可劲儿地喊:"我懂,我懂,我什么都懂!您专会溜当官的屁股沟子!"

妈妈浑身一震,突然将紧紧搂抱着我的胳膊松开了。她的一只手扶着墙壁,眼眶里涌满了泪水。接着,那大滴大滴的泪珠顺着鼻梁儿的两边,哆哆嗦嗦地向下滚动……

妈妈像是傻了!

我不知妈妈怎么了,拉了她一下,她没有动。我急了,失声地大喊起来:"妈妈,妈妈呀……"

"豆豆!"妈妈叫了我一声。声音是那样微弱,那样子,像是从遥远的天边飘来的。妈妈重新把我拉近她,从头到脚地看着我,好像头一次见到我一样,然后用一只手轻轻地抚摸着我的头,眼泪掉在我的手背上……

"豆豆,妈妈是为了你们好啊!"妈妈像是对我,又像是对自己喃喃地说:"……跟你赵爷爷要钱,我心里也不乐意呀……你赵爷爷是最好的人,但是不顶用。你大伯呢,人家是书记,在村里吐口唾沫是根钉……早先别的家出工走人什么的,谁家不是先把你大伯维好了才走得了呀?这回你哥哥去挑兵,身体没毛病,就等大队定准了,我就怕你大伯给咱眼里扎棒槌!要是你哥当不了兵,你哥得怨妈一辈子……"

妈妈哽咽着,停了一会儿,又说:"豆豆,你都懂,妈妈是没有办法呵。豆豆,你打妈吧,你狠狠地打妈吧!谁叫我没骨气呢?豆豆,你打……打吧……"

妈妈拿起我的一只手,要向她脸上打去。我惊慌地缩回手。

妈妈猛地低下头，两只手捂住脸，肩膀一耸一耸的，像又哭了。可没哭出声，指缝里也没流出泪水来。我想，大概都流到嘴里，咽进肚里去了。

我愣愣地站着。不把大伯维好，哥哥就当不了兵？对于妈妈的话我又懂又不懂，我多么想把这件事告诉赵爷爷，可是眼下我又不能去赵爷爷家，因为我离不开伤心的妈妈。我站在那儿，想劝妈妈，可又找不出好话来，我想不透，平日里爱说爱笑的妈妈，为啥变成这样了呢？

妈妈啊，您……

（原载 1981 年第 2 期《北京文学》）

语丝微言

这篇小说，四十三年前发表在《北京文学》上，得到过浩然的首肯与赞扬。小说从一个孩子的视角，写出了"妈妈"心中的纠结、无奈、违心、自责、愧疚和家庭的责任。那时的韩绍金多年轻啊，意气风发，就写出了那么棒的小说。

【作者简介】
    赵炳玉，1951年出生，1955年患了小儿麻痹症致下肢残，多灾多难。勉强读到初一，从那时爱读文学类书，爱好文学，自学写作，在县刊、《京郊日报》发表过小小说、诗歌。为了生活，修过鞋，做过剪纸，在乡福利厂干过，停了笔。

月亮圆了的时候

秋风吹落了晚霞，吹起庄户人家房上的炊烟。

今天是八月十五，中秋节。

丁四婶眉开眼笑地为全家做晚饭。她两手沾着面屑，用手背拢了一下滑到眼前的白发，冲着街上叫："小珊！小珊……"

随着四婶的喊声，飞进来一个梳着香蕉辫儿的女孩。细高个儿，有十多岁，涨红着脸儿，喘息着听吩咐。她就是四婶的大孙女小珊。身后跟着两个妹妹，都六七岁，一个叫小玫，一个叫小瑰。

"去，到队上看看，你婶妈咋还没回来，也不知成天价开哪家子会！"

"我去，我也找妈去！"小瑰尖着嗓门叫，三个孩子夺门跑出去了。

四婶看着三个孩子远去的背影，轻轻叹口气："仨丫头长得多好，就缺个小子！珊子妈是不生啦，小瑰妈成天忙队里的事，到家唱唱咧咧，也不知她想的是什么！"

天，不知不觉地黑了。四婶和好面，切好菜。月饼、梨，媳妇秋芳头几天就买好了，专等两个儿媳妇回来，一家子好好团团圆圆过个节。

"哎，我说嫂子，你家越凤可积极喽！"院里有人叫着，人没进门，四婶就知道准是本家快嘴五婶。这个快嘴五婶，她要是得到点儿新闻，满世界都会知道。

"哼，就当个妇女队长，要是官再大点，还不美死！"四婶不以为然地嘟囔着。

快嘴儿五婶告诉她："越凤今天在妇女会上第一个声明，只要一个孩子。公社那个女干部还夸她哩，好几个媳妇都学她的样儿……"

"真的?"四婶大吃一惊,手里的铲子掉进了锅里。

"谁骗你,不信你去打听!"快嘴五婶挑衅地扬起眉说,"你家生小子就靠她啦,你可拿准主意,要不,这辈绝户!"说完,一阵风似的走了。

几句话,说得四婶心里酸溜溜的不是个滋味儿。抓起手巾擦手,又把手巾"啪"地摔进盆里。到西屋,又从西屋跨到院里:"不行,得把她找回来。不光越凤你不争气,可恨,就五婶说话的那神气,我也受不了。几十年我清楚,她五婶的眼神里在说,我有五个孙子,你可要绝户啦,丁家是我……"正在她火烧火燎的当口,老伴丁老四一步跨进门,这个有名怕老婆的蔫老头,专会看老婆脸色行事。本来是叼着烟袋进院的,一看老伴脸上晴转多云,就好像看到"此地禁烟"布告似的,赶紧把烟磕了,烟袋顺手藏进袖筒,想溜进屋去。

"你是死人?外边什么事都不知道!"四婶没头没脑地迎头怒责。

"啥事咧?"老四慢悠悠地回答。

"什么事?你要断子绝孙啦!"

"媳妇们的事我咋好管……"

"……"四婶气得话也说不出来了。可回转心来一想,也是,跟这个死老头出气顶啥用?四婶顶一脑门火,没处撒,猛听见门外"咚咚咚"有人来,她知道是越凤,脸拉得更长了。越凤这个爱说爱闹的媳妇,进了院子还和小珊三个孩子抢一封信,她们都没注意到四婶脸上的变化。

"妈,做饭啦?"

"我这快死的人啦,还吃饭干啥!"

"哟,生气啦?人家还没跟您商量嘛……"

"你甭跟我商量,我不配!"

"谁也没说您不配!"

"你就是不争气,不争气……"

"我没啥不争气的!"

"好,写信把你男人找回来!"

"找回来还吃了我!"

话赶话,婆媳俩越说越岔。本来就憋着一肚子气,又让媳妇噎两句,越觉委屈上来:"好啊,你们翅膀硬了,我这就要受上了……"嚷着嚷着,她一头扑在炕上哭起来,越凤也扭身跑到院外去。

三个孩子吓成一团,偎到老四身边。

院里一阵车铃响,四婶那当中学老师的大儿媳妇下班啦。别看她是老师,说话可风趣。鼻梁上架着圆圆的眼镜，脸上总挂一丝顽皮的神气。显然，在大门外越凤已经告诉了她发生的一切，进门推开孩子们，故意唱歌般地叫："妈，饭做好啦？可把我饿死喽。"

四婶躺在炕上抽泣，没有作声。

秋芳把一摞书本往柜上一放，紧凑到婆婆跟前说："我们的家庭总理，吃什么？"

不见搭理。婆婆紧咬嘴唇，强忍着。

"呀，谁欺负老太太来……"秋芳上炕，攥住了婆婆的手。

过会儿，婆婆才攥住秋芳的手，鼻涕一把泪一把地把事情经过告诉了秋芳。最后盯着秋芳的眼睛问："你说，要那样，咱丁家谁顶门立户，你们将来指望谁？"

"指望我俩闺女啊，还有小瑰……"

"鬼算计！十个丫头不如一个儿子。"

"妈，这您就说的不对了，您俩儿子不在家，他们管什么事啦？前年您腿疼，下不得炕，越凤不也背您出，背您进？爸爸病了我不也捎他到医院看了吗？我看，您就是嫌我们没能耐，不然就不待见？"

"我错待你们啦？嚼舌根。我怕没小子，叫人说闲话。"

"他们才算嚼舌根。您等着，咱娶一个傻小子过来，也气气她们！"

"那人家干吗？"四婶拭一把泪说。

"到时候小伙子有咱大姑娘管着呢！"媳妇说完往鼻梁上托托眼镜，嗤嗤地笑。

"不叫管，咱不管，可越凤对我那样，我哪点对不起她！"

"她就是孩子脾气。你忘啦，怀着小瑰都八个月了，还腆着大肚子上房摘桑葚吃，不是您叫下来的！"秋芳解说着。四婶躺在炕上，一动不动，半晌没有说话。秋芳坐在炕上，又说："妈，咱们国家现在还很穷，搞'四化'的底子薄。养那么多孩子，国家负担更大了，咱们也得为国家着想。人家越凤想得比咱们高，比咱们远啊！"见四婶还是一动不动，又说："我找她去，给您出出气！"说完，就"腾腾"地走出了屋。

四婶一个人躺在西屋炕上，两眼瞧着顶棚，不觉委屈起来。唉，自打一进丁家门，就没享过半天福，过着缺吃少穿的日子。老四又是个吃凉不管酸的人，年轻时不知跟他干过多少仗，自己拉扯着两个儿子，从吃穿到上学、娶媳妇，哪样都是自己操心。现在，媳妇生养啦，又得帮她们拉扯孩子。到头来，却没落个好！她越思越想，越觉咽不下这口气……她翻了一下身，转念一想：有小子没小子，关我多大事！生小子可是侍候你们，我沾得着几年光，不管了……可由她们性子，丁家不就绝了吗？唉可怎么办呐……

四婶在炕上躺一会儿，思一会儿，最后觉得没趣，从屋里溜达出来。

中秋节晚上，一轮银盘似的月亮，在老槐树后隐着，偷看这里。阵阵秋风吹来，四婶觉着门外有人说话，啊，是越凤和秋芳！她踮起脚，贴着墙根站下来。

树梢被秋风摇得轻轻呼哨，两个年轻媳妇的声音飞过墙，传进四婶耳朵里："老太太就偏着你，对你多好！"越凤的声音。

"胡说，敢说不疼你！"

"疼我，对我那么横！"越凤委屈地说。

"咱们当媳妇的，也应当体谅妈的心。养儿防老，是多少辈子传下来的旧观念，能让老太太一下就扔了？再说，眼下社员就是有困难，分柴都到地里扛，家里没男人，就是叫苦。她看了，心里能不动？"

"唔！"

"我说，咱还得把劲儿用在工作上，让咱的家乡来个大变化。那时，有儿没儿也能生活得更幸福，老太太还想孙子干啥！"

"哎，南院桂枝招养老女婿到家，女婿不是很孝顺她老爹吗？"

"对。还有二姨不也是归到姨妹家一起生活了吗？妈还总夸妹夫待二姨好呢。往后，你就跟妈多讲这些……"秋芳讲得有声有色，就像她又发现了块新大陆！

墙内的四婶听到这儿，心里暗暗叫苦。是啊，自己不正是亲口在儿媳妇面前夸过人家吗！前几年，老妹子来看姐姐，到一块说不上几句，不是叹气，就是抹眼泪，怕自己没儿，老了受罪。自己也不知陪着掉了多少眼泪。真没想到，如今娶一个好女婿，跟自己亲儿子一样，享上福啦！妹子一见别人，总把闺女、女婿挂在嘴边上。唉唉，难道闺女儿子真一样吗？不……一样，想到这，她有些后悔了，自己千不该，万不该，闹得全家没过好节。唉，要不就随她们便吧，不管啦……

四婶本来想进屋，抬抬腿，腿像在地上扎了根，没挪动，墙外的声音又像蜜蜂一样飞来了："等妈气消了，再说。她正在火头上，别把她气坏了，咱离不开她！"

"哎，要说妈也真不容易！"

秋芳动情地说："妈对咱们可没得说。为孩子们，多苦多累没怨言。我总觉着像欠她什么债没法还。我病了，她像对小孩儿似的，一会挨挨脸，一会儿摸摸身，贴着耳根问我想吃什么……"

"嘻……往你嘴里送糖水，还先在自己嘴边试试哪！真是，有时我也想，干吗吃饭非得等我一起吃呢，叫爸爸你们先吃不行吗？真怪，收工多晚给我留的饭菜总是热腾腾的……"

"你说，她不疼你吗？"

"疼!"

"傻样儿，先向老太太认错去，把她哄高兴，咱好过节。要不，待会儿我跟你算账!"

"俺会说!"

"你怎么说?"

"我说，我说，咯咯咯……"

院里的两棵白杨，也在秋风中呱呱地为她们鼓着掌。那躲在老槐树后的中秋月，正往树梢顶上爬着。

墙里四婶仔细听着，听着。忽然心里一热，眼里不由得流出几滴泪来。她现在觉得俩儿媳妇是那么可亲可爱，要不是隔着墙，她真会用手抱着……猛地，她想到节还没过呢，就又三步两步跑进屋。放好桌子，摆上月饼、梨。刚想叫老伴，掀门帘一看，见老伴和孙女小珊，两张脸凑在一块儿，在灯下看信。老的戴着老花镜，小的结结巴巴地念着："亲爱的凤，你的决定，我同意。重男轻女，是几千年的旧观念，咱要和它彻底决裂。爹妈想不开，你不要耍小孩子脾气，要耐心地劝……"

四婶站在爷儿俩背后，不吱声地听着。这时，秋芳和越凤一前一后走进屋来。这个从四婶手里接过盘子说："妈，您还生我气呐!"那个拉着她的手叫："妈……"两个人你一言我一语找话说，没想到四婶心平气和地说："啥也不要说了，咱们先过节!"姐儿俩互相看了一眼，抿嘴笑着准备饭去了。她俩都纳闷：妈一肚子气是怎么消的呢?

在丁家小院里，媳让婆，婆让媳，围在摆满果品的小桌旁过佳节。明晃晃的月亮挂在头顶，几个人就像坐在薄雾清水中一般。

"奶奶吃我的!"小珊给奶奶递上一块月饼。

"奶奶不吃她的，吃我的!"小瑰一下推开姐姐的手，塞到四婶嘴边一个梨。

"奶奶咬不动!"

"就咬得动，就咬得动嘛!"小瑰撒娇地叫。

"哎，咬得动，咬得动!"

四婶不知接谁的好，脸上只剩下个"乐"字了。至于饭前那场不愉快的事儿，她早忘到爪哇国去了。

那妯娌俩笑嘻嘻地看着婆婆，没言声，她们都在想着心事啊。

小的在想："甭看眼下婆婆这么乐，那要孙子的心也没退多少呢! 今后，俺慢慢磨您，早晚把你那心磨化了!"

大的在想："老太太想孙子，不稀罕。旧社会，她看到多少没儿的老人，老来无依无靠，冻饿而死啊！今后的生活，真要是比眼下这情景更甜、更美、更好，谁还管是男是女咧。要紧的，是咱们的'现代化'。它有了，什么就都有了，一切问题就都解决啦！"

这时，不知谁家打头放出了一个二踢脚，"叮当！"接着各处爆竹像爆豆儿一般，"噼噼啪啪"在村里响起来。

中秋节最热火的时刻到了。

语丝微言

赵炳玉的这篇小说，是写计划生育的。就题材来说，与政策一样，已经翻到崭新的一页。但这篇小说中的人物，刻画得栩栩如生，鲜活生动，呼之欲出。丁四婶盼孙心切，老伴蔫头巴脑，大儿媳知书达理，二儿媳大大咧咧。就是三个小孩子，也写得各有特色：小姗结结巴巴念信，小玫让奶奶吃月饼，小瑰往奶奶嘴边送梨。刚亮相就下场的快嘴五婶："她要是得到点儿新闻，满世界都会知道。说完，一阵风似的走了。"环境描写也好，农家小院，月白风清。气氛渲染得也好，喜庆和谐，鞭炮齐鸣。小说中每个人的性格及心理活动，都写得恰到好处，不温不火，都有其合理性。本篇是赵炳玉四十年前的作品，他还有短篇小说《老疙瘩娶媳妇》等。赵炳玉居苏庄，话闸桥。又工剪纸、淘旧书、集古董。生活得很文学、很文化。

【作者简介】

单宗福,顺义区退休干部,区作家协会会员,《蒙东作家》特约作家。热爱大千世界,心怀古道热肠,善于用宽容心态感受生活,用古今文牍拓宽视野,用文学之笔记录生活点滴。作品散见于《法制日报》《北京日报》《京郊日报》《北京大观园》及众多网络平台。

庄稼人的见识

一

中秋节一过,空气里便渐渐融进了稻粱菽谷的醇香。再有半个月光景庄稼就该收割了。田野里那些浅黄飘缨的玉米、绿叶扶红的高粱、深绿深绿的薯秧……已结束了它们生机勃勃的青春期,捧出累累的果实向人们预告丰收。每年这时候,都是一段抢收抢种之前短暂的农闲。可是你瞧,徐云海老汉还在那片高粱、棒子间作的"三茬儿"地里拼命地耪着、耪着。地是湿漉漉松蓬蓬的,一脚下去没鞋帮,当然也有几根稀稀落落的节节草、毛蔓儿。徐老汉弯腰煞背,步履均匀,两只胳膊使劲让锄刃向地里扎去,只恐草毛毛留下一点根须。那把大锄——二十世纪七十年代末中国农民使用的劳动工具,柄把古铜色,油光发亮,不知经过多少汗水的浸润和大手的磨砺,还远远能闻到古朴的木香。滴答滴答的汗珠子,顺着徐云海褶皱的脸颊滚下来,在锄柄上摔成几瓣,变成几粒小珠一滑,滚落进松软的土壤。成群的蚂虫,好像刚扬起来的一把黄沙,在叶子间、人的身上脸上乱飞乱撞。汗水不时从眼角流入眼眶,火辣辣地疼,他只抬手抹了一把,又去抓锄柄了。徐云海明明知道锄这一遍草是多余的,他完全可以在家中磨镰安镐,或者坐在炕上摇扇品茶等待收割。可他偏要再锄一遍。"扑",锄头钻进地里,一锄,又一锄……在这不停的劳作里,有他的幸福,有他的痛苦和希望……

他是一个被人看不起的庄稼汉,连他的哥哥也怕沾上穷气而疏远了他。命运之神给予他的除了贫穷的劳累,还有什么呢?因为这个,他三十岁才讨到老婆,五年后又多了一对双胞胎的张口物，不幸，女人又患了瘫痪病卧床不起，日子就更艰难了。他的唯一家产就是土改时分到的那三间土房，也早已变得简陋不堪了。他想改变现状，像他哥哥那样过上芝麻开花似的好日子。可是难啊！哪怕每天三顿棒子面窝窝头能填饱肚子，也就满足得要命了。他不会像哥哥那样钻天觅缝找些进钱的路子，只盼着生产队快快地富裕起来，把他从困难的漩涡里解救出去。别看他个儿小，却有一身好力气，农村啥活也难不住他。然而，一年、两年、十年、二十年……一场一场的运动，走马灯似的，他没有得到好处。那三间昏暗的土屋只裱糊过一层报纸。脸上的皱纹倒一天比一天更多更深。他盼着、熬着。终于有一天，一股希望的亮光照进了他那苍老的心怀。那是玉米蹲苗期，队上决定定额包产，超产部分全归自己。这给了他希望，给了他力量。自从这五亩半地分给他，没睡过一宿囫囵觉。两个宝贝念中学去了。女人下不了炕，他忙了地里忙家里。风吹雨打，披星戴月，简直拼了老命。女人心疼他，他说："咳，超过七百，都是自己的！"存了几年小园种菜用的大粪搭进去了，女人留着生豆芽用的绿豆也种在了地头地脑。往年队上定了苗，锄一遍，一粗一细两次肥，再一中耕，就等着收割了。而他，光除草，就比队上多了三遍！眼下，已是第四遍落锄了。尽管他自己也觉得可笑，这一遍锄不会再给他多长出几斤棒子和高粱。但是他相信，工夫不负有心人。那尺把长金黄的大棒子，红澄澄娃娃头似的高粱，多惹人爱哟！凭庄稼人的眼力，亩产至少九百斤开外。这就是说，他那个饥肠辘辘的四口之家，除去口粮、工分粮，还要额外地增加一千多斤超产粮，那以后的日子，该是多甜多美哟……

一股凉津津的风儿吹来，徐云海像刚喝过两杯蜜酒。放下锄，又开手指在那个大棒子上量一量，然后又小心翼翼地搬下一穗高粱头，掐个珍珠似的粒儿放进嘴里，嚼碎。真的，怪甜的！只有辛勤劳动的人，才能尝出这鲜美的味道。他放开手，那高粱头忽地弹了回去，撞得一片高粱摇晃起来，多像一群顽皮的胖娃娃。徐云海看着看着，咧开豁牙子嘴，乐啦。他乐得多开心，就像一个月前，他也这样乐过一样。

那时刻，棒子壮粒儿，高粱灌浆，正是上粮食的节骨眼上。老天爷一个月没下雨，叶子黄了，一棵棵无精打采。徐云海急得嗓子冒烟，心比地还干。两颗眼泪还没滴出来，一股清亮亮的水，从水库流出来，顺着大干渠，"哗哗哗"流进了他的田里。不几天,那些蔫头耷脑的秧苗，又昂首挺胸、朝气蓬勃的了。"哗……"清凉的水呀，多像灌进了他那干旱的心田。那一回，徐云海就是这样乐的。有一次他从梦中乐醒，忽然跳下炕，在院里装上一车拌着炕土的草木灰，向包产田推去。不知听谁说过，草木灰里边有钾肥，他不懂钾肥的功用，但既然是肥，总可以增产吧。半路上，一道三十度的斜坡把车子卡住了，他想起了队上的大黑牛，那牛拉车上坡时，是跪着爬上去的。他学着牛的样子，跪下一条腿，头和肩顶住车架，"一、二、三、嘿哟"，一使劲，上去了！呀，原来什么也难不住人！他把车子推进地头，将那"钾肥"一锹一锹施在玉米根上。灌浆期早过了，还能给他多长几斤粮食吗？当然这是他的愿望。但是第二天早晨，女人问他半夜三更去干什么，他竟揉揉眼睛说："不知道。"怪啦，他真的不知道？谁也说不清，甚至连他自己也说不清，因为他做过许多类似的梦。他曾经梦见过自己富起来，比过去地主的粮食还多，都是队上分给他的。然而睁开眼，依然是那几间土屋。前几年运动搞得凶，还差一点像新中国成立前那样抱上打狗棍子。这回，国家公开号召农民致富，这是他徐云海梦寐以求的愿望。他豁得出去，又是种田的能手，他蛮有把握让自己的家庭富裕起来。

锄完了自家的五亩半地，已经响午了。火毒的日头烤得头晕眼花。到底上了年纪，抢半天锄头腰酸腿疼。点上一锅叶子烟，蹲在地头，一边抽，一边打量自己种出来的庄稼。蓦地，他的目光，被远处一片黄叶干梢的棒子地吸引过去。他简直不敢相信自己的眼睛。他磕去烟灰，扛起大锄，快步向那地里走去。

这是他哥哥徐云山的包产地。自打分给他，没推过一车肥，没耪过一锄草。整天价去城里跑买卖赚钱，还打发他的两个儿子去拜师学木匠。乍分地那会儿，草比苗高，是徐云海看着过不去，给他耪了一遍，二茬玉米凑合着保住苗了。"小三茬"高粱一棵没活。大旱那些天，徐云海想浇完了自己的地，再去浇那·块，不料水断了，一直等不来。过后他忙自家的地，没顾上来这里看一看。想不到……哎呀，瞧那棒子长的，跟商店柜台里摆着的大糖梨一般无二。徐云海心中的火气，不由得突突往上冒。他顾不得半天的劳累，抓起大锄，在那毫无指望的密丛丛的草垅上耪起来。口里啐一声道："庄稼人，不知你指望什么活着！"

按理，他不应该帮哥哥的忙。因为哥哥的为人，已经让徐云海伤透了心。可他不能不做，正像不该耪的地他必须耪一遍那样。地是生产队的，队里多打粮食，大伙都有益处。再者说亲兄弟闹不和，惹众人笑话。哥哥可以负他，他若也像哥哥那样，还属于人类么！他在哥哥的地里又耪了两遭，直到胳膊抬不起来。他觉得身上已经没有一点力气，才扶着锄柄站了会儿，准备回家吃饭。

这时候，马路上过来一个急匆匆的骑车人。从来者那胖得下垂的脸和宽大得发笨的身型，徐云海一眼就认出那是他的哥哥徐云山。他鼓了鼓勇气，抬手招呼道："哥，捎我回去！"

徐云山拿眼朝这边瞥了瞥，两粪堆远，明明听见了，看见了，可他却把眼望着天上的云彩，车没减速，噌地一扭车把，顺便道往村里去了。

徐云海惊呆了，额头青筋暴跳，胸脯一起一伏，半晌也没吭一声，扛起大锄，深一脚浅一脚往回走去。肩上的锄重得像一担水,眼前的路,在他那艰难的步履底下,显得格外长远起来。走几步,他长长地叹了口气……

二

世人常把兄弟比作"手足",可见至亲至近了。然而徐云海没有这个感受。前几年流传一句话说:"亲不亲,阶级分。"那个伟大宏论,确曾使不少弟兄翻脸、绝情。而这些对于土头土脑的徐家兄弟,无所谓。但徐云海老头儿执着地感觉到,兄弟之间已经悄悄地产生一种幽情。这幽情,让他沉默痛苦。久而久之,又激发他产生一股力量,促使他争气要强。毫不隐讳地说,他之所以拼死拼活要让那包产地"超七百",在很大程度上蕴含着这种因素。

唉唉,多半辈子了,徐云海一直是在哥哥轻蔑的眼光中度日月。仔细想来,在处世态度上,哥儿俩压根儿就没合过拍。他们十几岁就丧了父母。哥哥身体好,跟着远房一个伯父去闯江湖,回来学到一身经商本事。弟弟比哥哥小五岁,体质又弱,只能寄生在哥嫂篱下,间或给富家去放牛,做短工。无形之中,便成了哥嫂家中的累赘。白眼窝脖气,往往比毒打一顿更令人难受。新中国成立后兄弟俩才分家单过。哥哥名义上务农,却忘不了本行,钻窟窿倒洞找些便宜进项:鲜菜啦,水果啦,烟叶啦……东镇趸,西城卖。鬼知道他用的什么手腕,家里花钱如流水,小日子冒油,人也变得日益财大气粗、不可一世起来。徐云海呢,下了炕头,奔了地头,尽管他不惜力气,拼着喊着劳动,日子总还是可怜巴巴的。为了这,哥哥瞧不起他,但是手足兄弟,又不能破罐子破抢。有一回,硬着头皮,把低价买来的五十斤山里红赊给他,让他去集市上碰碰运气。他犹豫了半天,怯生生地去了。庄稼人天生不是做买卖的料,头一遭上市,就好像偷了谁摸了谁,专找墙旮旯没人处摆摊,结果半天几乎没开张。肚子饿了,把口袋撂在门外,进饭店买两个花卷,等他出来,傻眼了:五十斤山里红连口袋让人偷去了。他不敢回家,跺一跺脚,跑到小姨子那里求助。连襟替他到一个生产队买了二百斤洋葱,放在地秤上,他当面看着称的,谁知上税时一过数,偏偏是一百五十斤——原来他不认识地秤,真是屋漏偏遭连夜雨,黄鼠狼专咬病鸭子,倒定霉了。连襟亲戚,着情搭脸为他买的,又不好再问。只得忍气吞声,把洋葱原封送给连襟,还得违心地说卖了五十斤,带着赔本的债回到家,瘫在炕上。女人气得骂他"窝囊废"。哥哥听说了,忙打发孩子跟他来讨账,并散风说:"他呀,天生的癞狗扶不上墙,受穷的命。别人吃大米白面,他喝稀米汤都不配!"徐云海听了这句话,二话没说,赌气把圈里那头克郎猪托人卖掉,还了山里红钱和洋葱钱。自此，他认定了自己的身价，再不敢有旁的希求了。他唯一的指望是种田。盼着生产队富起来。只要能豁得出去，多挣分，一样过好日子。种地是本分，人不能离开土地，世界上那些花花绿绿的草木，天上长的地上走的，哪一样不是从土里生出来的？就是香喷喷的大米白面，不也是庄稼从土里长成的吗？人吃了那些土长的东西，能干活，说明人也是土的。干活干出一身汗，用手一搓，满身泥滚。人死了变成土，土又供人活着……瞧瞧，满世界都是土的！所以人一旦离开了土营生，就失去了本分，徐云海自己的这个高明见解，不久后竟又节外生枝，使他觉出那些不安心种田的人，都是昧着自己良心的。他永远也忘不了，哥哥请他喝过一回酒。

那是包产田分下来不久，徐云海帮着哥哥中耕了棒子地，哥哥过意不去，让女人请他去家里喝两杯。他跟着嫂子刚走进哥哥家门，忽听一阵猪的叫声，吓了一跳，紧走几步，走到猪圈门口。哎呀，一头又瘦又大的母猪，被仰面绑在四根立竿上，两排肥大的奶头，一个个被细铁丝从根部扎紧，肿胀得像将死的春蚕。徐云山累得满头大汗，每扎上一个，老母猪就疼得一阵嚎叫。徐云海不胜惊骇，忙问何故，哥哥头也没抬，轻轻一笑说："过个十天半月的，奶头死掉了，我就把它当荣昌种的肥猪卖。我这样卖出仨去了，光奖励料票就得了七百斤……"徐云海听了这话，眼里打了几个黑闪，仿佛闻到一股恶臭的猪粪味，厉色道："这么办，再来运动，你可吃不了兜着走！"哥哥依然轻轻一笑："上边说过，往后不搞运动了，就是搞，也是大队、公社那群小子，又能把咱怎么样，割尾巴那几年闹得蛮凶，碰着咱毫毛了吗？"这话徐云海信，因为哥哥会拿"小红包"封住干部们的嘴。徐云海自己是做不出来的……一会儿哥哥把母猪解开，站起来拍拍手。徐云海竟意外地发现，他哥粗糙的腕子上也戴了一块锃亮的手表。徐云海自己做梦也不敢想呀……哥哥扣好圈门，两眼在弟弟身上一扫，皱起眉道：

"瞧你身上那么多土……"

徐云海心里起火，牛似的吼道："我土，我土！"

哥哥也有点生气："土，土包子！"

徐云海扭头就走。哥哥一把抓住他往屋里拽，高大的胖子拉着矮小的瘦子，像拖小鸡一样把他拉进屋里，坐在酒桌旁边。

猪头脸加香肠、炸鱼、摊鸡蛋，另有几样小菜，是哥哥待客最普通的便席。徐云海一生也见不着这样的几回。两个人端着酒杯，闷声闷气，谁也不说话。好长一会儿，哥哥杯中酒一饮而尽，才长叹一声说：

"云海呀，不是哥哥酒后话多，老早就想跟你唠会儿，就是没得工夫。总之你这个人活得太死硬了，脑袋像个杉木疙瘩。你四口之家，要放在我手里，早就花里忽哨的了。可是在你手里呢，哼！你自己过不出富家的路子，也不会看看别人吗？别以为你守着几亩地种就是守本分。文化大革命过来，守本分的还有几个呀！咱们张书记，那几年给斗得吐血，现在一上台，怎么着？怀儿里来！三十七块钱买二十棵树，大车拉一天。人家比你思想高不高哇？都像你那样死硬，喝个西北风？喇叭里常说：万众一心向"钱"看。钱是"金钱"的钱，一分钱难倒英雄汉。全国都在抓钱，谁搞的多谁就是好汉。我劝你活泛一点儿，睁眼看看，村里凡是想着法找点钱花的主儿，日子都过得冒油，那些安分守己种地的庄稼户，哪一个不是穷光蛋？连亲戚朋友都疏远了，怕沾上穷气。救得了急，救不了穷，谁能管得了谁？还不是谁有钱谁花！爹有妈有不如自己兜里有，是不是？咱这穷村穷队，像你那户，吃盐不也得抠鸡屁股吗……"

徐云海把酒杯重重地蹾在桌上，喑哑地说："好端端的地，草都长严了，不知道你指望什么吃饭！"

"那是少见识！"徐云山给弟弟斟满了酒，以长者的口吻说："一斤棒子粒一毛多钱，一斤苹果呢？一斤钢呢？一斤黄金呢？一块上海表不到二两，能卖一百多。你一亩地多打一千斤粮，值老几呀？"

这顿饭吃的，让徐云海脊背发凉。在乡亲们眼里，徐家兄弟和睦相处，是一种光彩。可现在……唉，千不怪万不怪，就怪自己太低能。如果我徐云海是个书记队长，他哥一准儿会巴结着找上门来。唉，哥哥的心哪……

徐云海浑身打了个冷战，肩上的大锄越来越重，他换个肩膀扛着。瞧，瞧，走了半天，刚进村口。

三

转过一条弯巷，就到了家门口。兄弟两家斜对门。大街上传出家家户户洗涮碗筷的声音。徐云海余怒未消。刚要进门，忽见哥哥的栅栏门后有个女人伸着脖子往街上看，看见他，急忙缩了回去。他屏住气叫了声嫂子，没人应。他嫂子是个和哥哥投缘的女人，专好看男人的脸色行事。兄弟两疏远了，她也是见了就躲躲藏藏的。徐云海顾不得许多了，大步往里闯去。那把大锄，就放在门口。

嫂子在屋，正没处躲藏。见他进来，忙赔笑脸："哟，是云海呀，坐，坐……"

"他没在家？"

"别问啦，我抓心挠肺，正等他回来。"

"回来我得问问，我这辈子哪点对不住他？"

嫂子这才注意兄弟的脸色,吃惊道:"哪儿的事?"

徐云海绷着脸:"我上赶着找他搭话,车都不下。这也罢了,亲兄弟连回句话也不值啦?"

嫂子大约听出了分晓,忙解释道:"我当啥大事,你就别嗔怪他了!你还不知道?他眼都快急瞎了!唉唉,五百多块,这回赔姥姥家去啦!"

徐云海瞪大了眼睛,没听明白。

"他这次进城——我也说不清茬口——从一个老头手买了十块手表,说是什么出口转内销,等钱用,一块九十元,又说什么一块能赚五十。这老糊涂就信了,买了。结果拿回卖,内行人眼真,是信托里的旧货,加加工,冒牌儿的!四十块钱都没人买!这多半年呀,起早贪黑,地全耽误了。要不是你……唉,赔啦,七百斤料票卖了,家底都赔光了!老糊涂找公安局帮他追查,上哪儿去查呀!那公安人员倒三番五次地盘开他了。这不,又传去了……"嫂子的话,语音颤抖抖有点凄凉,把徐云海一肚子气火全吓跑了。

徐云海又惊呆了,那满是皱纹的脸上现出一层似睡非睡的灰沉沉的浮云。许久,没有一点表情。慈善的心理,往往把人推向设身处地地境地,慢慢儿,他有些后悔了。怎么说呢,后悔不该埋在自家的小圈子里,不闻不问他人的忧愁及痛苦,甚至连他的哥哥。啊啊,原来人活着还有这么多麻烦事,早要知道哥哥有大难,咱受点累为他锄锄地,有什么了不起,何必非得坐车!是啊,他也是起早贪黑地遇了难,会怨我这做兄弟的趁火打劫。不仁不义。他会骂我吗?是不是以前,我也有什么对不起他的地方……

嫂子撩着衣襟,正抽抽搭搭擦眼泪。徐云海不由自主,两脚已经向门外移动。直到被当院一堆乱砖头绊了一跤,才清醒过来。细看,一个新垒起来的猪圈,还没上盖。

嫂子跟他出来,哭丧着脸,用一种委屈的声音挖苦地说:"你这做兄弟的,也不知道护家。你哥他没工夫,我硬撑着找几个人翻盖猪圈。那些吃你恨你的主,听说你哥出了事,怕连累上自己,都撒丫子跑了,我左找右找不来。这不,猪圈盖半截,没人管了。咱徐家就你一个亲人,你倒悠闲自在……"

徐云海听了,心里越发难耐,忽然恻隐之心复发,顺手抄起一根木条说:"嫂子,你当下手,这猪圈活,我包了。"

嫂子转忧为喜,旋即破涕为笑:"哟,你吃饭了吗?我去做。"

"吃……吃了。"他登上圈墙,把木条横在两墙中间。

劳动,又是一阵猛干。端泥,码砖。头晕眼花了,热和累难不住庄稼人。直到身上那件补了补丁的粗布褂湿了半截袖，汗水从后腰淌下来，上盖才刚有个眉目。徐云海扶着檩条，呼哧呼哧大口喘气。

"你病啦？"

"没……搬砖来。"

"我看你好像……就跟没吃饭似的。"徐云海怎么不饿呀！还是早上喝的两碗棒子渣粥，经过半天一大晌，肠子全快饿瘪啦。他正在以极大的毅力，忍耐着，支撑着。他不愿意吃哥哥一顿饭，尽管哥哥遭了难，他同情他，希望那赔本的事是假的。但是哥哥说过，怕沾上穷气。徐云海不能给哥哥留下一点自己沾光的印象，好像为了吃一顿饭，才来帮忙。不！况且，徐云海已经悟出，在自己和哥哥之间，早就暗藏着一股争和比的劲头，这可能从包产分地就开始了。比的结果，徐云海当然是个胜利者，因为他的土地丰收。你云山哥本事大了半天，闹来闹去，倒赔本了！你那几亩"糖梨"棒子地，怎么给大伙交账呀……他一边吃力地垒着砖头，一边嘀咕。越想，越觉心情宽慰。到最后，他甚至打算拿自己的"土观点"，劝劝哥哥回心转意了。

活完了，徐云海洗洗手就走，嫂子留他吃饭，他不屑一顾地说："我哥回来，让他去我家喝两盅，有话说。"嫂子有些难为情："多不落忍，你帮了我们，倒去你家吃饭。"

徐云海二话没说，跺跺脚走了，到门口，还没忘了扛上那把大锄。

秋后算账，是庄稼人最倾心注目的日子。辛辛苦苦了一年，希望与失望，全在会计的账本上见分晓了。那些手中余额嘎嘎响的户，走道都显得扬眉吐气。而收成不好、又无外快的人们，只能眼睁睁地羡慕人家，心里憋着劲筹划着来年翻身的打算。

徐云海家是全村得奖最多的一户，贫困和饥寒，为吃不饱肚子而发愁的影子，已经从他身上无迹可寻了。他手里的那辆胶轮车上，横躺着两个肥猪似的麻袋，里面全是金黄金黄的棒子粒儿，足有四百斤！他脸上挂着笑纹，头上冒着腾腾的热气。大年三十他也没这么高兴过，他已经推了三趟，家里那个楼高楼高的粮食囤子，头一年装得那么丰满。是啊，庄稼人，和粮食打过多半辈子交道的庄稼人，祖祖辈辈，汗水、鲜血和生命搭进去多少，都是为什么呀？还有比得到足够的粮食更让人欢欣的吗？他那瘫在炕上的老伴，已有二十多年没笑出声了。这次，他扛着麻袋往仓里倒粮，"哗哗哗"！忽然声音大了一倍，"嘎嘎嘎"！原来掺进了她的笑声。笑完，又低低抽泣开了。他问："怎么啦？"她说："没怎么，乐的。"乐吧、乐吧，党放手让咱庄稼人致富，咱有劲可以使，有地能种，好日子还在后边哪！

这是第四趟了。徐云海推着车去场院。会计告诉他该分多少，他没记清，光知道一千斤的后边有一个很大的零头。光这零头，就比前几年的口粮多。他运着粮食，一直偷偷拿眼寻找哥哥，在那熙熙攘攘的人群里溜了几次，没影儿。那天在酒桌上，哥哥唉声叹气，但是没说一句服输的话，还说什么"好汉子不挣有数的钱"，什么"饿死胆小的，撑死胆大的"。活活气死了他。唉，他死也不回头！可这回……场院里站满了人，金山似的棒子堆被围个水泄不通。麻袋、筐箩、水桶……都成了装粮的家什。徐云海的棒子堆被分在人群外围，他放下车，拿麻袋让儿子先灌。他眯起眼，又在人群里找云山，没有。他挤到会计身边，小声问："侄子，查查云山该分多少？"

会计把账本一合，拨着算盘珠说："他呀，工分粮一百一，口粮五百六，扣除二百斤亏产粮。上次他儿子领走五百斤接济粮，都多了，还得退回三十斤哪！"徐云海直愣愣地吸了口凉气。旁边有人议论说："他不劳动，给口粮就不错。""人家能挣钱，不会买高价的吗？""哼，出了那一档子，让他买凉水喝吧。"

"我刚才去他家借口袋，那两口子正围着半水缸粮食掉泪哪。一家人一年，那点粮食难过呀……"人们的议论，声声撞击着徐云海的心。

会计忽然转过头，俏皮地说："哟，您问这干什么？他对您一毛不拔，您是不是要学学雷锋，送他两袋呀！"这句挖苦的话，引起人们一阵会心的笑，会计笑得最响。

在笑声中，徐云海悄悄退出了人群。可是不久，人们的笑声就被抛在脑后了。村里人谁也没有想到，徐云海脸上淌着汗珠，车上推着他用自己的汗水换来的粮食，呼哧呼哧喘着粗气，正踉踉跄跄地把粮车推进了哥哥的家门……

语丝微言

这一篇小说《庄稼人的见识》，是单宗福四十多年前的作品。讲的时间段是中国改革开放初期，农村实行家庭联产承包责任制期间。一个农民通过自己虔诚的劳动，虽谈不上致富与小康，却结束了饥饿与贫困。那一场改革，解决了困扰中国人几千年吃不饱的难题。当时有这样一句顺口溜：囤里有粮，心里不慌。脚踏实地，喜气洋洋。中国其他各方面的改革，在农村脚踏实地改革的基础上，迅猛发展一发而不可止。现在看这篇小说，里面提到的工分粮、口粮、余粮户、亏粮户及秋后社员算账分粮的场面，已经成为历史的镜头与画面，一去不复返了。徐云海这个地道的农民所坚持的古老哲理：顺应自然、敬畏土地、尊重劳动、友爱邻里，却并未过时。反而应该坚持、恪守与发扬光大。因为这是自然法则、社会公德与大地的道德。感谢单宗福留下这化石般的文字。

【作者简介】

刘振华，退休教师，出版《东篱牧歌》《篷门杂记》《百味人生》《低吟浅唱》等 11 本专集。1996 年加入北京作家协会，2002 年加入中国作家协会。

女孩儿月月（外一篇）

腊月二十三，小年儿的下午，34 路公交车上。

刘梦月靠在一位慈祥的老奶奶身边。她的心情很好，就像明静的天空弥漫着柔和的阳光。过年了，公交车上满满当当地，但不十分拥挤，每位乘客的脸上都洋溢着节日的喜悦。车上放的音乐，轻轻缓缓的，很有情调，比坐在电脑桌前和爷爷的越野车上听音乐开心多了。

月月刚过八岁生日。在城区一所很不错的学校读小学三年级。

家离学校稍远一些，在城东十余里远的小镇，平时上下学都是爷爷接送，中午在学校吃小饭桌儿。

放寒假的第二天，她就去了姑姑家。月月很爱去姑姑家，小时候就和姑姑亲，刚学说话时，她不会叫姑姑，就管姑姑叫爸。从记事起，月月就跟从小叫爸的姑姑天南海北地跑，姑姑家有一个比月月小两岁的弟弟，姑父姓孙，弟弟又属猴儿。他爷爷就给他起了个孙大圣的名字，大名儿叫孙岭楠，说猴子生长在山上，山上必须有树，才是猴子成长的最好环境。可是孙岭楠的名字没人爱叫，只是安静地待在户口本儿上，大家都叫他大圣，连老师都亲切地叫他大圣，外人问他："你叫什么？"他都回答"我叫大圣"，似乎连他自己都忘了孙岭楠这个名字。

大圣特别好动，真跟猴子似的，平时也爱学猴子的样子，蹦蹦跳跳的。大圣很淘气，不太爱听大人话，尤其是不爱做作业。但对月月姐却百依百顺，在月月姐面前，他作业写得很认真，极力地表现自己，做出乖乖孩儿的样子。于是姑姑就把大圣交给月月管了。月月在弟弟面前俨然是一个严厉的小家长。

姑姑家有两条凶猛的大狗，一条藏獒，一条牧羊犬，两个孩子和两条狗像两对儿亲密无间的朋友，一起扑闹玩耍。在他们看来，似乎人和狗没有丝毫界限。每次月月离开姑姑家时，都要和两条狗道别，拍拍它们的脑门儿，安抚一番。两条狗总是深情地望着她，轻声地呻吟，很难过的样子，不愿意她离去，月月此时也总是难分难舍的。

姑姑家住的是别墅。是姑父自己设计建造的，院子不小，有竹林、月季园、葡萄架，还有小菜园，环境挺美。大门上雕刻着一副楹联：

院纳乾坤气

楼迎日月风

门楣横着一块匾：快哉天居

楹联儿是奶奶创作的，奶奶是退休的高中语文老师，爱写诗，出过一本诗集，是月月心中的偶像。月月虽然不太明白联句的奥妙，但她知道，这十四个字渲染的意境一定很美。这要受益于她平时经常翻看奶奶的诗集《低吟浅唱》。她与诗有过亲密的接触，对诗韵气息的嗅觉还是比较敏感的，因此月月的语文成绩和口语表达都远远超过同龄的孩子。

身边的老奶奶到站了，要下车，让月月坐下。老奶奶一边起身一边说谢谢，说让你站了那么长的时间。月月听到谢谢两个字，脸都红了，她知道老奶奶一定把自己当成大孩子了。其实她才满八岁，却有一米五的身高了，她作为一个孩子，还承受不了来自一位长者的感谢。

月月看旁边再没有需要照顾的老人和小孩儿了，就坐在了座位上。老奶奶一边往车门儿移动，一边还在夸："谁家的闺女呀，这么懂事儿，这么有礼貌！"

月月从姑姑家来，先坐 15 号线轻轨，再转乘 34 路公交车，她是从起始站上的车，有座位，老奶奶是在中途上的车。月月就赶紧给老人家让了座位，就一直站在老奶奶身边。

这次月月有两件高兴的事要向爷爷奶奶诉说。

第一件事，这次她是独自一个人从几十里的姑姑家乘车回来的，爷爷奶奶向来对月月不撒手，无论去哪儿都一百个不放心，必须是爷爷或姑姑车接车送。月月为此向爷爷奶奶提出过几次抗议，但都失败了，说只有上中学以后才准许单独行动。月月想，要等上中学得好几年呢，那得一千多天，实在太漫长了。月月觉得自己就是只翅膀已经丰满的小山鹰，她渴望着独自自由地飞翔，这一次正好是个机会，她把这个想法和姑姑说了。开始姑姑也不支持，毕竟路程太远，又要倒两次车，平时车接车送习惯了，从来没有让她单独坐过公交车，何况又是才八岁的女孩儿，姑姑怕有什么闪失。当她看到月月这么坚定时，心也就软了。姑姑想：什么事都要从第一次开始，就不妨给她一次机会，让她试飞一次。姑姑对她千叮咛万嘱咐：对生人不可轻信，开着手机随时联系，到家立即回电话……月月也向姑姑提出个要求：不要和爷爷奶奶事先透露这个消息，免得让他们担心，她要突然出现在爷爷奶奶面前，然后告诉他们自己是独自坐车来的，给他们一个惊喜，让他们意识到孙女儿长大了。

就这样，月月的独自单飞，就成了事实。

其实，月月心里也不踏实，她怕突然出现在爷爷奶奶面前，也许得到的不是意外的惊喜，而是严厉的指责："你为什么这么胆儿大？遇到坏人怎么办？迷路了怎么办？……"甚至会牵扯到姑姑。但是不管怎么样，月月要勇敢地闯出第一次，她要证明自己，她要给大家看，她很自信。甚至自信到一出姑姑家门口儿，就把手机关了。就像读过破釜沉舟的故事一样，她要完全凭自身的能力去实现生平的第一次放飞。

第二件高兴的事，月月要向爷爷奶奶骄傲的汇报，自己主动地为一位老奶奶让座儿，得到了老奶奶感谢，让他们知道，月月是个讲文明礼貌的懂事的大孩子了。

前些天爷爷在家里大发牢骚，说他从朋友家喝酒回来，就将车放在了朋友家，自己坐公交车回家（爷爷是退休的中学校长，有很高的素质和社会责任，他向来是喝酒不开车）。在公交车上，爷爷看到很多比自己还大的老人艰难地站着，而年轻人却熟视无睹，没人让座儿，他们不是坐在那里玩儿手机，就是眯着眼睛装睡觉。爷爷还看到几位中学生模样的少男少女，口无遮拦，满嘴脏话，打情骂俏，旁若无人。爷爷很气愤，回到家里就激动地发表一通儿演说：这是严重的文化退步，礼仪缺失；这是北京人的耻辱和悲哀；这与大力提倡的北京精神实在是相去甚远。爷爷说，要打造国际化的文明首都，就要大力地呼唤道德，强化教育，学校和家庭都要负起这个责任……

月月虽然刚刚读小学三年级，但爷爷的话她全能听明白，话语中充满了对年轻人的责求。月月决不会做那种无耻无知的少年，月月是爷爷奶奶的好孙女，是老师眼中的好学生，是同学中文明礼貌的好朋友。回到家以后，月月就要把这次给奶奶让座的故事有声有色地讲给爷爷奶奶听。

其实还有一件事，这件事是难以启口的事，但她一定要说给爷爷奶奶听，月月准备向爷爷奶奶承认一个错误。

期末考试月月考得不太好，她知道爷爷奶奶对自己的期望很高。为了让他们高兴，让两位疼爱她的老人家过个快乐舒心的春节，月月便撒了谎，说自己考了全班第一的好成绩。听到这个消息，爷爷奶奶简直太高兴了。爷爷搂着孙女儿亲了个够，把孙女儿的脸都啃疼了，月月实在不能自我陶醉，其实她心里很失落，她心里明白。这次考试连前十名都可能进不去，她还要以假当真的装下去，这种口是心非自欺欺人的表演实在太难受了。这些天，她常常的谴责自己，也恨自己不争气。要真是考第一名该多好啊，而她平时最好的成绩也就是第三名，她想要找一个适当的机会向爷爷奶奶说明真相，承认错误。她不能预料这样做的最终结果，看到的可能是爷爷奶奶一脸沉默一脸失望。也可能是愠怒和斥责。但不管怎么说，她也要承受，因为全是因为自己的虚荣造成的，她决定这次向爷爷奶奶说明真相，她想有前两件让爷爷奶奶高兴的事做铺垫，或许能使爷爷奶奶心情好一些。做出这个决定，月月是先向姑姑坦白并征求意见的。姑姑很支持月月，而且表扬了她，说：好孩子就要从小拒绝虚荣，远离谎言，诚实是人最珍贵的品德，姑姑让月月放心地向爷爷奶奶说明真相，认个错儿，不仅能得到谅解，看到孙女的觉悟与进步，老人家还会十分的高兴。她这才下了这个决心，就如同犯罪逃逸多年的人，主动回来自首，虽然还有一份儿负罪感，但起码儿没有什么心理压力了。不过，她一定要巧妙地把这件事安排在前两件事儿之后，让爷爷奶奶顺着心理惯性走，就如同先让人含一口蜜，再顺势把药吞下，就不觉得太苦了。

人都说留守儿童懦弱，单亲少年冷漠，也不完全如此。

月月也是单亲女孩儿，在她三岁时，父母就离异了，她跟着妈妈过。妈妈是个医生，为了她牺牲了自己的青春，怕她受委屈，就没再组建家庭。而爷爷奶奶姑姑对月月更加呵护。爸爸虽然组建了新的家庭，但对爱女月月一如既往的疼爱，阿姨对月月也从不怠慢，两岁的小弟弟牛牛对这位同父异母的姐姐也十分依恋。这样看来，月月不但没有失去亲情，爱的植被反而更加葱郁更加旺盛了。因此月月依然很幸福，太幸福的孩子往往容易削弱自身向上的力量，退休的爷爷奶奶在施予关怀的同时，不忘从各方面全方位调教她的品行，规划她的未来。

就这样，月月在良好的教育背景和优越的生活条件下健康成长着，她没有丝毫的单亲女孩儿的孤独与冷漠。

月月是个幸福的孩子，月月是颗理想的种子。

成功在向她微笑，未来在向她招手。

公路两旁悬挂着红红的灯笼，把京郊的大年气氛渲染的很浓烈很火热。就要到家了，她打开手机，先给姑姑报个平安。然后直奔爷爷奶奶家报到，去倾诉那三件事，晚上再回妈妈家，陪着妈妈一起过快乐的小年。

于　嫂

　　于嫂生在小于村，小于村仅十几户人家在群山一隅。大山隔断世外，小于村偏远闭塞。于嫂自小生得水灵，到了十六七岁，脸蛋就像初绽的桃花，白里透红。只是没钱读书，聪明透亮的于嫂白白糟蹋了那点天生的灵气儿。

　　十九岁那年，这只金凤凰飞出了大山，嫁到了小镇上。丈夫能说会道，人长得也说得下去，家里也清静，于嫂上没公婆，下无姑弟，进了门子，不当家也当家，她自然觉得很得意，很知足。于嫂很快就有了孩子，看上去小儿子挺水灵，长得很像她。等长大一点儿，却发现儿子和别的孩子不大一样，只会笑不会哭。长到五六岁，说话做事不像正常的孩子。于嫂很自责，发誓一定要给丈夫生一个好的。不料想，一直到了四十多岁也没能再怀孕。她认为都是自己的错，她恨自己，没文化的人连孩子都不会生，生了也只能是残次品。于嫂常常暗自流泪。还好，丈夫并没过多地埋怨她，只是酒越喝越深，烟越抽越冲。于嫂平时小心谨慎地伺候丈夫，不敢吱声，生怕拔萝卜带泥，地里家里的活儿十分卖力气。

　　生产队解体那年，精明的丈夫廉价买下了生产队的几头牲口和一辆拖拉机、一台磨面机，转手卖到外地，赚了不少钱。他就在街面上租了两间房，开了一家小饭馆。饭馆挨着玻璃厂，车多人多，买卖不错。尤其雇了一个外地打工的姑娘以后，小店就更红火了。

　　姑娘叫小芳，不到二十岁，初中毕业，能写会算，长得也漂亮，尤其那一对大眼睛，简直会说话，眉毛轻轻一挑，就让男人想入非非。丈夫很会利用这个优势，总让小芳在前台应付着。他又求当地文人写一副很上档次的怪联：刘伶贪杯不醉，李白诗酒无穷。横批：酒好菜好人好。便招来更多的酒客，其中不乏文人雅士。

　　渐渐地，不知是谁先看上谁，还是谁先招惹谁，丈夫和小芳好上了。后来，小芳似乎就不再是打工的身份，俨然一个老板娘了。很熟的酒客便开玩笑地叫她老板娘，她也毫不介意，美滋滋地应酬。

　　于嫂有时也来小饭馆看看，逐渐也看出点什么，心里便有些别扭，但她总顾着丈夫的面子，不加深问。她想：人都说男人像馋猫，遇着漂亮女人就动心。解解馋也就撒嘴了，总不会没完没了的吧。可后来，丈夫回家的次数越来越少，和她之间的那种事儿几乎一点儿没有了，她才有一种沉重的失落感。她太怕了，因为她与小芳比青春、比文化都差得远，自己又没能给丈夫生个正常的孩子。现在离婚不算新鲜事，万一被丈夫甩了咋办？于嫂整天忧虑忡忡，人瘦了，头发白了，显得比以前苍老多了。她忧虑的倒不是在乎两口子之间有没有那种事儿，都这把年岁了，她最担心如果被丈夫甩了，她就没有活头了。在她眼中，被人遗弃是最丢脸的事呀！

丈夫一直没提离婚的事，挣的钱也照常交给她一部分，柴米油盐样样不缺。于嫂就这样忍着默默地守着活寡。她也不再去饭馆，眼不见心不烦。

后来，传来一条惊人的消息，听说丈夫和小芳生了一个女孩儿。于嫂再也待不住了，就风风火火地去饭馆找丈夫。丈夫没隐瞒，说这是借地生金。说你不会生还不准我变着法儿要一个？这样总比抱养一个强，起码有一半是我自己的。于嫂就怕提生孩子，一提便哑了口。就问他想咋办。其实丈夫不愿小芳真的生下孩子，那是丢脸面的事。可是小芳偏要生，说他既然敢干那种事就要敢担责任。弄得丈夫一点辙也没有，他才知道小芳是个很难缠的女人，远不如于嫂厚道。生了孩子，说好给小芳五万块钱赔偿金，打发她回了老家，就恩断情绝了，就像了断了一桩买卖。于嫂抱回丈夫和小芳的私生女，精心地抚养，就像对待自己亲生的孩子一样，使丈夫多了一丝感动。

小芳走了，丑事也闹得满城风雨，丈夫便把饭馆关了。不过，这人很精明，不久，他又看好了仿古建筑材料，就建起了一幢仿古瓦窑。只三年，丈夫腰又粗了起来，肥得流油，成了远近闻名的大老板，于嫂也跟着享受着光荣。

傻儿子到了结婚的年龄。知道根底的，谁也不愿将女儿嫁给傻子。却有一个溧平的姑娘，闻着味儿找上门来。姑娘高挑个儿，长得细皮嫩肉，两只大眼睛忽闪忽闪的，简直又一个小芳！

丈夫和于嫂高兴地答应了这门亲事。

有钱人办事讲排场，傻儿子结婚那天，吹吹打打搞得小镇热热闹闹的，于嫂当上了婆婆有官升一级的感觉，自然更是高兴。

可是不久，于嫂便发现，傻儿子太傻，傻得连那事都不知道做。可是丈夫又太机灵，那事竟然都让她丈夫偷着做了。于嫂便撕破脸和丈夫吵闹，骂他畜生不如，干掏耙（公公和儿媳不正当关系）的事丢尽祖宗的脸。丈夫没打她也没骂她，只是央求她不要乱嚷，他说总不能年轻轻的就让人家守寡。于嫂没完没了地哭，一个没文化的人也说不出啥理由，道不出啥词儿，只是哭诉这辈子跟他丢尽了脸倒尽了霉了。毕竟是自己的丈夫，糟蹋他的名声对自己也没啥好处，最终还是把这事压下了，她不知今后究竟该咋办。

不久，丈夫与儿媳私奔了，不知去了什么地方。于嫂没难过，她觉得有没有丈夫两可，没有他心里更娴静。她再也不用担心什么了，也不再惦念什么，她只盼小女儿快快长大。

十几年过去了，丈夫和儿媳一点消息也没有。小女儿长大了，读了大学，对于嫂挺好。

语丝微言

刘振华是杨镇中学的语文老师，教课之余，自己也挥笔创作。散文、随笔、故事、小说、诗歌等文体，均有涉猎。诗歌中还涉及古体诗词，起承转合，音韵节律，颇有造诣。他又擅朗诵、说唱、表演且会乐器，多才多艺。有点像关汉卿自我描述那样："我也会围棋、会蹴鞠、会打围、会插科、会歌舞、会吹弹、会咽作、会吟诗、会双陆。天赐与我这几般歹症候，尚兀自不肯休。"但刘振华尚有一大贡献，他在学校成立了毛毛草文学社，历时10年。主办社刊《新新文学》共272期，编辑《新新文学》丛书7卷。组织文学青年、文学爱好者、顺义作家进行各种采风活动及作品研讨会，播撒文学的种子。现在活跃在顺义文学创作一线的作者和作家，不少得益于他的发现、培养与扶植。说他是文学摆渡人，一点不为过。

【作者简介】

　　王克臣，鲁迅文学院第二期学员，北京作家协会会员，中国作家协会会员。从 1971 年始，曾在《人民日报》《光明日报》《文艺报》以及《北京文学》《小说月报》《火花》等报刊发表作品。自 1990 年，相继出版小说集《心曲》《生活》、散文集《心灵的春水》《春华秋实》、随笔集《播撒文学的种子》、杂文集《迅风杂文》、报告文学集《潮白河儿女》和长篇小说"和平与战争"三部曲。《风雨故园》《寒凝大地》《朱墨春山》《心曲》曾在北京市第三届国际图书博览会及上海书市展出；《风雨故园》获全国"长篇小说金奖"、北京市"苍生杯"特等奖；《寒凝大地》获首届"浩然文学奖"。2007 年，作者荣获首届全国"百姓金口碑"；2008 年，被授予全国"德艺双馨艺术家"、顺义区仁和镇授予"人民作家"；2016 年，获北京市群众文学创作辅导终身成就奖；2018 年，获京津冀"文学创作达人奖"。

南 瓜 王

得了个发家的外号

　　还是在北京新中国成立前前二年，王锁成就是个远近闻名的瓜把式。无论哪种瓜，只要到他手里，就另个样儿。尤其是南瓜，更是他的拿手戏。

　　有一次，一个外乡人骑着毛驴，走了三天两宿，专程向王锁成来讨教。末了，王锁成从房檐下掏出三个纸包，从每个纸包中各取出一粒种子，说："给，留个纪念。"

　　外乡人刚要伸手接，王锁成又把手缩回来，把种子一粒一粒摊在手心上："这一粒，一棵秧只结三个瓜，可别小看这三个瓜，管得好，一天吃一斤，够你吃仨月！"

　　外乡人没有吃到南瓜，却先吃了一惊。

　　"这一粒，从第十一个叶子开始，一个叶结一个瓜，一直结到完秋，够三斤就摘，前边的瓜舍不得摘，后边的便坐不住，化了。记住，到时候就摘，保你够吃上俩仨月！"

　　外乡人眼都听直了。

　　"第三粒，叫作象鼻子瓜，长出跟大象的鼻子一样，摘下晒成瓜干儿，够你吃一春的！"

　　外乡人听得呆了。

"话可这么说，种子好凭人种。土要肥，粪要大，水要勤。试试吧。"

外乡人骑上毛驴，带上三粒种子，颠颠地走了。

第二年完秋，外乡人骑上毛驴，拣了个小磨扇大的南瓜，回赠王锁成。

外乡人高兴地说："把式，烦您指教，我带来了一个，送您尝尝！"他从驴驮上搬下来，挪到了王锁成的面前，得意地笑着。

王锁成没有答语，挑帘进了里屋，掀出一个又圆又大、又扁又平的南瓜。外乡人吃了一惊。他带来的那个足有三十斤重的南瓜，同王锁成的南瓜放在一起，简直是小巫见大巫了！外乡人惊叹地说："啊呀，把式，真是个南瓜王！"

究竟外乡人是惊叹南瓜，还是称赞王锁成，就闹不清了。久而久之，"南瓜王"倒成了王锁成的外号。水泊梁山一百单八条好汉，个个都有诨号，可京东柳树庄的王锁成既不属于天罡星，也不属于地煞星，他是一个正经八百的庄稼人。

乡间有句俗语：叫做不得外号不发家。说来也怪，王锁成自从得了"南瓜王"外号以后，真的兴旺起来：三间茅屋倒有两间半盛着干鲜南瓜。遗憾的是：三十多岁的王锁成，还是光棍一条。他倒无所谓："光棍得过、光棍得过"，连雀鸟都是这么唱的。说实在的，在那兵荒马乱的年月，能混上这样的日子，也算"天堂"了！

南瓜救了马拴柱

乡间有句俏皮话，叫作："傻子过年——瞧人家。"可是，王锁成并不傻，过年了，也得瞧人家。只因为一个字："穷"。不过要说穷，他比真的穷户强多了，他贮存了两大囤南瓜干，能藏得住人。村里的王财东恐怕也没有这么多南瓜干。"我比王财东还阔气哩！"他笑了。

王锁成心高：过年总得像个过年的样子哩！他原来打算弄点南瓜干去卖，可又想一大筐换不回半升米，不合算。至于打酒称肉的事他连想也不想。怎么办呢？还是打的老主意：到潮白河湾凿个冰窟窿，下个竹篓子，能逮着大鱼更好，否则，弄点虾米小鱼也知足了，好歹有个香味哩。

晚上，他黑灯瞎火，又在草棚子房檐底下摸了几只麻雀，用开水烫了毛，去了五脏，用凉水泡在泥瓦盆里。

第二天，他把捞回的大小杂鱼虾米都拾掇干净，也泡上了。又挑一块成色最好的象鼻子南瓜干切了两个菜：一个是南瓜丁，另一个是南瓜片。虽说是一路货色，可总算凑齐了四个菜。饭呢，照例，仍然是荞麦面饺子，馅儿，甭问，当然少不了南瓜丝。

一切准备停当了，别看光棍一条，可锅碗瓢勺叮当响，不一会儿，四个菜端上了小炕桌。锅里添上两瓢水，灶下又填了满满一腔子柴，爬上炕头，眯起眼睛歇歇乏，静静地等那锅里的"咕噜咕噜"声。

突然，他听到了"咚咚"的脚步声，而且越来越近，一直响到院子里来。他"嗖"地爬起来，从窗眼儿向外一瞧：呀！闪进一个人来，慌慌张张，四下寻觅，看得出，他想找到个藏身的地方。王锁成"噌"地下了地，"唰"地挑开门帘，点着手儿，那人便钻进了矮屋。蹲在旮旯里。王锁成又挂上串南瓜干儿，在他头上也堆上两串，将那人遮蔽得严严实实，一点缝隙也没留。

王锁成慌手慌脚跑到栅栏门口，远远地望见三个国民党兵，朝村里跑来，端着枪，刺刀锃亮，不由心中一颤。忽然，在栅栏门处，又发现了点点血迹，王锁成心里便打起鼓来。那三个匪兵越逼越近，王锁成心里的鼓点也越敲越紧。

人都说急中生智。可王锁成是一个没出过潮白河套的庄稼人；他除了种庄稼，干什么都不灵。此时，他真的傻了眼。无奈也只好硬着头皮，回到屋里炕上，听天由命。

接着，街上便是一片鸡飞狗跳！远了，更远了。他吊到嗓子眼儿里的心又向回运动了。可是，一忽儿，鸡飞狗跳的声音又折了回来，他的心又重新提到嗓子眼儿来。他不敢从窗缝儿向外望，却稀里糊涂再斟了满满一大碗白开水，放在桌心。

突然，栅栏门"啪"的一声被踢开了，三个兵闯了进来。

王锁成只是坐着不动。那三个匪兵进屋来，一看炕桌上摆着四个菜，当中一大碗"白酒"。个个口水早流了出来，王锁成看去神态自若，可心里在筛糠哩。

头一个匪兵抢过酒杯，向嘴中便倒，呆了；另两个各抢一碗黄澄澄的蒸菜，一尝，愣了。噢，原来如此！

"妈的，装什么蒜！你把人藏到哪里去了？"

"说！"

"藏哪儿去了？快说！"

王锁成慢慢睁开眼，白了他们一眼。

当头的那个发现了地上的血迹，惊叫起来："血！"转向王锁成："血，哪里来的？"

王锁成将手抬起，那手背上果真有一个大口子，鲜血滴滴答答地流着，却一句话也没有说。

"见了鬼啦，遇上一个哑巴！"

"疯子！"

"怪人！"

三个匪兵又在屋里屋外张望了一番。"噌噌噌"，向南瓜干囤里捅了几刺刀，骂骂咧咧地出了院子。王锁成早已吓得够呛，又见匪兵朝南瓜囤捅了几刺刀，更像丢了魂魄，直到那个藏着的人钻出来，一迭声叫他"大叔"，他才醒过腔来。

王锁成抹着脸上的汗水，哆哆嗦嗦地说："算，算你命大！"

那人说："我叫马拴柱，我的家在保定府清苑县，父母早没了，有个姐姐，差点没被匪兵抢走。我为了掩护姐姐，被他们抓了，一路上，抬担架，修工事，跑了几次都没跑脱。这一次，多亏您胆大心细，要不……"

王锁成说："不，不，南瓜救了你，南瓜……"

马拴柱望着屋里顶上地下满是南瓜干，笑了。

"喜鹊登枝"

时间过得真快。飞过了土改、合作化，跨过了"大伙轰"的年代。潮白河"弓"形湾里的柳树庄，跌进了苦坑。

古人云："祸兮福所倚，福兮祸所伏。"这话不假。"大炼钢铁"那年，本来风调雨顺，可把地都撂荒了，连锁成家的院落里都堆满了破锅烂铁——南瓜也种不成了。

到了1960年，当人们只关心肚皮里的事的时候，王锁成的大喜事却堵上了门楣。怪不？

"大哥，行行好！"

王锁成正在院子里收拾破烂家什，听见响动，抬眼朝栅栏门望去。

只见一个约莫四十岁的女人，怀里抱着个小的，身后跟着个大的。王锁成站起身来，刚走几步，又停下了，上下打量了半响，没搭腔。

"大哥，看在孩子面上，可怜见的孩子，他爹在……滹沱河发大水救……救人时，淹……"

王锁成没等那女人说完，腾腾回到屋里，一转身，端出一大海碗蒸南瓜干。

两个孩子狼吞虎咽地吃着。王锁成瞅着瞅着，眼圈儿一红，慌忙扭过脸去。

那女人搂抱着孩子，轻声问："甜吗？叫——伯伯！"当她回头看时，王锁成不见了。不一会儿，他又端出一个泥瓦盆，黄澄澄、溜溜尖。

"留着，路上……"

那女人没有接，两行热泪，扑簌簌落在怀中孩子的脸上。

"大哥，行个好，留下我们老小住一住吧！"王锁成紫涨着脸，喃喃地说："那，那……"

"小保，快，快叫伯伯。"

小保躲在母亲的身后，抻着后襟，不肯吭声。

"小定，你叫，俺小定乖。"

"伯——"那看上去只有两三岁的小姑娘，稚嫩的声音令人心碎。

王锁成的喉咙哽咽了，干咳了几声，点点头。

他收留了他们。

王锁成又喜又忧。他想：天下穷人本该是这个样子，有屋，大伙住；有饭，大伙吃。我只有南瓜，那就拿出南瓜。想来想去，倒是这三间茅屋将他难住了。一下子增加了三口人，怎么住啊？南瓜干把屋子堆得满满的，连墙上，柁檩上都挂满了。咋办？他第一次感到南瓜干多成"灾"了。

王锁成将自己住的那间屋收拾了一下，将炕脚堆放的破烂衣物捆绑起来，又在西屋的土墙上，钉了几根木橛子，嘀里嘟噜挂满了一墙。然后，把东屋打扫干净，倾其所有，打开铺盖，把两个孩子抱上炕，说："喔，保他娘，早一点儿歇下吧！"

"大哥，你呢？"

"喔……"他支支吾吾地退出去了。

直到后半夜，保他娘还没见王锁成归来。正在狐疑，忽听西屋发出了轻轻的鼾声。她悄悄蹭下炕，在黑暗中，模模糊糊看见王锁成靠着老大一堆南瓜干，和衣半卧着。两颗泪珠在月光下一闪，啪哒啪哒滚落下来。保他娘转身回去，抻过被子，轻轻盖在王锁成的身上。

王锁成虽然住在村头，可究竟没有不透风的墙，一传俩，俩传仨，很快，全柳树庄都知道王锁成收留了母子三口人。于是，有的出工时向院里探头张望；有的到院里来装作借家什，实为探听消息；有的干脆钻进三间茅舍，说是来看亲戚的。

天长日久，一来二去才知道，原来，那二十年前来这里讨教的外乡人，就是小保的爹。去年秋天，滹沱河一带闹水灾，小保爹把他们娘儿仨安顿在一所破庙里，然后，又回去抢救乡亲，不幸，被恶浪卷走了。保他娘早年听说弟弟拴柱被匪兵抓走后，朝北京方向去了，后来还听人说在京东曾逃跑过；新中国成立后，她让人写过几封信，打听弟弟的下落，都没有结果。这次保他爹死了，实在走投无路，她又想起了她那拴柱弟弟。似乎拴柱弟弟给了他一线渺茫的希望，于是，她便拖儿带女到京东一带来，可是访查了几个月，仍无下落。

王锁成一迭声地叹息："唉唉……唉唉……"此后，他心里装着的除了南瓜以外，又添上了这孤苦的娘儿仨！地里收了工，不再蹲在村头大柳树底下"聊票"了，他得颠颠地往家跑了。

"锁成叔，半辈子了，半路上送家来一个……哈哈！"

"一点力气没费，白得了一儿一女，嘻嘻！"

王锁成身后拖着一连串"嘻嘻哈哈"。他顾不得这些，他觉得，反正不能撵他们走，要走，也得等到孩子长大了，不然，可怎么过哟。他急急火火奔到家，清除砖头瓦块，挑拣破锅烂铁，铲除杂草荆棘，日复一日，起早贪黑，终于在住宅周围荒芜了的土地上，又开垦出老大一片"园田"来。还没到"谷雨"，他的南瓜早已破了土，咧开了嘴儿……

保他娘原本是个勤劳的人，这下子给王锁成添了三张嘴，心中也感到过意不去。于是，她做事格外勤快。里里外外收拾得利利落落，王锁成的衣服被褥拆洗得干干净净。

农谚说："屋里窄巴，心里宽绰；屋里宽绰，心里窄巴。"屋里的南瓜干越来越少，显得空旷、干净、利落了；可王锁成心里却窄巴了，不过，他将心事深深地藏在心底。

"保他娘，吃吧！好的没有，南瓜干可管够哟！"

"唉，你吃吧，你活计累……"

一夜，保他娘把孩子们都伺候停当，从东屋闪到西屋里来。黑暗中，她把王锁成摇醒。

"大哥，咱们……"

王锁成迷迷糊糊地坐起来，说："什么，你说什么？保他娘。"

"我……唉，真的，大哥！"

"不，我不配。"

"你救了我们……我乐意！"

"那，往后再说吧！"

他劝她回去了。可他却一宿没有睡着。

他苦苦地思索着：最要紧的是粮食，四张嘴要吃！

谁的羊谁拴，谁的日子谁管。王锁成不喊也不叫，他"吭哧吭哧"干了一冬一春一夏，墙里墙外，房上房下，南瓜秧遮天蔽日，大大小小的南瓜，"鸡溜滚蛋"。

王锁成坐在瓜棚下，喘着气，不知从什么地方吹过来阵阵小凉风，吹得他浑身凉爽，心里清静。心想：有了进嘴物儿，天塌下来也没得怕了。当他回头看时，那阵阵清风，忽地化作一股股暖流——流进了他的心里，涌进了他的眼窝。原来，保他娘站在他的身后，抱着小定，攥着小定的手儿，拿着芭蕉扇，母女俩"合作"，给他轻轻地扇扇子哩!

"小保,来,叫爸!"保他娘说。

"不,叫伯。"

"小定,你叫,好孩子!"

"爸——"

王锁成像吃了蜜一样,口里香,心里甜哟!

不管怎么苦涩,王锁成到底用南瓜塞满了一家四口人的肚子,熬过了一道关卡。而且,他有了家,女人那颗温柔善良的心,使他快意;孩子们的纯真甜润的呼叫,使他陶醉。他简直被浸泡在幸福当中了。人说"老来少",的确,王锁成果真是越来越显得年轻了。

南瓜带来的创痛

好日子没过多久,一场"横扫"的旋风从城里一直刮到乡下。

可是,锁成老汉一不是戴帽分子,二不是当权派,从他往上数八辈儿,统统都是地地道道的庄稼人。虽说他的南瓜种得好,远挂不上"反动技术权威"的黑牌子。旋风尽管刮,也骚扰不到他的头上。

马有转缰之病,人有旦夕之危。天晓得,倒是救了他一家子性命的南瓜,使他遭了灾难,在心灵上留下抠不掉、抹不去的痕迹,常常引起他的阵痛。

那是 1975 年完秋。

锁成老汉和儿子小保,一人一副担子,挑着南瓜到县城去卖。正在他们买卖兴隆的时候,街上突然乱起来。他们从未做过买卖,不知啥馅儿,只见有几个臂上戴着红袖标的人,见了卖东西的便追。

一个卖烟叶的老汉被揪走了;一个姑娘忽然号啕大哭起来,原来她的一筐子鸡蛋被抢夺落在地上;更多的人则四散逃走。

"爸,咱也跑吧!"

"用不着,咱这叫自产自销,又不是投机倒把,怕什么?"

"不,我怕……"

"嗯?公家办事公平合理,有政策条文管着呢!"

这时,锁成老汉忽然想起,武二郎杀了人自首都没有判死罪,与其等人盘查,倒不如主动"自首"。于是,这一老一少反倒挑着担子朝一个戴红袖标的光脑壳走去。

"同,同志,我们是……"

"是什么？是投机倒把，跟我走！"光脑壳说。

不管锁成老汉如何解释自己，人家也不肯信，终于被带走了。拐进一家门楼，门口挂着一块招牌，写着：工人民兵指挥部。屋里还坐着一个留"小寸头"的人，像个头头。

不管他怎样"表白"，光脑壳还是继续盘查他：家住哪里，姓氏名谁，出身历史以及"犯罪经过"等等，诸项问明，记在一个本本上。

"签个名吧。"

"不认识字。"

"那，按个手印。"

"手印？"

"嗯。"

锁成老汉并不在乎。他深信：有理走遍天下，无理寸步难行。咱一个庄稼人，还怕打反革命不成？于是，锁成老汉伸出右手，向印盒里用力一戳，朝那官文书上铆劲一按，一个老大的指印落在上面了。

不料他那只落了老大伤疤的粗手，使光脑壳后边的"小寸头"心中一震，他欠起身，迅速地朝那"登记表"上一瞥："你是柳树庄人，叫王锁成，是真的吗？"

锁成老汉白了"小寸头"一眼，长叹了一口气，并不作答。

"南瓜是你种的？"

"嚼舌根！"锁成老汉终于忍不住，抢白了他一句。

"小寸头"推门进去了，一看，光脑壳没收的两筐南瓜，不知啥时从后门倒腾走了。"小寸头"气愤地转了回来。刚要向锁成老汉悄悄说些什么，可巧，又有两个"红袖标"带着几个"投机倒把分子"走进门来。无奈，他打开抽屉，取出一个牛皮纸公用信封，迅速地装了一张什么，递给锁成老汉。然后，大声说："你，把它交给本村大队治保主任，今后，我要查对！"并特意以眼神示意他。但是，锁成老汉却连眼皮也不挑，心想：不做亏心事，何怕鬼叫门，捎给玉皇大帝、东海龙王怕什么！拿了便走。那个留小寸头的人追上前去，本想留下这一老一少说些什么，人多眼杂，似乎没有机会，只好眼睁睁望着他们走了。

锁成老汉回村后，从兜里掏出公函，发现它并未封口儿，心想掏出叫儿子念念，那里面到底写了些什么鬼话。可又一想：不妥，公函是公家对公家办官事，老百姓哪能偷看呢？人家叫咱给治保主任，哪能不讲信用呢？庄稼人办事得凭良心嘛！

治保主任接过锁成老汉的公函，溜了一眼牛皮纸信封那一串大红字："工人民兵指挥部。"先是一愣，然后望了望这一老一少，看着他们担回的空挑子，心想：太不公平了，老实巴交的庄稼汉，卖了些南瓜也要当作投机倒把！俗话说：县官不如现管。有我这道关卡，看谁整得了锁成叔！不过公事公办，公函，还是得留存。于是，他连抽屉也没有打开，随手从缝隙间捅进去。

锁成老汉父子天天静候，可治保主任并没有再找他们。

南瓜闯下祸，他们发誓再也不种南瓜了。

"政府要给庄稼人平反"

到了1979年冬。两件事把京东柳树庄闹得底翻上：一件是责任田；另一件是多种经营。这是两件关系到庄稼人肚皮里外的大事！责任田吵吵过去了，该轮到多种经营了。

"俗话说：要发家，芝麻、瓜呀！"

"种瓜？种瓜咱可有现成的人才！"

"锁成叔——他是有名的南瓜王！哈哈……"

"锁成叔不光种南瓜行，西瓜、甜瓜、香瓜……样样瓜都行哟！哈哈……"

社员们都笑了，都把目光投向锁成老汉。

锁成老汉坐在会场的角落里，低着头，旱烟管插在荷包内，半晌没拧出一袋烟来。

"哈哈……"嘈杂的笑声此起彼伏，会场像个大喜鹊窝。

锁成老汉点上烟，"吧嗒吧嗒"地抽着，连眼皮也不挑一下，就好像他完全是个局外人。

正在大家叽叽喳喳的时候，场外走进一个陌生人。他见会开得正热闹，微微向主持会场的大队长点点头，摆摆手，拣了个空地，坐下了。

锁成老汉低头思忖着，又听会场忽然静了下来，正在狐疑，举起眼皮看了看，没感到有啥变化，可是，当他看见那个刚刚坐下来的人时，便吃了一惊：啊！正是那个当年留小寸头的"红袖标"。顿时，心潮起伏，立即在心窝里开了个杂货铺，苦辣酸甜，说不清是啥滋味。不过，这几年给锁成老汉的感觉，似乎可以讲讲真话了。连老百姓埋怨买不到小灯泡的事都可以登报纸哩。于是，他鼓了鼓劲儿，把烟袋在鞋底子上铆劲儿磕了磕，烟管向荷包里一插，别在腰间，站起来，干咳了几声。

大家的眼光都朝向锁成老汉。

主持开会的大队长也蛮有兴致地望着他。有意思，锁成老汉成了众望所归的角色哩！

"我有一个要求……"

"好，讲吧。"

会场静下来，都等着锁成老汉讲哩，好像那是金玉之言，说出来就能变成金银珠宝哩。

锁成老汉郑重其事地说："这也平反了，那也平反了，难道俺们庄稼人的反就不该平？政府，要给庄稼人平反！"

"好，提得好！这么多年，咱们庄稼人受了不少窝囊气。庄稼人种好庄稼倒有罪，现在，那种不合理的日月像烟尘一样，散开了。今后，咱庄稼人放开手脚，挺着脊梁，要真正做土地的主人！多种经营，增加生产，才能更快地建设'四化'！"

鼓掌声、欢笑声，夹杂在一起，哗哗地响成一片。

治保主任在大队长耳边讲了些什么，大队长连连点头。然后，治保主任大声说："锁成叔，您要求给庄稼人平反，对！这些年，凡是干部社员背着莫须有的罪名，应一律推倒！锁成叔也有一份公函，是县工人民兵指挥部的，是您亲手交我的。依我看，他那个指挥部，尽玩鬼吹灯，没收庄稼人的果实，哪儿去了？嘿，从前门抬进来，又从后门抬出去了，私分了，处理给姨娘、小舅子了！"

会场又动荡起来。

"真的，我当时确实没有把那当回子事，看都没看。好吧，现在，当着您的面，当着大伙的面，把它烧掉，好不好？"治保主任打开抽屉，翻出那件牛皮纸信封的公函，举过头顶晃了几晃，然后划着火柴，正要点燃，忽听一声："慢——"只见那个陌生人奔上去，将信抢在手里。

会场戛然静了下来。一个个圆睁双眼，不知会发生什么事。

只见那个陌生人提起信封，口朝下，一捏一甩，从中落出一张五元钱的票子。怪！

陌生人说："大伯，我就是那年藏在您的南瓜干底下，躲过匪兵追捕的马拴柱。"

锁成老汉三步两步走到马拴柱的跟前，伸出干裂的像松树皮一样的双手，紧紧攥住马拴柱的臂膀，嘴唇哆哆嗦嗦说不出一句话来。

马拴柱接着说："那次，王大伯被错误地当作投机倒把，我发现后，本想将原物退还给他，可一转脸，南瓜不见了。一时间，又很难讲清楚，于是，我随手掏出五元钱，装在这个信封内，算作我个人弥补王大伯的财产损失，没想到……"马拴柱抖着手中的五元钱，拉着锁成老汉那只挂着疤痕的手。

保他娘不知啥时也蹿到台前来，盯住马拴柱，说："你也叫马拴柱？"

"嗯。"

"保定府清苑县人?"

"对呀!"

她扳过马拴柱的脖子,耳畔根儿处果然有一颗老大的黑痣。猛然间,保他娘呜呜咽咽地哭开了。

乡间人说:唱戏的疯子,看戏的傻子。此时,简直把社员们都看傻了。连马拴柱也傻了。

保他娘抹了抹眼泪说:"我叫马菊花,是你亲姐呀!"马拴柱惊愕地望着姐姐,半晌说不出话来。

故事到这里,本该结束了。有关菊花、拴柱姐弟悲欢离合的往事,因与本篇关系不大,即不多作交代。若问锁成老汉到底答应没答应种瓜,我想这还用说吗?

(原载《中国通俗文艺》1981 年 10 月号)

语丝微言

《南瓜王》是老作家王克臣先生四十多年前发表的作品,今天读起来仍备感亲切,可见老作家创作功底深厚,笔力老辣。王锁成以能种南瓜见长,被人称之为南瓜王。在那个年代人们生活的圈子很窄,天地显得很小,很容易对身边有专项技术的人冠以这个王、那个王,这是既普遍又普通的事情。作者如同从原始森林里捡起一片普通的树叶,用它创作了一篇生动的小说。

这一短篇小说是王克臣的处女作,文中提出了一个重要思想:拨乱反正,政府也要给庄稼人平反,还庄稼人以种好庄稼的权利与自由和自主。但这一篇并非是他的代表作。他从写小小说开始,继而短篇,进而中篇,终成三部长篇《风雨故园》《寒凝大地》《朱墨春山》。人生是有阶段的,文学创作也是有阶段的。王克臣在其人生的每个阶段,都在进行文学创作,一直在砥砺前行。至今仍老骥伏枥,志在千里。文学就是这样,无论你是青葱岁月还是满头白发,只要你热爱她,她就会热恋你,并追随你一生,不离不弃。

【作者简介】
　　马长旺，男，生于 1948 年 7 月。幼年因外伤造成左下肢残疾。1982 年参加工作，先后在赵全营镇、顺义区残联任职，2008 年 7 月退休。从小喜好文学、文艺创作，曾在市区媒体、网络上多次发表小说、散文、故事及曲艺作品。

正　名

　　天还没大亮，大刚就把妻子小明捅醒了。小明睁开眼一看表，还不到六点，翻了个身又合上了眼，嘴上喃喃地说："急什么急，人家得八点才上班呢！"

　　"不行，咱们得排第一，今天是实行新的登记办法，头一天，肯定人多。别看现在还早，磨蹭磨蹭就到时候了，快起吧！"大刚使劲又推了推小明。

　　"要我说呀，咱不如下午去，等人家都登完了，省得让人家看见怪不好意思的！"小明嘴上说着，身子还是没动。

　　"那有什么不好意思的，咱俩在一块凑合着过了十多年，还不就等着这一天吗？要不是你爸爸不让村委会给开介绍信，咱哪至于总背着这个'非法同居'的名呢！我今个就要堂堂正正地给自己正名。"大刚说着坐了起来，显得有点激动。

　　"嘿嘿嘿，瞧你还真是的，正名不正名有啥用，有没有结婚证我也是你媳妇呀！我要是不愿意，不是早跑了！"小明毫不在意地说着，也坐了起来。

　　"那可不一样，别小看这结婚证，那可是法呀！就因为没有这张纸，咱俩在公开场合连头都抬不起来，你可知我这心里得有多压抑呀！"大刚说着，陷入了深深的回忆。

　　那还是二十年前，因患小儿麻造成双下肢瘫痪的大刚，为了不给家庭造成负担，克服重重困难，学习了无线电维修技术，在家里开了个家电维修部。当时还是初中学生的小明虽然只有十四岁，可个子已经长到 1.6 米以上，模样也很漂亮。一次她的收音机坏了，送到大刚的修理部，由于毛病不大，一会儿就修好了，小明问："多少钱？"大刚说："算了，一点小毛病，不要了。"小明很感动，说了声"谢谢大哥"就走了。可刚一出门，看到大刚从凳子上下来后，蹲着走了出来，她马上过去搀，大刚摆了摆手说："不用，我的腿有残疾，站不起来。"

看到大刚行动那么困难，幼小的小明心里一动，在羡慕的同时又觉得有点可怜。回到学校以后，她马上提议，成立学雷锋小组，每周去大刚的修理部进行一次义务劳动，一干就是三年。初中毕业后，小明爸爸早已给她找好了工作，要她去一家服装厂上班，可执拗的小明愣是不去，偏要和大刚学习无线电修理，闹得父女俩反目成仇，有一次争吵竟给了小明一个大嘴巴，说："如果你跟了那个瘫子，就别想进我这家门。"

小明呢，也是天生的倔，不让回家就不回家，白天去大刚的店里干活儿，晚上到表姐家去睡觉。小明妈呢，谁也说不了，想女儿了，就去店里看，背地里说："咱学是学，可别搞对象。你还小，还不是谈朋友的时候。"小明说："这事儿我心里有数。"

小明爹呢，虽说把女儿赶出去了，心里也不是滋味，毕竟就这么一个孩子，可话说出去了，又不好意思收回来。

自打小明来到大刚的店里，小店的生意日渐红火，搬搬动动，取活送活，里里外外都是小明干，深受顾客欢迎。大刚呢，有了这么一个好帮手，活儿越来越多，收入大大增加，心情也十分舒畅。特别是小明从小喜欢帮妈妈做饭，每天都给大刚做上可口的饭菜，眼看着大刚的身体日渐强壮。有一次，一个顾客来取电视机，随口就说："我把钱给你媳妇了啊！"大刚一听，先是一愣，回头看了看从里屋出来的小明，俩人一对眼，都忍不住笑了。

那年冬天的一个夜晚，小明已经回她表姐家去了，大刚干完活，一不小心从凳子上摔了下来。可能是摔得太重了，自己挪了半天怎么也动不了，在地上整整躺了一夜。第二天早上，小明刚一进门，抱着大刚就哭。他没多想，背起大刚就往医院跑。当医生要求家属在手术前签字时，小明毫不犹豫一签上了自己的名字。在大刚住院的半个月日子里，擦身、接尿、陪床，一会儿也没离开过大刚，就跟他妻子一样，让同室住院的病人都啧啧称赞。

在小明的精心护理下，大刚的伤很快痊愈。出院以后，小明说："大刚，不管别人怎么说，我再也不能离开你了，再也不能让你受到伤害了。"大刚呢，虽然心里高兴，可总觉得有点对不住小明，怕拖累人家一辈子。小明说："大刚，我早就想好了，我这辈子就是你的人了！等你伤好了，咱们就去登记。"

听说小明已经在大刚那儿居住了，小明爸爸火冒三丈，逼着她妈把小明找回来。可没想到，就在她妈来找她时，小明正式向妈妈说出了要与大刚结婚的决定。小明妈呢，虽说心里不满意，可看着女儿在这里待了三四年了，生活得很幸福，也就默认了，担心的就是她爸爸这一关。

1992年国庆节，小明已经过了20岁生日，她决定要和大刚结婚，可到村委会去开婚姻关系证明信，会计说："你家里有话，没有大人来，不让给你开。"小明一听就气了，心说："婚姻法明明规定婚姻自由，我已是成年人，为啥要让大人说了算?"她一气之下跑回了家，和爸爸大吵了一顿。没想到不但没有说成，反被锁到家里不让出门。最后还是打了110，警察来了才被解救出来。由此，爷儿俩的疙瘩系得更紧了。之后，村里的干部换了一个又一个，她先后几次去开信，人家都怕得罪她爸不敢开，这事也就搁下了。

今年八月，当听到将要实行新的婚姻法时，俩人高兴极了，决定就要在"十一"这天去登记，给自己这十多年的夫妻关系"正名"。

时钟刚刚打过七点，大刚就把三轮摩托发动着了，催小明上车。临出发，他还有点疑惑："不知道婚姻登记处是不是在一楼，门口有没有无障碍坡道。""就是在六楼咱也不怕，你能驮我走二十里，我就能背你上十楼。开车，走!"小明说着，拍了拍大刚的肩膀。"行，咱们走!"大刚手一加油门，摩托车一阵风似的驶出了村。

2005 年 10 月

语丝微言

马长旺的这篇短小说《正名》，写了一个女青年爱上了一名残疾青年并与其正式结合的故事。小说的真实源于生活的真实，小说的真实甚至比生活更真实。因为生活的真实一旦升华为小说，那么小说中的人物，小说中的故事、小说中的意境、小说中的哲理，会折射、反观、映照、再现现实中的人物、故事、意境与哲理。而且人物更鲜明、故事更生动、意境更高远、哲理更深邃。由这篇小说我很快联想顺义一个伟大的女性，她毅然将自己的青春献给一名重度残疾的年轻人，陪他度过不算长但也不算短的一生。当然，这位重度残疾人身上，闪耀着文学之光；这名女性是个追光的人，却在无意之中，自己也成了闪耀人性伟大之光的人。

【作者简介】

　　杨宪，曾任中学语文教师、部队文书。现为顺义区作家协会会员，作品发表于多种报刊，并著有《杨宪诗文集》。

袁二的趣事

　　袁二并不姓袁，只因他那尖而上翘的下巴，还有那深深的眼窝形似猿人，又因在家中排行在二，便得了这一雅号。

　　袁二对于人们拿雅号呼他并不在意，有时就连领导们也这样叫他。对于领导们能这样招呼他，他的心里是很有几分得意的。时间久了，工友们便也就只呼他的雅号了，反倒把他的名字遗忘了。袁二是一个不修边幅的人，常常是一件衣服穿很久才换下来——自然那衣服是很脏了。脸上的胡须也是不常刮的，话语之中那胡须很滑稽，总是跟着嘴角在不停地颤动着。最让人深刻的是他那双手，长长的指甲里总藏满了污垢，而且，还常常用它抓挠着身上的某些部位。

　　但袁二很大方，很乐于行好别人。一次食堂里有猪蹄，很多人说贵不买，袁二说："不贵！不贵！我来一个。"端着那猪蹄袁二很得意，边走边啃着，还不时地说着："好吃，好吃。"并问身边那工友："怎么？你没买啊？来，你也尝尝。"说着就用手又撕又掰地终于弄下了一块，硬生生塞到了人家的碗里。

　　再看袁二把那猪蹄啃得真是有滋有味。本来就没煮烂的猪蹄，在他嘴里转来转去，还"嘶嘶"地发着声响，手上、嘴上、胡子上都沾满了油，时不时地还用嘴嘬吸着自己那脏脏的手指。这景象，直把那工友看得没了食欲，哪还有兴致吃那块猪蹄啊，忙不迭将它放到了袁二的碗里说："忘了，我是不吃猪蹄的，你吃，你自己吃吧！"话没说完就急急闪身出了食堂。袁二举着两只油手，一脸的愕然。大概至现在他也不会明白：那工友为什么会不吃猪蹄呢？

袁二也是很有孝心的。父亲病重了，医生说：想吃点什么吃点什么吧！袁二问："老爸，您想吃点啥啊？跟我说，儿子给您买去。"想了半天，老人家说娃哈哈挺好喝，就想喝娃哈哈，那东西酸酸的甜甜的很上口。果然，在班上袁二就请假去买娃哈哈了。工友们说：袁二还真孝顺，那么贵的东西他也给买去。

当年，那娃哈哈可是很贵重、很富有吸引力的饮料。孩子们能喝到它很自豪，家长也觉得光彩有档次，它几乎成了一个家庭贫富的标志。可这东西对于袁二当时的收入是奢侈了些。

果然，时间不长袁二就支持不住了，说："爸啊，娃哈哈我真的买不起了，您喝奶粉吧！"老人家又想了想说："那我就不喝了吧！"时日不多，老人家就去世了，袁二说要让老爸走得风风光光。出殡那天他请了两帮吹鼓手，从早上到晚上直把个小村闹得沸沸扬扬，歌声、喇叭声、呼叫声一浪高过一浪。酒桌上是推杯换盏，牌桌上是吆五喝六，哪像是丧事？分明办喜事一般。袁二说："是喜事，是喜事，老爹七十多了。喜丧。"再看那纸活糊得真是一应俱全，纸车、纸马、电视机、冰箱、摇钱树，还有那天堂里的银行，成捆的冥币，元宝、花圈，堆得小山一样。那钱花得毫不在意，一把火就化为了灰烬。更有意思的是袁二不知从哪儿弄来了一顶轿子，把老人的骨灰盒放在里边，由四个人抬着，那滑稽就像他的胡须一样，从大街上吹吹打打直奔了墓地，引得三邻五村的村民们、过路的人都来观看。工友们说："袁二为老爸真舍得花钱。"袁二说："老爸在世上没享受到，就到那边去享受吧。"

有一年夏天，雨下得分外的大，大河小河里都填满了水，鱼池里的鱼随着水就游了出来，到了大小河里。村低的地方，家里的猪圈，灶上的锅也都进了鱼——当然这是夸张了些。雨后人们就纷纷到河里、沟里、渠里捉鱼。有的用网，有的用叉，有的就直接用手摸，多多少少都有收获。鱼捉得多的人就在路边摆开了摊，着实发了一笔小财。这也成了人们饭余茶余津津乐道的话题。

第二天上班时，工友们正相互传递着自己的听闻，袁二进门便高声地宣扬起来："哎呀！昨天太有收获了，那鱼'拿得'过瘾，一蛇皮袋没装完，剩下的不要了。"工友们听得一头雾水，你看看我，我看看你，弄不清个所以然。"怎么，还糊涂啊？河里拿鱼啊！那鱼多得，还用捞吗？只用手拿就行了。"袁二一脸得意地说着。"今天下班上我家了，吃鱼去，管够。"

袁二的话，工友们本是一笑了之的，可偏偏有那好事之人非要吃鱼去，而袁二却又不肯低头。等到了下班，几个工友便跟定了袁二，说说笑笑就奔了他家。本是没影儿的事，袁二怎不犯难啊？等到了村边，袁二说："哎呀！忘了，今天你嫂子不在家，改天吧。"这时，他的妻子却偏偏骑着自行车到了眼前。她便忙忙地招呼大家进院，泡茶。等到弄清大家的来意后，她指了指墙边的一个池子说："都在那里呢"。只见那池子里几条不死不活的小鱼，听了声音便游动了起来。几个工友呵呵笑着走出了院子，此时的袁二只想找个地缝钻进去。

十几年没见到袁二了，一天，在公交车上我与他相遇了。此时的袁二已苍老了许多，依然，他那下巴和胡须还是很有个性的。不上两句话我便抄了他的老底："袁二，啥时也请我吃鱼啊？""你看，你看，又来了，打人不打脸，揭人不揭短，那都是从前了。""怎么，现在好过了？在哪儿高就啊？"我问。"不干了，儿女们养着了。"袁二还真是有一双好儿女，都有出息，本科毕业后，也分到了好工作。这让袁二很为自豪。自然，这话题大概也让袁二的朋友们、身边的人们都听得厌烦了吧？也许，这就是老百姓，这就是老百姓的日子吧。

语丝微言

农村中，社会上有一类小人物。他们地位卑微，也不富有。智商虽说不上低下，但绝不是高大上。至于情商，倒还丰富。他们的言谈举止，总有些另类，率性而为，也无伤大雅。往往成为人们戏谑的对象或茶余酒后的谈资。因为这类人被权力与金钱边缘化，被漠视，所以自己时时刷存在感，闹出很多笑话，却活跃了气氛。他们在场时，人们感到一种放松的愉悦。他们缺席的时候，也会感到一点寂寞。但该怎么过还怎么过。这就是社会，这就是生活，这就是这类人的快活，不在乎别人的眼色。

【作者简介】

宋新华，北京作家协会会员，中国散文学会会员，原北京维尼纶厂职工，20世纪80年代初开始业余创作，后停笔近16年，2002年参加北京劳动人民文化宫职工文学创作研修班学习，成绩显著，作品《上网》《大丹之死》被收入市委宣传部、市文联、市总工会主编的"五一文丛"系列版本（同心出版社出版）。2003年陆续在《北京日报》《北京晚报》《京郊日报》《北京文学》《天津文学》《当代人》《北方文学》《小说月刊》《鹿鸣》《青岛文学》《天池》《金山》《文艺生活》《短小说》等省市级报刊发表小说、散文。

贡　米（外四篇）

秋风，爽爽地摇荡着万亩稻浪。沉甸甸的稻穗在蔚蓝的天空下欢快地舞动。

这几天，村长的嘴翘得就像一把搪瓷勺子。刚从镇上开会回来，乡长打气说：要解放思想，与时俱进……他蹲在金色的田埂上，慢悠悠地吸烟，秋阳照耀下，眼前这一望无际的稻海不就是村里男女老幼朝思暮想的金子吗？突然他大脑来了灵感：何不注册个商标！

村长六十岁的人了，村里传承种稻史，到他这辈不知是多少代了。东府村地处狐奴山下，被箭杆河环绕，风水极佳。据老村长的爷爷讲，东汉渔阳太守张堪，打败匈奴后，在山下屯田，见这里气候温和，阳光充足，清泉四溢，便从南方引来稻种，开垦稻田八千顷，开创了北方最早的种稻史。后来，此地种出的稻米因米色莹白透亮、油汪气香，口感好一直进贡朝廷，供皇帝享用。当地人不忘其功德，建造了"张公庙"……现在村委会就设在张公庙里。

村长在东府村当了三十年的官。邻村头头们，换来换去像六月里的烂韭菜被变了一茬又一茬。归根结底，老村长没忘记当年八路军传下的作风。行得正，始终与老百姓心心相通。自然，乡长信任，村民拥护。曾经有两次他提出退下来，可村委会通不过。全村五百六十口人舍不得他。这几天，吃饭时他常常对着香喷喷的米饭发呆。老伴怀疑他得了病。田埂上蹲累了，他撑了一下地，抚着腰站起来，秋阳明晃晃地照在他黝黑、宽阔布满皱纹的额头上。花甲之年，心再高，也已力不从心喽！他满含着热泪。一阵微风徐徐吹过，摇曳的稻穗齐刷刷不住地朝他点头。他猛吸了几口烟，甩了烟头，大步朝村委会走去。二蛋，你负责打份咱稻米的说明，主要介绍它的特点。嗯，"三伸腰"。你知道"三伸腰"吗？就是，煮饭时伸长一次；蒸饭时伸长一次；吃剩下的米饭再蒸米粒又伸长一次。咱就注册贡米"三伸腰"的牌子，让全国的老百姓都当一回皇上，吃上咱东府的贡米，我死也无憾！老村长额头沁出细密的汗珠儿。海龙，明天你开车配合二蛋到工商局注册……我在家里等信儿！二蛋、海龙几乎同时点头。望着两位年轻后生，老村长咧开嘴，露出两颗漏风的牙齿。他又单独找了海燕帮自己写了一份退下来的报告。

一连几天，注册商标的事都毫无结果。有关部门一会儿说申请不行，一会儿又说产品介绍不行。村长陷入了苦恼。本来想最后给乡亲们办件称心事，自己也该画上一个圆满的句号，可现在……

中午吃饭的时候，老伴炒好菜，孙子欢蹦乱跳地爬上了饭桌。指着爷爷端起的饭碗：嘻嘻，贡米、贡米，爷爷——您"上贡"了吗？

老村长不知哪根神经被提起来。咳，我还不如个孩子！他撂下饭碗撒腿往外走。老伴急忙追出去说：你犯的哪门子邪！村长说：邪就这一次，我去吩咐二蛋和海龙……

古　爷

1939年，一场特大的洪水袭击了古爷所在的榆树庄。

榆树庄地处潮白河畔，七天七夜里，雷声滚滚，白浪滔天。大水冲进了古爷的院子，又从窗台冲进古爷的屋里。家里的坛坛罐罐，叽里咕噜在院子里打滚，轻一点的家什全都忽忽悠悠飘起来。古爷来不及多想，赶紧找出绳子，把几大捆苇席牢牢地绑在一棵又粗又壮的榆树上。

原来，就在几天前，古爷河西的老朋友把没卖掉的苇席存放在古爷家里，拜托他下个集市帮助卖掉。古爷一口应允下来。古爷数了数，不多不少，一共102领。古爷常说："助人就是助己，与人方便自己方便。"这不，还真应了古训。存放在古爷家里的大捆苇席便派上了用场。古爷两手当桨，筐筐当船，飘飘悠悠划着，挨家挨户唤着让人们领席。古爷只留了3领，99领苇席都分发了出去，家家都在村东头的高坡上支起了窝棚。

这场水灾来势虽然凶猛、持久，但榆树庄的百姓却毫发未伤。

大水退尽，存苇席的朋友赶过来。见古爷正在村东头苇地里收拾大水冲过的席子。古爷说："你的 102 领席，发水时全村人搭窝棚给用了。"

朋友说：人都差点儿没了，要席干啥？村里人全都救了，我那破苇席派上了用场——值！

古爷说："别价，这是你一年的生活，全指着哪！"

古爷救了全村人的命！

此后，几个月里古爷没出过自家的院子。不是推起大石碌碡压苇子，就是蹲在又潮又湿的地上破苇子、编席。

……

日子呼啦就过去了，古爷活了八十七岁。走那天，全村人为他送行，并在殡仪馆举行了隆重的悼念仪式。有人不解地问：这是个什么人物？村民说：一个编苇席的，救过全村人的命！

上　网

到五台山，一路上算命、看相的遍地开花。我装起哑巴，一心爬山，可屁股后头，那个身着素衣、头上点了花点的"和尚"，怎么也甩不掉。你要是不算，人家就只当陪你旅游啦！

没辙。算一卦吧！

那"和尚"停下来，笑着说：不准——不要钱

嘿！他还挺讲理的。我报了生辰八字。

"和尚"掐着手指，嘴里嘟哝着，最后又仔细看了我的五官，得出结论：

第一，你本人至少是个局级以上的干部。

第二，你的父母长寿，均在 85 岁以上。

第三，……

没容他再往下说，我便哈哈大笑起来。

您说的这两条，哪个都不准。第一，我不是局长，只是个小科长；第二，我在七岁时便父母双亡了……

得，得，今天算我看走眼了。

我拔腿赶路，回头扫了那人一眼，他正拨打手机。

路上又有人拦住算命，我全然不理径直朝山上攀登。

直到南台顶。歇下脚时，再次有人看相、算命，被我厉声回绝了。那人转了个圈

儿，显出一本正经的样子，手指金碧辉煌的大殿说：

"我要撒谎——老佛爷作证，天打五雷轰！"

我站起身要走。

"先生！让我看看您，只说一句话。准了——您给 50 块钱，帮帮我；不准——您抬脚就走，算我白说。"

那人说："别看您个子高高大大，手里提着公文包，可您顶多不过是个小科长！"

我的心一激灵。

那人接着说："您老家祖坟风水不好！不怕伤您心，早在您六七岁的时候父母就不在人世了。"

说完，那人一脸的严肃。

我被他说得直愣愣的。

神了！五台山遇到了"真人"！

我心服口服地掏出 50 块钱，递了过去，并客气地说：谢谢师傅！下山回来，口渴买了瓶矿泉水，边喝边和本地人聊起山上碰到"神仙"的事。

小伙子说："没那么神。他们都是一伙的，全带着手机。第一个人没骗着你钱，他采集了你的信息，早通过手机传到第二、第三个人，你跑不了……"

小伙子这么一说，我傻眼了。想起了小时候玩的一个游戏：一网不捞鱼，二网不捞鱼，三网捞个大尾巴鱼。

我终于"上网"了。

影　子

第一次见面，女人就送王老师一把剃须刀，说是见面礼。王老师想笑，本来嘛，都过了知天命的年龄，还像小青年谈恋爱似的，能不乐吗？

坐在怡心公园的长椅上，看得出女人做了充分的准备：一件轻花的宝石蓝丝绸套裙，在春风的吹拂下，掠起一角。特别是女人的双唇，被渲染得浓艳而富于激情。

出于礼貌，王老师今天也换上了一件纯毛驼色西服，不过，里边的毛衣还没敢下身儿，生怕料峭的倒春寒激着身子骨。

女人拉近了与王老师的距离，打量着王老师。女人说：这件精致的飞利浦剃须刀是原来的老公从荷兰带回来的，一次没用过。今天特意装了两节新电池，用起来肯定很舒服。王老师用手摸了摸尖瘦的下巴——临出门刚刚刮过的，光光的，一时还派不上用场——不过，女人这小小的举动让王老师产生了联想。在有关佛学的书籍里，头发、胡须象征着烦恼，剃须刀则是剔除烦恼的工具。这一想，他觉得女人这举动并不寻常。

女人见王老师的面部有了稍许放松，便滔滔不绝地打开话匣来。

女人说，她丈夫原是个副处长，她经常坐着丈夫的轿车，全国各地旅游、观光。那时很多人拍他的马屁，也在她面前拣好听的说。可万没想到，男人在登一座有名的大山时突发了脑溢血，刚刚五十岁就……女人叹了口气，流露出对往日的依恋之情。

王老师静静地听着女人的自我表述，没有搭上茬儿。

这人像进入了一种状态，或许是长时间一人闷在家里的缘故，积聚的情感得不到倾诉，今天终于开了闸、放了水。

到中午，王老师说：咱们到前边那个饭馆吃顿便饭吧。

女人起身望了望王老师手指的方向，说：这边我比你熟，咱们还是到河公园外的明星酒楼吧！

王老师未置可否，听从了安排。

一进明星酒楼，服务小姐便殷勤地冲女人打招呼，甜甜地叫声张姨，把俩人让进了雅间。刚坐定，服务小姐上了两杯盖碗"泡台"。

女人呷了一小口，说："以前我和老公经常到这里休闲，有时也宴请朋友，吃多吃少开张票就都齐了。"

王老师点头，知趣地把菜谱递给了女人。

女人没接菜谱便吩咐服务小姐：番茄菊花鱼、山椒凤爪、蜀乡口水鸭、蜜汁芸豆……外带一瓶长城干红。

王老师说：我不会喝酒。

女人说：来一杯没关系，国外早讲究喝红酒了。

王老师不好再推辞。

菜，一道道上来了。女人指点着：这些都是以前的老公和我喜欢吃的，不知合不合你的口味？

王老师说：没关系，还行。

女人等不及王老师张罗，抄起酒瓶给他斟了一杯，自己也满了一杯。然后说：来，初次见面——干一杯！女人仰脖一饮而尽。

王老师有些发晕。

女人脸渐渐红起来，有了激情。她望着对面的王老师，夸赞他五官长得周正，鼻子、肩目、嘴都挺到位，比她死老公强。

王老师听得有些腻歪。

吃完了饭，王老师去结账。

女人抢前去："我来付！"

临分手的时候，女人说："我总共有两套房子，女儿一套，自个儿一套，今儿实在晚了，你就……"

王老师一笑："说，下回吧，我今晚还有课。"

一个星期后，王老师写了一封长信，彻底谈了他的想法。

征　服

卡瓦格博，在藏人的眼里是一座"神山"，挺拔、飘逸。海拔六千多米，常年冰雪覆盖。当地没有一个人敢冒犯的触摸她，更没有人敢踏上她的头顶。不为别的，为了他们心中的圣洁。

近几年，随着旅游的不断升温，这唯一的清净之地，也慢慢遭到了污染。

才旺老人黑红的脸膛，永远闪着一对晶亮的小眼睛，祖祖辈辈就居住在卡瓦格博山下。他的小木屋，镶嵌在一大片绿茸茸的开满野花的草甸子上，被"嘛呢石"紧紧围绕着。他和老伴牧养着五六百只牛羊，每天早晨出行，晚上归来都要面对"神山"燃香、祈祷……很多年了，他这种平静的生活从未被人打扰过。他的身心早已融入这一草一木、山山水水。

才旺老人慈祥友善，前几年偶有路人经过，他都热情地拉进他的小木屋，给客人拿出糌粑，倒上一杯热乎乎的酥油茶。但近两年，一拨儿又一拨儿的考察观光团，打破了他往日的宁静。这些狂傲的人们，什么都不放在眼里。驾驶车辆毫无顾忌，好像被刚刚"解放"了一次。望着这些天不怕地不怕的"勇士"，他常常眼睛发愣头发晕。偌大的草场，正慢慢地变黄，失去绿意。走后，留下的是一道又一道光光秃秃的车辙。才旺老人心疼得不止一次掉眼泪。不过他也毫无办法，只能是手里的转经轮，转动得更快了，手柄磨得油光光的。

临近岁末，高原的风很硬，吹得才旺老人的小木屋"嗷嗷"直叫，像来了野狼群。不过，卖掉了一半的牛和羊，有了好收成，他的心情就像无云的晴空一样，显得湛蓝而空灵。天冷，好长时间没有外人打扰了。才旺老人捡回被风吹干的牛粪，燃着火，煮开酥油茶热乎乎地喝起来，"笃笃笃……"有人敲门。才旺老人打开小木屋的门，外面飘起了雪花，一行十几个人，穿着厚厚的羽绒服挤进了他的小屋。经了解，这是一个由十七人组成的自由登山队，不负责什么科学考察，只是一心想实现"人定胜天"，踏上卡瓦格博的顶峰，征服这座传说中的"神山"。才旺老人急得双手合十："阿弥陀佛！善哉……要征服的是你们这颗贪婪、狂妄之心！你们自己！"他找来几位藏民，试图劝阻这一队人马，说服他们放弃原有的毫无意义的计划，但最终枉然了。才旺老人甩着两手，无助地望着这一帮人马，流下了慈悲的眼泪。

结果，显而易见。当十七名登山队员即将登上顶峰，即将集体向全世界发出"乌拉""OK"的喊声时，出现了大面积的雪崩，雪雾弥漫了挺拔的山峰，十七个队员竟无一人生还。

才旺老人第四天听到了这可怕的消息，从此变得默默无语。

原载《感动中学生的100篇微型小说》2006年6月九州出版社

语丝微言

前面说到，1965年石占琴在《北京文艺》上发表小小说"过路人"，应该算顺义小小说的发轫、肇始、开端和试水。但之后的张友明、赵松泉等都未沿着这条写小小说的路子走下去，他们运筹谋划于短篇小说创作。只有宋新华钟情于此，他的所有作品，都是小小说。数量之多，质量之高，发表之广，影响之大，为当时顺义小小说之最。他深得小小说写作之精义，每篇小小说，只明确一个主题思想，只确定一个主要人物，只需要一个核心细节，只运用一种语境，只抛出一个包袱，只有一次反转结构。读宋新华的小小说，开头介入情节快，中间丰满，结尾简短有力，"凤头、猪肚、豹尾"，干净利落，如看体育比赛上的平衡木表演。他又信佛，所以他的小说虽叙世俗，却透出空灵；述凡尘能品出禅意。他还有一个头衔——北京小小说沙龙创始人之一，曾任过秘书长。

【作者简介】

许福元，笔名星白，别号临河居士。1946年生，顺义区临河村人。北京作家协会会员，中国作家协会会员。主要作品有：诗集《早春》，小说集《半夏》《仲秋》《惊蛰》、散文集《瑞冬》、游记《印象美国三十天》、长篇小说《洋桥破浪》。另有作品发表在《北京文学》《小说林》《小说月刊》《星火》《当代小说》《飞天》《大家》等期刊。短篇小说《香火地》《娘亲舅大》分获2011年2013年北京市职工创作"五一""身边"文学一等奖，小说《卷毛活》获首届浩然文学短篇小说一等奖。作品多篇被收入各种选本。散文《盲人玫瑰》等被列为中学生语文课外教材。小说《吊炕》《栗子·立子》等被某高校列为高考模拟试题。

香 火 地

月牙村最老最老的老光棍子，八十岁的史得田老汉，失踪了。

第一个发现史得田老汉突然地蒸发，自然是他的侄儿三虎。

三虎习惯地把出租车开到香火地的西上坎，习惯地停在搭着六块石棉瓦房顶的小屋前，习惯地打开汽车的后备厢，往下一样一样地搬方便面、食用油、蚊香、叶子烟。然后，又习惯地喊："大伯，大伯！我来啦！"

但，这回，却没有人应声。

三虎顿时有一种不祥之感。怀里抱的东西，"哗啦"一声，掉在土地上。

此时的大伯史得田，应该习惯地就蹲坐在丝瓜架前的黑土地上。大伯是有"蹲功"的，他双膝弯曲蹲下，屁股贴近地面可并未着地。以一种俯视香火地的姿势，手里攥着旱烟袋。落日的余晖照透头顶上的丝瓜架，墨绿墨绿的绿叶漂浮着娇黄娇黄的黄花，毛茸茸的瓜秧翠丝儿向天空盘旋卷曲着，蛐蜒条般的嫩丝瓜从蓬蓬勃勃的架上垂下来。一根艾蒿绳冒着丝丝缕缕青烟，大伯嘴里含着长杆旱烟袋，铜烟锅里的烟火一明一灭。一看见三虎从车上往下搬东西，就将翡翠烟嘴从口中移开，照例说几句："买这些干啥呀？这日子还过不过了？"

但，现在艾蒿绳旁只顺着一根长杆旱烟袋，只留下一个浅浅的脚印儿。

三虎"腾、腾、腾"地冲进屋里。齐锅加灶的单间还算整洁，锅、碗、瓢、勺摆在土炕的凉席上，烟笸箩旁的小闹钟，"当、当、当"走得挺欢实，时针正指下午六点。

三虎又像小旋风一样奔出屋，登上高坡。用双手拢住嘴巴，朝南边高粱棵子喊："大伯，大伯!"又朝西边一片毛草地喊："大伯，大伯!"又朝东边芦苇荡喊："大伯，大伯!"又朝北边毛白杨林子喊："大伯，大伯!"最后，他向着香火地那一大片墨绿绿、黑森森的玉米方阵喊："大伯，大伯! 您在哪儿? 您回来吧! 我等您哪!"

没有回音，没有响应。只有三虎的呼喊声，在高粱叶子与玉米叶子之间，碰来撞去。

三虎忽然想起了什么，一下子扑到汽车驾驶室，跪在座垫上，手掌长久地按在喇叭上。刺耳的声音长长地呜呜地响起来，但很快就被波涛一样的庄稼吸收了。

三虎心想：丢了，丢了，大伯在我手中丢了。我可怎么跟爸爸交代呢? 怎么跟整个家族交代呢?

当初，是否让大伯来种这三十亩香火地，几乎只有三虎站在大伯一边，只有三虎认为最理解大伯。为此，三虎几乎和自己的父亲闹翻了，和整个家族闹翻了。

月牙村的村名至今还保留着。可在一年半以前，月牙村整体拆迁，村民都住进了月牙小区。

这天晚上，三虎奉大伯之命，召集全家族的人，开了一个全体会议。

会议一开始，大伯史得田用长秆烟锅磕了磕鞋底，带火炭的一坨烟灰就坍落下来，掉到地上。他平静地宣布了一个重要决定：我要种香火地，我那三十亩地。

此言一出，在场的人都愣住了。大伯这个人，真是越老越上年纪啦?

大伯这个人的秉性，有点庄稼人的一根筋。历来吐口唾沫就是根钉。

大伯口里往往就蹦出那么一两句。内容由三虎解释：二大伯，二大妈，爸，妈，大虎哥，二虎哥，昨天，大伯从香火地回来，就跟我说："三虎，我要种我那儿的三十亩地。"大伯的脾气，咱们可都知道，只能顺着他："您愿意种就种呗。"

"愿意种就种?"二伯史得良质问三虎，"你大伯今年多大了? 你当还是小货货? 你别看上去，他比你还硬朗，实际上跟萎了的瓜一样，一捅就哗啦。"

三虎的爸爸史得雨更是埋怨："你大伯最听你的话，你咋就不能劝劝呢? 由着你大伯的性儿，他这把老骨头非扔在香火地不可。"

妈也说："咱可是根本人家。你大伯为了他这两个弟弟，自己一辈子，老了也没说个人。"

二大妈也接话茬说："如今咱们都住进了楼房，倒让你大伯从楼房一个人去野风地? 他这一辈子可都给侄男旺女扛活了。就算咱心里落忍，街坊四邻还不嚼牙嚼嘴?"

大虎是中学教师，说话更有谆谆教导的味儿，俗话说"家有长子，国有大臣"。

咱爷爷奶奶去世早，是大伯，带领咱爸，顶门头过日子。六十年多年的艰苦奋斗，才创下了这一片家业。大伯对咱整个家族，居功至伟。

二虎是镇综合办主任，说话还是很有水平，也讲究方式:我们要站在大伯的角度去思考问题，他土里刨食一辈子，从没离开过土地。他恨不能把自己当种子一样，也种在黑土地里，你们理解不? 他过不惯城市生活。

"适应嘛，总要有一个过程嘛!"大虎说，"让大伯从三虎那儿，上我那儿住几天。"

"行了，行了。过五月单五，你倒是请大伯了。大伯回来就说:'打死我也不去了!'"三虎说，"进楼门，就让换鞋。换下的鞋，又扔给收破烂的。大伯光着脚丫子走回来，有这回事吧?"

二虎试探着说:"那让大伯再到我家住着试试?"

三虎赶紧摆手:"可别试了。那回上你那儿去，大伯困在电梯间，十五层楼，上上下下憋了两个多钟头，都晕菜了。"

"大伯就交给我了。谁让我过继给我大伯了呢。"三虎大包大揽之后，用手指着大伯，"你们可都看见了，在楼房刚煨了一冬，他脸上就挂了灰;现在的面模，黄瓜种似的，蒙张纸都哭得过了。"

大伯的耳朵有点背，但他的眼神还好使。他捕捉每个人面部表情几次变化后，轻易不笑的这个老庄稼人，这回也咧嘴笑了。他知道，他的提案通过了。

三虎蹲在坡头上回忆着，望着太阳收起最后一抹淡黄变灰的光辉，暮霭晕散开来。大团大团的黑蚊子，"嗡、嗡、嗡"地撞上来。三虎站起身来，向降下黑幕的天空仰面长长地大喊一声:"大——伯，回——来!"

史得田老汉失踪的消息，很快像瘟疫一样，蔓延开来。

虽然村庄变成了楼区，村民变成了居民，因为都是回迁户，村民还是抱团住的。街坊四邻刚听到消息时，还都半信半疑。于是，试探着到得良、得雨和大虎、二虎、三虎家打探消息:"得田大哥身子骨还硬朗吗? 这二年是透着软!""怎么好些日子没见到这老爷子呢? 上回，老爷子还扔给我几个煮棒子呢!""哎呀，月牙村现在就剩香火地那最后一块农田了。听说也要占了，瞎子磨刀，快了。"

当确实知道得田老汉失踪，很多人就沉不住气了。首先是老人，支使自己的儿女:"去，开车帮助找找。得田老头子一身好庄稼活呀，一辈子是个好人哪! 他爱谁谁，帮谁谁，街坊四邻没得罪过谁。"

于是，寻人的队伍连夜从香火地辐射出去。大虎一路，奔东边月亮河度假村;二虎一路，向南顺着李桥保税区;得良由二孙女开车，瞄着西边的汽车城;得雨让老姑爷带路，往北指向空港物流基地。三虎说：我哪儿也不去，就在原地蹲守，随时用手机和我联系。

无数条手电筒的光柱，在香火地四周的夜空中闪烁；几十个人的呼喊声，涨满了条条乡间小路；十几辆汽车的喇叭声，在互相呼应回荡；天蒙蒙亮时，手机互相联系的结果，还是一无所获。

第二天白天，继续拉网式排查，无果。

第三天，重点搜索，又无果。

人困马乏，老是这么寻找也不是个事儿。第四天，开了个家族会议，做了两个决定：第一，由大虎、二虎负责，县广播站、县电视台、县时讯报纸、张贴小广告，一齐上寻人启事；第二，由三虎另辟蹊径，寻找大伯。

才三天，三虎的两眼就熬红了，上下嘴唇都鼓起了泡。他坐在大伯天天坐过的黑土埂上，渐渐冷静下来。想：大伯有可能去哪儿？对，沿河大集，到小赵那儿买鞋。

在沿河大集的一大片鞋摊上，三虎问摊主小赵："前些天，你看见一个高高瘦瘦，背有点驼，脸有点长，高颧骨下边有点㖞腮。上身穿一件大白背心，下身穿一条过膝盖肥得噜噜大黑半截裤。他里边不穿三角裤衩，是硬山搁檩。系一条红布裤腰带，年岁有七八十岁的老头了吗？"

小赵认识跑出租的三虎。他拍着脑门想了想，眼睛一亮，说："也就前七八天，对，上回集，六月六，岂止看见，那老爷子就从我这摊上买走一双鞋！"

三虎赶紧问，"什么鞋？"

"布鞋。"

"什么帮？"

"青布鞋帮。"

"什么底？"

"白布鞋底。"

"鞋底是什么纳的？"

"线麻绳。"

"这就对了。"三虎又问："老爷子给你多少钱？"

"七块。"

"你要多少钱？"

小赵伸出左右两手的食指，搭成一个十字："十块。"

三虎要从兜里掏钱："我知道我大伯的习惯，我补你三块。"

小赵忙摆手："别价，别价。划好价后，老爷子给了我半蛇皮袋青棒子，说是倒秧拿的。我还占了老爷子便宜了呢！"

"后来呢？"三虎问。

"后来，老爷子胳肢窝夹着那双鞋就走了。"小赵疑惑地问："怎么，老爷子没回家？"

三虎摇摇头。

小赵又提供一条线索：第二天，我听说，一辆没牌子没灯的农用车，撞了一个老头，冒着黑烟朝燕郊方向颠了。说是送医院。当时就有人怀疑，真要送医院，也应该往顺义县城方向开呀！

三虎去了交通队，没有头绪。只好悻悻地又返回到香火地小屋。

三虎想：大伯还可能去哪儿呢？还一种可能，去卖旱烟叶的田寡妇老太太家。

三虎刚要开车走，县里来个人，找到这儿来了。是一个二十多岁头发有点卷毛的小伙子："请问，这块地是香火地吗？"

三虎看见"卷毛"就有点生气，耐住性子："是。你找谁？"

"我找史得田老先生。"卷毛说话挺客气。

"我大伯不在。有什么事，问我就行了。"

"是这样，我是县地名办公室的。"卷毛说着拿出笔记本、碳素笔和录音笔，"这块地秋后就要占了，要建别墅区娱乐中心。我们查过资料，1975年考古发掘，这里出土过石镰、石斧，存在过史前文明；春秋燕国时，这里就有民居，有陶瓦、陶罐为证；东汉以后，才始称'香火地'。是史得田老先生的祖先捐赠给北大寺的庙产。解放土改时，又分到史得田老先生的名下。农村改革，史老先生是全县第一个和村委会签了五十年的土地承包合同。我今天来，就是拜访史得田老先生，从非物质文化、从民俗文化的角度来挖掘、来寻找……"

三虎打断他的话，一挥手："你走吧，快走！我还寻找呢！"

卷毛一拍手："那我帮您寻找！"

三虎一下子把卷毛轰走，还甩给他一句："你这是娶媳妇打幡儿——添乱。"

卷毛前脚刚走，后脚一辆小轿车悄没声地就开了过来。车门开了，二虎搀着一个比大伯还老的老头儿，拄着拐杖，颤颤巍巍、哆里哆嗦、一挪一擦地蹭过来。

三虎如何不认识？这是大伯的老朋友、老上级、老县长岳大伯。

三虎赶紧上前，扶住岳大伯："把您老也惊动了，这是怎么说的。"

老人却用拐杖一指三虎："你呀你，连个老头子都看不住。"说着，用拐杖指着眼下一大片棒子地，"四七年开辟地区，我在这儿打还乡团伙会一个伏击。得田老弟给我烧棒子吃，吃得我嘴头子都黑了。你大伯还笑我是黄鼠狼，有道行了。"

老县长又眯起双眼，边回忆边对二虎、三虎说："这块地可是块宝地，粮食窝儿。得田老弟当生产队长时，创造过全县的丰产方。后来，得田老弟又承包这块地，有二十四五年，对吧？"老人忽然用拐杖一捅二虎："你盖房买两架黄花松明柁的钱，就是卖的这块地的小秃麦子。"又用拐杖一杵三虎："你娶媳妇的钱，就是卖这块地的棒粒，头等价，五毛八一斤。"

老人说完就连声咳嗽起来。临走，老县长用拐棍向整片香火地画了一个大圆圈："就在这片香火地里找，他出不了这块地。他跟我说过，这就是他的坟地，有风水。"

一句话提醒三虎：是啊，我怎么就没有深入到地心里好好找找呢？

三虎有所顿悟。他回忆一个多月前，大伯就割了一抱又一抱的艾蒿。晾干了，又用锤子将艾蒿秆砸扁了。然后拧成蒜辫子似的火绳，一条一条挂在天棚下晒着。可现在放眼望去，只有半截火绳，垂在天棚下的半空中。火熄了，烟灭了。那么多艾蒿火绳呢？三虎问过大伯："给您买蚊香了，您还拧那么多艾蒿绳子干吗？"大伯头也不抬，双手继续编他的艾蒿，口里只吐出了两个字："有用。"

三虎一想到大伯对他说过的"有用"两个字，心里就"咯噔"一下。前半个月，大伯突然对他说："三虎，解放土改的地契和这块香火地的土地承包书，我让你收好了，你收好了吗？"三虎说："收好了呀，好几层塑料布包着呢。我怕虫咬了，还放了樟脑球呢。"大伯立刻说："收好了好。明天你拿过来，给我。"三虎问："干吗？那已经没用了。"大伯嘴里又吐出三个字："我有用。"

想到这里，三虎的后脊梁骨一阵一阵酥酥地发凉，心里一股一股地腾腾地发热。

三虎是在大伯宽厚的手掌抚摸下长大的。记得自己八九岁的时候，就颠儿颠儿跟着大伯，看大伯在这里修台田。

大伯有一把锃光瓦亮的筒锹，那是大伯在窑坑挑土时置下的工具。大伯光着膀子，阳光和汗水披满了他那古铜色的上身。大伯的胸腔宽厚，后背隆起，两条臂膀的腱子肉，叽里嘎啦的净是棱。他用小肚子抵住锹把顶端往下一拱，根本不用脚去蹬，只是双手往下一送，筒锹噌噌地就直插湿泥中。然后双手往起一挑，二尺多长的一瓜黑泥条，就扯上来了。大伯平端着筒锹，往土篮里一颠一耸，泥条像一条大黑鱼，就被顺进筐里。一根柳木杠子，横在大伯肩上。前边土篮装四条"大黑鱼"，后边土篮装五条"大黑鱼"。大伯挑土上坡时，梗着脖子，一只手要抓住身后土篮的弯梁，斜绷着身子，在斜坡上一步一摇，一步一晃地攀登。

还是不时有泥块从大伯的土篮中掉下来。大伯站在坡上喊："三虎，去抱地上的'死孩子'！"

三虎三十岁以后，每到收秋时节，特别爱看大伯是如何掰第一个玉米棒的。

三虎觉得，大伯虽一生未拥抱过女人，但他剥棒个儿的整个过程，就是抚摸一个圆润裸体女人每一寸肌肤的过程，他在享受一种辛勤劳动后丰收与占有的快感。

天色又黑下来了。明天，明天，一定组织人在整片的棒子地里，进行地毯式的搜索。现在，还是先回小区楼房吧。

三虎刚把车停在自家楼门下，锁好车门。在灯影里，两个胖汉，脖子上闪着粗大的金链子，扬起的手臂上刺了青，是两条龙。从对面横着就晃过来，到三虎跟前还停下了。其中一个用下巴一指，说："就这门。住着的那个老帮子，这回失踪了。电视都放了，全家人急着找呢。"

另一个说："找他干吗呀？早就应该死。像这样的土老冒儿，一失去土地，老命就嘎儿屁。城市现代生活，他们能适应？"

"还真是。你说大清早的，这老庄稼巴子用树枝点窜壶烧开水，黑烟都窜到我阳台上了，把我那两对紫砂眼信鸽熏得不拿食，直打蔫儿。"

"咱小区东南角工地，有一块屁股大的空地，这'老家贼'没事闲的，还种上麦子。我想往我发财树花盆里换点土，他一点不给面子。还撸我一通儿：'这土是长庄稼的，你有钱养花，就有钱买花肥'。"

"这头老倔驴！"这两个胖汉说得兴起，一齐"哈、哈"大笑起来。

三虎向这两个胖汉眼前亮出了捣蒜钵子般的双拳："你们在说谁？"

两个胖汉面对突然出现的拳头，一时愣住了："我们说这单元这老光棍子，跟你有什么关系？"

三虎大吼一声："他是我大伯，是我爹！我揍你们俩儿小丫挺的！"

两条"刺青"趁黑落荒而逃。

三虎余怒未消。一推开家门，嘿，全家族的人，都在，专门等他回来。

大家看三虎黑着脸，知道还没找着人。也知道三虎的脾气一上来，翻脸不认人。更知道三虎此时的心里，比谁都难受。比较来说，三虎不怕他爹妈，倒怕他大伯。因为从小，他几乎是大伯哄大的。

二大伯安慰三虎："纸里包不住火，雪里埋不住孩儿。你大伯会找到的，也许没事儿。他身上带着速效救心丸，自己也知道往嘴里含一粒两粒的。你先喝点水，听听情况，然后再商量明天怎么办？"

大虎先说：能利用的现代传媒的各种手段全用过了。从反馈的消息看，没想到大伯的影响还是蛮大的。我还真不知道，民国二十八年（1939）发大水，咱爷爷用香火地打的棒子粒，在北大寺舍过粥；入社以前，大伯就当过县劳动模范。大伯又是牵着独眼青骡子，挑头入的初级社。

二虎说：开发区物业来人了。还拿来了当初和大伯谈话的笔录。三月十六日，大伯找到开发区一把手，说一定要种这三十亩香火地。这块地荒二年了，他看着心疼。大伯说话挺有分量，这块地听说一千多年了，都没闲着。经我的手，六十多年了，这粮食打老鼻子去了。长庄稼的好地怎能长成大草蛋呢？一把手还挺通情达理，说地租我们早付清了，五十年的。您要种，也只能种一季儿。十月份，该做地下管道雨水方沟市政工程了。

妈也告诉三虎，田寡妇那个老太太也打发儿子来了，说你们都甭着急。得田大哥脚不野，他守着那块地不会动窝儿。好几十年了，她还不知道他心里的那点念想儿。明天，她已约好月牙村几十个老头、老太太，爬也爬到香火地，一垅一垅地找。指不定得田老哥在哪棵棒子秧底下，叼草根眯着呢。你可能还不知道，田寡妇年轻时托人想跟你大伯相好，可你大伯坚决不跟她相好。怕相好了以后，娶进门一下子添三张嘴，怕从你们口里夺食儿，怕委屈了你们，他护犊子呀。你大伯也真是的，到老也没说个人。也别说，大前年有一个六十多岁的河南妇女，带着一个三十多岁的瘫儿子，想伺候你大伯。条件是，搬迁时给她娘儿俩一个八十多平米的楼门。你大伯一听就火了，对中间人说：我有侄儿，我有三虎呢。老了老了，我不能让晚生下辈不作兴！

二大妈也安慰三虎：你对得起你大伯了！这么多年，你大伯不是老跟你一口锅里抢马勺吗？你大伯疼你，你出车不回来，他就不吃饭，在门口转磨呀！前年你大伯把胯骨摔了，你背出背进，刮屎擦尿，亲儿子又如何呀！再说，种那三十亩香火地，机耕、机播、机收，你大伯也不过是看个堆儿。再说，接长不短，你也陪你大伯在那睡个觉，值个更儿。

三虎眼窝里噙满泪水，努力撑着，不让泪水流下来。但听着听着，终于撑不住了，泪水像开闸的江河一样，奔涌而出。"哇！哇！"放声大哭，自己用手掌扇自己的嘴巴子，边哭边说："我真是混蛋呀！我闲提话跟我大伯说，我开出租车也开得腻腻的、够够的了，想盘下一个洗车店。大伯就动心了，想帮我一把。"三虎用手背抹着眼泪，又说出了一个惊人的秘密："我八岁那年，到河里洗澡，被水呛了。大伯把我救上来，对我说：'三虎，这事烂在肚子里，一辈子都不许对别人说。'"

一夜无话。

第二天，响晴白日，天空万里无云。太阳高高升起来，阳光把整个香火地照得通体透亮。

三十亩香火地像一个大盆底，装满了乌泱乌泱的奔涌摇动的玉米秧子。每株棒秧都向上举着扬过花的天穗，如无边无沿的人群手掌的翻动。腰叉是甩出的花红线棒子个，已经定了浆、黑了毛。棒秧长长的叶子，"唰啦、唰啦"在微风中作响。

四周的坡坎上，停下一辆一辆小轿车，一辆一辆农用车，一辆一辆三轮车，一辆一辆自行车。老县长端坐在轮椅上，一览眼底一切。得良、得雨、大虎、二虎、二大妈、三虎妈，还有两个姑奶奶、两个女婿，还有月牙村的村民，还有附近沿河、李桥、北河、王家场的上了岁数的村民，也赶到这里。史得田老汉失踪的消息，已经被传得沸沸扬扬。

按照昨晚家族会议的设计，人员分成五组，四个组从东西南北四个方向中间搜索围合。第五组田寡妇老太太打头儿，带领由月牙村的老人班，直插香火地的中央。

人们顺着棒秧垅，用手拨开挡眼的棒叶子，用脚蹚一下花撮黄豆秧，不时也拽一下讨厌的拉拉秧。静静地、沉默地、虔诚地、小心地搜索前进。

就在接近整块地的中央，四周围合的人们和直插地中间的老人班会合的时候，不约而同，人们从密不透风的庄稼中，透过来一阵一阵香味。那是艾蒿绳燃烧，释放出来的有点辛辣、有点苦涩、有点芳香、有点幽远的香味。被这一阵阵香味吸引着，人们循着香味的轨迹，几乎是同时来到了香味的源头。大家齐刷刷地，顿然停住了脚步。立定了，形成一个大大的，一层一层人群的圆圈。

人们的眼神，都被定格在眼前的这一幅壮美图景：红的、黄的、紫的、粉的、白的喇叭花儿在玉米秧上蔓延攀升地开放着；一盘一盘的艾蒿绳，互相套挽着、连缀着，如一个又一个生动的花圈；花圈连绵不断地挂在一棵棵玉米秧腰间，那甩出个儿、挑出旗儿、一个个已经蔫了毛的棒个子上，形成一个大大的圆圈：这个圆圈灰白火亮，还袅袅生烟。而在圆圈中央这片古老的土地上，明明白白、清清爽爽躺着一个人，静静地安卧于葱翠的玉米秧丛中。他头顶青棒子，脚下新布鞋，黑帮白底，抵住一丛茂盛的大豆秧。面部仰天朝上，太阳圆圆的光辉正好罩在他的身上。他的胸口上，放稳一本塑料布包装得很好、保存得很好的文件——土改时的地契和农村土地承包书。他的两手，死死地攥着两把史前的黄土。

寂静极了，只有几只蛐蛐发出几声欢快的鸣叫。

忽然，田寡妇老太太一声长长的哭喊："得田大哥，你可真会找，这么个好地方，一个人到这儿享福来了。"紧跟着她身子前倾后仰，扑天跪地，边哭边诉："得田大哥，你可真是个好人哪，你那半口袋白高粱米救过我们娘儿仨的命啊！你又是个老八板死心眼的人哪，我没给你那独眼骡子拉过墒呀！"

田寡妇老太太忽然站起来，用枯手抹一把眼泪，对身旁愣愣站着的二三十个老头儿哭嚷道："月牙村的老少爷们，你们有良心的、带气的、带把儿的、带卵子的，拍拍胸脯想想：吃食堂时，下坡地都涝了，得田大哥在这块香火地修了台田，打的棒粒儿救了全村人的命。你们还愣雁似的站着干什么，还不快跪下来，给得田大哥磕个丧头！"

在田寡妇老太太带领下，月牙村失去土地的最后一批白发苍苍的遗民、最老最老的老头儿们齐刷刷跪下了，"梆、梆、梆"边磕头边诉说："得田老哥，你哪辈子修行成这么好的造化呀！你走的时候，手里还能攥着两把黄土。轮到我们，两手还能攥什么呀？"

原载 《飞天》2015 年 1 期

语丝微言

这个短篇小说，作者写于十年前。那时临河村还未拆迁，土地仍承包到户。但地头的"基本农田保护区"混凝土墩子已被铲车移走，大片的土地被切割、分封、租赁、承包为停车场、仓储库和公寓等。祖祖辈辈靠土里刨食的老一辈庄稼人，感到从未有过的心里恐慌、空虚和将失去土地的危机。他们疑惑、不解、迷茫与想不明白：不是手里攥着三十年不变的土地承包书吗？怎么说变就变了呢？因为已不止一次失去仅有的土地了，他们对土地的依赖，对土地的感情，对土地的信仰，已经超越了一切。小说的主人公没有自己血脉的香火可延续，他视土地为自己生命的香火。当土地将彻底失去的时候，他显得无比的激愤、十分的不解、万分的无奈。当他崇拜的神奇土地失去时，他所能做的，只能是与土地共存亡，为土地殉葬。中国人自古以来，就有为帝王殉葬的人、为亲人殉葬的人、为神灵殉葬的人。得田老汉，视土地为自己的信仰，他在为自己的信仰而献身。

【作者简介】

冯连才,回族,1946年6月生于顺义区杨镇。中国作家协会会员,北京作家协会会员,中国诗歌学会会员。1978年开始诗歌创作。1984年7月,《星星》诗刊发处女作《收枣儿》。1984年,参加诗刊社第一期全国青年诗歌刊授学院学习结业。曾出版诗集《收枣儿》《黄土地》《寻觅》《野百合》《人生杂览》《我的心呀在祖国》《三街,我的太阳》等、散文随笔集《记忆与沉思》《我的人生流水账》《捡漏儿集》《冯家皮铺——野墨集》等。2001年6月,诗集《黄土地》获诗刊社诗歌艺术文库优秀诗集奖。诗歌《黄土地》获得诗刊社与《中国土地报》全国"大地之歌"抒情诗比赛三等奖。诗歌《我永远是青年》获中国人生科学学会首届绿色人文诗歌朗诵第三名。诗歌《新年快乐》获北京作协和诗刊社新年朗诵比赛一等奖。

狗 五 儿 (外二篇)

我家北头北门外有个叫狗五儿的,其实他姓李,真实的名字我也不知道。街上的人们一提起狗五儿,就知道说的是他。他一辈子不务正业,奸、懒、馋、滑,但我不承认他坏。好喝个酒,打抱不平,有一种侠气。

他不欺负性尿人,不怕横人,专门护着街上的人,大家都敬他几分。但他也常常干一些缺德事取乐寻新鲜。他家离鲍家园子和王家园子很近,夏天的杏与葡萄和秋天的瓜果是两家园子的特产,很是惹人喜欢。人家好心好意地请他进园子里摘取,他不肯,非得趁人不备爬上杏树或葡萄架索取。他跟别人说这样(偷)吃香。还有更让人不可理解的是秋天,他偷偷地将那些正在成长的倭瓜、角瓜打开一个口,拉泡大便再封上,等到收获的时候,就是一个既大又臭的倭瓜或角瓜,惹得主人一阵烦恼。

狗五儿父母早亡,失去家教,没有文化,多年光杆儿司令一人,无拘无束,没人指点,遇事直来直去,但讲义气。没有见过狗五儿的人,也不知道他有多大能耐,村里传言甚多,好像他长着三头六臂,提起他就毛骨悚然。老人哄孩子,孩子一哭闹,老人就吓唬孩子说:"你哭吧,再哭狗五儿来了把你带走。"哭声止住了。

那年,我和小伙伴儿们组织一个小剧团唱戏,制备了一些"戏装",不表演时寄存在李记一个小伙伴儿家里。他知道后,趁我们不备偷偷地把那些戏装给毁了取乐。后来有人告诉我是狗五儿干的,因为我们小,也不敢找他对质和算账,怕被他打一顿白挨，默默地解散了小剧团。长大后，我问他，他承认有那么回事，当时只是感到新奇，也没有什么目的。

街上的大人们说他坏，别惹他，要我们小孩子们离他远一点儿。

很少有人关心狗五儿的冷暖。那些年似乎冬天特别冷，他戴个有护耳的棉帽子，帽檐软软耷耷地耷拉下来，遮住半个额头。他穿了一件一缕缕羊毛垂下来的破皮袄，走在街上，就像一条脱毛的、无家可归的狗。

有一年，我替父亲在生产队的瓜田里看瓜，见他从地头经过。我赶紧迎上他搭讪："哥，要吃瓜自己摘。""你小子，把话说到前边了。"他不紧不慢地说："既然你张罗了，就不吃了。"话到礼到。如果我不让他一下，他给你糟蹋不说，还没准儿挨他几拳呢。他是"顺毛驴"，吃顺不吃呛，对于他这种人别呛茬来。离开时，他还说："兄弟，谁欺负你，言语声。"

他也不是一肚子坏心眼，只是被生活逼得无奈。什么事请他帮忙，他也热心。例如有一次我从甜水井往家里挑水。他见我从水井里只打半桶水，问怎么回事。我说水多了我挑不上那个水簸箕（路和地面成30度角的石垒的斜坡）。他毫不犹豫地要我把两只水桶都装满水，替我挑上水簸箕。我很感激。还有一次，我与邻村的小伙伴们玩打土仗游戏发生矛盾，正在难解难分，对峙在坡坎上。他从那儿路过见了赶忙拉架。听说他是狗五儿，大家早有耳闻，赶忙散了去。

后来，我知道，狗五儿老了弄了一身病，死得很惨，连喝口水都没有人端。人啊，活到这份儿上，对错谁能说清楚。当生活逼得他无路可走时，他也会越雷池一步。有时，人被过多的生活苦雨淋湿，性格和品质也会扭曲。也许他感受了生活不下去或生活毫无意义的悲伤，很快走向了死亡。

原载 2019 年第 2 期《百花园》

酒 爷

街上的大人和孩子，熟悉的和陌生的都称他为"酒爷"。时间一长他的真实姓名都让人们忘记了。实际他是个剃头匠，真名叫王全，家就住在我家西边一里多地的下坡村。

剃头挑子一头热：一头挑着铜脸盆和炭火；一头儿挑着板凳。街上的人没有不认识他的。

摊子一支起来，不叫不喊，他往板凳上一坐，掏出那个油腻的旱烟袋荷包，将那个铜烟袋锅向里撮了一袋旱烟，按实，用火柴点着吸起来，等着第一个顾客来临。他立的规矩是，第一个来的不收费。同时要求自己每天要理66个人（因为他相信六六大顺），少一个不收摊儿，多一个不做。他从不走街串巷，在街上坐等活儿就够用。他老幼不欺，从不糊弄和敷衍。不做广告，没有招牌。有钱的就给，没带钱的可以赊账。一袋烟工夫，"活儿"准自动上门来。他讲吃不讲穿，喝酒必就菜，起码得有花生米、酱牛肉等，混得一肚子好杂碎。别看他穿得邋遢，别人都不嫌弃，因为他手艺超群，在杨镇街上是一绝。推子和刀子在他手里摆弄得滴溜溜转，说剃头让你头剃得锃光瓦亮，三五天也摸不着头发茬子。那剃头刀子磨得就像是拉空气一下也得有个大口子出血。剃光头的人将头扎在他的铜盆里用热水洗净，将肥皂沫涂满头发，稍呆片刻，他将剃头刀在鐾皮上鐾了几下，就开始用刀在顾客头上从前往后"唰唰唰"地剃下去。其动作之敏捷就像合上眼睛干活也能八九不离十。他将剃下的头发和肥皂沫一起甩在地上，再剃第二刀，直到顾客头上发光发亮，用湿毛巾把人家脑袋擦干净，胡须和耳毛刮干净，就算完成。

他醉过，但没有摔过。

我小时候推头都找他。剃也舒服，推也舒服。他把理发当作一门真正的手艺。他的眼睛里始终出现朴实而严肃的眼神。他的职业除了理发，就是贫穷，除了喝酒解闷儿，他没有其他嗜好。那时叫推头或剃头，都有讲究。推头的多是分头，年轻人和学生居多；而剃头的是光头，多是农民或老年人。他的拿手戏就是剃光头。这是他学手艺时，得到的一手绝技。那时是用冬瓜练手，师傅要他剃冬瓜毛，不许碰破一点儿冬瓜皮，为这他没有少挨师傅的训斥和敲打。

他一辈子未婚，一人吃饱了一家子不饿。什么猫了狗了都没有，里外除了影子形影不离，就是剃头挑子。剃头挣俩钱在街上喝得烂醉。我见他收活儿后担着剃头挑子左右摇晃，从我家房后老爷庙胡同往西穿过时那种状态，让我懵懵懂懂。

回家的路上，他走到水簸箕上，哩溜歪斜地挑着剃头挑子，扁担在他肩上颤悠悠地也滑不下来，像现代人跳街舞。我们小孩子都躲得远远地发笑，用奇怪的眼神盯着看他。

他从早到晚在街上给别人理发，从来不给自己留吃饭时间，为凑"六六大顺"经常饥肠辘辘，把酒当饭吃，家里不起火，虽然给别人理得一头好发，简直不知道他怎么活过来的。

后来，他的生意大不如前了，一年比一年清淡，因为留分头的人多了，剃光头的人少了，哪怕头上有几根头发，或"地方支持中央"式的也要留下几根，一刮风就像稻草东倒西歪，也不肯剃光头了。况且，自从有人发明了电推子，他的生意就难做了。看到这要失去的手艺无用场，他心里不是滋味，用酒浇愁。当年很吃香的手艺，如今却大不如昔了。他体会到了有一门好手艺而没有用场的感受。当生活步步紧逼得他改行时，他也理解了这生活是不讲理的，也没有公平合理可言。然而，改变命运的时刻来了，他没有等到这一天。

以后再也没见到酒爷摆出的理发摊儿出现在街上，也不知道他的日子是怎么过的。后来，听说他默默地走了，那副剃头挑子，在他居住的空荡荡的院子里落满了灰尘。

原载 2019 年第 10 期《百花园》

五 招 儿

京东杨镇张记公母俩已有五个儿子，本想着第五个之后招个闺女来，起名叫五招儿。没承想五招儿之后，第六、第七、第八、第九，齐刷刷又招来四个儿子，倒好这一家子来了九个孩子，可把老两口愁坏了。但日子还得过。这九个孩子里数五招儿长得难看。一只眼有毛病，要人儿没人儿要个儿没个儿，他却很聪明。别人一辈子以种地为生，他却学得了一门好手艺。真是"老天爷饿不死瞎家雀"，各有各的活法儿。

他学得了勤行手艺。虽然他家是散居在杨镇街上的伊斯兰穆斯林，但他一直坚持礼拜，在街上经营一家唯一的清真饭馆，为的是方便行人和街上的穆斯林。他做的烧饼、油饼及羊杂儿很让人喜欢，生意红火，街上的人和赶集上庙的人都愿意光顾他的饭馆。他严格遵循穆斯林的习俗：禁烟禁酒。

他做烧饼、油饼、羊杂儿都有自己的诀窍，从不外传。他和面和做羊杂儿时常把身边的人支出去，水、油、面、作料各掺多少关键的一手心中有数，从不想向外人披露。

五招儿的二儿子叫"梆子"，长得最赖。他脸上的麻坑儿如同雨滴打在黑沙地上硬砸出来的。他鼻子就好像切开的半个陀螺、大面烫两个眼儿倒按上去的。难看不说，个子就像武大郎，走起路来就仿佛一个醋桶在街上摇晃。三儿子都搞上对象了，这二儿子连一个提亲的也没有。五招儿花钱急忙从南庄娶了一个儿媳妇，聘礼花得让他心疼。嘿，这个媳妇比街上的姑娘都漂亮，三里五村都数得着的，村里人都叫她大苹果。

一朵鲜花插在牛粪上了，叫梆子捡了个便宜。命运就是那么公平，这儿丢了那儿找。别看梆子没有巧妙劲儿，但他有笨力气，自从媳妇进门，梆子也来了精神，除了参加农业劳动，家里推碾子拉磨等力气活儿他都拿起来了。

五招儿手艺不错，生意做得也好，但就是吝啬、抠门，守财奴一个，挣多少钱也没有见过他大方过。谁也别想到他的饭馆里蹭饭吃，赊账的买卖他不做，现钱交易，那就伤了不少人。人家用各种手段卡他，不是卫生不合格，就是安全不达标。他不怕。我每次回家看望父亲都光顾他的饭馆。他知道我在县里负责土地工作，总是嘱我说："兄弟，你在镇里熟人多，给他们嚷嚷嚷嚷，到我这儿来吃饭。"为此，我是在他这里蹭饭的唯一一个人，而我也总是无能为力。

五招儿从不乱花钱，买一样东西反复跟人讨价还价。他知道这年头儿挣俩钱的辛苦甘苦，一个汗珠子掉八瓣的不易。小本生意，比不了人家一夜暴富的大款。他周围的农民最大梦想是拆迁，不是劳动。农民只有拆迁才能解除一辈子的穷气。而做小本生意的人永远富不了，除了赚了一身病和汗珠子，没有别的可赚。有钱人越有钱越吝啬，这是人类的普遍规律。有时把钱看得比亲爹还亲。人家都说他是"铁公鸡一毛不拔"，他真奸出渣来，但他从不欺骗人家。

他逢遇乞丐讨上门来，从不把那些快馊了的剩饭菜施舍给他们。他一贯看不起不务正业的庄稼人和懒汉，向那些人高喊："要想吃饱饭，干活儿去！"他也做善事，支持妻子救济穷人，对儿媳百依百顺，只要她开口，没有不应的，因为他明白儿媳是怎么娶回家的。让二儿子娶上这么好的媳妇，简直不可思议。由于他饭馆不经营烟酒，生意日渐清淡，他的后人也难以为继，他的饭馆关了张，再好的手艺也没有用场了。

原载 2019 年第 2 期《百花园》

语丝微言

冯连才写诗，此三篇本是他的随笔，却被《百花园》当作小小说相中了。这也难怪，文中有人物、有故事、有情节、有意境。狗五儿、酒爷和五招儿，都曾是杨镇街上的小人物，他们生活在社会的最底层，在生活的苦坑里挣扎与扑腾。有苦痛也有欢乐，有自卑也有自尊，有自我放逐也有自我坚守，被摒弃在主流社会之外但又时时刷存在感。这样的人物曾真实鲜活地存在过，今后可能也不会再有。冯连才的诗朴实、质朴、质感而意境奇崛。此三篇小小说亦如此。

【作者简介】

金克亮，1953 年生于顺义西辛村，就读于顺义城关小学、城关中学。做过农民、工人、管理工作。从小受民间文化浸润，喜欢搜集、了解本地疆域、沿革、山川、古迹、传说、民俗、历史、语言等。曾在《北京日报》《北京晚报》《京郊日报》《北京青年报》《北京纪事》等多家报刊发表反映本地的历史、景物、民俗、传说、京味文章多篇。2016 年由中国文联出版社出版反映家乡风土人情的《京东顺义旧事》。后在区史志部门参与《顺义区志》《顺义区地名志》《顺义区历史》《潮白河风物志》等书的编纂工作。

弯弯的上弦月

孙师傅放下手中的刻刀，轻轻地抹了把脸上的汗水，又退后几步，仔细端详起工作台上孩提时的"弟弟"：他一脸娇憨，头上梳着立天锥的小辫，左耳上有个拴马桩，胸前一袭红兜肚，一个活泼、顽皮的娃娃就展现在面前。

孙师傅轻松地走出自己的工作室，外面的月色真好，天空蓝幽幽的，一弯金色的上弦月高高地挂在天穹上，澄澈明洁，星星都躲得远远的，一朵洁白的云在慢慢地漂移，看着都让人心醉！此刻，身在异国他乡的弟弟思嘉，他在做什么呢？

上周，孙师傅接到了远在新西兰的弟弟的一封信。信封厚厚的，打开，里面有六七页信纸，纸上是弟弟熟悉的笔体。思嘉告诉他：自己在新西兰生活得还不错，房子挺宽敞，还有个院子，种了几棵果树和一些花花草草、青菜。只是，每天儿子、儿媳早早地就上班了，孙子上学，晚上很晚才回来。他们走后，自己只能在院子里种些青菜，找些活儿干。没事时，也到外面自己走走。门外不远是一片片的草场，一眼望不到头的绿，空气非常的清新，而一群群的羊群就散落在草地上。不远处有个大湖，他常去那里看水，河水蓝蓝的，白色的水鸟在水面上飞，景色很不错。但时间长了，才去的新鲜感很快消失。常见面的都是些高鼻深目的老外，语言一点都不通。在湖边，也遇见一位老人，两人常见面，但也只是点点头，摆摆手，以示友好，日子就这样一天天地过。

他还说：近一年，常常夜里睡不着觉，睡着了也总是梦见家里的院子、院外的那盘旧碾子、村口的老槐树、村西成片的稻田，地里总是冒出汩汩的泉水。还有就是自己就职的学校，教学楼、楼前的孔子像、实验室、校史馆，操场跑着闹着的孩子们……思嘉说，想让哥哥给他找一件什么家里的老物件寄来。想家时，就拿出来看看，以解自己思乡的情思。弟弟属羊的，今年也近古稀了。孙师傅放下信纸，眼前立刻浮现出思嘉的形象！早晨，太阳刚刚升起，他踽踽独行在异国的公路上，而后，坐在椅子上，看草地，看羊群，看天上飞翔的鸟，看茫茫无际的湖水，听浪花拍打沙滩的声音，看水天相接的天际。太阳隐去，他再慢慢地走回自己的寓所。

孙师傅的心往下沉，身在异国他乡的老弟弟，对周围的人、地理、习俗、生活习惯都不熟悉，语言不通，侄子侄媳妇又不能守在身边，该是怎样的孤独啊！他是应该找一件带有浓浓乡情的物件寄给他，让他孤寂的心情得到一丝慰藉！可找什么东西好呢？家里的老物件不少：养蛐蛐的澄浆泥罐、捶布石、芥子园画谱、玉石扳指、九连环……可这些似乎又不能完全慰藉弟弟的思乡之情，孙师傅陷入沉沉的思索。

他翻弄着家里的几本相册。突然，一张老旧的照片映入他的眼帘。这是一张二寸的老照片，画面已经泛黄，边角还出现了裂纹，有一种沧桑感。弟弟左耳上有个肉桩，记得小时，他经常揉捏他的那个肉桩，惹得弟弟又哭又闹。母亲说这叫拴马桩，还说：有了拴马桩，永远丢不了，长大了还能骑高头大马。这张照片是弟弟两三岁时照的，那天，父亲和母亲带着他和弟弟来到县城北街路东的照相馆，想照一张全家福。可给弟弟单独照时，他站在椅子上，又跳又闹，母亲怎么哄都不行，照相师傅拍了几张都不满意。正无计可施时，师傅拿出一个拨浪鼓，在他头上摆了几下，弟弟立刻被那个玩具吸引住了，他两手张开着，两只大眼睛向上看，里面满是好奇、欣喜，师傅满意地按下快门。取照片时，师傅说，这张照片照得活，他想留下一张，放在橱窗里，以招揽顾客。

孙师傅是木雕艺人出身，从艺几十年，经他手雕刻出的木雕作品不计其数。如果把这张照片做成木雕像寄给他，让他回忆起自己的童年往事，足以解他的思乡之情。主意打定，孙师傅找出一块杜梨木，这种木木质细腻，横竖纹理差别不大，非常适于雕刻人物。儿子说："您的眼睛花了，两手也不如以前灵活，给叔叔雕像，还是由我来做这件活吧。"儿子的手艺，自不必说，但这件作品要寄给远隔千山万水的同胞弟弟，孙师傅还是想自己动手，把自己对弟弟思乡的心意雕在这件作品里。

每天早起，孙师傅都要仔细把照片端详一阵儿，他要把弟弟的特征印在脑子里，这样做出的雕像才会传神。孙师傅画了几张放大的图样，又制定了几步步骤，修改几次，才动手制作。每刻上几刀，就停下来，退后几步观看、琢磨，再接着拿起刻刀，不知经过多少次修改，大样才完成。但最难的是他的两只大眼睛，乌黑的眸子向上，充满了好奇，得严格掌握手力，太重太轻都不行，看似简单的两只眼睛就做了整整五天啊！在雕刻弟弟耳垂上的那拴马桩时，更是心若游丝，不时还对着镜子，复制自己的左耳耳垂。作品完成后，孙师傅对着作品左右端详，觉得很满意，尤其是两只大眼睛，既灵活又传神，不由在心里自夸：这个具有50年代特征的孩子，活了！这座雕像可说是自己这多年来最得意的一件作品了。今天是农历八月初七，"独在异乡为异客，每逢佳节倍思亲"，明天把他的雕像寄出去，他若是在中秋那天接到这件作品该是怎样的一种心境！

思嘉打开远隔重洋寄来的木盒，里面是一个红布包，里面包裹的是什么老物件呢？他轻轻打开红布，里面是一尊木雕像。他戴上眼镜，仔细端详，竟是儿时的自己。头上梳着立天锥的小辫，胸前的红兜肚金线锁边，兜肚上是母亲用五彩线绣的鹤鹿同春，而耳上的那个小小的拴马桩清晰可见。思嘉双手紧紧地握住雕像，把头深深地埋在桌子上，双肩颤抖着，泪如泉水般涌了出来，说了一句："大桩子哥，我是二桩子……"

（原载《京西文学》第1490期）

语丝微言

"独在异乡为异客，每逢佳节倍思亲。"远在异国他乡的弟弟思乡之情，是由家兄刻刀表现出来的，家兄是个木刻版画家。如何表现海外游子、同胞弟弟客居异域的龙之传人的思乡传神情感，家兄选择精雕细刻弟弟出生时的胎记——耳垂上的拴马桩。母亲说：有了拴马桩，永远丢不了、走不失、拴得住。难怪弟弟见到亲哥的这幅木刻画时，激动得泪流满面。虽然洋装穿在身，依然中国心。虽然新西兰绿草如茵、牛羊遍野、信鸽成群，但抵不上家乡平原的辽阔、雨燕呢喃、麦浪滚滚。带着胎痕的耳垂拴马桩，永远使他心系祖国，思念家乡，想念亲人。几十年来，金克亮执着于顺义历史的钩沉，是一种成功。又涉足小说创作，更是一种成功。金克亮走选择好的路，不选择好走的路。

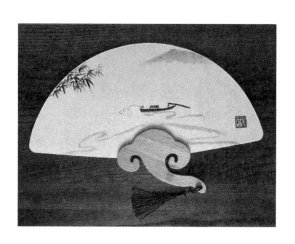

【作者简介】

李言录，笔名远村，顺义区作家协会理事，中国互联网文学联盟特约作家。著有长篇小说《岁月留痕》《山娃》《狼虎斗》三部，已出版发行。著有散文集《乡音乡情》，收录了作者十几年来在报刊上所发表的随笔、散文、小小说等258篇。其中中篇小说《爱与不爱》荣获中国作家金秋笔会优秀奖。《胳膊拧大腿》荣获第四届"芙蓉杯"全国文学大赛小说优秀奖。同时，撰有一部32万字的《蒋各庄村志》。

村 官 二 婶

农村有生产队那会儿，二婶是个漂亮的姑娘，名叫玫瑰。二婶能说会道，懂法律、爱法律、宣传法律，喜欢看法律的书，在群众的眼里是个有知识懂法律的人。

二婶嫁到青石村来，那是我二叔的福分。谈起结婚前，二婶还有些后悔。那是二婶念高中时，在高考前病了，病愈出院后没了例假，到医院检查，医生告诉二婶婚后不能生育！二婶的母亲听了后哭啦……

1974年，村里派青壮年挖金鸡河，二叔去啦。二叔和村民住在笸箩口村。二叔善良勤快，每天下工后都给住家担水扫院子。日久天长，二婶的母亲看上了二叔，背后和自己的女儿玫瑰谈及此事，玫瑰看二叔老实勤快也就同意了。婚后，二婶怀孕，自己能生育，二婶欣喜若狂。二婶闲了喜欢坐在家里读书。二婶一次进县城办事，事后走进书店。二婶看到一本《中华人民共和国宪法》，喜欢得不得了，掏钱买下了。回家后，闲了读，日日读，越读越上瘾。随后，二婶又特意到县城，到新华书店买了《法律常识》《民法典解读》《劳动合同法》《刑事诉讼法》等几本书。有了这些法律书，二婶晚饭后读，雨天不下田读，雪天闲了读。二婶一门心思苦读书，读后和自己的年轻伙伴谈法律知识。一来二去的，村里人都知道二婶有胆有识懂法律。生产队选举时，二婶被全队村民选为妇女队长，后来二婶入了党，两年后二婶又被选为村支部委员。

二婶进了支部班子，早出晚归。谁家两口子掐架找二婶，她坐在炕上讲法律，批评男方大男子主义。男方心服口服，改正了自己的粗躁脾气，夫妻和睦了。几天后，又有一家找二婶，几年前户主出卖老宅，而今又想买回老宅，为此找二婶。二婶对此事也是按《民法典》解决。但买方不依，不退，二婶批评买方违法，买方不认可。二婶怎么说都不行，最后二婶让卖方上诉法院，结果法院判决买方退回宅基和房屋，收回原款。卖房主胜利，感激涕零。

村里有人知道此事后问二婶：您怎么知道卖房主退回卖房款，就能收回自己的宅基和房屋呢？二婶解释："你们学学《民法典》就知道缘由啦。我告诉你们，按法律规定，卖出的宅基和房屋如果买家一直没有翻盖、建设、改变原貌，卖家就可以退回原款收回自己的老宅。"听了二婶的话，村民心服口服，伸出大拇指，敬佩二婶的法学知识。

一日，二婶的侄子来看二婶，中午二婶把我叫过来相陪。二婶炒几个菜待侄，饭菜做好了，二叔和我陪着二婶的侄子。我知道，二婶的侄子是燕山镇树林村支部委员。席间，二婶的侄子高兴地说：姑姑，一个月前我和您说的路青公司租用我村的土地，租金每年每亩 1500 元，105 亩土地 225000 元。您听了告诉我，说路青公司没有按《中华人民共和国土地法》第十条和第五十五条办事，并给我写了一封信。我回村给书记看了您写的"以出让和有偿使用方式取得农村土地使用权的建设单位，要按照国务院规定的标准和办法，缴纳土地使用权和出让金等土地有偿使用费和其他费用……"书记看了十分高兴。第二天，书记就去了路青公司。路青公司说我们已经按每亩 1500 元付给了占用费，还想要没门儿！我们书记拿着您老写的法律条文，当场念了"宪法明文规定：并不是所有的土地所有权都是国家所有的……除法律规定属于国家所有的以外，属于集体所有。任何单位和个人不得侵犯……按照目前的土地管理法，土地补偿费……一亩地一般应补偿 6 万元……"路青公司的领导还是不服。几天后，书记带着律师又和路青公司谈，这回服啦，答应在原基础上增长 5 到 8 倍。姑姑，您太神啦，您让我们村的两千口人欣喜若狂！书记让我给您老捎个信，他要亲自接您去"四海楼"赴宴！

二婶听了直摆手："我不去！你们俩听着，你俩都是共产党员，俩今后要学法、懂法、用法。我还要告诉你们，想干事是一种态度，会干事是一种能力，干成事是一种结果，不怕事是一种正能量，不出事是锻造出来的本领。"

我和二婶的侄子听了都伸出了大拇指。

语丝微言

一个村庄，就是一个社会。在几千年的封建社会中，皇权的权力鞭长莫及，至县级为止。乡村管理基本是村民自治。由乡绅、乡贤、地主等主导，村民参与。制定村规民约，按公序良俗进行家族式的管理。这自有其历史性、合理性、稳定性、公信力与权威。但今日之农村社会与昔日之乡村社会不可同日而语，已从简单的农耕生产扩展到工业化、商业化、城市化、信息化乃至全球化。村委会虽名曰自治，实际上已进入数字化、网格化的现代管理模式。所以契约精神、法律意识就渗透到当代农村的方方面面。作者的这篇村官二婶就体现了这一现实。村官是农村中能干事的能人。"想干事是一种态度，会干事是一种能力，干成事是一种结果，不怕事是一种正能量，不出事是锻造出来的本领。"李言录如是说。

【作者简介】

　　王克民，顺义区人。北京作家协会会员，北京市写作学会会员，顺义区作家协会副主席。曾在《农民日报》《北京日报》《北京作家》等报刊发表小说、散文等作品。2020年，在团结出版社出版小说散文集《乡愁如歌》。

爹 与 花 儿

　　望泉寺村东头的三间破土坯屋里外都是人，火炕上躺着产后正奄奄一息的女人，她就是花儿的娘。

　　花儿娘身体虚弱得像是即将燃尽灯油的油灯，再加上劳累过度，未足月产下花儿。众乡亲和村医无力回天，产后大出血便要了花儿娘那年轻的生命。

　　花儿娘在花儿爹的号丧声中，被众人们用破草席裹着好歹下了葬。

　　花儿呱呱坠地便没了娘，可她爹硬是依了娘们儿的最后嘱托，给她取名叫花儿。

　　没娘的花儿也算是有造化，正巧赶上邻居媳妇也生产。

　　邻居媳妇爽快地说：抱过来吧，一只羊是赶，两只羊也是放，权当我多了个闺女儿！爹就天天大清早屁颠屁颠地抱过去，奶娘就左边一个女儿右边一个花儿的喂养。

　　奶娘默默地看看女儿又看看花儿，流着眼泪对婆婆说道："多好的孩子呀，一落生便没了娘，咋不让人揪心巴拉地疼呢！"

　　让人心疼的花儿就愈加的惹人怜爱。别看花儿人小可胃口大总像是吃不饱，奶娘就把女儿吃的乳头硬生生拽出来塞给花儿。花儿惹人疼、招人爱，吃饱了喝足了就眨巴着一双黑黑的大眼睛望着奶娘，一双小手抓住奶娘不放。奶娘每次喂完花儿，把花儿递给她爹时就不免落泪儿。到了中午、晚上爹依然把花儿送过去又接回来，花儿这才保住了小命。

　　时间长了，花儿饭量大了，奶娘一左一右的奶两个闺女，俩孩子一天大一天，奶水却渐渐地少了，奶娘直抹泪。

　　爹实在不忍此等境况再这样下去，用棒子磨成细细的面熬粥直至熬成粥油给花儿喝。

花儿咿呀学步以后，便随爹四处奔走。那年月，光靠守着那点土地绝难活命。爹便把地给了喂养花儿一年的邻家奶娘，算是报答人家的养育之恩。

爹带着花儿四处打短工谋生，工余时再带着花儿捡些破烂。邻人看了怪心疼的，就劝爹再找一个人吧。爹怕花儿受委屈，说算了吧，这辈子我就守着花儿过了。一而再、再而三地总这样委婉地遭到回绝，邻人们也就不再提及此事，只是不时地接济一些米呀面的。

爹为人极好，无论流落到哪方哪角，也会不时地给邻居们一些回报，给孩子们做一点吃食玩具啥的。

爹在苦日子里泡着过，身子再受苦爹也不觉得，因为爹有花儿，花儿是爹最大的财富盼头儿。爹对不懂事的花儿说：爹没谁都行，但万万不能没有花儿。

爹一定要把花儿养大成人。花儿和爹一样在苦水里渐渐泡大，可她和爹一样，就是再苦心里也觉得甜，因为她有个疼花儿的爹。

爹带着花儿四处打短工。花儿就四处求学。爹没多高的文化，却总陪花儿做作业。花儿坐在小凳子上写，爹就坐在大凳子上写。花儿写老师留的作业，爹就写自己留的作业。花儿的作业天天被老师画上大对勾；爹的作业却没有人给打上大对勾。

花儿白天上学，晚上做作业。爹白天打工，晚上做作业。花儿白天上学高高兴兴的，喜笑颜开，无忧无虑；爹白天打工累得直眉瞪眼，腰酸背痛。

总算花儿不负皇天和爹，天生就是块儿上学的料，打小便痴迷于书本。花儿写时爹也陪着写。偶尔哪天爹病了或是有啥事写不了作业，花儿便先写完自己的作业再替爹把作业完成了。花儿的作业有规有矩的，爹的作业只是一些"豆腐账"，今儿干啥昨天干啥了，今儿想啥了昨天想啥了，没规没矩。可爹写的字却异常的规矩，像是印刷体横平竖直的，看了让人动容动心。

花儿的作业本都是爹的血汗钱买来的，爹的作业本是捡来的废旧纸。花儿的作业本码了整整一大摞，爹的作业本也是码了整整一大摞。花儿的一大摞作业本码放得整整齐齐，爹的一大摞作业本码放得一样整整齐齐可就是有些毛毛糙糙的没个棱角。花儿的作业一天不落，总能按时完成。爹的作业偶尔完不成，可有花儿呢，花儿能给补上，当然得依照爹的意思去完成。爹说你替爹写上：今下工正赶上刮大风，我顺路捡了些废旧纸，又有纸装订成作业本了。花儿用铅笔，爹也用铅笔；花儿写算术也写作文，爹只写作文又像是日记也像是小说。

花儿小的时候，总问爹："爹，我娘呢？别的小朋友都有娘，我娘在哪儿呢？爹就有些语塞。问得多了，爹便糊弄花儿，说："你娘出远门儿了。""不对！"花儿说，"我听小朋友的娘说，我娘在生我的时候，死了。爹，您能告诉我，死了是咋回事么？娘还能回来吗？"爹便哭了。爹哭得是那样的伤心，哭得花儿那小小的心儿直疼，哭得花儿撕心裂肺般难受。花儿便一边帮爹擦眼泪一边央求爹，说："爹，我以后再也不问了，行吗？"爹点了点头，再用手抚摸着花儿的头，眼睛疼爱地望着花儿，沙哑地说："闺女，等你长大了就啥都明白了，有一天你也会当娘的！花儿记住了爹的话，就盼着自己快点长大，好快点当娘。"当了娘的花儿就不再让爹为花儿操心受累受罪了，就能让爹多歇歇。花儿赚钱养活爹，爹想吃啥花儿就给爹做点啥，让爹舒心地过日子，舒心地过生活。

花儿与别的小朋友一样，好玩好动、活泼天真是她的天性。每当做完了作业，就好奇地盯着爹写作业，有时爹用捡来的秃毛笔蘸上墨汁所描摹出的字迹飘逸洒脱，花儿就也找些废纸，描着爹的字迹一笔一画地写。花儿描的特仔细，双眼紧紧盯着爹写，盯着盯着，花儿有时就会高叫起来，说爹您写的这一笔咋像个小猪小兔啥的？爹就也和花儿一样，仔细端详起字儿来，果真哪一笔就有些像是小猪哪一笔像小兔的。

花儿在爹的诱惑熏陶下，竟也一样的喜爱上了书法，喜爱上了写小故事。花儿写的字如其人，稚嫩又有些调皮。写的小故事多是与爹之间所发生的有趣或是一些高兴的事。花儿一般不写伤心难过的事，花儿听老师说过，总写伤心难过的事的人就容易生病变老。花儿讨厌生病更惧怕会变老。花儿下决心不写那些东西。

爹不一样，不管是啥内容一概写进作业，写故事也写人生感悟还写些人生哲理，爹像是个写故事的人渐渐地又像是个教书先生了。花儿就想要是哪天把爹写的东西拿出来，让同学们欣赏一下，说不定爹也能成啥"家"呢。

花儿在凄风苦雨中成长着，在爹的精心呵护下成长着。可花儿并不觉得苦，花儿常学着爹的语气说："身体有苦不算苦，心里有苦难说。无苦之人难成业，吃尽苦头见日头！"花儿顶信爹的话了，花儿把爹说的每一句话都深深地记在了心里，铭刻在脑子里，融化到了血液中。由此花儿的品行，花儿的好恶，一应都随了爹。爹虽穷但人穷志不短。爹常对花儿说不受苦中苦，难为人上人。哪天你要是有了成绩了，发达了，可千万莫忘爹娘都是穷苦人，莫忘穷苦人的日子不好过，不好活呀！

爹的话显得有些糙，可极有哲理极有感染力。花儿特服气爹，也特信服爹说过的每一句话。爹的一言一行一举一动都在花儿的眼里心里，擦不净也抹不去！

爹的内心总是阳光灿烂的。因为他有花儿，有花儿的爹就铆足了劲儿地往前奔，就没死赖活的一路向前，绝不左顾右盼的没主心骨没主见。爹抱定一颗火热的心，在为花儿赚明天。爹指望着花儿的明天，指望着花儿总有一天会出人头地。

花儿就一丁一卯地随了爹的本性，心里总是那么的敞亮。爹不愁花儿更不愁。爹常对花儿说啥难都得闯过去，愁是愁不来半点希望的，人活着就得有股子冲劲，遇到沟坎没人抬着你过去，只有自己闯过去才是本事。

爹也常对花儿说做一个人不容易，做一个好人更不容易。一撇一捺太简单了，好写，但真要做好没点"真章"是万万做不来的。花儿就问爹您读过多少书咋就懂那么多呢？爹就笑笑说都是打书本里学来的，你不见爹常常把别人不要的书本收过来读吗？花儿就明白了，花儿也同爹一样，就抽空挤时间的看书写字、写字看书。花儿发现，老师说过的"书中自有黄金屋"真是经典到位，只那么几个字就概括了大套的人生哲理。花儿就愈加对爹当然更对写书的人佩服得五体投地了。

爹每年的农历六月初八之前，都会早早的挤时间买来一些祭奠用的东西，剪些纸钱衣服啥的，这天是花儿娘的忌日。爹无论身在何处，是怎样的疾苦难耐，这天是忘不掉的。花儿娘虽说与爹只一块生活了两年多，但那至深的感情是爹一生都难以忘掉的。

爹和花儿依照家乡的风俗习惯，爷儿俩早早地请了一天的假，中午前就把香灶打理好，摆上供品，点上供品。窄巴的小屋里蒸腾着烟雾，慢慢地缭绕在爹和花儿的上下左右，久久的不肯散去，仿佛是花儿娘在翩翩起舞。爹和花儿在这个凝重的氛围里祭奠着花儿娘。爹打早便与花儿说人要懂得感恩，这是做人的基本素养，不懂得感恩的人就是有天大的本事也定是让人看不起的。是人就该做到这一点。爹在做花儿也在做。花儿问爹您咋有使不完的劲？爹说有你娘在支撑着哪，两个人总比一个人的劲儿大！

在花儿刚刚懂事，爹在供奉娘时就总是和花儿说些娘的事。等花儿长大些了，爹便不再重复那些事，不再重复娘的故事的爹就伏在破桌子上写，爹写花儿也写，爹写娘在世时的故事，花儿写爹的故事。

爹有时写着写着就不声不响的眼窝子湿了，就忍不住的落了泪，泪水慢慢地在脸颊上浸润着，又顺着下颚落在了纸上，纸张被洇得左湿一块右湿一块的。爹就停止了写作，仰天长叹：翠儿啊，你可好？小孩子家是禁不住这等境况的，花儿也就被泪打湿了双眼。花儿望着爹画的娘的像，心里就想：娘显得是那么的慈祥、贤惠，咋就那么年轻就走了呢？花儿抑制不住的时候就问爹，爹只说了一个字：穷！过后，等爹的心情稍好一些时，爹就对花儿说："穷不扎根，富不长苗，我的花儿会过上舒心日子的！"

香碗里落了厚厚一层香灰时，天色已晚，爹便领着花儿去给娘烧纸钱。爹在地上用树枝画个圆圈，圆冲着家乡的方向敞个口。爹把打发外鬼的纸钱先点着扔在圈外，再把成堆的纸钱放在圈里点燃，爹一手放纸钱一手用树枝撩拨着纸钱。

人都说纸钱烧得越旺天上的人就越好过，爹嘴里叨念着："翠儿啊，你在世间没有钱花，这下好啦，你在天上花吧，我和花儿给你送钱喽！"说着说着，爹就泪珠子顺着脸颊往下滚。

花儿的小心儿同爹一样的酸楚疼痛。花儿明白：爹是在哭娘，也是在哭自己那苦命的人生。花儿随着也一样地哭。

烧完纸，爹把事先准备好的一杯水浇在纸灰上，意为给娘送水，娘渴了也要喝水的。回去的路上，爹对花儿说：花儿啊，你娘用命换回了你的命，你就有两条命了。你的命大要好好活着，为了你娘活着。花儿说也为了爹！爹就说也为爹。

天儿黑透透的了，吃过晚饭的爹和花儿就又分别写作业了。爹写了怀念花儿娘的故事，算是祭文吧，把好多不得说或说不出的话全记在了大本子上。爹写道：翠儿，你离开我已经十年了，可我咋就觉得你刚走。我跟你没过够呢，你咋就走了呢？不该呀，你咋也得看看咱的花儿啊！我没见过你小时候是个啥模样，但我料定花儿像极了你小的时候，花儿越长越像你啦。我知道你就在我们爷儿俩身边，你在庇护着我们爷儿俩。我和花儿看不见你，可你能看见我和花儿，是不？我等啊等盼啊盼，盼着花儿早点长大成了人，将来嫁个好人家，我也就放心了，也就可以和你团聚了。

花儿没见过娘，可在花儿的心里，似乎就从来没有缺过娘，仿佛娘总在花儿的身边。娘无时无刻不在呵护着花儿。花儿把娘藏在了小心儿的最深处。娘为了花儿吃尽了苦受尽了罪，花儿不想再让娘受半点风寒吃丁点苦头，花儿要让娘安静吉祥的在她的心里生活，在她的心里安然地休养生息。

天真烂漫的花儿说话办事很是讨人喜欢，花儿有了困难或难处哪个同学都愿意帮她。花儿家境难熬，老师和同学们都知道。老师便暗里对同学们说花儿是你们的亲姐妹，亲姐妹就连筋带血，哪有亲姐妹有了过不去的沟坎时不帮一把的道理？同学们听了老师的话，就决定要帮花儿，可毕竟同学们都年纪小，不知怎样做了才算帮助了花儿。老师便这般如此、如此这般地教给了同学们一些帮花儿的办法。

同学们的家大都离学校远，中午赶回家吃饭会耽误了学习。同学们就带饭。花儿也带饭。花儿时常头天晚饭就多做出一些来，剩下的第二天留作中午饭。花儿的饭菜缺油少盐的没滋没味，花儿苦惯了倒也不觉得。花儿常对同学们说填饱肚子就是为了学习，吃啥不打紧。

自打老师向同学们"交待"完任务以后，花儿的伙食就有了很大的改善。这个同学对花儿说跟我娘说了，我不喜欢吃肉咋仍旧弄了肉，花儿你吃吧。那个同学对花儿说我最怕吃鱼了总挨扎，花儿你吃吧。每当这时，花儿就笑着对同学们说：可别这样，若是时间长了还不把花儿养成个大肥猪！同学们就笑了，花儿也笑了。

一天，一位同学怀抱一件羽绒服对花儿说："花儿你穿吧，我娘给我买大了，再说我也不喜欢这颜色。"花儿就依了同学高高兴兴地把羽绒服抱回了家，跟父亲一说，父亲自是也跟着高兴，忙让花儿穿上试试。花儿把衣服穿在身上美美的。突然，父亲对花儿说："花儿今后再不许要同学的东西，人家那是在找借口帮咱们呐！"花儿就如云里雾里的搞不懂。爹就把衣服的后脖领子翻过来给花儿看，爹说："你看这衣服的牌子都不曾扯下，哪个是不喜欢，那是人家特意买来送给你的！"

花儿这才联想到同学们不爱吃鱼和肉的事，心里就翻滚起了小小的波澜，一股股的暖意便浸入了花儿那幼小的心田滋润着花儿的心。花儿感到了一种酸酸的甜甜的味道，眼泪就不由自主地往下落。

尽管花儿听了爹的话，一再婉言谢绝着同学们，可仍旧经不住同学们再三再四的好意。实在无法，花儿便想了个主意说花儿鱼呀肉的也吃腻了，请同学们不要再往花儿的碗里夹了。

花儿在风里雨里，也在爱里情里成长着。花儿的身体在长高，心也在长大。花儿暗暗立下誓言：等我长大了，一定要好好的报效大家、报效国家！

花儿十一二岁的时候学着给爹做饭，一天，爹打工回家，花儿说："爹，您吃饭吧，今儿是我给您做的饭，可，可就是有点糊，您凑合吃吧。"花儿就把热腾腾的饭菜端上了桌，撕一块糊糊的饼子，把皮留下准备自己吃，把瓤递给了爹。爹回绝了，爹说花儿吃瓤。爹拿着花儿烙的糊糊的饼子，含着泪往下咽。花儿说："爹，做饭是娘的活，我在学做娘呢！总有一天我会做好多好多的饭菜，让您吃个够！"爹只说了句："好闺女！"心里是啥滋味连自己也说不清，便任啥也说不出了。那天，爹吃得最香最甜也最多。花儿的心地单纯，花儿不懂爹的心思，只知陪着爹使劲吃，只是觉得下次不能再把饼子烙糊了。

打那以后，花儿就真的学着做起来了"娘"。洗衣、做菜、收拾屋子，整理爹捡回的破烂，给爹也给自己缝补衣服。

花儿在学校上学，爹在疾苦中干着苦工。花儿不懂爹为啥总也要做作业，既不指望出名争利，也不为给谁看。花儿就问爹，爹只轻声笑笑，说了两个字："爱好。"花儿小时不明白。只是在写作业的时候，旁边的爹也在写作业，她心里就感觉到踏实。踏实的花儿门门功课都是优秀，极讨老师的喜欢。花儿长大一点的时候，似乎就有些明白了，爹是为了她在写作业。再大点，爹对花儿说："好好考，能考上大学，爹死了都放心了，到那时爹就不再陪你写作业了。"花儿说："不，爹要一直陪我写下去！"爹轻轻笑着说："好，就依花儿，陪你写作业，陪你一直写下去！"

终于有一天，花儿考上了某军医科大学，爹破天荒地买了一瓶酒，炒了几个菜，对花儿说："今儿咱爷儿俩要好好庆贺庆贺。"花儿一样高兴，搂着抱着跟爹撒娇。花儿就"开杀戒"似的陪爹喝了几大口酒。

那天晚上，爹和花儿都喝醉了。喝醉了的爷儿俩说了许多话，花儿说："爹，这下您终于不用陪我写作业啦！"爹微眯着眼，定定地看着已经长大了的女儿，喜悦的心情溢于言表，只在心里说我成功了，我的花儿成功了！但爹没有说出来，只对花儿说："不，我还要陪你写，陪你将来的孩子写！"

花儿看着爹，一下子扑到了爹的怀里，哭得泣不成声，哭得天昏地暗。

花儿心里明白："我那苦命的爹是咋的心愿哟！"哭完了，花儿抹把满脸泪水地对爹说："为了陪我，您赌上了一辈子，花儿该咋报答您的恩德哟！"

爹也一样落下了浑浊的老泪："花儿啊，你是你娘身上掉下来的肉，不把你养大成人，我对不起你死去的娘，百年之后我咋向你娘交代？就是死了也闭不上眼啊！"

爷儿俩就这样一会儿哭一会儿笑的直聊到天蒙蒙亮。

自打女儿出息了考上了军医科大学，爹就不再做作业了。不再做作业的爹身边少了女儿就越发的寂寞，心里眼里都显得有些空空落落的。尤其是到了晚上，孤零零的爹只有一盏孤灯陪伴着他。爹在屋里来回走动着。他望着多年下来写就的"作业"，回味着青壮年时的经历，不禁怆然泪下。他缓缓地坐在小凳子上，抚摸着女儿花儿坐过的小木凳，仿佛女儿的体温仍余留在上面，女儿那温温的笑脸也在眼前晃动着。爹有时自己都闹不懂，这些年是咋熬过来的，只知道就是再怎么苦了自己，也万万不能苦了花儿。花儿娘在天上看着呢，不是我一个人在养活花儿，还有花儿娘呢！

唉，老了，爹终其一生成就了花儿的今天：这便是续上香火了吧？爹有时也会笑出声儿来，因为他觉得自己并未辜负了上苍给他的这几十年，他一样的完成了祖愿，竟有些欣欣然起来。爹本就是个庄户人，庄户人是不敢有太大的奢望的。于是，爹知足了，知足的爹睡觉就踏实香甜。也就常常做些美梦。爹就梦见花儿像她娘一样美丽可人，会梦见花儿在人前人后的荣光和令人仰慕的情景。做了美梦的爹有时会喜得笑出声儿来。笑醒了的爹就坐起来回忆往事，回忆自己坎坷的经历和想象着花儿的美好前程，爹就又笑啦。

爹的手脚大不如前了，干活打理家务也招三不招两的。花儿已经长成了大姑娘了。爹懂，现在的年轻人都喜欢美，都喜欢穿着光光鲜鲜的。一向节俭的爹对花儿说："给你些钱，买些新衣服穿吧。"花儿说："不，爹，家里的钱都是您辛苦攒下的，我有衣服就行了，穿多好也不如有本事。等我赚了钱给您买好多好吃的好穿的好用的！花儿随爹，吃穿从不挑剔。"

爹说："好吧，过几年等你出嫁时，爹给你买好多的陪嫁，不能苦了你，更不能让人看不起我闺女。"

花儿却说："我不出嫁，谁愿意来就来，不愿意来拉倒！"

爹说："你甭顾虑我，现在国家多好，还有托老所呢。"

花儿急了，嘟着小嘴生气地说："您咋这样说话？您有我，再怎么不济，我带您出嫁，也不能把您扔进托老所呀！"

爹知道花儿的脾气，忙说："好，好，爹不说啦，爹就依你！"

花儿笑了，花儿还是小时候的样子，搂着爹的脖子撒娇，含泪对爹说："过去是我小，您没谁都不能没有了花儿。现在我长大了，您却老了，该花儿为您做点啥尽尽孝心啦，花儿就是没谁也不能没了爹！"

听了花儿的话，爹哭了，花儿也跟着哭了。

爷儿俩哭够了，花儿对爹说："好了爹，今儿是我休息，咱爷儿俩好好喝两盅？"

爹就说："依花儿，喝两盅！"爷儿俩伴着笑声和泪水对饮着。

爹说："翠儿，花儿敬咱俩酒呢，让我替你喝了吧。"花儿说："娘，您生下我就走了，是我对不起娘！"花儿把一杯酒轻轻地洒在地上。这顿酒直喝得感地动天的。

花儿长大了。花儿知道替爹操心了。花儿对爹说："爹，咱买套房子吧，连您积攒下来的钱再加上我勤工俭学和给人做家教的钱，我再贷点款就能买房了，您看，行吗？"

爹被吓了一跳。回过神的爹望着女儿，许久才说道："花儿，我早就盘算着这事，可就咱那点儿钱，怕不行，你攒了多少全在我这儿我还不清楚？花儿，我不能因为买房子让你背债呀！"

花儿装作不以为然的样子，笑着说："眼下都啥年月了，背点债不算啥。赶明儿等我毕了业，赚好多好多的钱，不就还上啦！"

爹疑惑地看着花儿："能还上？"花儿坚决地说："只要我找到工作咱就买房，我一准儿能还上！"

花儿的心思，当爹的明白。花儿在她的日记中这样写道：眼见着相依为命的爹一天比一天老了。我能为爹做点啥？为了我，爹搭进了一生的幸福，我就是把命还给他老人家，也还不清啊！我要让他老人家住得舒舒服服的，美美地度过晚年。

爹的心思花儿更明白。记得，爹曾无数次在他的"作业"中这样写道："花儿就是我的命，啥都能舍弃，唯有命是万万不能舍弃的。要是有一天我走了，我的花儿怎么办？我要坚持，不管有怎样的艰难困苦，怎样的疾苦难耐，我都能忍下。为了我的花儿，我要坚强地活下去！"

懂得爹心思的花儿就盼呀盼，盼着自己快点长大，快点把本事学到手，好报效父亲泣血般的养育之恩。

懂得花儿心思的爹就盼啊盼，只盼着自己不要这么快就变老，不要这么快就老了！多赚钱为了让花儿找个好人家过上好日子。

时间过得好快，外孙都五岁了，都能认好多字儿了。

唉，唉，自己能不老吗？爹又写"作业"了。并且把原来落下的全都补上了。

爹的身体越来越差了。

到哪儿检查都诊断没啥大毛病，只说是积劳成疾，多补一补，好好调养。花儿一直在坚持写作业。

并且她的"作业"遍布了全国的大小媒体，早已是知名的军旅作家了。

花儿的医术也特高明。花儿一边用自己高明的医术给爹看病抓药，一边在寻求着更加高明的医术。

花儿渴求爹能够长生不老地陪她一直走下去。然而，她却做不到，谁都做不到！

爹的"作业"做到86岁，终于停止了。爹的生命也终止了。

他老人家走得是那样的安详，脸上带着满满的微笑，走了。

老人家静静地躺在老家的祖坟里，和花儿她娘合葬在了一起。

花儿在儿子儿媳的陪同下，依照爹的嘱咐，把他写就的"作业"连同她补上的"作业"，一并交到了县博物馆。

博物馆馆长看后动情地说："这是无价之宝，坚持了整整56年的日记，在咱这地界儿，怕是绝无仅有了！"

花儿说："不！我在写，将来，我也让我的儿子把我的'作业'交到博物馆来，争取超过爹的'作业'"！

花儿哭着落下了清纯又苦涩的泪。

语丝微言

王克民的这篇小说《爹与花儿》，写得感情很饱满。花儿从一出生就失去母爱，与父亲相依为命。在父爱的呵护中，在乡情的关照下，在友爱的氛围里，花儿终于长大成人，学有所成。她不仅感恩老父，还回馈乡亲、奉献社会。亲情、乡情、友情与感恩之情集于花儿一身。几千年的农村社会，就是一个熟人社会、乡情社会、亲情社会、友情社会。反观农民上楼变成城市社会，城市社会的那种陌生化必将随之而来，隔膜感逐渐加强，乡情也逐渐淡化了。

【作者简介】
　　刘杰东，生于 1965 年。小学语文高级教师。顺义作家协会会员。曾在《农民日报》《京郊日报》《顺义文艺》等报刊发表小小说《钓鱼大王》《别车》《小金花》、散文《父亲的愿望》《父母不要儿女钱了》《雨中那份感动》等多篇文学作品，著有《小学阅读指导》一书。指导学生在《北京日报》《京郊日报》《作文导报》等报刊发表《小鸡拔河》《家乡的颜色》《爸爸的秘密》等作文 50 余篇。

卖　梨　人

　　"卖梨喽，卖梨喽，最后一点儿，包圆儿便宜啦。"粗犷低沉而悠长。

　　眼下正是初冬，京郊顺义的晚上冷风吹来，秦思源一个人在街上溜达，下意识地找寻声音的来处。这条街名叫小区后街，因毗邻赵庄新村小区而得名。小区后街东边连着赵庄村，西边经健身广场南侧与顺密路相通，大约五里地长，两侧超市店铺林立，夜晚如同一条灯火照耀下的长河。赵庄是全镇最大的村儿，一千五百多户，一水儿从这儿进出。

　　秦思源在缤纷璀璨的灯光里向东移动着。他本是赵庄人，属猴，今年六十三，旧村改造，住进了小区。承包的土地已经转让，他有的是时间打牌聊天遛弯健身。出小区到健身广场，再穿菜市场到赵庄折回，是早已习惯了的路线。

　　现在是晚上九点，小的店铺已经关门打烊。刚刚下楼遛到街口一抬头，福香阁饺子馆门前台阶上，蜷坐着一个人：满头银发，灰白的胡须兜住满脸陈年核桃般的皱褶，两只深陷的眼睛目光深邃。一件褪了色的旧式军大衣裹住整个身体，只露出膝盖以下小半截腿，灯光下果胶凝成的点点黑斑更加明显。他佝偻着背，双手揣进袖口架在拱起的膝盖上。台阶下面歪着一辆自行车，后座架摆着电子秤，两边两只大柳条筐，筐底抵住斜坡，支撑着整个车子的重量。老人身后，落地窗灯光白蒙蒙一片，挂满雾气，看不清里面的情形。恐怕整个顺义，也就一个这岁数还跑出来做买卖的。秦思源脑海里闪出一个念头。

　　"卖梨喽，平谷酥梨儿，包圆儿便宜啦。"老人走下台阶。

　　这块儿卖水果的都爱在前边加上平谷两个字，谁都知道那是京东有名的水果基地。

"老爷子，平谷啥地儿的？这时候了还卖呢？"

"远了。大华山。早晨五点多就出来了。还剩这点儿，卖完得了。"浓重的平谷口音中有意把远字说得很重。的确，大华山，打这儿往东大约八十里，年轻小伙子也得骑俩小时，够辛苦。

"先头卖10块钱3斤的，剩这点儿，4斤。"老人一边说着，没问人要不要，梨就称完了，"高高儿的，8斤，您就给20得了。"其实连几个核桃大小的也都捡上了。

秦思源也不说话，掏出手机扫码付款："您赶紧走吧。"

"谢谢。"老人扶起车子往赵庄方向去了。

秦思源本没打算买什么。不过现在手里有钱了，自然也就不在乎这一点。他也曾经和他一样，几十年黄土地里摸爬滚打，为了生活种地做买卖。他曾经把街坊四邻批发剩的菜收过来，跟自家的一块儿卖，从中赚点差价，其中的滋味至今记忆犹新。

节气向冬的深处迈进。小雪过后，天儿一天比一天冷，老人依旧在饺子馆儿前卖他的梨，就跟站岗值班的一样。寒潮突然来袭，气温断崖式下跌，白天零下三四度，到了晚上更是冷得伸不出手。连着两个晚上，秦思源都包圆儿了他的梨。

第三天，晚饭刚过，天空竟纷纷扬扬飘起了雪花。这是今冬的第一场雪。虽然下得不大，地面上却也铺了一层毛茸茸的雪屑。秦思源撑着雨伞来到小区后街，静悄悄的。回头看，只有自己一串黑乎乎的脚印正在被白雪覆盖。雪花在灯影里舞蹈，他似乎听到了它们落地的沙沙声。

饺子馆门前台阶上，老人孤零零地站着。他双手揣进袖口抱在胸前，不住地来回移动双脚晃动着身体，努力让身子热乎起来。忽然，他眼前一亮，有人来了——一把伞正顶着雪朝这边移动，越来越近。他兴奋地走下台阶，站在车后吆喝：

"卖梨喽，卖平谷酥梨。下雪，便宜卖喽。"

伞到跟前儿："老爷子，还剩多少了？"

这声音听起来耳熟。举手搭棚往伞底下一看："嘻，大兄弟，您这是……"

秦思源呵呵一笑："这不闲着没事，过来瞅瞅您这儿还剩多少了。"

"剩多少也不卖啦。"老人拉长了声音，突然变得认真起来。

"咋？听说梨醋好喝又养生，想借您的梨做点试试，您这咋还不卖了啦？"秦思源依然笑着，似乎并不在意他态度的变化。

"不卖了。"老人用手背抹了一下嘴唇，"谢谢您，我知道您是好意，心领了。要是真需要的话，明儿您买别人的好了。"话是说的柔和，心里可硬刚着呢。

接着他说大华山是远，可卖不完会推回赵庄出租房去，明天接着卖。还说他本来可以不出来，不过家待着也没事儿干，出来转转锻炼一下身体还能换俩零钱儿，能卖多少卖多少。

听这话儿秦思源转身往回走。事实上他早知道他在村里租了房，而且一直就卖10块钱4斤，邻居大妈就告诉过他。只不过他这人就是心眼儿好，碰上谁有什么不便，不伸手帮一把他自己心里就过意不去，习惯了。这不，没走两步，又回来了。"老爷子，过年就别再租房了，搁我那儿，我那房在紧西头，还临街，一直空着呢。"他要无偿提供给他使。

老人倒也不怎么推辞，用手机记下了电话："秦：136……369。"如果明年需要就主动跟他联系。

次日，寒潮移出北京，天空恢复晴澈。老人又推着车子来到饺子馆前，只不过柳条筐边多了块木牌，上面写着：10块钱4斤。

第二年，秦思源没有等到老人打来电话。再没看到他出现在小区后街。

又是秋天，京郊水果成熟的季节。秦思源在楼下打着麻将，突然接到电话："喂，大兄弟，我是大华山卖梨的那个老头儿，还记得福香阁饺子馆吗？你连着两天包圆儿了我的梨……"

撂下牌他匆匆来到小区后街。他看到路边黑色特斯拉打着双闪，旁边站着一个人：崭新的西式老年装，一双油光锃亮的黑皮鞋，满头白发下面两只炯炯有神的眼睛衬着一张红润的脸。他迎上来，紧紧握住老秦的手，"大兄弟，谢谢你当年帮了我啊。"

SUV后备厢打开，满满的一筐梨，个个儿小皮球般又大又圆，皮一半晶黄一半嫣红。"这是今年的新品种，138号，你尝尝。"他告诉老秦，当年承包的三十亩山坡地如今扩大成了一百五十亩的果林场，品种更新换代，出口到印尼、越南、美国等好几个国家，他们建起了专门的冷藏库房，孩子们网上销售。

语丝微言

在贫困的乡村，为了生活，朴实的农民有着农民的狡黠，这也是一种违心的生存智慧。当这个卖梨老农施展这种智慧时，却早已被曾也是农民、现在变成居民的秦思源识破了。但老秦看破并不说破，其原因除给卖梨老人留下尊严外，细思源头，自己也是由农民蜕化而来，知道农村的困苦、生活的艰难、挣钱的不易。所以感同身受，施以援手。当农村振兴之后，富起来的卖梨人的腰杆也挺起来，向曾经帮助过自己的人表示感谢与感恩，知恩图报这中国人善良的人性得以复苏。

【作者简介】

胡广星，中国作家协会会员，中国戏剧家协会会员，北京作家协会会员，《顺义文艺》原执行主编。1990年开始发表文学作品，先后发表《俺的提案"高薪养贼"》等杂文数十篇，发表短篇小说《倒春寒》、散文《战地红星》、传奇故事《灶神传奇》等各类短文数十篇。2009年，出版长篇小说《冀东风云》。之后创作了大型评剧《恩怨亲家》《大汉名臣》《寸草春晖》《潮白人家》《从前有条河》《梦回洋桥》《再启航》等，创作的戏剧小品《良心果》参加了全国群星奖总决赛，戏剧小品《门里门外》《考官儿》《老爸快跑》《九品官》等6次获得北京农民艺术节乡村大舞台总决赛金奖。《寸草春晖》《潮白人家》被中宣部评为全国基层院团优秀剧目，参加全国会演。《恩怨亲家》《大汉名臣》《寸草春晖》《潮白人家》均在中央电视台戏曲频道播出，《大汉名臣》曾4次重播，河北电视台、陕西电视台等多家卫视先后转播。

来世今生

鸡叫第五遍的时候，我被妈的喊声惊醒了。妈在堂屋里喊道："我的老天啊，这可怎么是好！"

全家人都被喊醒了。我睁了一下眼，屋里很黑，只是窗户显得白了些，估计是下雪了。我闭上眼装睡，妈在堂屋里嘟囔："你说这是什么日子，怎么能下雪呢？你说早不下，晚不下，偏偏今天下，这雪下的都不要个脸了。老三，别睡了，赶紧把这该死的雪扫一边去。"妈虽然没入什么教，但也信神儿信鬼儿的，一般可不敢骂老天爷。今天二哥结婚，按村里老人们说法，结婚这天如果下雪，可非常不吉利，雪里的夫妻难到头。

装睡也能被叫醒。再不醒，妈就会用巴掌来叫了。我伸了个懒腰，很不情愿地从热被窝里爬出来。二哥从西屋里已经出来了，听他在堂屋里喊："哎哟，下这么大雪啊！"

我穿好衣服跑了出来，见满院子的雪。我站在雪地里，此时，天还有点黑，东方并没有鱼肚白，雪花就像从昏暗的头顶上飞来，无声地飘向大地，整个院子都是白色，我不忍心用扫帚把这个洁白的世界捅个窟窿。

二哥看我站在雪地里发呆，一边找扫帚一边说："你站这儿看就能把雪看没了？"

我回了一句："是你结婚又不是我结婚，我着什么急啊？"

突然院外传来刘木的声音："你着急也不能给你先娶！"

刘木扛着大扫帚进了院子。刘木其实姓胡，是我本家，不知为啥叫刘木。他比我大十来岁，可按村里的辈分，他却管我叫三叔。刘木个子不高，瘦得只剩一把骨头，二哥给他起有绰号叫"狗见愁"。他身体没啥毛病，长得也不算太丑，就是找不到媳妇，二十七八岁了还是光棍。

刘木见我看着雪发愣，又说："咱村的雪脏，不能吃了。"

他这么一说，我还真想尝尝。我蹲下身，双手轻轻地捧起一把雪，在手里攥成团，吃一口确实牙碜，这肯定是老宝家烧锅炉闹的。这些年，老宝家开澡堂子，烧锅炉舍不得烧煤，烧废胶皮，买来的旧轮胎、破胶鞋，一烧冒黑烟，还随烟飘出很多烧焦的胶皮渣子，这雪里肯定有胶皮渣子。

"老宝家这锅炉祸害了半个村，连空气都是臭的。"我正说着，老宝推着小推车已经进了院子，我看着前面，并不知道他从后面进来。他悄悄地走到我身后，突然踢了我一脚，同时大喊了一声："小毛孩子，瞎说什么呢。"我着实吓了一跳，差点摔倒在雪地上。

老宝的辈分比我大，我得叫他宝爷爷。农村的老少爷们长年在一起干活，一起玩笑打闹，其实也不怎么讲究辈分，只有到过年拜年的时候，这辈分才严谨起来。老宝虽然比我大十五六岁，又是爷爷辈，可平时也跟我开玩笑。

他把小推车上的劈柴倒在昨天才垒好的灶台旁，拿了一个扫帚扫灶台上的雪。老宝是个厨子，谁家有事，都是他掌勺。这灶台就是他昨天亲自垒的，别人垒的灶他说火不旺，菜炒不好。其实他炒的菜好不好大家也说不出个啥来，平时谁家也不炒这么多菜。这红白喜事上的菜一上桌，转眼就给抢没了，谁有工夫去品菜的味道，那得多讲究啊？

老宝拉着个脸，也不说话，只顾扫雪，估计在生我的气。我悄悄地走到他身后，把手里的雪团塞进他的领口里。老宝激灵一下跳了起来，雪团顺着后脊梁骨滑到了腰间。他回手抓也抓不着，抖也抖不掉，只好脱下棉袄，露出大脊梁，雪团才落到地上。老宝穿上棉袄，抄起扫帚向我跑来："你这缺德带冒烟的孩子，这大冬天的，冻死人啊！"

我吓得跑出老远。刘木哈哈笑着说："要说冒烟谁也冒不过你家啊！"

老宝瞪了刘木一眼说："谁裤裆破了，把你露出来了？"

我毕竟还是上高中的学生，没有真正进入到社会。这村里的爷们儿天天开玩笑，逐渐形成了他们特定的语言，这些语言我在课本上找不到。我问二哥："这嘛意思？"

二哥坏笑着说："一会儿黑秃家的狗该来了。"

刘木知道他有外号叫"狗见愁"，从此谁也不能在他面前说狗，谁要说到狗，他立马就跟谁急眼。

刘木瞪着二哥说："二叔你！"想说难听的又咽了回去，无奈地回头干活去了。

二哥似乎帮老宝出了口气，老宝也就消了火，回到灶前继续扫雪。

我家是新盖的六间大北房。西边三间大哥结婚占了，大哥当兵不在家，大嫂一人住着。东边这三间的西屋是二哥的新房，父母、我和妹妹住东屋。因为是六间房连在一起，显得院子很大。房虽然盖了一年多了，但院墙还没垒起来，房前的大院子四面是通的。

天大亮了，雪也不下了，云彩越来越薄，好像要有晴天的意思。我跑到里屋对妈小声地说："妈，这云彩归谁管？"

妈愣了一下说："雷神管打雷，风伯雨师管刮风下雨，这云彩是不是也有云神管啊？"

"咱家供的这些神里有云神吗？"

妈一脸的茫然："你问这个干吗？"

"你跟云神说一声，让云彩走快点，新人进家的时候，不耽误出太阳，二哥还能过好日子。"我本来是跟妈开个玩笑，没想到妈一拍大腿："你说，可不是嘛！"

妈回身掀开柜盖，从柜里找出三张烧纸，急急地走到堂屋，在碗柜上拿起三根香点着，举过头顶拜了拜，插到香炉里，然后跪在地上点着烧纸，嘴里小声嘟囔起来。等纸烧完了，又磕了三个头。妈做这些事的时候，都是一脸的严肃，我们谁也不敢说话，谁说话她拿鞋底子抽谁。

今天，妈的法术可真显灵了，香刚烧完没多大工夫，这云彩就跑没了，天空被雪洗得湿润润的，像喷了一层小水珠。等太阳慢慢升起来，万道霞光直射下来，填满了整个院子，就连鸡窝都显得金碧辉煌。

这时我家院子里已经站满了人，灶台里冒着烟，满院子飘着炖肉的香味。人们都在忙着，有劈劈柴的，有挑水的，有剥蒜的，有洗盘子的，还有看热闹。小孩子们在院子里跑来跑去，确实有喜气洋洋的感觉。

这时，村西口响了炮仗，是"二踢脚"，说明送亲的队伍已经进村了。

刘木刚贴好对联，送亲的自行车队就到了家门口，二嫂在众人地簇拥下进了院子。

我很想看看二嫂长什么样儿。她和二哥定亲后也来过我家几次，都赶上我上学，没碰上面。我问过二哥，二嫂子长什么样，二哥说："戴上胡子就是张飞。"

本来我家院子挺大，新媳妇一进来，院子里一下子就挤满了人。我被挤到最后边，什么也看不见，急得我左蹦右跳，前冲后涌，还是挤不进去。

杨哑巴从身后抓我的衣领子，我回头一看，他手里拿着一根点着的香，指着西边，远处一个孩子用竹竿儿挑着一挂鞭炮。我冲他大喊："你怎么不去放啊？"

杨哑巴摇着头说："啊！啊！"

他虽然哑巴，但不十分聋，跟他说话声音大点他能听到。我说："你不敢放？"

杨哑巴点着头："啊！啊！"

我不情愿地接过香走过去，这时听到有人在人群里喊："结婚典礼，现在开始，放炮！"

我急忙点着鞭炮。一听就知道是从供销社买来的炮仗，特别响，还没有哑炮。

我知道没机会挤进去了，站在院子里感觉衣服都被冻透了，全身直打哆嗦，干脆躲到大嫂屋里看会儿书去。

我一人把门从里边锁上，看了会儿书就睡着了。等我醒来的时候，院子里已经没人了，鸡都上窝了，妈正在堂屋做晚饭。二哥和父亲在东屋里说话，我听着好像还有外人，估计是账房正在跟主家交账。我就进了西屋，还是想看看二嫂长什么样。

屋里有点黑，二嫂一个人坐在炕上，看不清模样。我拉着电灯，二嫂看了我一眼，扭头向窗外看，我倒有点不自在了。我在屋里扫了一眼，墙上新刷的白灰还有一点味儿，新做的梳妆台上面有一面镜子，镜子两边是一对瓷瓶，左边瓷瓶里插着一把鸡毛掸子。我突然来了坏主意，走过去把鸡毛掸子抽出来，用鸡毛掸子轻轻地挑起炕上铺着的被子，胆怯地向被子底下瞄。二嫂皱着眉看着我，见我越来越紧张，她粗声粗气地问我："你找嘛呢？"

我很紧张地说："村里人闹新房没个分寸，有人把一条蛇藏到炕被底下了，我怎么找不着呢，你看看没钻你裤腿里去吧。"

二嫂嗷的一声从炕上跳下来，躲到我身后，两手抖动着裤腿，跺着脚说："你快找找，一定得找着啊。"

我嘿嘿地笑起来："二嫂，你说这寒冬腊月的能有蛇出来吗？"

二嫂在我后背上捶了一下："老三，你是故意吓唬我吧？"

我一愣："你又没见过我，你怎么知道我是老三啊？"

二嫂把眼一瞪，压低声音说："一个模子刻的，一看就知道。小破孩儿，以后再敢和我闹，小心我揍你。"

我这才认真地看了看二嫂，她个子很高，比我还高出半个头。当然，我才十八岁，还长呢。二嫂的脸长得比大嫂好看，不过太胖，胸高腰粗屁股大，真有点像张飞。

账房里的先生和管事的几个人晚上没走。老宝把剩菜热一热，凑了几个盘端到东屋。父亲和二哥陪着他们在东屋喝酒。我和妈、大嫂还有小妹在二嫂的新屋里吃饭。我坐在炕沿上刚要拿馒头，二嫂用筷子敲了一下我的手，瞪着我说："老三，你说屋里有蛇，是不是真的，我到现在心里还嘀咕，晚上睡觉都睡不踏实了。"

大嫂说："以后你小心着点吧，他没好心眼儿。"

妈笑着说："你说今儿还真亏着老三提醒呢，要不这太阳都出不来。"

二嫂一愣，她不知道怎么回事，低头问我："老三，今儿个这太阳是你叫出来的？"

我差点把嘴里的馒头喷出来，等咽下馒头后才说："妈，你现在再去烧炷香，把太阳再请出一回来。"

二嫂见我说得很肯定，有点发蒙："俺的妈哎，你家都是神仙啊？"

大嫂嚼着馒头说："能耐的！夜里能把太阳请出来？"大嫂吃饭的时候都比较认真，不怎么说话，低着头紧着吃，她嚼东西特别响，一桌子人吃饭，总能听到她嘴巴发出啪啪的声音。

我说："二嫂啊，我有一本《聊斋》，明儿个有空你看看。"

二嫂问："聊什么斋啊？俺没上过几年学，你们说话俺听不懂。"

妈瞪了我一眼说："快吃饭吧，一会儿逗媳妇的该来了。"

我们吃完饭，又在屋里等了好一会儿，二哥进到这屋说："那屋酒喝得差不多了，都吃上饭了。"

我见二哥脸通红，走路晃晃悠悠的，就问他："你也喝酒了？"

二哥有点得意地挥了一下手说："喝了，还喝不少呢。"

"今儿个你怎么能喝酒呢，这不耽误事吗？"我用眼瞟了二嫂一下坏笑着说。

二嫂在一边说："滚！"

第二天，天还没怎么亮，我怕影响爸妈睡觉，尽量小声地收拾好书包，急急地返回了学校。

大年三十了学校还不放假，非要上半天课，同学们都没心思上课了。我这半天什么也没听进去，心里总想着回家过年。其实家也没多好，平时吃得还不如学校。学校每顿饭至少有一个炒菜，虽然炒的不是萝卜就是白菜，油少盐多，但也比家里的腌咸菜好吃些。昨天中午的炒白菜里竟然有了肉，虽然肉块没轮到我的菜碗里，肉味还是有的。

过年这几天，父母好像一下子变得大方起来，鱼、肉、饺子、馒头、年糕真是随便吃，只要你吃得下。今年，二嫂刚过门，添人进口，多了一门亲戚。二哥在铁路上干活，毕竟是挣钱的，过年了怎么也得买点什么吧。不管怎么说，今年这个年还是充满期待的。

我骑着自行车一路胡思乱想地向家奔，此时已经进村了。刘木背着粪筐在路的东边挥着小铁锹冲我笑。我本想停下自行车追他去，见路下边的沟比较深，不好过去。就冲他喊："大过年的，你怎么还出来找屎啊？"

"你才找屎呢！这大过年的，不说个吉利话儿。"刘木有点生气。

"他家过年没吃的，不找点屎回家吃啥啊。"二哥吃力地推着小推车从我身后过来。

"你哥儿俩没一个好人。"刘木说不过，扭头走了。

我下了自行车，看着二哥问："你推土干吗？"

"你二嫂子犯病了。"

"犯病？现在就准备沙土是不是早了点。"我们这儿小孩子刚生下来都得穿沙土，谁家媳妇快坐月子了，就在院子里存一大堆沙土。

二哥显然有怨气，没停下，只是向后甩了一下头："她在后面呢，你问她去。离她远点，别让她咬着你，大过年的，没地方打疫苗去。"

我回头一看，吓得我惊叫了起来："我的妈啊！"

二哥推的是小平车，装土少。二嫂推的是二把手的小推车，这车两边绑着大柳条筐，筐上面的土是垒上来的，整个小车就像一座小土山向前移动。二嫂的头埋在小车后面，根本看不见人。二嫂这一车土得是二哥那车的三四倍。

等二嫂的小车走到我近前，我见她满脸通红，脸上的汗珠子直往下掉。她腰弯得很低，撅着个大腚呼哧呼哧地向前拱。

我长叹了一声说："哎哟！以后咱家不用买驴了。"

二嫂为保持小车的平衡，撅着的屁股不停地左右摆动。我这才发现，二嫂的大屁股比她推的这车土小不了多少。

我失望地站在原地，看着二嫂远去，自言自语："这个年不光有期待，恐怕还有意外。"

我回到家，发现院子显然被平整过，没了那些柴草杂物，豁亮了很多。院子边上已经堆了很高的土。

妈正在堂屋做饭，二哥二嫂站在院子里用毛巾掸着身上的土。我突然闻到了炖肉的香味，心情好了很多，高兴地向屋里跑，二嫂突然一伸手抓住我肩膀，把我按在那，劲很大，我想动都动不了。

"小破孩儿，下午跟我干活去，要不吃一肚子肉没法消化。"

我看了二哥一眼，二哥微笑着不说话。我对二哥说："咱娶媳妇是为了生孩子，不是为了喝断当阳桥。"

二嫂听不懂，瞪着眼睛看我。二哥说："咱妈怕咱们打光棍，给咱们找媳妇，撩开尾巴一看，是母的就行！"

妈在屋里烧着火，哈哈大笑着扔出一根烧火棍，二哥一躲，没打着。二嫂这句话显然听明白了，生气地对二哥说："瞧你长得那熊样，还嫌我？"扭头进屋了。

中午吃完饭刚歇了一会儿，二嫂就嚷嚷着去推土："行了，差不多了，再推几车土就快够了，老三跟我去，下午干点活，晚上能多吃点饺子。"

"让我去有什么用啊？我又推不动小车。"

"你不说不用买驴了吗？去当驴去。"二嫂拉着我向外走。

我回头看着爹妈，他俩光笑也不说话。二哥已经在院子里拿铁锹了，我无奈地跟着出来。妈在后面说："这媳妇早娶家来几年，咱家早就发了。"

二嫂手里拿着一根绳子扔到小推车的筐里说："去，推着。空车你推，回来我推。"

我推着空车晃晃荡荡地走着，一直走到村东南一里多的三皇庙。村里人把这块地叫三皇庙，其实庙早就没了，只剩下一个乱石坑。村里谁家盖房，都到这里挖土。

我把小推车停在一个新挖的土坑边上，拿起铁锹挖土。这里是庙的地基，土很硬，根本挖不动。

二嫂见我真不会干，在后边说："得了，站一边看着你哥怎么干。"

二哥把铁镐举得老高，然后用力刨下去，二嫂过来和二哥两人一起搬镐把，一大块土块被撬开，二嫂一弯腰，把大土块抱到小车上。

我这才明白，二嫂小推车上的墙就是这么垒起来的。

我站到高处，向四周看了看，这块地得有十几亩，我问二哥："这庙你小时候记得吗，有多大？"

二哥直起腰说："我小时候这庙就没了，咱妈说，这北边原来是大雄宝殿，供着三皇，后边是观音殿。一共有几十间禅房，十几亩的大院子，门前有一棵好几百年的老槐树。"

我说："现在什么都没了，还给挖了这么大个坑。"

二哥说："这包产到户才十来年，各家都在盖房，你向村里看看，差不多都是新房了。"

二嫂说："也是啊，真看出日子好过来了。"

我追下来问:"二嫂,我家要没有这几间新房,你跟不跟我二哥啊?"

二嫂拉着长声说:"跟,你二哥这好小伙,搭个鸡窝我也跟。"

我笑着说:"搭鸡窝不行吧,这一天一个蛋,咱家也受不了啊!"

二嫂一扬手里的铁锹说:"我拍死你,干活。"

二嫂的小车装满了土,她拿起地上的绳,走到小车前面,把绳拴在小车前橼上,回身对我说:"来,在前面拉着。"

我试了一下,大喊着:"不行,勒得肩膀疼。"

二嫂根本不听我喊,大声说:"使劲拉,别松劲,快!"

我大声地喊:"还真把我当驴使啊!"

我被这个女人折腾一下午,到晚上吃饺子的时候差点睡着了。

过年这几天,二嫂就一直没闲着,我家院子前边堆满了土。我累得受不了了,提前几天跑回了学校。

为躲干活,我一个多月没回家。今天回来驮粮食,再不交粮食学校就不让吃饭了。

一进院子,发现院墙已经垒起半人高了。我支好自行车,二嫂从东南角的墙外边冒出半截身子,她正用锹向院墙上盖土。看到我说:"好,回来得正好,我又有帮手了。"

我过去,站在墙里边,和二嫂隔着墙说:"二嫂,我可严肃地提醒你,再有四个多月我就要参加高考了,如果你把我累坏了,考不成大学,你可要承担责任啊。"

"行了,大学生,我也就是逗你玩玩。知道你现在学习紧,好好学去吧!到时考上大学,好带嫂子出出门,到大城市见见世面。"

我一听不让干活,立即高兴地拍着胸脯说:"这绝对没问题,二嫂,你说,你最大的愿望是啥?"

二嫂双手杵着铁锹直起腰,缓了一口气说:"我最大的愿望就是能坐坐火车。在家我天天能听到火车响,可这辈子还没坐过火车呢。"

我的心一沉说:"我二哥就是修铁路的,坐个火车还不容易?"

"你二哥也让我给累跑了,你走了没两天,这家伙也回单位去了,说今年他们提前上班。哪是提前上班呀,是躲活儿。"二嫂边干活边跟我聊。

现在惊蛰刚过,还没到春分,天儿还有点冷呢,二嫂只穿了一件二哥穿过的旧秋衣,上面两个扣没系,露着一小段乳沟。她的皮肤红中略有点黑,脸比刚过门的时候感觉白了些,也稍微胖了些。二嫂长得不算难看,眼睛虽然不太有神,但挺大,眼大就能遮很多丑。我家的人都是小肉眼,没有双眼皮,我二哥是我们家长得最好看的，虽然眼睛不大，但五官端正，在我们村得算漂亮小伙。二嫂的眼睛比我们眼睛好看，她鼻子、嘴巴都长得比较合适，就是这性格不像女人，大大咧咧的，光知道干活，把身材都弄走形了。

二嫂蹬着梯子上到院墙上，她用脚把土向外驱，然后用直板锹拍打散落的土，驱一下拍两下，挺有节奏。原来这土下面是一层泥，这泥中加有麦秸。和这种泥很费劲，得和得很黏稠，把这种泥用锹甩到墙上，上面再加一层土，然后人站在上面用直板锹竖着拍平，这种活至少得两个人干，不用从墙上一会儿上来一会儿下去的折腾。男人干这活都累得受不了，二嫂一个人竟然一层一层地把院墙给垒了起来。

"二嫂，你不累吗？"

二嫂干着活说："我不像你，能上学，有文化。我庄稼人，不干活靠啥吃饭啊？"

"那也没必要让自己这么累吧。"

"干活挺好的，我不干活难受，干点活舒坦。"

这时，小妹从外边向我们跑来，手里捧着一个什么东西，脸笑得像一朵花。

"干吗？捡到钱了？"我看着她说。

小妹喘着粗气说："你看，小杏树，刚从地里挖回来的。"

她手里果然攥着一个小泥球，泥球上面有一棵杏树苗，这棵苗只有两片小小的叶。我看了一下院子，就我站的这个位置合适，我说："二嫂，把锹拿过来，我在这挖个坑，就种这吧，长大了也不妨碍什么事。"

二嫂就把她手里的直板锹递给我说："这么小个东西，活得了吗？"

我认真地挖了个坑，把小树埋好，小妹去屋里端了一瓢水浇上。

二嫂仍然站在院墙上，她看着我们把树种好。我把锹还给她，她弯腰接锹时突然恶心起来，冲着我张着大嘴要吐，吓得我赶紧向后退了几步，我以为她逗我玩呢，见她蹲在院墙上真向外吐东西。吓得我在地上转了几个圈，不知道该干什么。我突然想起，我家房后边就是乡卫生院，忙问："二嫂，要不要去叫大夫？"

二嫂缓了一会儿，看我一眼说："叫什么大夫，没事。"她用手擦了擦嘴，又把手在裤腰上抹了抹，直起腰继续干活。

我跑向屋里，妈正在拆一件破棉袄。我急忙说："妈，二嫂吐了，是不是吃什么不干净的东西了？"

妈微笑起来，也不说话。

"妈，要不要去卫生院请个大夫啊？"

妈把破棉袄面扯下来，把里边的旧棉花卷成卷，抬头向窗外看了一下说："你说这人怎么这么能干啊，都怀上了，还这么干，说她也不听。"

"怀上啥了?"我没明白。

"你要当叔了。粮食在东边柜里,拿个碗,自己掘去吧。"妈把破棉袄面卷好,从炕上下来,到外屋去了,我感觉妈有点怪。

小妹在我身后说:"三哥,咱哪年能吃上杏啊?"

我回头看了一下小妹,十来岁,小鼻子小眼的,挺可爱。我用手刮了一下她的小鼻子说:"明年开春,你就能吃到杏树叶了。"

高考结束了,我如释重负。管它考上考不上,先收拾东西回家。我刚把被子卷好,二嫂就进到我们宿舍了,我一看见二嫂,吓了一跳:"我的妈哎,你怎么这么胖了?"

"都五个多月了,让人看过,说是小子。"二嫂一脸的兴奋。

我把被子抱下床对二嫂说:"你都这么大肚子了,还来帮我驮东西,行吗?"

二嫂接过被子说:"没事,没那么虚化。"

二嫂帮我把被子、书包、杂物搬上自行车绑好,我俩并排着随着接孩子的人流向学校大门走。二嫂看着学校的教学楼说:"哪辈子修来的福,能在这样的学校上学,这得多大学问啊。"

听了这话,我脸有点红,忙说:"等我侄子长大了,肯定也能上这所学校,学习成绩肯定比我好。"

二嫂低头看了一下肚子,一只手去摸肚子,自行车差点倒了,吓了她一跳,赶紧扶住了自行车:"到了校门口让他看看,记住这校门。"

我和二嫂走出校门,站下回头看了一眼学校,我见二嫂痴呆呆地看着学校,半天没动。我催促她说:"就这破学校,没什么好看的。"

"再破也是咱们县最好的学校。"二嫂看了一会儿,才回头上车。

路上二嫂对我说:"老三,以后我再也不让你干活了,你上了这么多年学,再回村干活屈得慌。"

"我要是考不上大学,不干活干啥去?"我也有点惆怅了。

"有文化的人就得干有文化的事。"二嫂对文化看得这么重,我还是第一次发现。

大学我确实没考上,到了秋后,我参了军。到部队的第二年考上了军校,等我回家探亲的时候,离家已经五年多了。

村子没有什么变化,只是多了几栋新房。村前的主街铺成了柏油路,比过去显得宽了些。路边上仍然堆着很多玉米秸、乱树枝、杂草垛,还有几处粪堆。原来村子也是这样脏乱,只不过我没出过门,没见过南方的村庄,不知道村庄也能像自家院子一样收拾得很干净。

我家院子已经垒上了门，是一个用钢筋焊成的篱笆门，门锁着，我进不了家。二嫂垒起的院墙被雨水冲刷得有些脱落，墙体上长了很多茅草。原来六间房贯通的大院子，中间垒起了一道墙，将一个大院子分成了两个小院子，显然大哥复员回来后，就分家单过了。我站在门口发愣，对门的三奶奶正好出来，三奶奶笑着说："哎哟，这不是老三吗，你回来了？这不是你家了，这是你二嫂家，你家在南边又盖了新房，搬那边住去了。走，我领你去。"

"谢谢三奶奶。"我赶忙拿起行李跟着三奶奶走。

三奶奶笑着说："这孩子，出了几年门，学会客气了，还谢我。你是不知道，你出门这几年，你二哥离婚了，你二嫂子离婚不离家，还在这儿住着，你说你回来先进了你二嫂家这算怎么回事。哎呀，你看我这张嘴，你刚回来，我跟你说这个干吗呀，这是怎么话说的。"

"我二嫂离婚了？"我一下愣住了。

"行了，还是回家问你妈去吧，我是说漏嘴了，你看最南边那个新房了吗？那就是你家。"三奶奶指完路回身走了。

我快步走到家，进门喊了一声妈。妈从屋里走出来，见了我一愣："傻儿子，你可回来了。"妈已经满头白发，显然老了许多。

小妹从屋里跑出来，她已经是一个十六七岁的大姑娘了，见了我还有点害羞："三哥，你回来啦。"她跳着接过我手里的提包。

妈很兴奋，双手架着要跑起来似的，对小妹说："快给你三哥打点水，让他洗洗脸，我这就做饭。"

小妹调皮地问："三哥，带什么好吃的了？"

我把手里的手提袋向高处举了举："吃的在这呢，提包里是我的衣服。对了，还给你买了件裙子，你看看好看不？"

"在哪儿？在哪儿？"小妹兴奋地跑过来。我转身把背包放到炕上，从里边取出两件新衣服："这是你的裙子，这是给咱妈买的上衣。"

妈还很少这样笑过，笑得满脸红润，眼睛、嘴巴都变了形。"还给我买衣服呢？"我把妈的上衣展开，让妈穿上试试。妈攥在手里看了半天，这是一件蓝花的夏季长袖上衣，我知道妈的身材，估计号码不会有什么问题。妈用手摸了半天又放下说："我这烧火做饭的，身上脏，等没事了再穿。"

妈看了一眼我的背包，发现里边还有一件花上衣，一手提着说："这件可真够花的，给谁买的？"

"这本来是给二嫂买的，听三奶奶说二哥离婚了？"我忙解释着把上衣塞回包里。

妈脸上的笑容慢慢地收了回去，整张脸迅速沉了下来。转身坐在炕沿上说："这才几年啊，怎么就变成这样了？"

我坐在妈的身边说："妈，到底怎么了？"

妈还没说话，眼泪却先流下来了，妈长叹了一口气说："你说你这个二嫂天生受累的命，你二哥一回来，就逼着他干活儿，干这干那，反正总有干不完的活。你说吧，男人回家不就是为了歇歇脚吗，他在外边工作不累吗，回家来不让歇着。你说你二哥本来就懒，从小不想干活儿，你说他能受得了吗？"

小妹在一旁说："说话就向着你儿，这离婚怪不着二嫂，是二哥在外边有人了。"

我对妈说："凭我的感觉，二哥对二嫂挺喜欢的，不至于这么快就变心，这里边一定有什么缘故吧。"

小妹说："二哥写信告诉二嫂说离婚，他俩结婚的时候根本没领结婚证，二哥一句话，说离就离了。二嫂不认字，也不知道二哥在哪儿。听说二哥在外边有人了，那女的他爹是段长，是二哥他们单位的头儿。"

妈也无奈地说："你说村里人都这么传，这真的假的咱也弄不清楚。你这回来正好，能不能去一趟你二哥的单位，看看到底怎么回事。"

我说："我二哥的地址你知道吗？"

妈说："还真不知道，这得问你二嫂子去。"

我问小妹："二嫂没有再找主儿吗？"

小妹说："前几天刘木托人提过，二嫂好像没同意，说怕孩子受委屈。"

我站起来缓了口气说："不管怎么说，二哥离婚是一件大事，咱怎么也得弄明白是怎么回事，我明天就找二哥去。一会儿我去看看二嫂，毕竟孩子是咱家的。"

"要看你大嫂那边也得去，别薄一个厚一个的。"妈还是不高兴。

我装作轻松地说："我知道，我给大嫂也买了东西。"

我等到天快黑的时候，知道二嫂从地里干活该回来了，就去了二嫂家。二嫂正在烧火，见我站在门外，她先是一愣，看了我半天才站起身问我："你是来看我的？"

我笑了一下说："我就是来看你的。"

二嫂勉强露出一点笑容说："那你站在门外不进来，等花轿抬你呀？"

二嫂瘦了很多，腰一点儿都不显粗了，脸也黑了，比我走的时候至少老了十岁。我提着一包东西进了屋，一个四五岁的男孩子在炕上玩，我知道这是二哥的儿子，叫大虎。我坐在大虎旁，认真地看着他。

二嫂跟着进来："你还能来看我，算你还有良心。我挺高兴的。"她说着眼圈竟然红了。

我不知说什么好，只是看着二嫂。二嫂本来手里还拿着烧火棍，一甩手把烧火棍扔到外屋，双手一起擦着眼睛。

大虎突然看着我："爸爸！"

二嫂用手扒拉一下大虎的脑袋说："叫三叔。"

大虎歪着头看了我一会儿，才叫："三叔。"

"好孩子，三叔来抱抱你。"我抱起大虎，看他长得很像二哥，我不敢直说，对二嫂说："大虎是我胡家的人，长得真像三叔。来，三叔给你带糖来了，来。"我把糖和水果倒在炕上，拿着那件很花的上衣说："二嫂，这是我给你买的，不知道你喜不喜欢。"

二嫂从塑料袋里小心地拿出上衣，两手抻开举到眼前看着，这是一件印有大红花的乳白色半袖上衣，丝绸面料，柔软光滑。大红花实际上并不太红，应是粉红色，配有两片很大的绿叶，买的时候看模特穿着很时尚，想着二嫂穿上一定很洋气。可现在感觉，真是买错了，二嫂穿这件花上衣实在不合适。

二嫂看着上衣，眼泪却唰唰地流了下来。她把上衣放在炕上，转身坐在炕沿儿上哭了起来。

我耐心地等二嫂哭了一会儿，见她缓了口气，我才问："二嫂，到底怎么了？"

看得出，二嫂是强抑制住哭，拿了一个毛巾捂在脸上，擦干眼泪，慢慢地放下双手说："看到你，想起你在家的时候闹腾。唉，有你闹腾着真好啊。"

我不忍心问，但还是怯怯地问了句："你和二哥怎么了？"

二嫂恢复了平静，低下头想了一会儿说："我也不知道怎么了。"

"妈说让我去看看二哥，你能告诉我地址吗？"

二嫂看了一下我说："这是他三年前来信时写的地址，这几次来信，根本没写地址。"

我很真诚地说："你离婚了一个人怎么过啊，要不你再找个主儿？"

二嫂看了一下大虎说："我带着这么大个孩子，哪个男人敢要啊？再说，我也怕委屈了他。"

我叹了口气说："一个人过日子，难啊！"

二嫂拿起毛巾又擦了擦脸，平静了一下说："以后我有事只能指望你了。"

我无奈地拍了一下二嫂的肩膀，然后向外走。大虎喊："三叔别走！"我回身看了一眼大虎，他瞪着大眼睛，不舍得让我走。我回身抱着他："走，跟三叔出去玩会儿去吧。"

我走出二嫂的大门，心里很难受，决定明天就去一趟天津，一定要找到二哥。

我出了天津南站的出站口，又进了车站候车室，走到服务台前，一位年轻的女服务员站起来问我："请问您有什么事？"

　　我拿出信封，指着信封上的地址问："您知道这个地方吗？"

　　服务员看了半天说："这个单位不属我们铁路局，您去铁建公司问问吧。"

　　我出了车站，叫了一个出租车，让司机帮我找天津铁路建筑公司。司机说："我们天津没有铁路建筑公司啊。"

　　"师傅你看看这个地址。"我有点着急。

　　司机果然百事通，他想了一会儿说："我拉你去这个单位看看，应该差不多。"

　　我一路查找，终于找到了二哥的单位。他们派了一位同志领着我来到天津市武清县，在县医院对面的一个民宅门口，他对我说："你自己进去吧，我在门外边等你，有什么需要的随时叫我。"

　　这是医院东门对面的一个胡同，院门是新建的，里边是两间砖瓦房的小院，房屋看上去还比较新，这可能就是二哥的新家。我推开屋门，外间屋里放着一个医院里才有的担架床。我进到里屋，屋里的光线有点暗，靠窗放着一张床，床边上有一个坐着轮椅的人，后背对着我，我不敢确定，这个人就是二哥，我咳嗽了一声。

　　"老三，你终于来了。"这人说话好像嘴唇兜不住风，吐字非常不清楚，但我分明听出米了，这正是二哥。

　　"二哥，你这是怎么了？"我刚想冲过。

　　"你别过来，就站在那儿吧。"他严厉地制止了我。

　　"刚才你单位的同志对我说，你受了点伤，没想到，这么严重。"我焦急地说着，二哥抬了一下手，制止了我。他好像平静了许多，慢慢地转过了轮椅，我突然看清了他的脸，非常可怕的半张脸，一半脸还好，可另一半的脸没了，黑黑的、如同烧焦的一层胶皮贴在脸上，嘴唇也没了，露着一半的牙齿。我恐惧地移开目光，实在不忍心再看下去。我把目光向下移动，见他坐在轮椅上，可只剩了一条腿。虽然这是白天，我一个人在屋内看着他，还是有点害怕。我颤抖地说："二哥，你到底怎么了？"

　　二哥可能知道我看着他难受，又转动轮椅，用后背对着我说："你看到了，我在医院已经住了一年多了，刚出院不到两个月，我住在这儿，是因为离医院很近，看病方便，这也是单位给我租的房子。去年我们在施工的时候，发生了塌方事故，并伴随着瓦斯爆炸，我的脸重度烧伤，腿也被石头砸断的，内脏受了重伤，能活下来已经是万幸了。"

　　"二哥，你为什么不如实地告诉家里人啊？我带你回家吧！"

"回家？我回不去了。我们这个单位幸好是一个正式企业，我又是正式的合同工，所有的医疗费都由单位出，我才能保下这条命。我如果回了家，这医疗费我们出得起吗？我的肺也受了很严重的伤，呼吸困难，我每周都要去治疗。我实在不愿在医院待了，才搬到这儿来。"

我的眼泪掉下来了，真不知道，那年与二哥分别，转眼人就成了这样。我心里难受，一时说不出话来。

"我和你二嫂离婚，是不想让她背负我这个包袱，让她知道了，来这伺候我。我也是这样，可耽误人家一辈子，我更不能耽误孩子。我已经这样了，就当我死了，别再连累她了。"

"那我回去对父母怎么说？"

"如果你把我的状况告诉了父母，就等于告诉了你二嫂，你觉得让父母知道我这样好吗？除了给他们增加痛苦，还能有什么用？"

我实在累了，无力地坐在了地上，让眼泪痛快地流了一会儿。

二哥说："这一年多，我从开始不想活，到后来放弃治疗，再到现在无奈面对，其实是我想明白了，我已经是个废人了，能活几年算几年吧，我也只能这样活着，谁再怎么关心我也改变不了我的处境，都陪着我痛苦也没啥用。回去劝劝你二嫂，趁着年轻，赶紧改嫁吧，只要把大虎给我养大，我就感激她一辈子。"

二哥不让我住他这儿，逼着我离开。我出了小院门，心口发闷，一直想吐，可吐不出来。陪我来的那位同志还在门外等我。

我对他说："你为什么不进去？"

那人说："其实我每周都来一次，要推他去医院治疗。你们见面肯定有好多话要说，我在场不方便。你看天快黑了，你晚上住我们招待所吧。"

我跟着他来到他们单位的招待所，我进了屋，趴到床上大哭了一场。在这里又住了两天，为的是稳定一下自己的情绪。

我回到家，母亲追着问我："见到你二哥了吗？他过得怎么样？"

我对母亲说："二哥过得很好，他在天津，怎么过也比我们过得好。"

二嫂见我回来，一把抓住我的胳膊，好像怕我跑了似的，急着问："他怎么样？"

我把一路上编好的故事跟二嫂说了："其实二哥很冤枉，他们段长对二哥非常好，有一天，段长请二哥到他家吃饭，段长陪着二哥喝酒，两个人喝着喝着二哥就喝多了。这时段长接了个电话，出去了。二哥一个人就躺在他家床上睡着了，等二哥醒了以后，发现段长的女儿也睡在他旁边，二哥吓了一跳，刚想走，却被段长的女儿揪住不放，对二哥说，要么你去坐牢，要么你把我娶了，你看着办吧。二哥当时都吓哭了，段长这时也回来了，听说二哥干出这事，段长打了二哥俩巴掌，非要抓住二哥去公安局不可。二哥没办法，只好答应娶了他女儿。"

二嫂听了，反应很平静。我心里直犯嘀咕，哪里编的不严谨、有破绽吗？二嫂叹了口气，无力地坐到炕上说："他一定是遇到难处了。"

我军校毕业后，回到北京，在部队当了排长。我借探亲假的机会，又去了天津，看了二哥。

我再次见到二哥，他还住在那两间房里，只是外屋的担架床换成了一张大桌子，上面摆放着很多工具。二哥身体好多了，他坐在轮椅上，用砂布打磨着一把木制的手枪。他见我进来，把轮椅转了过来，我见他脸上戴着一个面具，不再那么吓人。他把枪递给我说："来得正好，刚做完，带回去给大虎。"

我仔细看着这把手枪，是用红木做的，非常精细，每一个零件都是根据手枪实体制作的，能装能卸，大小比例也和真枪一样，一看就知道，没有几个月的工夫是做不成的。根据这把枪，我感觉到，二哥的病情已经稳定了。他这样忍着，不知道心里有多想念二嫂和孩子。

二哥又指着里屋床上的一个大袋子说："我给你二嫂买了一件棉袄，你也给带回去吧，就说这都是你买的。"

我把东西都拿好，看看二哥还有什么话要说不？二哥说："回来的时候再从我这走，告诉我，你二嫂和大虎现在什么样了。"

我说："好，20天以后，我再回来。"

我回到家，去看了二嫂。大虎正在家，我说："大虎，三叔给你买了一把手枪，喜不喜欢？"大虎接过手枪，举着做射击姿势，嘴里喊着："啪！啪！"

我说："二嫂，我也给你买了件棉衣，你穿穿试试。"

二嫂接过棉衣看了一会儿，然后脱了身上穿的棉袄，穿上新棉衣，尺寸非常合适。二嫂转了一下身，左右看了下说："去看你二哥了？"

我一愣，心里咯噔一下。忙说："没有啊，我从北京直接回来的。"

二嫂没再说话，脱了新棉衣，又换上她的旧棉袄说："这新的留着过年穿。"

部队的工作一直很紧张，我又在北京成了家，回家的次数少了，去看二哥的次数也少了。一晃二十多年就过去了。这些年，家里发生了很多事，二哥"离婚"后没几年，父亲去世了，小妹也出嫁了，母亲跟着大哥大嫂一块生活，其实这个家已经有点散了。

去年秋天，我突然接到天津来的一个陌生电话，原来是二哥单位的同志打来的，我心一下紧张了起来，急忙问："我二哥怎么样了？"

电话里说："你二哥得了流感，病得很重，你赶紧来一趟吧，他只让通知你。"

我放下电话，急忙开车赶到武清县医院。二哥躺在病床上，已经说不了话了，但意识还清醒。他见我到了，长出了一口气。我坐在他床边，他伸起手，把一个纸团放在我的手里。我打开纸团一看，上面写着："我能活到今天已经够了，我死后先把我放在这儿吧，等你二嫂走的时候，再把我接回家，我想和你二嫂两个棺材并排放着，棺材上披上大红花，棺材前边贴上大红喜字，让我们再结一次婚。这一生没有做成夫妻，来世再做一场夫妻吧。"

我使劲点着头，对二哥说："你放心，我一定办好。"

二哥当晚就走了。他们单位工会帮着我将二哥火化，暂将骨灰存放在殡仪馆里。

今年冬天一直没下雪，天气预报说这两天有雪，什么时候下就不知道了。早上我正要起床，电话铃响了，是大虎："三叔，你有时间回来一趟吗，我妈病了，可能快不行了。"

我一个激灵坐起来："什么？你妈快不行了？"

"肝癌晚期，现在已经起不了床了。"大虎说话带着哭声。

"好，我马上请假回去。"我急忙穿好衣服，给单位领导打电话请假。

我开车刚进村，雪就下起来了。虽然雪花很小，毕竟也是雪。

大虎站在村口等我，见我车停好，就跑了过来："三叔，你回来了。我妈等着你呢。"

"你不是在南方上班吗，什么时候回来的？"我打开后备厢，提出两箱东西。大虎接过一个沉的箱子搬着。我搬着一箱营养品向二嫂家走。大虎说："我回来快一个月了，跟公司请了假，一直没回去，感觉我妈情况不大好。"

二嫂躺在炕上，墙上挂着吊瓶，我看了看输的什么液，其实我也不懂医学，只能做一下关心的样子："二嫂，怎么了，好点儿没？"

二嫂瘦得皮包骨头，几乎看不出原来的样子。

二嫂见我进来，让大虎把身后的被凑了凑，上身半坐起来，吃力地对我说："他三叔，我知道我这病好不了了，也就这一两天的事。我走后，就剩大虎一个人了，我得托付给你。"

"这本来就是咱家的孩子，我肯定会管。"

二嫂缓了口气，接着说："把你叫回来还有一件事，临死前，我想知道你二哥到底怎么了？都到这时候了，可以告诉我了吧，我可等了一辈子了。"

我对二嫂说："二嫂，我回来，也是为了说二哥的事。"

二嫂说："我感觉，他好像是去年秋头上就走了。那天晚上我做了一个梦，是他来和我告别。他胖乎乎的，还挺白，就像年轻时那么漂亮。可是，他转身走得很快，我追不上他。"

我说："他其实一直一个人过，他肺不好，去年秋天得了流感，没抢救过来。"

二嫂说："把他接回来吧，我入土的那天，把我们两个棺材上披上大红花，棺材前边贴上喜字。我想再举办一次婚礼。今生没做成夫妻，来世好好地做一场夫妻。"

我仰天叹了一口气说："二嫂，二哥走的时候，也是这么交代的。"

二嫂闭了一下眼说："有你二哥陪着，我知足了。"

外边的雪突然下大了，大片大片的雪花无序地飘落下来，地上一会儿工夫就铺了厚厚的一层。

到了晚上十点多，二嫂的呼吸变得急促起来。我急忙喊大虎："大虎，你妈可能不行了，你去叫人吧！"

等刘木他们来到的时候，二嫂已经没气了。刘木和大虎给二嫂穿上装裹衣裳，我打电话给老宝的儿子大林。大林一会儿就把灵床拉来了，这时已经来了很多邻居帮着准备。

二嫂的灵床布置好的时候，天已经大亮了。

我喊刘木："刘木，你过来，跟我去接你二叔去。"

刘木迷迷糊糊跟我出来，边走边问："去哪儿接去？"

我拉着他上了车："我们去天津。"

这场雪连续下了两天，今天二嫂出殡，雪终于停了。

地上的雪很厚。二嫂的棺材运到坟地时，村里的人们才发现，坟前还停着一口新棺材，大家将两口棺材并排着放好，我从车上拿来一个大袋子，我和刘木把红丝绸编成的大红花披在两口棺材上，又在棺材前边贴着红喜字。这时，坟地周围聚集了很多人，悲伤的气氛中也带着一丝喜气。

下葬的时候，我站在坟前喊着："结婚典礼，现在开始！放炮！"

杨哑巴点着了炮仗，这次他没有害怕。

关于《来世今生》创作感语

爱，不是花前月下、卿卿我我、山盟海誓，也不是金钱美酒、邮轮豪车、花天酒地；爱对普通人来说，更是一种责任、一种担当、一种惦念。20世纪的农村青年男女，他们也有爱，也有婚姻，但没有花前的浪漫、月下的誓言。他们的爱是柴米油盐、是辛勤劳作，日子显得平平淡淡。但当家庭突遇灾难，人生遭遇生离死别的时候，他们往往不是选择逃避、离婚、推卸责任，而是选择保护家人，承担责任，想尽一切办法去拯救家庭。小说中的二哥二嫂，结婚的时间不长，也没表现出对对方多么的喜欢、多么的爱。但当生活遭遇灾难以后，二哥想的是家庭、是孩子，二嫂想的是他在外边一定遇到了难处。两人默默承受着生活压力、承受着孤独和无助。但他们内心深处仍然坚信对方不会抛弃自己，坚信他们仍然是夫妻。当他们都走到人生终点时，他们想着再结一次婚，来世再做一场夫妻。用最简单的方式，表达最深刻的爱。

语丝微言

作者的这个短篇小说《来世今生》，写了20世纪两个普通农村青年结为夫妇，如何度过今生，思索来世。当某种不幸的命运降临在他们身上时，他们尽到了各自的责任。小说中的"二哥"，采用"善意的谎言"，宁可忍受被亲人的误解、只一个人肩负起黑暗的闸门。小说中的"二嫂"，则毅然肩负起家庭的重担，将儿子养大成人。同时，在二人的内心里，却全都在关心着对方，热爱着对方，信任着对方，理解着对方。虽未海誓山盟，却共同思考来世。认真思考来世的人，会认真对待今生。会有所敬畏，有所牺牲，有所奉献，有所担当。广星是写戏的行家里手，戏如人生。他将戏剧手法运用到小说创作中，所以他的小说读起来，总让人感觉到别开生面，新鲜活泼，意境高远。

【作者简介】

聂淑云，顺义区作家协会会员，顺义五中语文教师，毕业于首都师范大学中文系。是一个从小热爱阅读、喜欢写作的人。从教二十余年以来，一直和孩子们一起写作。她用笔记录生活的点点滴滴——让她感动的人，让她快乐的事，让她沉醉的景……认真生活，认真写作；立志不负光阴，不负自己。

我愿意相信你

如果拥有哆啦 A 梦的时光穿梭机，我一定不惜一切代价回到一个小时之前，这是我此刻最真实的想法。

刚下历史课，坐在我前面的刘睿涵突然喊了起来："我的 100 块钱丢了。"她站起来，慌乱地翻着上衣和裤子口袋。"不是第二节体育课丢在操场上了吧？"几个女生立刻围了过来，帮她翻找。刘睿涵把口袋都翻了过来，带着哭音儿说："不可能，我下体育课前特意看了一下，还在的。"

我证明，她说的是真的。她的 100 块钱就丢在下体育课回来的课间。当她坐下时，我亲眼看见那张纸币飘到了我的脚下。我推了一下桌子，桌沿儿碰了一下她的后背，没等我开口，她忽地站起来，掀翻了我的桌子："和你说多少遍了，不许碰我！"她的咆哮伴着我桌子上、桌斗里书本散落的声音在我耳边炸响。我下意识地缩回了身子，看着被书本盖住的钱，没有出声。

刘睿涵讨厌我，我觉得这里所有的人似乎都不喜欢我，我是没有北京户口的插班生。因为爸爸妈妈在北京打工多年，我小学毕业后，爸妈决定让我到北京读书，也好一家团聚。因为不熟悉报名流程，再加上需要回老家开各种证明耽误了时间，我办好借读手续，已经开学快一个月了。当班主任叶老师让我自我介绍的时候，我生硬的普通话逗得全班哈哈大笑。我感觉自己就像一条泥鳅，表面看像鱼，却怎么也融不进这群美丽的热带鱼的世界。

老师让我坐到刘睿涵后面。我刚刚坐下，这个梳着两个马尾辫的胖女孩，突然回过头，斜了我一眼，低声说："离我远点儿，不许碰到我，听见没有？"报到的第一天，我就莫名其妙地被敌视了。自卑像一根藤，慢慢地、紧紧地缠住了我。原本就内向的我更加沉默了。

我默默地低头捡拾书本，那100块钱也被我攥在手心，我把钱揣在裤子口袋里。历史课上，我坐得笔直，眼睛盯着历史老师，看着她的嘴巴一张一合，却一句话也没有听进去。我的手不由自主地摸着口袋，一遍遍地告诉自己："不怨我，是她自找的。"

看着趴在桌子上呜呜哭的刘睿涵，我竟有一丝畅快的感觉。"活该！"我在心里咆哮。

叮零零……铃声响起来，叶老师走进教室，这节是班会课。围着刘睿涵安慰她的几个女生回到了座位。教室安静下来，只听见刘睿涵抽抽搭搭的哭泣。

"这是怎么了？"叶老师带着微笑的脸严肃起来。

"刘睿涵丢了100块钱。"七八个声音几乎同时响起。

"什么时候丢的？"叶老师好看的眉毛皱了皱，"你再翻翻书桌，是不是夹在书里了？"

埋头趴在桌子上的刘睿涵站起来，吸了吸鼻子，委屈地说："下了体育课我还特意掏出来看呢，肯定没有夹在书里。"

"出小偷了，咱们搜吧。"军体委站了起来，"同学们自己把兜里的东西都掏在桌子上，把桌斗里的东西也都摆在桌子上。"这个高壮的男孩往上拽了拽袖子，脸颊上的青春痘泛着红光，一副跃跃欲试的样子。

隔着布，那100块钱仿佛烙铁一般，烫着我的腿。我不自然地摸摸右兜，褶皱的纸币发出了细微的闷响，我却感觉那声音好似惊雷，吓得我赶紧松开手。看看周围，没有人注意我，大家都在把桌斗的东西往外拿，我松了口气。

我的心不受控制地怦怦跳着，声音大得惊人。我听见自己呼吸急促，发出牛一样的喘息。我怕了，我怕他们听到我不正常的心跳和喘息，更怕小偷的帽子扣到我的头上；我后悔了，就算刘睿涵推翻了我的桌子，我也不应该把那100块钱装进自己的口袋。怎么办呢？要是他们发现我是个小偷，我是不是就得回老家了？我不想和爸爸妈妈分开，小学六年，我们已经分开得够长了。我不想看见妈妈失望的眼神，我还记得妈妈送我到学校时的话语："崽，能不能在北京立住脚就看你自己了。"我咬着下唇，努力抑制着就要冲出喉咙的哭声。

"大家停一下！"叶老师皱眉做了个停止的动作，"老师不是警察，没有权力搜身，而你们也不是小偷，不应该被搜身。"叶老师走上讲台，双手按在讲桌上。"刘睿涵的钱下了体育课还在，那么丢的时间是在体育课课间和历史课上。这个时间段，不可能有人从她的口袋里偷钱，顶多是捡到了没来得及上交，这是个误会。"叶老师明亮的眼睛扫视着全班："我坚信我的学生里没有小偷。"

叶老师的话让我频频点头，我在心里狂喊着："是的是的，就是这样的!"

叶老师的目光停住在我的身上，一股寒气让我刚刚还沸腾的血忽的凝固了，我的心像被人攥着，揪心的疼。

叶老师若无其事地调转了目光。"这样吧，我们来解开这个误会。"她温柔的嗓音响起："同学们都闭上眼，捡到钱的同学睁开眼示意老师，明天早晨把捡到的钱放在刘睿涵桌斗里。"叶老师目光温和地看着我们："现在开始。"

教室里静极了，只听见头顶电灯的电流声。我本能地想闭上眼，可是一个声音告诉我，不能这样。我偷偷地睁开眼，目光瞬间撞上叶老师的视线。她静静地看着我，没有愤怒，没有责备，甚至没有失望。我的心在她暖溪般的目光中渐渐地宁静下来。我勇敢地瞪大眼睛看着她，她微不可见地冲我点点头，把视线转向讲台。

"好了。"她拍拍手，"老师已经确认了，这就是个误会。"她右手向下压了压，示意刘睿涵坐下。"别着急，你的钱明天就会回来的。"

叶老师翻开笔记本，开始总结上周的作业、卫生等情况。

放学的铃声响起来了，同学们陆陆续续走出教室。我略一犹豫，决定今天就把钱还回去。兜里的100块钱像个定时炸弹，让我的步子都沉重无比，我实在没有勇气装着它回家。

我躲在男厕所，听着外面楼道逐渐安静下来。又过了五分钟，我走出厕所。楼道里已经空无一人，显得幽深又昏暗，只我们班教室旁叶老师的办公室透出一方灯光。我放轻脚步走向教室，生怕惊动了谁。

推开门，我连灯都没开，快步走向刘睿涵的桌子。我掏出那皱巴巴的100块钱，仿佛烫手一般飞快地丢进桌斗。

"啪!"教室后面的灯突然亮了起来，我还没有站直的身体像被葵花点穴手点住了穴位，愣呆呆弯在那里。

"竟然是你?"刘睿涵高了八度的声音传过来。我听见她向我走来，我缓缓站直身体，转头看向她。

映入眼帘的是一张不屑的胖脸，她双手掐腰，仰着下巴上下打量着我："我早就应该想到是你，你没来之前我们班从来没丢过东西!"

疼痛如藏在布袋中的锥子，从心头一下子钻透肌肤，迅速地蔓延至全身，我的身体不受控制地哆嗦着。我努力让自己平静，试图解释。我原本不好的普通话更加生硬，舌头也不听使唤地发出古怪的音调。

刘睿涵拿出那 100 块钱，不耐烦地挥挥手："你什么都甭说了，这就是证据，你就是小偷。"

"我不是小偷，我不是小偷！"血涌上来，我的脸涨得发疼，我攥紧拳头一遍遍呼喊："我不是小偷！"

我的神态和声音吓到了刘睿涵，她瞪大眼睛，张着嘴后退着。

"怎么了？"叶老师出现在教室前门。刘睿涵哇地哭着扑向了叶老师，叶老师把她揽在怀里，轻轻地抚着她的后背。

我知道我完了，我全身的力气仿佛被抽干了，愤怒也如气球放了气般一下子消散了，我颓然地迈着僵硬的步子走向后门。

"宋鹤，你愿意等会儿老师吗？"抬头，叶老师像往日一样温和地看着我。

我木然地停住脚步，木然地看着老师。叶老师低声在刘睿涵耳边说了什么，刘睿涵点点头。叶老师拥着她走向教室前门外。

一个温暖的怀抱拥住了我，我垂下眼，看着比我矮一头的叶老师，她的眼睛亮晶晶的，脸上挂着恬淡的微笑。她的双手从我腋下穿过，轻轻拍着我的后背。我僵硬的肌肉渐渐地柔软，攥紧的拳头慢慢放松。泪，无声地流下来，流进嘴里，咸咸的。

泪眼蒙眬中，我看见叶老师安静地看着我，双手安抚地拍着我的后背，一下又一下，我的眼泪又一次涌出来。我羞耻地后退一步，转身用袖子擦了擦眼睛。

"老师，我没偷刘睿涵的钱。"我低头僵着舌头说。

"我知道。"我猛地抬头，撞进叶老师清澈如泉的眼波中，我的视线再一次模糊。我赶紧垂下头，磕磕绊绊地讲述事件的经过。讲完，我抬头看她。她拍拍我的肩膀："你不是小偷。"语气无比坚定："但是你处理问题的方法有错误。"她专注地看着我，"君子有所为有所不为，你不能因为刘睿涵推翻了你桌子的错误行为，就用另一种错误行为报复。"

我羞愧地点点头："老师，我知道错了。"叶老师点点头："好了，这件事到此结束。我们回家吧。"

关好教室门和灯，我和叶老师并肩走着。

"老师，同学们会不会认为我是小偷？"

"不会。"叶老师歪头给了我一个鼓励的眼神，"人非圣贤孰能无过，哪能因为一个误会就给同学扣帽子呢？不过，你也得吸取教训，下次处理问题要动脑筋。"

"嗯。"我拼命地点着头，我保证下次一定不会用错误解决错误。

和叶老师分手后，走在华灯初上的小路上，我甚至决定明天向刘睿涵道歉，哪怕她瞪我我也不怕。

第二天，我比往常提前了十分钟离开家门，等我走进教室时，叶老师已经站在讲台前了。她和平常一样，微笑着和进教室的同学打着招呼。她温暖的眼神给了我无与伦比的力量。

刘睿涵背着书包走进来，叶老师搂着她的肩膀走出了教室。我一边读书，一边偷偷看着教室门。大约十多分钟后，刘睿涵噘着嘴走进了教室。我鼓足所有的勇气看着她一步步走过来，就在她放下书包的瞬间，一声语调怪异的“对不起”冲口而出。刘睿涵恶狠狠地瞪着我，那凶悍的目光把“对不起”后面的话堵了回去，我瑟缩着靠向椅背。她瞪我，我还是怕。她冷哼一声，坐到了椅子上。

刘睿涵彻底不和我说话了，甚至连目光都吝啬给我一个。我道歉的勇气像退潮的海浪，转眼消失在天际。自卑的藤蔓却像夏天雨后的荒草，疯狂滋长。我不知道怎么破开这种状态，也没有勇气找叶老师谈谈。

这天下午第三节课是《道德与法治》课，第二节一下课，叶老师就告诉我们一个应聘的道德与法治老师要到我们班试讲，让我们积极配合老师。

一张张椅子摆在了教室后面的空隙处，叶老师、陈主任、闫校长还有很多老师都陆续坐到了教室后面。教室里充满了紧张、严肃的氛围，我忍不住坐直了身体。

“同学们好！”一个梳着披肩发的年轻女教师站在了讲台前，“今天我们上课的内容是人际关系。”女老师转身在黑板上写上了题目。“我们在上课前先做一个小游戏，请一组同学依次问大家‘你愿意相信我吗’，相信他的同学站起来回答‘我愿意相信你’。我们看看谁更擅长处理人际关系。”

女老师的话让我突然紧张起来，我暗暗祈祷：可千万别是我们组问。我怕，我本来就不太合群，100块钱的事让我越发沉默，我不知道会有多少人站起来能说“我愿意相信你”。

老天爷一定是没有听到我的祈祷，女老师随手一指，确定了我们组问其他组答。我的心跳立马加速，紧张得我担心它直接跳出嗓子眼。

第一个问的是我们班学习委，她是个个头娇小、性格温和的女孩。当她问完“你愿意相信我吗？”几乎全班同学都站起来大喊：“我愿意相信你！”大家的不约而同让教室立刻充满了笑声，紧张与不安散去了。同学们似乎找到了一个有趣的游戏，一个个问，一群答，笑声几乎要把房顶击穿。我的不安也散去了不少。

终于到刘睿涵问了，我毫不犹豫地站起来回答“我愿意相信你”。该我问了，我站直了身体，努力把字音吐清楚：“你愿意相信我吗？”语调还是有点怪，但声音很洪亮，我基本是满意的。

"不愿意。"一个突兀的声音传过来，我的笑容凝固在脸上，心跳似乎骤然地停止了。

是刘睿涵。教室陷入了死寂中。女老师的神色分明慌张起来，她下意识地问："为什么你不愿意相信他？"

刘睿涵显然也没有想到我问时会无人回答，把她的答案暴露出来。她略带惊慌地站起来，回头看了我一眼："因为，因为他拿我的钱。"刘睿涵声音不大，甚至带着明显的犹豫。但就是这不大的声音，却不亚于二战时期美国投到日本的原子弹的威力。静寂的教室立刻像沸腾的油锅泼进了一瓢凉水，油花四溅。

我已经听不清别人说什么了，我孤独地站在教室里，像一条逆行的泥鳅游弋在一群美丽的热带鱼群里，融入不了又冲不出去。

一只手搭在我的肩上，我对上一双纯净的眼睛。叶老师拍拍我的肩，走向讲台。她拍了拍手，教室逐渐安静下来。女老师感激地看着她，叶老师低声和她说了几句，女老师退到了教室门前。

"刘睿涵，你愿意借道法老师的课，把前几天的事说清楚吗？"叶老师微笑着看着刘睿涵。刘睿涵显然也吓坏了，她颤颤地站起来："那天，上完体育课，我装在上衣口袋的100块钱掉了出来，宋鹤想要告诉我，我却把他的桌子推倒了，于是宋鹤就把钱捡了起来。"刘睿涵的头越垂越低，她突然号啕大哭，转过身子对着我，不停地鞠着躬："对不起，对不起，不是你偷我的钱，是我的错。"

眼前涕泪横流的刘睿涵对我来说是陌生的，这个一直不可一世的小丫头此时更让我手足无措。

"在我们一生的人际交往中，总会遇到各种各样的问题，但是没关系，解决它就好了。至于怎么解决，我们请道法老师告诉我们。"叶老师示意着门口的女老师，走回教室后面。"不过在这之前，请宋鹤同学重新问一遍刚才的问题。"

我吸了吸鼻子，哑着嗓子问："你愿意相信我吗？"已经坐下的叶老师大声说："请大点儿声。"

我咳了一声，挺直了脊背，大声问道："你愿意相信我吗？"没等我懊悔语调的怪异，全班同学都站了起来："我愿意相信你！"回头，叶老师站了起来，陈主任站了起来，闫校长站了起来，所有的老师都站了起来。

一个水滴掉在我的桌子上，溅起的水点儿折射着阳光的七彩，为那条逆行的泥鳅安上了美丽的鳍羽。泥鳅化身成热带鱼融入欢快游弋的鱼群中。

真好！

语丝微言

聂淑云的小说语言有其特色，准确、生动、形象，不时还闪烁着生活的哲理。而且京郊口语韵味很浓，并无所谓的学生腔和教师的掉书袋。让人读起来很舒服，如品一杯春茶。一篇作品，给读者的第一感觉就是语言，然后才是思想、结构、意境及其他。汪曾祺曾建议外地的青年小说写作者，有兴趣可在北京郊区，赁屋买米，住上半年到一年，体会北京农村语言风味。对自己写作，会大有裨益。聂淑云是顺义本土人，又学的是中文，教的是语文，且又"君子有所为又有所不为"。在繁忙教课之余，文学创作的欲望犹如夏天雨后的野草，疯狂滋长，这也是一种生活状态抑或是一种佳境吧。

【作者简介】

张艳，北京作家协会会员，中国散文学会会员，中国诗歌学会会员，顺义作家协会副秘书长，首届《中国校园文学》签约作家。国际汉语教师，高级心理干预指导师。

我和老萨

一

我和老萨是打球时候认识的。

那天是我们和高三（3）班决一死战的日子。偏巧这天毛头的外公去世了，强子又崴了脚。

篮球场上，我们高二（7）班的五虎将从来都是不输人的，临阵退缩可不是我们的风格。场外有个四十多岁满脸虬髯的看客，我灵机一动："喂！"朝对方奔过去，"想不想和我们打场篮球？凑个人手。"他欣然同意了。对手当然毫不介意，毕竟，虬髯客也不是姚明，一个顶不了俩。况且，四十岁已经是强弩之末了。

不过，出乎意料的，我们赢了12分。赛后，我说："老萨，行啊，有两下子！明儿就跟我们混了吧。"老萨笑了笑，说："好，打球找我。"说起来有缘，我们居然住一栋楼。我问："你几号房？""17-2-901。"

自从认识了老萨，我有了新的去处。

老萨是附近一所中学的语文教师，才搬来半年多。一个男人，人到中年，没什么过人的本领，每天带一帮孩子念母语，煞有介事，想起来，不是不可笑的。不过，好在他随和，不絮叨。安静得能让你嗅到山的气息。

二

我对老萨的深入认识源于吃饭。

那个周末的作业超级多，我背着书包上了901，为了躲避老妈的干扰。是的，说起对我的期许，老妈那苦口婆心，可以不重样地讲上三天三夜。想当年，中央下基层宣讲三个代表重要思想的时候，就是没有伯乐发现老妈这样的人才，不然，就以她那口才，就是死人也能让她感动得"噔楞"一下坐起来。虽然老妈只是一个出纳会计。

进门的时候，老萨正在看棋谱，他孤家寡人倒也清静。

我摊开作业本，做勤奋刻苦状。鬼知道我冥思苦想还是神游太虚。

推心置腹地说，高考这件事，对我，就是一个长期的精神折磨。我常常佩服《八扇屏》里张飞喝退曹兵的勇气：尔等或攻或战，或进或退，或争或斗。不攻不战，不进不退，不争不斗，尔乃匹夫之辈！

套用在我这里，千言万语凝成一句话：高考，你赶紧给爷来个脆的吧！

题海挣扎一上午，苦得我一个头两个大。末了，剩下一则练笔的札记。吴学究说：实在没的写，就写写做饭。这等小儿科让我无限郁闷。

百无聊赖之际，我想，我要是大笔一挥：洗手，打鸡蛋，炒熟，装盘。你猜怎么着？呵呵，周一吴学究必定立我为靶子，一边托他那黑边的方框眼镜，一边挥舞着我的札记本，大声疾呼："这是等着考大学的样子吗？这是找不自在！"

在吴学究看来，凡考不上重点大学的，都要打四十大板。而我，基本就是死刑。斩立决。

时近晌午，老萨一身大厨的行头披挂整齐，问我："英聪，午饭想吃什么？"

我随口说："炒鸡蛋。"

"好！简单。"他二话不说，撸胳膊挽袖子就钻进了厨房。

我紧随其后："喂，开玩笑的。我还是回家吧。"

老萨说："蔑视我手艺？"

我连忙摇手："没这意思！我有一做饭的作业，随便说说。"

"小子，不难。你看着我做，作业就有了。"

鸡蛋炒完了，我也没见他有什么过人之处，撇了撇嘴。

老萨好像看出我的心思，几道简单的菜式摆好，我们俩相对坐下，他说："作业没做得吧？"我无奈地摊开手。

他低头思量了一会儿，说："你听听我的'炒鸡蛋'。"

我倒要领教一下他比我高明在哪儿。

他缓缓说道："鸡蛋打散在碗里，转瞬间，几团嫩黄被无情地搅成丝丝缕缕、断断续续，继而民族大融合，再不分你我。

"油在锅里已烧得七窍生烟。鸡蛋入锅。顿时，炸营般吵将起来，刀兵相见，水火不容。

"油被覆在下面，排在四周，住僧被游僧赶，主角变成龙套，身价日跌，于是狠命地煎蛋，置之死地而后快。

"蛋在油锅里心惊胆战瑟瑟缩缩，前途未卜，进退两难，生死两茫茫。四面楚歌声中，蛋已金黄得耀眼夺目，被油煎，被盐杀，覆雨翻云……转眼已是半生。"

"得。大侠！"我一抱拳："兄弟服了。"老萨嘿嘿地笑了，说："万物有情，做饭也是人和食物精神交流的过程，很有意思的事儿。干吗要让这么精彩的生活归于寂寞呢。"

那周，我的札记破天荒被吴学究当堂表扬了，语气中大有浪子回头金不换的感慨。

彼时彼刻，我有意克制着内心的自得，竭力显得波澜不惊，且酷酷地告诉自己：做人要低调。呵呵呵……

老萨是个很有思想的男人。我渐渐感觉到他的沉稳、自信和深藏不露，的确是个不可多得的忘年交。

三

格格送我一个精致的皮夹子，澳洲货，不知道是不是袋鼠皮的。

周末，一大清早，我找老萨去炫耀。

老萨不在家。

我蹬着我的红色山地车在小区里头漫无目的地转悠。车筐里塞着我的斯伯丁。

在一丛茂盛的红瑞木后面，我发现了老萨。他正在练太极，看不出来是陈氏的还是杨氏的。中式的白衫白裤，让他看起来斯文有加。

收式之后，我拍着我的斯伯丁，说："行啊，老萨，有两下子啊，也是练家子。"

老萨拿过毛巾来擦了擦额头脖颈，说："还行。你练不练？"

我摇手："谢了您哪！这么着——以后你当我老大好了，有什么事儿可以罩着我。"

老萨笑了，没言语。

光顾着和他闲磕牙，忘了炫耀皮夹子的事。

老萨说："我今天有个约会，晚上聊。"

我说："是约女朋友吗？我可以给你建议的。"

老萨很好奇："哦？你还有建议？"

我摆出颇见过世面的非凡气度，说："女人啊，你不要太把她当回事，太当回事，她就觉得你非她不娶似的，你就受制于人了；也不能不把她当回事，不当回事，她觉得自己根本没戏，就小跑着找下家儿去了。"

老萨哈哈大笑起来："你还真有一套。"

我不屑一顾："切！我是谁啊？！打遍天下无敌手，情场杀得鬼见愁。聪少爷是也！"

看着老萨远去的背影，坦白说，这家伙没有我未必不能成功相亲，单是他那份儿自信和沉稳，已经让我望尘莫及。女人就更别提了。

练习了200个投篮之后，我得胜班师。

客厅里，有种似有若无的香水味。午夜飞行，格格常用的牌子。恶贵！

有情况。

我敲老妈卧室门，她从厨房出来："我在这儿呢。"

我用不逊于机场安检的精密扫描把老妈从头到脚检测了一遍，证实了我的猜想。

老妈神色镇定。不过，十几年了，她心里哪怕是一朵小小的涟漪都逃不过我的法眼。

我塌下眼皮，摊牌："你先说吧。"

老妈吸了吸鼻子，两手犹豫着在围裙上擦了几把，又掠了一下鬓边的碎发，说道："我，中午，"她索性把围裙解下来，撂在一旁，走到茶几边上，背对着我倒了一杯凉开水，救命稻草似的捧在手里。"我们单位，你蔡阿姨，给我，介绍一个，咳咳……"她喝了口水，呛咳起来。

"人怎么样？哪儿的？干吗的？有正式工作吗？有孩子吗？有房没有？月薪多少？"

老妈被我的一连串问题打懵了。

她闪烁着眼神，嗫嚅着："他说，他就住咱们这栋楼。901。教师。42。男的。"

我被她弄疯了——我当然知道他是男的！

我明白了——是老萨！

"他说，他搬来半年了。可是，也怪了，我从没有遇见过他。"老妈的天真是小学生的平方，这是不争的事实。

"你当然遇不见他，他起得比鸡还早，睡得比小姐都晚，干得比骡子累，吃得比猪都惨。"我实话实说。

"你蔡阿姨不会骗我的，那人看着也还行。那，你看……"

老萨没有提到我。老妈还不知道我认识老萨。

老妈不会相信我认识她的新男朋友的，就像她不会相信我可以接受另一个和她亲近的男人一样。

对，老爸就是她的前车之鉴，晚上醉酒之后，不问青红皂白就打得她鼻青脸肿，她还得给老爸弄醒酒汤、做消夜。她最悲凉的经典台词就是：你爸爸有胃病啊！

她的贤惠让我心疼得五内俱焚，也让我痛恨得咬牙切齿。

老爸离开我们7年了，她仍旧没有安全感。以至于这些年来她都拒绝相亲，这次不知道是谁给她施了魔法。

在她的世界里，除了我金榜题名这个可以缥缈到火星的希望外，就是收拾屋子。她用井井有条一尘不染来谋杀青春，折磨生命，每天忙得自己像一只工蜂。

"只要他不打你。"我淡淡地甩下一句话。

四

你个老萨！

我直奔901。

老萨开门的时候，白色的POLO衬衫上还打着银灰色的条纹领带，还不算恶俗。我没说话，径直走到客厅中间，对着阳台那盆翠绿的滴水观音，运气。

老萨很坦然，抬手示意我："坐下说吧，我一直在等你呢。"

我把要说的话在心里折腾得跟饺子馅儿似的，还是无从开口。

是啊，他没什么不对，相亲就是相亲，你情我愿的。民法、刑法，连城管都不管，哪里轮得到我兴师问罪？堂堂男子汉，我也犯不着没理搅三分。师出无名，算了！

我说，没事了。

老萨没有挽留我。我离开了901，心里沉甸甸的。我的一向强悍的胃突然脆弱到无论如何也消化不了这件再正常不过的小事，也消化不了老萨这个人。

纠结ing。

下课了，教室里各个角落都开始了临时会议。议题不定。格格拿过来一张当天的报纸，给我看美术馆的近期展览介绍。我一瞥之下，倒被一则有关外星人的消息吸引了。格格不喜欢外星人。她说外星人丑陋的脸让她有恐惧到作呕的反应。我头也没抬，说：能理解。其实，岂止地球人看见外星人想吐啊？外星人看见地球人恐怕也一样。别说看见普通人了，就是看见奥黛莉·赫本都得吓昏过去——审美标准不同嘛。格格就笑了，她说：她不知道到底喜欢我什么，但是，只要和我在一起就会快乐。

这答案有点抽象，让我无从努力。

我倒知道我喜欢格格什么。我喜欢她高兴起来好像动画片女主角那样"咯咯咯"的笑声。黑缎子似的齐耳短发在阳光下闪着自然的光泽，很健康的样子。一颦一笑，好像《城南旧事》里的英子。

格格是满族人，正黄旗，正儿八经的书香门第，从曾祖父到她这辈儿，都是琴棋书画样样拿得起来的。如今是千顷地就她一棵苗儿。不过，她跟我在一起却没有小姐的款儿。去郊外游玩儿的时候，她最高兴的就是坐在我的山地车大梁上，一路说一路笑，好像她从外太空来的，不食人间烟火。

格格把报纸接过去，歪着头说："你今天不高兴。为什么？"

我木然地把脸朝向窗外："没什么。"

格格抿了抿好看的嘴唇，说："那放学我们去吃哈根达斯吧，我请你。"

我无奈地摇摇头："小姐，不是所有的人都对冰激淋顶礼膜拜的。"

她忽闪着长睫毛定定地看向我，不出声，好像我脸上刻着她不认识的甲骨文。

我说："好吧。我在考虑怎么审查一个新成员和我老妈一起过下半辈子。"

她嘴角上翘，咯咯咯地笑起来，轻声说："这是好事啊！"

女人！懂什么？

当晚，我破天荒和老妈谈了她再婚的事。从她看我那眼神，我就知道我的意见在她心里有多重的分量。可是，唯其分量重，我更不能草率地毁了她有一定可能性的后半生的幸福。

旁的事可以不干涉，我只严肃地告诉她最要紧的一条——记住：你打不过他的。他是一练家子，比我爸厉害多了。他讲义气，有担当，做兄弟还行，没准儿能为你两肋插刀。要当丈夫，真要是家暴起来，我可不一定帮得了你！

老妈小心翼翼地笑着，说："妈记住了。"

她记不住的。

她就是一个滥好人。永远蔼言和气，永远笑脸迎人，永远不会大声说话。但凡有点霸气，也不至于被老爸揪住头发暴打。真要认真回忆起我的童年她的过去，我想我的血压肯定会高到离谱儿。

五

我不想见老萨。

这阵子老妈确实快乐得紧。做了新式发型，买了一套米色西服套裙，配淡蓝色鸢尾花真丝小方巾，玫瑰红镶银边的花环胸针点缀得恰到好处。

典型的第二春。

我不再过问这件事，免得老妈惴惴不安。我是化愤懑为力量，一有空就直奔篮球场，拿出打老萨的劲头儿打篮球——不知道这会子他是不是花言巧语骗老妈呢。

格格好几天不和我说话了，一下课就不见人影。

楼道的转角，学生会主席柴志航正和格格聊天："你也可以啊！我们这儿正缺人手。"他摊开两手，一副意气风发指挥若定的样子。格格胸无城府，欢快地笑起来，露出浅浅的酒窝："好啊好啊。那以后请师兄多多指教！"

我静静地看着。肺活量激增。

柴志航！

泡完了班花泡校花的一个花花公子。在老师面前就道貌岸然，在同学面前就拿腔作势。真拿自己当学生会主席了，他以为他趁着月黑风高，领着他老子去教导主任家送礼没人看见呢?!

败类！

柴志航看见我了。

他深吸了一口气，对格格说："好吧，欢迎你加入我们的团队！"说话间，他伸出右手去，格格刚要和他握手，我疾步走过去抓住格格的手臂，对柴志航冷冷地说："不忙。她还要考虑考虑。"

那家伙嘴角一扯，假模假式地耸耸肩，扬了扬眉，说："好吧。慢慢考虑。拜拜。"

格格嗔怒地瞪着我，声音冷冰冰的："你打断人家说话，不礼貌。"

我不想示弱："那又怎么样？跟那豺狼讲什么礼貌？"

她紧闭着嘴唇，从鼻子里重重地哼出一声，扭身要走。我探手抓住她手臂："别走。"

"干什么？"

"你这几天都跟他在一起？"

"我们谈宣传画册的事。"

"不管什么事，以后不许和他在一起！"

"你！你不讲理！"格格挣脱了我的手，头也不回地跑远了。

接下来的一周，我们赢了高二（1）班一场比赛，格格没有出现。我练习投篮，100个，89中，格格也没有出现。毛头说："是不是掰了？不行换一个吧。比她听话的排成行。"强子不以为然，说："还是别理她们了。女人很麻烦的，那情绪来的，翻脸比翻书都快。"

我能说什么呢？

晚上，凉亭里寂然无人，我抱着我的斯伯丁，眼泪竟止不住流下来。我不知道为什么就是对格格不能放手。

"有心事？"是老萨。

我转过脸去，偷偷抹干了眼泪，说："关你什么事？"

老萨坐在我身边，"说说什么事，万一，我要是能帮你的忙呢。"

我倚在梁柱上，沮丧地闭上了眼睛。老萨能帮我什么呢？他还需要我认可呢。

老萨点燃一支烟，我即刻看向他："你抽烟。"仿佛发现他一大罪状似的。

老萨说："我偶尔会抽支烟，很多年了。我只是不喝酒——年轻的时候喝伤了。"

过了许久，我问老萨："你说，女人最需要什么呢？"

老萨拍了拍我的肩头，幽幽地说："我想起了一个故事。"

六

我安静地听着，好像那故事里面一定有我应急的金钥匙。

老萨说，有一个年轻的国王亚瑟，作战被俘，本来应该被处死，但对方国王很欣赏他，于是要求亚瑟回答一个问题，答出来就可以得到自由。这个问题就是："女人真正想要的是什么？"

亚瑟开始向身边的每个人征求答案，结果都不能令人满意。

有人告诉亚瑟，郊外的阴森城堡里住着一个老女巫，无所不知，但收费高昂，且要求离奇。亚瑟别无选择，只好去找女巫，女巫答应了，但条件是：要和亚瑟最高贵的圆桌骑士之一，他最好的朋友嘉文结婚。

亚瑟惊骇极了，因为女巫驼背且丑陋不堪，满嘴只有一颗牙齿，身上还散发着难闻的臭水沟的气味……而嘉文高大英俊、诚实善良，是最勇敢的骑士。亚瑟说："我不能为了自由强迫我的朋友娶你这样的女人！否则我一辈子都不会原谅自己。"嘉文知道这个消息后，对亚瑟说："我愿意娶她，为了你和我们的国家。"

婚事被公之于世，女巫也遵守约定，回答了这个问题："女人真正想要的，是主宰自己的命运。"每个人都知道女巫说出了一条伟大的真理，于是亚瑟自由了。

婚礼上，女巫用手抓东西吃，打嗝，说脏话，令所有的人都感到恶心，亚瑟也痛苦地哭了，嘉文却一如既往的谦和。

新婚之夜，嘉文不顾众人劝阻坚持走进新房，准备面对一切。然而一个从没见过面的绝世美女却躺在他的床上，女巫说："我在一天的时间里，一半是丑陋的女巫，一半是倾城的美女，你希望我在白天或者夜晚是哪一面呢？"

150

嘉文回答道："既然你说女人真正想要的是主宰自己的命运，那么，就由你自己决定吧！"女巫听了热泪盈眶："我选择白天夜晚都是美丽的女人，因为，我爱你！"

树影婆娑，月华如水。清凉的空气里氤氲着雾气。不，是我的泪。

温热的泪水溢出眼眶，滑过了我的面颊。

我把下巴紧紧地抵在篮球上，说道："我不是自私，不是想主宰她。我只是不放心她。"我终于把散落在心底无序的千言万语锤炼成了一句真心话。刹那间，很多模糊的过往也由此幡然清晰起来。

格格那样单纯的女孩子，行走在这个黑暗而诡谲的人世间，无异于盲人骑瞎马，夜半临深池。没有我在她身边，她被人蒙骗了怎么办？被人欺负了怎么办？谁能擦干她心里的泪水？谁又能让她笑出最美的样子？

老萨说："保护女人是男人的责任。不过，还要用女人可以接受的方式。"

我咀嚼着他的话，觉得这其中大有深意。

夜很静，老萨的嗓音低沉而有力。他说："除了保护，女人还需要尊重和理解。这样女人才可以在她喜欢的男人面前绽放出独有的光彩。"

老萨的话像一枚青橄榄，让我回味无穷。而同时，我也意识到：老萨是不是也应该被重新定义呢？

七

和老萨谈完之后三天，我和格格又和好如初了。格格说："我会安排好给学生会画画的时间的，不会耽误念书。"她忽闪着大眼睛，安静地等着我的答复。

我沉吟了片刻，说："画吧，只要你喜欢；你要是喜欢别人……"说到这儿，无论如何心里还是忍不住一阵酸楚。

"那怎么样呢？"格格情急之下蹙着眉，一改往日的温柔斯文。

"你要是喜欢了别人，我就做你大哥好了，让我在你身边看着你，只要你平平安安的，就行。"

她嘟着嘴，泪眼蒙眬："我就是不喜欢你乱说话……"

"地球都改成振动模式了，没准儿2012就自动关机。不能笑得灿烂就算了，你还要哭给我看？"我递纸巾给她。

格格破涕为笑，轻声说："你就是这么没正经。"

我也笑了，内心无比沧桑，脑海里荡漾着仓央嘉措的情诗："你爱或者不爱我，爱就在那里，不增不减。"

从那天起，格格和我更亲近了。我也好像从男生一下子脱胎换骨变成了男人。就像老萨说的：爱，在人间比花儿的种类还多。无论是竭尽全力地得到，还是忍痛潇洒地放手，唯有使对方幸福快乐，才是真爱。

四个月过去了，老妈开心的时间超过了过去四年的总和。这让我如释重负。秋天即将结束的时候，我帮老萨订了举行婚礼的饭店。

我跟自己说：英聪同志，你老妈的后半生着落在老萨身上，你也应该放心了。

我也无比郑重地告诉老萨："兄弟，我准许你照顾我老妈后半生了。你是2011年进入我们家的唯一免检产品——虽然，不尽如人意，不过呢，聊胜于无嘛！"

老萨依旧泰然自若，拍了拍我的肩膀，说道："小子，以后，能不叫我老萨吗？你早知道我不姓萨。"

"好的，丁老师——你不就是长得像萨达姆吗。其实，你这人——相当凑合！"

语丝微言

老萨，由于长相酷似伊拉克前总统萨达姆，被作者称之为老萨。其实他的性格与萨达姆毫无相似之处，四十多岁的独身男，他干净、利落，为人随和，在茫茫人海之中普通得不能再普通了。然而，在作家张艳笔下却显得极为异样。他给读者留下深刻印象，甚至有似曾相识的感觉。张艳勤于观察，善于思考，下笔稳重，是个有潜力的作家。我读过她的许多作品，几乎篇篇都引读者深思。

张艳是语文老师，是教文学的。闲暇乐读书。她自己又进行文学创作，这本身就处在一个较高的起点上。"近水楼台先得月，向阳花木易为春。"教文学虽大不同于文学创作，但二者是亲戚关系，有血缘系统。其中的华丽转身有人乐意转，有人不愿意转；有人转得漂亮，有人转得别扭；有人转转就不转了，但终是有人转出霓裳羽衣舞来。张艳最初的目光是关注校园生活，以她知识的广博、视野的广阔、对哲理的思索，又加之年富力强，预祝她在文学之路上走得更远。

【作者简介】

李晔，女。在京务工者。在《北京文学》《天津文学》发表短篇小说。在《东方少年》发表散文。

又见婉儿

老秦又交桃花运了。

叶万峰说这话时表情是一本正经的。即使，他只是稀松平常的顺口而出，温小梅也不能不把他的话当话。

叶万峰从不嚼人舌根，也不喜欢长舌头的人。这点，他的老婆是知道的。我是他老婆，我就是温小梅。

现在叶万峰既然说起老秦，肯定与他或者与我们有关联，否则，他不会这样。我在脑子里快速搜索、分析、判断，也没侦查出与老秦交桃花运又与我们有关联的嫌疑人。看着我一脸的狐疑，叶万峰郑重地提醒我："温小梅，你那同学——彭婉儿。"

坏了，我把她给忘了。

小婉去老秦家这才几天呀，怎么可能呢？说这话时我有点儿心虚。

叶万峰黑着脸说：老秦让我给他们家狗弄些吃的，我从食堂提了一袋剩鸭腿给他送果园去，明明他的车就在院子停着，电话却打不通，我去院子喊了一通儿也没人应。巧的是彭婉儿房中也黑着。

小婉儿要是在歌房唱歌呢？正好出去了呢？我急切地想替小婉找个理由。

叶万峰冲我重重地说：你觉得有这种可能吗？她只是晚上睡在果园，白天去老秦家侍候老秦媳妇，就是想跟果园歌厅的人攀交情也没有时间呀。再说，人家营业挣钱，她去干什么？难不成也去花钱找个三陪？如果说有这种可能，也是老秦这个房主跟她一起去歌房唱歌，那一起去，是不是更能说明问题。现在都几点了？要说出去买些日用品，白天早就买了。咱们这片果园离商店、超市都那么远，你那同学连三轮车都不会骑，不能就靠自个儿11路吧，再说老秦家也没自行车可供她骑。

那照你这么分析，他俩不是在歌房唱歌，就是在小婉儿屋里待着？哎，我说你，怎么那么阴暗呢，把人净往恶心处想。唱歌怎么了？待着怎么了？你管呢！我朝叶万峰嚷得有些虚张声势。

你以为我喜欢管，我才懒得理你同学那破事。她跟谁唱歌，跟谁呆着与我毛不相关，可老秦是什么人你不比我清楚？就他媳妇那浑不吝劲儿，一个泼妇、悍妇，她不会像我这样跟你一二三地分析两人到底有没有事。她捕风就能捉影，弄的人人皆知，那咱们怎么在这片儿呆？

我不能不承认叶万峰说到了我的怕处。

前些日子，老秦急急找到我说：小梅呀，你大姐得了脑血栓，住院刚回来，我还有一个八十岁的老妈、七十五岁的老丈人，都有病。今天不是这个输液，就是那个挂瓶，我一个人实在顾不过来。你打听一下你老家陕西有没有合适的人愿意来，钱的事好说。

不等我张口，叶万峰严肃地说：大哥，这事真帮不了，我们几乎都不怎么跟老家人联系，就是有愿意来的，都没干过，肯定不称手。您去家政公司问问，他们更专业。

叶万峰迫不及待地拒绝，老秦脸上难看起来，我赶紧补充说：大哥，您要实在忙不开，在找着保姆之前我帮着照顾大姐几天。

老秦灿烂着脸离开了。

第二天，老秦果真打电话让我帮忙照顾他媳妇，我一下子傻了眼。叶万峰幸灾乐祸：瞧，好事来了吧，谁让你嘴欠！说着夸张地咂嘴，一遍遍地说：这酒真美啊，真香啊，要不要你也尝尝？我气愤地伸出食指点了点他，终于什么话也说不出，转身自食恶果去了。

老秦和媳妇常在果园里打架。

据老秦讲，一年三百六十五天大打小闹的日子多得记不住，哪一天风平浪静他是清楚的。想躲，没地方去。藏呢，藏不住。有一次，他实在憋闷，去了闺女家，那一天，媳妇打了九十七个电话！

据老秦媳妇自己讲，她比警察都警察，比电子眼都要多一眼，老秦有点儿蛛丝马迹都逃不过她的法眼。几年前，有一天老秦不见了踪影，她到附近的洗头房后院，找到了躺在床上睡着的老秦。一个嘴巴就给抽醒，把正描眉画眼的洗头妹的头发也给薅掉几撮，更重要的，她是哄骗儿子、闺女和婆婆一块去的。从此老秦在家里的地位一落千丈。

也因此，我们这一片果园的人终于知道老秦媳妇霸戾的理由，也就不怎么的同情老秦了。自从他们家的果园里开了KTV，老秦媳妇更看紧了老秦，不时就有了关于他们家的新闻，今天老秦媳妇跟穿红的吵了架，明天老秦媳妇跟戴绿的差点干了仗。

老秦的闺女对人说：我最佩服我妈一点，那就是，她能跟三分钟之前的"敌人"成为朋友，也能跟三分钟之后的朋友成为"敌人"。于是，大家就知道了为什么租老秦房子的KTV一班人马始终没走，也终于明白老秦为什么持续出轨还能跟这样的女人过到现在。

也因此，邻居们见了老秦两口子能躲则躲，实在躲不过，老远就打着哈哈，急急地从他们身边经过。

叶万峰警告我：离那家人远点儿。

可人家找上门来，你不能不理人家呀，想远也远不了了，谁让我嘴欠呢！我嗫嚅地说。

叶万峰咬牙切齿：该！

我硬着头皮去老秦家帮忙，天天在心里祷告，盼着老秦能从家政中介赶紧领个人来。第三天，正在我忍无可忍之时，老秦终于领来一个女人。

一照面，我们都不约而同地"啊"了一声。她就是彭婉儿——我高中半学期的同学。二十五年没见了，岁月好像对她无可奈何，仍然是那么美丽、惹眼。只是拘谨了好多，唯唯诺诺的好像受气的小媳妇，平添了一分我见犹怜的感觉。

老秦媳妇指着彭婉儿对我说：温小梅，这下我彻底放心了，她是你的老同学，以后她犯任何错我都找你，她跑了我没辙，你家我可是门儿清。

我心里说：脑血栓为什么没把你嘴拴上，路都走不利索了，还这么刻薄！

我的天！还没一礼拜呢，要是彭婉儿真和老秦说不清道不明，老秦媳妇肯定是会闹我的。这怎么办呀？我担心地问。

叶万峰闭着眼，一手托腮，一手伸出中指敲敲前额。顷刻，抬起头，说：明晚借口让彭婉儿来咱们家唱歌探探口风，敲打敲打她。发现苗头不对赶紧想法儿，撤！

我说：叶万峰，你清醒点儿，彭婉儿是三岁小孩儿？听你的？你让她离开她就离开，你给找工作？

叶万峰使劲撑圆了一对小眼，朝我嚷：她离不离开我不知道，但她真跟老秦有什么事，老秦媳妇一定会找你算账！别怪我没提醒你。

彭婉儿一见我的面就夸张地叫起来：我的天哪，这是什么人家啊，四口人分成两派，老秦跟他妈一伙，他媳妇跟自个儿爹一伙。吃着饭就能干起仗来，看看电视也会吵吵起来，三室一厅，八十多平方米，本来空间就显小，还常常剑拔弩张，感觉屋子要爆炸，哪儿也没我待的地儿，只好躲进厨房。那脏兮兮的厨房都让我擦出花来了。奇怪的是，眼看暴风骤雨来临，却突然戛然而止风和日丽。算上今儿个，我到他们家第七天，每天都过得心惊肉跳。她一边说，一边摩挲着胸口，好像正在经历着不能承受的场面。

彭婉儿机关枪似的哒哒哒的一番话让我惊讶，心想：多年不见，长成了多面脸，哪一个是你！我也暗喜，这时机正好，不需用引子，直接承上启下。

小婉儿，你的处境我能感同身受，在他家帮忙的三天，我也是咬着牙才挺过来的。那时老秦媳妇刚出院，整个身子左半部都使不上劲，可她脑子是清楚的，老秦有一个眼神不合她的心意，就要死要活地闹。

有一次，看看电视就掐起来，老秦媳妇咧着嘴干号，她老爹甩着老胳膊老腿架起闺女说要走，踉踉跄跄地拖到门口，回头看看没有一个人挽留的意思，自言自语地说：凭什么我们走？就突然放了手，老秦媳妇扑通就栽倒了，奇怪，这时她也不哭了，匍匐着前进到沙发上安静下来，可怜巴巴地盯着老秦一眼不眨的看，老秦连叹息带摇头，指点着他媳妇，一口一个你——你——你——。他媳妇一看老秦"你"不出囫囵话来，噗哧一下竟咧开大嘴笑了！你说奇葩不？我被他们的滑稽也弄得忍俊不禁。这哪里是打架，整个一幕家庭滑稽剧！

我还没说完，彭婉儿就已经咯咯咯笑起来。她笑得真好听，连我都喜欢。

老秦媳妇就是丑人多作怪，他们家我是不可能呆长的。

我不动声色地紧问一句……打算干多久？

彭婉儿叹了口气，说……我要是这就走，显得很不仗义，他家确实需要人。老秦也太不容易了。哎，你知道吗，我觉得老秦能活到现在简直就是奇迹。就他那媳妇简直——

小婉儿！我赶紧打断她跑偏的话题。顾不上叶万峰对我的警告，打破了自己的为人原则，也顾不上彭婉儿对我的看法，第一次添盐加醋的八卦着老秦媳妇对老秦的绝不放心。

彭婉儿瞪着一双漂亮的狐狸眼，不相信似的对我看了又看。我的天呀，我多亏是住在果园。我本来还想明天告诉他们，晚上我就在他们家沙发上凑合得了。住果园，他们歌房闹腾得太晚了，睡不好；我那屋没暖气，每晚回来还得烧炕；柴火不多，也不敢多烧。照你这么说，宁愿被吵、挨冻、自己捡柴火也决不能住他们家去。

反正你又不打算长干，能凑合一天算一天呗。

156

小梅，说实话，来第一天我就后悔了，可老秦那儿不好张口，怎么也得凑一个月呀。再说，不够一个月我也没法要钱呀！老秦也算是孝子，我想帮帮他。

小婉儿，虽然咱们二十多年没见了，但我真心希望你好。在他们家你要掌握好分寸，老秦媳妇不是正常人，她现在腿脚不利索，一旦能走，老秦走哪儿她都会跟踪的，我们这片的女人都尽量避免和老秦接触，就是怕落下话把儿……

叶万峰下班回来，老秦也来了，我们四人在我们家大客厅轮番飙歌，音响效果不错，网络也给力。气氛热烈得像着了火。老秦握着话筒，举过头顶，随着节奏摇头晃脑浑身摇摆，不时喊着"comeon！"叶万峰跟着音乐打口哨，彭婉儿也高兴得忘了形，跟着又是蹦又是跳，呜哇乱叫。我们八条腿乱动，踩得地板嘭嘭直响。

我看看表说：咱们别影响邻家休息。说着，调小了音量，搜了抓钱舞。投影仪在雪白的墙上映出五彩缤纷的舞台，舞台上的男男女女，舞台下的我们，分不清谁是谁。彩灯闪烁着奇妙美丽的光环，随着节奏在屋里游走，美不胜收。伴随着音乐老秦跳得很随性，看彭婉儿的眼神，有些迷离。彭婉儿跳得很尽兴，看得出她开心极了。大家都沉浸在一种淋漓畅快的快节奏释放中。一时，我有些恍惚，我和彭婉儿都回到了学生时代，彭婉儿一举手一投足是那么青春撩人。眼前，人到中年，身材还那么柔软，凹凸有致，随舞曲摇曳，更添妩媚，风情万种。

叶万峰悄悄退出，我也跟随其后。

让你敲打敲打你同学，你说了吗？

该说的不该说的都说了。她又不傻，知道该做什么不该做什么。

叶万峰深沉地摇摇头。说：不妙。你看你同学那舞跳的，一看就是练家子。老秦就喜欢这样的，你看他色的那样，不能任其发展了，老秦媳妇会撕了你。

叶万峰，我说你能不能阳光点儿，小婉儿在学校时就是舞蹈队员，要不是出了那一档子事，她没准儿就是明星。至于老秦，我看他是剃头挑子一头热。你放心好了。

我端着茶壶一次次续水，彭婉儿识相地说：该走了。对着老秦调侃地说：明天还要去你家上工，干不好您家夫人会炒了我。我得早点回去养足精神。

老秦说：我也走。叶万峰及时拉住老秦的衣袖，说：再聊会儿再聊会儿。小婉儿临到跨门时突然想起什么似的对老秦说：我那屋灯泡又憋了，麻烦老板明天给我换一个。

我和叶万峰对视一眼，给了他一个胜利者的笑，挎起彭婉儿的胳膊说：我送你，我送你。拉开我"农家乐"大门上的套门，我和彭婉儿都吓得"啊"了一声。

老秦媳妇正侧着身子，耳朵贴着大门聚精会神地探听我院里的动静，她被我猝不及防地拉门，弄一个趔趄。我惊讶得语无伦次：大，大姐，您怎么来的？这大冷天，您靠着这铁门多凉啊！赶紧进屋暖和暖和，您这腿，这左边胳膊，您穿得太少了——

老秦媳妇用右手狠狠把我扒拉一边，面对彭婉儿，很严厉地问：怎么哪儿哪儿都有你？！

彭婉儿显然被吓着了，一边往后退，结巴着说：我——我——小梅打电话来让我唱歌，我跳了会儿舞，我——我这就走。

我连声解释说：是我找的她，我找的她，我们叙叙旧。

屋里的两人听见动静都出来了，老秦媳妇一看见老秦，尖着嗓门厉声喝道：你怎么也在这儿？老秦忙答道：上他们家来拿狗食。

你昨天不是来拿了吗？

叶万峰上前一步：哦，大姐，昨天没有，今晚刚拿回来，说着把手中装有鸭腿的食品袋晃了晃。

呵！她来唱歌还跳了舞，你来拿狗食，真够巧的。

老秦忙解释道：我不知道小彭——不，彭婉儿也在这儿。我还没问你呢，你跟谁来的？

自个儿！老秦媳妇吼了一嗓子。

老秦开着车，拉着媳妇去果园喂狗了，彭婉儿踽踽独行在黑夜中。

我惊魂未定。

叶万峰阴沉着说：看来你同学的日子不好过了，刚才老秦关车门时犹豫了一下想拉彭婉儿一块走，最终没敢。

我奇怪老秦媳妇是怎么来的呢？从她家楼房到咱们这儿，正常人没有半个小时都到不了，就她那拐拉拐拉地挪到这儿得多费劲啊！

动力。看住她家老秦，就是她努力走到这儿的动力。叶万峰说得很淡然。

细想想，她也够可怜的，这女人当的真够累的！我感慨。

叶万峰不以为然，哼着鼻子说：可怜之人必有可恨之处，老秦娶了她算倒了八辈子血霉。不过我是真佩服老秦，要是我，早就疯了。

今晚，你说了谎，狗食明明是昨晚拿回来的。

你看那架势，不说谎行吗？这叫谎言善良说。

老秦媳妇也真是的，至于吗，看能看住了？五十多岁的人了，闹啥劲呀！真不可思议！

我再提醒你一遍，有今晚上的茬口，千万给你那不省事的同学说明白，别出什么笑话。哎，你说彭婉儿出了一档子意外，什么意外啊，说出来听听。

你不是不让我背后说人闲话吗，对彭婉儿怎么也这么上心？伪君子！

你真是狗咬吕洞宾，不识好人心。她要不是你同学我闲得？你这个老同学你到底了解多少？

那是太久以前的事了。高二那年她从别的学校转来我们班，对谁都爱搭不理的。她走读，每天到点来，放学到点走，功课却是顶呱呱。人又出奇的漂亮，舞也跳的好。音乐老师一下就相上了她，让她进校舞蹈班。有人想去都去不了，她却好像不大愿意。渐渐男同学们就给她戴上了校花的桂冠，不用说暗恋她的男生大有人在。

我们班的语文课代表，喜欢彭婉儿那真是明目张胆。特长班有个画画的便跟他较上了劲儿。他们都以彭婉儿的男友自居。这些彭婉儿也都知道，可她对他们的喜欢好像置若罔闻，不屑一顾，甚至嗤之以鼻。本来学生期间的这种喜欢再正常不过了。可有一天，特长班画画的那位同学竟抄了诗人顾城的诗《当我离去的时候》写上彭婉儿的名字贴在我们班的黑板上，到现在我还记得那首诗：

当我离去的时候

我不相信你会微笑

会用愉快的眼睛去看鸽子

会在那条小路上跳舞

一边想入非非的设计着未来

我不相信不相信

那盏灯真的灭了

星星和信丢了

我的灵魂一片黑暗

不相信你那样看我

是真的让我走开

当天晚上，两个男同学就在操场上实行所谓的决斗，轰动了全校，连派出所都惊动了。这件事后，彭婉儿没法在学校待了，辍了学。我们再也没见过面。

后来才听说，彭婉儿家在城关镇，是从县重点中学转来的，她之所以转学，是因为有一个老师喜欢她喜欢得有些司马昭之心路人皆知。传言说：喜欢她的老师是离婚男青年，有把她当成准女朋友的倾向。她的父母怕影响了她的学习才不得已出此下策。母亲为了她能安心，也是监督，专门在学校附近租了房子陪读。重点学校的升学率是百分之九十多，普通学校就差远了。没有迫不得已的原因谁愿意退而求其次！

照你这样说，彭婉儿够倒霉的。不过她也是个惹事精！真应了红颜祸水那句话。

说实话，我一直特别同情她，无辜地成为流言蜚语的牺牲品。以她的资质该有更好的人生。我也特别佩服她，她从没有因貌美而显示过优越，反而更为勤奋。因为她的高冷，别的女同学都远远的嫉妒着，可我却喜欢她。她也喜欢我写的东西。在不长的半学期里，我们俩应该是心离得最近的人。现在，我也真怕她在老秦家有麻烦事。不是不信任她，而是漂亮的女人是非多，很多时候人们不在乎真相，消遣的就是道听途说。

老秦媳妇还真争气，恢复得挺快。在彭婉儿当保姆的第二十天，虽还是歪肩斜胯，但已能走得有模有样了。

叶万峰晚上下班，路过老秦家果园，竟发现老秦媳妇猫在路边的树影里，吓了他一大跳。

他回来急急告诉我：赶紧给你同学打电话，哦，别打电话，发微信，老秦媳妇不懂微信。告诉她，她的主子在外盯着呢，让她离老秦远点。又埋怨起老秦：喂狗白天不能喂？偏偏晚上彭婉儿在时往果园跑，这不明摆着招人嫌疑！

我被叶万峰的紧张也搞得神经兮兮。赶紧给小婉儿发了微信。小婉儿回了三个字：神经病！

叶万峰看了，一头雾水，问：彭婉儿这是骂谁呢？

我说实话，不知道。

叶万峰骂了一句：操！

我突然很心烦。

彭婉儿当保姆的第二十五天，早上八点多，她眼睛红红的来找我。我一惊，心跳也加了速。

你没去上班吗？出什么事了？

我去了，又回来了。

快说说到底怎么回事。

彭婉儿吸了吸鼻子，说：烧炕的柴火昨晚就烧没了。我怕晚上回来看不见，今早起来先去果园里拣了些，比往常晚去了十分钟。老秦媳妇指着表说：你今天不用上班了，想干，明天早来，不想干就不用来了。我就回来了。

不去就不去，歇一天。反正快到月底了，等拿到了钱，求着咱们还不伺候她呢！

小梅，他们家我是实在待不下去了，这些天她老找碴儿。昨天早上，她说是我告诉老秦，她出外买早点故意不买我的份儿，不让我吃，害得老秦和她吵架，破坏他们的夫妻感情。骂我是第三者。我急了，要打电话找老秦对质，她却夺了电话说啥也不让。

我有些生气，这不是明摆着欺负人吗？欺负咱外地的没人管！

我推开彭婉儿阻拦的手，拨通了老秦媳妇的电话号码：我是温小梅，你听清楚了，你那天早上出去买早点，你们家人都有份儿，唯独没有彭婉儿的。这话是我告诉你家老秦的。你想怎么着，我在家等着，别为难彭婉儿！都是女人，干吗呢这是？还让不让人活了？！

电话那边传来软塌塌的声音："哦，小梅呀，没事的，说就说了，那天正好钱不够，下次多买点儿。"

我不相信似的看了看手机，看了看彭婉儿。好似就要爆破的气球被人突然放了气。

彭婉儿骂了一句：真是个老妖婆！

还真是。你我加一块也不是她的对手，等你走了说啥我们也得离她远远的。不过招儿，不知其道行深。怪不得老秦持续几十年跟她斗智斗勇，却依然深陷"囹圄"。

囹圄？彭婉儿一下乐了：小梅，你可真会用词，还像学生时期那么有才，没有比这更确切的了。

冬天最适合早睡。彭婉儿和老秦媳妇在我们家跳舞，两个人眉飞色舞，拉着手不停地转圈，看得我头都晕了：我使劲眨巴一下眼，人就没了影儿。原来是做梦，被我家的狗叫声吵醒了。

叶万峰潦草地裹了大衣去屋外稍做侦查，便回来告诉我：是老秦家果园有情况！他那边的狗一阵狂吠，引得这一片所有的狗都叫起来，不罢不休。我一听，莫名地心慌：是不是小婉儿有什么事？

叶万峰看看表，说：十点了，不会吧，没准是 KTV 里喝酒闹事。

赶紧去看看，要是小婉儿的事，咱们一定要帮她啊。

老秦家果园院子亮如白昼。吵吵嚷嚷已围了好多看热闹的人。我急急想知道发生了什么事，叶万峰一把拽住我，把我拉进铁篱笆外的树影里。

呜——呜——有人在哭。

是小婉儿！

叶万峰一下捂住我的嘴。

老秦媳妇尖着嗓门："既然你都不打算干了，还赖在我们家干吗？今晚就不让你在这儿住。你一个保姆，不想着做好自己的本分工作，竟勾搭主子又是唱歌又是跳舞，说什么不给你吃啦，什么让你吃剩的了，千方百计破坏我们夫妻感情。你不就是看上我家有楼房，有汽车，有这么一大块地。你就是一个小三！小三！小三！"

院子里晃动着人影，好像是老秦还有别的什么人要拉老秦媳妇上车，老秦媳妇大嚷着：我不走！她不走我就不走！不知谁说：你想让她走把钱给她呀。是呀，这大冬天的，就是出去住店也得花钱呀。

现在没有，到月底让她来拿！老秦媳妇死不松口。

我气得要往里冲，叶万峰一边拖我往回走一边说：那么多人在场彭婉儿吃不了亏。你现在冲进去不但帮不了她，还要惹一身骚。就老秦媳妇那破嘴什么粪都能喷得出。要真想帮她，咱们现在赶快回家，收拾一间暖和的屋子，把电褥子调高档。彭婉儿一定冻坏了。

想想也是。

我和叶万峰紧锣密鼓地收拾房间。一切准备就绪，叶万峰看看表，说：估计现在闹腾完了。打电话让彭婉儿过来。

我拿出手机正要拨，彭婉儿却打过来。

小婉儿，快过来，屋子都给你收拾好了，特别暖和，我这就出去迎迎你。

小梅，我已经快到车站了。

你神经病呀，跑车站去，你要干吗？

我不在老秦家干了。

我都知道了。你在那儿别动，我们这就去接你。我一边说一边给叶万峰比画让他去准备车。

不不，小梅，你们在家千万别出来。我离开果园时，有几个好心的客人问我要去哪儿说送我，我拒绝了。去你家本来也就几分钟时间。可走到去你家的路口，我傻了眼，老秦正和他老婆在那撕扯得不可开交，看样子是老秦想把她往车上拽，她故意在那地方堵我。没办法我只好顺着大路一直往前走。

你去哪儿她管得着吗？她算哪门子王法！我气急败坏地嚷。

小梅，你不要生气，我知道你心脏不好。我也不气，跟这种人不值得。

钱给你了吗？

她一直不打算今晚给的。有个客人看不过，对老秦说：爷儿们，让人走你把工资给人结了啊。KTV老板从兜里掏出三千，说：我先给你垫上。老秦媳妇突然大声说：不用！说着解开裤带，抠抠索索从内裤里掏出一卷钱，粘上唾沫，一张一张地数，老秦见状一把夺过，点出三千来给我。我说：我干了二十四天，抽出六百还给了他。

见面再说，你快往回走，我们这就去接你。我一脚跨出门。

千万不要，小梅，出租车说话就到。我怕她找你们麻烦，这打电话给你们说一下，我来的清也去的明。以后有人嚼舌根，你也好说明白，我不是小三。他们肯定这会儿还在岔路口闹腾，既然已经这样了。我走了大家也都安心了。

小婉，你是诚成心让我着急是不，这么晚了你去哪儿呀？

162

我去昌平，在中介认识一姐妹，她表哥是开餐饮的，没准儿用人。你放心，安顿好，我就跟你联系。我要关机了，省点电好联系那个姐妹。

小婉儿，小——

手机中传出客气的声音：对不起，您拨打的电话已关机。

谢天谢地，老秦媳妇没来闹。

彭婉儿来电话说在昌平的一家餐饮店后厨帮忙。我们家恢复了安宁的日子。

天冷，没什么客人。白天叶万峰上班，我拾掇拾掇果园。晚上叶万峰上网全民K歌，我去学广场舞。

我对叶万峰说：我劝小婉儿把网名改了，她不听，咱俩合伙劝劝她呗，朋友圈老有人打听，"我不是小三"这是什么名呀。叶万峰看我嘴在动，摘下耳机。我就又说了一遍。

叶万峰有些生气：好不容易消停下来，你又找事，她不是小三，她就是小三关你我屁事！

我就悻悻地去找东院西院的媳妇们去跳舞。我找她们时，她们有的说忙，有的说不想去。可在广场角落里我明明见她们了呀。不到散场她们又集体走开了，要往常是一定会等我的，平时我们都结伴而行。

我把这个疑惑说给叶万峰听，叶万峰说：管她们呢，你想去，就自个儿去，都是一群头发长见识短的八婆，不用理她们就是。

叶万峰又学了新歌，学了新歌的叶万峰像往常一样，休息天就找我邻居家的男人们来我们家狼嚎一阵儿，奇怪的是他们都说没空儿。刚打完电话的叶万峰看见篱笆那头的邻居男正在园里闲溜达，就问他：你这啥意思？平常一说来我家唱歌，个个兔子赛跑似的快，这是咋的了？

邻居男便尴尬地笑出一脸的内容。叶万峰递过一根好烟，盯着邻居男的眼睛，此男就不好意思了：老秦媳妇到处给人说你们两口子的人品有问题，仗着开农家乐，条件便利，净干拉皮条的事，他家保姆和老秦就是你们给撮合一块的。我们肯定不信，可婆娘们耳根子软，管得严。你嫂子这会儿不在家，我这就去你家唱！

叶万峰回了一句：唱你个头！

叶万峰嚣张的在屋里抽烟，续了一根又一根，呛得我直咳嗽，平时他不敢这样。他让我把彭婉儿的电话和微信删掉，我小声嘟囔：又不是我的错，人家小婉儿又不是小三！我持续地坚持着，叶万峰不再干涉。只是我不再回应她的任何消息。

叶万峰不再请邻居们唱歌，我也独自去广场上跳舞。

但我们一直在找机会为自己正名。

春节刚过完，叶万峰的一个同事二孩满月，我也被邀请去喝喜酒。我们的汽车刚进入昌平境内，因为晕车，叶万峰便把车停在辅路边上让我稍作休息。老远就听见尖锐的喇叭声持续传来，随之一辆面包车呼啸而过，带起的风中传来一女子尖叫，紧跟着一辆小汽车也风驰电掣般尾随其后。这两辆车根本不听红绿灯的指挥，一味地见缝就窜，吓得沿途车辆纷纷让道，唯恐躲避不及，他们从主路飙上了辅路再插向去乡村的小道。

　　我看得瞠目结舌，惊心动魄。问叶万峰：这拍的是哪一出戏？

　　叶万峰冷冷地说："什么拍戏！活腻歪了，找死的！"

　　果然，有两个协警骑着摩托车，也不知从哪儿冒出一辆警车，都呜哇呜哇叫着围追堵截去了。

　　到了目的地，一杯茶还没喝完，就听有人院外喊：撞车了——撞车了——

　　因为这是相对偏僻的乡村，极少有交通事故，所以人们都很惊奇地被引入出事现场。

　　在临街一拐弯处，一辆面包车撞上了一家人的山墙。我看到两只轮胎静静地躺在街路上，想象着这得多大的反弹力竟把车前辘轳撞飞！

　　叶万峰慌慌张张地过来，压低声音说：是老秦的车。

　　那尖叫声是——？

　　是彭婉儿。

　　我一下子腿脚发软，脑子一片空白。叶万峰一边快速从我口袋里掏出速效救心丸塞进我嘴里，一边说：别怕别怕，没听说有人员伤亡。

　　有人在大声谈论：车一撞，小车上下来两个人，拽下面包车里的女人就打，脸都抓花了，头发也薅下好多，要不是警察来得及时，那小女人可吃大亏了；吃什么亏，小三就得打；这是一家什么人呀，为捉小三，命都不要了；真是林子大了什么鸟都有；现今的社会有你想不到的，没有看不到的；不过那小女人真够倔的，说啥也不去派出所……

　　听到此，叶万峰拉着我绕过七嘴八舌的人，朝警车的背侧面找去——小婉儿！我看到了彭婉儿！

　　她坐在冰冷的土地上，头发散乱着，一动不动。身上全是土。黑色的羽绒服左肩缝处被撕扯开线，露出雪白的羽毛，耷拉下的头发遮住了她的脸。一个女民警用纸在擦拭她的下巴，纸上赫然浸着斑斑血迹。

　　我不自觉地向她走去，叶万峰扯住了我：你干吗?! 如果是你，在这种狼狈的场景下，你愿意让朋友看见你的难堪吗？你愿意让朋友见证你的尊严遭人践踏吗？

164

我怔住了，停下脚步。远远地看着小婉儿，又怜惜又痛恨。

第二天，老秦上我家来。看我和叶万峰不理他，自顾自地说：其实，我也是好意。小彭在朋友圈说：她压根儿没干过餐饮，哪儿哪儿都找不着头儿，想换个工作。我就留意着。正好歌房有一客人开了一家快餐店，想找一个专门打饭、卖饭的。他见过小彭，我看活也不累，就想带小彭去看看。

小彭一上车，我们就往快餐店赶。还没顾上给她说明白，我就发现我儿子和他妈跟踪我。这一惊非同小可，早已忘了去干什么，只是机械地逃离，慌不择路，就出了事。

警察让我们给小彭治伤。她没要给她的钱。

我这次来就是求你们把这些钱转交给小彭。她拉黑了我，我找不到她。

老秦的嘴还在动，我却不知道他在说什么。盯着老秦，脑子里一会儿是惊险的香港警匪片追踪画面，一会儿是彭婉儿的尖叫、披头散发满脸伤痕的狼狈、被人唾骂的卑微的哭泣。

我大声骂出了口："彭婉儿，你这个傻货！害人精！"

很长一段时间我沮丧极了，叶万峰也唉声叹气。老秦的撞车事件彻底摧毁了我和叶万峰一心想为自己挽救名誉的信念。

从此，叶万峰不再唱歌，我也不再跳舞，我们都默契地不提这个女人。我开始悄悄关注她的消息。她却像蝉儿蜕壳一样，只留个"我不是小三"灰色头像，硬扎扎地杵在我的微信里。

五月。老秦媳妇得了肺癌，我们这一片承包果园的邻居们都去看她，叶万峰谄媚地绕着我东拉西扯了一番，说：要不，咱们也去看看？我瞪了他一眼，继续干自己的事。

邻居女人们又来找我一块去跳舞，说：去看看老秦媳妇吧，听说，她最长只有几个月活头儿。我不说话，她们只好讪讪地走了。

老秦来了，一进屋就挤出几滴眼泪，说：她这些日子天天念叨你们的好，她伤害了你们，不能亲自来道歉，我替她说声对不起！我歪着脑袋探究老秦的眼泪是真是假，叶万峰偷偷地踢了一下我的脚。我和叶万峰跟着老秦去看老秦媳妇。

卧在床上的老秦媳妇，费力地抬起皮包骨头的手，指指床边的椅子，示意我坐过去。她的嘴唇在动，嗓子发出虚弱的声音，我不知道她说什么。老秦把耳朵凑过去，说：她问，小彭现在，在哪儿，怎样了？我心里突然厌恶起自己的心软和同情。都这样了，还不放过小婉儿！她好像是歇了歇，嘴唇又在动，老秦就又把耳朵凑上她的嘴唇，她说：还是小彭好，不嫌弃她。

老秦对我们说：其实，她一直知道小彭是冤枉的，只是气不过我对小彭好。病成这样我没撂下她不管，她就突然明白了过去对小彭做了太多错事。

这时，老秦的老丈人颤颤巍巍地给闺女换头巾，原来一头乌黑的密发变成了毛鸡蛋，老秦媳妇被扶着坐起，我这才正眼看她。两只铜铃似的大眼掉进眼眶里，脸像一张死人皮裹在骷髅头上，我不禁身体打了一个寒战。叶万峰上前适时地挡住了我的视线。借口让大姐多休息，一把拽我出了屋。

老秦说：癌细胞已转移到淋巴上了，说不好话，也咽不下东西，每天靠打流食。老秦的母亲靠在沙发上不停地抹泪，叶万峰扫视整个屋子：怎么没见保姆？得有人帮着照看呀。这一家子老的老，病的病，你一个人怎么弄？

换了八个了，都说受不了。这几天她一阵阵连比画带嘟囔，让我把小彭找来。我上哪儿找去，再说，即使找着了，小彭怎么可能会来嘛？太对不起人家了！说到这里，老秦低了头，吸着鼻子，一遍一遍地用手去抹。一直沉默不语的老秦母亲突然大声缓缓地说：小彭多好的一个孩子啊，都是你们做的！

当晚，我忍不住在朋友圈感叹人生世事无常。

第二天彭婉儿就出现在我们家。她说她看见了我发在朋友圈里的内容。她目光坚定地说：我要去老秦家当保姆。

你真是个神经病！

我指着彭婉儿下巴处的一道伤痕：有话说，好了伤疤忘了疼。你是伤疤还在，就忘了吃过的亏。上回差点连命都搭上，这又主动往枪口上撞。彭婉儿，你是怎么回事?! 是真有病怎么的？你能不能让人省点心！

小梅，我要上老秦家当保姆，目的很明确，就是要证明我不是小三。为了名誉，多大的委屈我都能忍受。

你为什么非得要趟这个浑水？现在，小三如路边的野花遍地开放，多一个"所谓"的小三又如何！再说，这次的病与上次不同，更累，会很辛苦的。连她儿子闺女都不愿伺候，你去?! 我几乎向她吼起来。

去！这是证明我不是小三的绝好机会。只要证明我的清白，你们"皮条客"的谣言也就不攻自破了。

说你就说你，不要掺和我们。从上次你们撞车，我就缴械投降了。冤枉就冤枉吧，时间长了，就会自正其身，清者自清，浊者自浊。

彭婉儿忽地站起激动地说：温小梅，可你应该知道，众口铄金，积毁销骨！关乎人品、名誉、尊严这么大的事，你怎能不认真呢？怎能轻言放弃！

彭婉儿，我请教你，我该怎么个认真法？不放弃又能怎样，我们不是没努力过，撞车事件一下坐实了你的小三身份，我们的努力成了可笑的话柄，邻居们看见我们，说话都阴阳怪气，我是开农家乐的，你想我们能乐得起来吗？你想想能不受影响吗？你以为就你委屈！我怒不可遏地冲彭婉儿大嚷。

彭婉儿低下了头。少时，又抬起。平静地说：正因为这样，我必须去。

你要去是你的事，反正我是不想掺和了，听医生说老秦媳妇只有三个月了，她死了就一了百了了。

温小梅，你是看着聪明，其实，真糊涂。老秦媳妇一死，你我这辈子这顶帽子就算扣定了，永远都摘不了。我感激她还活着，我还有机会。现在这就是唯一也是最好的机会。我一去他们家，就堵了曾经八卦人的嘴，大多数人都是有脑子的，一个真正的小三能去照顾快要死的老大吗？我好好地伺候她，没准儿她还能多活呢。

你别脑子脑子的，你的这破事搅得我脑仁儿疼。我就不明白了，你人走都走了，反正大伙都不认识你，是不是小三又怎样？干嘛要把日子过得疙瘩成串呢？你现在不是好好的嘛，不像我跑了和尚跑不了庙，连我都不追究了你又何必苦苦执着呢！给老秦家这个电话，我是不会打的，你也别再缠着我，我要做饭去了，叶万峰就要下班了。

我沏了一大壶茶，先给我们三人满上，然后又给壶里添满，心说：彭婉儿，我看你今晚能说出什么花来？

叶万峰看我不说话，开了口："彭婉儿，如果你来玩几天，我们欢迎。打算去老秦家的事就不要再提了。你现在不是在饭店挺好的嘛，这么短的时间就当上了领班。在这儿休息几天就回去上班，别再耽误了工作。好吧。"

彭婉儿微微一笑：我料定你会这么说。咱们先不说我去的目的。我今天才知道，上次老秦是为了给我找工作的，还托你们给我补偿，这说明他是一个有良心的人，对于这样的人是不是值得帮？再说，他老婆是不是已经后悔当初对我的做法，否则她不会想让我回去。她现在病成这样，肯定也有反思，现在我去好好照顾她，"同病不同命"也许会出现奇迹，通过她的口为咱们正名，是最好不过的了。你们还要继续在这做生意，不能让谣言毁了这个店。

小婉儿，你怎么车轱辘话又来了！今晚你是说到天上，摔到砖上，我都不可能给老秦家打电话，你要死定了心要去，随你！我们也没权利干涉。我斩钉截铁地语气凛冽了气氛，彭婉儿看我的眼神有了陌生的意味。

她长叹一口气，仰头，闭上眼，沉默了一会儿，挺直了身子，咬了咬嘴唇，好似要破釜沉舟，说：既然这样，那我就不提当保姆的事。今晚咱们聊聊天，就聊我。咱们换一种聊法，我说个大概，小梅你再把它串成故事。这对你来说不难。

当年，我辍学不是因为受不了舆论的压力，而是学校要给我记过，通报全校，并写入档案。教导主任说：不管我冤不冤枉，事情因我而起，要整肃校风，给社会舆论一个交代。我不想到哪儿都背着一个有污点的履历，就这样悄悄离校。

为了养活自己，我去一个类似作坊的破烂造纸厂干最脏最累的活，拿最少的钱。

到了结婚年龄，好不容易有人上门提亲，并且是县房管局局长的公子，父母以最快的速度把我嫁掉，结婚当晚，新郎醉醺醺地说：你在学校的那点丑事，我们都知道了，要不是你的长相撑门面，我会要你！我一耳光扇过去，疯了似的拳打脚踢，把积攒了几年的怨气都发泄在他身上。第二天我们便离了婚。

我回到娘家，父母闭门不见我，嫂子把一盆脏水泼到我脚下，骂我是扫把星。因为我退还了婆家的十万礼金，连自己辛苦打工几年的积蓄都全赔了进去。

一无所有的我在渭河岸上徘徊了好久好久。那时是夏天，连下几场暴雨，洪水泛滥。站着石拱桥上，我想象着一闭眼跳下去就什么痛苦都没有了，可是洪水太脏了，我平生最怕脏。我犹豫着慢慢爬上了桥栏杆，就在我身子不自觉地往前倾时，一个男人粗鲁地把我扯拽下来。

他是西安人，来我们小县城考察生意。因为暴雨连连，而滞留邂逅了我。我跟着他去了西安，学做生意。后来我们成了一家人。我们开的是布店，丈夫常说，口碑对于生意人来说就是财富，有这个理念支撑，我们的三口之家生活稳妥而幸福。

两年前，我的丈夫突患脑出血去世了。他生前心心念念的天安门和长城都没去过。我得替他看看。就这样我来到了北京，一下子喜欢上了这个城市。女儿说要真喜欢就在那儿找个事做做权当散心，我听人说平谷有山有水风景不错，就来了。接下来的事你们都知道了。

彭婉儿平静地缓缓地像在讲别人的故事，我和叶万峰听得目瞪口呆，面面相觑，唏嘘不已。这是我所不了解的彭婉儿。

看到我们的表情，彭婉儿努力地想要笑一下，但没有成功，她的这种刻意让我顿时难过。

她的声音低沉下来，丧失了先前的淡定和沉稳。我知道，她的情绪就要决堤：我隐瞒丧偶，是不想让人误会和同情。我也想过放弃为自己正名，可我过不了自己心里这一关。我的女儿很出息，在西安的一家中外合资企业做白领，有一美国小伙子追她半年了。我不能容忍我的女儿有一个当"小三"的妈，更不能让外国人看轻了中国女子，我要让我的女儿硬气的谈一场恋爱。我的丈夫还常说的一句话是：名誉对于一个人来说就是性命。如果他现在还活着，一定会支持我，可是我永远看不见他了……

一直强忍着的小婉终于哭出了声。我惭愧得不敢再看她泪眼婆娑的脸，不由自主地站起，拥她入怀，流着泪，给了她一个紧紧长长的拥抱。

叶万峰已拿起手机，拨通了老秦家的电话。

老秦媳妇借口生日，大宴宾客，请了熟识不熟识的人做见证，她的儿子代她向彭婉儿敬酒、鞠躬郑重的道歉。

小婉没有立即走，一直把老秦媳妇伺候到最后。

熟悉的人都说：老秦媳妇不知哪辈修来的福分，临了临了遇上个这么好的保姆，也算是圆满了。

老秦对小婉儿说：留下吧，这个家需要你！

KTV老板对小婉儿说：去我那儿做领班吧，我需要你这样的人才！

KTV那位热心的客人说：我的快餐店缺你这样有德行的人，去我店吧，你来管理，利润对半分。

小婉儿笑笑。

她回了陕西，她说：那里有我爱的人。

老秦也没交桃花运。

语丝微言

李晔说自己是一棵从秦岭移栽过来的小树。初到顺义时，她感到水土不服，是乳汁似的潮白河水让她扎了根，长了叶，枝干也逐渐粗壮了起来。在她眼中，潮白河是那么宽阔，那么温暖，那么多姿多彩。她虽然远离家乡，远离亲人，但她用对文学的热爱与追求、学习与创作、刻苦与艰辛，获得了一种超凡脱俗的精神愉悦。她思想上的收获、心理上的平衡，使她这棵小树越来越高了，心态渐渐平衡了。她用这种"平衡"，主宰了自己的精神世界。《又见婉儿》是她又一篇力作。

李晔并非住楼房，有暖气。而是居斗室，临菜园。抬头见青山，低头走土路。没有人声的喧嚣，倒有鸟声虫鸣的宁静。于是她在这封闭的环境里，边剪果枝边听书，夜晚的月光伴着灯光写作。她的优势是她能主宰自己的时间，从而也主宰了自己的命运——在文学的小路上不断摸索攀登。至于能否到达光辉的顶点，她并不奢求。做一个不辞劳苦的人，也问心无愧了。

【作者简介】

王艳霞，笔名岩颜，中国作家协会会员，北京作家协会会员，北京电视家协会会员。中国诗歌学会会员，顺义区作家协会主席。初中开始公开发表作品，著有动画剧本《边缘的猫》、文集《对折》《散步的阳光》等，参与地质出版社出版作文辅导丛书 10 册。参与编写的"最美奋斗者"品德教育系列图书被 2021 年央视开学第一课节目选入。多篇小说、散文被选入初中高中考试阅读教材。2022 年，获评书香中国北京市阅读季金牌阅读推广人。理念：全心投入，在薄凉里共情，写最真诚的文字。

遗失的帽子

仔细回想一下，那个周末唐忽忽的心情并没有多么不好，她只是在买帽子，因为多年前有人说过帽子戴在她的头上显得更加俏皮可爱，她记住了这句话，从此有了搜罗帽子的嗜好。

那条街上的小店很多，帽子种类也数不胜数。她将那些帽子一一扣上去，摘下来，看得老板娘眼睛里都有了凶意。这时候，手机响了，听筒里传出值班同事火急火燎的声音："忽忽啊，有一个年轻男的找你，语气很急，跟我打听你电话号码。我听着话音儿可不像你熟人，我没告诉他，万一是坏人咋办？现在坏人可多了，弄不好会惹麻烦的。新闻里这样的事多了！"

"嗯，是。"

"他给你留了电话号码，让你有空儿打过去。"说完就噼里啪啦地说出几个数字。

唐忽忽默记着那一串陌生的号码，将电话拨了过去，对方一下叫出了她的名字，是一个男中音，声音有点犹豫。

他说："我是您的学生，您教过我历史，我叫张山，您还记得吗？"

唐忽忽在脑子里过滤了所有稚嫩的面孔，没想起来。

他继续提示："您再想想，小个儿，戴眼镜，上学时特能闹。"

出江湖多年，能闹的学生多了，所以，还是想不起来。

"哦。"他有点失望，"您肯定不会记得我，不过我对您印象特别深，您长得特别显小，喜欢戴好看的帽子，我记得您有一顶线帽子特别可爱，棕色的，顶端空空的长长的还有个小绒球，像个小娃娃，联欢会上您还戴着那顶帽子给我们跳过一个舞。嗯……您的声音也特别好听，我毕业前时您对我说了一句话，我到现在还记得：笑在最后的，才是笑得最好的。我用整整七年时间才想明白这句话的含义。"

这话是我说的吗？唐忽忽想。我说过这话吗？说实话，这话的含义唐忽忽都没挖掘过。

"你在哪儿？"唐忽忽问。

他的回答吓了唐忽忽一跳："我刚出来，蹲了四年监狱，出来第一件大事就是给您打个电话。这四年，我一直在想您说那句话的含义，终于想明白了。可是也晚了，如果我早明白，我可能早就不走这条路了。"

真诚大于羞愧。

唐忽忽有些为他的以后担心："你以后打算做什么呢？找到工作了吗？"

"您放心吧！以后我会好好做人。我想先学个车本，然后找个工作，然后再考虑成家。"

他有些欢快，看起来对未来充满希望。最后，他郑重地说："您是我的恩人，谢谢您，感谢您对我的点拨。如果不是您的那句话，我不会醒悟过来，我想请您吃个饭，行吗……我特别想见您。我，我还想……"最后那几个字对方声音开始微弱下去。

后面那句欲言又止的话让唐忽忽有些慌乱："可以啊，不过这几天没时间，等过两天有时间了我联系你。"

慌乱地挂掉电话，唐忽忽无心继续挑帽子。她满脑子盘旋的都是那顶帽子。浅棕色的，长长的帽梢顶个绒球，她决定把那顶帽子找出来。

回到家唐忽忽开始整理帽子，她每次整理帽子的架势堪比清理战场。家里整整一柜子里面装的都是她收集的帽子，太多了，有时候不小心一开柜门，帽子们就会铺天盖地地跌落下来，迅速掩埋住她美丽的小腿。

每见此景，爱人就皱皱眉："你这些帽子，用不上的就不能扔了吗？又不戴。"唐忽忽看看哪个都舍不得，依然任帽子们在家里泛滥成灾。

小时候家里条件不算差，妈妈从小就喜欢给她买帽子打扮她。唐忽忽脸比较小，眼睛不大但是黑眼球特别多，永远泛着亮晶晶的光芒，不管什么帽子戴在她头上，都让她有一种与实际年龄不相符的俏皮感。那些帽子每一顶她都能准确想起是什么时间在哪里买的，以及那段时间相关的故事，那些帽子好像是个密码无声无息打开她记忆的门闸，很多往事汹涌而来。比如那顶红色的粗毛线的蓓蕾帽是上师范时婶婶给织的，她仿佛能透过帽子嗅到老家门外田野的香味。唐忽忽刚毕业就当了四年级的班主任。小姑娘穿着背带裤，青春活力。她不喜欢按照教案上的死规矩讲课，语文课她经常讲着讲着就开始发挥了：自己小时候的故事，历史上喝的酩酊大醉的诗人的野史，介绍《苏菲的世界》……有一次校长和年级组长听课，唐忽忽借着古诗讲到白居易，甚至讲到白居易有几个喜欢的女子，每个女子都喜欢什么……校长在后面连连咳嗽。一节课没听完，校长就皱着眉头走出了教室。孩子们听得如痴如醉，期中考试语文成绩年级排名最后。校长说：唐老师啊，这一年你的工作热情不错，大家对你反映也不错。不过学校打算成立个舞蹈队，缺老师，你师范时候就跳舞，去当辅导老师吧。而且我看你历史似乎学得不错，顺手把六年级历史课上了吧。这个班就由别的老师来接替吧。

不到一年的班主任生涯成了唐忽忽光辉的记忆。临别的时候，女生们抱着她哭，学生们合伙出钱送了她一顶长帽梢的无檐帽，也就是张山说的那顶帽子，唐忽忽戴上去很好看。再后来买的帽子，就一顶比一顶趋于成熟了。现在的唐忽忽早已经在学生面前修炼的不苟言笑，成了一名嘴角永远不会上扬的教科研干部，不好意思再穿戴那些活泼泼的东西。

她翻遍了整整两个柜子，最终没有找到那顶套着空空帽梢的棕色帽子。她想，怎么会丢了一顶帽子呢？我没有扔过啊。爱人自然也说没看到，还补刀一句："帽子早该丢，都丢了才好。"

唐忽忽是在一周后再次想起张山的。那天唐忽忽在饭厅午饭，电话响了，她扫了一眼号码，想起那是张山的电话。电话肆意地叫嚣几声之后终于安静下来。唐忽忽问同事："你们对一个叫张山的学生有印象吗？"

那天值班的老师首先惊叫："啊，知道啊，那是个差生，小学毕业就不念了，听说没走正道儿，坐牢了。"

"他……如果打电话邀请我见面，我答不答应呢？"唐忽忽说这句话的时候目标瞄准的是她的好朋友杨光，这话如同周围扔了一颗炸弹，整个饭厅都热烈起来。

"不许去！他要是喜欢你了怎么办？看上老师的多着呢，这可是个危险人物！"

"别给自己找事了，刚出监狱，对生活还抱有幻想，以后会处处碰壁，你跟他联系他就会把你当成一个安慰者，老到这你寻求安慰，你甩都甩不掉。跟一个罪犯做朋友，你以后的生活还会安宁吗？"

"以后他没工作要是跟你借钱，你心眼那么好，给了一次再给一次，等你有一天不给了，弄不好会招惹出什么绑架之类。那些二进宫的大多是满怀信心地出来，发现不被社会接受，无路可走又进来了。"

杨光不紧不慢地往嘴里塞了最后一个菜花："我前几天看一个新闻，有个人恩将仇报，把帮助他的人的儿子给绑架了。"

这是一群老师说的话吗？然后又不无道理。

午睡时，唐忽忽做了一个梦，梦见一个蒙面人拖着一个大麻袋从小区里面往外走，里面隐隐传来儿子的叫声……唐忽忽被这个梦吓醒了。当两点钟电话一次嘶叫着响起时，她终于按下了接听。

"你是谁？"

"您真不记得我了吗？"

"对不起，我真想不起来了。我不认识你。"

"哦。"对方明显有点沮丧，"我一直在等呢……可是您没有给我打电话。"

"哦，对不起。我不记得了！"

果断挂掉，然后，伸出食指，优雅地让那个号码滑进了黑名单。电话自然没有再打进来过。

学校的对面是个空旷的市场，平时空着，每月有两次固定日子显现它的车水马龙。唐忽忽向来对赶集这事不屑一顾，但无奈被杨光拉着去买六一用品，杨光是一个严肃多年的德育主任，唐忽忽拗不过，背上包跟着去了，她最近随身戴的，是一顶遮阳帽。

那是一顶很普通的淡蓝色迷彩遮阳帽，帽檐上排列着细密的针脚，唐忽忽妈妈是在去年夏天突然去世的，最后一次陪妈妈去红螺寺玩，妈妈看天热，给唐忽忽买了顶帽子扣在她头上，唐忽忽一向不喜欢旅游区的东西，回去就扔进了柜子里。这也成了妈妈留给唐忽忽的一个纪念物。妈妈去世后她经常戴在头上，要是哪天发现帽子不在包里，心里就莫名的不安。

糟糕的是，集市上逛一圈后，帽子不见了！

爱人安慰说丢就丢了吧！也是天意，你妈妈看你老想她，故意给你收回去了。唐忽忽忽然想到张山提到的那个棕色的帽子。她不愿弄丢任何一顶标志过往的帽子。唐忽忽把帽子的照片发到朋友圈，还配了一首小诗：缘分是让人痛惜的事情 / 我牵肠挂肚的你 / 携着妈妈的爱走向了哪里 / 此刻，你正在哪里微笑 / 在哪个角落得意或哭泣 / 用一生思念，寻找你。

手指在朋友圈慌乱地划着，一句话刺痛了她的眼睛：这世界上有两种人最容易让人记住：一种是有恩于自己的人，一种是伤害过自己的人。她想到电话里张山没有说完的话：我想请您吃顿饭，我还想……他还想做什么呢？想让我帮一个忙？什么忙呢？……唐忽忽不停地在大脑里补充没有说完的后半句，觉得自己在变得僵硬，最后变成了一堵墙，五官模糊的张山微笑地跑过来却一下子撞到了墙上，头破血流。

他爬起来之后接着跑，每一面都是墙，渐渐的他变得血肉模糊。

唐忽忽一下子从短暂的梦中清醒过来。

第二天，唐忽忽刚到单位就被杨光叫住了。这个人显然因为唐忽忽弄丢帽子的事情感觉内疚。

"忽忽，有个人可能知道你的帽子下落！"

"谁？"

"张沛老师，他早上打电话问我是不是咱们学校有个女教师丢了东西。具体我就不知道了，他让你打电话跟他联系。"

张沛已经离开学校五年了。是蜗居在小学里面的德高望重的中学高级教师，也是最严厉的一个老师，带出了很多跟他同样严厉的一批批徒弟，传说张老师的教学生涯是每天拎着棍子进班的，以示威严。那届学生是唐忽忽遇到的纪律最乱的一届，不过他们对唐忽忽很友善。因为忽忽能把枯燥的历史教材跟说评书一样，用历史故事串起来，就像随意捡拾了一堆并不夺目的珍珠，她最后总能交给学生的一条熠熠生辉的项链。间或还不忘加几句人生哲理和做人道理。张沛就是最乱的那个班的班主任兼年级组长。校领导本想用他去镇一镇那个混乱的班级，也确实很奏效。直到有一天，一个已经毕业的学生带着几个地痞在校门口把早起上班的张沛打了一顿，张老师因为受惊吓在医院里住了两个月。这件事激起了众怒，校长要追究那个学生责任，但是张老师拦住了校长和前来探望的教委领导。他平静地提交了病退辞职报告，说自己老了，没几年就退休。教育方法已经跟不上形式了，耗费了这么多年心力，也该在家养养精气神了。

唐忽忽和张沛老师的见面是在学校对面的一个 24 小时汉堡快餐店进行的。张老师告诉忽忽大集有一拨固定扒手，都是无业的半大小子，小头头是张老师同村的。帽子可能被他们顺走了。

"您是说是我的帽子被偷了？不可能，手机还在，不可能单偷帽子。"

张沛笑了一下。唐忽忽从他脸上捕捉到一丝轻蔑。这个人离开单位几年身上少了些什么又好像多了什么，是什么呢？唐忽忽说不清楚，也许是少了些锐气。"手机还在，只能意味着新手手潮没偷成。当然，我本不该管，我是听说你着急找帽子才告诉你这可能性。"

唐忽忽还是觉得里面很蹊跷。其实她很想问张沛那么眼里揉不得沙子的教育工作者明明知道大集上长期活跃着一批小贼，为什么没有把他们一网打尽扭送到派出所，她也很想跟他打听认不认识张山。最终，唐忽忽把那些疑问都咽了下去。她只想强烈地要找回她的帽子，不仅是因为那帽子是妈妈留下的。她这几年在写一些儿童文学的东西，对一切悬疑感兴趣。她想到张山，这里面万一要是有教过的学生，一定要狠狠地教育他们，她得把他们从火坑里救出，别误入歧途。如果是死不悔改，那就当打入贼窝给派出所当内线了。

张老师说：如果帽子真在其中，那应该他们还没有扔。他们有职业道德，身份证一类地对他们没用的但对失主可能很重要的东西一定会想办法还回去或者暂时放在某个地方。在唐忽忽的要求下，张老师答应给打听打听。

果然，张老师离开不到两个小时就有了回音：那边说东西都分几处放着，不知道有没有帽子，但是如果很重要的话愿意带着唐忽忽去找找。明天中午 11 点集市南头的出租房见面，到时候有人在接应。张老师提出了两个条件：一，不要告诉别人。二，不要说信息是自己提供的，他纯属个人帮忙。最后他说：小唐啊，你要相信他们，他们其实本来本质不坏，且不说帽子在不在他们手里，就算在，人家也完全可以不给你，你哪知道是人家捡到的还是拿的？所以要好好说话。

这事让唐忽忽平淡如水的生活中多了一分刺激：不就是一群半大的小孩子嘛！被偷的还得求着偷东西的？为了保险起见，她还是检查了手机的定位，把 110 存到了快捷键。

晚上，唐忽忽一直被噩梦缠绕着。那些梦是琐碎而相互交错的，时而是张山模糊不清的五官；时而是 3 岁的儿子被陌生人拉走，唐忽忽穿着背带裤，追了出来。她依然是刚毕业时候的容颜，头上还戴着那顶常常长长发梢的帽子……

唐忽忽醒了。睁眼一看，儿子在旁边熟睡。她在床边坐了会儿，洗漱。临走时，她从柜子最底端翻出了那件早已经被压得皱皱巴巴的背带牛仔裤，刚毕业时候，她背包上晃着一只表情呆萌的小猴子，穿着这件背带裤背着那只小猴子在一群老气横秋的骨干教师队伍里蹦蹦跳跳了很多年。直到进修学校的那个教研员有一次把她单独叫过去辅导备课，那猴子一般毛茸茸的胖手借着摸猴子滑到了她白嫩的小手上，唐忽忽惊叫一声。从此那只被玷污的小猴子就永远地消失在了唐忽忽的视线，那件背带裤也被她封锁在柜子里。

六一的联欢会唐忽忽要演个节目。她穿好背带裤，上身配了一件白色短袖。款式明显已经过时了。但是不影响背带裤本身的特有青春气息。

临出门爱人瞄他一眼：这件裤子太不适合你了吧。

唐忽忽回瞄了一眼，心想：我都端了十多年了。今天儿童节做一回我自己不行吗。唐忽忽早就不跳儿童舞了，一直在跳一种叫舞韵的瑜伽，有舞蹈的韵有瑜伽的柔。唐忽忽的节目是最后一个，背带裤让舞蹈少了本该有的高冷惊艳。散场时接近放学，稀稀拉拉的掌声刚结束，唐忽忽就走出了校门。

不到赶集的日子这片地极其空旷的，四周都是废弃出租房，集市在镇的最南端，周围被小区环绕着。房地产在这个离城市不远的镇上发展得如火如荼，但无论周围怎样变迁，唯独这个时而热闹时而空旷的市场及这里的出租房如同生了根一般在原地岿然不动，没门的没门，少窗的少窗。也有个别的出租之后没多久就因为生意冷清上了铁锁，更多的是锁都没有，因为没有什么可丢的。

视线里并没有出现她想象中的痞里痞气的小青年，只有不远处的一个大爷在扫垃圾。

唐忽忽朝其中一个还算整齐的房子走去。好奇地趴在玻璃上往里看，空间大概半间教室大小，除了斑驳的墙皮，空落落一片。

"唐老师!"

唐忽忽吓了一跳，发现扫垃圾的居然是以前的门卫李大爷。李大爷十年前就已经离开了学校，当年他的孙子在学校读书，又比较调皮，靠着跟校长远亲的关系，谋得了门卫的岗位，一是给自己生活增加点微薄的收入，二是顺便可以看着宝贝孙子。

"我看着就觉得像您嘛，看来我老头子眼睛还不是很花。您在这东张西望干啥呢?"

"我……找人。您平时在上班?"

"嗨，我这么大岁数还上什么班。给李想看看烂摊子。"

"李想现在上学还是上班?"唐忽忽这才想起李大爷孙子叫李想。

"初中毕业就不念了。开过一段小饭桌，雇个人看看孩子们写作业啥的。现在不干了。"

李大爷热情地将忽忽引进了旁边一个空房子。空间几乎是一个大教室的大小，里面桌椅很破旧，样式也是多年前的。窗户有几块不知被哪个淘气的孩子用弹弓打成了星星点点。窗帘是已经泛旧的天蓝色，前面是木头条拼成的讲台，墙壁上有一块可以移动的黑板。似曾相识的布景，忽忽恍惚间仿佛回到了刚毕业时的光阴。

"这地方太偏，辅导班没开几天就黄了。桌子是以前咱学校淘汰的，前些年我跟校长一说花点钱给买过来了。还有这窗帘、黑板，都是。反正都是一样用。"

唐忽忽本想问问李大爷知不知道大集上那些小偷，视线被杂乱讲桌半开的抽屉拽了过去，里面除了针线刀剪，还有半截红绳子。一个鼓鼓囊囊的旧文件袋，上面印着忽忽学校的名字：杨树小学。唐忽忽拎起一角，哗啦啦从里面倾覆出一堆东西。小印章，小红花，铅笔，几个横格本，还有一堆已经粘连到一起的五颜六色的欢乐球。

"唐老师，我家李想老念叨您，说所有老师中最喜欢您，最爱上您的课，老念叨您。那孩子最能闹。不过，您对他一直有耐心，孩子妈离开的早，他不懂事。您一直没有看不起他。对了，这些小红花和小笑脸贴画还是您给的，您让他当组长，让他看谁表现好就发给谁。当时他觉得您这做法挺幼稚，不过还是挺高兴的。还有这些欢乐球，他说毕业那年那些坏小子商量好六一想送您，每个欢乐球上贴一个纸条，写上同学的名字和祝福的话，不过那天被校长看到了，以为那帮坏小子憋啥馊主意，给轰跑了。他说您以前经常去跟李立打乒乓球，李立一放学就去教您打球。他也想教您打球。可是一直没打成。因为谁一跟您打球李立就把谁揍一顿。哈哈，小子心眼挺多啊！"

唐忽忽脑子里冒出了一个大眼睛圆脑袋的小男孩，那时候那个叫李立的小家伙确实有点暗恋情结。想到几个小孩在背后争着跟唐忽忽打球的情景，带点争风吃醋，唐忽忽忍不住笑了一下。

忽忽拿起一张照片，一张尺寸不小的毕业照。"有一天我收拾东西看到这相片，就顺手给收起来了，您看一晃儿都长这么大了。看看这上面的淘气包，还能认出几个？"

李大爷指了指其中一个"扫把"，这孩子小时候也特别淘，现在跟着李想一起教街舞呢。他们有一个队。

唐忽忽盯着那张纸照片，照片已经被时光打磨的黄旧，背面有片片污渍。背面粘了张纸，展开是歪歪扭扭的几排名字，名字已经有些不清晰了，写名字地写到最后大概没了耐心，写了十几个就索性用"……"代替。

唐忽忽把毕业照端端正正铺在讲桌上，在最醒目的地方找到了自己。她和孩子们坐在一起，笑靥如花，旁边的班主任表情僵硬。眼前桌椅摆放整齐的空旷的教室，仿佛从没有更换的窗帘。她死盯着那些脸，盯着盯着在心里把照片上的小脑袋一一还原到他们的座位。于是唐忽忽惊讶地发现那些小脑袋真的从课桌后面跳了出来。

"扫把头"嬉笑着把躲在他身后的小个子男生，薅到唐忽忽跟前："就这家伙，这是六五班的，这家伙暗害过您！有一回他把班里笤帚放在门框上，您刚一推门，扫帚掉了下来，您吓一跳，但是继续讲课，也没惩罚我们，那节课特别安静。"

想到自己的狼狈，唐忽忽甚至咯咯笑出了声。

唐忽忽的笑好像打开了他们学生时代的闸门，后面的面孔一个个冲到前面来。

"唐老师，还认识我不？我往您的粉笔盒里藏过毛毛虫。"脸型方方的男子说。唐忽忽皱皱眉，那件事情让她一辈子都会对软肉的东西过敏，哭着跑出教室去找校长。

坏小子！

"小唐老师,您每天骑着红色的小木兰路过三街,我和几个社会哥们儿天天在马路边车站玩,看到他们您过来就对您吹口哨。我也跟着吹了一下,就这样……"他把手放到嘴边,吹了一个响亮的口哨。

"好啊,二歪。原来你还敢亵渎我们敬爱的老师!""扫把头"捶了他一拳,又踢上一脚。

对方夸张地扭着身子:"冤枉!我没得逗,我就是好玩,唐老师那时候挺漂亮的,天天背个包,而且我也不敢啊。还有几个男生护送呢!"

对于那个小镇来说,那时候城里分派到那个小镇的唐忽忽就是一股清流,一片美丽的景致。为了上班方便,爸爸特意给她买了鲜艳的木兰,她就骑着它每天在那个小镇上穿梭,引起了几个社会青年的注意。她的学生每天骑着车护送他过那个路口,护送了她好几年,这种护送一直持续到她的男朋友出现。

"唐老师,您不奇怪,为什么您上课,大家不闹,而其他科任老师的课上不下去吗?"这个男孩长得也很憨厚而英气,"您课讲的确实我们爱听,更重要的是我把九个班的头目全打服了,我告诉他们,谁上课跟唐老师过不去,别怪我翻脸不认人。"

唐忽忽没想到自己身后潜伏着这么多英雄好汉。"哦?那我得谢谢你们。"唐忽忽说这话时候是真诚的。

"不用谢。我们都从心里喜欢您。因为别的老师们都觉得我们是差生,没给过好脸色。因为您是唯一对我们好的老师,还表扬我们,给我们脑门上贴过小笑脸。虽然我们觉得六年级了,您那种方式有点幼稚,但是从没有别的老师给我们贴过笑脸。所以得感谢您。"

唐忽忽有了一丝羞愧感,她已经很久没用笑脸那种东西了,同事说:她现在生气起来声音能响彻楼道。

"唐老师,您特别有青春活力,您那时候经常穿一件背带裤,对,就跟您身上穿的这件差不多。"男孩面庞白皙文静,戴着眼镜。唐悠悠脑子里浮现他坐在大学教室里教书的情景,这样的形象真的像大学教师呢!唐忽忽想。

"您爱讲故事,说的话都特别有哲理。有很多话,我们当时没懂,但是很爱听,就是觉得您说的有道理。比如有一次我们打架,您说'人生的最大弱点就是看不到自己的弱点'。您说'人不能走错路,因为任何一条错路可能都是绝路'。我们气您时候,您当着我们的面哭了,我们认错了,您又笑了。您说眼泪是一个女人最好的武器,作为女老师同样有效。"

唐忽忽的那些"名言"滔滔不绝地从他嘴里流出来。没有一点岁月的阻隔。

唐忽忽泪水弥漫了眼睛,已经很多年不太会轻易在人前流泪了。这个文艺女,已经记不清哪些是自己说出的话，哪些是从书上背下来的。

"您鼓励我们最常说的一句话，就是'笑到最后的才是笑得最好的'。"唐忽忽怔住了，她捕捉着他的眼神，他的眼睛看着远方，眼神似有似无。

她想问你是不是张山。但是，没有开口。

"唐老师，今天是六一，咱们一起过儿童节吧!"

唐忽忽笑了，你们想要什么礼物？当然，礼物我肯定没有，不过你们可以提要求，以后补给你们。

"唐老师那时候组织过一个舞蹈社团，不过都是一些跟你一样漂亮爱哭的女生。可是我们喜欢街舞啊!不过那我们也很羡慕，我就想让您给我们跳个舞，成不?"

唐忽忽说好啊，我正想跳舞，来点动感的!她手指一捻做了个手势，顿时，巨大的音乐声从墙角响了起来。五六个人瞬间神奇地聚到一起，凝神站立，很快，他们舞动起自己的身躯，用自己的头顶、手臂、腰肢、秀腿;用他们轻捷的舞步、四射的激情，伴着强劲地节奏，舞动起来。继而，全班人都加入进来……每一张脸都变成了海面上冉冉升起的旭日。那几个孩子娴熟自由地舞动着自己，忽而触电般急骤;忽而一阵蠕动，龙蛇般柔韧;忽而倒立旋转，陀螺般迅猛;忽而挺身屹立!动感的音乐和舞蹈强烈地刺激着唐忽忽，让她血脉偾张。她也不由自主地加入进去，穿着背带裤的她，不知道自己扭动的是什么，也不在乎动作是否优雅，但是她每一滴青春的血液都沸腾起来……突然，音乐停止，一个完美的定格，唐忽忽和那个"臭小子"以各自不同的姿势定格在一起。

"憨厚脸"神情有点羞涩:"唐老师，其实我们想要的礼物就是想听您夸夸我们，已经很多年没有人表扬过我们了。"

"嘿嘿，我从二年级就没有老师夸过我了，你呢?"

"四年级!"

"我妈都老说我，喜不过唐老师夸过。唐老师，我们就是想再被夸夸，想当一回您学生"……

唐忽忽用手捂住脸，眼泪无声无息从指缝里流出。周围一切都变得寂静无比。待唐忽忽睁开眼睛，一切都恢复了空荡，只有空荡荡的课桌。好像他们曾经来过，又从未来过。

李大爷不知道什么时候早已不在身边。唐忽忽手拿着毕业照走在空荡荡的教室，好像回到十五年前的又一次巡视。她微笑着、逐一地走向一个个空桌子，对着它们说:"你真棒，我发现你的舞跳得最有激情。"

"你最帅，看你白白净净的样子我就知道你现在还爱看书，骨子里是个读书人。"

"你呢，很勇敢。居然敢对漂亮老师吹口哨。不过说明你眼力不错。"

"你鬼主意太多了吧。现在点子一定很多，很适合创业……"

"你们几个喜欢跳街舞，那街舞帅呆了！我们觉得你们抱成一团一定能干成大事。我认识好几个教练都有街舞工作室。需要合作吗?"唐忽忽嘻嘻笑着，把那些笑脸贴画贴在那些桌子上……

不知过了多久，唐忽忽恍惚着走出教室，她想跟李大爷告个别，但是直到走出集市也没有再看到李大爷，自然也没有问起小偷、张山和关于帽子的事情。她想，或许她的帽子从来就没有被偷走，只是被她一时遗失了吧！

晚上，唐忽忽想把背带裤脱下来想收回柜底，忽然一眼瞥到了柜子角落里一团棕色的东西，拉出来是张山提到的那顶帽子。她拨通了被拉黑的号码，她想告诉张山，他说的那个帽子找到了，它一直就没丢。但是语音提示欠费停机。她拨打了张沛的电话，打了几次都无法接通。

唐忽忽想到张山没说完的那半句话："唐老师，我想请您吃顿饭，我还想……"

她一只手倒拎着那顶棕色的帽子，像拎着一段逝去的岁月，帽子极其皱皱巴巴，长长的帽梢低垂着，仿佛套着巨大的落寞。

语丝微言

王艳霞原来是小学老师，现在还是老师，虽然不教课了。她当小学老师的经历，可能会影响其一生。这种心结，就像曾遗失过的一顶帽子，后来发现，这顶帽子从未丢失过。总是若有若无，若实若虚，时隐时现地还戴在头上。她当老师最大的体会，并不完全是传道授业，答疑解惑，而是对学生发自于内心，源自真心，出于爱心的热爱、关怀、了解与尊重。这样，才能赢得学生对老师的敬仰、热爱与尊重。人的少年时期，是人生的启蒙，幼苗的初长，蓓蕾的初放。老师的一言一行、一举一动、言传身教，也许会影响学生的一生，进而影响到一个民族和国家的前途和未来。陶行知先生似乎说过这样的话："在教师手里操着幼年人的命运，便是操着民族和人类的命运。"

【作者简介】

向湖，顺义区作家协会会员。业余写手，玩笔墨，附风雅。《撕裂》，小说，14154 字，刊登于《顺义文学》（2014年第 2 期），收录于《漂泊日志》。《人生若只如初见》，小说，15409 字，收录于《漂泊日志》。《易芃》，小说，5825 字，刊登于《希望》杂志 2022 年总第 65 期。

撕　裂

风月情浓。

平淡的岁月里，风花雪月就像是生活里唯一快乐的追求。那些让人着迷的瞬间，有时会像一个魔鬼，把生活撕裂，把本在围墙中的心撕裂。让你在这种撕裂中，纠结辗转、无所适从，却又欲罢不能。可日子久了，你会发现把人心撕裂的，又不仅仅是风月。

在摔伤进了重症监护昏迷了几个日夜之后，老雷睁开眼睛，感觉世界仿佛被蒙上了一层雾，模模糊糊，想伸手把那层雾拨开，却使不出力气，就像有时候想改变点什么，会发现，改变很难，仅有勇气还不够。老雷把眼睛重又闭上，缓了缓，再睁开，视野清晰了许多，眼前的人影也慢慢认出来了。希望是那个魂牵梦萦的女人，但不是，心里也明白，她没法来。

守候在旁的是妻子陈敏。

几天来的昏迷，还不能让老雷立刻张口说话，他静静看着妻子，因为担惊受怕因为夜不能寐，她看上去憔悴不堪。看到老雷一朝醒来，陈敏竟也一下子不知道说什么好了，夫妻二人就这么静静地看着对方，像他们青春年少第一次的相见时那样静静地看着对方，只是两个人的眼睛里都情不自禁地溢满了久别重逢的泪花。

老雷又轻轻闭上了眼睛，妻子也一下子缓过了神来，连忙叫医生，通知医生丈夫醒了。

终于从重症监护转到了普通病房。看着妻子在病榻前忙前忙后，老雷偶尔跟她聊聊孩子，聊聊老人，聊聊自家药店现在的状况……有时候会躺在床上发呆，有时候会闭目养神……这时躺在了病床上，好像终于有点时间可以用来理一理自己纷繁嘈杂的思绪了。

生命中称得上是经历的日子，应该是从年轻时接母亲的班开始，那是他刚刚参加工作的时候，在副食店里做售货员。后来，经人介绍认识了陈敏。穷苦人家的女儿，跟母亲和姐姐相依为命，父亲老早就去了南方，没管过母女几个，母亲靠收废品抚养她们姐妹。相处了一年，老雷决定跟陈敏结婚。并像当时大多数的青年一样，开始自己攒木料做家具。有了自己的小家后，日子过得也还算温馨愉悦。慢慢地，两人合计着上班挣得太少，索性辞了职，做起了小买卖。大冬天的，两人批发了一车的甘蔗，穿着厚厚的棉衣棉裤，戴着厚厚的棉帽子棉手套，在路边叫卖。这是他们的第一笔生意。

慢慢有了点积蓄，在马路边租了一个小门市，开了一个小小的食杂店。孩子小，两人一边开着店，一边照顾着孩子。

日子久了老雷也自然不再像刚结婚时那样与妻子温存缠绵，慢慢地他无所谓于妻子是否需要陪伴。本性中的不羁慢慢流露了出来，晚上喝点小酒，之后就会去朋友家打打麻将玩玩牌。陈敏不开心他这样，矛盾一点点大了，吵架吵得厉害，终于有一天再不想忍受他。扔下了孩子，去南方投奔她据说生意做得不错的父亲。

老雷的心开始有了一道浅浅的裂纹。

是 90 年代初期的东北小城市，买米粉之类的辅食顿顿给孩子食用，还不是一般的家庭能够接受的，孩子不吃饭，他就把饭嚼碎了喂孩子吃。母亲来看他，看到孩子身边没有妈妈，碎米饭还粘在嘴边，脏得像个小花猫，忍不住老泪纵横，却也不忘斥责他："没正事，生生地把媳妇儿气跑了。"然后，拐着关节炎的腿，把孩子抱走了。

陈敏终于在一年以后回来了，带回来一笔钱，是她的父亲给的。孩子看到她，竟然怯生生的不敢相认。老雷说："快叫妈妈，你不是天天要妈妈吗？"孩子哇的一声哭了，她跟他也都哭了。孩子到底还是需要母亲，而她，不管怎么说，还是回来了。

陈敏跟姐姐一起在商场租了摊位卖衣服。老雷则在离母亲家很近的地方开了一个小饭馆。两个人，总有一个要离孩子离老人近些。

小饭馆的生意始终不温不火。没有客人的时候，老雷就坐在门口，间或看着远处的天空，间或手里拿着一本《故事会》，打发时间。小饭馆门前是几棵有些年头的大杨树，春夏之际，枝繁叶茂，坐在树下看书，倒也有种"采菊东篱下，悠然见南山"的惬意。孩子跟邻居家年纪相仿的孩子们一起在附近疯玩儿，偶尔会回家来跟他要几毛钱去买根冰棍。

也算平静安稳，可晚上还是改不了要喝酒和玩牌。

旧有的伤痕始终没有痊愈，新的嫌隙却又不可避免地开始生长、发芽。

不知从什么时候开始，老雷意识到陈敏有些变了。她开始化妆，开始频繁地买新衣服回来，开始频繁地打电话告诉他晚上她要去娘家……一次两次他信她，可次数多了，他心里就不信了。

一个傍晚，他把孩子交给了母亲以后，去了她承租的商场。他希望是自己凭空的猜疑，他甚至幻想着她突然看见他，如果她问他怎么来了？他会告诉她：他是来陪她一起去娘家坐一会儿的。待商场关门后，他悄悄跟着她，远远地，看见她上了一个男人的车。

他一时没太反应过来，他甚至没有顾得上像个有血性的男人一样跑上前去问问她是怎么回事、问问那男人是怎么回事、问问她这是要去哪儿……他真希望那不是真的。

原来，她真的不再是那个跟着自己大冬天一起卖甘蔗的女人了。

他回到家，独自一人喝酒。

陈敏回来了，老雷说："你走吧。"

她一愣，没辩解什么。

老雷心上的那道裂纹有些变深。

两年后，陈敏撤了商场的摊位，跟姐姐一起开了一家药店。

听说她病了，孩子哭着对老雷说想妈妈。老雷带孩子去医院看她，看到她术后惨白的脸，他不想跟她说她的病情，转移话题说："这药店的生意好做吗？"

陈敏说："你少出去喝酒少玩牌，花点心思，这生意你做得好。"

老雷问："孩子想你，你能回来吗？"

她没说什么，出了院就搬回来了。

他每天一只乌鸡给她炖汤调养身体。她的身体养好了，也帮着他把药店开起来了，经营的是中草药。他的药店越来越红火。他对药材的研究也越来越有兴趣了，差不多两三个月就跑一次被称为"千年药都"的河北安国挑选药材。周边好些小一点的药店都会从他的店里进货。

日子过得飞快，没留意到自己脸上的皱纹多了，可是却眼见着孩子长大了。转眼，孩子上大学了，在邻近的城市。

平常的日子，家里就剩他们俩，白天他们忙着药店的生意，晚上就吃些简单的食物，有时他窝在沙发里翻看《故事会》，她看着电视里永不停播的连续剧，然后各自休息。

当然，老雷还是会隔三岔五去玩牌。当然，相比过去，还是少多了。

循规蹈矩中，他甚至忘记了心上那道撕裂的伤口。

为了孩子，他宁愿对那伤口视而不见。至于陈敏，他似乎已经不在意了。

随着经年累月的变迁，老雷心上的那道裂纹已没了痛感。

惯常玩的牌局来了一个女人，叫李舒。是朋友的朋友，开一家美容院。刚巧三缺一的牌局，她来给凑个数。他看她一眼，心里微微地颤了一下。整个人看上去干干净净，眼睛不大，却好像能说话一样。玩了几圈下来，发现她人跟名字一样，话不多，只是别人闲聊的时候偶尔插上一两句话，却让人觉得舒服。

貌似心不在焉，可别人想和她的牌却不易。凑了一回数，她就总来了。她抽烟，经常一手码牌，一手夹着烟。老雷倒是不抽烟，却喜欢在她吞吐的烟雾中偷偷地看着她。烟雾弥漫中，她，有些沧桑，又有些低调的诱惑。

老雷觉得，女人都是挺美的。不仅仅因为她们的样貌、她们的体态，更多的是她们经历了困苦后不轻易屈服的那种坚韧，这让她们身上有了各不相同的韵味，那是岁月的积淀。

陈敏跟自己生活这么些年了，被日子折腾得已不再年轻，但她在同龄的女人中却算得上是明媚的，年龄掩盖不住她身上那种干练的美。虽然她伤了自己，但要说到她做起买卖来的那种魄力，自己确实佩服。

这个抽烟的女人不同于陈敏，她的那种美是不着痕迹地，没有陈敏那样的明媚，却很亲切很随和，让人舒服让人温暖，淡淡的，又有种打不垮的力量，这种力量恰恰是那一份诱惑的所在。

老雷看到她，不自觉的会想到《孔雀东南飞》里那有名的诗句："君当作磐石，妾当作蒲苇。蒲苇纫如丝，磐石无转移。"

没错，写得就好像是这个女人一样。虽然他并不了解她。

这牌局，渐渐有了不同于以往的乐趣。几个人一边聊些无伤大雅的闲话，一边互相算计着手里的几张牌，不知不觉间常常大半个晚上就过去了。玩牌的时候，不自主的总想看看她的眼睛，想看看里面的故事。

当晚的牌局散了以后，老雷跟李舒顺路，捎带着就把她送到家了。

回到家里，陈敏还没有睡下。看到他回来了，才回房间休息。老雷躺在淡淡的月光中，不管是睁眼还是闭眼，想到的竟然都是那个喷云吐雾的女人。

老雷心里也有些没着落。

再有朋友叫他去牌局的时候，他推说有事。可几天后再叫他，他却又鬼使神差地答应了。

明知有她。

好像其实是特意为了看她才设的牌局。那感觉在老雷心里悠悠荡荡，说不清楚。

几个人玩至深夜，他送她回家。她好像也怕给他添麻烦似的，就客气地说："你其实不用送我，没事。"

老雷说："顺路，天晚了，不安全。"态度却很坚决。

她笑说："哪有什么不安全，又不是小姑娘。"却也不再推辞。

他看一眼她的侧脸，隐隐有一丝不易被察觉的惆怅。

老雷假装坏笑："不是小姑娘，可比小姑娘金贵。"

李舒被他这么一说，倒是给逗笑了。

其实他想说:看见她的第一眼，就有点说不出的心疼。

在车里，她拿出一支烟，问他："不介意吧?"

他说："没事，抽吧。"赶紧用车子里的点火器帮她点烟："我看你话不多。"

李舒一边打开车窗，一边抽了一口烟："白天跟客人说多了，累了。玩牌的时候就少说几句，听你们几个说，也挺有意思的。"

"他们说你自己开一间美容院?"

李舒还是淡淡地："嗯，算算也快十年了。"

老雷问："也不容易吧?"

李舒又抽了一口烟，说："咱们都是自己做买卖的，你还不知道吗? 开始的时候，能不累么? 没客人犯愁，怕好不容易攒点儿钱开店了这钱挣不回来，等客人多起来了，一忙不过来，也犯愁。不过现在也习惯了。"

老雷说："我看你这烟，挺勤的，别抽太多。"

她不经意地用手理了理耳边的头发："有时候心里烦，可不就想着抽一根儿么。"

"那怎么就想着做起买卖来了呢?"老雷问。

"我中学毕业就去当兵了，后来考上军校了，家里没人，名额就被别人给顶了。转业回了地方，托人进了学校教书。不喜欢学校那些条条框框的规矩，没顾着家里的反对就下海了，自己开了一家美容院。难的时候也都熬过来了，现在有固定的客户，也算是旱涝保收了。"

她淡淡地说着，像在说着别人的事情，与己不相干一样。间或弹弹烟灰，一路走来的种种心酸早已云淡风轻。

"你先生不能帮些忙吗?"像是水到渠成地聊到这里，又像是故意问到了这一句。

老雷突然心里又觉得这样问有些冒失。不过她还是淡淡地给他讲着。

"基本没用过他，他有他的工作。各忙各的。"她停了停，看了他一眼，又继续说："几年前，他外边有了别的女人，我接受不了，总吵架。后来，他就搬出去了。"

老雷心里揪着疼了一下。潜意识里，他希望她是不幸福的，貌似这样，他便有机可乘，可当他真的从她口中知道了她婚姻中的伤口，却又替她难受了起来。老雷想安慰她，却又不知该怎么说。慌乱中，又帮她点燃了一支烟。李舒说："你不是说，让我少抽吗？"他张着嘴，傻傻地愣在那儿，一时竟不知道该怎么办了。

李舒看着他，忍不住笑了出来，老雷也笑了。

再往后的日子，两个人仿佛不约而同，在牌局之后老雷一定要送她安全到家。

还是这样幽幽暗暗的晚上，车里静静地播放着调频的音乐节目，一首歌接一首歌，竟有点像一种散发到空气中的催情剂，让人有点想亲吻、想拥抱。

李舒说："给我说说你，说说你的生活，我想听。"

"我老婆年轻的时候，漂亮、能干，也肯吃苦，做买卖厉害，能挣钱。但是跟着我没享受到什么，因为我没正事，总愿意喝酒、玩牌，挣点钱也都耍了。她跑了几次，不过最终还是回来了。有孩子么，女人都是放不下孩子的，宁肯委屈自己。"

"我倒是觉得，她如果一直守在你身边，你也许现在会过得更好。女人好好守在男人身边，男人才不会往外跑。"

"我看你不也是个好女人么，可是你先生不也跟你分开了吗。所以说啊，这男男女女的，绑在一块，也未必就真的能够心心相印，举案齐眉。"

李舒笑笑说："你看你，没听说你念过什么大书啊，说起话来还一套一套的。"

老雷也忍不住笑了："我天天看《故事会》恶补啊，就怕遇上你这样有点儿文化的笑话我。再说这不是现在总跟你聊么，我这是明显有提高了，真得谢谢你啊！"

李舒说："那你怎么谢我啊？"

老雷说："用我自己谢你，你看行吗？"

李舒撇撇嘴："不要。"

老雷不笑了，说："那你就用好好照顾自己来谢我吧！"

李舒看他那么认真，心房轻轻被触动了一下。但还是笑着说："你真烦人！还会煽情了。"又继续说道："不过，想想，其实也没什么，毕竟这么多年都过来了。你看我过得不是挺好么，孩子平时也不用我带，有他爷爷奶奶。我一个人现在也没什么难事，要吃有吃，要喝有喝，要忙有忙，要闲有闲，偶尔跟你们玩牌，真的挺好。而且……"她停了停，迎向他的是一双深情的眼睛，但是，即刻她那份深情又收了回去，点了一支烟，转头看向了窗外。

老雷也有些不知所措，但他还是对她说："李舒，其实，我想说的是，一切都会好起来的。再说，你的日子还长着呢，你说呢？"老雷停了停，又看看她的眼睛："其实，很多人过的都是一样的日子，不只我们心里苦。"

这一刻，好像两个在洪水中被冲到一起的陌生人一样，对方就好像一截能承载自己生命的木头，相依为命的悲苦顷刻奔流。

老雷伸出手，去理了理她耳边那一缕散落的碎发。指尖碰触到的她的脸是冰冷的。老雷忍不住用手覆住了那脸庞，是冰冷的泪水。目光相触的瞬间，老雷一下子就掉进去了。

真奇怪，那道被撕裂的伤口，竟然不疼了。

回到家，陈敏还在等着老雷。老雷在门口换鞋脱衣服，陈敏一边看着电视剧一边看似漫不经心地问他："今天怎么玩儿得这么晚才回来？"

老雷看看钟，那时针经已经指向了凌晨一点。也知道有些不妥，忙搪塞她："哎，一起玩儿牌，哪能总那么准时散场啊。"

陈敏也没深问他，关了电视，回房睡去了。老雷心里也有些忐忑，匆忙收拾了一下，也赶紧躺下了。此后与李舒的相会再不敢多耽误时间，怕陈敏再起疑问。

牌局之后短暂的相处，慢慢成了最让人兴味盎然的节目，不久，一整个晚上的牌局也慢慢成了难熬的前奏，再见面，他们索性不去那牌局了，都推说有事，有时会去李舒的家里或者她的店里，有时干脆把车子开到城市边缘的树林里。只有两个人的空间里，铁定先要迫不及待地缠绵一番，那欲望仿佛四野洪荒里的狼。

你无法想象老雷那样在婚姻生活里木讷的男人，在他的情人面前，却是满溢着脉脉的温情。他与她耳鬓斯磨，不停亲吻她的眼睛、亲吻她的嘴唇、亲吻她的每一寸皮肤……然后在进入她的瞬间戛然而止，等待着她向他臣服、向他乞讨，而后他带着征服的快感在她耳边呢喃絮语，对她细述着与她每一次相见时的林林总总，细述着他每一次与她分离后的无所适从……在最后的释放中与她同时到达巅峰，看着她像一朵花一样盛开在他的掌心，再把头深深地埋在她的颈间，仿佛一条冰川化成的河，凝结亿年，只为遇到她，并化成一股滋润她的涓涓细流……他轻轻地抱着她，轻轻地与她相拥，那份轻轻地相拥又仿佛带着千言万语，像他压低了声音，与她你一句我一句的静静地诉说着他们不尽相同的苦涩的年华。有时他会帮她理一理耳边的那一缕散落的头发，看着她因红晕而愈显娇羞的脸，再帮她点上一支烟，然后就那样静静地隔着烟雾看着她，不说一句话。

一个男人，在妻子面前，他也许很不称职，他也许满身缺点，他也许屡屡让妻子失望，但在另一个女人面前，他却完美得像一个太阳，除了带给她和煦的阳光，还有温暖。可这又能怪谁呢？

有时李舒也会问老雷："你说，这个时候要是你老婆突然出现了，你怎么办啊？"

老雷反问她："你会怎么办？"

李舒点燃一支烟，深深地吸一口然后吹向老雷，看着他被自己的恶作剧呛得直咳嗽就笑了，说："我会先请她冷静地听我说完再发脾气，给她两个选择，一个是她可以闹个天翻地覆、人尽皆知，让所有的人都知道你有我了，让你在亲人朋友面前抬不起头来，但是这样的结果是你永远不会原谅她，她也将永远不会再拥有你了，闹过以后我们两个在一起就是定局，哪怕你净身出户，我也会跟你在一起；另一个选择就是，她把这件事永远地埋在心里，有苦有泪都别让人看见，有气回家跟你一个人撒去，但是这样她可以继续做她的雷太太，保全她的家庭，至于你我之间，她管不了。"

老雷笑了："你呀，真狠！"然后更紧地抱住了她。

老雷嘴上说李舒狠，心里知道，其实她所说的，对他是一份沉甸甸的表白，他知道其实她是想告诉他，不管他做什么样的决定，她都会听他的，他不在乎那是不是应景时的甜蜜承诺。

每一次相会后，老雷的心里，充满的都是一份浓得化不开的快乐，除了"快乐"这个最简单、最朴素的词语，你找不到能够代替他那种感受的任何的语言。想想，有一个人让自己这样安静地躺在身边，跟她聊心里那些苦，心里那些甜，她甚至让你心甘情愿地就那样看着时间的挥霍、时间的流逝。那是在这个分了又合、合了又分的家里找不到的感觉。当然，快乐之余，老雷又有些担心，他怕自己也怕李舒会陷得太深，他怕自己会给不了她太多，有时又会纠结到底凭什么让一个如此美好的女人这样眷顾自己。他有时也会承认自己是胆小的，谁说男人一定要天不怕地不怕呢？他真的开始担心自己会走到难以控制的境地。

心里那份难得的晴朗慢慢地竟笼上了一层阴霾。

李舒是聪明的女人，她能看出来老雷日渐的不自在。在最初的日子里，她所看到的他目光是热烈的、是充满依恋的、是抑制不住的幸福愉悦，尤其是在缠绵温存之后。可现在他的眼神里却夹杂了纠结和犹豫，李舒有些害怕，怕他突然有一天就不再出现了，怕她想要去抱住他时，那个怀抱不再向她敞开。

两个人开始有意无意地克制，不再那么频繁地相约。怕缠得太紧，陷得越深。他们心里都明白，他们已经不再年轻，不会像也不能像年轻人那样为了一个人、一段感情奋不顾身了。李舒惯常的冷静适时地跑出来提醒她不允许自己做更冲动的事情了，她不想去破坏他本就体无完肤的家。但是，心里知道，这日子有了老雷，真的不一样了，李舒承认，她愿意跟老雷在一起。

不去牌局的晚上，陈敏有时还会很奇怪地问老雷：怎么不出去了。每每这时，老雷都会意识到，这个把年轻的岁月都给了自己，把生命里的无奈都尝过的女人，其实也是那样的脆弱，虽然她背叛过、离开过自己，但不管怎么说，她回来了。每每自己陪着李舒的时候，她又在干什么呢？是否也像曾经的李舒那样，忧伤、压抑，但依然没被这份无奈压垮，守候在这个家里，等待着晚归的自己？

有时，老雷会在失眠的夜里问自己：要不顾一切走在一起吗？不是不可以，只是这样做的话，可能要牺牲很多。想到自己历尽风雨才终于又团圆的家庭，看到孩子跟着自己挨日子时一度失落的眼睛因为假日团聚时一家人一起吃饭、一起说说笑笑而愈发的充满神采，他又有些彷徨。打破既定的规则，每个人都会很痛苦，尤其是孩子。这种规则打破以后，自己就真的能够如愿得到快乐吗？

真是不敢多想。

心上那道裂纹不是不疼了吗，怎么又被不小心撕开了呢？撕开了却还是停不下脚步。疼是不疼呢？

连日来，老雷心里有点乱。他愈发地觉得自己像一个在泥淖里长途跋涉的人，越走越疲倦。索性买张车票，跑去千里之外的药都，下了到安国的火车，他给家里打了个电话，报了声平安，就不再联系任何人了。

整个小镇到处都飘着中草药的味道，他喜欢那种香味，觉得很有种吸引力，不像花香、果香那样，是女人的味道，容易让人动情，也容易让人厌倦。这草药的香味在空气中弥漫开来，让人平静，让人舒缓。找一家小旅馆睡上一夜，闻着空气中的药香，他的心里慢慢就静了下来。

白天里，他去常去的几个药商那里，挑挑合适的药材，聊聊最近的行情。有时就在小镇的街上，漫无目的地闲逛，倒也让他暂时忘了心中那份左右为难的纠缠。晚上，会跟这些年来在这儿熟识的朋友一起找个小饭馆吃吃喝喝聊聊，然后，一个人回到租住的小旅馆，在失眠的夜里，继续思前想后。

日子哪有那么平顺的呢？老雷就被自己这点酒给害了。

一个晚上，喝多了一点点，走楼梯，摔破了脑袋。就这样，被送进了重症监护。朋友从他的手机里找到了陈敏的号码。第二天，她就来了。

这一躺，就是一个多月。

再见到李舒的时候，他们约在了一个茶馆。他们已经两月有余没有见面联络了，她的神色看上去有些黯淡。老雷简单给她讲讲事故、给她看看伤口。她终于踏实了。

然后是她轻轻地开口。

"看不见你的日子，每天的工作结束之后，走路跟静默是我最常做的事情。有一天，不知怎么的，就走到了你家楼下。看到你的车子停在楼边，看着车牌上那一串数字，仿佛是寻找你的一串密码。走到楼前，看看那扇单元门，又仰头数数你家的窗子，想象着你在里面吃饭、睡觉、阅读、休息。我当然知道你有你的生活，怎么可能总是陪伴在我的身边呢……"她越说声音越暗淡，"然后，我又幻想着你会不会和你的家人突然从里面走出来，万一遇上了，我该怎么办，假装不认识你？还是走上前去假装偶然相遇？然后突然一下子醒过了神来，落荒而逃。"

她点了一支烟，喝了一口茶，平静如昨。

她闻了一下那茶的味道，又继续说道："有些人花很多的钱，甚至不惜重金，求的就是在这茶里能够品出一丝苦味。其实，他们忘了，这世间，苦的东西又岂止是这茶。"

他能想象，这两个月以来，她经历了怎样的焦灼不安、怎样的辗转反侧。他知道她此前内心的孤寂，他更知道他们在一起之后她对他的依恋。而他在他们最热烈的时候消失了两个月，他知道那对她而言，是怎样的煎熬。

而他，又何尝不是呢？

他们离开了茶馆，把车子开到一处僻静的所在。她紧紧拥着他，只是紧紧地那样相拥，没有再多说一句话，也没有亲吻和激情，仅仅是静静地相拥，倾听着彼此心房的颤动。他用厚实的掌心摩挲着她单薄的脊背，他知道她这两个月一定是累坏了，一定是没有好好地休息过、没有好好地吃过饭，要不然，她怎么会看上去那么的疲倦不堪呢？怎么摸上去瘦削了那么多呢？

是啊，一个女人，又能承受多少呢？他带给她的除了那一点点的快乐，就是满心的牵挂，还能有什么呢？

他被一种深深的无力感笼罩着。

那道被撕裂的伤口，仿佛早已没了知觉，这时，却真真切切的开始作痛。

这一场事故之后，在家里，老雷跟陈敏的话也多了些。尤其是想到在他这近两个月的卧床休息期间，她于病榻前所做的一切，想到她回归后为自己付出的那些辛劳、等待与陪伴，慢慢对她多了些关心，平时也会问问她，跟姐姐的药店怎么样了，最近累不累之类的。他知道，她正为曾经的出走一点点偿还自己跟孩子。不管怎么说，还是自己结发的妻子，而且，这些年了，她俨然成了自己的亲人。可不是吗，她跟他，那血液里流淌的早已是割舍不断的血脉亲情。

该知足了。

在家里，老雷甚至不想让自己想起还有李舒。

一个月光慵懒的晚上，没有牌局，李舒还是把老雷约了出来。老雷心里有些不悦："虽然我可以为了你随时出来，但还是别搞这样的突然袭击，你这样突然一个电话，我在她面前很被动的。"

李舒说："知道你未必每个晚上都能出来，可是，我真的很想见你。你知道你这次从安国回来以后，我们见面的频率明显降低了。你到底怎么了？"

老雷有些不耐烦："不知道。"

"你是不是埋怨我没有跑去安国照顾你？我根本就不知道你出了事啊！"

老雷意识到自己可能对李舒的态度不太好，刻意缓和些对她说话的语气："我没那么想，真的。你没法儿去，我也没法儿让你去，所以我们根本不用在这件事情上有什么纠结。你别想得太多，我可能是出院后，始终没有恢复得太好，没有精神。"

李舒看着他，不再作声。

他心里不痛快，本就怕自己陷入左右为难的境地。现在，竟真的是这样了。他没告诉她，在她的电话响起时，陈敏其实就坐在他身边的沙发上，为此还疑心地对他盘问了半天，他最后也是糊里糊涂才给圆过去的。

李舒愣在那里，看了看他，没说什么，下了车，一个人消失在夜色中。

这是他们第一次的不愉快。

老雷心里又何尝不难受呢？确实也很想见她，自己不得不承认，一见到李舒，这生活中所有的磨砺，所有的不甘心，貌似都没存在过一样。只要跟她相拥相偎，那幸福快乐就会自心底不断地涌出来，那是情不自禁地，不能控制、不能把握，甚至让人忘乎所以。这份快乐，老雷不能说服自己视而不见。可是，一想到陈敏忙在病床前的身影，他的心就开始翻江倒海，现在又看着她每天奔忙于两个药店，又要操持家务，老雷的心最是受不了别人对自己的好，那过去的种种又能怎么样呢？她到底是自己的妻子。自己出了事，始终是她照顾在侧、呵护左右。

伤口上那些反复纠缠的痛处，到底是争不过被再度撕裂的宿命。

跟李舒终归还是和好了，知道她也是放不下自己的。其实这女人也是很好哄的，只要你放低姿态，对她说一句软话，或者只是一个拥抱，只要她心里是爱着你的，所有的情绪便都迎刃而解。但家里可就开始不消停了。一次相会之后，老雷回到家，许是有些累了，便不免疏忽些，把沾染了李舒的香水味道的衬衫脱下后直接扔在了沙发上，彼时陈敏正坐在旁边看着电视，顺手帮他整理时闻到了味道不对，还在上面发现了几丝女人的长头发，免不了一顿盘问，老雷就说是玩牌时在朋友的家里不小心沾染的。陈敏不信，但看着老雷有些愠怒，便不再作声，此后就总是疑神疑鬼了。

一个下午，老雷坐在药店里发呆，呆呆地看着几个伙计在柜台里整理药材。算算，也有好几天没见到李舒了。老雷拨通了她的电话，还是那淡淡的声音，其中还是掺杂了几分缠绵："你那儿不忙吗？我也想打给你了。"老雷听着她的声音，心立刻就化了："怎么，想我了？"

老雷这话音刚落，却没留意陈敏已经站在了店里。赶紧把电话挂断，顾不上李舒那边怎么想，只想着这边先稳下来再说。陈敏走过来要抢老雷的手机，老雷问她："你要干吗？"

陈敏在气势上自然不会输："你说我要干吗？我早就觉得你不对劲儿，我跟你生活了那么多年了，你变没变我还能感觉不到吗？"

老雷拦住了她的手说："就算变了，也是你造成的，其实我早就想变。"

陈敏听了，眼泪立刻下来了："知道你一直记恨我，你记恨我你可以说啊！这么些年了，你从来不说我一句，你就想让我心里难受，我难受，你就痛快了！"不容老雷再说什么，她已夺门而去。

药店的几个伙计都被这突如其来的情况惊得面面相觑，一个个呆在那里，老雷沮丧地坐了下来，对他们说："都忙去吧。"

当天回到家里，老雷知道自己理亏，主动下厨做了几个家常菜。陈敏不理他，坐在沙发上看电视。老雷说："你还吃我做的饭吗？"

陈敏没说什么，片刻，还是来到了桌前，静静地与他共进晚餐，却始终没话。

连日来，家里的气氛让人快将窒息。

老雷烦得厉害，一个晚饭后还是忍不住去找了李舒，古人说"富贵险中求"，这男欢女爱最愉悦最刺激的，有时候，竟也是这"险中求"三个字。老雷到了李舒的家里，还没来得及与她缠绵，就听到一阵急促的敲门声，李舒赶紧去开门。哪承想，打开门后，迎上来的就是陈敏的一巴掌！

老雷没想到陈敏竟然跟着他找到了李舒的家。他赶紧跑到门口去拦住了意欲再次动手的陈敏和想要反击自卫的李舒："别打别打，进屋说！"

李舒终于跟陈敏同时站在了老雷的面前，一个男人最尴尬的时刻，莫过于此吧！看到两个气呼呼的女人，老雷一时间竟不知所措。

陈敏指着李舒问老雷："你给我解释，她是怎么回事？"

李舒哭着说："你到我家里撒泼，你是怎么回事？要管你老公，滚回你自己家里去管！"

不容分说，李舒拿起老雷的外套就把他跟陈敏二人往门外推。

老雷任她推着，可陈敏却还在气头上："不行，今天不把事情说清楚，我就不走了！"

老雷知道她撒泼的本事，做买卖这些年，但凡有个来店里闹事的，在陈敏面前没有不败下阵来的，她就算没理，也要辩三分的，何况眼前的事，她是有理的。老雷近乎哀求地对她说："咱们回家说行吗？我回去给你解释。"陈敏也知道这时候闹得再欢也是不好收场的，更何况她心里也没把握真的闹起来，丈夫到底会站在哪一边，被老雷半推半就地也就离开了。

他们身后，同样狼狈的李舒重重地关上了门。

不用细述，你也猜得出后来发生的是与大多数故事相近的桥段：老雷到了家里态度诚恳地承认了错误，并一再保证，再不会与那个女人有瓜葛，以后安心过自己的日子，请妻子务必放心。如若夫人能够既往不咎，自己必当下不为例。

很多时候，不管男人愿不愿意承认，多数男人都是一种胆小的动物。他们的担当大多消耗在维护婚姻家庭的路途上，遇到偷情东窗事发的情况时，他会退缩是再正常不过的反应。所以，如果你是一个女人，而且也正充当着一个情人的尴尬角色时，请千万别见怪，因为这是男人的本性，他们的第一选择一定是家庭，当他在混乱的局面中不能保全家庭了，才会选择你。大多数的时候，千万不要幻想他会站在妻子的对立面，即便有，也是少数。而这少数，又往往不会被奉为英雄，而是被世俗指责为始乱终弃、背信弃义的古人陈世美、今天的王石。越来越少的男人在面对妻子和情人要做出必然选择时，会选择后者，因为他们知道，选的不只是一个陪你吃饭睡觉的人，这个被标注为妻子的女人所延展出的社会性，太多，让男人很难全盘放弃。

老雷能够理解陈敏当下的态度，不管他们之间到底有过多少的伤痕，她毕竟是自己的妻子，她捍卫的是自己这些年翻来覆去却始终未曾真正放手的家。如果不出意外的话，他们将会互相陪伴，直至终老。

可是李舒呢？

老雷想找个机会跟她解释一下，却又觉得无从解释，只是在某一天给她发了一条信息："对不起，过了这段时间再联系你。"至于其他的，他想还是慢慢再说吧。

日子就这样不咸不淡地过着。

他的心里，李舒不八卦是非，不贬抑世界，不逢迎谄媚，她只是淡淡地、踏踏实实地、安安静静地过着自己的日子，尽管她经历的那些，让她有理由在他面前做一个脆弱的女人，可她总是对他淡淡地笑着，并且告诉他她现在很好。他对她说他想象着将来有一天他们生活在一起了，他就再不让她干一点活，再不让她挨一点累，他挣钱给她，带她去买很多漂亮的衣服，带她去旅行，让她做最幸福、最漂亮的女人，当她跟他在家里的时候，他们每天早晨起来第一件事便是互相亲吻，然后让她在家里等着他出去工作，等着他晚上回来，他跟她一起做美味的食物，然后可以无所顾忌的不用再去看时间的促膝长谈，最后相拥而眠……她让老雷比任何时候都憧憬未来，就算别人再好再富都与己无关，只要这个不变心的爱人能始终陪伴在自己身边。

没错！一个不变心的爱人！这就是他们的终极梦想。

如果真的让老雷下决心对她放手，他确实觉得舍不得，是真的舍不得，他根本开不了口。他不想因为陈敏闹了一次，就违背了自己的真心。他觉得他对陈敏已经可以了。这世间的情爱又有谁说得清什么是对什么是错呢。

老雷愈发觉得心上那道撕裂的伤口疼得厉害。

在老雷还在纠结的这段日子里，李舒却始终没有消息，没有电话，没有信息，打她电话她也不接，去她的店里，却又怕会给她再次带来麻烦。就这么耗着、熬着。

终于李舒给他打了电话，约在他们常去的那个僻静的茶馆。老雷心里明白，她不想再跟陈敏有任何的接触跟冲突。

两人在茶馆里寻了一处安静的角落，满室飘荡的是那一首流淌着淡淡忧伤的《琵琶语》，像他们心中不可言说的真情。老雷喝了一口茶，看着那茶叶一片片散落在杯底。

还是李舒先开了口："最近，想了好多，有些话，想来想去，还是觉得我来说比较合适。我们都不年轻了，我也不想去毁了你的家，我虽然离了，但是你有家，折腾下去，对你，始终不好，真的。以后咱们还是少来往吧。"

老雷说："这些天我没找你，没跟你解释那天的事，你生我的气了吧？"

李舒说："你我之间，很多事情，不解释，我也是明白的。"

老雷说："你知道，我不想跟你分开。"

李舒说："我知道你对我的心，可是想想那天你老婆的表现，我就知道她心里很看重你的，其实她也不容易，不管怎么说，你们有孩子。至于我，这么些年，一个人也习惯了。"说完这话，老雷分明看到她眼眶里有眼泪打转，只是她却别过了头去。她不想让他看见自己因为分离而流泪。

老雷说："有时候，我也想，我凭什么让你这么爱我？我真怕自己会亏了你。想让你等着我，可说到底我并不知道要让你等我到什么时候。但是你应该明白，我心里是有你的。"

"老雷，其实，我也想告诉你，我愿意等着你，可是我看到你那天不知所措的样子，我很心疼你。你老婆当年跑了、背叛了你，你都忍了，忍了这么多年了，不就是图个家庭的圆满么？如果她再因为我闹，你这个岁数了拿什么精力来平息啊？我真的不想你因为我活得太累。人这一辈子，其实很快就会过去的，就算你跟我把这一场风暴熬过去了，就算我们真的在一起了，又能怎么样？我们就能真的得到快乐吗？那时，你心里一定会对我渐生不满的，你会开始怨恨我毁了你的家庭，让你妻离子散。可是现在我们分开，至少你心里记的都是我的好。"

老雷想开口说什么，她却给他续上了茶，轻轻地说："喝茶吧。"

老雷不知道她要鼓起多大的勇气，要下多大的决心，才能割舍一个真心在意的人。不知道她心里有那么多话想对他说，她想告诉他，她真的喜欢他，但是她不能无视他身边有另外一个人的事实。她不能因为自己的任性，而扰乱了他的平静，她不想看着他一次深比一次纠结的痛楚。

满室的茶香伴着空气中那哀伤的曲调，流满心田。

老雷看着她在自己心里始终温柔娇俏的面容，把自己手腕上的一串佛珠摘了下来，给她戴上了，对她说："你看现在很多人手上都戴着个手串啊佛珠啊或者脖子上戴块玉之类的，其实是想在这个浮躁的世界里让自己踏实些，让自己能够好好地活着，寄托点希望。你知道我是个俗人，心里终究还是有些寄托的，这东西我戴了好久了。一直想找一件合适的东西送你，一直也没遇到什么可心的，你先戴着这个。"老雷喝口茶，继续说道："至于你说的不再来往了，咱们慢慢再说吧，顺其自然。越往前走，你会愈加明白一个道理：生活的本质，就是妥协。等有一天，我们不得不妥协了，再说分开的事，也不迟！你说呢？"

李舒静静地看着他，手上轻轻地摸着那串被这个男人的体温浸透的佛珠，不再说什么。

喜欢一个人，当然不希望他受到折磨，不再接近他也许是最好的选择。宁愿大家一起忍受那小小的痛苦、小小的寂寞、小小的思念……她当然想告诉他，那痛苦其实是大大的、那寂寞是大大的、那思念也是大大的，只是如果那样说，她跟他都会更加难受。他们现在虽然不能在一起，甚至将来也不会在一起，然而，那份痛苦，却能滋养生命，让你知道，永远有一个人，远远的、轻轻地爱着你。

离开了茶馆，外面已起了雾，眼前尽是灰蒙蒙的一片，这在深秋的晚上并不多见。李舒说："路不好，我自己回去吧，你别送我了。"

老雷说："这样的天气，我怎么能放心你一个人走呢。赶紧上车吧！"

路灯虽然都已开了，可是这一路上的能见度却很低。老雷的车子开着远光灯、开着双闪，却还是前行缓慢。他们享受着这样缓慢的过程，仿佛这广阔的天地，只有这车里的一隅才是属于他们的。夜越深，雾也越大。不知是压到了石子还是撞上了什么，也或者是这雾中的路面太过湿滑，突然，车子仿佛失灵了一般，开始剧烈的颠簸。老雷连忙踩刹车，只想着尽量别伤着身旁的女人，却始终没有控制住，终于在翻了个跟头以后才停下。

老雷的身子已被卡住，而李舒也动弹不得，二人脸上身上有好多的血。老雷努力抽出自己被压住的手去抓她的手，忙问她："你怎么样？"

李舒脸上血迹模糊，但是老雷能看见她眼里有些眼泪在打转，她轻轻地对他说："老雷，我好疼啊！我们会不会死啊？"

"不会，会有人来救我们的，你别怕，我会一直在你身边！

"我这就找手机打120！"他在能动的范围里摸索着，却始终没有找到手机，也许是刚才在车子翻动中掉落了。

"老雷，我一直都抱怨自己与你共同的经历太少，今天这场车祸，可以把这个遗憾给补上了。"

老雷用唯一能动的手轻轻抚摸着她的脸庞，说："傻瓜！不要这么想！我愿意你能长命百岁。"

老雷话音慢慢落下，却也分明地感觉到自己跟李舒都越来越没力气了，他觉得自己的眼睛快要睁不开了，想睡。而李舒，已经轻轻地闭上了眼睛。

"别睡，我们要等人来，会有人救我们的！我们还要在一起呢！别睡，听话。"

在彻底失去意识前，老雷已然感觉到心上那道撕裂的伤口终于开始汩汩地流血。

语丝微言

沈从文论小说创作：贴着人物写。解读这五个字是贴着人物命运写，贴着人物性格写，贴着人物情感写。向湖小说最大的特点是贴着人物的情感写。向湖将亲情、友情、爱情写得淋漓尽致、洒脱阔绰。时而奔放澎湃，时而情愫暗涌，纠结辗转，无所适从。风花雪月之后，则是悬崖深渊。期盼与失望相伴，犹豫和坚定同生。一面对着欲望与希冀，一面对着道德和家庭。心海微澜涌起时，又紧闭感情闸门。有缠绵纠结，无助无望。有义无反顾的决心，也有瞻前顾后的疑虑。青春的萌动，精神的出轨，还有坚韧和无可奈何的尴尬。千种风情，万般愁绪。游丝一般的情感，都被向湖织经编纬，一网打尽。而且写得若有若无，若实若虚，若梦若幻，恍兮惚兮。而又如此丰富，如此细腻，如此微妙，如此真实。给人以剪不断、理还乱。"才下眉头，又上心头"一种欲说还休的感觉。尤为可贵的是，行文颇显自然适意，不矫揉，不造作，不时还展现生活的哲理、人生的箴言。

【作者简介】

　　杜文亮，顺义区作家协会会员。1952 年出生，生于农村，长于农村，自然成为正规农民，耕种赖以生存的土地。参加工作以后，继续为农业机械化服务，解放面朝黄土背朝天的劳动力。农村的广阔天地，不仅抚育了他，更给了他喜欢文学的源泉。1992 年，在《北京日报郊区版》发表小说。退休后，对文学的热爱之心尚存，继续练笔不停。

大　嫂（外二篇）

　　如今的"妻管严"越来越流行，比那癌症细胞还顽固，当紧急情况出现之后，又没有现成的锦囊妙计，这种权力还是得转正。

　　大嫂叫我到宏顺餐厅来吃饭，并提出必须遵守的条件：你媳妇来你就来，你媳妇不来你也别来。明显是尊重女人的作为、轻视男人的行动。这样的规矩，我的父母从来没使用过，她怎么敢在家里独断专行。

　　既然你打破常规，我就敢闯入虎穴，倒要看看你，怎么样一手遮天。

　　其实这事也怪，组织个饭局，大哥事先不打招呼，偏偏大嫂下命令，不得不让我产生看法。仔细往回一想，大哥结婚之后，他的威信一路下滑，从来不敢违背大嫂，大失男人的阳刚之气。

　　走进餐厅一看，呦呵，我们哥四个全到齐了，加上四位妯娌姐妹，整整八个人，真是大嫂说的那样，全都成双成对，一个不缺。我踏实地落了座，大嫂直接就说：咱们开个家庭会议，商量商量，为父母在县城买套楼房。

　　我的天呐，弄出这么大的事来，我们哥儿仁交换一下眼神，谁都没有言语，这面面相觑的局面，就是给大嫂让父母进城，表示无情的否定。相互都感觉突然时，大嫂有点气愤：咱爹妈辛苦一辈子，就不该在城里买套房吗？

　　四弟直接冲上来：买，是该买，可这不是说着玩的，得拿真金白银呢。

　　三弟有些缓和：我这个人眼光短，看不出长远的事态，真想听听，到底是怎么个买法？

大嫂说：咱们四家人，都在县城生活，只把爹妈留在农村，虽说人人都孝顺，但总归是不方便。再过几年，爹妈老了，真有个病、有个灾的，我们不能及时赶到身边，岂不会耽误大事，后悔可来不及呀。咱不如水没来，先叠坝，更好一点。我相中一套二手房，50平方米，一室一厅，去掉零头整80万，我出25万，剩下你们哥儿仁均摊，把这事给老两口办了。

我还想慎重一点，三弟又说话了：现在房好买，不缺房源，就是这房本写谁的名儿呢？四弟说：爹妈健在，写爹妈的名，爹妈百年之后，咱们把房卖了，按买房时出资比例，分钱呗。

我一看这劲头，大嫂心里早有谱啦，赶紧赞同老四的说法，我不能从中挡横不是："行，就照四弟说的办吧。这样既能解决当前问题，又能解决长远问题。"

大哥也觉得火候差不多了，端起酒杯，高声地说："为咱爹妈过上城里人的幸福生活，干杯！"八只酒杯，清脆地碰到了一起，家庭会议圆满结束。

姐妹三人，谁都没言语，更没有反对意见。默认大嫂做法正确的同时，从笑容上能判断出她们的敬佩。

买房既然形成决议，我就积极地执行吧。我拿着25万元的信用卡，交到大嫂手里。大哥说："你少拿点呗，别和我一样啊，我应该带头，你就没必要了。"我说："孝顺父母，咱俩应该起到一样的作用，这也应该平等，不能光你带头啊，让两个弟弟不好均摊。咱俩加起来50万，剩30万，让他俩一人15万，这样多好算呀。"

就这样，我获得和大哥回家汇报的资格，一人为私，两人为公，谁也不会再产生想法。

父母大半辈子，住在乡村的平房里，听说给老两口在县城买了楼房，乐得合不上嘴。老妈说："那就是说，屋子里有卫生间了，大冬天的，你爸不用上院子里找茅房了。那真比故宫都强了，故宫连卫生间都没有哇。"

大嫂做得又过分了。

装修房子时，她不通知我们三个弟弟，独自一个人揽起来了。我们的身体都挺棒的，没有一个不身强力壮的，从哪儿说，也轮不到她干活吧，这又是为什么呢？

我们到新房里找大嫂，想和她理论个清楚，可大嫂买材料去了，没在新房这儿，就大龙（大侄子）一个人在那干活儿呢。我们立刻产生了想法：别是大嫂打着父母的旗号，给大龙置办婚房吧？这可就对不上茬了。

我问大龙："孝敬你爷爷奶奶的活儿，我们还没干着呢，怎么轮着你了？"

大侄子笑了："二叔，您不知道，半个月前，我姥爷查出肝癌晚期，医生放弃治疗，说还有三个月的寿命。我妈急疯了，又拍桌子又跺脚，哭着喊着叫我：'大龙唉，妈要没爸爸了，趁你爷爷奶奶还硬朗，赶紧去孝敬老两口吧，再弄晚喽，给耽误了，老天爷要判罪的。'要您说，我不听我妈的，还能听谁的？买房这个事，您不也是听我妈的吗？装修这点活儿，别较什么真章儿啦。"

我无语了，陷入深深的思考：子欲孝，而亲不待呀。

小　姑

小姑全面主管了家政，没有经过任何民主决定，也没听说她有什么自荐声明，自从老妈安详过世之后，小姑就说话算了数，也没见有谁从中挡横。

小姑如此做得正，说得横，也有老妈为我留下遗愿，发挥着支撑作用：你有天大的才能，尊重长辈的这根弦，永远不能松。

我哪敢放松呀，血缘上的亲密关系，小姑是当然的长辈，任谁也无法变动。可从年代上说，我们娘儿俩是同一年代，不管多少年算一代，小姑长我两岁零仨月，差距不大。

由于男孩的缘故，我一出生就得到奶奶的宠爱，常常带着小姑来哄我。又因小姑比我大，经常无理抢占我的零食，限制我随时享用。为了争取主动权，免不了发生武力解决行动。奶奶自然会偏向我，不偏向小姑。我妈从心里不接受，唯恐她的小姑妹吃亏，担心我和奶奶联合起来冷落小姑，就狠狠地教训我："她是你小姑，是长辈，你要从小懂得尊重长辈，听明白了吗？"我妈用手指戳一下我的脑门："尊重你小姑，就像尊重妈妈一样，半点也不能差喽，你听懂没听懂？"我妈又戳一下我的脑门。为不让我形成坏毛病，罚站是必要的，直到认错为止，或是小姑亲自来哄我，才能获取自由活动，免除惩罚。

孝敬妈妈，就是听妈妈话，也就养成尊重小姑的习惯。

这一回，小姑的思维偏离正常轨道，发来一条强硬指令："铁柱，把石墩接你们家去。"

我不想执行这个指令，就找个合理的借口："他上不了车咋办？我可背不动他。"

小姑坚定地说："让他往车上爬，不想死的话，爬行，就是他唯一的活路。"

半个月前，37 岁的石墩，一米八的大个子，180 斤的体重，在粮油店里，给顾客提一袋 20 斤的大米，一根手指就能挑起来的事，却从三级台阶上坠下来，摔得鼻青脸肿，落下了半身不遂。经医院检查，诊断是动脉粥样硬化，斑块脱落形成血栓，刚刚从医院治疗归来，需要在家里疗养。

小姑的儿子，不接她自己家去，非要接到我家来，这不是明摆着不负责吗？我问小姑为啥这么安排，小姑解释说："你家不在农村吗，吃点瓜果蔬菜，吃些五谷粗粮，上个厕所啥的，不都方便吗。你家屋子也大，比楼房接地气。更主要的是，把你妈住那间房腾出来，让石墩住那屋里去。"

小姑说得挺有道理，我的辩驳没起啥作用，不服从也得服从。

让石墩住老妈那间房，是有深刻原因的。石墩出生的时候，奶奶早去世了，他没得到过姥姥的喜爱。可我妈还健在啊，她喜欢胖乎乎的石墩，比奶奶喜欢我的时候，有过之而无不及。老妈经常把我一个人丢在家里，跑进城去看石墩，唯恐小姑年轻没经验，照顾不好石墩，受到无意中的伤害。

我做梦也想不到的是，小姑见到石墩，竟让他在老妈的房间里，冲着太阳跪着，小姑拿个凳子，坐在旁边审问："你今年多大啦？"

"37 岁。"

"你舅妈多大年龄过世的？"

"87 岁。"

"哦，你知道你们娘儿俩相差 50 年呀。可你吃的植物油呢，相当于你舅妈能吃八辈子的，是不是？"

"是。"

"吃根咸菜，你都得榨花椒油、辣椒油拌着吃。再说你炒菜，不用油焯一遍，你就不炒，你说只有这样炒菜，吃着才香，对不对？"

"对。"

"还有你吃的肉，一天三顿饭，顿顿得见肉，没肉就不欢。你想想看，是不是相当于你舅妈能吃十六辈子的肉啦？"

"是。"

"我没有说错你吧？"

"没有。"

"你在贸易市场经营粮油店，用油吃肉都方便，吃过量的油，吃过量的肉，统统填满你的血管，你要不得血栓，你就得成为神仙。生活水平提高是好事，你的欲望别水涨船高吧，不但嘴里吃得杂，还凭着臆想说夸张话，把肉和油的功能捧上天，把五谷杂粮的价值吹成烟，人体需要的碳水化合物，谁能给你补得全。祖先们的传承是'中间能装饭，不怕两头烂'，意思是说，只要保证吃好饭，肠胃功能健全，全身上下的疾病，都能得到治愈，保证身体平安。五谷为养，更是黄帝内经中推崇的首要标准，相信了伪科学理念，就是被蒙住健康的双眼。石墩啊，娘告诉你粮食的繁衍能力，每一粒的五谷粮，都是来年的种子，都能发芽、开花、结果，生命力极强的庄稼苗，就像是初升的太阳，压都压不住的。这种带着生命基因的五谷营养，可是人类维持生命的可靠保障啊。"

"从现在开始，你得改变生存方式，把萝卜白菜煮成汤，主食就吃五谷粮，红薯土豆敞开肚子装，油料肉类不再尝。锻炼就在院里爬，爬累就地跪太阳，阳气充盈百病衰，疾病最怕大心量。石墩啊，妈跟你说，身体会生病，念想没有病，绝对的纯净，这叫借魂还身。你舅妈在世时，给你天使般的保护，如今她不在了，你就真心向你舅妈祈祷，她永远是咱家的灵魂支柱。"

石墩有些不坚定，端着白水煮萝卜，龇着牙，咧着嘴，使劲激发我的同情心，挑战小姑制定的规则："哥，吃不下去呀，快救救我吧。"

小姑曾预告过：万事开头难，前三天不习惯，粗粮窝头就萝卜，确实不好往下咽。没关系，饿上他三天，什么都吃下去了。"饿了吃糠甜如蜜，饱了吃蜜也不甜"。狠下心来，采用饥饿疗法加饮食疗法，让他血液黏稠度下降，血管恢复弹性，斑块在血液流动中逐渐消融，虽然是三管齐下的方法，也要打持久战，别指望短时间成功。

我和石墩分析："为你定制食谱，就是立个规矩，废除规矩这样的事，除非你舅妈能办到，别人谁都办不了。惹了你娘，咱俩都没好日子过。我求求你吧，忍着点，咱过几天消停日子，行不？"

心有执念，必有回响。小姑制定的饮食规矩，石墩不敢走样地坚持着，在与病友们的分享和鼓励下，出现了奇迹般的高质量疗效。

国庆节那天，石墩的病友们前来探望，并帮他称了体重，减轻了60斤，观看他的爬行运动，左半身肌肉功能恢复70%以上。中午吃饭时，病友们发现伙食标准太差，营养非常不均衡，非要小姑讲讲，为啥这样"虐待"石墩。

小姑一拍大腿，壮起胆子叫我："铁柱，坐我这来，给你说一件事的真相。"小姑流着泪说："我本不是你的小姑，是你奶奶抱养的我，你娘把我当亲妹妹，你奶奶把我当亲闺女。我哥哥是抗美援朝战争中的冰雕英雄，牺牲在长津湖战场上，父母极度的痛不欲生，离开我随哥哥走了。当时我才两岁，成为烈士唯一的妹妹。失去父母的养育呵护，是你奶奶把我从民政局领回家。经你奶奶细心照顾，上学读书，长大成人，参加工作，结婚生子。生活让我知道病由心生的根源，全是养生认知的浅薄，控制不住自己的嘴。如今，石墩吃的白水煮萝卜，比冰雕英雄们啃的，冻成石头子一样硬的土豆，真是强过上百倍呀！我不把石墩培养出冰雕英雄的精气神来，怎么能养好他的病啊。"

此时无语的我，看到石墩像一头受伤的狮子，嗖嗖地爬过来，流着沉痛的眼泪，一头扑向小姑怀里："妈——，我全明白啦！"

原载 《京西文学》 第 1835 期

水 库 人

向忱把自己撂倒在沙发上，跷起二郎腿，头枕着沙发扶手，闭着眼不愿睁开，即便这样，他也做不成一个好梦。

宏顺物资公司关张两个月了，上百万的应收欠款，一分钱着落都没有。打电话催讨，人家说没钱。上门讨要，人家还说没钱。法院执行到欠账人家里，仍然是那可怕的两个字：没钱！

资金链一断，汽车加不了油，员工吃不上饭，水电费还不能欠。账上没钱的穷日子，哪路神仙当这个经理，也是越混越接不上炭，形成死灰，更难复燃。

一阵电话铃骤响，震得向忱心里发慌，手上发麻。他不去接电话，因为心里清楚，在这个市场经济的环境里，不会有人雪中送炭，更难以置信自负盈亏的竞争中，指望着一方有难八方支援。

二次电话铃响起，向忱放下二郎腿，坐在沙发里，双手托着腮帮子，他要和对方比一下耐力，倒看对方是不是真有要紧的事。他站起身，懒洋洋地往办公桌走，电话铃停了。

向忱把脑袋放在办公椅的靠背上，三次电话铃又响了。他拿起听筒放在耳边，并没主动打招呼，就想听听对方有什么好消息，震动自己的耳膜。可传过来的，却是父亲的声音："向忱，到向阳闸来，我在桥头十字路口等你。"

这是长辈的命令，不想执行也得执行，因为长辈与工作无关，总不能把工作中的压力，放在长辈的肩膀上吧，那样是不讲道理的。

向忧说："爸，您不是去黑龙江，参加冰雕大赛了吗？怎么到向阳闸找灵感来了。"

走上 585 米长的向阳闸，父亲说："比赛总得有个日期吧，不能无限期的在人家那儿比啊。"

"那您来向阳闸干吗呀？"

"陪你看看这里的风景。"

"我经常从这桥上过，哪次过不看呢？过一次看一次的。"

"那你看出什么内容了？"

向忧说："碧波荡漾的潮白河水，有几只白鹭在河面上追逐嬉戏，它们与岸边的青草和绿树相映成趣，构成了一幅蓝绿交织的生态画卷……"

父亲说："你别光看水面，往左岸那边看看。"

向忧噢了一声："那是奥林匹克水上公园，更是 2008 年北京奥运会赛艇、皮划艇、马拉松游泳及残奥会项目比赛场馆。公园面积约 162.59 公顷，园内自南向北由灯塔广场、世帆赛基地、万平口生态广场和水上运动基地四部分组成，'动静结合''面积最大''金牌大户''环境优美'等鲜明特点，是 2008 年北京奥运会最具特色的比赛场馆之一，也是一个体现'自然''绿色''亲水'等特点的绿色'大氧吧'。园内视野开阔，规模宏大，自然环境优美，产生 32 块金牌，占金牌总数的 1/10，是北京奥运会三大'金牌产区'之一。虽然奥林匹克公园已没有往昔的喧闹，但是北京的百姓，多了一个观水纳凉的好去处，成为不少市民近郊游的目的地……"

父亲说："就为这水上公园，你就要牢牢地记住，作为第二代水库人的我，从密云的深山中迁移到顺义县的大平原后，喊着'兴修水利，保农业命脉'的口号，亲身参与在潮白河上修建了唯一一座具有调蓄功能的拦水闸，并被国际奥委会选中，作为水上项目比赛场馆的风水宝地。"

向忧说："爸，您不是要我跳下去，试试水性吧。"

父亲说："不试水性，要试悟性。走，再去密云的潮河大坝上看看。"

向忧把汽车停在 160 米高、1008 米长的潮河大坝上，他拉好手刹，推开车门下来，顺着父亲的手指，向水库底下望着。父亲说："水库最深水位是 153.98 米，水下 100 米处，是我幼时的家。1958 年 9 月，开始建设密云水库，为了保证施工及拦洪，65 个村庄被清库，11536 户被安置，56908 人解脱贫困条件。你爷爷作为第一代水库人，积极配合政府安排，拉起我追上迁移的人群，到顺义县重新安了家。转过头来，他又加入了顺义民工支队，以军队的编制形式，回到老家建设密云水库，十冬腊月都没有停工。民工们喊着'冰冻三尺，雪下一丈，寒风刺骨，不当败将'的口号，高举连营团的红旗，昼夜奋战在施工现场。"

向忧说："爸，按您这样排序，我就是第三代水库人了。"

父亲冲向忧一笑，面对水库说："按血缘关系说，你是第三代；按做的事情说，你的精神不够。"

向忧不解地问："那我应该做什么呢？"

父亲很自豪地说："1959年8月，顺义民工支队接到水库总指挥部命令：潮河大坝拦洪！这时候，你爷爷咬着牙说，拼死也得保住大坝。他不经任何人批准，独自一人冲进大坝的最低处，真像《英雄儿女》里的王成那样说：民工兄弟们，我们在大坝的最低处，拦不住洪水，先把我们冲走，我们要与大坝共存亡，家里人盼着我们得红旗呀！你爷爷挥舞铁锹填土，搬起石头垒坝，甩掉浸透汗水的衣服，光着膀子加油干。一千米的大坝上，没有人说话，只听到沙沙的铁锹声，小车队来回穿梭，碰倒了人也不吭声，爬起来还干，砸夯队的民工们，也不唱夯歌了。总指挥部领导把双红旗插在大坝上时，你爷爷望着迎风招展大红旗，笑了……"

向忧听出意思来："爸，民工的干劲值得宣扬，更值得我来继承。"

父亲继续说："修建密云水库，党中央和国务院的部署是五年计划，三年建成。结果是一年拦洪，两年完工。1960年9月，密云水库正常运行，北京人的饮水问题得到解决，北京人把密云水库赞誉为北京人的'大水缸'。民工们的奋斗精神，和着周恩来总理的骨灰，像水库的水一样，永远存在水库里。我每次遇到问题，都到大坝来找灵感，想想建设水库的民工精神，想想周总理对人民的热爱和对国家的责任，每次都能化解难题。现在你的公司运行不畅，让你到大坝来，也是来寻找答案的。"

向忧望着累瘦了又被晒黑的父亲："您怎么知道的？怕您担心，没敢告诉您。"

父亲答非所问："水库是什么？是蓄积洪水的能量，不让它随时随处地发威，等到有需要时，有调节的释放。而你呢，不懂得蓄积能量，猛冲一阵子，遇到阻力又弯回去了，这样干事，怎么做水库人的后代呢。"

向忧说："爸，我明白了，我不会倒下的，我要继续干下去。"

"干，怎么干？就凭你这么一说。"父亲从口袋里掏出一张银行卡，递给了向忧："这里有冰雕大赛的30万奖金和我19万的积蓄，共49万元，你拿去先用着吧。"

向忧鼻子一酸，很不情愿接这张卡："爸，我怎么能用您的养老钱呢？"话音没落，手机铃声响了："经理，你在哪呢？水务局来人了，要确定一下净化水工程的物资款，需要预付多少。""你说什么，没听清，坝上风大，再重新说一遍！"

204

向忧把手机放在父亲的耳边，听准办公室人员说的什么事。"哦，这可太好了，潮白河水蓄满了，水库的水存够了，净化水的事业，就靠你们第三代了。向忧啊，第三代水库人，不能靠血缘关系继承，要凭净水事业的成绩来继承！"

原载《京西文学》第 1857 期

语丝微言

杜文亮是顺义第一批参加老舍文学院学习班的作者，在胡广星老师主持文化馆工作期间，他又是从未缺席的沙龙活动者之一。虽从年轻时就热爱文学，但由于工作关系，一直与文学若即若离。当到了退休耳顺之年以后，文学之火才又重新点燃并一发而不可止。打麻将、甩扑克、提笼架鸟、遛狗养猫，这当然也是退休后的生活。但杜文亮用文字记录过去的事情，感触于现代人的困境，对现实的困惑进行思索，写出半个多世纪的一些感悟，这无疑是一种境界更高的选择。都说夕阳无限好，但是短暂的，因为毕竟已近黄昏。杜文亮的黄昏恋选择了文学，毋宁说文学也选择了杜文亮。

【作者简介】

鲁进先，2013 年退休，北京诗词学会会员，北京楹联学会会员，顺义区作家协会会员，顺义区书法家协会理事，顺义区诗词楹联学会前副会长。

二货的好日子

他出生于 1944 年，是一位特殊人，他有一技之长，会糊顶棚。可是他根本没拜过师，看到别人糊顶棚他上架子就会糊，那真是无师自通、天生异秉。而且他糊的顶棚质量比学过几年徒的裱糊匠不在以下。如此说来，您一定以为此人很聪明，其实呢，他是一位发育不全的智障者，人称"二货"。

裱糊，是一门工艺，也叫手艺。从事这行手艺的人叫裱糊匠。现在从事这行手艺的人已经不多了，原因是时代进步了。封建时代从事这行手艺的人可多了，特别是有钱人爱讲排场，家里如有老人过世，就要请裱糊匠，糊很多的纸人、纸马、金山、银山、一楼二库、舟、车、桥、塔、花篮儿、伞盖等等的东西作为祭品，再穷的人家儿也要糊个纸驴、纸牛、纸马、纸车什么的。这行手艺讲究看见什么糊什么。20 世纪 80 年代，某些人家的老人过世，还有糊冰箱、彩电的、汽车、摩托、空调、电扇的……

糊这些复杂的东西二货不会，可他专门儿会糊顶棚。糊顶棚也不是简单的活儿，这方面他是无师自通。此人姓王，乳名二货，父母早亡，是哥嫂把他拉扯大的。因为智障没上过学，更没有学名儿。当然他也不识数儿，你问他一加一等于几他也不知道。干什么活儿都是笨手笨脚的，可他年轻时代正赶上"一大二公"的人民公社，不管是什么样的人都能在生产队里混饭吃。这样的人出勤，当队长的真不知让他干点儿什么，除了糊顶棚不用人带，干什么都得有人带着他干，可是又不能没他的活儿干，他也要吃饭嘛。

七月份，麦子收完了，玉米还是一片青苗，生产队里的骡、马、驴、牛正是没活儿干的时候。这一天，二货又来上工了，队长心说你能干什么呀？想了想就让他随张二爷放驴去吧。张二爷可是本村里的大能人，只是年岁大了。他们这个队一共有五头驴，张二爷便领着二货拉上五头驴去河边放牧。驴在河边吃草，张二爷闲来无事，就教二货数驴，一个、俩、仨、四个、五个。可是教他数了多少遍，怎么也教不会。最后张二爷想出了一个绝招儿，五头驴有五个箍嘴，让这二货先把五个箍嘴拿在手里，再教他逮住一头驴戴一个箍嘴，手里的箍嘴没有了驴就够数儿了。二货还真学会了，张二爷挺高兴。

第二天，张二爷又想教二货辨别公驴母驴，张二爷很耐心地掀起驴尾巴用手指着驴屁股下边和驴两腿之间的生殖器说："二货看好，这是公驴，这是母驴。咱这是五头驴，仨公驴，俩母驴。"可遗憾的是，一老一小放了一个月的驴，张二爷愣没教会，到最后二货也不知道哪头是公驴、哪头是母驴，更不知道他放的是几头驴。

张二爷对村民们学说教二货数驴的事儿，听的人笑得合不拢嘴，都说这样的人要是没有生产队非饿死不可。玉米该培二遍土了，不放驴了，队长派二货去稻田看猪，告诉他有猪来就把它赶跑，别让猪拱稻田，他就在稻田边上坐着。这时候来了一群鸡挠稻子，他不管。有人从旁边走，问他："二货，那鸡刨稻田你怎不管呢？"他回答说："队长让我看猪呢。"

类似的事咱就不再赘述了，按说这样的人只能依赖生产队，可是后来生产队解体了。这二货是父母晚年所生，他哥比他大有三十多岁，生产队解体时他哥嫂都没了，这二货只能依赖和他年岁差不多的侄子了。二货的侄子四十多岁了，从小和他这傻二叔一块长大的。叔侄俩在一个屋檐下共同生活了四十多年虽说有很深的感情，可再怎么说也不愿让他这个傻二叔在家吃闲饭。分田到户了，他便领着傻二叔去地里干点儿简单的农活儿，干多干少的侄子也不在乎，虽然笨手笨脚干的不多、总比呆着强。可到了冬天就闲下来了。

闲着闲着的，二货他侄子忽然想起傻二叔会糊顶棚，他们街坊有个裱糊匠经常出去耍手艺挣钱，于是他便找到那个街坊把他傻二叔带上出去混碗饭吃。那人知道二货有这个特长，带二货出去能顶个师傅干活儿，挣下钱来归自己所有。二货只是吃顿饭，而且吃饭是雇主管饭，就很爽快地带上二货出去了。

时间一长，十里八村都知道这个傻乎乎的王二手艺也不错，有些精明人就打起了二货的主意，他们想把活儿直截了当包给这傻王二，知道这二货不会砍价儿，用他准省钱。这二货也不知道顾及面子，有人一说他就抛开那个人自己干开了。

二货就是二货，别人糊一间顶棚要五十元，给他三十他就干。应了谁家的活儿他都一口气干完。雇主管饭他是吃完饭就干，吃了晚饭他接着干，一直干到深夜，困了就在这屋里睡，如果是凌晨两三点钟醒来他也是爬起来就糊。干完一家儿活儿算了工钱就拿回家交给他侄子，他不懂得啥叫信誉，比如说他应了张三家的活儿，进这个村本来是去张三家，如果半路上碰见李四，只要李四说用他糊顶棚，他就跟李四走了。早把张三家的活儿忘到九霄云外去了。跟谁去了就是一口气把谁家的活儿干完。当然了，用他的人家都知道他这个人缺根弦儿，一来为了省钱，二来图他干活儿实在，也没人和他计较。

由于他干活儿不论时间，除了吃饭睡觉总是干，所以他比正经的手艺人赚钱还多。而且是只会挣钱不会花钱，拿了钱不论多少，他也不知道多少，就直接给他侄子送回家去。当然说好多少钱一间也没人少给他，因为有个说法，叫欺骗傻人有罪。他侄子也格外高兴，有时他空闲在家，他侄子也总给他好饭吃。他吃饱了喝足了往自家炕上一躺，自言自语地说："我以为没有生产队会把我饿死呢，没想到我现在吃得更好了，这事儿都神了！"

载 2019 年《琴台文艺》

语丝微言

黑格尔在《法哲学原理》中提出："凡是合理的都是现实的，凡是现实的都是合理的。"后简化为"存在即合理"。其实很多人对这句话的理解有误区，甚至是错误的。暂且不谈。用中国人的思维，凡是存在的，都合乎"道"；凡合乎"道"的，都会存在。农村有些老话："阴天饿不死瞎家雀。""瞎猫碰上死耗子。""猪往前拱，鸡往后刨，各有谋生之道。""傻有傻造化。""没有不开张的油盐店。""田蛤蟆，跳着找食吃，瘦；疥蛤蟆，坐着等食吃，胖。""打竹板，翻上下。""三十年河东，三十年河西。""太阳不能老晌午。"等等……细细琢磨，农村这些老话，含有朴素的辩证法、发展观和哲理性。看了鲁进先的短小说《二货的好日子》，很自然想起了农村这些老言古语。却也觉得，大象和蚂蚁，磷虾和巨鲸，小草与苍松……"仰观宇宙之大，俯察品类之盛"，共存共生，都有其天然的合理性。如不合理，为何存在？为何变异？为何发展？

【作者简介】

孙殿英，山东人，北漂。顺义区作家协会理事，聊城市诗人协会副秘书长，山东省作家协会会员，中国诗歌学会会员。

草　　垛

他自己也没想到：来北京，他会割草。

他是在那个初冬收完白菜来北京的。他没想过来北京，尽管他儿子在北京工作接近二十年了。

他的家在一个农业大省，是一个七十多岁的老农。七十多也没有退休，因为农民无论多高的年龄都没有退休的说法，都是活到老干到老，只要还能下地干活儿。

但是他已经没有田地了，他所有的田地都已经变成开发区。他的田地和周围几个村子的田地被整合成几个大片，分别被重新命名：六百亩、八百亩、九百亩……分给不同的开发商，或者建厂房，或者做房地产。

他的白菜是他私自在闲置的土地上种的，看着土地闲着他心疼。他是分完他种的白菜之后来北京的，他把白菜分赠给村里的人。

是的，他本来没想来北京的。种地的时候没想过，地没了以后他也没想来。

他有一儿一女两个孩子。儿子在北京的一家杂志社做编辑。女儿先去广州打工，之后嫁在广州。老伴儿早就是另一世界的人了。但他觉得，守着自己的一亩三分地挺好的。土地被征之后，他还是愿意守着自己的家。

现在家没了。他的宅基地也被征用了。和失去土地时候的心情一样，他极不舍得，极不情愿。土地被征的时候，他想：前几年不是还竖起了"基本农田保护区"的金字大理石石碑么？怎么又成开发区了？他清楚地记得，"基本农田保护区"的标志换了又换。开始是用砖砌白石灰抹的，写的是大大的红字。后来是钢筋混凝土浇筑的，字的笔画是预留的凹槽，凹槽里刷了显眼的红漆，应和着新闻宣传里坚守的"不能触碰的耕地红线"。再后来，就是光光净净巨大的大理石石碑了，就是他离开家时刚被推倒的那一面，"基本农田保护区"几个金色的大字还闪着光。石碑一次比一次高大，一次比一次远离县城。

心里的疑问，他不知问谁。但他得响应国家的号召。他是家没了以后来投奔他儿子的。

来北京后，他同儿子、儿媳、小孙子住在一起。在西南三环外的一个著名小区，二十八层的一套三居房里。住在高楼里，因为不适应，他感觉特别不习惯。他不是不习惯他的亲人，他是不习惯他们住的高楼。在楼上住，他总觉得自己悬着，他总觉得离地太远，他心里不踏实。

"还是挨着成片的地给我找间房住吧。"这句话成了来北京后他给儿子的见面礼。于是，他来北京不到两个月就有了一个他满意的、新的住处。

他的新住处在北京顺义，靠近潮白河的一个村庄的西南角。看到宽阔安静的潮白河，立刻让他产生了回到家的感觉。他租住的小屋，正好又紧邻一大片闲置的土地。他一眼就能看出，这里不久以前是一片菜地。畦垄的轮廓间，分明还有星星点点残留的菜苗。残墙、没有顶的蔬菜大棚上，还搭着横七竖八的檩梁……他不明白，这么好的地怎么就闲起来了呢？

"你是刚搬来的？"他听到的是一句四川话。四川话他是不陌生的：随着开发区的开工，这几年他家乡涌入许多外来建筑工人，外来人中居多的就是四川人。说话的是位六十上下的男人。那人个子不高，黑瘦的脸上满是皱纹，胡子刮得非常干净。

"嗯，你是四川人？"他知道，但还是这样问了一句。

"四川广元的。我就住在那间屋子里。"

他住的，是紧挨着废弃蔬菜大棚的一间红砖房子。他顺着这句四川话，看到废弃大棚的另一头儿也同样有一间砖房。"进屋坐坐吧。"

"你忙吧。刚搬来，还得好好收拾收拾。有空儿到那边坐坐啊。"

儿子给他新买的床铺、桌椅、橱柜、冰箱、洗衣机、电视机等都是新的，还新安装了空调。但抵消不了房子的简陋，而他说比儿子的楼房更舒服。每周五下午，儿子一家都来这里看他。很多时候，小孙子会留在这里陪他两个晚上。

"爷爷，我喜欢和你住在一起。"

"你喜欢这里的地么？"

"还有树，还有成片的雪。在城里看到的，密密麻麻的都是高楼。爷爷，还是在咱老家好，一下子可以看到很远。"

听孙子这么说，他的心一颤，嘴里哈哈笑着："是呀，咱那里是一望千里的平原嘛。"

"爷爷，看见我爷爷了吗？"四川味儿的普通话。说话的是个男孩子。

他猜出是邻居的孙子。他走出来，向邻居的门口看了看，看到一辆新的电动自行车："都中午了，按说也该回来了。"

"我回来了。孙子过来吃饭啦。"邻居走近了。一只手里提着几个方便袋。另一只手里，是一瓶二锅头。不回自己的房子，邻居来到他的屋里："今天中午，我请你喝点酒。咱们是邻居啦。"

"嗨，您客气。"说着，他把方便袋里的东西倒在盘子里。一份烧鸡，一份猪头肉，一份胡萝卜凉拌藕片，一份炸丸子。

吃饭间的闲聊里，他知道：邻居也刚来北京一年多，在环卫队找了一份活儿做。邻居家里的房子要给新修的高速路让路，邻居是等房子拆了之后来北京的。儿子儿媳在京郊的一个冷库打工。孙子在打工子弟学校上完初中，考不上家里的高中，北京的高中又不让考，再说也不愿意把孩子一个人留在老家。现在男孩儿在一家餐厅学厨师。一般时候，中午孙子是不回来吃饭的，只是餐厅今天停电，老板给他们放了半天假。

他喜欢田间秋后冒出来越冬的草，他更喜欢春天刚萌出的生机。他不想辜负了春天，他不想辜负了他身边这些闲着的土地：他想开出一点儿地来种些东西。但他放弃了。因为没有水。虽然挨着潮白河，也还是不能轻易私自取水。

随着季节的变化，他逐渐爱上这片土地上的草。这些柔嫩、新鲜、从土里长出的草，有着浓浓的、他久违了的味道。

他感觉北京的夏天与节气没什么关系。在他家乡，季节与节气的关联非常明显：比如"清明没（mo）老鸹"，说的是清明时节麦子的高度；比如"芒种忙忙种"说的是有芒的农作物应时饱满，农人正忙于第二季的播种；比如"立秋十八天寸草结子"，说的是秋天的植物都加紧成熟。在家的每个节气，他都会享受到属于那个节气独有的田园风光。现在的京郊也很少看到农作物了，他感受季节全凭他看见的草的状态。因此，他觉得北京的夏天来得出奇的晚。

北京的夏天是从一场透雨开始的。只一场透雨，他的心就被青草洇绿了，绿得那么舒服。他房子周边的草，仿佛是一夜间长高的。

对草，他的感情是复杂的。

在生产队的年代，一天出工挣八分工分之外，工余拔的草也可以换分。工分在那个年代是农民的命根，尽管工分很便宜。除了按时上工之外，拔草是主要的加分机会。因而那时他对草是含着深深的爱的，几乎什么草他都喜欢，他喜欢不停割草的状态，喜欢成筐成筐地背草。整筐的草压在背上，他的心情是愉悦的。

政策允许农户饲养牲口之后，他尽可能地养牛养羊。因为和他一样养牛羊的人多，地里的草就显得少。他就趁农余时间背着筐、拉着车，到离家很远的地方找草。得够牛羊现在吃的，还得准备充足牛羊越冬吃的。那时候的农民，夏秋家家户户晒草，秋冬每个宅院里都有草垛。那时候，每个村的大街小巷到处弥漫着干草的暖香。草香满村的年代，他正值青壮年。

土地承包到户之后，几乎每个夏天，他都天天跟农田里的草进行没完没了的"斗争"。每年多半时间的劳动，都用于除草。很多时候，为庄稼除草的同时也带回喂牛羊的饲草。但他是不希望这样的，他希望自己的庄稼地里，草长不大或者不长草。因为时代的发展，他放下除草这样的劳动已有多年了，可他永远不会忘记除草那样累并且纯净的劳动。

这几年，田间地头的草不缺了。因为打工比饲养牲口收入又快又多，又比较省事，在农村又显得比较时尚，他周围的村里没有养牲口的了。因为村里比较年轻一些的，都拉家带口地外出打工经商了，村子近乎空村，连村里的街巷边都长满了深深密密的草。

如果说原来他对草有一些爱，那是生活的需要。在北京住了这么久之后，他发现他真的爱上了草。有时，他自己也吃惊：我对草怎么变得这么热爱呢？

"哎～～！干吗呢，你？"一句北京话。

他被面前突然的声音吓了一跳。他守着一小片干净的土。这一小片土中间，有一棵刚刚伸展开的热草秧。他正蹲在这棵热草秧前，陷入一段往事，只把满脸的笑留在此时北京这片荒废的田园。

那是麦子飘香的季节。他家乡的平原上，除了绿岛似的村庄就是无边的麦海。树是绿的，麦子是黄的，天是蓝的。年少的他，只把它们当作背景。他和一样年少的她，一人一个背筐一把镰刀，专心在麦子的间隙里寻找一小撮一小撮的新绿。他俩比赛，比谁割得草的种类多。他把刚出的玉米苗、高粱苗也算进去了——她后来成了他儿女的妈。当然，儿女是他们后来的后来才有的。

"没做什么，我……"等他回过神儿，抬起头答出这半句话，"吓"他的那人已经走远了：手里牵着一条黄毛小京巴，嘴里还嘟囔着："这老头儿，真有意思，还……"

水白子、香香草、谷谷莠、猪牙子、木锨头、气死驴、花卧单、牛耳朵、羊角（jia）子、姜姜芽、苦苦菜、婆婆丁……他心里叫着一个个草的名字，就看到一块儿块儿土地拼起来的平原。他家乡的哪一块土地生长哪一种草，他是清清楚楚的。他默念着这些熟悉的名字，就莫名地紧张。他见到这些刻在骨头里的影像，心跳就加速。这些影像就是一棵棵草，堆垛成他卑微的一生。他朦朦胧胧的初恋是从草开始的，他的大半辈子是和草打交道的。草，已经根植于他的生命里。他甚至觉得，他就是一棵纤弱的小草。

他想镰刀了。他很自然地想到镰刀。他没想割草有什么用处，他只是按捺不住割草的冲动。于是想到了赶集。他不知道北京有没有集市，但这难不住他。

他从邻居那里打听到附近的集市。问清楚了乘车来回的路线。

北京的集市和他老家的差不多。有蔬菜杂粮区，有衣服鞋帽区，有宠物牲口区……而他的目的只有一个：镰刀。卖镰刀的人和他年龄相近，那人当然不专卖镰刀：地上摆着铁锹、锄头、木叉、麻绳……后面的农用三轮车上还有杂七杂八的东西。

"现在买镰刀的人不多喽。"见他拿着镰刀端详，摊主递上一支烟，点着。

"是呀，镰刀的用处少了。原来，割草、割麦、割玉米，现在有除草剂、收割机。"

"用镰刀的人也越来越少。年轻人谁还愿意种地呀？都上班去了。种地的，都是像咱们这岁数的人啦。"

听着摊主的这句话，他只是频频地点头。他点着头，付了钱，把镰刀放进他自己带着的布兜儿里。

他买回一把镰刀，还买回一个柳条筐。

儿子的小汽车停在他的住处时，他正背着一筐草回来。孙子先下了车，跑过来。"爷爷，爷爷"地叫。儿子儿媳跟在后面。"爸。"看得出儿媳有些吃惊。儿子微笑着接过盛满草的筐，放到地上，解开捆在上面的绳子，把草倒在地上，抖落着摊开："想家了吧？爸。"

"嗨，闲着没事儿。"他有点儿不好意思，他还没想怎么跟儿子解释。好在儿子没有接着往下问。这是阳光灿烂的一天。

"看着青青的草，心里就是高兴。"四川话。

"是呀，我就忍不住手。"他和邻居站在门外的草堆旁说话。

"北京就不喜欢草，除非特意栽种的。否则，宁肯用除草剂喷死路边的杂草，留一路枯黄。"

"北京的环境还真好。我们家废塑料袋满天飞，地里、路边、村里到处都是。我都不知道自己用过的废塑料袋怎么处理，这玩意儿废品站也不收。"

"当然了，这里是首都。多少环卫工人、多大的环卫开支呀。"

他租住的这间红砖房子周围的空地儿，就变成他的晒草场。他就又重新进入了干草弥漫的暖香。

"爷爷，你割这么多草做什么？"

"这草香吗？"

"香。"

"感觉怎么样？"

"我想睡觉也在草堆里。真舒服，爷爷。"

香。舒服。也是他享受的感觉。他想散着香味儿的草一棵一棵地紧挨着，就是老家村里的院子一家一家地紧挨着，就是他和他的乡亲们一个一个紧挨着。因而他有时间就斜倚在干草堆上，晒太阳或者吹风。晒太阳吹风，是他在家种地时，劳动的间隙经常的事儿。晒着太阳，或者吹着风的时候，他总是醉意朦胧的。

"爷爷。"川味儿普通话的问候让他醉意地翻了一下身。他看见男孩儿骑电动车过去了。男孩儿几乎天天晚上回来的。说话不多，但不失礼貌。

他还享受割草的快乐。常常，他手里割着草，嘴里哼唱着他熟悉的曲调。常常，他手里割着草，心里默想着一些往事。

"小青蛇！"他在心里惊了一下。这惊里面，迅速多了喜的成分。他原本是怕蛇的。他不见蛇，已经很久了。

也是少年割草时候。那次，他发现一丛茂盛的、他喜欢的草。他刚抓拢住一把草还没下镰，猛见一条黑底红花儿的大蛇，从草间疾速逃出。他下意识地丢下镰刀，飞快地躲开。好久好久才平静下心，过去拿回镰刀。那丛草，他再也没敢去割。但他从那开始知道了：蛇也是怕人的。他另一次在远离村子的一个土岗上见到非常密集的蛇穴和一条条蛇蜕，更让他明白了蛇对人群的回避。

"是啊，蛇都上哪里去了呢？"他因而纳闷这么多年没见过蛇。他好像突然喜欢蛇了。他停下割草，这次不是因为受到惊吓。他目送着那条小青蛇慢慢消隐于深草丛中。

在北京他的住处，他砖房子的附近，他还见过黄鼠狼。那个午后，他正翻晒着一地摊开的草，意外瞥见一只黄鼠狼闪过他的门口，朝草垛后面跑去。因为草垛挡住了视线，没看到它跑到了哪里。

黄鼠狼，在他老家叫黄鼬，迷信的人叫它黄大仙。早先在他家乡一带，是很常见的一种野生动物。偷鸡、家兔，是它最惹人讨厌的举动。半夜鸡叫，肯定是黄鼬来袭了。如果不及时起来驱赶，次日晨起必定见到家禽、家兔的尸体，或者发现禽、兔的数量减少。因而，黄鼬是十分令农人厌恶的野生动物。

这只黄鼬让他忽然想到，黄鼬在他老家似乎也消失好多年了。他开始觉得，黄鼬与他一样是平原的一部分。他经常留意，试图再见到那只黄鼬。而终于没能见到。

在他的享受间，草垛一天天地高起来。一天天地，草垛成了这片空地的风景。

"爸，这草垛的香味儿好特别呀。"

"爸，您是北京城里唯一的割草人。"

"爸，您是北京城里最后的割草人。"

有时，儿子帮他翻翻晒在地上的草。有时，儿子大半天、大半天地陷在他的草垛里，抱着笔记本电脑工作。这时，他不答儿子的话。他很少和儿子说话。在老家的时候，他从没给儿子打过电话。儿子打给他，他也显得很冷的样子，简单几句就结束通话。但他和儿子间有着天然的默契。他和儿子之间的亲情，不需要用说话来维系、拉近或证明。就像相互挨着的两棵草，只要相互挨着，暖烘烘的香就相互渗透到心里。

他的草垛不再长高的时候已是深秋。草垛高高的，大大的，很是壮观，他捡来旧门窗立在草垛南面，俨然是一座雄伟的草房子。他闻到家乡味了，也有了家的感觉。秋一凉，他意识到他很久没见到男孩儿了。邻居也很久没过来找他聊天了。

"在呀。"他带着刚买来的熟菜肴和一瓶二锅头，敲开了邻居的门。

"哦，请进来。"邻居显得非常憔悴，满脸花白的络腮胡子。

他们摆好菜。端起酒杯，邻居就失声痛哭起来。

原来，前些天孙子下班回来，遭遇了一场严重的车祸……

那次，他和邻居谁也没喝酒，也没吃菜。

邻居讲述之后，他们相对坐着，一夜只是抽烟。

这个深秋，他住的这个村子里沸腾起来。

这个村子被称作棚户区，旧房改造的工程马上要开工了。

这个村拆迁进行时。已经有房子被推倒了，已经有人得到成百万、上千万的拆迁安置补偿款。

听到巨额补偿款的时候，他想到老家的村民得到"天文数字"拆迁款的喜悦。这些巨额的补偿款是什么呢？他想。他摇了摇头。他想起他儿子一本书的书名——《村庄正徐徐走远》。

在老家的村里，在他那一代人里，他算是有文化的。他还曾是村里的支部书记。但他几乎不看儿子写的东西，他只记住了儿子这本书的书名。他不止一次想起这本书的书名。他的土地被占的时候他想起过，他的房子要拆的时候他也想起过。

他知道他在这里住不下去了。

这几天，他总是有意地在潮白河左堤路路边溜达。他见有马车从这条路上走过。这次，正好让他截住了一驾马车。是赶着马车卖冬枣儿的人。

"您买枣儿吗？"

"不，不。我想问问，你这马吃什么？"

"草料呗。"

"正好，我这里有许多草。你要么？"

"哦，草呀。您哪里来的草呀？呵呵，不要。"

"我自己割的。一大垛干草。白给你。不收你的钱。"

"不收钱也不要。闲置的土地这么多，哪里没有草呀？"说着，"驾！驾！"地赶着马车离开了。

在路边等了三天，遇到九个赶马车的小贩。有卖苹果的，有卖栗子的，但没有一个愿意要他的草。

村里已经像刚刚经过大地震似的，瓦砾遍地了。几台挖掘机正在用新翻掘出来的土，覆盖房子拆掉留下的砖瓦的狼藉。

房东已经催他腾房："村里说，你的草也不能再垛在这里。"

"那怎么办？"

"您看着办吧，烧了也行。"

"烧了？"他一愣。

草垛终于燃烧起来。火光中，有他的儿子、儿媳、孙子，有他的邻居，还有喜欢凑热闹儿的村民、路人。

火光映亮了周围的眼睛。他眼看着他的草在燃烧。他看到的，只是草的灰。

"火球！"看的人同时惊呼。几个火球向几个方向同时射出，远逝。无声地快。

他的眼睛亮了一下：他隐约看出，其中一个火球裹着的，是他见过的那只黄鼬。

作者自题：

这篇小说通过"他"对草的情感变化、"他"的居住环境变化，反映出整个时代的农村巨变和这种变化初始带来的不适应，以及难舍的乡愁。

语丝微言

只知道孙殿英写诗，且写得不错。直至看完他的这篇小说《草垛》，才惊喜地发现，这是一篇诗意、诗情、诗境、诗化的小说。白居易论诗："根情、苗言、华声、实意。"作者借助"草垛"这个载体、这个道具、这个意象、这个象征，赋之、比之、兴之。将农民与村庄、农民与土地、农民与季节、农民与野草以及农民与乡村一切的一切，深沉绵密地剪不断、理还乱，才下眉头、又上心头的情感，表现得淋漓尽致。"情、言、声、意"皆具备矣！"草垛"成了象征，象征越真实，它越可以引你抵达越深的地方，也可以展示更多的内涵。假如孙殿英日后不去写小说，对于他本人，算是亏大发了。至少对于顺义文学界，也许会缺失一位有潜力股的作家。

【作者简介】

萧冰，女，本名谢军，1970年8月出生于顺义。喜欢历史、摄影、旅行，更喜欢让思绪带动文字游走于现实与梦境，编织一个个故事，独享那种运筹帷幄、纵横捭阖的骄傲和快乐。

题　记

拆迁，让苦拔苦业几代的农村人，一夜暴富。在暴富的同时，亲情疏离，夫妻反目，不乏其人。面对巨大利益诱惑，顷刻垮塌的亲情堡垒，是不是也让我们多些思索？

拆　迁

老王家，在村里是个不起眼儿的人家，老两口老实巴交一辈子，没想到老了老了，因为拆迁接二连三惹祸事上身，成了附近十里八乡茶余饭后的谈资。

老王家在村边，离其他住户有点儿远，再加上老王两口子都不是那爱联系的人儿，在村里就越加的不起眼儿。老王有俩闺女，但老伴知道，老王多想有个儿子。为这事，老伴总觉得对不住老王，日久生疾，刚六十出头，就下不了地了。老王也就认了自己命里无儿，把家也分了个明明白白。

大闺女已经出嫁，嫁的人家还不错，老闺女也到了谈婚论嫁的年纪。老王告诉老闺女，女婿外地人、本地人咱不挑，但是必须入赘咱家，家产都归她，条件是负责二老的养老送终。坐在炕上的老伴，对老王的分法，多少有点意见。老伴说，自己瘫炕上这几年，老大没少照顾家里，到头来，一根火棍都没分着。老王也就一米六几的个头，坐在葫芦架下的小板凳上，勾着腰，精瘦的身板，一身洗得发白的蓝色老式粗布裤褂，一顶无冬历夏都戴着的蓝布帽子，枣核一样黑瘦的脸上，攒满了皱纹，一双小眼睛却烁烁放光。老王"吧嗒吧嗒"抽着旱烟锅子，小眼睛看着自己辛苦一辈子，盖的六间大瓦房和三间厢房，"太阳能"刷了漆，厨房、厕所也贴了瓷砖。老王看着自己辛苦一辈子的劳动成果，心里满足、舒坦。他听到老伴隔着窗户跟自己的唠叨，老娘儿们想法就是来回倒摆，没个规整。他狠吸了几口烟，把烟锅子在水池子沿上磕了磕，站起身，冲老伴狠狠地说："大的当闺女看，二的咱当儿子养，家产不给儿子给谁？"老伴听了老王的话，又触动了那心结，也就不再言语了。

俩闺女对老王的家产分配方案倒也没啥意见。分家那天，老王请了书记、村主任、老王家两个年长的叔伯及几个不错的邻居。分家单由大队会计执笔，一式三份，俩闺女一人一份，老两口一份，签字、按手印，没有一点儿马虎。最后，老王还弄了两桌，饭桌上长辈们免不了要对姐儿俩嘱咐几句，诸如：你爸妈把你俩养大，多多不容易，老大你没得家产，也要好好尽孝。又对老二说：你爸可是把一辈子挣的都给了你，你爸妈的后半辈子可就指望你了。

其实，老王把分家搞得这么隆重，不是为了教育俩女儿，他知道，自己养的女儿，出不了多大格儿。老王是为那个还不知在谁家养着的上门女婿操办的，他要让村里人知道：我老王家可是把你当儿子待，你对我咋样可有大伙盯着呢！

随后的生活，老王家的日子是舒心的。没两年，新女婿进门，是个老实巴交的手艺人，老家安徽的。二闺女也是个实在孩子，两口子挺般配。女婿也把老王家当成了自己家，把老王老两口当成自己父母待，特别是对老伴，抱出抱进，洗衣、做饭没个嫌弃的眼神儿。平时跟镇上的一个包工队做瓦工，收入也不少，日子过得挺好。特别是二闺女第一胎生了个女孩，在老王的劝说下，顶着挨罚，又生了一胎，嘿，小子！可把老王乐坏了，老王家后继有人了。老王翻出箱底，把罚款给交了。从此，老王的生活就是逗乐子，哄孙子。老王老伴看老王乐，自己也跟着乐，佩服老王的英明决策。

本来日子这样过着，挺好。2008年北京申奥成功，奥运大道正好穿过老王家院子，老王家赶上拆迁啦！一时间，老王家赢得了全村人的瞩目。因为这次修路大部分占的是村里的集体用地，住户仅老王一家。老王也乐呀，这不天上掉下来个"金疙瘩"砸在自家院子里啦？那几天，老王家迎来送往的，光烟卷就发了好几条，多年不走动的亲戚也来看望老王，说要沾沾喜气。可唯独老大一家三口一直没露面。

老王和老伴心里也明白，这么大个"金元宝"跟老大没关系，搁谁心里也不是滋味。老王家院子大，将近两亩地，老二四口子，加上老两口，给四套两居室，考虑到大闺女结婚时，户口没迁走，按规定给45平方米，就另给了一个50平方米的独居，多出五平方米按市场价算。老伴知道分配方案后，开始跟老王商量："老二结婚后，老大还像以前一样照顾家里，现在有拆迁这事，怎么也得给老大弄两套吧？"

"弄两套，从老二四口子身上拿？"老王白了一眼炕上的老伴，没好气地说。

"那也得弄一套两居室给她！"老伴停顿了老半天，仿佛下了好大决心似的说。

老王坐在院子里的柿子树下，"吧嗒吧嗒"抽着旱烟，也不再搭理老伴。老王不想给大闺女弄套房吗？从老二四口子身上拿，肯定不行。自己花钱把大闺女的一居换成两居，需要加十六七万块钱，自从给孙子交了罚款，自己年龄一大，光在家哄孙子，没啥进项，也拿不出那么多钱呀！拆迁款倒是给了六十多万，可要是把这几套房都装修完了，倒是能剩十来万，要是用这钱给老大买房，那当初的分家单不就成了废纸？老二两口子不说啥？自己分家那天，当着村里有头有脸的人，说的那些话，不是自己抽自己嘴巴子吗？想想，老王就觉得臊得慌。当初本想让村里人监督这个上门女婿，没想到，现在变成监督老王自己了。唉，这可真是自己给自己挖坑儿！

从那以后，老伴儿跟老王杠上了，觉得老王偏向老二，不再搭理老头了。老王心里装着事，也没了笑模样。人家老二两口子，倒是跟没事人儿似的，早出晚归的，该干啥干啥。

就这样，又过了些日子，老伴儿突然笑呵呵地跟老王说："老头子，咱去住那一居室，把咱的两居室给老大？"

老王看着又瘦了一圈的老伴儿，头上灰白的头发，更稀疏了。老王看着老伴儿，心疼呀！他坐到了老伴身边，看着老伴干瘪的牙床，低声说："老婆子，我也想呀，但是你想，咱住一居室，老二闲着自己的两居，让村里人怎么看老二？老二还咋在村里呆？"

"那我跟老二说，让她给老大一套！"老伴赌气地说。

"你别说，要是老二有这心，让她自己给她姐！"老头子看着房顶，讪讪地说。

又过了俩月，老大只给家里打了个电话，说最近自己忙，先不过来了，让老两口多注意身体。眼看着要选房号了，老王老伴实在等不下去了，跟老二直说了。

老二啥也没说，先把分家单从柜底拿出来，放到老妈腿上，说："您要嫌我们没把您跟我爸伺候好，这家您重新分！"

一句话，没把老伴噎得背过气儿去。

要不怎么说"人活一口气儿！"呢？从那以后，老伴身子骨一下软下来，重感冒后，咳嗽总是不见好。一个月不到，人没了。

老伴地走让老王彻底蔫了，在院子里树底下，一坐一天，不说一句话。

老二觉得老妈的去世，跟自己有很大关系，老大借机会跟老二不依不饶。说老二拆迁后就变了，不好好照顾老两口了，光顾着赚家产了。

家里人心里虽然拧得七扭八歪，不知打了多少结，外人却不无羡慕地说："看人家老王家的，临了，还给儿女赚一两居室，好事都让他家赶上了！"

老二心里的难受，只有她自己知道，她后悔没听老妈的，给姐姐一套房子，现在想给，姐姐也不让她说话呀，姐姐要知道老妈是被自己气死的，那还不跟自己玩命？更让自己难受的，老爸对姐姐只字未提老妈跟自己生气的事，都怪自己太贪心。老二心里不干净，精神一阵一阵地恍惚，但是她不敢在家待着，她怕看到老爸那干瘪的背影，怕老爸紧锁的眉头。

这天，老二像往常一样，骑着电动三轮，到石门蔬菜批发市场进菜，回来的路上，撞上了一辆拉货大车，没到医院，人就没了。

老王听到这个信儿，就没再站起来，人也傻了，嘴里只会嘟囔一句话："拆哪门子迁呀！"

老大把痴呆的老爹接走了，家里剩下的老二家的，一个四十多的大老爷们，带着俩还上学的孩子，又当爹又当妈，怪可怜的。

村里人又摇头说：老王老实巴交一辈子，德行咋这浅，拆迁这点事儿，就弄得家破人亡的？

老王家的拆迁房马上就下来了，老王家的叔伯站出来说话了：这家得重新分，房子不能都让外姓得了。

语丝微言

"拆迁，拆迁，一步登天。"在拆迁带来的巨大利益面前，人性的各种嘴脸，均被暴露无遗，纤毫毕现。贪婪与嫉妒，巧取与豪夺，明争与暗斗，日施手段，夜费心机。兄弟打架，父子反目，诉诸公堂，并不鲜见。千年的信条，家族的古训，传统的伦理，一下子被冲击得稀里哗啦。一夜暴富，人们撕去往日那层温情脉脉的面纱，展现出人性恶的狰狞。所以，有人上了天堂，有人下了地狱。有人因富而贵，有人因富而亡。问题似乎由于拆迁，其实不能归罪于拆迁。农村的振兴，城乡的巨变，这一历史的震荡必然引起阵痛。人们从心理、伦理、观念、道德、法律诸方面，还未做好充分准备。拆迁这颗"金蛋"从天而降，必将所有人一时砸得晕头转向，无所适从。萧冰的这篇小说，不动声色地呈现拆迁活剧的画面之一。

【作者简介】

赵子林，1963年生，顺义赵全营镇人。曾在生产队、乡镇企业、党政机关工作。北京日报郊区版1982年开展"农村青年只能讲自学，不能说成材"大讨论，他即表明观点："走自学成才路，让文学照亮人生。"并牢记陈毅元帅"应知重实际，平地起高楼。应知重理想，更为世界谋"的诗句。实践证明，学习提升技能，知识改变命运。干什么研究什么，是人生干事创业成功的不二法门。曾在《京郊日报》《顺义文艺》《京西文学》发表文学作品。

土地的孩子

一

初春，残雪还未融尽，王家小院里的迎春已经随风款摆腰肢，绽放出了一片繁华世界。

夕阳西下，老王家厨房里江米酿鸭子的清香在空气中氤氲缭绕。

老王媳妇儿一边儿切胡萝卜丝，一边惴惴地问老王："你说，咱家雪晶到底能不能找到好工作？"

老王剥着蒜，沉吟片刻："要说时机，金三银四，这俩月是好时候。要说学习，咱闺女没得挑。可……"

老王媳妇儿不乐意了："可什么?! 我养的闺女我还不知道？"她把切得了的胡萝卜丝撮进碟子里，掸了案板，接茬儿给茄子切滚刀块儿："我们雪晶打小儿懂事，长这么大没让我劳神，没让老师操心。在哪儿上班儿，是哪儿的福气！"

老王说："那倒是！就凭我闺女办事儿的能耐——嘎崩脆，说咋办就咋办，搁哪儿都是将才。"

说是这么说，不过老王还是给媳妇儿提醒儿："得啦得啦，别人夸一朵花，自己夸让人笑话。"

"笑话我？我又没说谎。咱村儿多少人羡慕咱闺女?!"

这是实话。老王心里美，不由得跟着面露得意神色。

王雪晶，在家是好闺女，在学校是学霸，又是学生会干部，站哪儿都鹤立鸡群。

老王思忖着说道："要说说话处事，咱们雪晶最有分寸。就冲这条儿，也比一般的孩子有优势。找个体面的工作应该不难。"

"那你'可是'个啥？"

老王把蒜瓣儿放好，打扫地上的蒜皮子："可是，眼下世风不好，到处都托关系走后门，人家屋里弄点儿猫腻儿，好工作哪儿还轮得上咱们草根儿群众啊？"

这话戳中了要害。

老王媳妇停下手，径直走过来挥舞着菜刀说："要不然，咱们托她二姑父给找个好地方？"

老王闪着身子指着媳妇儿："你，你先把刀撂下。"他接着说，"我想过了，两条腿走路：闺女应聘是闺女的事，咱再另外托付托付她二姑父，这是咱的事。"

二

王雪晶今天面试。

一大早儿，她像往常一样穿着轻便的运动服拎包出门了。面试单位在百里之外。雪晶黎明即起，辗转换车、倒地铁、徒步，铁人三项一般终于从小山村到了城里的大公司。已是风尘仆仆。

离约定时间还有半小时。她进了洗手间。

不一会儿，从洗手间走出一个女子，轻点朱唇，淡扫蛾眉，乌亮的长发垂顺及肩。百褶领口的白色小衬衫，一尘不染。上衣是一粒扣的银灰色小西装，修身的公主线自然服帖，衬托得这女子愈发婀娜。左襟上一枚施华洛世奇水晶胸针画龙点睛恰到好处。立体剪裁的黑色西裤，浅口半高跟皮鞋，浑然一体。

沉稳，端庄，精致，典雅。

这就是刚才的王雪晶。如杨澜所说，没人有义务透过你邋遢的外表，去发现你优秀的内心。整洁着装是尊重自己，也是尊重别人，更是尊重工作和生活。

休息室里，数十人等着面试。和雪晶一样，他们披荆斩棘走到今天，能有资格进来已是不易。应试者有的沉思默想，有的顾盼神飞，还有的踌躇满志。是的，这世间永远不缺比你牛的人；而且，那些比你牛的人可能还会比你冷静淡定，比你仪态万方，比你更有家世背景……

知己知彼，雪晶沉心静气，静待花开。

面试的房间宽大奢华。法国流金大理石地面光洁无尘，处处闪耀着锦绣前程的诱人光芒。

面试官的最后一个问题是：我们为什么要雇佣你？

雪晶垂下眼帘略一思量，说道："因为大恒不仅需要一个可以独当一面的专业员工，为公司的蒸蒸日上助力加油，还需要一个把诚挚的心交托给这项事业的人。我相信，我可以。"

从面试官不经意的笑容里雪晶看到了一线曙光。

只是，雪晶仍然觉得少了点儿什么。少了点儿什么呢？

回到家的时候，身心俱疲。新闻联播已经开始了。

老妈把饭菜端上桌，趁势问起面试结果，雪晶看着电视随口说："还好。不过面试的人多，说不定。"

老妈挺高兴，顺手给闺女夹了一箸子江米酿鸭子。雪晶没有注意，她正专注地琢磨新闻里谈到的明年多项惠农补贴政策。

入夜，雪晶久久不能入睡。

她应聘的多家公司之中，这家大恒绿化工程公司，在中国首屈一指。过五关斩六将，初试、复试、面试，谈何容易！

可是，这些就是自己的一切么？

农大的校训：解民生之多艰，育天下之英才。

民生的艰难雪晶懂得——她打小儿就懂得，那就是父母的本色生活。

祖上几辈农民，生生世世面朝黄土背朝天。一年到头撒种、薅苗、耪地、拔草、施肥、培土、割麦子、掰棒子、砍秫秸、打捆、扬场……这还只是白天，晚上搓棒粒儿、灌袋子，大冬天穿着胶鞋打着手电下地浇冻水……真是汗珠子掉地摔八瓣儿，才换来点点收成。

全凭着爹妈两双手。岂是一个"难"字了得？

雪晶看在眼里，记在心上。谁也不是生来就不爱玩乐。可雪晶知道爹妈土里刨食的艰难。打懂事起，她就跟自己说：现在学习要学得好，将来工作要做得好，才对得起爹妈养家这份儿辛苦和对自己的期望啊。

她努力练就了坚硬的翅膀，就是要让自己飞得更高更远。可是，飞离乡村就要成为定局了，为什么自己并不高兴呢？患得？患失？都不是。

好像心底有个声音在絮絮地说着什么，只是听不真切。

三

表哥的婚事尘埃落定——五一举行婚礼。

雪晶妈跟着喜上眉梢，对雪晶说："你姑妈说了，下个月你表哥这婚礼得办得热热闹闹的。让你帮着招呼你表哥的同学——怕他们闹大喽。"

雪晶脆生生给了一个字儿："成。"

老王走过来借题发挥："其实啊，找工作和找对象差不多，你表哥相亲不下 30 次。这回对上了，媳妇论长相、论人品、论家庭，都好得让人眼红。所以呀，自己得上心踅摸着，家里头再盯着点儿，两下里使劲，总比一个人强不是？"

雪晶听出来爸爸的意思，正色说道："眼前的事还没成定局，您别担心。再者说，烧香惹鬼，送礼招事。您倒是咬牙发狠夯着胆子敢送呢，人家风口浪尖上也未必敢收啊。"

闺女说得在理，老王只是不肯就此罢休："你二姑父又不是别人。"

雪晶果断说："爸，咱谁也不托，求人不如求己。您都养我 20 多年了，也不差这三五个月。"

雪晶的话当啷啷掉在地上，也砸在老王心里，嗡嗡地响起了回声，老王没了话说。屋子里顿时安静下来，方才的喜气被爷儿俩的一问一答冲刷得无影无踪。气氛尴尬。

话一出口，雪晶就有点儿后悔。感觉顶撞了父母。大学毕业了，翅膀硬了，敢顶撞父母了？这让父母情何以堪？

雪晶善解人意。下午去商场着实给老王添了几样儿下酒菜。虽然雪晶妈说了，让老王禁烟控酒，可是，一见雪晶满载而归，夫妇俩眼里真切心里明白，脸上不由得欢喜起来。

父亲确实猜不透闺女的心思，只好暂不提她上班的事。

其实，雪晶自己也没有理清楚自己的心思。

她记得拿到大学录取通知书之后一周，村书记郑大爷就按政策率领村干部们给老王家发了一万块钱奖金，盛赞雪晶是"山村里飞出的金凤凰"。

隔天，老王请客。

书记村长亲戚朋友街坊邻居严严实实十几桌，挤满了小院儿。

酒过三巡，郑大爷说："雪晶就是咱村儿的金凤凰，赶明儿毕了业，再找一棵梧桐树落脚，老王，你就等着享清福吧。"

老王满面春风，忙说："借您吉言，借您吉言！"

对门三叔说："那城里头有的是梧桐树，还怕咱的金凤凰无处安身么！"

一句话引来大家伙儿一阵欢快的笑声。

郑大爷略一沉吟，刚才欢喜的表情渐渐退去，隐隐地一抹落寞爬上面颊，端起的

225

酒杯又放下了。

大家的说笑声，碟儿盘儿碗儿的磕碰声，椅子板凳的挪动声，汇成一曲欢快的交响。郑大爷这一刻不起眼的镜头一闪即逝，却定格在雪晶的心里，让她久久不能释怀。

她懂得郑大爷没有说出来的话。那里面有对雪晶远大前程的祝福，也有对亲眼看着长大的孩子的不舍。有文化的孩子渐渐都离开了乡村，乡村的希望在哪里？

家乡的土地养活了父母祖辈，父母又含辛茹苦养育了雪晶。所有的付出就是要让雪晶离开乡村，去往大城市，寻求那种叫作"白领"的生活。

所有的爱，都是为了让孩子更漂亮地离开。是吗？

那父母呢？那生我养我的村子呢？

雪晶从山里小村走向北京城里的大学。满眼的高楼大厦，到处是车水马龙，白天街声扰攘，夜晚霓虹闪烁。这些无一不让人眼花缭乱。

世界可以缭乱，心不能乱。雪晶告诉自己：我不能走着走着忘记了为什么而出发。她要锻造一个更优秀的自己。雪晶蓄势待发。

然而，同宿舍青青的失恋，给雪晶带来更多的思考。

大学毕业季，也是分手季。

宿舍里，青青泪如雨下。因为男朋友说了，自己好不容易从农村熬出来，永远不想再回去。要是不同意，就只能分手。而青青的母亲常年瘫痪在床，妹妹年幼，好几亩口粮田，她哪儿能抛下一家人不管呢？

残酷的现实，棒打了鸳鸯。农村，土地，成为横亘在青年恋人之间的鸿沟。

雪晶思考着：土地是谁？我又是谁呢？

城里的高楼大厦鳞次栉比，但是没有土地的蓬勃气息。土地，那是生命的起点。也是终点。你给它一个辛勤的春夏，它就还你一个丰饶的金秋。那里有人类最初的盼望。我往何处去？

四

表哥婚宴热闹非凡喜气洋洋。玫瑰百合郁金香满天星点缀的花海之中，一对新人携手踏进婚姻殿堂。

果不出姑妈所料，酒过三巡、菜过五味，几个大学同学争着要闹洞房。

雪晶打定主意得控制局面。她叫厨房给添了两个解酒凉菜，几个同学争着道谢。雪晶趁势说道："在座各位都是表哥的大学同学，有层次有格调，要闹洞房也得有水平，才显出咱有文化。"

雪晶的一句话，把闹洞房的门槛提高了。

众同学正商量得热闹，那边儿有个大婶过来，和其中一位聊开了，慢慢他俩倒成了主角。

原来，大婶听说这位是康庄的科技项目负责人，正是来请教养猪的事。

旁边一个留着背头的同学看不下去了，冲着"红脸膛儿"鄙夷不屑地说道："别把你那点破事儿当歌儿唱。这是喝喜酒，又不是听你作报告。"

这边儿俩人正说到兴头上，无暇他顾。

大庭广众被人家臊着，脸上到底下不来，"背头"同学忍不住指着那"红脸膛儿"没好气儿地又说道："这儿商量闹洞房呢，有别的事儿回你们家说去！"

那一位轻描淡写回了一句："对呀，回头咱们都该回家看看老妈去了。你多久没回去了？"

这边儿大伙儿蓦地安静下来，这哥们儿紫涨了脸要急眼的火势。雪晶亮起嗓子打圆场："今儿是表哥的大喜日子，感谢各位大哥大姐远道而来道贺。我给大伙儿来一段儿《在希望的田野上》怎么样？"大家知趣地忙鼓掌欢迎。

"我们的家乡，

在希望的田野上。

炊烟在新建的住房上飘荡，

小河在美丽的村庄旁流淌……"

歌声甜美清脆，确乎有几分当年彭丽媛的风范。

唱者无心，听者有意。这红脸膛的小伙子不由自主地回身望着雪晶，会心地笑了……

表哥顺利入洞房，算逃过一劫。

五

婚礼如春风拂面，在雪晶心里未着痕迹。那红脸膛儿小伙子却烙印在她心里。

闲谈之间，雪晶有意无意地和表哥提起了他。表哥说：他叫郭勇，家里日子苦，是借钱上的大学。本来都是农家子弟、互相理应多照应，可那留背头的同学打心眼里瞧不起他，经常挖苦他，说他家穷得掉渣儿——除了他上中学在外头挨了顿打，吃过人家送来的一包槽子糕，别的，他连萨其马、酥皮果子都不知道什么滋味儿。

郭勇不计较。穷是穷的，郭勇有志气。

大学四年里，好多同学开始享受高考后的轻松自在，可是他天天往图书馆跑。

大学一毕业，大家都奔机关、国企。郭勇这人挺特别，他斟酌了半天，居然打定主意去康庄。开始大家伙儿都不看好他。你想啊，在小小的康庄，他又能怎么样呢？

结果不然，正如郭勇所说的，国家政策倾斜，往农村派的大学生都成了村里的香饽饽。现在又搞规划，又包装项目，还真牛。眼下风光无限呢。

雪晶的心里燃起希望的火焰，说道："看来在农村也可以大有作为啊。"

表哥也猜透了雪晶的心思，说："嗯。具体的你问他本人吧。"他把郭勇的手机号、QQ号都给了雪晶。

六

郭勇在线。

他夸雪晶唱歌儿有功底儿，待人接物不卑不亢。

雪晶有点儿不好意思。转而单刀直入问郭勇：你当初怎么去的康庄？

郭勇说："我是农村人，农村就是我的根。一方面有国家政策倾斜，另一方面，康庄的很多项目和我专业对口。这儿是能让我大展拳脚的地方。你看，光是养猪项目，去年按计划出栏了3000头瘦肉型猪，今年还要突破。新近我们还建起了千亩大棚，花卉种植基地也已经成熟了，蔷薇、蝴蝶兰、九里香育苗都很顺利。我们还打算引进欧洲的龙胆科、茜草科植物……"

说起工作，郭勇滔滔不绝如数家珍，换了旁人便如听天书，而雪晶听起来却分外熟悉和亲切。

她赞叹郭勇敢作敢为。

郭勇说："康庄虽小，事业却大。我坚信自己的选择。如果你了解了它，我相信，对你来说，它也会是一片'希望的田野'！"

不知是有意还是无意，他又一次提到了那首歌。雪晶莞尔，她似乎看到了郭勇热情的目光。

这一晚，两个同道中人你来我往，掰开揉碎，一问一答。小小的康庄就在这静夜里，就在这座钟嘀嗒声中缓缓地展开了美丽而神异的画卷。

郭勇说："当下社会的迅猛发展，快把农村淘空了。当初求学的时候，我们背对着家乡，背对着农村，所有人都是甩开双臂跑起来，越跑越快，越跑越远。大家跑进了城，可父母还在农村，还是在一撅三折地侍候土地。直到他们老得干不动的时候，他们依然不愿意离开这片生生不息的土地。为什么？因为土地才是农民的根。

正如《乱世佳人》中所说的'土地是世界上唯一值得你去为之工作、为之战斗、为之牺牲的东西，因为它是唯一永恒的东西'。"

郭勇的话掷地有声，句句敲击在雪晶心上。

蓦地，雪晶又听见那个熟悉的声音在召唤……那是？

是了，那是端木蕻良深情地诉说：土地是我的母亲，我的每一寸皮肤，都有着土粒；我的手掌一接近土地，心就变得平静。我是土地的族系，我不能离开她。

故乡的土壤是香的……

那么，我是谁？

电光石火之间，雪晶仿佛洞悉了一切：我是土地的孩子，我来自土地，终了，还要复归于土地。土地就是我的家，也是我的梦！我可以在城里大理石地面的办公楼里精致地工作，然而，只有扎根在沃土，我才会发芽、长叶，蓬勃地开花，绽放生命里最美的年华……这才是我的使命。

雪晶终于解开了心里的谜团，眼前一亮，豁然开朗。

她下定决心似的问道："我可以到康庄亲自看看吗？"

七

郭勇："当然欢迎。"

表哥说郭勇这人挺特别。这算夸奖吗？这特别，我喜欢。雪晶暗暗地想。

第二天，郭勇接待参观团。雪晶随团听郭勇讲解。从养殖场到饲料基地，从植物园到插花园艺教室，发展绿色经济、营造绿色环境、共享绿色生活。参观团里的几位行家不断点头赞叹："康庄的发展理念的确前卫！"

送走参观团，雪晶好奇地来到"四眼井"旁边，问郭勇："你说这井水里，放上中草药，就能给人治病，真的那么神奇吗？中草药不是经过熬制，才能发挥作用吗？"

郭勇意味深长地说："'四眼井'只是一口普通的井，保存它是为了让全村人饮水思源。过去大家都在一个井台上打水，互相谁也离不开谁。以后，全村人还要齐心协力，才能共同富裕。它是康庄人的精神寄托。"

大路旁的法国梧桐枝繁叶茂，在初夏的清风中絮语。

郭勇望着雪晶眸子里跳动的喜悦，不忍心却又不得不提醒道："唔、唔，农村讲'春争日、夏争时'，在康庄，可、可没有填完柴火就揭锅的事……"

一直侃侃而谈的郭勇此时略有些不自然。雪晶垂下睫毛，咬着下唇会意地点点头，她懂得郭勇善意的提醒。

八

一周之后，大恒公司的录用通知到了。雪晶撂下那张录用通知，却毅然走进康庄。

老王夫妇只知道小有名气的康庄广纳贤才待遇优厚，自然乐得合不拢嘴。就连老书记郑大爷都高兴地直挑大拇指："这孩子，有胆量，有出息！"

这对求贤若渴的康庄是个喜讯，郭勇更是心生欢喜。

雪晶刚一就职，就别出心裁地为康庄策划一个"盛夏亲子生态节"。

活动如期举办。天使般的孩子们飞进农业生态园，动手做鲜切花扦插，用五谷杂粮粘贴艺术画，用各种树叶做植物标本。年轻的爸爸妈妈们笑逐颜开。

看着孩子们快乐的样子，雪晶自己也由衷地欣喜。

郭勇对雪晶说：学以致用，这才是人生乐事！雪晶说：这还要感谢你，搭建这个平台，你是我来康庄的引路人。郭勇只是笑，却没有说出自己的小心思。

时近晌午，草坪里各色花朵状的音箱里流泻出彭丽媛甜美而醇厚的歌声：我们的家乡，在希望的田野上……

郭勇和雪晶不约而同相视而笑。

柳荫下，一个小朋友，好奇地跑过来，问雪晶："阿姨，妈妈都带宝宝来，你为什么不带宝宝来，是不是宝宝惹你生气了？"

雪晶的脸上顿时飞了红霞。郭勇趁势猫腰对小朋友说："你阿姨在康庄已经播下了爱的种子，很快就要发芽了。"一向落落大方的雪晶此时却扭绞着双手羞不可抑，到底一巴掌打在了郭勇的手臂上。郭勇爽朗地笑起来。

不远处的荷塘里，一株并蒂莲正含苞待放。

语丝微言

头一次看到赵子林的小说，且是短篇，题目是《土地的孩子》。其实，我们都是土地的孩子，整个人类都是土地的孩子，每个人不过是土地中的一粒、宇宙中的尘埃。这篇小说正是基于这古老的哲理、大地的道德演绎开来。王雪晶这个女孩，本是应聘大公司"白领"且成功了的，但她毅然决然地回归土地，志在农村。因为在她的生命中，有大地的基因、黄土的元素。其实，现在的农村，已不可和几十年前的穷乡僻壤同日而语；今日的农民，也不再采取脸朝黄土背朝天的劳作方式。智能化、科技化、现代化的农村振兴，使古老的农村面貌一新。而文化的传承、传统的遗留，只要有农村存在，就不会断裂。因为农村，更承载土地；土地，更承载农村。农村是溶解中国一切问题的巨大容器和承载，曾成功地化解共和国的数次危机。乡村振兴是中华民族振兴的前沿，也是大后方。但这一切，都需要像王雪晶这类有知识、有热情、有志向的年轻人去开拓、去创业、去守候。归根结底，古老的农村需要年轻人去打理、去扎根、去成家立业。赵子林是农民的孩子，他一直生活、学习、工作在农村。从他的小说中，可以看出他对农村的熟悉、对农民的感情、对农业的希望、对农村前景多姿多彩的展望。赵子林植根于以诸子为林，以先哲为林，以乡贤为林的高度谦逊中。从他待人接物的谦虚中，可以看出他身上的种种优秀。赵子林小说中的主人公王雪晶原型是投身北郎中建设的 80 年代大学生刘雪丽，其英年早逝，谨以此文祭奠。

【作者简介】
　　李文香，笔名听雪，1964 年出生，退休教师。她喜欢诗歌、散文创作及文学作品朗诵，有诗歌、散文和游记发表于《顺义文艺》和《中国旅游报》。

五奶

　　五奶活了一百零五岁。无病无灾就归了西。送行的人挤满了一条街，面街搭台，三天大戏，挤满了十里八村的人。

　　都说五奶有福气，五个儿子个顶个出息，孙子孙女也都成龙成凤，更是五爷的造化。

　　五爷成亲那会儿，是包办婚姻，双方换过婚帖，写明双方的生辰八字择吉日就可成婚。

　　五爷娶亲那天，走到半路，正好遇见前方也有一顶花轿迎面而来。俗话说亲碰亲要散金，散金舍财求安心，正当双方停下时，忽然从路边树林里冲出来几个蒙面的骑马盗贼横冲直撞，和娶亲送亲的人打做一团。坐在花轿里的五奶踢开轿帘，只见她大脚一抬，就把个小奴翻倒在地，接着又把向他冲过来的几个人横扫出去。这时混乱中跑来几个人，忙把她推进轿子抬腿就跑，到了夫家下轿才知抬错了人。将错就错，五奶就成了五爷的人。

　　婆婆一看五奶那双大脚气就不打一处来，常常当着五奶的面指桑骂槐。五奶可不惯着她，愣是用一双大脚站稳了脚跟。

　　白天跟着五爷出去做粮食生意，晚上回来灯下裁衣纺线，把家里打理得井井有条。不出几年家里就开了酒作坊榨油坊，三个儿子也上了学堂。

　　五奶的父亲是尚德武馆的馆主，平时送货出城就会找馆里的师兄弟帮忙押运。赶巧五奶的父亲带着徒弟去参加比武大会，五奶不放心，就和五爷亲自押车。刚进城不久，迎面走来了几个扛枪的日本鬼子，看到五奶坐在骡车上，呼啦呼啦地围拢过来，指着车上的五奶："花酒好喝，花大姐香。"五爷赶忙上前阻止，那几个日本兵气势汹汹地就朝五爷压过来。五奶见势不妙，飞出一脚，瞬间两个鬼子趴在地上来了个嘴啃泥。这时其他鬼子举起枪冲过来，五奶手疾眼快脚尖一提酒罐子从手里飞出去，在小鬼子的头上开了花，旁边有个小鬼子端着枪直刺过来。五奶飞身一跃，踩着五爷的肩膀跳下来，一个倒钩脚，小鬼子就飞上了天，重重摔在地上爬不起来。突然，街上传来几声枪响，拉酒车的牲口受了惊，开始狂奔，吓得日本鬼子抱头鼠窜。

原来遇上了执行任务的游击队，五奶和五爷叩首拜谢。不久五奶和五爷利用送酒的机会给游击队转移了一批枪支弹药。后来五奶把她的三个儿子都送上了前线，并立下赫赫战功。

五爷家的生意越做越火，惹恼了同道之人。一场大火榨油坊成为灰烬，酒作坊也做不下去了，五奶愣是一个眼泪疙瘩没掉，一句活人还能让尿憋死，就带着一家人投奔了一个乡下的亲戚。他们在乡下买了房子养鸡喂猪，还开了豆腐坊。两个小儿子也到了上学的年纪，为了贴补家用五奶就把家里老母鸡下的蛋偷偷攒起来，攒够五十个，天不亮就出发，挎着一篮子鸡蛋和一些时令蔬菜赶到北平城里去卖。每次回来五奶都累得上不了炕。

有一次五奶从北平城里带回一个精致木匣子，没事的时候就跟着里面的唱腔学。过年过节，五奶家里就热闹起来，屋子里挤满了人。五奶勾眉描黛身上裹着花被面敞开嗓门闪亮登场，《贵妃醉酒》《打渔杀家》《武家坡》……那婉转的唱腔荡气回肠余音绕梁。

后来，村里人说：五奶去城里卖鸡蛋遇见了贵人，她得到了京剧大师梅兰芳先生的真传。

那年村里来了工作队，五爷天天被叫去接受教育，一天家里闯进几个乳臭未干的愣头青，也要揪五奶奶去接受教育，五奶奶眼一瞪大脚一跺，举着烧火棍厉声喝道："哪个猫崽子敢过来，老娘陪你练练！"吓得几个愣头青屁滚尿流地逃了。

五爷平反后，两个小儿子都考入了大学，城里给分了新房子，三个大儿子都留在部队并成家立业，五奶和五爷却坚持留在农村生活。前些年五奶还被接到县里作抗日英雄报告，过节时县领导上门慰问，五奶家高大的门楣上镌刻着几个红光闪闪的大字——英雄模范之家。

近些年五爷五奶年岁越来越大，儿子们也都退休了，就在老房子的地基上盖起来两层小楼，轮流侍奉着五爷五奶。五爷前两年过世了，五奶却耳不聋眼不花，说起话来还跟发号施令一样，只要一跺脚，家里上上下下没人敢大声吭气。

五奶走得风风光光，她从城里带来的那个匣子依然端端正正地摆放在她和五爷留下的八仙桌上。

语丝微言

李文香长于朗诵，但她写的这篇短小说却有着长篇的架构、中篇的容量、短篇的激荡和小小说的精彩亮相。五奶这个人物，写得很传奇、很传神、很侠气，有点像金庸笔下的剑客侠女。但她又不是武林江湖中人，而是持家育儿、务农经商、相夫教子的普通农妇。但是在乱世，她该出手时就出手，遇到不平一声吼。虽是巾帼，并不让须眉。中国的女性自古以来，就不光有见花流泪、对月伤情、柔情似水、小鸟依人一面，还有刚烈独立、光风霁月、侠骨忠勇的一面。李文香的这篇小说虽小，但至少证明，在历史长河中，于大的背景下，中国从不缺失这样的刚烈奇女子、巾帼伟丈夫。

【作者简介】

王莉莉，笔名蓝韫，汉族，1968年出生。毕业于北京师范学院，中学高级历史教师，顺义区骨干教师，顺义区作家协会理事。顺义老干部局朗诵团成员，老舍文学院学员。酷爱文学写作和朗诵，曾经有多篇论文发表获奖，在区级刊物发表诗歌、散文。荣获北京市最美书评二等奖、"顺美杯"征文二等奖、"顺义胜利杯"朗诵大赛二等奖、《绽放夕阳》居民诵读一等奖等。

闪 婚 （外一篇）

今年的冬天格外寒冷，窗子上开满了晶莹的窗花，太阳一出来，亮闪闪的晃眼。到了晚上，忽而下起了雪，零星飘舞很快就变成了洋洋洒洒，不一会儿荒山野岭就被白色完全占领了，整个村子都笼罩在一片阴霾里，不到五点天就已经完全黑了下来，悄悄拉开夜的帷幕……

良善屯位于燕山山脚下，村子里的人们冬日里偶尔去山里打野兔，到了晚上就聚在一起打扑克儿，偶尔玩玩儿小麻将。夜晚的村子里静悄悄的，因为天气冷，家家关门闭户。闫家是大家活动的小据点儿，五间大瓦房，宽敞明亮，闫大嫂爽朗的笑声向邻居们敞开大门。大伙儿也就喜欢去她家聚聚，乐和乐和。

闫家大哥是做木匠活儿的，常年在外忙碌，冬季活儿少了，也自然在家里闲下来了。他是个大能人儿，不仅会木工，因为总是随着建筑队干活儿，瓦匠活儿也很精通，电工活儿也会一点儿。左邻右舍有点儿小活儿都会找他，他只要有空就一定帮忙，他的一双大手上爬满了老茧，身高才1米7出头儿，但是由于常年干活儿，手显得特别大，也许正是干活儿多发育的一双大手？

说起他们的故事来，还真是有点儿传奇色彩。闫大哥由于家里父亲去世早，还要养活老母亲和两个未成年的弟弟，自己的婚姻大事就耽搁了，到了30岁还是孤身一人，心里着实有点儿着急。那年邻家赵大哥说给老闫说了一个邻村姑娘，人长得漂亮，还特别能干，性格也爽快。两人在赵大哥家见了面，姑娘个子不高，身材匀称，一双大眼睛格外明亮，一说话就爱笑，露出一对酒窝儿。"我看着她，心里就觉得高兴，一天到晚都乐呵呵的，心态阳光。"闫家大哥逢人便说，"她那双眼睛长的就是好看。"这大概就是一见钟情吧。闫家大嫂的想法可不是这样。

她说"我们那天在院子里见的面，他穿得干干净净，裤腿挽着，皮肤黑还小眼八叉儿，我还真没看上。后来我有点热，打算用凉水洗个脸，结果在菜地边儿差点栽个跟头，他挺麻利地一下扶住我，还说：夏天就得注意，水边爱长绿藻，踩在脚下就出溜儿。我说：你说啥呢？他指着地上的石板说，那就是咯。我那是头一次知道，那个叫绿藻。"

"后来一问才知道呀，他上过高中，因为父亲去世早，就靠着自己寒暑假干活儿，在学校农场当场长，把自己供到高中毕业，拿了毕业证就回村干活儿了。怨不得他知道那么多。有文化的人说话就是不一样啊。""你们会写绿藻吗？"此刻的闫大嫂一脸骄傲，"我会写绿藻。"他还说："蚊子的幼虫叫孑孓（jié jué），孑孓由蚊卵在水中孵化而成，身体细长，游泳时身体一屈一伸，我们还叫它跟头虫，你们会写孑孓吗？"

这当儿，听故事的人通常会笑起来："就这两句话就把你蒙回家了。"

"没有啊，不是的呀。"闫大嫂赶紧辩解着，"第二次见面，他说他得外出干活儿，没有时间，我这也老大不小的了，你要是觉得没啥意见，咱们就去把证儿领了。我其实也吓了一跳，刚见两次面，就领证，这也太快了吧。他说：没事的啦，你再考虑考虑也行。毕竟是人生大事，马虎不得。不过我这次要出去大概两个月，有个大活儿要干，我得完秋儿再过来找你了啊。""我就想着，要不然就领了？"

一帮人就开始笑得前仰后合，有个嘴儿快的说："您这是闪婚呀。"

"啥意思？"，才五年级毕业的闫大嫂，被这个新词儿难住了。

"就是闪电式结婚，您还挺时髦的啊。"

"哦，闪电式结婚。"闫大嫂小声嘀咕着。

旁边的李婶接话说："那也没啥呀，人家电影里的李双双不就是先结婚后恋爱，不也过得挺好的吗。"

"人家老闫多会疼人呀，他是咱村里的大能人，人也勤快，脾气又好，你这是前世修来的福气呦！"大家伙赶紧附和着，"就是呀。"

闫大嫂这会儿已经羞红了脸，低头不语。心里想着：啥闪婚不闪婚的，只要日子过得好就行啦，我家那口子这么多年还真是知冷知热的啊。想到这儿，她的心里有点儿甜滋滋的……

日子就这样不紧不慢地过着，闫大哥也当了村支书，每天都是脚不着地儿，忙着开会，忙着处理村子里的大事小情，闫家的日子过得也是红红火火。转眼间闫家的两个闺女也出落得亭亭玉立，都是二十出头的大姑娘了。不过她们的外貌一点儿都不像，一个随了妈妈，大姑娘彩儿双眼皮大眼睛，个子高高，皮肤白皙，一副美人胚子，人见人爱。老二玉儿个子不高，眼睛不大，但总是笑盈盈地，一对笑眼儿，做事也是轻悄悄地，如百合花一样静静地开放。

她们的美各有特色，站在闫家门口就是一道风景。彩儿学习一般，读了个大专，学习的是旅游管理，在一家旅行社当了导游，一年四季全国各地的飞，偶尔还会随团出国，每一次回家，她都会眉飞色舞地讲这次的见闻，还会带来一些各地的特产：海南的椰子鸡，云南的鲜花饼，湖南的辣酱……穿着也是越来越洋气，阔腿牛仔裤，更衬托出她的大长腿。玉儿性格安静，上了本市的一所师范大学，每天都是泡在书堆里，不肯抬头，好像和那些书有着说不完的情话，眼镜度数也有 500 度了。戴了眼镜的玉儿，自带一些书香气，更加温婉可人。

又是一个烈日炎炎的夏日，傍晚时分，一辆宝马 x 5 开进了良善屯。车子停在闫家门口，车门一开，穿着红色花裙子的彩儿下了车。紧跟着下车的是一个小伙子，个子不高，身材匀称，一身高档西装，自带派头儿。从后备厢里拿了大包小包儿，一前一后走进闫家大门。闫家的新翻盖的二层小楼，大大的落地玻璃窗，阳光铺洒在地面上，大理石瓷砖都能照出人影儿。一进门是紫檀木的沙发、茶儿，还有两盆盛开的蝴蝶兰，水灵灵地展开笑脸，落地的 64 寸电视正在播放着一首歌儿《常回家看看》，显得特别应景儿。

闫大嫂穿着围裙，从厨房走出来，忙不迭地张罗着。

"赶紧坐下吧，这一路上也挺累的，彩儿你去切个西瓜，我放在冰箱里了。"接着端详着小伙子，嘴里嘟囔着："不错，不错，挺好。"

"小伙子你是干啥工作的？"

"阿姨，我是做 IT 的。"

"你说啥？"

"IT，就是软件工程师，计算机您知道吗？"

"哦，计算机，我知道了。"

闫大嫂恍然大悟一般。说话间，彩儿已经切好了一盘西瓜，粉红色，有点沙瓤儿，看着就让人有食欲，大夏天来上一口，别提多美了。

彩儿坐在沙发上："妈，咱家的户口本呢？"

"你要户口本，干啥？"

"我们明天上午去民政局领证去呀！没户口本还行？"彩儿靠在小伙子身边，笑盈盈地说："是吧。"

闫大嫂惊讶地看着彩儿："这么快呀，你们才认识一个月，我才第一次见他呀。"

"妈，您真是的啊，啥快不快的啊，合适就好。再说您和老爸不也是见了两次面就领证了，现在过得多好啊。"

彩儿这话一说，闫大嫂没词儿了，瞪着一双大眼睛，看着面前的两个人。不情愿地走进卧室，磨蹭了半天，拿出了红色的户口本。

"给你，妈这都是为你好啊，终身大事，得慎重考虑啊。"

彩儿高兴地拿过户口本："妈，您就放心吧，我们这叫在对的时间遇到对的人，没事的啊。"

闫大嫂无奈地说"唉，女大不中留啊。"脸上笑着，但是总感觉心里有点儿不太踏实。

彩儿和这个小贾是上次去张家界旅游带团认识的，听说他家是开网络公司的，家里还挺有钱的。彩儿平日里也总说："我找对象要么找个有钱的，要么找个有权的。"彩儿就这样挑来挑去，眼看着到年根儿就30岁了，闫大嫂心里也有点儿起急。但是他们才认识刚刚一个月，这结婚速度，的确也有点儿太快了。

"闪婚"，闫大嫂脑子里闪出了这个词儿。不过也没啥，我不是也闪婚吗？过得多好，肯定没事的啦。闫大嫂心里安慰着自己。

一个月后，闫大嫂正在看新闻联播："衡阳特大网络诈骗案，今日已经破获，涉案金额 8000 余万。"

"真够缺德的啊，骗人呐。"闫大嫂边看边说，突然愣住了，张大了嘴，画面上有个熟悉的面孔，虽然换了一件夹克，但是咋看感觉这个人就是大姑爷小贾呢？

闫大嫂赶紧拨通了手机电话，电话那头儿，彩儿泣不成声："妈，他说的全是假的，什么公司，什么贾总，都是骗人的，就是一个网络诈骗公司。妈呀，我可咋办呀。"

此刻，闫大嫂脑子里"嗡嗡的"，一片空白，手机"啪叽"掉落在地上。"咋会这样呢？咋会这样呢。"

语丝微言

写作是一粒种子，长在自己心里，只要有土壤，浇水精心呵护，就一定会生根发芽，茁壮成长。蓝辑常说：文学是我的初恋，写作是我的最爱。34 年的教学生涯，忙碌的家务，让她的文学梦深藏在心底，从未中断。自编历史小歌谣，写论文和案例。为学生中考写作两万多字长文《生命如歌》，文字成为不断激励孩子们学习的冲锋号。在疫情防控期间写作《折翼的雄鹰》《抗疫快板》，均发表于《顺义文艺》和公众号上。文字是灵感的记录，是陶醉后的引吭高歌。一杯热茶，一本好书，一颗渴求文学的心。有阳光、有文学为伴的人生，真好！

在人类发展的长河中，在很长的历史时期，人类只有繁衍，并无所谓的"婚姻"。直到私有制出现，婚姻才植入人类的繁衍。都市阶层的"门当户对"与乡村社会的"篱笆门找寨笆门"是择偶嫁娶的经济基础。男婚女嫁，都要经过时间的检测。从古代男女双方订婚互换带有生辰八字的"小帖"到正式结婚，往往需要几年的时间。就是在现代，青年男女从确立恋爱关系到真正步入婚姻的神圣殿堂，一般也需要一二年或更长的时间。因为只有时间，才能剥下被遮蔽的外衣，显现出真相，免得盲婚哑嫁。婚姻对男女双方来说，都等同于人生的第二次投胎。而当代，似乎生活的节奏都加快了，乘高铁、点快餐、兴快递、用闪送，就连结婚这本应是慢生活，节奏竟也快起来。略去了应有的程序和阶段，了解与认知、磨合与互动、考试和考验。所以"闪婚"的结果，往往是"闪离"。王莉莉这篇小说的结尾，正是揭示了这个结局。

一样的月光

小凡的儿子28了，准备今年九月结婚。给亲戚朋友送喜信儿，是个大任务。

"明玮，咱们今儿下午是先去我老舅家还是先去你舅舅家啊？"

明玮一边换衣服一边说："先去我舅舅家吧，再去你老舅家。"

小凡心领神会："哦，行。"两个舅舅家都住在牛山镇上，不到十分钟的路程，一次去两家也很方便。小凡心里想着：先去他舅舅家也好，只是不清楚今天又会有啥奇葩的事儿，但愿一家都和和气气儿的，能顺顺利利的完事儿。牛山镇是一条古街，两侧都是门脸房，街道尽头是牛栏山一中，南侧紧邻二锅头酒厂，牛栏山也因此全国闻名。进财舅舅家有个小卖部，卖蔬菜和水果。在农村也算得上是个小自足户，生活比较宽裕。只是自从儿媳妇进门，家里就没得消停，三天一小吵，两天一大吵。谁也说不清这个中缘由，真是清官难断家务事呀。"一样的笑容，一样的泪水，一样的日子，一样的我和你……谁能告诉我，谁能告诉我是我们改变了世界，还是世界改变了我和你……"苏芮如泣如诉的歌声在车内循环播放着，令人回味……

两个人拿着一箱金典奶和橄榄油：一把香蕉和一箱苹果下了车。进入进财舅舅家的门脸房，在昏暗的灯光下，两个货架上摆满了成箱的水果、苹果、橙子、草莓……地上也摊着大包小包儿，黄瓜、萝卜、豆角……一应俱全，货物挤在狭小的空间里，把不大的店面占的满满当当，几乎没有下脚儿的地方。

小凡踮着脚，小心地从蔬菜水果的缝隙穿过，只见一个店员大嫂正在低头收拾，却不见进财舅舅的影儿。小凡心里有点儿犯嘀咕，视财如命的进财舅舅，今天有点儿反常啊？往常除了进货他从不出门，每天都长在店里，看着水果蔬菜进进出出，似乎就看到了钞票滚滚而来。"舅舅，我们来了！"小凡抬高声音叫了一声。

这是个前店后屋的门店，后屋是五间大瓦房，一些五颜六色的衣物，随手挂在晾衣竿上，冬季的羽绒服散乱地堆挤在一起，落满了尘土，分不清楚是黑色还是灰色。

小凡微微皱了一下眉，心想："都八月底了，羽绒服还没洗呢，真够可以的。莫非等冬天穿，再洗？"还没走进客厅，就听见女人嘤嘤的哭声，只见进财舅妈坐在沙发上，头发凌乱，平日白皙的脸此刻红红的，低头呜咽着，脖颈上有一道红红的印痕，格外刺眼。小凡心里一紧，赶紧放下东西。"舅妈，您这是咋的了？"

"问你舅舅吧，哼。"

此刻的舅舅嘟着一张脸，本来皮肤就黑，此刻更是阴沉得能滴下水了，唉声叹气："家里不消停啊，一天到晚吵个没完。"

"你就是窝囊，有事儿也不知道向着我。瞧瞧，我这胳膊、脖子，都是儿媳妇抓的。整天闹，今天不知道又咋了，没说两句话，就摔摔打打，骂我家金山，还动手打人。她就是一个疯子，我实在看不下去，这一劝，引火烧身了，今儿打了110，警察都叫来了。"

"唉，她也甭美，我这都拍照了，有证据，她这是家暴，犯法呀，是不是小凡？"

"嗯，是，舅妈，您先消消气儿，跟她生气不值当的。""再一个，吵吵闹闹的，让邻居们笑话，咱家的日子过得多好呀。一年到头儿，有这小卖部撑着，舅舅还有退休金，这小日子多美呀。"小凡赶紧劝着，心里想：我一会儿咋开口呢？

进财舅舅家拢共六口人，两个老人、小夫妻和两个孙女，家里还有个小卖部，在村子里算数得着的富裕人家。但是舅舅是个有名的财迷，小凡平时暗地里叫他"葛朗台"。70多岁的人了，一直掌握着家里的财权，迟迟不肯放手，但是很多事儿还得指望年轻人去跑。儿子在家免费打工，负责开车进货和跑点税务等外事儿。

金山小两口儿没有固定收入，花钱就得手心朝上跟老人要。前两年，儿子和儿媳妇都闹着出去上班，儿子大专毕业，学财务的，出去找个工作不成问题。但是家里没人开车进货，还得雇人，进财舅舅舍不得花那个钱；儿媳妇说出去上班，舅妈说：我一个人可看不了孩子，雇保姆那得花多少钱呀？一来二去，也就"外甥打灯笼，一切照旧（舅）"。

小凡心想：儿媳妇在家带两个孩子，一带就是十几年，青春年华的大好时光就在茶米油盐的交响中度过了。经济不独立，四十多岁找工作也不太容易，而纷乱纠结的家庭必定给无辜的孩子造成心理阴影。

"孩子们呢？"

"全让我轰走了，眼不见心不烦，一天到晚地，闹个没完。我们也消停两天，不回来才好呢。"

"小凡，你给评评理，这两个孩子从小到大吃喝拉撒，上学买书，补习班，各种开销，偶尔再有个头疼脑热，每个月开销得多少？他们就是白眼狼，喂不熟啊，我们这一老，什么钱呀，小卖部的还不都是他们的啊？哎。"

小凡心里纠结着，劝也不是，不劝也不合适。打着哈哈说："年轻人不懂事，您就甭跟他们计较了，都是一家人，过两天孩子回来一叫您"爷爷，奶奶"，就啥气儿都没了。"

"舅妈，舅舅，我们今天来特意给您二老送喜信儿的，下个月26，您外孙子结婚，请您喝喜酒啊。"

"噢，挺好的啊，这回你也当婆婆了啊。有事找你兄弟说吧，我可去不了，这菜店活儿多，忙不过来。"进财舅舅闷声闷气地说，头也不抬。

"行啊，那就等完事了，我带孩子们过来看看您啊！"小凡尴尬地说，心想：我们还来干啥？来了好像为了那点儿新人钱儿，这亲戚还能走着吗？

"我们一会还得去我老舅那儿，您和舅妈也注意身体，别气坏了身子，为点小事儿，不值当的啊。"

出了大门，小凡长长地舒了一口气。明玮抬头看了一眼天空，无奈地笑了，意思是："终于完事了。"一路上，两个人都沉默了，思忖着：真是家家有本难念的经，这婆媳大战的戏路，着实让人望而却步呀！

"到了啊，该下车了。"小凡抬头看到了一棵老槐树，和老公一前一后，拎着东西，走进一个院落。院子不大，小菜园里有丝瓜累累垂垂，挂在架上，嫩绿嫩绿的，菜畦一看就是老手种的，畦埂笔直，菜叶油绿油绿的。小凡心里想：老舅妈要带两个小孩子，还有空打理菜园儿？但是老舅妈是谁呀？手里永远不闲着，家里的抹布都是雪白儿雪白儿的，干净利索是村子里出了名儿的。

"老舅妈，老舅，我们来了。"随着叫声，从屋里走出一个穿蓝色半截袖的女子，中等身材，一双明亮的大眼睛，一看就是个利落人儿。"小凡，儿子要结婚了吧？"开门见山，就是爽快，这个是老舅妈。整个人都带着精气神儿，一点看不出已经是年近70的人了，走路还是那么轻快。紧跟在她身后的是老舅，除了头发有点儿白，还是年轻时候的身材。当兵出身的他，一直都是腰板挺直，永远阳光灿烂的微笑，有点像蔡国庆的翻版。

"有人说这两口子在一起时间长了，越长越像。""你们这本来就像，更是越来越像，夫妻绝配搭档"。小凡开着玩笑，大家都不禁笑了起来。一个梳着两个马尾辫的小姑娘掀开门帘，眨着迷人的大眼睛，看着这两个陌生人。

"赶紧出来，小月，这是姑姑和姑父。"被称作小月的姑娘大大方方地走出来："姑姑、姑父好。"后面那个小不点儿，怯生生地也跟着溜出来，看着两个陌生人。紧随其后，弟妹也跟着走出来，清秀的脸上带着浅浅的笑容："姐姐，姐夫好。"

舅妈说："两个小孩子，一年四季的衣服都分类打包，不穿的淘汰，这样好找。一张小桌上有四大摞衣服，整整齐齐，这个是老大夏季穿的上衣和下衣，这个是老二的，分着放，特别好找。"

这是五间房，中间客厅，两侧是两间卧室，4个大人，两个小孩子，五间房明显有点儿拥挤，原来的回廊外边又接出来大概四米，东边是一张大床，床上是排列整齐划一的几个大书包。

"您这也太有条理了，六口人的衣食住行，打理得明明白白儿，真是太棒了。"小凡和老公一边参观一边感叹，"牛山一中的高才生就是不同凡响，同样的在农村，同样的带娃，却是不一样的效果。"

老舅妈马上当起了临时导游："我们这个晾衣架上的都是两个孩子的裙子和演出服，怕有土，用一块围巾盖一下。放衣服的大床旁边是一个小蹦蹦床。"

"哦，上次您拍的视频，我还以为是在外边的游乐园呢，原来就在家里呀。""这些都是孩子们的玩具，两个孩子的，实在太多了，就整理放在箱子里，归类放着。孩子们也听话，玩的时候挺乱，玩完了就知道收拾起来。"

"您这叫训练有素啊。"

"哎呀，我就是那个劳碌的命啊！前几天你爸爸还嘱咐我，要好好照顾你老舅呢。我这一天到晚看两个孩子，还得照顾他？"老舅妈话语中明显有点抱怨，脸上带着一副高兴的调侃的笑容。

"那是，多远儿是多远儿，我爸肯定要向着老舅呀。"小凡心里想着，老舅下面一定会列出一系列的事实。

果然，老舅妈话声刚落，老舅就像个孩子一样："你们听她的啊，那每天送孩子上学去，每天倒尿盆，每天你做饭我看孩子……"

他的话还没说完，小凡已经乐得前仰后合，这种聊天方式是她再熟悉不过的了。两个老夫妻就是这样边斗嘴，边合作了半辈子。这就是现实版的《父母爱情》，在日常的柴米油盐中，同样可以找到生活的乐趣，活着和活着之上，都写在脸上，刻在心里。

小凡一边聊天一边抚摸着老舅妈的手："您看看您这手，都是干活儿干的，一天到晚洗衣服做饭，还要种点儿菜，不够您忙的呀。"老舅妈的手不大，有的关节明显有点粗大、变形，粗糙的手掌上，写满了劳动的烙印。

正说话之间，大孙女小月拿着一小瓶东西，跑了过来，扑进奶奶怀里，两个小辫子一甩一甩的，仿佛在跳舞，仰起头，忽闪着大眼睛。

"奶奶，您抹点擦手油吧，您的手就好了。这个是妈妈新给您买的，特别好用。"

"好好，奶奶这就擦点儿，瞧我大孙女儿，多乖呀。"

此刻的弟妹正倚靠在门边，笑盈盈地看着，手里拿着刚刚洗好的草莓和切好的西瓜，轻盈地走进来。

"姐姐、姐夫，你们尝尝鲜儿，这草莓是今天早上刚刚在大棚里采摘的，特别新鲜，可好吃了。"

"还真是啊，新鲜的草莓就是不一样啊。"

"还是在老家好，吃啥都是绿色食品，这味道就是不一样啊。"小凡边吃边说。

"那是呀，咱这个草莓刚摘下来还带着生命力呢，新鲜着呢！啥时候楼房住腻了，你们也回老家住两天，保证空气新鲜，吃嘛嘛香，身体健康！"

"老舅妈这说话，一套一套儿的，就是有水平啊！"小凡调侃着，一家人欢快的笑声，随着风飘荡在八月的阳光里……

小凡两口子在老舅家吃完晚饭，走出院门，脑海里是一家人的笑脸。同样的一家六口人，这里却是每个人脸上都笑盈盈的，发自内心的满足和快乐，丝毫看不出生活的劳累和艰辛。家庭和谐的秘诀是什么呢？我这准婆婆该咋当呢？老舅妈在忙碌中依然神采飞扬，需要怎样地对家人深沉的爱呢？

一样的月光，不一样的烟火，不一样的未来，这一切都是谁的错？清冷的月光，透过树叶的缝隙，洒在潮白河上，似乎也在静静地思考这人生大课题的答案。

语丝微言

王莉莉（蓝辑）是中学历史老师，讲课的内容自然是国家兴亡、朝代更替、风云人物、重大事件。她的这篇小说《一样的月光》，却写了一件极细微的小事，小凡的老舅家和丈夫的舅舅家，同是农村，同样的人口结构，而政治生态、文明生态、生活状态，区别甚大。一家是家和万事兴，老者安之，少者怀之，其乐融融；一家则是心存芥蒂，貌合神离，老一辈人还将手中大权紧紧攥着，少了些生动活泼及新鲜与和谐的气息。作者没有简单褒贬，或毁或誉，只是将问题提出来，引起小凡将当婆婆，将面对一个非血缘新成员加盟进来，将呈现一个什么样家庭范本。这其实也是向读者抛出来的一个问题。在一样的月光照耀下，诸事的结果为何不一样，这就有点儿哲学的味道了。王莉莉是教历史的，"文史哲"本来就不分家嘛。

【作者简介】

张向南，2005 年出生于顺义区。2019 年 7 月参加老舍文学院与北师大联合举办的"少年作家班"。2022 年 3 月，小说《沉没》获第四届"十三恶人文学奖"新人奖（铜奖）。

星星的名字

献给路然棋

为她所给予我的久违的慰藉

在北方，到了十一月中旬，天气就日渐寒冷了；而到了十二月，在那些家家户户筹备着新春佳节的日子里，雪花便总会如约而至，使大地银装素裹。

但那个村子却是例外。随着一代又一代人的外迁，这个昔日庞大的村落如今只剩下了奶奶和孙女两人。在她们所居住的那间茅草屋的四周，丘陵高低起伏；正对着屋子的柴门，一条小溪终年流淌，发出轻快的水声。因此，即便正值寒冬腊月，在山间、在河边，仍有苍松翠柏高耸嫩绿的枝芽，散发出阵阵清香。这户人家称门前的小溪为南河。

小屋里的那个女孩儿也叫南河。她不过十几岁的样子，在冬日的微寒下，脸庞泛起了淡淡的红晕。她散着发，头发很长，如一汪泉水倾泻而下，在月光的照耀下显得波光粼粼。然而她的奶奶却显然上了岁数，肤色暗黄，皱纹满面。这显然是一个步入生命末途的老人。

奶奶坐在藤椅上，南河则站在奶奶身后，用一把棕红色的梳子给奶奶梳理头发。奶奶头发斑白，每当南河纤细的手指滑过奶奶的头发的时候，她都会愕然发现奶奶的发丝粗糙得像尘土。这时候，南河也会想起奶奶的手。那双手也像奶奶的头发一样，苍老而粗糙。她能清楚地记起从小到大奶奶的每一次抚摸。

可入冬以来，奶奶的身子似乎不太好，她一直在咳嗽。尤其是冷风吹来的时候，奶奶就咳个不停，好像想把什么脏东西咳出来一样。奶奶对孙女说：她觉得自己嗓子里有痰，但怎么也咳不出来。南河想帮奶奶，可她也束手无策，只能在奶奶咳嗽的时候轻轻拍着奶奶的后背。她记得奶奶几年前还有些微胖，然而到了现在，却是瘦骨嶙峋的了。

不过，除了衰老以外，南河觉得自己无须担心奶奶的病。南河不懂医术，但奶奶懂。在她的父母还在这里生活的时候，一旦南河或者她的父母生了病，奶奶就会去后山上采下些他们认不出来的草药，或是放在小锅中煮一煮，或是放在药捣中捣上几下。这时候，草药的清香就会在这间小屋里弥漫开来，而病人闻到了这股令人愉悦的清香味儿，病就会好上一半。待到奶奶把药熬好之后，只需一碗药汤下肚，便药到病除。

纵是南河一次又一次地见识了奶奶的医术，她也常常为之惊叹。她曾求奶奶将这些治病救人的道理传授给她，可奶奶却总是微微一笑，缓缓地说：

"仅仅记住了那些草药的名字，又有什么用呢？这要靠自己去悟，奶奶可爱莫能助喽！"

这一晚，南河又提到了奶奶的医术，而奶奶又像之前一样给予了她熟悉的回答。她还在给奶奶梳理头发，却一边梳一边嘟着嘴说：

"您总是这么说。不从您这里学，又能去哪里悟呢？"

"要么离开这里，去城镇里走上几年；要么在晚上问一问天上的星星，星星会告诉你的。"

"我不想离开这儿。星星嘛，很好看，可也没看出有什么不得了的。"

"你早晚会明白、会做出选择的，咱们家世世代代都是如此。我老了，没有多少时间了。"

南河停下手中的动作，装出一副生气的样子：

"您又这么说啦！"

可奶奶却轻松地笑了几声，靠着椅背，慵懒地说："没什么可避讳的，是个人都会有这么一天，只是这一天有时候来得早，有时候来得晚。你爷爷去给我探路了，他在等我呢。"

爷爷去世是二十年前的事。爷爷去世两天之后，南河就出生了。因此南河从未见过爷爷，却听奶奶讲过很多关于爷爷的故事。奶奶说：自己原本不住在这里，是爷爷年轻时乘小舟把奶奶娶来的。那时候爷爷还年轻，常是身披着白色的背心，显露出健康的古铜色的身躯。他们此后又曾顺着南河而下闯荡过几年，就像自己的父母一样。

南河于是想到了自己的父母。南河还在摇篮里的时候，她的父母就乘着柏木的小舟一路向东，去了南河下游的城镇，至今也没有回来。奶奶曾反复地讲：在她牙牙学语的日子里，她的爸爸妈妈是如何拿着拨浪鼓逗她的。那拨浪鼓如今仍然放在她的柜子里，她已经好几年没有碰过了。

"我讨厌我爸爸妈妈。"

南河坐在床上，低声说。奶奶转过身来，那双苍老而粗糙的手又开始抚摸南河的脸庞了。她说："你要理解。我们总会有身不由己的时候。也许有一天，你也会离开这里的。只是别忘了回来。你爸妈早晚会回来的。"

鸡鸣三声，然而屋外仍是黑夜。南河揉了揉惺忪的睡眼，从床上爬起来。她看到奶奶仍在熟睡，匀称的呼吸让人感到平静而舒适。她轻轻地穿上鞋和外衣，推开大门，一个人向后山上走去。

凌晨的夜太寂静了，潺潺的水声极富穿透力。她脚踩着湿润的泥土，闭上眼就能看到小溪流淌的样子。时候还早呢，她暗自思忖，于是慢慢地走。自山脚下到那不高的山丘上，草木越发茂密，空气也越发潮湿。到了山顶，树林阴翳，竹子也似在微微地摇摆。她来这里，是要采集露水的。奶奶说，她喝到清晨的露水的时候，就会觉得舒服些。于是，她每天早上都从家中走到这座山丘上，手里拿着用木塞塞住的小瓷瓶，从这松叶、柏叶和竹子枝头上扫下露水来。她也曾尝过露水，什么味道也没有，和南河的水差不了多少。但每到奶奶咳嗽得厉害的时候，几滴露水润在奶奶的嘴唇上，就能让奶奶的眉头舒展开来。

入冬以来，万里无云。今夜没有月亮，因而星光更显得璀璨了。山丘顶是一片开阔的平台，南河站到平台中央抬头仰望，看到满天星光灿烂。不是每个晚上的星星都这么美丽，只有夜空深邃的时候，星星的光芒才得以彰显。她向西南方看去，看到南河二和南河三①正各自发出蓝色和白色的光芒。星星很多，可在一年前，她还只能记住这两颗星，因为这两颗星与她拥有相同的名字。而现在呢，她能辨认出西方参宿组成的猎人，能辨认出下方天狼星冷峻的光辉，还有与之遥相呼应的泛着红光的五车二②……她如今能清楚地叫出她所能看到的每颗星星的名字。

但她知道，奶奶能看到更多的星星。奶奶告诉过她：每个人眼中的夜空都不一样。星星永远高悬在天上，但有的人看到得多，有的人看到的少。许多年前的一个夏天的晚上，奶奶带着她第一次来到了这座山丘上。那时，奶奶指向一颗颗夜空中的星星，不但告诉她这星星叫什么，还给她讲述了很多星星的故事。南河问奶奶是从哪里知道这些名字和这些故事的，奶奶说：是爷爷告诉了她，在他们还年轻的时候。

但让南河记住这些星星的名字的，不是奶奶，而是一个陌生人，这个地方十几年来唯一的访客。他是个和南河差不多大的男孩子，在一年前乘着小舟来到了这里。

---

①　小犬座的两颗亮星，位于北半球春季夜空的东南方。

②　御夫座亮星，在天狼星上方。

那个时节正是桃花盛开的时候，白天，桃花粉中带白，摇曳在和煦的春风里；夜晚，南河看不到桃花的样子，却能闻到桃花幽暗的香气。那时候奶奶还没得病，南河则搬着小板凳坐在小溪边。星光照射到水面上，水面就像南河的秀发一样波光粼粼。她来这里，是要看鱼儿游的。南河每到了春天的时候，就会有鲤鱼从上游顺水游下。她不知道它们为什么要游出去，只觉得这些鲤鱼很悠闲，三个一群，两个一伙，在这片清澈的水域里走走停停。

她听到了划水的声音。寻声向上游望去，她看到有人正乘小舟顺流而东，向她驶来。即便是在那样的深夜，她也能认出那是一条柏木的小舟，舟上立着桅杆，一个黑色的人影一动不动地靠在桅杆上，顺着河流远眺。有那么一瞬间，南河以为是她的爸爸妈妈回来了。可等那小舟划近的时候，她才看到倚在桅杆上的只有一个少年。这少年的皮肤呈健康的古铜色，那双眼睛像星星一般明亮。南河看到他那双眼睛，惊讶得一动不动。

"小妹妹，有吃的吗？"那少年离南河很远的时候，就向南河喊道。

"有！"南河说。她于是从凳子上站起来，一路小跑着回到了她和奶奶的小屋子里。南河推开门，看到奶奶正在炉火旁闭目休息。可当南河从柜子里拿出晚饭时剩下的馒头的时候，奶奶睁开了眼睛，未卜先知般地说："有客人来了吧。"

"嗯。"南河把馒头放到碗里，"您要去看看吗？"

奶奶说："我不去了。可你要招待好他。"

"我知道的。"

说完，南河端着那盛着馒头的碗走了出去。她看到少年已经将小舟拴在岸边的树桩上，此时正站在船头边歇脚。她走过去，把那馒头递给少年。少年二话不说，拿起馒头，便狼吞虎咽地吃了起来，没过多久就把一个馒头吞进了肚子里。他用溪水洗了洗手，然后才憨厚地笑了笑，说："谢谢啊。"

"不用客气。"南河也笑着说。她感到很好奇，自她出生以来，这是她见到的第一个陌生人。她端详着这少年的容貌，问他从哪里来。可那少年挠了挠头，嘿嘿地笑了笑，并没有给南河确切的答复。让南河有些诧异的是，自他吃完那个馒头后，少年一直仰头看着星空。南河也学着他的样子向天上看去。那时候，夜空对她而言还很陌生，满天的群星像是天帝无意间撒下的沙子，杂乱无章。

"你叫什么？"南河问。

"我叫天锋，是星星的名字③。"少年手指北方，好像在告诉南河那颗星星在哪儿。南河顺着他的手看去，却只能看到北斗七星。

"那不是北斗星吗？"

③ 《史记·天官书》："（北斗）勺端有两星：一内为矛，招摇；一外为盾，天锋。"

天锋说："其实北斗两侧还有两颗星呢，你还看不到吧。你会看到的。"

南河扑哧一声笑了，说："真有意思。"

她随后又补充道："你好，我叫南河。"

天锋告诉她，他要顺着南河去下游，不过是中途路过这里而已。南河看他那条柏木小舟，里面竟然一个行李都没有，便猜他并不是远行的旅人。可这是人家的私事，纵使好奇，南河也没有一探究竟的借口。更令南河感到意外的是，天锋似乎很熟悉这片与世隔绝的乡野。他知道这里住着一户人家，知道南河还有个奶奶；他还知道从南河家走上后山的路，并且知道那座不高的山丘上有一片宽阔的平台，他说那是最适合看星星的地方。

天锋告诉她，他一直在旅行。他向南去过很远的地方，也向北走到过终年严寒的地界。他说他是追着星星走的，有些星星一直在动，正是它们告诉他该去往哪里。南河静静地聆听着他的故事。她看到，在璀璨的星光下，这少年显得极为老成，像是他素未谋面的爷爷。

天锋说：我带你去后山的平台上看看吧。他们于是绕到茅屋的后面，顺着一条荒芜了很久的小路往山上走。天锋走在前面，一边走一边拔除挡路的杂草。南河看到，两旁的松柏渐渐向中央夹紧，而在半山腰上，竹林出现在他们眼前。恍惚间她想起来，奶奶第一次带她到这里看星星的时候，这片竹林好像就是这样。这么多年里她从未再次来到这里，而竹林却一点没变。这个夜晚没有风，那些竹子却缓缓地摇动着，竹叶轻轻拂过南河的脸颊，把露水留在南河脸上，凉凉的。天锋告诉她，到山顶了。她抬起头，看到眼前豁然开朗。她站在这山丘的最高处，看到山下的茅屋只有一条小舟那么大；而停在岸边的那条柏木小舟，则像极了飘摇在水中的树枝。远处，那条与南河拥有着同一个名字的小溪像是一条乳白色的丝带，向东方缓缓流动，最终消失在一片茂密的丛林里。

"南河的下游是什么？"南河问。

"是城镇。"

"城镇里有什么？"

"城镇里的东西可太多了，有人，有炊烟，有灯火。不过，"他顿了顿，"城镇里的东西，其实都在天上呢。"

南河又抬起头看向了天空。这一次，那些星星一颗颗都像太阳那么明亮，只是它们具有太阳所不具有的颜色——红的、黄的、白的、蓝的，像是这片山林中四季盛开的花朵。南河和天锋躺在山顶的草甸上，头枕着手。天锋不知从哪里找来了根狗尾草，他一边把它叼在嘴里，一边给南河讲述星星的故事：

"你看那里，"天锋指向西南方的七颗亮星，"那是参宿的七兄弟。"

"他们在干吗呢?"

"他们在打猎。你看,老四和老五是猎人的手,老六和老七是猎人的脚,老大、老二和老三是腰带,他们正向西边跑。"

"那左下边这颗呢?"南河问。

"那颗啊,"天锋笑了笑,"那颗是七兄弟的猎狗,叫天狼,它和七兄弟形影不离④。"

"为什么天狼是蓝色的呢?看起来……好孤独。蓝色是孤独的颜色吧。"

"那是因为天狼把它的心留在了地上,所以狗才会对人忠心耿耿,人才会对狗珍爱有加。"

天锋看着南河,嘴里仍叼着狗尾草,问她:"你们家还养狗吗?"

南河说:"听奶奶说,以前养过。但爷爷去世后不久,那条大黄狗就自己跑到林子里了,我没见过它。"

"哦,"天锋像是在自言自语,"也许它是去找爷爷了吧。狗知道该去哪里寻找逝去的人。"

他们身边刚刚破土而出的嫩草无比柔软,散发出阵阵清香,南河不知道这是青草的香味还是泥土的香味。南河又想,青草和泥土,其实是一回事:青草从泥土里长出来,它是泥土的一部分;青草不过是暂时地探出了头,总有一天,它还要回到地下那个幽暗却熟悉的故乡的。

"你知道北斗的故事吗?"天锋问南河。

"北斗吗?天上的勺子?"

天锋爽朗地笑了两声:"才不是呢,北斗是天帝的车,载着天帝四处巡视⑤。"

"那你呢?我是说,那颗我看不见的天锋星?"

"那是天帝的护卫。"

天锋用一个晚上的时间,把他所有的有关星星的故事讲给了南河听。南河听着听着就睡着了,而当她第二天清晨在草甸上醒来的时候,天锋已经从她的身边离开了。她站起身来向山下眺望,看到那条柏木的小舟已消失不见。一时间她怅然若失,并且心中还有点儿莫名的悔恨。她知道,这大概是她此生与天锋的唯一的见面。

可天锋把他所有关于星星的故事都留给了南河。第二天晚上,当她独自一人再度走上那山丘去仰望星空的时候,那些星星的名字、故事以及她和天锋的短暂的相遇,就浮现在了她的脑海中。

天锋走后,南河回到了她和奶奶的茅屋里。她看到奶奶正半卧在那把古老的藤椅上织毛衣,就向奶奶讲述了她前一晚的经历。奶奶听后,开心地笑了几声,说:"当

---

④ 此处是作者杜撰的。

⑤ 《史记·天官书》:"斗为帝车,运于中央,临制四乡。"

年，你爷爷就是这么把星星的名字教给我的。"

南河的脸突然泛起了红晕，天锋那古铜色的皮肤和星星般明亮的双眼又一次出现在了她的眼前。她回过头看到溪水东流、一去不返，不禁想：这时候天锋又乘着他的小舟，漂到哪里了呢？

那已经是一年以前的事了。如今，她与天锋相遇的那个春季又要不请自来了。她一边回想往事，一边小心翼翼地从枝头扫下清晨的露水。等到露水装满了那个小瓷瓶的时候，东方已泛起了鱼肚白，清晨的第一缕曙光不久就要突破天际、照耀大地了。她回到家，把露水喂给奶奶喝。那平凡的露水在奶奶那里成了琼浆玉液，仅仅几滴，就止住了奶奶的咳嗽。

然而，几天之后，北风呼啸，天降大雪。那条终年不冻的南河在这个春天竟停止了流淌。而在南河两岸，积雪覆盖了群山，改变了群山苍莽的轮廓。在这样的大风和大雪下，南河与奶奶的小屋有些招架不住了。南河把房门和窗户紧闭，可狂风仍呼啸着从缝隙处钻进屋里。她又把炉火烧得很旺，房顶的积雪便因余热而融化，嘀嗒嘀嗒地流到地板上。南河给奶奶裹紧被子，喂给奶奶热乎的菜汤喝。南河以为这会让奶奶舒服点儿，可在这阴冷的日子里，奶奶不停地咳嗽。南河看到奶奶脸颊上仅剩的红润正慢慢消退，咳得眼泪也不由自主地淌了下来。南河在奶奶身边服侍了一整天，到了傍晚，风雪似乎轻了许多，但奶奶躺在床上，一点力气也没有了。

"奶奶，喝粥吗？"南河在奶奶耳边问。

"不急呢，"奶奶说，"再陪我待会儿吧。"

南河和奶奶静静地听着风声和雪声的消弭。与此同时，南河似乎在隐约间听到，在南河河面的坚冰之下，仍有河水在流淌。

"南河在和这鬼天气搏斗呢。"奶奶说。

"嗯，我知道。"

可随后，奶奶忽而猛地咳嗽起来。奶奶把纸巾掩在嘴上，待平息下来后，南河看到那纸巾上全是血。这回南河慌了，吓坏了。她急匆匆地从旁边的桌子上拿来装露水的小瓷瓶，把仅剩的几滴露水润在奶奶的嘴唇上，于是奶奶的脸上恢复了几分红润，又静静地躺在床上了。

"奶奶，奶奶，您怎么了呀？"

奶奶低声地、缓慢地说："人都有这么一天的，我要去找你爷爷了。"

"您不要这么说！我只有您了，我只有您了！您说吧，露水、草药，我什么都能找到的！"

"南河，别急，南河……"

奶奶伸出她那双苍老而粗糙的手，抚摸着南河的脸颊。南河的泪水流到了奶奶手上，顺着皱纹蔓延开来。

"南河，别哭，别哭……"

南河把脸埋在奶奶怀里，奶奶就轻拍着南河的脑袋。南河突然回忆起，在她不满十岁的时候，奶奶就是这样安慰她的。

"南河……"奶奶又说，"病是可以治的，生和死却是星星定下的，我们要欣然接受。"

"您骗我！星星什么都不会！它们只会从春天闪到冬天！"

"别这么说……别这么说……你太小啦……"

屋外忽然响起了一声雷鸣。南河从窗户向外看，看到闪电像长龙一样在夜空中游走，忽然而来，忽然而已。

"你看，惊蛰到了。"奶奶说。

南河紧靠着奶奶，不知过了多久。她觉得自己似乎睡了一觉，但醒来时发现奶奶仍在轻轻地抚摸着自己，又怀疑自己并没有睡着。在梦幻与现实之间的朦胧中，她好像听到了窗外淅淅沥沥的雨声，好像又没有。外面究竟是在下雨还是在下雪呢？门外，几声鸡鸣响起，预示着新的一天又快到来了。

"南河……"奶奶轻轻地叫着她。南河抬起了头。奶奶于是接着说："早晨快到了，再去给我找些露水吧。"

南河兴奋起来了。她穿好外衣，拿起了桌上的小瓷瓶。在她推开门的时候，她回过头来，对奶奶说："奶奶，等我啊。"

奶奶点了点头。

奶奶慈祥地看着南河轻轻地掩上破旧的柴门。朽坏的门轴发出咔的一声，像是如释重负的轻叹。奶奶闭上双眼，不禁微笑起来。她想到了很多过去的事，从自己与已经逝去的丈夫顺着南河远离这片净土，到自己的孩子离家远行，一直到这一刻。家族历史中的每一次远行都是一道痛苦而不可见的伤疤。如今，时隔不知道多少年之后，星星终于再次接纳了这个倔强而可怜的人家。她曾经多希望南河永远是个孩子啊。而现在，这个愿望似乎终于实现了。

外面并没有下雨，雷声却不间断，像是来自很远的地方。南河脚踩着刚刚被大雨淋湿的泥土一路小跑，但不知道为什么，松、柏和竹子的枝头竟然滴水不沾。南河有些着急，她顺着上山的小路让小瓷瓶的瓶口蹭过每一片叶子。等她跑到丘顶的平台上时，她却看到，小瓷瓶里一滴露水都没有。

远方，惊蛰的雷声一阵接着一阵，在这片空谷中无限地回响。南河无力地坐在草甸上，草甸冷冰冰的。她用臂膀把头埋起来，低声啜泣。

"给我点露水吧，给我点露水吧……我只有奶奶了……"

南河不知道自己是在向谁祈求，她明明知道，没有露水就是没有露水。远方，低沉的雷声又响起了。南河抬起头来，无意间发现，纵是远方电闪雷鸣，她头顶的夜空却万里无云。她能看到星星的闪耀，看到天上永远在打猎的七兄弟和七兄弟身旁那条与之形影不离的猎狗。

她感觉身边的草木又开始摇摆了，就像她和天锋同在的那个夜晚。刚刚从土地里钻出来的嫩芽是如此柔软，抚摸着她的脚踝和手背。而在这辽远的夜空中，群星似乎在变亮、变大。南河惊呆了，她从草甸上站起来，看着那些星星一点点下降，从细沙变作火球。她忽然看清了，那不是星星，那是漫天的孔明灯。孔明灯排列出的七兄弟和它们的猎狗、北方天帝的车和车前的护卫，正从夜空中缓缓降落。

在北斗外侧，南河看到了一颗从未见过的亮星。那就是天锋星吧，南河嗫嚅着。

在山脚下的小屋里，奶奶安详地合上了双眼。而在南河刚刚化开的河面上，一男一女两个中年人，正乘着一条柏木的小舟，从南河下游溯流光而上，回归他们久违的家乡。

语丝微言

张向南 2005 年生，未及弱冠。左思诗云："弱冠弄柔翰，卓荦观群书。"他传来的三篇小说《天马踢踏》《沉没》和《星星的名字》，共三万多字，本书选了他的《星星的名字》。他小小年纪，已写了不止这三万余字。从他的文字中，可以看出他弄笔墨、观群书。想象之丰富，思维之奇特，文字之流畅，结构之迥异，不同凡响。读之让人耳目一新，别开生面，有天马行空、逍遥遨游的感觉。他这个年纪，正是向漫远之将来，构辉煌之好梦。形而上的文字多于形而下，亦可理解。不能用老气横秋的眼光看待新秀。忽然想起杜甫在《戏为六绝句之二》评唐初四杰："王杨卢骆当时体，轻薄为文哂未休。尔曹身与名俱灭，不废江河万古流。"张向南若生在唐初，至少是顺义的王勃。

【作者简介】

靳叶，原名靳全叶，喜写随笔，崇尚简单生活。中国诗歌学会会员，北京楹联学会会员，北京老舍文学院学员，顺义区作家协会副秘书长，顺义诗词楹联学会会员。散有作品在纸媒和网络公众平台发表。

顺子的无字真经（外一篇）

"李婶，您家这几天垃圾量挺大呀，归置家呢？"

"是啊，孙女要放假了，会回来住几天，我归置归置。你今天心情不错，有啥好事吧？"

"哈哈，啥好事不好事的，有工作，有饭吃，就挺好啦。"

"挺好的事，干吗还藏着掖着呀？"

"哈哈哈，没有，李婶您忙，您忙去吧！"

说话的是潮白河畔一村庄村民顺子，顺子是村里垃圾桶站保洁员。他因小儿麻痹症腿部残疾，没有受过多少教育，一直在家干些力所能及的活。父亲去世后，他和母亲相依为命。五年前，母亲因病去世，他的日子过得比较清苦。村委会为了照顾给他提供了一份桶站垃圾分类的保洁工作。顺子很感激村委会对他的照顾，并以积极的心态坚守在岗位上，尽职尽责地为村庄的环境卫生作贡献。

"顺子，听说，有人给你介绍个对象，是哪儿的？"出来扔垃圾的王大妈也来凑热闹。

"指不定成不成呢！"顺子涨红了脸，笑着说。

"这是好事，没啥不好意思的。你也快奔四十岁的人了，有个伴儿合适！"村委会管环境的老赵正好过来。

"对，差不多就得，有个知疼知热的，能过日子就成。"李婶也附和道。

"嗯，成了敢情好，就是不知道人家女方咋着呢。"

"应该没问题！我们等你的好消息。"

顺子打心底里感激村里人的关心和期待，心中也充满了希望。他知道自己的身体状况可能让别人犹豫，但他相信，只要自己真诚待她，付诸真心和努力，一切都有可能。

那天晚上，顺子回到家里，心情格外愉快。他打开电视，看着里面的情侣们幸福地生活，心中不禁憧憬起自己的未来。

第二天好消息传来。女方随介绍人来到顺子家，表示：愿意入乡随俗，不要彩礼，可以随时领证，但提出了个要求需要顺子答应。顺子深情地看着女方："你说！"女方和顺子一对视慌忙低下头没说话。但随着介绍人表明要求，顺子脸上的兴奋一点点消失了。

他低下了头，良久，抬起头来看看女方，她在低头搬弄手指。

念起即断，顺子做不到啊！

他闭上眼，两手放在身前十指紧扣：偌大的家，自己一个人出去，一个人回来，一个人做饭，一个人吃饭，一个人看电视……连个说话的都没有。知疼知热的爱人，多么美好的词汇！顺子抬起头再看一眼她，此时她也在看他，顺子心头一热："行，我答应了。"

女方顿时露出了喜悦的神情，痛快地说："好！那咱周一去领结婚证。"

几天后，顺子正在分拣厨余垃圾。

"哟，顺子，怎么穿着新衣服干活？"顺子一转头看到是王大妈："哦，没事儿大妈，我穿着围裙、戴着套袖呢！"

"平常都很少看你穿新衣服，这干活呢，怎么还穿上新衣服啦？新媳妇给买的？"

"对，我媳妇给我买的。"顺子不好意思又有点自豪地说，"我不会买衣服，平时去服装店，都是老板给推荐。我媳妇比较会买！"

"挺好挺好！这多好！"王大妈不住地夸道。

"嗯，还行吧。"顺子满是惬意地回应道。

不远处，有几个人在聊天，顺子隐隐约约听到了她们的聊天内容：

"真快，顺子结婚了，把证都领了！"

"听说，那女的是为了获得北京户口才和顺子结的婚。顺子还答应她可以做名义夫妻。"

"这也成？顺子这也能答应？我的个乖乖，不能理解！"

顺子只当没听见，继续干着手里的工作。媳妇的存在给他带来的那种身份和自豪感，别人不会理解。

在与社会的交锋中，他慢慢触摸到了生活的真相，他知道，人人手上一本经，自家情账自家算，各人生死各人了。赞你的，不能替你念那本经；贬你的，也削不了你那灵台方寸。顺子有自己的一本经。虽然自己的婚姻只是一纸空文，但媳妇偶尔的一声问候和关怀，也能慰藉他空寂的心灵，他很知足。

有一天，顺子因急性阑尾炎发作，被同事送往医院，医生诊断："马上住院做手术"。媳妇听说后立刻拿着水果赶来医院照顾，并给他带来了几件换洗的衣物。

医院的白墙和人来人往形成鲜明的对比，顺子躺在病床上，刀口疼得厉害，内心却暖暖的。

手术很成功，但是恢复期需要静养。顺子习惯了起早贪黑的工作，一时间难以适应这突如其来得清闲。他的媳妇，这个名义上的妻子，尽管平时各自忙碌，但今天，她并没有如顺子预想的那样只是送来东西匆匆离开。而是放下水果和衣物，小心翼翼地整理床头柜上的物件。他们平时沟通不多，此刻她的细心照料让顺子颇感欣慰。他尝试坐起身来，却被媳妇轻轻地按住了。"别动，你刚做完手术，需要好好休息。"媳妇的口气中带着不容置疑的关爱。顺子的心里泛起了波澜，他才发现他眼前这个女人，虽然不常表达感情，其实一直在用自己的方式爱着这个家，关心着他这个丈夫。顺子心中的感动随之涌起，他的话语不多，但眼神里却流露出深深的感激："谢谢你，麻烦你了。"媳妇停下手边的活，转头看着顺子，微笑道："傻话，你是我名义上的丈夫，照顾你不也是我应该做的吗。"她的声音里带着些许戏谑，却又不失温柔。顺子笑了，虽然是合约婚姻，但他从未实实在在感受过家的温暖。现在，这个冷清的病房，因为她的出现，似乎有了家的影子。当晚，她没有回家，而是陪在顺子身旁，轻声细语地和他说话，帮助他取水果，甚至讲了一些她工作中的趣事来分散他的注意力。

几天后，顺子出院了。他本想自己慢慢恢复，但媳妇坚持要照顾他一段时间。这段日子里，她虽然白天要上班，但每天早上都会给顺子准备好早饭，晚上回来还要做晚饭。顺子看着她忙前忙后的身影，内心的某个地方被深深地触动了。

一天晚上，他们坐在一起吃饭，顺子突然开口："谢谢你这段时间对我的照顾。"她顿了顿，放下筷子，认真地看着顺子："顺子，咱们虽然是因为条件走到一起的，但这些天，你让我感受到了一份责任和被需要的感觉。也许我们可以不仅仅是名义上的夫妻……"顺子怔住了，他从未奢望过这样的可能，他只想好好地待她，但她的话却打开了他内心深处的希望之门。他们相视而笑，似乎未来的路，虽然未知，但他已经不再孤单了。

潮白河的水依旧轻柔地拍打着河岸。河畔的那座村庄，从此多了一份不平凡的温暖。

支　撑

顾客头脚走，马颖后脚紧随出门。站在门口，她急切地向车站方向张望。邻店送水的小李一边往车上装水一边打趣地说："马姐，嘛呢？谁家的事又让您着急了。"马颖故作生气地莞尔一笑："臭小子，装你的水！"转身探头又向车站望去时，一顾客走进了店里，马颖赶紧又回店里招呼客人。

热心肠的马颖被大家戏称为"忙人马大姐"。她齐耳短发，性格爽朗，用顾客的话说："人长得喜庆，乐善好施，还诚实守信。"

让马颖惦记的是一位来自甘肃的姑娘小夏。

几天前一个上午，马颖正在店里整理货物。"马姐忙着呢？"

"哦，不忙。"抬头间，一个姑娘已走到了马颖跟前。姑娘二十岁左右，扎一马尾，身形瘦弱，一脸愁容。

"来了小妹，好点了吗？"姑娘姓夏，来京务工不到一年，病休近一个月，偶尔来店里买点日用品，和马颖已算熟识。

"好多了姐。我来两袋方便面。"

"哦，你拿吧。"看她一脸忧郁，马颖没再多问。付钱时，小夏说："姐，我明天回老家，以后不来了。"

马颖一怔："怎么了妹妹，没钱了？没事，方便面钱别给了。"

"谢谢姐，不用了……"话一出口，两行泪水已顺着脸颊流下。

原来，本年二月，小夏随老乡来到北京顺义，进入一私企上班，一天工作十几个小时，冬天穿单衣干活都会汗流不止……工资压一个半月，辞职需提前三个月提交辞职申请。但只要能挣钱，小夏接受了。两个月后，她的老乡（一对小夫妻）因无法忍受工作环境，放弃工资趁夜跳墙逃走了。小夏撑到九月，病倒了，请了病假。现在身体略有好转，去领工资：请病假需隔一天送一次病假条，你没送来，工资下月发。小夏边述说边擦拭着小溪般流淌的泪水："我说先给我一部分工资，让我维持基本生活。等身体好些了我还继续干，但没人理我。我离家远，这边也没有亲戚朋友，没有别的办法，爸妈让我回家，不让我要工资了。"

马颖抽出纸巾轻轻替小夏擦拭了满脸泪水，也擦擦自己的眼泪安慰道："别哭了妹妹。"略加思索后，似有顿悟地说："我听人说好像可以找劳动仲裁，兴许能要回一部分。要不，你去那儿试试？"

小夏听后泪眼里突然闪出一丝兴奋，但转瞬即逝："我不知道在哪儿！"

"应该在顺义劳动局吧？"看着小夏迷茫无助的眼神，马颖不加思考地说："没事妹妹，明天我带你去问问。"马颖也不敢笃定能要回工资，她就想安慰小夏，给她点希望。

第二天，马颖打点好店里事务嘱咐爱人接送孩子后，和小夏一路打听询问着来到了顺义劳动局劳动监察科。小夏把事情的前后经过跟监察科工作人员说明，得到的答复是：明天直接去领工资，告诉他们来过劳动局。如果他们还是不给，去申请劳动仲裁。

走出劳动局，她们又去了附近的律师事务所：只要工厂和你签订了劳动合同，或者你有和工厂相关的证据，能要回工资。

第三天上午，在马颖的嘱咐声中，小夏一人去了工厂。

这就出现了开头一幕。

中午时分，在马颖店里店外穿梭等待中，小夏回来了。看她眼睛泛红，面容沮丧："咋啦妹妹，没给你？"

小夏点点头，泪水一泻而下。

"不着急啊，慢慢说。"

"我去找会计，会计让我找厂长，厂长说把辞职信写了给我工资，我写完了，他让我找经理领。经理却说，你不是上劳动局告了吗，去找劳动局判吧，别说三千块钱，判三万也给你。"她边抽泣着边说，"姐姐，我不要了，人家都那么说了，一定要不来。我明天回老家。"

"没事的妹妹，别着急，明天姐陪你去。"

"姐，人家都说那话了，我把辞职信也写了，要不来了。"小夏哭得更伤心了。

马颖抚摸着小夏的肩膀安慰道："不碍事妹妹。我们再去试试，不试试怎么知道要不回来呢。"

在马颖的劝说下，小夏终于平复了情绪，随她又去了劳动局。

十月的天，略带寒意，如麻的细雨缠绕在她们的发鬓。

马姐搓搓手，拽紧了衣领，拉着小夏去找律师写了份《劳动仲裁申请》。

提交《劳动仲裁申请》后的几天里，小夏每天都来和马颖一起守店聊天，俨然把马颖当成了自己的亲姐姐。聊天中，小夏总是时不时地会忧心地问："姐，您说仲裁能受理吗？"

"放心吧妹妹，律师不是说了嘛，只要在劳动关系终止日起一年内，不公平合理，有劳动争议，劳动仲裁就会受理。"

在提交申请后的第四天，小夏接到了劳动仲裁部门的受理通知：把申请人的身份证、所属用人单位的用人证明材料、补充证据各复印两份提交。

一星期后开庭了。

为了给小夏鼓劲加油，马颖放下店里事务，陪同小夏去庭审。在庭上，小夏有了少有的勇气和坚定。结局是肯定的。除了扣除工作服钱，她顺利拿回了属于自己的3850元工资。庭审结束，小夏抱住马颖喜极而泣。

天空晴朗，阳光灿烂，小夏脸上露出了久违的笑容。"妹妹，哪天回家？"

"不回家了姐！我要去找份新工作。"小夏坚定地说。

马颖欣慰地笑道："好样的！对了妹妹，我还听一朋友说，现在欠薪可以直接拨打12345投诉或在支付宝'欠薪线索反映平台'反映了。"

"真的吗，姐？"小夏惊奇地问道。

"咱去问问不就知道了。"说完拉起小夏的手就往回走，边走边唱："妹妹你大胆地往前走，往前走，莫回头……"小夏也和着马姐的歌声哼唱了起来。

语丝微言

很欣喜看到靳叶的两篇短小说，一篇是《顺子的无字真经》，写的是一个外地姑娘为了取得北京户口，和患小儿麻痹症的顺子做了名义上的夫妻。靳叶写了人间的温暖，这才是人与人之间的无字真经。另一篇《支撑》，写了热情的马大姐，帮助一个外地姑娘讨欠薪的故事。由此我想起鲁迅在《这也是生活》中说："无尽的远方，无数的人们，都与我有关。"也由此想到英国诗人约翰·唐恩的诗："没有人是自成一体的孤岛，每个人都是大陆的一部分。如果海水冲掉一团泥土，大陆就会失去一块，如同失去一个海岬，如同朋友或自己失去家园。任何人的死都让我蒙受损失，因为我是人类的一员。"正是这种理念与道德，才支撑着人类生活秩序的大厦。靳叶就是一个热情的人、做事认真的人、甘心并乐于支撑公益事业的人。

【作者简介】

张洁，女，1975 年出生于顺义区龙湾屯镇七连庄村。毕业于北京师范大学美术学专业。现任教于顺义区第一中学附属小学。顺义区作家协会理事，顺义区书法家协会副秘书长，北京市书法家协会会员。2016 年 10 月，诗集《滂沱》由中国文联出版社出版。

沟 北 人 家

我家后边 50 米有条水沟，水沟北面居住着一户人家。那家有两个儿子，都是短命。

水沟只有夏天下大雨时才有水流过，晴天了，就剩下一个一个小水洼。那家主要是养牛，还散养了几只鸡、鸭、鹅、红头雁，这些禽类跑来跑去。有时那大鹅嘎嘎地扇着大翅膀驱赶生人。橘色的白色的黑色的鸡啄小水洼里的水喝，它们爱吃粪里边生出的蛆虫，各个羽毛锃亮。尤其是黑色的，羽毛在阳光下闪着绿莹莹的光芒。

那家的两个儿子，二儿子是我小学同学。大儿子比我大三岁。大儿子没有二儿子个头高。大儿子不知因为啥，神经出了毛病，一直在家，没出去工作。正常时候和好人无异。一个初冬的上午，天空是灰白的，不冷。一声骇人的长啸，紧接着是粗重的扑通扑通奔跑的声音，由远及近，由房后小路奔到大路又渐渐远去。跑步的声音后来有些嘈杂。呼号声开始像一条粗麻绳，之后拉长拉长迅速变成一条丝线猛然断在南边的远处。

大玉茹枣红脸，脸上的沟壑像刀刻一般分明，是我妈的朋友，常来我家串门。她跟我说：那天亲眼看见那家大儿子，光着屁股满大街跑，他爸爸在后边追。后来大家伙帮着追，哪拦得住。跑累了，他蹲在马路边开始拉屎，拉完了自己拿起来自己的屎橛子搁嘴里吃。她没说完就干呕了一下。玉茹脸上隆起的皱纹，发出明亮的光。

我家西院是他家的养牛场，存栏几十头牛。牛都是黄色间杂几块白色。牛头上系着一条比身体还短的缰绳，短到刚能原地卧下。牛就站在自己的粪里，累了就卧在粪里。牛身体两侧和肚皮常年粘着一层牛粪。牛嘴一刻不闲地倒嚼，嘴角垂挂着长长的涎水，像一股明亮的小溪。牛的大鼻孔总是喷出浊重的气息，隔着一堵墙都能听到。偶尔能听到低沉压抑的牛叫声："哞——哞——"当牛叫声此起彼伏时，就是牛在出栏，要送往屠宰场了。

我同学也就是这家的二儿子，小学以后从没碰到过他。听说他在外开出租车，老婆干销售的，住在县城，房是媳妇买的。大儿子时常犯病，干不了啥活。家里要雇人清理牛粪。牛粪味一年四季笼罩着我家院子。晾晒的衣服床单干了都含有一股呛鼻子的臭味。

大儿子好的时候跟爸妈说不想再连累二老。有一天，他偷偷喝下了一瓶敌敌畏。后来，他爹妈看着他身边的空瓶子，都明白了，也没往医院送。

不久后，再看到他爸妈，脸上都很平静，看不到忧戚。常能看到他爸爸穿着及膝的黑雨靴往外推牛粪。人比以往更有力气，胳膊腿甚至整个人仿佛都长大了一圈。隔着墙听到男人吆喝牛的声音比大儿子活着时更加高亢悠长。声音里听不出喜与悲。

十年后，一个初冬，凄厉地哭号划破宁静的村庄，很多人都听到了，树上的麻雀们突然展翅噗噜噜地齐飞起来，之后换个地方落下来。一朵雪花似的绒毛在空中飘荡。我的同学死了。他在县城，晚上和媳妇一起遛弯，被一辆车怼在了墙上，43岁。村里人感叹：俩儿子都没了，爹妈可怎么活呀。牛继续养着。牛粪味混着饲料里的酒糟味继续包裹着我家院子。同学的媳妇也常带着女儿回来看看，给干干活。

去年村里开始拆除违建，我回家时，西院的牛都不见了，牛棚和院墙都拆了，一下子空旷了许多。白花花的水泥地上有散落的砖头。

夏天，村里改造防汛排涝系统，把水沟的沟底和坡面都打上了水泥，还修了过人的小桥。固定水泥桥面的模板还没拆除，还有工人在收尾。临马路边的沟边上停着一辆三轮车，座上坐着一个灰黑面容的老头儿，长得结实。棉背心的肩膀头上是大大小小的窟窿眼，有的如黄豆有的如小米。

"您是这村的吗？"我小心地试探。

"我是小雨他爸啊！"话音高亢明亮，还带着一点喜悦，仿佛我的同学小雨还活在世上，此刻就在他的眼前。

语丝微言

张洁的这篇小文《沟北人家》，写了农村一种灰色生活。混浊的水沟，啄食粪虫的鸡婆，滴着两行长长涎水的黄牛，一年四季散发牛粪味的小院，不时还闪过患精神病裸体奔跑的少年。但这家的主人，该喂牛喂牛，牛肥了该出栏就出栏。两个儿子先后死了，也看不出父亲有多悲戚。生活总要继续下去，日子总要过下去。面对现实，只能面对。

已经发生了的事，哭也没用，喊也没用，怨天尤人也没用。命运从来就不相信眼泪。看似麻木，实际上是一种对苦难采取不回避、坦然接受、坚韧顽强、忍耐承担、颇为务实、努力朝着地平线活下去的生活态度。因为生活不会总是阳光灿烂，五彩缤纷、多姿多彩。人生本来就有灰色地带，灰色本来就是生活的底色。所以文学除有红色文学、绿色文学、黄色文学等等之外，灰色文学的存在也自有其合理性。

【作者简介】

岑金，笔名岑一羽。北京老舍文学院第五届中青年作家（小说）高研班学员、基层作家报告文学班学员，顺义区作家协会理事，"潮白文学"公众号编辑，中国微型小说学会会员，华夏精短文学学会会员。作品散见于《百花园》《微型小说选刊》《当代文学·海外版》《微型小说月报》《精短小说》等刊物。有文章被百度教育题库、组卷网、学科网、教习网及辽宁、山西、安徽、江苏、四川、广东等省中考语文模拟试卷选用。

岑金小小说三题

舍 牛

晨鸡啼晓，风拂窗棂。

美梦被打断，弦高揉了揉惺忪的睡眼，使劲伸罢懒腰，扯开衾被一骨碌身子从榻上爬起来。

暮春时节，天亮已早。他透过窗隙，见东方显出曙色。叫醒商队同行诸人，吃过饭食收拾东西，赶着几十头牛出了馆舍继续朝洛邑走。

走着走着，迎面一车驰至，弦高打眼瞅去，认出是故友蹇他。

"贤弟，多年不见，这是做何去？"

蹇他忙勒住缰绳，跳下车神色紧张地将弦高拉到一边耳语几句。

弦高听罢，也不禁倒抽一口冷气："若真如此，郑国危矣。贤弟，咱们不能只顾自己家人，坐视其他千千万万的郑人沦为秦国奴隶。"

"唉！兄长，我要是有办法，我……"蹇他顿足摇首。

"莫急，莫急。这样，你且快快到都城报予国君消息。"弦高轻轻拍了拍蹇他肩膀，拿出一个钱囊递去，"剩下的，交给我。我会想尽办法拖住秦军，这些钱你带着，需换车马时正好用得上。"

蹇他走后，弦高苦思须臾，忽然灵光一闪。找来商队中合伙人简说原委，将大多数牛和财货分给其，让其带商队绕小道避开兵锋，只挑选了四张熟牛皮和最肥壮的十二头牛。几个贴身仆人自愿留下。弦高又到附近集市，高价买了一身华服峨冠穿戴上，给仆人们也换了行头。准备停当，一行人投大道往滑国东界而去。

秦军主帅孟明视真是做梦也没想到，在这场远征偷袭即将大功告成的时候，居然会碰到郑国派来的使者。

孟明视扶着戎车轼木，听完麾下前军士卒的禀报，错愕了片晌，才点头同意引使者面见。又传命全军暂驻道旁，唤来副将西乞术、白乙丙，待一起会过使者了解来意，再行商议定夺。

过了一阵，士卒领着郑国使者趋步至孟明视戎车前。

使者托着帛布包裹，略一欠身双手举起献上，口中朗声言道："拜见将军，敝邦闻大军远道而来，虽不知欲伐何处，但郑国曾蒙秦伯垂爱，弭兵退围互结盟好。纵是国中先君初丧，亦不敢有所怠慢。故奉新君之命前来迎候犒师，以慰一众士卒跋涉劳苦。敬送四张上好熟牛皮，另有十二头肥美壮牛。聊备薄礼，乞望笑纳。"

车下士卒接过帛包。孟明视上下打量此人几眼，微微皱眉说："既是使者，可携有国君书札？"

"得知将军率众倍道兼程，星夜疾进，新君深恐繁文缛节易致相迎迟误。特地令我火速先行迎接将军大驾。后面几趟使者，将陆续于国疆西陲、都外长亭迎候，届时再好好招待诸位将士。"

使者面带笑容，热情洋溢，仿佛把眼前看不到行伍边际的大队虎狼之兵全当成了自家人。他回头向后招了招手，远处的几个随从把牛群驱赶过来交给秦军。

"哦，多谢了，难得贵国新君想得如此周到。"孟明视瞥了瞥两位副将，缓缓道，"吾国君上也是听闻贵国有丧，担忧新君初立，民心不稳，局势动荡，或有他国乘人之危入侵边境。秦郑盟邦，焉能不相助卫护？遂命吾等统兵东往，为郑国安定疆界。"

"秦伯厚恩，郑人定当铭记在心。敝邦乃中原小国，容易遭到大国的觊觎和进犯。不过我国向来警戒严密，勤饬弓箭，常修戈矛，时时刻刻准备与来犯之敌决一死战，断不会随便任人宰割，这点还请将军放心。"使者连连拱手说。

面沉如水的孟明视稍一沉吟也相揖还礼："那就好。既然如此，吾等就地扎营结寨，烹牛飨士，暂加休整，再到郑国护卫不迟。烦请使者向贵国新君转达吾等谢意。"

"是。呃，国君还有一言要在下告诉将军。"使者脸上还是满副敦厚亲切的神情，"敝邦虽然不算富裕，但是如果将军和部下要久住，住上一天郑国就供给一天的军需粮秣；如要离开返回时，就派遣国中兵马为将军等准备好那一夜的把守防御。"

"多谢了。"孟明视唇齿间挤出一句。瞧着使者渐去渐远的背影，他搭在剑柄的手悄悄攥紧，拇指用力磨蹭着柄上缠绳。

副将西乞术低声问："如今该当如何？"

"机密已泄，郑国察觉，去了也不能建功。攻则坚城难克，围则后继无援。可惜只剩下二百多里地即到，本来旬日之内便应破灭郑国，眼下却再无法前进半步。"孟明视狠狠一拍车上竖立的大纛旗杆，仰天长叹一声："四百乘战车，三万余精锐，如此兴师动众，倘若无功而返，空耗军资钱粮，吾辈为将者有何面目见国君？如今之计，当趁刚过滑国，转兵回师突袭灭之。获其府库珍宝，男女丁口，还报君上以赎罪矣。"

将令传下，士卒返身；车轮滚滚，旌旗向西。

数天后弦高回到郑国都城，到家里刚换下峨冠华服，蹇他便闻讯登门。

"兄长回来的好快！"

"嗐，原要贩去洛邑的牛都消散无余，随身钱财也所剩无几，除了回家别无他法。再晚几日，怕是要把这一身行头换盘缠了。"弦高摆弄着手里的峨冠打趣自嘲。

"哪里话。多亏兄长机智，否则郑人都要无家可归。兄长是郑国的大功臣，国君听说你到家，特地让我来请你。"

弦高跟着蹇他乘车而行，路上问道："近日国都中可还安宁？"

"那天分别后我快马加鞭赶回都城报信，国君起初有些狐疑，在众位大夫们的建议下派人去北门秦人驻地偷偷探察，果然发现杞子等与手下两千秦兵正在捆束行装，厉兵秣马，准备里应外合。"蹇他正了正襟带，有些激动地说，"国君知后立刻调兵遣将，布置防卫，并遣大夫皇武子前去辞谢。对秦人说诸位久在敝邦，敝邦的各种物资也快要耗竭。郑国有同秦国一样的猎场，现在诸位要回去，就请自行猎取些麋鹿供路上食用，好让敝邦得到休养生息如何？秦人自知密谋败露，于是各自溃散。杞子逃奔齐国，逢孙、杨孙逃奔宋国去了。"

叙话间两人来到宫中，国君郑穆公亲自下阶相迎，要对弦高大加封赏。

"在下虽做商人，却不是外人，忠心为国乃本分。若图封冀赏，岂不是把救国当成了生意？"弦高坚决推辞，饮宴后便与蹇他拜别国君。

回家时，蹇他开玩笑说："你老兄啊，舍了一群牛换来一顿饭，值吗？"

"错喽，是舍了一群牛换来一国保全。"弦高看着周边熟悉的民居，熙熙攘攘自在往来的百姓，捋着须髯哈哈而笑，"走这一趟，大值特值也。我心里边，高兴啊！"

失　马

秦穆公望着远处正在撤回晋军本阵的晋惠公，一边催促驭手驾车加紧追赶，一边在心里痛惜自己那些上好良马如今已化作了土肥，不然早就追上了前面那个忘恩负义的白眼狼姬夷吾。

他拉开雕弓，搭上羽箭，瞄准晋惠公亲乘戎车的方向连射几箭。但是距离过远，晋惠公的戎车跑得又快，这几支箭都落了空。

周襄王七年（公元前 645 年），九月壬戌，秦、晋两国大军合战于韩原。

秦军戎车四百辆，士卒三万余；晋军戎车六百辆，士卒四万余。秦军兵力略逊一筹，但之前三战三捷，士气旺盛。而晋军兵力虽强，但因为借粮不还背信弃义，导致士气相对低落。

开战之初，晋军凭借人数、武器优势抢得先机，步步进逼，把秦军打得节节败退。在上军阵中观战的晋惠公姬夷吾得意洋洋，见将士们追击秦军夺取了不少战利品，他一时心痒难耐，命亲乘戎车的驭手郤步扬迅速出击，自己也要趁火打劫捞一把战利品回去摆在宗庙里，好显示自己作为国君的英明神武。

晋惠公单车出击，如孤雁出群，车上又插着国君的大旗，在空旷的战场上格外显眼。秦穆公瞭望到后，便下令全军反攻，自己带中军围攻姬夷吾。狡猾的晋惠公在追杀秦军徒兵狠抢了一票战利品时，很快发觉不对劲，迎面鼓声大震，烟尘滚滚，当即命驭手掉头往回跑。

"唉！真是可恨。要是能追上，寡人定要好好教训这个不知天高地厚的小子。"秦穆公气得直拍戎车的轼木。

正在这时，离自己本阵不远的晋惠公亲乘戎车不知何故突然左右乱摆起来，很快偏离原来辙道，一头扎进了道旁的小泥潭里，没法挣脱出来。

秦穆公见状大喜，立刻传令全军压上，务必要生擒晋侯。命令刚发出，他就让驭手驾车朝小泥潭方向冲击，打算亲自出马和手下将士们赛一赛，看看最后是谁先捉住姬夷吾。

战场上秦晋两军犬牙交错搅作一团，穆公身边只集结了寥寥几辆亲卫的戎车，见君上已然当先杀出，他们无奈硬着头皮跟随在后。

刚至半途，发现穆公动向的晋国下军主将韩简指挥大队人马左右夹击而来，须臾间把穆公等人围在当中。如蝗乱箭劈头盖脸射过来，晋军徒兵伴随战车也挺着长矛戈戟四面扑上。激烈的厮杀中，穆公身上的三层皮甲都被射穿。有的镞尖刺进了他的肉里，鲜血直流。

"嬴任好！你已无路可逃，还不弃甲投降？"戎车上的韩简大呼着穆公的名字，一箭射倒穆公车下的一名秦军徒兵。

穆公赶紧伸手去箭囊中抓箭，摸了一两下才发觉箭已用尽。韩简的戎车转眼冲近，错毂之时其车右虢射抡动长戟猛地横砍。穆公的车右刚才被射伤，此时靠坐在车内无法抵抗。穆公连忙抽出车上的铜殳招架，可惜还是慢了半拍，被戟的横刃撩到右臂。又添伤口，不断失血，穆公渐渐也有些头重脚轻。

难道真的要被晋国俘虏吗？让那个出尔反尔的小人姬夷吾指着鼻子笑话我吗？堂堂一国之君做阶下囚，穆公心有不甘。

"来啊！不怕死的，上前来与寡人一决雌雄！"穆公咬了下舌尖，晃了晃脑袋，抡圆了手中的铜殳，振奋起肝胆间的勇烈之气，对周围驰骋的晋军戎车大声吼道。

好像是应和他的吼声，晋军侧背忽然响起几声雄浑悠远的号角声。不知道从哪里冒出了一大群奇怪之人，好像是从九天之上而降，又好像是从九地之下钻出。他们披头散发，或裹虎豹之皮，或穿蒲茅之蓑，手中大斧长锄，又耙棍棒，五花八门。一路朝着晋军猛冲猛打，不避死伤，直奔困在垓心的穆公而来。

晋军的马匹见到虎豹皮，受到惊吓，四处乱窜，原本严密的包围圈顿时快要分崩离析。

穆公也大感诧异：自己出征的队伍里没有这些人啊？这是什么情况？

"国君，咱们有救了！这伙人少说有三五百，您扶好了，我驾车跟着他们冲出去！"身侧驭手扭头对穆公大声道。

今天心态几起几落的穆公这时也疲惫不堪，跌坐在车里连连说好。

这三五百突如其来的怪人冲破阻拦，来到穆公车旁，护着他往秦军营盘方向突围。

韩简还想组织围攻，此时附近飞驰来一辆晋国戎车，车左是大夫庆郑，对他高喊："韩简，你还在这里乱打什么？国君正在那边烂泥潭里边陷着出不来呢，你还不赶紧带人去救！晚了怕是要被秦人把国君抓住喽。"

韩简听了心里一惊，火急命令撤围去寻找晋惠公。他是好心，可是这么一弄晋国上下军拥挤在一堆，更是乱上加乱。等理清各营伍的头绪，秦穆公早已在怪人们的保护下安然退回营盘。

而倒霉的晋惠公姬夷吾因为战场极度混乱，车右和驭手各自逃命，没人顾得上管他，留下他孤零零的一个人困在泥潭里，被路过的秦军士卒顺手牵羊抓到了秦营。晋军群龙无首张皇失措，在秦军的猛烈反击下人仰马翻，大败亏输，狼狈逃窜。

直到战场局势彻底转变成了一边倒，回到后方惊魂初定的秦穆公还是没能想起和簇拥着他的这几百个怪人曾有过什么瓜葛。

穆公到了大帐前，包扎伤处后，命人摆下筵席，请那群怪人救星饮宴。席间，穆公对领头怪人说出自己心里的疑问："敢问各位神仙，今日为何要救寡人性命？"

"回国君，我……我们不是神仙，是……岐山下的野民。要问我等为何舍命相救，难道您忘了三年前对我们的大恩么？"

"啊……哦，寡人想起来了！"穆公瞬间恍然大悟。当年自己养有十数匹挽引亲乘戎车的骏马良驹，偷跑出圈到了岐下旷野，结果被当地野民捕获，当作猎物弄回去杀掉烤着吃了。官吏带兵追查，将山下参与捕马杀吃的三百多野民羁押，准备全部处死。穆公得知后当即制止此事，并说宁肯失马，不愿失民，怎能因十来匹马而害死这么多人？听闻吃了马肉不喝酒会伤身，就又赐给他们几大坛好酒，以安其心。

秦穆公感慨万千，钦佩这些野民有恩必报，深怀情义，要厚赏他们。而野民们却坚辞不受，结群飘然而去。穆公注目良久，对手下人道："但凡寡人在世一日，则岐下之民不纳贡赋，官吏不得侵扰，违令者立斩不饶。"

手下人禀报活捉了晋侯姬夷吾，穆公命带他到近前，问其为何被抓。

晋惠公悻悻地说："戎车用驾，郑国所献小驷。不习晋道，遇危惊惧，乱奔弗正，还泞而止，遂困被执。"

"寡人失马，幸得民心之助而功成。晋侯得马，昏聩贪利丧信义而事败。其中顺逆，在人耶？在马耶？"穆公挥了挥手，让左右把姬夷吾带下去看押，自己坐在席上，爵中浊酒一饮而尽，转头看向了遥远天际那将要告别狼烟沙场的如血残阳。

比　刀

劲风萧萧，浊浪滔滔。戴着笠帽的老叟在船尾把舵唱着渔歌，船篷里坐着几位渡客。

此时渡客之间的气氛并不太好。起因是寮篷中有老叟平时休憩的一块地方，铺盖齐全，可倚可卧。这比干坐着舒服多了，但凡老叟每次接载渡客，便将这仅有的宝地让出来，由价高者得之。不过今天的渡客们貌似都不缺钱，于是互相争了起来。

"几位客官莫争，有话好商量嘛。"船叟出言劝解。

"有甚好商量的！这躺觉的地方自是归我，哪个不服与某家的拳头较量较量？看不把他丢进湖水里喂鱼。"身着戎服的彪形大汉瞪起环眼，将手里挂着的环首刀鞘尾往舱板重重一顿。

书吏打扮的渡客嗤笑一声："嗬，好大的口气。强龙还不敢压地头蛇，尔从江北到豫章郡地界最好老实些，当心吃不了兜着走。"

戎服大汉一听气得咬牙切齿，络腮虬髯似要炸起。正待雷霆发作，旁边背着药囊的医者连忙伸手拦住："两位都消消气！船家生计艰辛，渡一次客不容易，把自己休息的地方让出来，无非是想多赚些孔方兄。外面鄱阳湖水广浪大，若是打将起来弄翻了船，别说船家没了饭碗，我们不也都得化为鱼口之食吗？哪个跑得掉？"

大汉和书吏听了医者的话，各自冷哼一声，别过头去不再吵嚷。

"几位客官，容老朽插句话。"船叟见场面稍稍平静下来，提出建议，"以往也有人多时争这铺盖地方，各不相让。老朽碰到这种情况，就给大家出个题目公平比对，输赢无悔，免得彼此挫伤和气。"

这话一出，渡客马上来了兴趣，不约而同转头看向船叟，想搞明白他葫芦里到底卖的什么药。

"哦？这倒有意思，敢问船家怎么个比法？"书吏拱了拱手好奇地问。

船叟一手搭在寮篷边沿，笑呵呵道："简单得很，各位说说自己是做什么的，这一路何去何从。老朽便根据各位所言，琢磨个相同之处。然后大家就比一比，谁的更威风、更厉害、更了不起。"

"好！某先说。"戎服大汉蒲扇似的巴掌一挥，瓮声瓮气地说，"某家乃淮南寿春城军中校尉，领命到豫章郡公干。"

书吏不甘示弱紧接着讲："吾本为豫章郡太守府记室书佐，此行是告假去江北访亲后而回。"

"区区不才，是汝南郡下一疗疾之医，受邀前往豫章给太守看病。"医者捻着山羊胡，不紧不慢地回答。

船叟看着几位渡客，思考了片刻，忽然眼前一亮，将两手一拍。

"有了，老朽想到了题目。几位客官身上都有一件相同的物什，恰好可拿来比一比赛一赛。"

"少卖关子，快快讲来！""船家请讲。""愿闻其详。"渡客们纷纷催促。

"好好好，那老朽出题了。"船叟伸手一指校尉握着的环首佩刀，"几位请看，比的就是这样物什。"

"刀？"书吏和医者齐声问道，两人对视一眼，大感不解。

医者连连摇头："老丈，我俩又非军旅之人，身上哪带有兵器？"

"是啊，船家莫不是偏袒这武夫？"书吏瞥了一眼面露得色的校尉，登时愤愤不平，"想必是怕得罪于他，便借机讨好，以这不公不平的考问哄骗欺弄吾等。"

"诶！两位急躁了，还没听老朽把话说完呐。方才说相同，是因为几位身上都有刀。可这刀也有区别，并非都是兵器啊。"老叟抬手示意书吏，"就拿您说吧，上船前看您在岸边拈着笔边咏边写，竹板上错字后用什么刮去的？"

书吏听了稍微一愣，很快反应过来，从包袱里找出自己的书刀，不好意思地笑着说："怨吾愚钝，刚明白老丈的题意。"

医者见船叟又瞅向自己，略一沉吟，也懂了意思。在药囊中摸出个不大的匣子，打开是几柄十分小巧的医刀。

"既然比刀，那某家就不客气了。"校尉看两人已明了，把佩刀一举，"此刀精铁卅炼，寒锋如雪。吹毛立断，截甲如纸。天下有乱，凭此荡平。冲坚毁锐，斩将搴旗。建功立业，拜爵封侯。奋威当朝，扬名后世。尔等手里的小玩意，焉能可比！"

书吏手托书刀不屑地说："吾刀长不盈尺，亦无多炼。然论血气之勇，与尔不遑多让。当年前汉大将李陵率五千步卒出击匈奴，遭遇十几万铁骑重围。最后箭矢用尽，矛戟多毁，军吏抽此尺刀激战到底，毫不退缩。再者海内太平时，笔、刀皆在谁手，便由谁裁定青史墨字何削何存。扬名遗臭，是非对错，操纵股掌之间。既能用此删诗定礼，教化苍生；也能用此深文巧诋，杀人无形。飞将军尚有不能对刀笔吏之时，何况尔乎？"

校尉听了收敛倨傲之色，抱刀入怀默然不语。

"说来惭愧，在下一没有跃马冲杀的本领，二没有蹙金结绣的能耐。行医多年，也只是秉持师传之道治病救人。若论起手中这刀，往昔汉末名将关羽，身中镞毒，侵于骨间。得良医破臂作创，刮骨去毒，解此痛厄。神医华佗亦曾用医刀，佐以麻沸散，为官吏士民剔腐放淤，抽割积聚，除内疾痿。所能事者，仅此而已。"医者轻轻抚摸着盛刀小匣。

"依老朽看，胜出之人非医师莫属。任你猛将盖世，高官厚禄，一旦伤病，命悬一线，任人摆布，与襁褓稚儿无异。"船叟点点头，指了指铺盖，"今晚就请医师在此安歇，钱也不必多加了，算老朽替那些被救治过的人聊表感激之情。"

书吏和校尉也都心服口服。医者向船叟连连道谢，又对书吏、校尉拱手揖过，挪到铺盖处倚卧。

入夜，忽然狂风大作，雷鸣电闪，暴雨如注。渡船在汹浪惊涛中颠簸飘摇，几遇倾危。幸亏船叟经验丰富，勉力将船行到湖中一小岛边搁浅停下。

天明，渡客们欲以干粮充饥，却发现已为雨水翻浪浸透。船叟安慰众人勿忧，寻来可烧之柴和野菜，复取竿钩钓得两尾肥大湖鱼，把鱼用船上的厨刀去鳞清脏切好。捡石垒灶，放上陶罐，菜、鱼洗净，烧水开炖。

待鱼炖好，船叟撒完盐巴，从舱中摸出几只陶碗，折枝为筷请渡客们果腹。

热食暖汤下肚，饥疲一扫而光。医者捧着碗感慨："世人非患绝症皆能痊愈，然则渴饿数日必亡。庖厨之刀岂不远胜我等之刀？"校尉、书吏无不赞同。

"依老朽看，至少还有两把刀要压过庖厨之刀。"船叟吐掉鱼刺，看渡客们一脸困惑，拿着筷子点了点自己的嘴，"第一把乃唇齿之刀。雄辩策士，执此刀连横合纵，搅动四方风云。乡绅里胥，执此刀科敛丁口，盘剥百姓，肆意叱骂，猖狂践踏。"

见渡客们若有所思，他接着又按了按心窝："第二把么，乃狠心之刀。昏主贪贾，磨砺此刀，苛政坐贷，豪夺巧取，恶于猛虎。两刀相合，天下无宁。锋刃所及，千里衰颓，万民惊惧。这才是当真厉害呀！"

渡客们恍然大悟相顾无言。很快，收拾好东西的船叟带众人将船推下水，继续扬帆摆舵往豫章城驶去，湖面上又飘起了悠悠的渔歌。

原载《当代文学·海外版》总第 53 期

语丝微言

中国历史悠久，文化灿烂。直至今天，通过阅读，仍能体会到《诗经》的无邪、屈原的悲愤、杜甫的悲悯、李白的浪漫。作为写作者，无不从历史的典籍中去挖掘、去借鉴、去汲取、去发现。古为今用，旧为新用，表达自己的爱恨情仇、人生观、世界观与价值。所以金庸的武侠小说、萧军的《吴越春秋史话》、鲁迅的《故事新编》，无不取材于历史，赋古典以新意，借故纸而生波。岑金的三篇短小说，虽也择自史书，却直指当下。那就是热爱祖国、心系百姓、轻财重义。这些传统的信条与价值观，操守与境界、道德和理念，支撑中国几千年，"苟日新，日日新，又日新"，进而传承发扬光大，那是中国人的精神脊梁。岑金做了有益尝试。他的风格，颇具古风。希望有更多作者实习之。

【作者简介】

张力翔，北京作家协会会员，北京首农集团退休老干部，曾在《十月》《参花》等文学杂志发表《潜谋》《那片霞》《落寞》《潮头》等四部长篇小说；《我走了，因为我爱你》《六笺园》等两部中篇小说。曾于1975年至1986年在顺义区工作。

《六笺园》节选

粮食店街上人来人往，熙熙攘攘。郭存厚又朝人群里张望一番，仍未发现石墩和六儿，正欲回店，却见一个熟悉的身影朝这边走来，仔细打量，不由心中一顿。这是一位长衫方巾的书生，虽衣着寒酸，却孤僻乖戾，傲慢异常。此人是六必居的常客，每次都是独自饮酒，一言不发。伙计麦苗曾上前沏茶搭话，竟被他挥袖赶走。掌柜汪德仁以为麦苗得罪了客人，前去赔礼，也被冷眼怠慢。郭存厚发现，这客人除了就着小菜饮酒，还有一爱好，就是微醺时，喜欢用手指蘸酒在桌案上写字，只是离得太远，不知他写的什么，那字又如何。

眼瞅着，那位不知姓名的书生已倒背双手踱入店内，照旧坐在一隅，掏银买酒。郭存厚跟在其后，也默默进店，躲在长案一侧，留意观察。大约过了半个时辰，那书生已显醉态，俯身向前，用食指朝酒盅中一蘸，又在桌案上书写起来。郭存厚好奇，故作漫不经心，假装从其身边走过，斜眼一看，但见那酒渍未干的桌案上，赫然呈现着一个大大的"官"字，那字竟写得颜筋柳骨，刚劲飘洒，不禁停下脚步，击掌惊呼："好字！"

书生经他一吓，抬头相望。不等其表露不悦，郭存厚早俯下一张灿如桃花的笑脸，继续道："先生不但字写得好，人也端庄儒雅，颇有为官之相，敢问先生尊姓大名？"

怎奈那书生管你是谁，就是不开尊口，嘴角一撇，轻蔑一笑，接着晃晃脑袋，又径自喝酒。弄得郭存厚站也不是，走也不是，好生尴尬。不过眨眼间，他那张胖脸便又笑得灿烂。长期做买卖，什么刁钻古怪的客人没见过？他的脸皮早已厚过城墙，哪还在乎这点儿羞辱。心想：这书生不去南边的九龙斋，专来我店喝酒，已是高看我一眼了，使使性子又何足挂齿！于是，但见他没事一般，笑模笑样，拱手道了声："公子慢用。"便转身找汪掌柜说事去了。

话说铺东郭存厚每天都在街巷里转悠，没等来新招的伙计，却在一天午后等来一张朝廷告示。那告示就贴在六必居的东墙上，上书：

"今察，正阳门外商贩造酒日昌，致使宫廷内外浊气冲天。故令一月内，酒业酿造须迁至距正阳门五十里外，违者重罚。此令。"

看完告示，郭存厚额头冰凉，竟沁出一层冷汗。六筬园以卖酒为主，强行迁窖，不让酿酒，今后这买卖还怎么做？这样下去，店铺岂不会生意暴损，收益骤降？如此这般，他该如何向入伙的族人交代？想到在自家老槐树下，对着先祖发下的誓言，他不免生出一阵悲哀、几分焦躁。

话说一场强烈地震后，运城盆地一片苍凉，山川沟壑遍布，土地成片撂荒，震后瘟疫蔓延，灾民络绎不绝，通往临汾的官道上，时有南来逃难的灾民，饥寒交迫，倒于路旁。

临汾受灾较轻，已恢复正常生活。这天，尧村的两孔土窑里，六必居滞留的伙计石墩和新招的伙计六儿，辞别各自的爹娘，每人挎着一个布袋，相约走下村西的大土坡儿，准备渡汾河北上，赴京城六筬园做活儿。想到轮换回村的伙计说，东家催促得急，俩人不禁加快了脚步。正要登上渡船，突然被人跑来叫住，说郭二东家有要事要找他俩。

两人返回村内，走进一座大宅，见郭二东家正坐在堂屋，与一蓬头垢面、跪在地上的中年汉子说话。这郭二东家不是别人，正是郭家先祖郭贵的嫡孙，郭存厚的族弟郭存孝。别看他蛰居老家，却是六必居的主要伙东。

石墩和六儿拱手施礼。郭存孝拿了一封书信递与石墩，道："托你俩给东家带个信儿。"说着让地上那男人起身，指指他："此人刚从运城盐湖那边逃难过来，自称做得一手好酱菜，想投奔咱六筬园。我在信中已将此事知会东家。想让他鉴别一下此人的手艺，看看今后能否派上用场。故，这回你三人一起动身，一路上要相互照应。"

三人辞别了郭二东家，乘船上路，一路上水陆兼行，风餐露宿，走了半月有余，终于来到距京城八十里路的窦店附近。正欲歇息，忽见一哨人马冲到跟前，竟是一伙土匪。匪首疤瘌眼下了声令，匪徒们便不由分说地将三人掳走，来到上方山深处的匪巢。三人哭爹喊娘，说是来京城投亲的，求匪首疤瘌眼儿放行。疤瘌眼儿呵呵笑道：“就你等这穷酸样子，投了亲不也是遭罪。还是在我这儿入伙儿吧，金银财宝大把抓，鸡鸭鱼肉敞开吃，如何？”

石墩再哭着叩首：“求大爷开恩，小人等一家老小就等着我们活命呢，哪敢在这里享福？求爷放我们走吧！”

疤瘌眼儿哪肯答应，近来官府剿匪，手下被捉拿的捉拿，被打散的打散，他这儿也人手吃紧呢！见三人死活不从，便强迫他们去卖苦力。石墩和六儿身体强壮，被送去私窑挖煤。那匠人瘦弱不堪，便令其担柴喂马，在矿上打杂。半月下来，人全都瘦了一圈儿，活脱脱变成了煤黑子。

头一天挖煤，石墩和六儿坐进筐里，被人用辘轳续到一眼新掘的井下，刚落到坑道，便被一股刺鼻的气味熏得头昏脑涨。见矿友把一根打通的大粗竹竿子插进煤层，大部分毒气都被排走了，方端过气来。石墩和六儿照着工友的做法，爬近掌子面，各自刨了一筐煤，趴在潮湿的地上，顺着狭窄的坑道手拽脚蹬，将煤筐拖到井口下，正准备吊上去。忽听身旁有两人说话。

“明天不来了，改去煤市口送煤。”

“好事啊，这地窖子实在没法呆。”

听到这儿，石墩突然一激灵。煤市口，那可就在六箴园南边不远呀！他知道，六箴园也有几间库房是专门存煤的，收了煤，除了自用，也要拿到煤市口去卖。明天送煤，会不会直接驮到六箴园呢？果如此，那不就把他送到家了吗！这么想着，便捅了下身边那人，道：“喂，大哥，我亲戚就是煤市口店里收煤的，明天带我去，保你卖个好价钱，还能吃碗热乎的！”

“那好呀，今晚我跟矿主说说。”那人欣喜道。

谁知，矿主以为石墩偷奸要滑，想捡轻省活干，第二天并没有派他去送煤。又过了些日子，大概是煤的卖价太低，矿主才又想起了石墩，终于把送煤的差事派给他。

这天，天气乍暖还寒，五头脏兮兮的骆驼驮着沉甸甸的煤袋子，在几个矿工的驱赶下出发了。沿着驼铃商道走了一整天又大半夜，终于在黎明时分，通过煤市桥，进了煤市口。煤店收煤是不分早晚的，店里的伙头听到驼铃声响成一片，早已从打开的大门里出来，见几头骆驼全都趴卧地上啃食草料，便指挥着卸煤。趁着押煤老汉坐下来点燃烟袋锅，石墩说去联系亲戚，便一头钻进店里，七拐八绕，从后门溜了出来。石墩又紧张又兴奋，不住脚地朝北跑，跑到廊坊头条，回头看看没人追赶，这才收住脚，呼呼地喘气。喘匀呼了，才又跑到六箴园，拨开后门溜进院子，正撞见几个伙计挑着水桶朝门口走来。玉菱见溜进来一个煤黑子，以为是小偷儿，卸下水桶，抢起扁担就要打，却被一声带着哭腔的呼叫喊停。“玉菱哥！”那煤黑子哭叫着朝他扑来。玉荽定睛一看，终于认出石墩，扔下扁担就和对方抱在一起，哭成一团。

玉荽哭喊道："石墩啊，你跑哪儿去了？东家等你们等得好苦呀！你怎么黑成这样，像刚从煤堆里刨出来似的！"

石墩抹了把泪，道："先别说这些了，快带我去见东家！"

铺东郭存厚已闻声赶到，又和石墩相拥而泣。石墩像是一个委屈的孩子，哭诉道："东家啊，这次来京，我等可是吃尽了苦头哇！"说着就把他们三人一路上的遭遇，他如何设计逃脱，那二人现在的状况全都道了出来。说着，突然挣开身子，从破棉袄的窟窿里掏出那封贴身藏匿的信件，递给东家。

郭存厚急忙将信打开，但见信中写道："吾兄台启，今托石墩、六儿带去一人。此乃运城盐湖一逃荒匠人，据说其家数辈制酱，技艺精湛，所制酱菜远近闻名。愿兄收留，验证此说，以添新业。另，弟有事欲与兄面议，不日将携家眷抵京。临书草草，唯鉴不尽，并叩覃安。"

郭存厚看了信，喜不自禁。心想：六箴园一直做着粮食买卖，积压的粮食除了可以酿酒，难道不是制酱的原料！现在朝廷禁止酿酒，六箴园正不知如何续业，如果改酿酒为制酱，岂不就解了我燃眉之急。然，那救命的匠人，此时却沦落西山荒野，给土匪担柴喂马！想到这儿，他又眉头紧蹙，焦急万分，不由得朝那阴霾密布的西北天空望去。

话说正阳门外的告示贴出不久，衙门便派主簿找到郭存厚说：

"九龙斋已经动工迁窖了，你家这窖何时迁走？"

郭存厚知道拗不过官家，这酒窖是非迁不可了，但酿不成酒，他却也不想完全脱离酒业，便和汪掌柜琢磨出一个补救办法，只是不知可行与否。见主簿催促，忙塞他一些银两，赔着小心问：

"朝廷有令，敝人怎敢不遵。只是小店主营酒业，迁窖必遭巨损。敢问将来小店若从别处觅酒，再稍做加工，制成伏酒蒸酒来卖，可否？"

主簿收了银子，态度顿时好转，回道："那自然可以，朝廷禁的是造酒，又不禁卖酒。"

郭存厚听了稍安，但他心里明白，这样虽可弥补一些损失，买卖却仍难挽颓势。要想从根本上解决问题，还得尽早改酿酒为制酱，只是不知那匠人何时才能被解救来店。

送走主簿后，不多时，忽听店门外传来一阵喧哗，跑去一看，但见店门口围着一圈儿路人，巡检带着衙役押着两个黑不溜秋的汉子正在和汪掌柜理论。

巡检道："日前府衙剿匪，发现这二人鬼祟可疑，捉来一问，说是你店内伙计，特押来鉴别。你可认识他们？"

汪掌柜犹犹豫豫。跟来的郭存厚却一惊，见那被捆绑的二人一老一少，黑如焦炭，和石墩描绘的一般无二，便断定必是他等了好久的匠人和六儿，忙抢前一步，对巡检道：

"不错，他们正是本店伙计。"

说着，忙吩咐伙计将那二人搀扶进店。回头又叫账房方铭取些银两交与巡检和衙役，含笑拱手，将差人们送走。

店铺厢房里，石墩见到两个同伴，悲喜交加，互问别后情景。众伙计也围着新来的二人说话。郭存厚走进来，见六儿尚好，那四十来岁的难民却浑身是血，虚弱不堪，连张嘴说话的力气都快没有了。于是先吩咐麦苗：

"让灶上赶快给他俩煮碗面吃。"

接着问六儿："这匠人怎么浑身是血？"

六儿回道："土匪被官兵打散时，疤瘌眼见我俩跑向相反方向，照着居后的匠人后背便砍了一刀，好在穿着棉衣，只砍出一道口子，并未伤到筋骨。"

郭存厚痛惜中又有些庆幸，嘱下人赶紧给匠人包扎敷药。

将养了几日后，一天清晨，汪掌柜领着恢复了元气，且换上了斜襟短衫，纶巾束发的匠人来见东家。

郭存厚笑道："书信我已经看了，谢先生垂爱，肯来敝店做事，不知先生怎么称呼？"

"小人姓马，人称马老七，运城盐湖人。我家祖上传下来一门制作酱菜的手艺，只因家境贫困，无法弘扬。近来家乡遭遇地震，亲人四处逃散，小人不甘技艺失传，便决意投靠六箴园，将制酱技术献给东家。今被东家收留，小人感激涕零，愿尽犬马之劳，以回报东家救命之恩！"

郭存厚听了大喜。心想：真是天佑我也！虽然酿酒停了，但失之东隅收之桑榆，若马老七制酱手艺果好，店铺岂不又有了主打买卖？于是便依郭存孝之嘱，想鉴定一下马老七的手艺，遂问：

"快说说，你都会做些什么酱菜，又有何过人之处？

马老七说："那可多了，什么酱萝卜酱苤蓝酱甘螺，酱包瓜酱甘露酱姜芽儿，外加稀黄酱干黄酱芝麻酱甜面酱，还有八宝什锦铺淋酱油，大概有个百八十种吧。且甜咸苦辣五味俱全，红黄白绿七色不差。作为佐餐小菜，保证让您爽脆可口，百吃不厌。"

一席话，说得郭存厚拍手称快，大喜过望。朝汪德仁朗声喊："大掌柜，从今儿起，拨出一批伙计，由马老七带着，尽快动用积压粮食，再从集市上选购一批黄豆果蔬，置办家什材料，把那酱菜生意红红火火地做起来！"

"不可！"忽见马老七抬手制止道，"万万不可！做酱菜可不能如此草率！"

屋里屋外早挤进来一群伙计，听闻此言，一伙头怒道："无礼！怎敢如此跟东家说话！你不过是一逃难饥民，有点手艺，就该这般张狂，目空一切吗！"

马老七悚然："不敢，不敢。我感恩图报还来不及，怎敢无礼。在下不过是心里起急，说话直些而已。"

郭存厚却满脸笑意，道："无妨，无妨，先生尽管说出缘由。"

"我是想说，为了确保酱菜质量，所有料材的出处都必须严格遵守规定。比如这做酱的豆子，只能来自唐山丰润的马驹桥，俗话讲：'丰润豆，油赛肉。丘坡黄，做酱香。'丰润豆子长于山坡，做出来的酱，鲜香醇厚，咸淡适口，不酸不苦不澥汤。故除丰润豆，我家从不用其它地方产的豆制酱。"

郭存厚心想：敢情这般讲究，想必这酱菜做出来，一定质量上乘，品味俱佳！长此以往，六箴园岂不又可在这四九城火爆一回！于是盼咐一切均听马老七指教。

不日，丰润的豆子、内蒙古的甘露、湾子村的莴笋、前花园的黄瓜都买来了，几十口半人高釉面平口的大缸也码在了后院。做酱菜的一应物品基本备齐。初夏的一天，买来的黄豆浸泡后，经过三遍清洗，上了大锅，入箅筛水，用大火蒸烂，闷至次日下午，马老七一声令下，立即开屉起黄子，伙计们将滚烫的豆子倒入掺了面粉的笤筐中拌匀，撒在两排硕大的石头凹池中。此时天已将黑，伙计们散去休息。

晚上，隆重的踩黄子仪式开始了。后院搭起巨大的篷帐，篷帐北头立一长案，案上摆着祭祀神灵用的粢谷和店铺祖先的牌位。南头摆放着石池，池上架着扶杆。包括郭存厚、汪掌柜和账房先生方铭在内，所有店员均纶巾束发，长衫扎腰，在铺东郭存厚的带领下，面向祖先牌位烧香祭拜。

"先祖在上，今六箴园欲转向经营，以变制变。我辈必发愤忘食，焚膏继晷，以翌日之辉煌，告慰先天老祖。尚飨。"

宣罢祭词，郭存厚率众向先祖行七拜大礼。接着，马老七命已筛选好没有脚疾，且昨日已洗过澡的伙计们脱去长衫，换上短裤，每人发两条布巾，别在腰间。监督着他们再次净身，用砸碎的皂角搓脚掌，洗小腿。然后坐成两排，用储存的自酿白酒浇脚消毒，再用清水洗净。接着，又一声令下，所有人便都跳入池中开始扶杠踩黄子。

"丰润的豆子香欧，嘿哟！黄子沁透了芳欧，嘿哟！酿出稀干酱欧，嘿哟！铺号远名扬欧，嘿哟！"

洪亮的号子声以其粗犷的音质和整齐的节奏，震荡在酱菜园子，飘向粮食店大街，引来阵阵犬吠，惊飞一群宿鸦。喊罢，伙计们便再不作声，专心于踩踏。于是，这家酱菜园子后院，便被一片扑哧柔婉动听的声音所覆盖，被缕缕缥缥缈缈沁人心脾的豆香所弥漫。这委婉的声音包裹着浓郁的香气，像一群迷人的女子在呢喃嬉戏。汉子们吮吸着湿润的雾气和浓郁的豆香，经这声音的撩拨，都变得兴奋异常，像是喝醉了酒，过足了瘾。渐渐地，五脏六腑都感到醺然陶醉，四肢百骸都开始震颤激奋。踩踏声愈来愈整齐，愈来愈劲爆，愈来愈持久，像低沉的战鼓，滚滚的闷雷，在酱园内外飘荡徘徊。

整整一夜的鏖战，拂晓时分，踩黄子才宣告结束。灶上的师傅早已端来备好的酒菜招待众人，伙计们哪还客气，四仰八叉，歪在桌边，开始边说边饮，大快朵颐。

清晨，淡蓝色的天空洁净无瑕，阵阵薄雾轻轻飘散，一看就知道今儿又是一个好天气。入夏了，一大早风就是暖的，六篾园是个前店后厂的格局，此时后院儿的大门敞开着，十几个伙计一人担副水挑子，沿着一条早已被踏实磨光的土路，来来往往，进进出出地挑着水。二里地外，鲜鱼口井儿胡同姚四爷家院儿里有口甜水井，这水就是从那儿挑来的。过去六篾园和九龙斋酿酒用的水，都来自此井。现在六篾园制酱，九龙斋也学着制酱，而制酱也须大量使用甜水，所以两家跟姚四爷的用水协议也得以延续。

六儿挑水进院，并未再出院门，而是撂下挑子，进前店找汪掌柜说了件事。后者听罢，急忙去见郭存厚，附耳道：

"刚才姚四爷托六儿带话儿，说土匪疤瘌眼知道石墩他们三人逃到了六篾园，准备来寻衅滋事呢！"

郭存厚疑惑道："姚四爷打哪儿听说的？"

"自然是听九龙斋挑水的伙计说的。您不知？那疤瘌眼是前朝大臣陈友定的后裔，素有反骨。据说，九龙斋掌柜吴印亮和他暗中交往，还是他的银主儿，石墩他们回到咱这儿，肯定也是吴印亮透露的！"

郭存厚吃了一惊，叮嘱："不管这传言真假，近日一定多加小心。"

且说六篾园每日挑水是轮流的，店里每个伙计差不多隔天就要轮上一回，唯独麦苗例外。因为啥？因为麦苗是郭铺东的近房表侄，汪掌柜爱屋及乌，对他多少有点照顾，派他的活儿，多是采买传话一类的差事。

当然，汪掌柜也不是什么粗活都不让麦苗干。这不，今儿个麦苗照样被派去打耙子。昨日踩好的酱料都已倒进院子码放整齐的大酱缸里，加盐脱水，准备停当。上好的伏酱，必须经过反复打耙和高温暴晒发酵。所以从今儿开始，马老七要教伙计们如何打耙。

太阳升起来了，马老七撑着瘦弱的身体，带着四个伙计各登上一个半人高的大酱缸，每人都身着粗布背心，腰系围裙，赤臂攥着一根长长的平板木耙。只见马老七踩着缸沿儿，将长耙贴边儿杵到缸底，再使劲往上一兜，将黄子翻搅上来。一下一下，循环往复，十分认真。一边示范，一边喊道：

"看见没有，就这样翻搅，每个缸每天打七次，每次打十耙，一缸打罢，再打一缸，今儿你四人要把这几十口缸全部打完。切记，每打一耙，都要翻搅到位，只有翻搅到位，才能发酵均匀，将浊气放尽。听明白没有？"

"明白！"众人回答。

于是伙计们站在缸上，照样学样，开始打耙。麦苗和石墩的缸紧挨着，俩人和铺东一样，都是临汾尧村人，从小一起长大。六筬园的伙计实行轮换制，伙计们分为两班。一班在京城工作一年，到了二月初二开完年会，便回临汾老家务农，并换回另一班伙计。这样既解决了夫妻长期分离带来的问题，又有益于伙计们保持淳朴作风，更加珍惜自己的岗位。这麦苗年前刚娶了媳妇，年初便轮换回了六筬园，离家已小半年了，甚是想家。趁马老七不在，麦苗便和石墩聊起天来。

麦苗一边打耙·边问："石墩，你头出来那些日子，俺爹娘和媳妇可好？"

石墩打趣道："恐怕是想媳妇了吧？好着呢！娶进门就被公婆宠着，连院门儿都很少出，哪像我们这些人的婆娘，怀着娃都得下地。"

麦苗一脸傲骄，继而嗔道："就算很少出门，你总不会一直都没见她吧？"

"上次她回娘家倒是见过，穿着赤罗棉袍，坐马车上，小脸粉嫩，气色极好。"

麦苗含笑不语，停下耙子，眼神缥缈，不由回想起年前娶亲的日子。麦苗家境尚可。石墩及多数伙计家，一直住着土窑，他家则是干打垒的院墙围着三间瓦舍，院门外还铺着垫脚石阶。家境不赖，娶亲也求门当户对。他那媳妇，竟是花轿后边，跟着五辆马车拉着亲戚和陪嫁送过来的呢！想到和媳妇新婚即别，较少亲密，麦苗不由深深叹息。此时此刻，满脑子都是媳妇的娇声丽影。

日上三竿，热浪炙人。石墩本就肉多皮嫩，又爱出汗，在缸上站久了，腿已发软，打了几十耙，胳膊又酸的不行。他都这般，那很少吃苦的麦苗岂能不累，早已蹲在缸上，杵着耙子歇息。石墩也想歇会儿，刚要蹲下，却见马老七领着玉茭走过来，对麦苗说：

"你下来吧，掌柜的差你去果子市买些茶点，以备日后待客。"

麦苗好生高兴，忙跳下酱缸，找账房方先生支银子去了。

278

马老七走后，伙计玉荽顶替麦苗上缸打耙。

石墩又干了会儿，实在扛不住了。对玉荽说："你先打着，我出汗太多，怕掉进缸里，先下去落落汗。"说着跳下酱缸，坐在背阴儿处，用敞开的背心儿扇风，长长地喘气。

玉荽四下看看，弯腰小声道："你怎敢偷耙，晚上要挨罚的！"不承想没听到回音儿，缸背面却传来齁齁的鼾声。

话说麦苗支了银子，兴高采烈地去了果子市，买了些茶点，拎着麻纸果包往回返。就见九龙斋吴掌柜的公子伏生和另一公子哥儿一路说笑着走来。伏生说："听说冠香楼新来了一个姑娘叫杏儿，人长得真不错，堪称青楼翘楚呢，咱去会会她！"

另一公子道："我也听说了，不过人家杏儿是个艺伎，与那些做皮肉生意的窑姐儿不同，人家是只卖艺不卖身的！"

"嘁，只是身价高罢了，多给银子，还怕她不从？"

"呵呵，也好，从不从的，先去瞅瞅，饱饱眼福！"

听了这话，麦苗顿觉脸烫腮热，想起了和媳妇的洞房之夜，一时体内便有一股火苗嗖嗖蹿起。心想：今日时候尚早，何不也去趟冠香楼，一睹杏儿的芳容？这么想着，便跟着那两个公子哥儿朝胭脂街走去。走到冠香楼前，麦苗突然一愣，陡然止步，使劲揉了揉眼睛，似乎不相信眼前看到的一幕：那在二楼和鸨母说笑的，岂不是他的表叔、六箴园赫赫有名的铺东郭存厚！可这怎么可能？人人皆知，他表叔丧妻后虽未再娶，可年前已在老家与婉儿定亲。表叔虽笑脸常存，貌似轻浮，却是堂堂正人君子，绝不会碰那些窑姐儿的。可是，眼前他的确出现在青楼，这又作何解释？莫非真是金无足赤，人无完人，他表叔也在私底下干着见不得人的勾当?！由此便想，既然东家都可放荡不羁，他一个伙计又有何虑！摸摸口袋里尚有一些银两，便偷偷溜进窑子，找个姑娘随便睡了。

却说郭存厚来冠香楼，是想找个艺伎来店里雅间弹唱侍酒的，鸨母哪会舍弃这么好的赚钱机会？便将头牌杏儿请出应选。但见那杏儿长得楚楚动人，幽怨的杏眼，轻抿的薄唇，尖俏的下巴，一副静默乖巧的样子，像只温顺的羊羔。在她身上，丝毫看不出青楼女子的轻浮放荡，反倒隐现着大家闺秀的矜持和傲气。而此时，她清纯的目光中，却渗透着一丝淡淡的忧伤。郭存厚像是被这抓人的眼波吸附住了，一时竟将邀聘之辞忘得一干二净，怔怔地，盯得姑娘泛出一脸羞红。鸨母心中暗喜，却以一声轻咳打破沉寂，双方尴尬地笑着，顺利签下协约。

夕阳西斜，晚霞殷红，街上的行人散尽，喧闹一天的店铺终于安静下来。伙计们上了门板，拴上店门，开始聚在一起喝栏柜酒，这是六筮园的老规矩。何谓栏柜酒？就是每晚打烊后，东家和店员们在一起边吃边喝边说事。吃的是灶上剩下的折罗菜，喝的是酒客壶里的尾子酒，说的是当天的买卖情况、店员的劳动表现。俗话讲：种地的常看，经商的常算。所以喝栏柜酒时，那噼里啪啦的算盘珠子，一直会响到半夜。这喝栏柜酒是必须参加的。它既是伙计们每日期盼的场合，又是大家伙儿提心吊胆的时刻。怎么说呢？大伙儿赔着笑脸，恭敬待客，已经绷了一天了，此时终于可以放松自我，斜仰歪坐，开怀畅饮了，此事岂不美哉？可话又得说回来，这栏柜酒又不是那么好喝的。它名为喝酒，实则又是对一天的小结和日常的考核。伙计们嘴里喝着酒，心里却都打着鼓呢！

此时酒喝得正酣，采买的已报完菜市的行情，买菜的费用；账房也已扒拉完今日的开销和账上的结余。轮到说后院的打耙了，马老七却闷着头，一声不吭。汪掌柜问：

"有何不便说的事吗？"

马老七闷闷道："倒，倒也没什么。酱缸全都打了耙，伙计们也挺卖力。就是，就是石墩偷了耙，酱缸没翻匀实。还跳到缸底下，蜷蜷睡着了。"

"这还没什么？石墩！"掌柜的喝道，"你倒说说，这是为啥？"

石墩正嚼着馒头，慌慌地站起来，挤眉瞪眼，努嘴喝腮，把嘴里的东西强咽下去，嘟囔道："我胖，打了一会儿耙便出了满脸汗，怕掉酱缸里，就下去落汗，谁想靠着酱缸就睡着了。"

话音未落，周围便响起一片笑声。有人还虎着脸，在他的身后假装勺他脑瓢，踹他一脚，又引起一阵哄笑。

汪掌柜则板起面孔说："石墩，你干活时偷耙睡觉，有违店规，不管你有何理由，这顿罚是免不了的！"回头和东家郭存厚嘀咕几句，转脸道："罚你纹银二两，由月饷扣除，请账房记下。"

此时郭存厚站了起来，和蔼地笑着，对大家说："石墩犯错，理当挨罚。可大家也都知道，他刚从老家过来，路上又受了惊吓，吃了苦头，身心疲惫，才偷耙睡觉。此事本可原谅，但本店名为六筮园，所遵古训，大家想必记得：'秫稻必齐，曲蘖必时，湛炽必洁，水泉必香，陶器必良，火齐必得'，这些都是操作的准则。酿酒用得上，制酱同样用得上。但对于我们来说，除了操作上的要求，还应加上一条，即'职守必持'。我想只有全体店员都能忠于职守，遵规守矩，不怕吃苦，克己奉公，方能确保能够遵循古训，把酱菜做好。若果能人也遵规，事也守训，我六筮园何愁不兴也！"

众店员从掌柜的到伙计们，闻之无不动容，频频颔首。

正慨叹间，忽见通往后院的二道门打开了，一值夜的伙计揪着麦苗闯了进来。汪掌柜发现麦苗白天出去采买就没按时返回，晚上又没来喝栏柜酒，早已生疑，此时见他两手空空，一身邋遢，脸上还带着伤，甚是惊讶。忙问那值夜的：

"这是怎么回事？"

值夜的回道："小的刚才听见有人敲后门，开门看时，就见麦苗这般模样，身上还带着脂粉味，一看就知道去了胭脂街。让他来喝栏柜酒，他死活不来，小的便将他强扭了来。"

汪掌柜瞄了郭存厚一眼，见其亦是一副怒容。便一声断喝："麦苗！快说，你是不是去了胭脂街，做了什么见不得人的事情？"

"没，没有。"麦苗吓得跪倒在地。

"没有？好！"回头喊道，"玉芟，六儿，你俩拉他去胭脂街，挨着窑子打听，看他究竟去了没有！"

麦苗瘫倒，哭道："我说，我说。小的买完茶点，听吴公子伏生说要去会冠香楼新来的美人杏儿。一时糊涂，便跟着去了，挣不过一姑娘拉扯，便做下那丑事。事后银两不够，不但东西被扣，还挨了一顿毒打。呜呜，小的下次再也不敢了！"

不等汪掌柜说话，郭存厚已气得脸紫，率先拍案而起。郭存厚深知，"以人为本，以义制利"乃晋商精神要义。不仅要对店员施以仁爱，也要对他们严加管教。他早就听说，这麦苗在老家时就吊儿郎当，不务正业。来到六箴园，依仗与其是表叔侄关系，做事更是拈轻怕重，偷奸耍滑。掌柜的看在东家的份儿上，一向对他格外照顾，常派些轻活美差给他做。谁想这厮不识抬举，干活偷懒便也罢了，竟敢恣意妄为，做出嫖娼宿妓这等龌龊之事。实乃可恨。莫非，他是认为有我郭存厚在，掌柜的就不敢处罚他吗！这么想着，那一脸菩萨般的笑容，早已荡然无存，此时挂在脸上的，只有一副威严，凛凛怒气。大声道：

"麦苗，你胆子也忒大了！做出这般丑事，还想让我给你撑腰吗？！诸位，大家都知道，我六箴园有条店规，叫作'不用三爷'，凡管事的，无论是其少爷姑爷还是舅爷，本店一概不准聘用。为何？就是怕其利用姻亲关系胡作非为，逃避惩罚。麦苗，你非属'三爷'，进店半载，却屡犯'三爷'之忌，做事懈怠，有恃无恐。今日竟拿柜上的银子，去那龌龊之地嫖娼。你说，我岂能饶你？！"言罢，回头便喊："掌柜的，给他把账结清，赶回老家！"

麦苗大哭，涕泪横流，跪道："表叔饶我，小侄定当改悔啊！"

郭存厚表情凄楚，喟然道："回家对你爹说，表叔对不住他了！"

转眼到了冬季，六筬远的酱菜已经花样翻新，做出彩儿来。店内沿墙，已摆上一溜儿酱缸，柜台上也摆满盛着各式酱菜的坛子。但见酒气酱香，满堂飘洒，不仅引来众多客官喝酒、选购酱菜，还时时招来几只蜜蜂，在那酱坛上嗡嗡飞舞。这酱菜制作精细，品种繁多，别具一格，远远超过市面上的小店杂品。一经推出，便火爆异常，不但有人们大包小包地买去，更有官宦府邸、大户人家，驴驮车载，整坛整坛地采购。真可谓买卖兴隆，盛况空前。

语丝微言

张力翔大学中文系一毕业，就被分配到顺义县文教局工作，1979 年调到顺义一中（城关中学）担任五年语文老师。那时他风华正茂，是个文学青年。他写的小说被当成范文，供顺义业余作者学习。后来他走入仕途，从此搁笔。退休后，重操翰墨。至今已出版了两部中篇、四部长篇。作品发在《十月》等期刊上。近四十年未在文学的田园中笔耕，他有着陶渊明式的感慨："归去来兮，田园将芜，胡不归？"但他以王者归来的气概，发愤写作，一发而不可止。人生有时就是这样，虽然绕了一个大圈，最后仍回到初心的原点。自己半生的"众里寻他千百度"，最终寻觅的"我"，却正在灯火阑珊处。

【作者简介】

洪澄（宏城），本名于宏利，七十年代生人，顺义区作家协会主席团成员，北京老舍文学院学员。十国漫画村毕克官美术馆轮值馆长。从事图文设计工作，热爱写作与诵读。作为革命烈士的后人，深深爱着自己的祖国、爱着这片土地。坚信"简单的快乐离幸福很近"。

后　来

　　大李是村子里最能干的后生，也是李家湾村公认的孝子，官名叫李虎根。

　　早在五年前，大李就和村里一帮穷哥们走出深山，如同所有外出打工的年轻人一样，到城里寻找自己的梦想。不同的是，头脑灵活的大李干得顺风顺水。旁的不知道，给他的寡妇娘在村里盖的那三层的大楼房，气派得很。高档家具，家用电器，用着用不着的一应俱全，还给村里修了一条水泥路，从村头国道直接到了他家门前。就连平时眼睛长在头顶总是吆五喝六的村长，每次上面来人检查工作，都会笑嘻嘻地领着来大李的家里参观，还说成这是通过自己扶持的，算是这巴掌大的小村庄里的致富典型。大李的娘也乐意配合，总会拿出大李留在家里的好烟好茶招待。来的次数多了，诸如"致富能手""新农村建设标兵"之类的牌牌在院门口挂了好几个。大李的老娘风光得很，羡煞村里人，都说老来得子的老太太是上辈子修来的福气，啥都齐备了，就差一房好媳妇儿了。

　　这几年，赶上国家大力发展城镇化建设，建筑的活儿很多。大李手里有的是廉价劳动力，还都是本乡本土的人，隔着三五里，有的还不出五服，干活实在，脑子活泛，能保证质量，费用还低。从开始扛零活、包清工，到最后也雇了预算员，雇了资料员，租了写字楼，像模像样的分包起了大工程。一年前原来的工头大李已经被称为李总，不仅有了自己的建筑公司，还在城里买了房子，买了"四个圈"的小轿车，时不时地还有个俊俏妖媚的女人和他出双入对，大李让大伙都喊李嫂。说"时不时"，是因为，出入的女人，俊俏和妖媚都差不多，可"李嫂"一年多来，换了几个。原先一起扛活的亲戚朋友私下里也扯闲篇，都说这虎根儿有钱了，变了，还为走了的那个做饭的胡师傅家的闺女可惜，说真是造孽，人家那么好的一个黄花闺女，真心对他好。结果他一次酒后乱了分寸……事后，胡姑娘怀了他的孩子，他愣是嫌人家没文化，太土气，还说胡师傅和自己女儿合起伙来拿肚子里的孩子说事儿，就是想要钱。吵闹了几天，人脑子打出狗脑子，最后还逼着姑娘流了产，大李拿出了些钱算是补偿，老胡带着闺女愤然离去。后来就不知道了，工人们说到这儿，有的叹息，有的哂笑，有的同情，也有的在议论，到底是给了一万还是两万，老胡的闺女是不是处女，等等醍醐至极。总之，一个工棚的十几号男人，一到晚上就胡咧咧，老板的风流韵事自然就是他们索然无味的生活里不可缺少的笑料……他们关心的只有他们的工资。其他的事情，就像每天被倒掉的索然无味得看不到几片片肉的炖白菜一样，是馊了臭了发霉了，是被拿去喂猪，还是被冲到了下水道，与他们又有何干呢？

今年春节，在城里乡下都风光的大李，带着俊俏妖媚的新的李嫂回了李家湾。照例，大李的娘在挂满牌牌的门口早早地等上了。大李的车一直开到门口，然后搂着他那新任女友介绍给他老娘，那女人一声脆正的侉子话（普通话）"妈"，叫得大李的娘差点绊了一跟头，一伙人哈哈大笑。然后打开小轿车的后屁股厢，搬出了花花绿绿的好多好多的年货。出来看热闹的邻居也来帮忙，闹哄哄地一起拥进了屋里。

站在门口的村里娃，有一个稍大的孩子，指着四个圈，自豪地说，这是我虎根叔的"奥迪"，你们谁也不许摸。站在门口向屋里张望的满脸皱纹的妇女，窃窃私语："这个女子，好像不是上回来的那个。""是吗……"

春节特有的欢乐挂在每个村民的脸上，也存在盛放着鸡鸭鱼肉的冰箱里，藏在堆着粮食物品的仓房里，在丰盛的年夜饭的饭桌上，在响彻天空的爆竹声里。

爆竹，过年不可或缺的增强气氛的东西，国家年年宣传，到处禁止燃放，但这个流传已久的习俗，哪里是简单的一纸禁令能管得了的。就是在京城，也是几经周折，禁了，放开，再禁止，再放开，最后还是打着爱护环境的旗号搞了个松松垮垮的分时间分地段燃放。

为什么说到爆竹？因为在到了这年初一的后晌，大李家来了几个穿制服的也是说着侉子话的不速之客，在村长屁颠屁颠带领下，进了大李家气派的大门，还跟着乡里派出所的小李。再后来里三层外三层的村民围满了大李家的大门，也不知道谁家的小孩儿还站在了奥迪车的顶上。再后来，人们看到李虎根的手腕上套着铮亮的两个圈出了门，虽说拿衣服盖着，但明眼人还是看出，那是手铐。于是，交头接耳的村民炸了窝似的，在警察的吆喝下让开了道，看着虎根被带上了停在村委会门口的警车。看车牌，像是哪个大城市的。

后来，奥迪车也被来人开走了，那个俊俏妖媚的女人也不知道啥时候走的，人们早已不再关心她了。

再后来，还没出了年，村长来到了大李家，拿出一纸盖了红章的公文，一脸兴师问罪的官威，没好气地还骂骂咧咧的："这个李虎根王八蛋，成心不让人过好年！你看看，这是啥，这小子黑了心了，用不合格的材料给人家盖房子，结果放炮的崩坏了，引起了大火，还死了人……"给大李当过技术员的一个村民拿过那张纸，大声读道："未按设计要求，使用阻燃系数为……的伪劣保温材料施工……"剩下的专业术语，数字啥的村民们听不懂也不关心了，大李的寡妇娘脸色越来越难看，然后一头栽倒，昏厥了过去。因为大家都听到技术员说，火灾造成巨大损失，造成两死多人受伤的严重后果……人命关天啊，即便是偏远的农村，与现代社会几近隔绝的山区，也是妇孺皆知的道理。大伙儿一边七手八脚地扶起李家大娘，又是掐人中，又是给倒水……总算是给折腾醒了，留了两个平时走得近的妇女照顾她，无关的村民都陆续出去，继续着他们的闲话。这回终于不用交头接耳了，而是正大光明的，坐实了声讨李家的独苗李虎根这个黑了心的王八蛋。在他们的手里，或多或少都拿着从李家顺带出来的烟啊酒啊啥的，而且很是心安理得，他们知道，大李买回来的这些物品可是金贵的很，这些个东西可不是黑了心的。

人心啊，善恶一念间。

过了十五，村里的劳力陆陆续续，拉着各式的旅行箱，走在李虎根修的水泥路上，像头几年电视里演的港客一样，穿着鲜亮，风风光光包了长途客车到城里淘金。李虎根的事就如他们刷牙的白色泡沫，掺和着血丝，咋咋呼呼地吐到了墙根下，慢慢消失。

李家大门头上的那些牌牌不知道被哪个有心人摘了去，气派的三层楼房，院墙上，也被孩子们胡乱地写了字，涂画得乱七八糟的。明晃晃的一扇玻璃窗，不知道被谁家淘气的小子打破了。于是，随着时间的推移，更多的破洞出现了，也无人问津。打闹的孩子还意外地发现了大门上不知是谁写的字儿，于是识字的孩子读出来教给了不识字的孩子，村里村外的就传开了：

虎根虎根忘了根儿。

点着了大楼烧死了人儿，

黑了心的虎根耍流氓，

做害了人家女子断了虎根儿。

后来，听说李虎根的娘被她邻县的妹妹接走了。再后来听回村的人说，大李进

285

去了，判了不知三年还是五年。还有人说，这都是大李他娘上辈子造下的孽，要不怎么克死了老汉，还把儿子给妨地坐了大牢。

人心啊……

语丝微言

洪澄的这篇小说名为《后来》，实际是在追索"前因"。改革开放的大潮风起云涌，波澜壮阔。时势造英雄，出现了多少叱咤风云弄潮儿式的人物。但也鱼龙混杂，泥沙俱下，沉渣泛起。一些人采取不正当手段，突然暴富。于是炫富、夸富、恃富而骄。头上亦罩上各种光环，引得一时被人羡慕、追捧、嫉妒与膜拜。但不义之财，取之易，失之亦易，最后还会被打回原形甚获牢狱之灾。作者用了大写意手法，重点写了"后来"，至于"前因"，留下很多空白，让读者自己去思索。

【作者简介】

　　杨春勇，中国诗歌学会会员，北京老舍文学院第三届高研班学员，顺义区作家协会会员。学过经济，军旅多年，现从事科技工作，爱好文学、摄影，在各类刊物发表诗歌、散文多篇。

烧　　酒（外一篇）

　　父亲已经走好几年了。

　　每次清明上坟，坟前都会摆一碗鱼、一碗肉、一盘水果，一碗米饭，然后顺次供上三只小酒盅，斟上酒。燃鞭炮，众人跪下磕头。我将三只酒盅里的酒一沥而尽，轻声叮嘱一声：父啊，过节了，喝点酒！

　　父亲生前喜欢喝酒。

　　平常喝酒情形不大记得，喝烧酒的样子却历历在目。

　　喝烧酒一般在秋冬时节。一天农活忙完，母亲烧几个小菜，端小木桌上。一家老小坐板凳团团围住。菜都自家地里产的青菜、萝卜、辣椒等时鲜。花生也有，晒干了，剥去外壳（一般由我完成），上锅热油一炸，浇上盐，就成了一盘可口美味。有时家里手头略宽，加炒一盘家常豆腐，就是难得的盛宴了。

　　这时，父亲缓步走回偏房，从墙角落拽出一白塑料扁壶——里面装的散装白酒——倒进一赭色小酒壶，倒大半的样子，又缓步拎回厨房木桌旁，摆一只小酒盅，斟上酒，准备工作完成，他嘴角牵起，笑眯眯地拿眼睛扫我们几个孩子一眼，示意要开始表演戏法了！

　　"嗤"的一声，擦亮一根火柴，靠近酒盅，将烧的发红的火柴头探进酒里，不一会儿，一团蓝色的火焰从水面浮了起来！形状轻盈、飘逸、梦幻，如村边池塘隆冬时节泛起的薄雾一样。水一样的白酒竟然烧起来了！我们几个孩子瞪大了眼，觉得好不可思议！

父亲笑眯眯地盯着火苗，等小了点，"呼"的一声吹灭。用左手拇指食指中指夹住酒盅，酒温正好！浅啜一口，"咝——啊——"，烧暖过的酒味道辛辣，在口腔回荡，父亲满是鱼尾纹的眉头却一下舒展开来，仿佛一天的疲累得到了彻底释放，畅快无比。我们几个孩子见状，也嘻嘻笑了起来。

母亲临终前，对我说："你兄弟姐妹都没怎么读过书，你是大学生，后面我走了，坏烟坏酒的，不用那么好，要记得给你父亲买。"

我含泪答应。

大学毕业后，我来北京工作，回老家的日子逐年稀少，几个兄弟姐妹也天各一方，小木桌前经常就父亲一个人吃饭，饭得自己做，菜也得自己炒。炒一次菜要吃好几天，他喝酒就少了，烧酒时那温暖的小火苗我也基本上没怎么见过了。

父亲后走，每次祭扫，其他祭品我都不怎么上心，唯有白酒，一定准备妥妥的。

秋　　虫

（一）

我的家乡，有一种虫子名作吊死虫的。形似蛐蛐，体型略小，嘴巴处带一抹黄，见着时常用胡须状的触须挂死在橘树丫上。相传为父母早逝，寄养在外婆家，极不受待见。一次饿极，偷偷煮食了家里一枚鸡子，被外婆拎着棍子一路追打，逃至橘树下，心中凄冷，遂上吊而死。

"你看，嘴巴上还留有蛋黄的印子呢。"母亲说。

母亲是在摘花生告诉我们的。南方九月，天气仍热。地里花生成熟了，一捆捆抱至橘树下，你占一棵橘树，我占一棵，就着树下荫凉将花生一把把摘下来。卖花生的钱，正好交学杂费。这时，我发现了树下可怜的虫子，问母亲名字。母亲解释完，轻轻叹了口气。少年时代的我，感到原野秋色中传来一股没来由的寒意。

（二）

我家老屋的后面，是一排树。树的后面，住着阿良一家。

阿良与我同岁。

我和他小学一起上，中学一起上。到高中的时候，我考进了县重点高中。他没有。

九月开学前一个夜晚罢，我在灯下看书。几只秋虫，就在后窗的墙缝里有一搭没一搭地吟唱。

"卟，卟。"窗外传来什么声响。

我支起耳朵聆听，声音消失了。秋虫重新吟唱起来。

"卟，卟。"声音再次传来。

我贴纱窗往外瞧，见一个熟悉的人影手握柴刀，正闷闷地斫着后窗下的树。是阿良。

他说，家里人准备不让他读书了。读县里的重点高中还有点前途，可能考上大学。读镇里普通高中，基本白花钱。于是，家里想让他和哥哥一样，去沿海地区做沙发，不想让他读书了。

我默然。

后来，我进县里高中读书，顺利考上大学，毕业进部队，做了军官。

他没有辍学。进了我们镇上的普通高中，据说每次考试都是年级第一，考了两年，没有考上大学。第三年降低报考志愿，进了西南一座城市的师范院校，毕业当了老师。

我们很少碰面，也少联系。

（三）

二十多年过去了。

前段时间，有人申请加我微信，是阿良。童年时的伙伴终于能联络上，我非常高兴。人到中年，周围能说话的逐渐变少，小时知根知底的伙伴，应该什么都能说罢，想想都温暖。

"你现在哪呢？"我问。

"我现在武汉××学院读博士。中间抽空回了趟老家，问你哥要来的微信。"言语中带掩饰不住的骄气。

"哟，混不错啊，都读博士了！厉害！"

"还行吧。听说你转业了，在哪家单位？什么级别？"

我告诉了他。

他沉默了会儿，说："我在这边考试教育学院也有个小职位……对了，你现在在北京有几套房？"

"没那么大本事！还几套。"我笑着回。正想接着说：有一套就不错了。他很快发来一句：

"嗯，北京房子是太贵了，后面再想想办法吧。我这边也不便宜，前段时间买了套，一百多平，比以前住单位分的小房好多了……"

我觉得哪儿有点不对味，问边上媳妇，这什么意思。

"还用想！你们年纪一样大，从高中开始，你就领先人家两年。现在人家读博了，当了小领导，买了房，觉得有底气了，过来压你，把气挣回来呗！"媳妇说。

我一阵愕然。没再回他微信。

车、房，职位，其他名利种种，多年不见的童年伙伴，见面就聊这些，并夹杂一些莫可名状的味道，让我心中生起淡淡的哀愁。同时，我总想起二十多年前的那个秋夜，一个少年手握柴刀，在窗下"卟卟"地斫着树，几只秋虫在边上的墙缝里，有一搭没一搭地吟唱。

都以前的事了，那时穷。

语丝微言

杨春勇的这两篇小文，意境不小。一是烧酒，回忆了他父亲，用一根火柴，点燃了烧酒蓝色的火苗；二是秋虫，回忆了他儿时的同学阿良，多年以后，和作者比房、比车、比地位。当年学业上的差距，使他耿耿于怀，始终不能放下。这两篇短文其实提出一个人生态度问题。作者的父亲很容易满足，一杯温酒则足以温暖自己的人生。而阿良，却暗中妒才，几十年都不曾释怀。编者很喜欢关汉卿对人生的态度，他在散曲【四块玉·闲适】中说道："南亩耕，东山卧，世态人情经历多。闲将往事思量过。贤的是他，愚的是我，争什么！"作者的态度是恬然的："你有房，你有车，你有地位你自己乐。富的是你，知足的是我，争什么！"其实唯有不争，而天下莫与之争，这是老子的大智慧。庄子说，与夏虫不可语冰。换句话说，与秋虫亦不可谈雪。作者的父亲是豁达的，作者也是豁达的。每年清明节于父亲墓前，敬酒三杯，寄托哀思。

【作者简介】

　　廖松涛，笔名木行之，供职于顺义区委机关。作品散见《中国作家》《诗选刊》《星星》《鸭绿江》《绿风》《诗潮》等文学刊物。著有诗集《美若初见》《漂泊的石头》两部。《北京诗人》主编。

招　　生

　　送走安红和她的领导，王老师更加不安心了。

　　王老师这次来北京是来招生的，他住在某单位的招待所里，正巧他有一名学生安红在该公司工作。安红招待的既热情，又周到，王老师心里暖烘烘的，感到自己十几年教书没白教，教出来的学生真是通情达理。当天晚上，安红带着她的领导赵总来看他，这让王老师感到有些纳闷，也有些受宠若惊了。

　　接下来几天，安红天天过来，有时候赵总也顺便过来看看，这有些弄得王老师丈二和尚摸不着头脑了。看着桌上摆的一堆水果和礼品，王老师忽然想到，是不是赵经理或者单位的某位领导的子女报考了我们学校，条件不太合格，要他帮忙？礼下于人，必有所求。王老师感到有些挺为难的。

　　安红再过来时，王老师想跟安红专门谈谈。

　　"安红啊，你现在工作挺忙的，你忙你的吧，别为我耽误了工作。另外呢，你常带着你们领导来看我，让我感到不自在，也给他们添麻烦了。"

　　"王老师，您看您说的，不麻烦，再忙也不差这会儿工夫。赵总是要求我带他来看您的，得知您现在时间紧，交通又不方便，公司正准备给您调一辆车使呢。"

　　王老师正准备委婉拒绝，安红的手机响了，安红说赵总找她有点急事，让她去一趟。

　　王老师一晚上都没睡踏实，觉得那样做不妥，他一大早起来，准备找安红说说。刚出门，就看到一辆车停到了门前，下来两个人，是赵总和安红。

王老师想，这下可能要找他说事了，心里感到很为难。

进了屋，赵总说道："王老师，听安红说您时间紧，但我们单位这几天业务比较忙，一直也未能给你派辆车。昨天下班我又找安红商量了一下，不如这样吧，我的这辆车，你若不嫌弃，就先将就着用吧，我的司机路况很熟悉，你就放心吧。"

"使不得，使不得。"王老师推让道。

"赵总啊，我这人说话不会拐弯，直话直说吧！"王老师觉得有些话晚说不如早说，"这次我来招生的，您也知道，您是不是有什么事需要帮忙的？"

"王老师，这您可见外了。"赵总似乎听出弦外之音了，他知道王老师可能误会他的热情了，他呵呵一笑，"王老师啊，我们单位得感谢您呀，您培养了安红这么好的人才，专业过硬，业务素质强，这几年在外贸工作上，可为我们公司立下了不少汗马功劳。我们这里条件有限，招待不周，还请多多见谅啊。"

赵总的一番话，释去了王老师心中的疑团，王老师从来没像现在这样感觉到作为一个人民教师的光荣和自豪。

"王老师，您就放心用吧，您现在时间也挺紧的，赵总绝对没别的意思。"安红劝道。

王老师一时间不知说什么好，他感到只有把好关，招好生，育好人，才对得起"老师"这两个字。

（原载 2014 年《顺义文艺》）

语丝微言

作者这篇小文虽小，但意思不小。中国是个熟人社会，讲究"老乡见老乡，两眼泪汪汪""公章碗口大，不如老乡一句话"。更讲究门生故吏、师出谁门。王老师对安红与赵总的过分热情感到很不安。从人情世故的角度看，陌生人对自己的过度热情，往往会猜测其热情背后的功利目的；熟人的过分热情，会揣度是否有求于己。但安红与赵总都不是，纯粹出于王老师教出了安红这样的好学生。这样，这篇千字文就有大意义。作为老师的意义，也就大起来。廖松涛是写诗的高手，诗讲究"诗魂"，文讲究"文胆"。这篇小文的"文胆"并不小。

【作者简介】

赵菁，女，中国人民大学公共管理硕士，顺义区作家协会会员，北京市文学青年顺义沙龙会员，有小说、散文等作品在国内报刊发表。现为政府机关公务员、国家职业心理咨询师、高级婚姻情感咨询师、高级心理催眠师，曾兼职《顺义文艺》杂志小说编辑。

或许理想国

一

我的大师兄这回是真的疯了。两年前，他还是个有志青年。我们常去一家熟悉的咖啡馆，彼时他端着一本诗集，满目生辉地对我说："诗歌是思想意识里最光辉的不朽，是濒死之人最后的一次灵魂盛宴……"他越说越亢奋，顾不得我有没有真的在听。

他总是过于急切地表达，从不与我争吵，只是当他明白说服不了我时，就会黯然神伤地撇撇嘴，放弃的同时也维护了他的自尊，很好地保留了他温和的修养。

我崇拜过他，认为他是个精神气质上品的人，当他以大学讲师的身份出现在学生面前时，他是个文质彬彬、稍有腼腆的男人，懂得把持说话的分寸，对人谦逊有礼，他也格外注重仪表，对邋遢深恶痛绝。所以，我对他的好感正是在那时形成的。

是的，他是一个理想主义者，不允许自己犯错。他对工作的严苛程度就和他鄙视鲁莽和粗俗一样。每次在讲课前，他都会提前准备应答那些说话不知深浅的学生的发问。可总有一些学生有意无意非要这么做，很难看出他们是出于真心地求知还是戏弄。备课和上课对他来说都很辛苦。

记得有一节课正好是诗词鉴赏，他明明备好了内容，谁想，讲着讲着眼睛就不看教案了，激情所至，思如泉涌，举止竟也狂放起来，一会儿坐在讲桌上，一会儿又跳下去，他就这样在讲台跳上跳下的，惹得同学们只顾着哗笑，对于大师兄的肢体语言的兴趣甚过于他所讲的内容。他忘记了自己的教师身份，忘记此时此刻还在课堂上，口若悬河地说个没完。当他看到有人瞪着眼睛表示疑问或反对时，也不给学生开口的机会。特别是当他说起泰戈尔和叶芝的诗风有什么差别时，他还用紧握的拳头一下一下地砸着摊开的诗书表示愤慨。至于他的观点，没人听得懂。

台下的学生们亲眼目睹了他的脸因激动瞬间涨得通红，眼球晶亮如暗夜里的鬼火，就连呼吸都变得粗重起来，本来一派斯文的脸庞竟然变了形。有人小声嘟囔着"见鬼"，有人开始打起了呵欠，接着这呵欠又传染了更多的人，终于，有个学生一脸歉意地离开了，紧接着又有几个人蹑手蹑脚地溜走，先前趴在桌子上睡觉的学生也抬起头，被他滔滔不绝的言论吵醒，到后来离开的人就连半点歉意也没有了。

那节课是大师兄教学史上永远的痛，他认为那是他最有生命力的一节课，可到下课时，听众却只剩下了他自己。傍晚，大师兄避开所有人爬到了教学楼的四楼楼顶，无声无息地站在楼的边缘往下看，夕阳躲在云霞的罅隙里透射出点点余曦，晚风吹过来，他的头发飘了起来，却遮盖不住他被夕阳的余晖映红的脸和眼睛，在云层下、大风中，他伸开了双臂，像小鸟一样展翅欲飞。

目击这一切的师生都替他捏了把汗，大家把脖子都仰酸了，有人开始报警。他站在楼顶之上，在人群里寻到了我的身影，黑玉石般的眼睛悲哀地望着我，之后嘿嘿苦笑了几声，说："就应该是这样飞的。"

二

我和大师兄刚认识的时候，他是个才华横溢的人，在我们那所大学里，他是众多女学生仰慕的对象。这基于他身上散发的双重气质：既斯文又狂热，文雅的外表下，掩饰不住他对诗歌那近乎野心勃勃的热情。他是我们中文系里少有的勤于思辨的人，也是个不折不扣的辩论选手，他那跳跃式的思维和敏捷的反应力往往让法律系的对手也难以应对。

毕业后，我们先后去了同一所大学任教。大师兄是被系里的资深教授鼎力推荐才意气风发地站在讲台上的。遗憾的是，他受到了一些打击，他的新思想得不到推行。比如他想开办一个诗社，用积分制的方法奖励那些在诗歌创作上表现出色的人，而这些积分可以兑现一部分奖学金。没被采纳的原因并不是校领导不支持，而是这个学校热爱诗歌的同学们并没有他想象中的那么多。写诗需要时间、雅兴和才情，可多数教师并不具备这些条件。既然知音难求，他向来是上完课就走人，然后钻进自己的屋里拥抱他的诗歌，从不主动与人聊天。

当大师兄决定离开学校时，教授痛惜不已，试图奉劝他留下来，可大师兄去意已决，他要辞去学校的工作去某家有名气的报社做编辑。没什么人能入大师兄的眼，除了我。有些心里话他只对我说了："古教授倒是清醒、明白，分析得也透彻，可到头来还不是困在学校里一辈子？只怕死也死在这里了！"

他有时说话刻薄得不近人情。独树一帜的追求，清高冷漠的态度，让人觉得他空有才华却并不可爱，渐渐的，学校里仰慕他的女性也就越来越少，最后只剩下我。即使有几个赏识他的人，也多是将他的才华和极端的个性一并包容了，古教授就是其中的一个。

到报社后，执行主编和他一见面就开门见山地说："小康，你刚来，肯定还不能写专题，我看不如这样，你先熟悉两天，到周围转转，写个东西给我看看。"

大师兄何尝不知道这是在变相考验他，早就心领神会。两天后，他交上了一篇漂亮的评论文章，关于艺术家创作的悲观情结和市场化选择的对接。据他事后自我评价说，他写得非常深刻。我毫不怀疑，他机辩的思维、过硬的文笔和文艺性的语言表达力，这篇评论文章一定将他的才华表现得淋漓尽致。

头发花白的主编戴上眼镜当面认真读起来。大师兄胸有成竹地看着老主编，想要从他的面部表情上捕捉些赏识和肯定的迹象。主编看着看着，先是微微颦眉，渐渐的，紧锁的眉头就舒展开了，最后看到结尾，他终于面露微笑地摘掉眼镜，老练世故的脸上泛着慈祥的光芒："不错，英气逼人呐！"那笑里的诡异大师兄没看出来，窃喜之神倒是在脸上一览无余，他的眉毛因激动一挑一挑地上扬着，言语谦逊，外表得意。

这也是恃才傲物之人的通病，因太过自信而轻信别人。后来，主编没有把他安排在他一直就想去的文艺副刊组，而是让他去了新闻组采写人物访谈，而这恰好是他的弱处，在他那理想化倾向的思维概念里，随着一次次的采访，他陆续见识了很多"务实而又愚蠢"的人，而这些人在他眼里无疑被归为一群集体盲从于世的怪物。越和他们接触，他就越因为沟通障碍感到苦恼和缺乏自信。当然，那些接受他采访的成功人士也对他的不具亲和力和脱世离俗的态度感到不满。最后的结果是，大师兄被取消了做专访的资格，转而做文字校对编辑，这当然是看不出一个人的才华和水平的。

事后听人说，这位主编是极精通政治人事的，在他看来，过于执着的理想主义者，骨子里都有种蠢蠢欲动的野心，如果这个理想主义者同时又具备着浪漫情怀和逼人的才气，且言语犀利、一针见血的话，显然他的性情是极端的、与世事人情格格不入的。

主编跟人提及他，也是很惋惜的："小康是个有想法的人啊，只可惜投错了地方。"这话传到了大师兄的耳朵里，他立刻心灰意冷，觉得主编这样的评价是对他的取笑，连同他的尊严与傲气一起被摧毁了，他整日陷入苦闷和焦虑中。接下来，更糟糕的事情发生了。

一次，报社在一家星级酒店组织一场亲民迎宾活动。所有社内员工都可以将家属带来作为特邀嘉宾入席。大师兄为了显示家庭和谐，就将他的妻子唐菲也带了去。

大师兄最初是以观察者的身份安静地坐在一个角落默默地抽烟。唐菲那双不安分的眼睛在各席位间不停地穿梭，从一个人的脸上飞到另一个人的脸上，放肆而贪婪地打量着酒店里衣着光鲜的人们。大师兄看在眼里有些恼火，闷闷地喝了一口酒，使劲地用目光示意唐菲收敛点她那肤浅的好奇心，唐菲赌气地瞪了他一眼，脖子一扭，脸又朝着另外一个方向看去，显然是明知道他的意思也存心作对。过了一会儿，大家酒至酣处，要么反应迟钝，要么忘乎所以，彼此开始放下一些戒备心，交谈甚欢了。大师兄一直保持着清醒的头脑，觉得在这些同事面前是该为自己赚回一点颜面了，反正在嬉闹玩乐的场合下，一群酒醉之人在他眼中也和傻瓜无异，在傻瓜们面前，一个带有哲学思想的怪人和他妻子的温情展示当然能显出他的卓尔不凡了！他那过于骄傲的个性和对尊严的敏感注定会惹来麻烦。

于是，在这水晶灯晃眼的酒店里，大师兄似乎存心要让别人惊叹他的不可思议，他觉得是时候了，就起身端起葡萄酒杯，有些造作地对主编说："领导，你说文艺的人生更丰富还是钻营有术的人生更有价值呢？要我说，婚姻和现代诗一样，夫妻和睦才是真谛，家庭的信仰是万物理想之首。"说完，故意将唐菲往他怀里搂一搂，拽了几下才觉出妻子在较着劲。

老主编一时错愕，不知他要说什么，这话让他难以收场，他的脸瞬间憋得通红，原地愣在那里。

但紧接着，没人料到，唐菲极不顺从地甩开了大师兄的手，撇了撇嘴说："胡扯！别在领导面前瞎卖弄了，动不动就在那儿谈什么信仰，什么精神的，其实都是些矫情和废话。"接着，她还故作聪明地反倒向老主编求起情来："领导啊，您不用跟他一般见识，他现在就跟半个疯子似的，要是能有您这成就，我天天听他讲大道理都行。"说话的时候，她的眼睛接连瞥了几眼老主编手腕上的金色表链。

在这灯火辉煌的派对上，被物质刺伤的妻子拉长了与理想主义丈夫之间的距离，它及时地将老主编从尴尬中解救出来，却将大师兄推向了万劫不复的地狱。没有人将礼貌等同于人性的一部分来看待，全场哄堂大笑，甚至连地板和屋顶都在微微发颤，头顶上的水晶吊灯就像一张张幽灵的眼睛狂眨个不停，透着诡异。老主编笑得眼镜都快掉下来了，即使他懂得何谓收敛，即使他明白他这个年纪已不适合人前失态，也控制不住了。他在笑什么呢？谁知道呢。

大师兄脸上的肌肉开始抽搐，表情僵硬，面色由红变紫，又由紫变成乌青，他"啪"地将手中的酒杯摔在地上，哆嗦着说："这都是些什么人啊！"接着他在人们的一片惊愕中，恨恨地一把掐住妻子的手腕。这个刻薄的女人就像一根橡皮筋一样迅速地弹到他身上，他将她拖出了那个是非之地，力气大得惊人。

三

一个人面对挫折和痛苦的态度，决定了他的人生和成就。从那之后，大师兄便一蹶不振了。从一个带有哲思气质的人变成了一个厌世的悲观主义者，而促使他迅速形成这一转变的，正是他的妻子——唐菲。

唐菲是个美人，楚楚动人的脸，千娇百媚的眼，邪媚的笑容曾让大师兄神魂颠倒。她在大师兄最春光无限的日子里与他相遇，并且笃定她追随的这个男人有无限量的光辉前景。但大师兄接连换掉两份工作，直至现在赋闲在家，除了写诗之外就不与外界来往，这是她始料未及的事。而大师兄呢，对她也是失望的。即使他早就看出这个女人并不喜欢读书，即使从她眼里完全看不到共鸣和理解，但她当初的仰慕和崇拜却一度蒙住了他的眼睛。男人们都喜欢被人崇拜着，大师兄也是。可是现在，他和唐菲都互相失望着，只要一想起这个女人使他经受的痛苦，大师兄就会颓然不振。

记得有一次，大师兄颇为得意的一组诗接连被四家杂志采用、转载，兴奋异常的他反复诵读，眼睛半眯着，鼻子紧贴杂志的纸，贪婪地去闻那墨香，想必是被自己的诗陶醉了。

他将这几本杂志摊开摆在桌子上怀着复杂的心情等着唐菲。他急于要对妻子证明：看吧，我也不是什么事都干不好的，能被大诗刊转载可不是件容易的事。接着，他又激动地想了更多：人怎么能用财富衡量自己的价值呢？这世界除了财富，还有其他更有意义的事需要追求，只是寻常人都没有找对适合自己的路，走得很累，还赶不上别人。还是忠于自己的心才是最有成就感的。什么叫成就感？自己觉得快乐，那就是成就感了，用别人的评判要求自己，那不是自找苦吃嘛？他认为自己想的很有道理，异常欢喜，不知不觉就笑出了声来。但他还需要保持一点镇静，把这番大道理先放一放，唐菲可是听不懂诗的，唐菲也不愿意听这些空泛的话，他只需要告诉她这个好消息证明一下自己的能力就够了。

晚上九点，终于听到唐菲开门的声音，看来是参加完大学同学聚会回来了。这种聚会有什么意思？大师兄不想去。纯粹浪费时间。昔日同窗围在一起，大家境遇已是万水千山走过，各不相同，唯一能粘在一起的不就是一段共同的回忆吗？事隔多年，回忆慢慢淡去，人也不是旧时的人了。一段人生不是短短的一次酒席就能诉尽的。没意思，大师兄不去，有过上次的教训，他决心不再和唐菲一同在聚会场合露面。上次的事他即便原谅了她，心里也是种下了病根的，从报社辞职后，他很长一段时间都比较消沉，不知自己做什么才好。眼下，他的诗歌接连发表，心里突然打开了一扇窗，像一个盲人突然复明后看到了美丽的天空，而且还看到了天路在哪头，这样他就更坚定地作出了决断。

唐菲进门了。他小跑着过去，殷勤地接过她手上的包，见妻子脸上不太高兴，也没太在意，就直奔主题了，急着跟她分享眼前的成就。

可惜唐菲不懂他的欢喜，勉强看了两句就放下了，脸色没有比刚来时更好些，她冷哼了一声："你写的诗够出一本书的吗？"

大师兄愣了一下："可能够了吧。"他有点心虚，接着又说："还没想过出书的事，急什么呢？"

唐菲的脸往下沉了又沉，看大师兄悻悻地把这几本杂志拿起来，身子窝进沙发里，那副失望后的垂头丧气的模样看着就来气："你整天把时间花费在这些没用的东西上！有本事还不如出去做生意赚钱！"

大师兄像被烫了一下，迅速地从沙发上跳了起来："就不爱听你说这个！"他颦眉带怒，恼火地反驳："你就总往低俗的东西上看，整天嘟囔着钱，太庸俗！一点追求都没有……"

他的话被唐菲尖刻地放声大笑打断："人家写文章好歹还能出书赚钱，你就只会闷在家里一个人陶醉。不出书，卖不了钱，就是废纸一堆。"看大师兄脸上的肌肉在抽搐着，她还不算完，继续打击："一个大男人闲着没事干才弄这些虚的东西，再说，有几个人愿意看这个？醒醒吧！别自我感觉良好了！"

她的话像一记耳光，猛地刮在他脸上。崇拜和轻视只隔一张薄纸，一旦瞧不起，便也爱不起了。她转身就走，离开前"啪"地按下了屋里的开关，黑暗迅速地将大师兄包围，他脑中一片茫然，身体有点发冷，心里像是已被掏空，里面什么也没有，觉得这房子凉快得像个地窖。

四

唐菲的冷淡渐渐化成了他心里的冰山，只要有她的地方，他就暖不过来，他只想离她越远越好。我再见到他时，大师兄面色苍白而消瘦，也没有先前那么多话了。

那是一个晴朗的日子，阳光淘气地在窗台上跳跃，我们照旧来到那家咖啡馆，坐在靠窗的座位，阳光照在他的半边脸上，就见他面上的肌肉和眉毛一起跳动，嘴角不由得泛起了一层掩饰不住的笑意。那天他习惯性地带着一本诗集，但是并没有翻开。我带着几分诧异在他脸上寻找线索，可却一无所获。在聊了一些学校里的事后，他的目光黯然收敛，继而又亮起："一会我要带你去个好地方。"

好不容易熬到咖啡喝完，我们离开。我紧随在大师兄身后，穿过整个闹市街道，在街角尽头停下来，大师兄看着我，指着一间不大的书屋回过头来对我说："欢迎光临。"

这间书屋是他开的。书店并不大，架子上摆满了国内外各种文学作品。这间书屋最独特的地方是他将所有书按国家分类，而不是按类别，因为大师兄只卖纯文学书。美国、日本、法国、俄罗斯等等，有小说，有诗歌，有散文集，还有各种版本的世界名著等等，很多书名看起来是生僻的，就连大书店都很罕见。

我几乎是冲进去的，在这人间圣地里，怀着无限神往的心情贪婪地抚摸着一本又一本。大师兄还专门开辟了一处休闲区，本来就不大的店里还摆放了一套木桌椅，墙壁架子上整齐地码放着几本牛皮封面的留言簿。

"你怎么把书店和咖啡馆合在一起开了？不但不怕读者不买书，还给他们提供免费看书的地方！"

"我必须得给人家试读的时间，只有读上一段才知道究竟是不是自己想要的。如果不是真的需要，买回去也是扔一边。每本书都有它的命运，我就是主宰它们命运的主人，我得为它们找到懂得爱惜的人。"他笑了，那笑如沐春风般明媚。

"就不怕这样不赚钱？"我说出了自己的担心。

他似乎早就考虑到了这个问题，一脸不在意地说："其实我一直希望，在这里能认识更多喜欢读纯文学的朋友，以书会友才是我的目的，只要不赔钱，能维持下去就可以了。"

他在特别推荐的书架上摆放了这样几本书：尼采的哲学汇编、卡夫卡的《城堡》、马尔克斯的《百年孤独》……没有时下热销的新书，卖的只有纯文学老书。这些书即使连中文系的我都有很多连听都没听说过，又会有多少读者愿意读呢？

我心里莫名地有一种不安和担忧，最后我将顾虑说了出来："这些书应该都是你喜欢读的吧？但是书店毕竟还是要经营的，你总该再卖一些通俗易懂的吧？比如美食、明星传记、艺术摄影，还有漫画什么的。不是所有读书人都爱读纯文学。"

我说这话时一直注意观察大师兄的表情，因为有顾虑，我说得格外小心翼翼。

大师兄果然有点不悦，他用手指不耐烦地敲着桌子，眼神变得暗淡而玩世不恭起来。他迅速地看了我一眼，冷冷地说："不，这就是我的风格，我卖的书肯定是挑人的，不喜欢读这些书的人，请移步走人。"

我无话可说。我想，只要他觉得这样快乐，那就是好的吧。我们有时根本不在一个思维频道上，我当然知道他喜欢诗，喜欢读纯文学，但他这种执着往往会因为过分坚持而显得与周围格格不入。人类的理智从一开始就没有被上帝制造健全，它就像玻璃一样脆弱。我突然有些伤感起来。但是我又想，一个人的理想和信仰很重要，他有理想，即使一时不被人理解，但他的个性也还是会吸引我的。

书店因为它的特别，最初开业时倒是吸引了很多文学青年，他们喜欢这样的特别，但是这些心怀理想的年轻人实在太忙了，他们的注意力又因为他们不安分的想象力而不停地跳动，那些书对他们的吸引力更大程度上是因为书名和作者的国籍。他们会每间隔几天就到书店来一次，看看哪本书卖出去了，哪些书无人问津，看到那些不被理睬的书很长一段时间都摆在架子上，渐渐落了薄尘，他们脸上便露出诡异的笑。这些自诩为文学小青年的家伙们将逛书店当作优雅的巡视，并不愿意多花费时间读一本纯文学书。在这个快节奏的时代，他们只需知道书名和作者姓名，就完全可以在一群伪文艺分子面前大有谈资了。

大师兄的书店销售业绩当然是惨淡的。

一天，我去他的店里找他，大师兄不在。店里的光景也在我预料之中。大师兄对书店的热情随着销售额的迅速下滑也一天天萎靡下去了。他那不愿迎合市场之俗的雄心壮志遭受了不小的打击。书店业绩不好，唯一那个女店员也是没有干劲的样子，歪在收款台的椅子上修剪着指甲，有人进门，她只是懒洋洋地看一眼，连理都不理。

我来到特别推荐的书架上，看到一本诗集摆在一个很显眼的位置，然而，好位置并没有改变它不被赏识的命运，它的封皮已经有轻微的破损。

我拿起来，书名叫《空城》，是一个叫剪羽的作者写的，封面以淡蓝为主色，一只模糊不清的鸽子正扇动翅膀试图飞进一个灰色的旋涡里。封面和书名非常特别，整本书是思想文艺类的格调。

我翻开书，粗略看过几首，只读完三首就兴味索然地放下了。心想：现在能有多少人愿意读诗，懂得欣赏诗呢？写诗的人是跟自己的灵魂做沉重的对话，而读者与作者之间就好像隔岸听音。大师兄除了卖纯文学书，至少也应该看看市场需求吧，书店不可能仅靠理想就能存活下去。远离生活大众的书是没有销路的。

这时，大师兄进门，径直走向我，指着我放下的那本书问："你读了觉得怎么样？这本诗集很有思想，不是为写诗而写诗，完全是道出了一种潜在的心情。"

因为以往我们对于文学的交流都是直言不讳的，这次我一如既往地延续着直率的交流方式。我实话实说："这本诗集有一点无聊，这类写诗的新人应该有很多吧。"

这时假如我能抬头看看大师兄的表情就好了，可惜我那时就像不受控制一样，自以为是地接着说："我觉得这个作者一定是受了爱尔兰诗人叶芝的影响，虽然诗文中的思想性处处放光，但却始终没有超越，只是在重复，他写的诗只是自己内心烦苦的映照，通篇都在宣泄，读起来哀戚、晦涩，若篇篇都是这样，读起来是会让人起腻的。"

要命的直性情啊，我的话就像一连串的重锤将大师兄狠狠击中。他的脸色瞬间变得惨白，双眼通红，突然，他用力将一个架子上的书全部扫落下来，嘴唇哆嗦着冲着我大吼大叫："你知道这本书的作者是谁吗？是我！我就是剪羽，你口口声声称之为无聊的蠢货！"

我僵在那里，受了一惊，紧接着，我力图用最大努力来挽回对他造成的伤害："对不起，对不起，我是无心的……你别生气，你的书滞销不能说明没有读者，可能是想读的人并不知道这里有卖……"我搜尽了可以用来安慰的词语为自己刚才的失语修正，但显然，这是徒劳的，他伤得不轻。

"是吗？那我还要告诉你，比你说得更糟糕的是，这本书是我自费出的，没有一家出版社愿意为我出版，都嫌出了也没有销路。别人不给我出，我就自己花钱出！出版社的人眼睛真毒啊，确实没人买！放在我店里到现在还一本都没卖出去过！

他越说越愤怒，手指攥得咯咯响，愤愤难平继续往下说："理想主义就那么让人耻笑吗！那些被格式化了的人们和行尸走肉有什么两样？他们追求物质，集体成为庸俗的拜金主义者，信仰缺失，精神萎缩！你看看！那些恶俗和丑陋的嘴脸！而我呢？我却被当作一头特立独行的猪一样冷落！公理何在？"

他的话让我第一次反思自己的庸俗不堪，也是在那时候，我才第一次认真地审视自己，对文学热衷的纯度究竟有多深厚。大师兄不是一个金钱至上的人，他此刻的情绪失控绝不是因为书的滞销赔了钱，痛苦是精神的痛苦和不被理解的孤独。他那么悲观，却还在耐心写着乌托邦般的诗，全部结局却都弥漫着无法排遣的惆怅与无奈。我怎么能怪他篇篇诗句里都带着伤感和失意呢？他是个难得一见的人，在当下文艺市场的集体无意识中，他却试图深挖丰盛敏感的意识，到最后也只是个受伤害者。

他脸上带着受伤的表情愤怒地向外走去。走了几步，想了想又折回身来，冷冷地扔给我一句话："请你以后不要在我面前指手画脚的，别忘了，这是我的书店！以后，我的事与你无关，也不用听你意见！"他的声音在暗夜里飘荡着，我听清了他声音里的每一个字似乎绝望比愤怒更多一点。我没有办法补救，只能看着他孤单的背影失魂落魄地跌进人群里去。

五

我一直没有勇气联系他，直到有一天，大师兄到我任教的学校找我。我不知自那天在书店里不欢而散后，他是如何缓过来的，也许我真的不该那样直白地打击他。

他的精神状态很不好，似乎短短的时间里就老了好几岁，眼圈下面浮着一层暗影，一身衣服也更不似往常那么平展。

他颓败地坐下来，哀戚的眼神望着我，说："算了吧，那事不怪你，这些破诗根本不配出书！谁给出才瞎了眼。"他一面试图说服自己，一面嘲讽自己，一贯的刻薄竟用在了自己身上，让我愈发惴惴不安。

"我那书店关了，经营不下去了。卖不出去的书叠成山，跟坟头似的堆了家里一屋子。"他苦笑一声，笑比哭还难看，很显然，他本打算挤出一丝微笑，后来却变成了千头万绪的愁眉不展，欲言又止的，不知怎样再继续说下去。天知道他那尖酸刻薄的妻子会怎样奚落他。

从他的神色上，我看到了他的怀疑、厌世和自暴自弃。可怜的大师兄，苦心构筑的理想大厦已被绝望的洪水冲毁了。

我满怀歉意地看着他，又说了很多宽慰的话。但我从他那表情凝重、迟钝呆滞的状态看，他好像根本没听进去。沉默了一会儿，他喃喃自语起来："看来这个世界真没法待了。说不定还有一个平行的世界跟这边一样存在着，那可是个理想的好地方！早晚我得离开这里。"突然，他慌慌张张地左右顾盼，神色异常，仿佛空气中有什么东西让他看见了，他直愣愣地对着虚无瞪圆了眼睛。

我浑身发颤，感到有一股冷气从耳际飘过。

此后，大师兄几乎每隔几天就来找我一次。我还有工作，当然不能每次都跟他出去聊天谈心，假如他来时我恰好要出去讲课，就让他到小教室看书。直到有一天，大师兄再次失魂落魄地出现在我面前，手里抱着几本诗集。我当时马上要出去开会，就给他找了一间空闲的小教室，帮他冲了一杯速溶咖啡，来不及坐下陪他就急匆匆地走了。这是他最后一次找我。

那天他直直地盯着摊开的书，情绪低落，眼神冷酷，似乎一个字都没有看进去。在人们根深蒂固的世故中，大师兄是个不切实际的狂想家，他追求的东西与憧憬有关，与现实相悖，他在自己内心构筑的理想世界里建设精神王国，一直保持着跟这个内在世界的对话。也许，诗人的诗只有他自己才会读懂吧。

我回来后看他眼神正逐渐发散，以那种无止境的无奈轻轻抚摸着书页，一只苍蝇不知什么时候落在咖啡杯的边缘，他盯着这个小东西看得出神，似乎已坠入了恍惚状态，神情都有些呆滞了。突然，他将书页一张一张撕了下来，"呵呵"笑了两声后就将它们放在一边，继续撕。最后，整本书就只剩两张空封皮，里面的内页全都撕毁。最后，他将撕下的书页又一张张撕成小纸片，整本书的命运就是这样，最后变成了一堆废纸。

"你怎么了，出什么事儿了？"我急步走上前，心猛的抽紧了。

他看到我出现，眼里闪过一丝疑问，歪着头沉默地看了我半晌，似乎忘记了我是谁。接着他大口喘气，他的话再次如洪流般狂涌而出。他不停地讲着诗歌的意义和美好，从一个国家跳跃到另一个国家，从一种意识流跳跃到另一种意识流，语速一次比一次快，一次比一次愤慨，僵直的手臂在空气里胡乱挥舞着，他的话像长了刺一样将他瞬间塑造成了一个随时准备发起进攻的斗士。讲到最后，我甚至都听不清他在说什么了，只觉得时空错乱，头上和脚下都在旋转。再看大师兄，我的天，他眼里充血，里面似乎有一层黑雾在飘浮，我都怀疑他再这样不停地说下去会断了气。

冷气从我头上冒出。我壮着胆子将他那只挥舞的手臂拉下来，他立即缄口，面色惨白，使劲地喘着粗气。我想他终于安静下来了，只要安静下来，一切都会好起来的。

然而，紧接着，大师兄和我的噩梦开始了。

他歪着脖子将嘴凑到我耳边，神经兮兮地小声对我说："我有个不可告人的秘密，我只告诉你一个人啊，唐菲吃人了……血流了一地，一根骨头都不剩！不许跟别人说啊！她是千年狐妖变的，只差一步，我就被她吃了……"

大师兄越说越动情，滚圆的眼睛放射着凶光，白色的尖牙从嘴里探了出来，闪闪发亮，那副吸血鬼的模样再配上骇人的描述，直听得我脊背发凉，汗毛一根一根竖起来。他混乱的思绪已经完全陷入了自己一手编造的恐怖剧情里，目光唰唰放电，他口若悬河地说着，嘴角渐渐渗出了白沫。

恐惧一阵一阵向我袭来。我连忙倒了一杯水递给他，告诉他先喝口水再说。但是大师兄在那个激愤难平的时刻显然不能停下来，他用力地把我推开，愤愤地大声说："你让我把话说完啊！"

"可是，大师兄，外面……天都黑了，我想回家了。"我站在那里瑟瑟发抖，可怜地央求着，不敢看那张令人惊悸的面孔。

他颇为失落地望了望窗外，清澈的天空中已见稀疏星辰，他低声嘟囔了一句：

"这边的天也会黑啊？看来我今晚是活不成了。"

我心里泛起寒气，看他的表情十分不忍，可又不能不狠心赶他走。教室门外几个好奇心很重的人，将脑袋探进探出，脸上的表情甚是诡异。我越看越发毛，暗自在心里企求大师兄赶紧离开。

他使劲往门外瞪了一眼，悻悻地走了。

我看着他就像丢了魂一样摇摇晃晃的背影，很想追过去拉住他，但那时我是没有勇气的。我得承认，那时我比任何时候都怯懦。我就这样眼睁睁地看着大师兄被黑暗的街道吞噬，在那一刻，我看到了他心灵深处那束微弱挣扎的火苗渐渐熄灭了。

六

第二天，不幸降临。

我刚进办公室没多会儿，电话铃响了。接通后听到的是大师兄嘤嘤的哭声："小薇，你快来救我，妖精要吃我了。"即使隔着电话线和听筒，我也听得出来，大师兄这哭里还有孩子式的害怕。

我耐心地说："你别这样大师兄，你要好好休息，一切都会过去的。过几天我再来看你。"他现在情绪不稳定，我就算再跟他见面，说不定他的病情反而会加重。是啊，除了我，还有谁愿意听他讲那些疯言疯语呢？

电话那头一时陷入沉默。但我还是不放心。

"大师兄，大师兄……"我的声音开始发颤。

突然，电话里接连不断传来几声惊恐的尖叫："小薇，快过来啊！救命啊！救命啊！我要死啦！啊——"

几声重重的脚步声隔着听筒传过来，"啪——"，什么东西打碎一地的声音，接着，几声沉闷的咚咚响，头撞墙的声音。

"啊！救命啊——"大师兄凄惨的哀号从话筒里横冲直撞地刺出来，深深地扎进了我的心脏。我感觉自己的呼吸都快停止了，冷汗瞬间浸湿了衣衫。

我抓住听筒大声喊叫："大师兄，你等我，我现在就去找你！"

放下电话，我直奔他家。刚才他在电话里口口声声说妖精要害他，他说的妖精就是唐菲，证明他应该在自己家里。我想不出究竟发生了什么事，但有一点我可以肯定：大师兄肯定神志不清了。

恐惧和担忧加速在我身上滋长，路上我把可能发生的情形都设想过一遍，真不知怎么飞到他家的。

家里的情景比我想象中的还糟。我永远都忘不了大师兄的妻子唐菲在给我开门时的表情，一张美丽的容颜落满了鄙视、厌弃和愤怒。

地板上洒了一地的花瓶碎片，大师兄光着脚，脸上没了血色，脖子歪扭着，苍白的双手抓进了乱蓬蓬的头发里，他正衣衫不整地坐在地上，口中嘟嘟囔囔，念经似的。

看到我进来时，他"腾"地站起来，像个刚挨过打的孩子一样扑到我身上。"小薇，你终于来救我了！我不要在这里，快带我走！"他一边说，一边哗哗流泪。

他的头放在我胸口，硬得无法推开，我当着唐菲搂着他，僵持在原地。唐菲双臂交叉放在胸前，以高高在上的姿态冷冷地立在一旁，一缕古怪的笑意在她的嘴角浮现。

突然，大师兄冲着门口的方向瞪圆了双眼，惊恐的表情好像见到了鬼。顺着他的目光看去，我看到两个戴着口罩、穿白大褂的人走了进来，膀大腰圆的两个壮年男人将地板踩得发颤。

大师兄一边声嘶力竭地喊叫，一边使劲向我怀里缩："不要！你们不要抓我，救命啊！"滚烫的眼泪成片挥洒在我胸口。

我望着唐菲，眼泪汹涌澎湃地流下来："请给我一次机会，让我试试，你别逼他。"

唐菲将头扭向一边不愿看我，就像她不愿面对眼前的生活一样。她紧抿着嘴，怒气不知何时收敛了下去。

七

大师兄得了失心病，他疯了。即使全天下人都不知道原因，我也知道。

在去往精神病医院的路上，我又想起了唐菲对我说的话，冷冷的语气："去看看他吧。"

"为什么你会来找我？"

"因为他每天都在喊你的名字。"抛下这句话后，她转身走了，像离开了这个世界，头也不回地走了。

路上，我想好了要对大师兄说的话：你就不能开心一点吗？这世界没有理想国！你就不能清醒地睁开眼吗？我猜，他会幽幽地看着我，目光直直将我穿透，眼中覆上一层缥缈模糊得一如稀薄的空气，那让人心疼的样子。他会缓缓地将手放在胸口，在那儿使劲按了按，含泪避开我的眼。

温暖的光源渐渐在我头顶上旋转，僵硬酸痛的身子渐渐舒展起来。我费力地睁开眼，看到大师兄漆黑的双眸正关切地注视着我。

"小薇，你哭了。你生病昏睡的时候，把枕头都哭湿了。"

"大师兄，你没疯啊？"我的眼泪狠狠地往下流。

语丝微言

假如有多人看了赵菁的这篇小说，评论肯定不同：有人看到了在这世俗的社会，还有像"大师兄"这样追求精神理想的人，想点亮心中的奇梦；有人认为这样的人是另类、是痴人、是疯子。也有人看到人的精神痛苦，不被理解的孤独；更有人看到憧憬与现实相悖，现状与理想隔膜，无法排解的惆怅与无奈、挫折与痛苦。因为看此小说的人立场不同，价值观各异，不在一个思维频道上，所有看法，无所谓对与错、好与坏，都有其合理性。但编者认为，赵菁塑造出了一个对文学热衷纯度极高的人、追求精神王国王者的人、独树一帜难得一见的人。大师兄毕竟是一个仰望星空的人。假如，屈原不行吟泽畔，就不会有《楚辞》；陶渊明仍当彭泽县令，我们就看不到《归去来辞》；李白若醉心仕途，文学史将失去"谪仙"。再假如，以曹雪芹之能，才可设馆教徒，诊脉即能开堂行医，即使做风筝，也能得温饱、致小康。但曹公偏偏"披阅十载，增删五次"做"梦"。因为只有《红楼梦》，才是他的理想国。我们的民族，历来并不缺少务实求财之人，但缺少仰望星空之君。假如没有古希腊泰勒斯的"仰望星空"，我们可能现在还在各个领域摸索。编者倒觉得"大师兄"眼界深远，思虑纵深，虽然无用又不为世俗所容。

【作者简介】

张广超,军旅多年,居于北京。中国作家协会会员,中国诗歌学会会员,四川作家协会会员,北京作家协会会员,北京顺义作家协会理事,《今日国土》、中诗网签约作家。作品见于《解放军文艺》《作品》《北京文学》《上海文学》《诗刊》《星星》《诗潮》《诗选刊》《诗歌月刊》《扬子江》等刊物,获中国诗歌学会百优学员奖、第二届军事文化节文学奖、第六届骆宾王青年文艺奖。

淬梦花开

(一)

青春编织的梦不曾释怀,像一壶烈酒越放越浓,它不算多姿多彩,却陪我渡过浩如烟海的每个日夜,散发着岁月沉淀的甘甜。

回首自己走过的坎坷,心中不免有些惆怅。经过那残酷的"黑色七月"高考后,以几分之差落榜,多年的梦想就此破灭,痛苦与徘徊是免不了的。无意中,我翻开《摇着轮椅上北大》一书时,主人翁的奋进事迹,再一次让我看到黎明一束光。

二十四年前,为了不让本不宽裕的家庭增加重负,我和大多数同龄人一样,背上简单的行囊,怀揣着对大都市的向往,独自踏上了南下广东的列车,决心到外面的世界追梦未来。

饭后,母亲忙着为我整理行囊。第一次离别,秋雨涟涟,空气里夹杂着瑟瑟的凉风,婆娑的思绪盘桓在逆村而行的小路上。我走出了母亲的视线,简单的行囊里打满了慈母对儿子的思念,即使翻越千山万水也走不出母亲呵护的视线,索性驻足从容地迎着村庄回眸一眼。

离别那天,妈妈再三叮嘱我:"在家千日好,出门时时难。在家靠父母,出门靠朋友"。经过20多个小时的行程颠簸,我来到了广东顺德一个叫陈村的小镇上。在这陌生的小镇,一切都是那样新鲜,那样充满都市的气息。在姑父和二哥的安排下,我住进了他们简陋的工厂宿舍,屋内摆放有3张小床,心想如此窄小的空间怎么能住人呢?

或许是第一次远离家乡的不习惯，或许是蚊子的叮咬让我彻夜难眠。异乡夜空下只能仰望繁星，它们多像妈妈的眼睛注视着我。

我深知，找工作一定有很多艰难，当时小镇上的工厂都是愿意招收经验丰富的员工，而我只是一个刚高中毕业的学生娃，不占任何一点优势。慢慢地我习惯了一次次拒绝，一次次冷眼，像一朵飘摇的蒲公英附着在小镇的任意角落里。

一天，我陪同叔伯踏上了前往广州市的路，广州市也是我当时心中的远方。下车后，叔伯按照计划直接去了离车站不远的面试单位，而我却像只刚刚从牢笼里跑出的小羊羔在车站附近转悠，渴望寻得一根属于自己的绿草。

当走进一家小得可怜的中介求职所时，工作人员的热情接待让我无法拒绝，他们极力给我推荐一所技术学校，边介绍边讲解学校是如何的好，如何培养出一个个找到好工作的成功案例……

临近中午，中介所陆续来了很多同龄的求职者，或许都同我一样，在渴求学到一技之长的推动下，我们陆续登上了中介所组织开往一所技术学校的专车。也不知道车在陌生道路上行进了多久，最终来到一座山坳里，一扇简陋的学校大门呈现在眼前。

通过参观、专业讲解，不知不觉天色渐渐暗了下来，此时我心中不由得有些慌乱，担心如何能回到陈村小镇？于是我和司机交流后，他爽快地答应我，愿意把我带到一个公交站点。可是到了站点一看，并不是我要停的站点。

无奈之下，我只好顺着一条小道独行，大约半小时后，终于到了一条江边，江边环境不错，草坪上有木椅，后来才知道这就是著名的珠江。

此时江风微微拂来，略带着一些凉意，八月的蚊虫还是疯狂寻找着猎物。夜深了，没有一点睡意的我躺在稍宽的木椅上仰望星空。突然，从不远处射来一束刺眼的手电光，我赶忙坐起身，才发现是当地的巡警，我不由紧张起来，因为当天走得匆忙，什么证件也没有带。

巡警直奔我身边，用手电照在我身上打量着。用一种严厉的语气开始盘问：你是哪里人？为什么在这里躺着？有身份证、暂住证吗？一连串的质问，让我本就紧张的心情更加慌乱起来。我支支吾吾地小声回答着，生怕错一个字。

夜是如此的安静。我站得笔直，用一双期盼眼神看着他。或许，他并没有注意到我眼神，直到他抽完一支烟后，和善地对我说："小兄弟，我看你老实，相信你。你什么证件也没有带，晚上查得严，你就在这里原地待着，不要乱走动。等天亮后向前走一公里，那里有个回陈村的车站。"

我长舒一口气，紧张慌乱的心终于平静下来。我不知道这位好心的巡警叫什么名字，但他暖心的话语一直回响在我心里，一直温暖着我的人生。

天色渐渐发白，珠江两岸终于迎来了黎明的曙光。

（二）

转眼已是深秋，正是全国各地征兵的季节，我手里捏着一封千里之外让我回家参军的家书。不当兵后悔一辈子，从军梦从小就根植在我的心里。第二天，毅然踏上了返乡的列车。

回到家门，面对母亲憔悴的眼神、消瘦的身躯时，想到自己漂泊异乡的辛酸苦难，不禁一股酸楚涌上心头。当我再次背上行囊，踏上北去的列车，两眼不觉有些湿润，所目及的一切都显得那样模糊。

卸下18岁的稚嫩和苍白，揣着一份绿色情怀走向军营。

一阵清脆的军哨，把我从蒙眬中叫醒，经过一天一夜的颠簸，昨日欢送新兵入伍的锣鼓声似乎还在耳边徘徊回响。北京的天气很冷，昨天还在温暖四川的我不得不穿上新发的军棉袄，整理好背包，跟随着新兵伙伴们跳下列车。

我们的到来，打破了黎明前黑暗的寂静。北京——首都，我不能用多时间来打量着你黎明前的景色，匆忙坐上大客车，听说这是最终载着我们去往军营的最后一段路程。坐在车上看着繁华的北京的黎明，繁华在眼里急速闪过，只见行驶的路曲曲弯弯地向前延伸，一会儿过河道，一会儿又进山沟，周围全是黛墨黢黑连亘起伏的山冈，蓝靛莹莹的天幕挂满了异乡的星星，一闪一闪像妈妈的眼睛看着我。

天刚放亮，传来了下车的指令。在一座军营门前，我们统一站好队，等着班长分领这些新兵。随后我被分配在新兵一连一排一班，这是个多么吉利数字啊，全是"一"，也决定了这个一班要在以后的训练、工作、生活中处处争先的艰辛，就这样在北京郊区燕山下开启我军旅生涯的大幕。

"吃饭"也许是大家最为平常的事情，然而在新兵边"吃饭"也是一种磨炼。那时，刚经过98抗洪，部队的伙食相比以往总体质量都有提升，新兵训练强度大，体能消耗大，在要求营养搭配合理的前提下，还要满足吃饱。希望总是好的，然而我们是时常偷偷塞一个馒头在口袋里，因为每顿饭过程中，排队、开饭、洗碗是必不可少的环节，并且都限制在5分钟内完成，不论你吃饱没有，5分钟后必须要让班长看到你在食堂外的操场上站立着。塞一个馒头在口袋里，只为在饥饿的时候拿出来啃两口。

为了把我们这些新兵蛋子培养成立如松、坐如钟、行如风的军人，带兵的班长们花费大量的心血。他们一点一滴严肃认真地讲解示范，一板一眼的严格毫无懈怠地雕镂。站队必整理军容风纪，队列行进必唱军队歌曲，起床必在规定时限内整理被子。就这样日复一日地重复，一遍又一遍地练习，我们的仪表还真有了军人的气质。像发面花卷似的被子，硬是整理成有模有样的"豆腐块儿"。

打背包可是硬功夫。在"练为战，时间就是生命"口号的倡导下，我们单兵练，双人练，集体练，白天蒙上眼睛练，晚上熄灯摸黑练，特别是每天晚上的紧急集合就是我们练打背包的最佳时间，有时一晚上紧急集合十来次都是正常的，如此下来我们或许只能用"麻木"二字来形容。

记得第一次新兵连全建制紧急拉练就出尽了洋相。一天黎明前，军笛骤然急促响起，"紧急集合"！我从地铺上弹起，紧张得不知所措，平时打背包的程序全乱了。等打完背包冲出"宿舍"时已是满头大汗。最令人喷饭的是接下来的五公里急行军，背包散了架，没法背了。我只好抱着追赶队伍，那个囧样今天想起来还脸红发热。

队列训练是最枯燥乏味的课目。每天累得腰痛腿酸，筋疲力尽。更要命的是北京寒风，晚上冷得刺骨，临近中午太阳晒得烫人，又燥热又干渴。然而，就是这样刻苦严厉地训练，我们不仅养成良好的军人举止，更重要的是服从命令听指挥，令行禁止的军人素质得到升华。

站岗是对军人来说必不可少的。北京，冬天时常下起雪，是怎么冷的我记得了，只记得人在很冷的时候，心脏是揪在一起的疼痛，很疼痛。每当叫起来站岗，都是打着哆嗦穿衣服去换岗。当时我们是两个人轮换着站在室内与室外。每当我在室外站岗时，部队对面的燕山就是我的同伴，也是我瞭望得最多的地方。听着北风呼啸吹过枯枝的声音，像听着鬼哭狼嚎的鸣叫。此时，我只能用自己心跳去听着思念亲人的声音来掩盖所有的恐惧，但我深知站岗就是每一位军人的使命。

火热的新兵连为我的军旅生涯留下了"苦辣酸甜"的足迹。三个月后，我被授予红五星军徽和领章，正式成为中国人民解放军的战士。

（三）

当过兵的人，对过年都有刻骨铭心的记忆。这记忆更是来自家乡站台的告别，来自身上散发着浓浓樟脑味的新军装，来自除夕的紧急集合。尤其是在军营度过的第一个春节，会让一个个毛手毛脚的男孩或者原本爱哭的女孩，变成真正的战士。

参军离开家乡20多年了，家在我的脑海中却变得越来越清晰。每逢春节临近，对家的思念就愈加浓烈，想看看缤纷绚丽的彩灯，更想吃上母亲精心制作的腊肉……

310

还记得我刚入伍的那年春节，夜很长，是偷偷想家的时候，想父母的叮咛，想家乡的小河，也想同桌灿烂的笑容。会有一滴泪悄悄滑落在捂紧的被窝里，没有人听见，也绝不会让人看见。第二天起床哨音响过，我依然会一跃而起，目光坚定地奔向队列。

在军营度过的第一个春节，最难过的不是半夜从热被窝里起来站岗，也不是挨班长的批评，而是一次单杠没上去、一次长跑没跟上或者一件小事没做好。每当这时，不轻易流出来的眼泪会被硬硬地含在眼眶里，不动声色地咬紧牙再练下去，直到有一天比其他战友都出色。

在军营度过的第一个春节，最快乐的就是得到班长的一次表扬，还有与家人的一次通电话。班长的表扬字正腔圆、阳刚有力，让人热血沸腾。与家人的通话，则让我心底宁静温馨，浮躁顿消。于是，受到表扬之后，自然就想着要对得起这表扬，就拼命想干得更好、练得更好，期盼着什么时候还能得到班长的下一个表扬。而每次放下电话没多久，同样也想着怎样寻找机会给家里打下一个电话，即使要在寒风中排长队、久久地等候。

我出生在四川省富顺县一个小山村，父母都是地道的农民，家里有不少责任田，很需要人手，可是年迈的父母每次给我来信总是说："今年过年，回不来就不用回了，听组织的安排。当兵了，就要当个好兵，把自己的事干好，就是对我们最大的孝顺。不要惦记家里，我们都很好……"当我多次邀请父母来部队一起过年时，他们总是以家里忙为由婉拒。我知道，他们是怕给部队添麻烦，怕影响我的工作。

有一年春节回家探亲，在我要归队时，母亲随口说了一句话："孩子，你每次回家都像住店一样啊，匆匆忙忙，不能久留。"我看见，母亲的眼里闪动着泪花。我能体会到她想留我在家多住几天、又怕儿女情长会耽误部队工作的矛盾心情。

此刻，浓浓的年味飘溢在异乡的每个角落，这里同样是我温馨的港湾。在晨光晚霞中摸爬滚打，为了迷彩梦想坚守异乡，把思念深深埋藏，欢庆的喜悦不会间断，心里的那份踏实不会间断。因为我早已把所有思念都写在战位上。

（四）

"当你的纤手离开我的肩膀，我不会低下头泪流两行。也许我们走的路不是一个方向，我衷心祝福你啊亲爱的姑娘。如果有一天我脱下这身军装，不怨你没多等我些时光。虽然那时你我天各一方，你会看到我的爱在旗帜上飞扬……"每当听到这首《当你的秀发拂过我的钢枪》时，心里多少带着点感慨与回忆。

记得收到她来信的那个夜晚，我一个人走在训练场上，起风了，风吹乱飘落的秋叶，也吹乱原本不太坚强的心。我知道她突然提出的分手是早已注定的结局，但没有想到是如此之快，快得让我措手不及。或许正如她信中所说："人生不外乎是一个选择的过程，我们为何在最年轻的时候就停下寻觅的脚步呢？"是啊，我俩就像是不同轨道上的两颗星，偶然的相逢之后还要回到各自的轨道上。

班长好像观察到我那几天训练中情绪有点不对，但训练场上不好来追问我发生了什么事。一天紧张的训练结束了，我站在阳台上远望着对面的群山，不远的村庄灯火点点，好像是游子的眼睛一样要看破这北国的夜空。

班长也来到阳台，在交谈中才得知我这几天来情绪不好的原因。

班长说：你是军人，也是一个平凡的男人，平凡中的伟大就是得靠一份真爱相守一生。可是，当爱情真的要远离而去时，军人，已显得太软弱无力，因为我们无法给予任何一点女孩想要的东西。深知不是所有的女孩不是贪图金钱与物质享受，可是我们只是一个兵，甚至不能时常陪在身边，给她关怀与安慰。

班长就这样慢慢地倾听着我的伤心事……，前两天收到女朋友分手信后，我没有立即回信，是因为我需要时间使自己冷静下来，冷静地去思考一些问题。几天来，我尽量使自己不去想这件事情，在拼命地克制自己，努力调整情绪，但不管怎么样，她那幽怨的眼神还是飘进了我的脑海里，挥之不去。

这几天，我不想用过多的篇幅去描述痛苦，其实已经无法描述。我在一遍遍地问自己：为什么会有这样的一个结果？也许我自己无法确切地回答。但实在找不出一个恰当的理由来说服她，不让她去追寻属于自己的幸福和欢乐，不去寻找一份可以时时地给她温暖和快乐的爱情。因为我知道，对于一个军人来说，能给予别人的确太少、太少，甚至连一个洁净美丽的家的愿望都不知道何时才能实现。不能给予别人快乐，给予的只有长久的思念、孤单与无助，唯一能给予的是自己认为尚算真诚、纯洁的爱。

是啊，我知道，她依旧爱着我，并且永远都不可能将我从记忆中清除。同样，我也深深地爱着她，只是，我们俩对将来都存在着顾虑。我不能准确说出女友内心真实的想法，但女友说得对，我们都还有选择的权利。我也很想请女友留下来，请她别离开，但连我自己都找不到一个能使女友留下来的理由。我俩走到这一步，所有的语言，都已显得苍白，但是，我深知自己是一名军人，担负着一份职责、一份使命。

窗外灯火渐渐熄灭，我的情绪也振奋起来，拿起笔记本对女友写下这样一段话："对爱无比虔诚的你，或许不必再为爱而痛苦。你应该在小城有一个富足的家，有一份实实在在的家，有一份无时不在的关怀。你可以找个珍爱你一生的人，找个可以给你温暖给你幸福的人。"

(五)

　　是的，我要坚守在岗位上，我只能把最真诚的爱收录进一页页迷彩日记本里，在一首首嘹亮的军歌中守候。

　　记得那一年秋天，部队组织野外训练，沿着凤凰岭一路西行。当行进到长城脚下的一个小村庄时，只见农民们把刚刚收获的玉米晒在路边。一股玉米的香甜气息荡漾在空气中，遍地金黄的路旁点缀着几棵枫树，火红的枫叶随风招展。我悄悄摘下最红的两片叶子放在衣兜里。直到今天，那两枚枫叶还完好无损地夹在书里，收藏着那一刻的美丽与感动。

　　在北京秋天的画卷里，长城秋景无疑是最浓烈的一抹色彩。仲秋时节，我站在长城的古炮台上，眺望碧空映衬下的苍莽山岭，俯视层林尽染间蜿蜒的长城，胸中那军人的热血也随之燃烧起来。

　　攀登着那一级级被岁月和风雨洗练得有些斑驳的台阶，我仿佛看到了刀光剑影，听到了鼓角争鸣。站在长城上极目远眺，一片片金黄与紫红相间相融，酷似一幅饱和度很高的油画。这时的长城没有春天的姹紫嫣红，也没有夏天的郁郁葱葱，更没有冬天的苍凉壮美，却有着秋天独有的一种凝重与厚实。那是看一眼就令人永远难忘的长城秋色，高贵，沉静，庄严。

　　每年野外训练，我都会和战友一起走进长城两旁的秋林。那火红和金黄的秋叶热烈得简直像要燃烧起来。我们会采一束野黄花装点"直线加方块"的宿舍。秋日的午后，独坐在帐篷旁的山楂林看书，暖暖的阳光照在身上。头顶上那一颗颗初红的山楂就像少女红红的脸蛋，用她的笑语驱散了丝丝秋风……

　　今天，我终于明白，我留恋的不仅是异乡的秋色，更是怀念20多年来所有迷彩青春的记忆。曾经的纯洁无瑕，曾经的年少豪放，总会在某个秋风拂面的时刻涌上心头，唤起那份迷彩岁月燃烧的激情。

　　仰起头，天高云淡，碧空如洗，秋叶如花，只留下一片辽阔和灿烂。

　　锤炼，淬火，打磨，人生总是以这种方式打开，最后才能结出丰硕的果实。

　　时隔多年的一个满月，我依然手握钢枪，心怀赤诚。幻想着那柔软的月光便是母亲慈祥的目光。这个时候，四周一片宁静，只有月光静静地照在我的身上。

语丝微言

张广超是个青年诗人，他的诗花在全国文学期刊广泛开放，而且带有天府之国的川

313

味，有自己的独特风格。他喜欢阅读那些跨越千年、踏平山海的诗篇。他的网名是铁血寒冰，源于他军旅生涯多年，渗透了陆游"铁马冰河入梦来"与辛弃疾的"金戈铁马，气吞万里如虎"的风韵。他曾有过在人生路上，"蜀道之难，难于上青天"的感慨，也有在南下打工时所遇到的艰辛、夜半在异乡的星光下持枪站岗对家乡的眷恋、对母亲的思念及失恋的痛苦。是文学滋养了他，治愈了他，提高了他。使他成熟、成长与成功，也成全了他初心的愿望。他在文学中认清了自我，找到了自我，丰富了自我，突破了自我。对文学的追求就成一种修为、修养与自渡，是生命的破茧与扩张。文学本身就带有宗教情结，对其他应无所住，才能生其心。

非虚构

元工学画

甲辰五月

所谓的『非虚构』是并非虚构的意思。所编选的二十八人作品，人名是真实存在的，地名可按地图查找，所叙之事确曾发生。这似乎与小说主旨相悖，因为小说就是虚构。其实这并不奇怪，相生相克，互为依存，是自然界中普遍现象。现实主义，浪漫主义，是文学的孪生兄弟。真实与魔幻，往往牵手而行。图中的主人公，山居梅屋，是『非虚构』；临窗遐想，则在『虚构』。

【作者简介】

　　戚长道,生于 1937 年。1955 至 1958 年,在河北省地质队工作。1958 至 1976 年,在高丽营一村务农。其间发表了诗歌《开镰》《金色的柿林》《大树》,散文《潮》。1977–1982 年,在顺义文化馆任诗歌编辑。1983 年至今,先后出版《遥路短歌》《遥路短歌行》《一个没讲完的故事》及补遗。

我 的 家 园

　　随着启明星的亮相,夜,抖落了黑斗篷上的尘埃,屏气凝神,在迎接一个伟大时刻的到来。太阳掀开夜的一角,从浴盆里探出初生婴儿般红红的脑袋,它看到了一个光明的世界,它笑了。它用稚嫩的手描绘着江山的童真童趣,给鲜花穿上绚丽的时装,把金子撒向四野八乡,抛出万缕锦线让相爱的人编织美丽的花环,乘着风的双翼送给远方的意中人。这是它的光芒所系,家族中唯一有生灵万物的成员,它的眷顾备至恩宠有加也就不言而喻了。

　　太阳收起了它撒下的地毯,天上的花园也随之隐没在蓝色的天幕里。小草正伙同它的姐妹们把绿毡向远方铺去,而串串珍珠则一半交给白云一半交给大地收藏。花儿像情窦初开的少女,在晨风的亲吻下慢慢绽放出了羞答答的容颜,它的娇柔在嫣然一笑里让多少痴情的心随之一起盛开。山舞青龙,水挥白练,条条江河朵朵昙花绽放。回眸间,随着天地的轰鸣,大海激情澎湃,刹那间捧出了硕大的雪莲。

　　太阳高高在上光芒四射,坐着华丽的云辇在风的前拥后簇下慢慢向中天驶去。俯瞰大地,万物是如此的渺小。它脚下的黄土地上,正涌动着苍翠挺拔碧绿绵延的生命。它似乎看到了一种力量,蓬勃向上的力量。这是它辖区里有生命的家园吗?天上飞的,水里游的,地上跑的,无不都在它的普照之下,就连在它光环笼罩下的芸芸众生也不例外。它给这个世界带来了光明,送去了温暖,给予了希望。

　　日正则斜,忽隐忽现的云辇正拉着它慢慢向西滑落。它听到了风越过高山大海,广漠草原为它奏起的颂歌,也看到了猎豹对瞪羚的袭击,狼群对角马的撕咬以及隐伏在洞穴草丛里的蛇向猎物喷射着毒液。丛林法则成了一切生命赖以生存的定律，而蚁穴蜂巢里王国的秩序从未改变。在这个偌大的家园里，人战胜了所有对手，便具备了对手身上的美与善，更具备了对手身上的丑与恶。人的胜出完全是由于人比兽更聪明更智能，也比兽更狠更凶残。剥下了虎的皮，锯下了象的牙，饵了犀牛的角，割下了鲨鱼的鳍，连天上飞翔的花朵也不放过，用绚丽的羽毛去装饰珍惜生命的祭坛……

太阳伤心地哭了，泪雨倾盆并没浇灭人性的欲火。人，不仅对自然对生灵就连自己的同胞也举刀相向。马蹄踏踏，杀声阵阵，从遥远的古战场传来。你有那么多的孩子，这个家一天比一天小起来，现在都快住不下了，我不知道你为什么还要收留我。你是如此贪婪，还要把你的贪婪注射到我的基因里。

你给我铺设了一条生命之路，让我看到了光明，用希望引导我不停地前行，向坟墓走去。你说进去歇歇吧，那才是一个永久的住所。

你一手高举着名，一手举起了利，像神圣的光环一样耀眼。从此，我便有了一个念头，想把它戴在脖子上，展示在胸前。可是，生命一旦交给了时间，就会被岁月磨损，即使著书立说也会慢慢泛黄，直至成了垃圾。我不知道你为什么不告诉我。

太阳极目四望，广岛、长崎上空的蘑菇云还依稀泛着血光，耳边又传来了科索沃、阿富汗、伊拉克、利比亚、叙利亚、中东战乱、巴以冲突的枪声。哀鸿遍野，满目疮痍。霸权是明火执仗的恐怖，恐怖是神出鬼没的霸权，成了这个世界舞台上永不落幕的剧目。人呐，到底要干什么？搅黄了天，搅浑了水，搅秃了地，莫非还要拿杆子像打枣一样杆起日落吗？这会遭报应的呀！会遭彻底清算的呀！

站在黄土地上仰望苍天，我是如此的渺小，就像一粒尘埃。如果把太阳的升落算作我一生的话，我只不过就像一只来去匆匆的蜉蝣。我便有了这样的感叹。

哇的一声，我来到了这个世界。我的啼哭是因为不知道为什么要把我带到这个陌生的地方。这个地方陌生得让我惧怕。我不知道会怎样教我去生存，怎样磨难我去适应，更不知道为什么还要在我的杯盏里斟上胆汁。

哇地一声我哭了，我来到这个世界，从此我便属于了你。可是，你只告诉我要做一个了不起的收藏家，在临终的时候把那些珍品作为遗产一件不留地交给孩子们，那就是这一生积攒下来不能忘却的记忆。人这一生，忙这忙那无非做了两件事：一是做了该做的事，一是做了不该做的事。把那些珍品作为遗产一件不留地交给孩子们吧。

太阳蹲在西天的山头，放眼这个它眷顾备至恩宠有加的世界，情思迸发。拢天地于一统，集万象于笔端，苍茫大地层林尽染绚丽斑斓，湖光山色梦幻迷离旖旎激滟。

美哉，壮哉。呜呼！谁能力挽，永世留存？

我走过奈何桥，登上望乡台，家园像千年修得的恋人，两眼对望绵绵依依。我拼尽最后一把气力，手捧大爱当空撒，撒向四野八乡，撒向养育我的黄土地。这是我最后的献礼。

啊，地球，我的家园。

（原载 2014 年第 1 期《顺义文艺》）

语丝微言

戚长道，1937 年生，本《顺义小说选》中年龄最大的长者。他是明朝戚继光的后裔，饱读诗书，长于论道。在地质队工作期间，"是那山谷的风，吹动了我们的红旗？是那狂暴的雨，洗刷了我们的帐篷？"他曾有火焰般的热情，攀上层层的山峰，为国家找过铀矿。想当年在文化馆办《无名花》期间，他是具体负责文字编辑的，因此经他之手，发现、培植、鼓励、帮助了当时一批业余文学爱好者、写作者。现在顺义已颇有成就的作者与作家，每念于此，颇为感恩。戚长道的诗，发表在当时的《北京文艺》《北京日报》上。他也写小小说和短篇小说，登在《顺义文艺》上。他的主要著作是自传体长篇小说《遥路短歌行》和《一个没讲完的故事》。

【作者简介】

　　史晓燕，50后，曾务农、教书，热爱文学。1978年调入顺义文化馆任文学编辑，1986年毕业于北京广播电视大学中文系。擅长纪实文学创作，长篇纪实作品《天降大任有斯人——刘光鼎传》曾引起较大反响，至今仍网上热销。

教师节，把我家的真实故事讲给你听……

　　三年前，当了一辈子教师的爸爸走了，在临去天堂之前，他的骨灰摆在我老家院里的方桌上。同样做了一辈子教师的二姨父站在爸爸的骨灰前，深深地鞠了三个躬！

　　送别爸爸的人群熙熙攘攘，布满了老家院里的各个角落。我和大弟弟陪在二姨父身边，真真切切地听到了他说给爸爸的几句话：我和你亦师亦友，几十年密切交往，真是难舍难分……总有一天……"二姨父老泪纵横。这一幕，我永生不忘！

　　爸爸是教师，二姨父也是教师。何来亦师亦友呢？爸爸生于1929年，长二姨父六岁。年轻时，爸爸曾在顺义牛栏山小学任教，本乡本土的二姨父理所当然地成了爸爸的学生。更加难能可贵的是，若干年后，二姨也成了老师，与同是教师的二姨父相识结婚，成了一家人。顺理成章的，爸爸和二姨父成了"一边沉"、成了"连襟儿"。这是北京市郊区对都是一个家庭的两个女婿的一种叫法。所以，二姨父说"我和你亦师亦友"。

　　爸爸名叫史书田，五十年代初期，通州师范毕业后去了河北的大厂中学任教。抛家舍业一干就是三十年，把青春留在了河北，留在了大厂中学。二姨夫名叫万景仁。聪明能干，不辞辛苦，一直和二姨坚守顺义的教育阵地，不离不弃，直到双双退休。

　　我们家庭教师众多，且代代相传。姥姥姥爷养育的儿女中有三人，三家都成了教师。除二姨外，舅舅舅妈、四姨四姨父都于六十年代毕业于北京师范学院。中文系的舅舅舅妈曾远去内蒙古的牙克石林业局中学，八十年代回归故土，在顺义的城关一中无怨无悔地奉献，年年教高三直到退休。

舅舅的中文水平极高，语法逻辑修辞烂熟于心。他能把"主谓宾定状补"多种成分在一句话里划分得清清楚楚，不出十个字给你讲解得明了透彻。四姨四姨父转战了两个教育战场，从顺义到海淀，一人教政治，一人教语文。

是传承？是热爱？还是选择和机遇？从小就听长辈说为人师表、名师出高徒、有教无类、百年树人、师德、师范……这些词语，耳熟能详。到了我们这一代，也几乎都成了教师。

浅谈一下我的并不很长的教师生涯，作为文中的一个事例：人人皆知的"文革"老三届，我是初中最小一届的"六八"届。五〇后的我，原本是爱读书，爱学习，也是无比崇尚教师这一崇高职业的。多少次在梦里登上三尺讲坛，传道授业；的确，你有才，可口吐莲花；你有智，可让学生服服帖帖。培养人才，对社会的贡献就体现出来了。但命运却让我美梦破碎，无法升学，无法为人师表。面朝黄土背朝天，日复一日，年复一年……漫长的几年，天公终于作美，赐给了我一个绝好的机会！我成了村里的"队派教师"，挣工分的教师！让我终于登上讲台了！我先学后教，我虚心，我刻苦，忘我地投入教师这一角色。算术、语文、唱歌我都能教。尤其那个年代的样板戏，八个京剧样板戏，我能带着我的学生整段整段地唱。《红灯记》《沙家浜》《智取威虎山》……我在讲台上，学生们在座位上，我们遥相呼应，歌声此起彼伏……那场景，那气氛，无法形容了！

好景不长，我下岗了，走下了讲坛。好郁闷，好伤心！1975年，二姨父像一朵祥云从天边飘来。他老人家拯救了我。此时，二姨夫在牛栏山任教，与牛栏山文教组的负责人戴贤老师相熟，正好牛栏山缺教师，二姨父恰到好处地推荐了我。记得二姨父对我说："你自己去牛山，去文教组，直接去找戴贤老师。"二姨父又叮嘱说："你要好好准备准备，人家是要考核的，要通过考试看你行不行！"这个戴贤老师绝非等闲之辈，后来他调到了顺义宣传队当队长。当时，我不知道戴老师要考我什么，更不知道要如何考，心里七上八下，忐忑不安。骑着自行车来到了牛栏山文教组。碰碰运气，听天由命吧。戴贤老师胖胖的，一脸官相，但还算和蔼。他示意我坐下，没考我什么，倒拿起一张纸自己写起来了……几分钟后写下了几行，递过来，笑眯眯地说："来，看看这个，试一试，把谱子唱给我听听。"哦，原来是几行曲谱，1-2-3-4-5-6-7……分别是四分之二拍和四分之四拍。我的心咚的一下，哎呀妈呀，原来是考这个呀?！我站起来，静下心来了，一块石头落了地！五线谱不敢说，这简谱小菜一碟，也可以说是我的拿手好戏！我仅用了几分钟，就把这两段谱子准确无误地唱出来了！戴老师伸出大拇指："就是你了！龙王头小学缺音乐老师，你准备一下，赶紧去报到吧。"又一阶段的以教音乐为主的教师生涯开始了。

我们兄弟姐妹的音乐细胞无疑是爸爸的基因。1929年出生的爸爸，能弹琴，能打球，堪称文体全才。爸爸的教师生涯丰富多彩，教唱歌，教体育，打篮球，身材不高的他把篮球后卫这一角色演绎得精彩纷呈！那个年代，我们的上一代，都在各自的岗位上尽职尽责。二姨、舅舅、四姨几家人都站在了崇高的讲台上。尤其是我的母系家族，尊师重道是大家灵魂里边的东西，社会的安定、美好、和谐都离不了教育。教育是靠人来推行的，人是靠教育成长成才的！最主要是要靠教师完成的。教师是多么重要的岗位！

我家与教师、与教师这个行业源远流长，我家的教师故事也是源源不断。八十年代中期，妹妹参加高考，因是非县城中学，当年没设外语课而高考落第。她上了北京市商业学校。商业学校本应毕业后从事与商业相关的工作。而她因为成绩优秀，品行优秀被留校任教。从班主任到校长到书记一路下来，在昌平的北京市商业学校工作了四十年，先后两次被评为北京市教育战线十佳，还曾被评为全国优秀教师！妹妹叫史晓鹤。小弟弟九十年代考入中国音乐学院，毕业后在北京电视台实习后被分配到北京语言大学教书，从风华正茂的青年时期到今天已近中年的艺术学院副院长。

小弟弟叫史大鹏。大弟弟虽未在讲坛上执掌教鞭，但他高超的竹笛演奏水平和制笛技术，让他从北京市文工团到东方歌舞团，到全国总工会文工团，已是桃李满天下，史老师当之无愧！大弟弟叫史艳生。还有一件让人刻骨铭心的事，也应该算作家族的骄傲，二姨父万景仁因教书育人成绩显著曾在七十年代受邀参加周恩来总理举行的宴会，记得偌大的一个顺义区只有两个人。我在牛栏山龙王头小学教书时曾教过的一个学生张小贤，他也认识我的二姨父。在敬佩二姨夫的同时也曾发自内心地赞誉我说："史老师你也好棒呀！记得你教我们时，你一上讲台，屋里鸦雀无声，多调皮的学生都老老实实地坐着。才怪呢，你也没和我们瞪眼呀，但怎么都怕你呀？你知道我们班是个大乱班。"张小贤想了半天又说："我明白了，你身上的'师'味太重！'师'不光是严厉，更有爱和温暖。你的人格魅力让我们折服。"

如今，我早已经不是老师了，早就不在讲台上了。岁月更替，时光流逝。但教师、教师节永远在我的心里！爸爸远去天堂，但二姨二姨父，舅舅舅妈，四姨四姨父，这些长辈都还健在！他们无时无刻都在有形无形地影响着我们。弟妹们还都战斗在教师这个神圣的岗位上。教师节是个感谢教师的日子，师恩不忘，师恩难忘！在我们被问候的时候，我们更要记住我们的老师，记住他们曾经的教育，一代一代的传承，教育出中华民族更加优秀的、顶尖的、世界级的杰出人才！

语丝微言

　　史晓燕的这篇文章是以自身、自家、亲属为例，讲教师、教师节的。孔子是中国教育的祖师爷，同时也是世界级别的。后人评孔子"天不生仲尼，万古长如夜"，主要指孔子的教育思想及实践。在自然界中，人和动物的区别就是教育。在欧洲文明中，学校的历史往往比国家的历史还要悠久。顺义有尊师重教的传统。封建时代，乡贤设私塾、办书院、立义学。民国时期，牛山学校的创建资金，与苏庄建洋桥、县政府收取牛山青石捐一千八百大洋有关。新中国伊始，在全国范围内，掀起扫文盲、学文化的热潮。1956年，初级中学又如雨后春笋，遍地生根。史晓燕的所描述的背景，就是基于此。她的这篇作品，也是顺义教师之家的缩影。

【作者简介】

李洪峰，曾用笔名鸿酿、洪三，北京市十一中学顺义学校教师，现为中国音乐文学学会、中国诗歌学会、北京作家协会、北京语言学会朗诵研究会会员，顺义区作家协会副主席兼秘书长，出版了《拨动心灵的琴弦》（诗集）、《情动杨中》（诗文集）。

小 军 刀 (朗诵剧)

女一：旁白

男一：少年和老年池田

女二：日本母亲、中国妈妈

男二：日本军官、中国士兵、池田儿子

一

旁白：

这位风烛残年的日本老兵叫池田，最近常常在梦中醒来。望着窗外的大海，日本母亲、中国妈妈、战场上怒目圆睁的中国士兵以及离开中国的情景，纷纷涌上心头

老年池田独白：

老了，老了，总是做梦

又偏偏是梦见那把军刀

二

旁白：

那是一把祖传的小军刀

精致锃亮

母亲站在 19 世纪的海边
慈祥的白发在咸涩的风中祈祷

日本母亲：
池田呀，带上这把军刀上路吧
你的爷爷，你的父亲，都是用这把军刀效忠天皇的
带上它的勇武和荣誉，去解救支那受苦受难的百姓
妈妈相信你，用军刀去创造大东亚共荣
你是我们家最好的武士。

三

旁白：
战争越来越残酷，抵抗越来越强烈
池田在拼杀厮打中，即便把军刀插进了中国士兵的胸膛
可士兵临死仍紧紧抱住他，怒目圆睁，
活生生咬掉了他半个耳朵！
后来，池田冲锋时就把军刀贴在胸口
这样他就感觉有母亲看护保佑着自己的心
每天晚上，池田都要借着异国的月光
擦拭军刀

青年池田独白：
圣战呀圣战
可擦掉军刀上的血迹
那映在刀上的月光里
我为什么看不到妈妈的笑脸
白天在生不如死的行军、射击、冲锋、厮杀
可深夜在梦里都是哭号、咒骂
都是血的流淌和火的烈焰
妈妈，您看——
刀上的血没了，可却出现了一双眼睛

它在幽幽地看着我
那么慈祥，又那么深邃
不，这不是您在看我
这是今天被我活活烧死的老妈妈
是她在看着我

四

日本军官：
老太婆，你的脚下，柴草的干活
养伤的八路，你的干儿子的干活
皇军进村前，在你家中的干活
你的不说，皇军一样抓住的干活
干儿子不是亲儿子，放聪明的干活
你的不说，柴草点火的干活
马上死啦死啦的干活

老妈妈：
呸——
快你妈的干你的活儿吧！
我就是被烧死也不想听你叫唤
不管谁家儿子打鬼子
都是俺亲儿子
俺儿子带着枪上山了，他养好伤会给我报仇的
你们这些没人性的强盗
识相的，快点夹上尾巴，滚出中国去！

日本军官（声嘶力竭）：
说——你儿子藏在哪儿?
(绝望的)到底藏在哪儿?
池田，烧死她！
青年池田：
嗨——

五

青年池田独白：

妈妈，我烧死了那个中国的老妈妈

可她的眼睛就藏在军刀血渍的后面

现在，她正盯着我看

她像您护佑我一样保护着她的儿子

看呀，这军刀上闪动的月光

就是她烈焰烧身时飘起的银发

娘——

旁白：

恍惚中，池田听到谁喊了一声娘

四处寻找时，却又像来自他的心房

他低下头，军刀上映出的依然是这双深邃的眼睛

六

旁白：

战争结束了

军刀入鞘时

池田又一次看到了这双深邃的眼睛

那是一位奉命护送战俘回家的中国士兵

恪守军令却又悲愤满腔

中国士兵独白：

唉，小鬼子，你知道我现在最想干什么吗？

真他妈的想把你们扔进海里喂鱼！

可上司有令啊

要保证你们这些投了降的鬼子们的安全

你们用杀戮侵略换来平安回家

真的就不脸红吗？

大哥，娘，我没用，不能给你们报仇啦

小鬼子，你走，你走吧，你他妈的赶紧走！

旁白：

恍惚中，战场上那个死在刀下

却怒目圆睁的中国士兵

正在面前凝望

池田真想把军刀交给眼前这个

红着眼圈的军官

可这双深邃的眼睛分明表示：

生长和平的国度不会收留仇恨

七

旁白：

那就把军刀交给母亲

让她带进坟墓吧

可回国后池田却只收到了母亲的一封遗书

日本母亲：

池田，战争是个骗子，我们都上当了

当在报纸上读到南京城的杀人比赛后

妈妈一直都在寝食不安

现在，长岛蘑菇云的魔咒虽然烧毁了妈妈的双眼

但也让我看清了战争的本相，这是报应

妈妈见不到你了，写这封信是要你明白：

那把军刀不会给别人送去解放和福音

更不会给自己带来荣耀

它是个魔鬼

池田，快快扔掉它！

青年池田独白：（哽咽）

嗯……嗯，妈妈，妈——

八

旁白：
怎么总会梦见那把小军刀呢
该不是因为最近
儿子参加了深海打捞队吧
当年池田把军刀就是扔进了那片海域的
梦里的声音越来越近
狂乱又喧嚣

日本军官：池田，烧死她！

中国妈妈：强盗，滚出中国去！

中国士兵：用杀戮侵略换来平安回家，你们不脸红吗？

日本母亲：池田，军刀是魔鬼，快扔掉它！

池田儿子：爸爸，深海打捞军刀再难，我一定会找到它！

日本母亲：扔掉它！

池田儿子：不，找到它！爸爸，我一定会找到您的军刀！

老年池田独白：
够了，别说了
真要找到它吗
真会找到它吗
真是孽障啊，孽障！
军刀啊军刀，我不想见到你！

音乐高潮起，齐：

军刀啊军刀，我不想见到你！

音乐停，灯光渐弱，老年池田独白：

唉，老了，老了，总是做梦

又偏偏是梦见那把军刀

2007 年初稿　2024 年定稿

语丝微言

中国抗日战争的历史虽然已经远去，但日本侵略者给中国人民造成的伤痛，还远远未能平复。国恨家仇，岂能轻易忘却。其实，不能忘却的岂止是中国人民，还有广大的日本人民。李洪峰在《小军刀》这部短剧中，就写了一个日本老兵，对侵华战争、对杀害中国人深深的自责与忏悔。是的，我们应当把当时日本军国主义政府与日本普通民众区别开来，应当将穷凶极恶、杀人如麻的好战分子和普通士兵区别开来。在抗日战争时期的延安，就有爱好和平的日本人士组织"反战同盟"。在二战以后，不少日本团体和民众，是坚持向中国人民认罪、坚持中日友好的。从历史的纵深看，中日友好、和平相处、共谋发展是主流。在当代，避免战争、合作双赢也是世界大势。鲁迅先生在 1933年写给西村真琴博士《题三义塔》诗中说："度尽劫波兄弟在，相逢一笑泯恩仇。"鲁迅先生是有大境界的。

【作者简介】

魏子楚，本名王志红，曾名王宜慈。退休工人，共和国同龄人，老三届知青，业余文学爱好者、志愿者、写作者。1992年北京人民广播电台《难忘往事》征文中获奖。先后出版了《王姥姥逗错字》《荒唐人荒唐言荒唐泪》《荒唐吟》《陌上细雨》《灯下絮语》《师说》《朝圣者》《回眸》共八本书。

五个鸡蛋

记得是 1970 年的事了。

我在辽宁省法库县插队，生活艰难，前途渺茫，万念俱灰。平常我最愿意去的地方是老姨家，老姨五十余岁，短小，精悍，虽然一个大字不识，那心数，那韬略，管一个公社都绰绰有余。老姨成分特革命，婆家、娘家都是贫农，儿子又是现役军人，"文化大革命"斗走资派在她家。连解放军拉练，团部都设在她家。老姨家整天的热热闹闹，老的、小的、男的、女的，到了晚上也是一屋两炕的人，不拿扫帚轰都不走。

在去老姨家的人们中，大概就我一个成分高的。老姨待我好，知道我从小没妈，拉着我的手："造孽啊，在北京念好好的书，弄到这儿受多大罪！"说着眼泪流下来。一句话差点儿没把我的苦胆吓破了，这话要是别人说的，还不抓进大牢里去啊。

我害了一场大病之后，身体很虚。这天到老姨家串门，奇怪，今天怎么这么肃静，我还以为走错了门儿呢。老姨一个人在炕上做鞋，见我进院，她出溜下炕，拽着我直瞅，心疼得没法儿。"瞧，你瘦成大眼灯了，快上炕！"一把把我推到炕里。我的心像注入一股暖流，顿时热乎乎的。老姨又一次"教训"我："成分高是你家，关你什么事，你上我这儿来，我不怕！可不敢胡思乱想想窄道儿，慢慢熬着，总有出头的一天，你以后错不了。"

我要走了，刚一张口，老姨扔下鞋底子，一搡就把我推回炕里。

"先别走，给我纳几趟儿，使劲拽线！"话音未落，人已一阵风般刮到外屋地去了，稀里哗啦地柴火响。

"我烧点开水，好好纳！"

我立刻感到口渴了，只好使出吃奶的劲儿拽紧麻绳。还没等我纳完一趟儿，老姨变戏法似的端着一个大海碗进来。

那碗里却不是开水，是一碗大米粥。大米在这地儿可是金贵东西，这点细粮都给老姨父留着，老姨从来一口不吃，就连四五岁的老丫头也没份儿。过年时，我吃的都是小米干饭，国家到年下供应三斤白面，而大米是农民自家用高粱米从产稻区换的。我呆呆地愣着，不知所措。

"傻了！"老姨亲昵的一声招呼，饭碗塞进我手里，烫得我一激灵。她早旋风般刮回来，拿来一双筷子几片咸菜。

"趁热吃了再走。"我的眼泪吧嗒吧嗒掉下来，辛酸得不行。从打来到东北，谁这么疼我？从打妈妈去世后，又有谁这么疼过我？

外屋一阵稀里哗啦，老姨刷了锅灶进屋来，见我还端着碗，眼睛一瞪。

"你给我快吃！"活像吆喝四类。我心里哆嗦着，慢慢拿起筷子。老姨仿佛听到什么，冲了出去，马上院门口传来：

"远着点玩去，滚犊子！"

"我喝水！"是老丫头声音。

"上人家喝去，吃饭时再家来。"

老姨进屋来，手里多了一根烧火棍，她竟然不管我满脸的热泪，冲我吼了起来。

"你今个是要气死我咋的！"老姨手中的烧火棍往地上狠狠一戳，不知会不会打到我身上。

我不敢再违抗她的命令，开始往嘴里扒拉。一口，两口，三口。老姨满意地"嗯"了一声，靠在门框旁，眼睛瞅着大门外。

大米粥里露出一个鸡蛋来。我惶惶然，看着老姨，来东北好几年了，从来也没有见过老姨这样。她眯起眼睛，一脸的得意，就像一个小孩子一样快活。

我的心被强烈地撕扯，哗哗地流血……

第二个，第三个，第四个……如果有人问我煮鸡蛋什么味道，我马上就告诉他，煮鸡蛋是咸的。我就着眼泪吃下了这五个鸡蛋，就像吃了五座泰山。

老姨支起耳朵往外听了听："快吃吧，好容易赶个没有人来的日子。"她极轻微地叹了一口气，但是我听到了，这声音山崩地裂般震撼着我的心。

……

二十多年后，我住上两室一厅宽敞的楼房，坐在沙发里，端着清茶，看带彩的

《半生缘一世情》。

我不知道二十多年前老姨让我慢慢熬着，等出头的那天，她老人家心里的那天是什么样子，更不知道她老人家还记不记得她曾经为一个成分高的北京女学生"偷着"煮过五个鸡蛋。

老姨没有文化，她不懂得一次吃五个鸡蛋，其中的三个是浪费了营养。

老姨自己有七个孩子，那年她的老丫头只有五岁。

五个鸡蛋的市价每斤是一元两角五分，但是一颗慈母的心，何人可以计算！

也许是我向孩子们讲述的次数太多了，孩子笑着对我说：

"妈妈，您的五个鸡蛋，我都和《七根火柴》一样快要背下来了。"

愿那个成分高的北京女学生良知永存。

语丝微言

魏子楚写的这个"五个鸡蛋"故事，编者已经读了好多遍了。但每读一遍，仍受到一次又一次的震撼。未有类似经历的人，很难理解在那个特殊年代，那个严峻时期，那种政治背景下，在物质稀缺、尚不温饱的情况下，一个没有文化的农妇，以自己独有的方式，自然地率性地但又是毅然决然地给予一个流落他乡的北京知青以关怀、温暖、慰藉和人格上的尊重。看似是平平常常赠予的五个鸡蛋，但在当时的政治氛围中，也是要冒一定风险的。当时的很多人心灵扭曲，对作者这种"另类人"，避之唯恐不远，防之唯恐不严。但这位普通得不能再普通的农妇心里，有着对弱者的同情，对困难者的救助，对同胞的悲悯。这才是善良人应有的崇高情感，人世间的大爱，人与人之间的心海慈航。使处于人生最低谷的作者，感受到了人间的真情。由此相信人心，相信未来，相信希望。感谢作者，记录了自己的心灵轨迹。魏子楚是个知道感恩的人，她用五十多年的时间，在心里牢牢记住了五个鸡蛋。她的文学故乡是北京、是顺义，她的文学他乡在东北。

【作者简介】

　　王娜，笔名宸熙，中共党员，顺义区文化馆活动展览部副主任，副研究馆员。全国十佳青年朗诵艺术家，中国诗歌学会会员，中华文化促进会朗读专业委员会会员，中华儿童艺术促进会语言艺术专业委员会会员，全国社会艺术朗诵专业高级教师，全国社会艺术播音主持专业高级教师，首都市民学习之星，首都未成年人思想道德建设工作先进个人，北京市优秀辅导员，北京语言学会朗诵研究专业委员会会员，北京民间文艺家协会会员，北京诗词学会会员，顺义区作家协会会员，顺义区"道德模范"，顺义区"巾帼建功"标兵，顺义区"书香个人"，顺义区"学习型家庭"成员，顺义区"第三届工会代表大会"代表，全国朗诵大赛专家评委，顺义朗诵大赛专家评委。有作品发表于《学习强国》《中国诗文优秀作品选》《西部散文选刊》《齐鲁文学》《顺义文艺》中。

不负春天 （外四篇）

　　春，是温暖岁月的那一枚信笺，打开它，一缕缕馨香扑面而来，把万千世界染得姹紫嫣红。

　　它是岁月折射在大地上的一道惊艳之光，藏着季节的深情厚谊，藏着不负青云的志向。

　　没有人不热爱春天，没有人不被这烂漫的春色熏陶沉醉。春风花草香伴眠，天边光景新似画。

　　柔和煦暖的春风，轻抚着千山锦簇、万亩禾苗。黄鹂、翠柳、白鹭、青天、燕子、绿水、花颜，是芳菲的春色里不可或缺的元素。

　　春天的惊喜，总是从无人的荒野萌发，从干涸的枝头突现。站在柔软的春风里仰望天空，那干净的蓝融入了灵魂之境。

　　滚滚春雷是春天的激情，三月细雨是春天的浪漫，芬芳四溢的花朵是春天的花冠，悦耳动听的鸟鸣伴着春风的吟诵，那是唤醒万物的锦瑟和鸣。

　　此刻，无论春天的山脊还是天幕，都扯着一缕淡绿的幕布。融化的冰凌有力急促地拍打着河岸，让安详平静的大地变得灵动激越起来。

　　清晨崭新的朝阳，将花树的影子在草地上拉得很长。这万物生长的好时光，在惊蛰里把理想耕耘在心，才能与这美丽的节律吻合。

季节之春，让大自然的每一个平凡的生命，都对这个世界萌发出深深的热爱。此刻，放下尘世的喧嚣，站在春风里听细雨沙沙，听风吹裙袂，听心灵与春的对话，轻柔、飘逸、温润、淡然。

年年花期如约而至，踏青人是那爱春之人。真诚踏过岁月的足音，在穿过青石街巷的时候，倾听到了岁月清澈婉约的回声。

像草儿一样拼命发芽，像花儿一样悄然绽放，怀抱希望，脚踏青葱，让人生的脚步行走得更加深情款款，纯粹芳馨。

人生真谛，一半得之于播种耕耘，一半得之于感受领悟，如此，才是成熟、丰厚、完整、高远……

夏之清欢

首夏犹清和，芳草亦未歇。

春夏秋冬，各有各的风情万种。时间在盛夏的街巷幽幽流淌，没有人寻得到它的源头，没有人追踪得到它的终点。

夏天是一个明亮的季节，她是一本长满绿茵、花香遍野的书，你越是深读它，灵感的源泉越会不断地涌现。

世间的温柔都给了夏，给了夏雨的呢喃，给了云天的浪漫，给了斑驳的花影，给了满架蔷薇一院香的微风起处……

绕着夏的小径走一遭，身体掩映在万绿丛中，坐也是蝉鸣，卧也是花香，皎皎的明月轻抚着一池清莲，犹似无尘的仙境，让人不禁想起"清风明月无人管，并作南楼一味凉"。

盛夏一树树繁华，被醉人的夏风唤醒，被晶莹的雨露滋润，像一首翘盼已久的诗，将一朵羞涩的花苞开成耀眼的明丽。如果不是她自身具有的美丽清雅的香氛，又怎么会有那寻芳而来的蜂蝶，共伴她微笑的确幸。

绝世独立的夏花，如同一颗颗战栗的灵魂，绽放在时间的原野上。无论有没有人经过她，欣赏她，她们都懂得自爱自持，从不见一丝悲伤低落。

夏日甜蜜的果实，诱惑着人们的味蕾，硕果累累的枝头，给人满满的幸福和喜悦。任何低头耕耘，用晶莹的汗水浇灌成熟的果实，都值得我们心生敬畏！

纵然人生如夏花一般短暂，却不肯辜负每一次相逢，不想亏欠每一次相伴。无论彼此安好还是各生欢喜，只要最终收获到自己想要的幸福，就是最好的成全。

温情而慵懒的夏日光阴，温柔地治愈着所有孤独的灵魂。在这个花开无语的盛夏，无论有没有惊心的遇见和刻骨铭心的重逢，我们都不再苛求，一切随缘是心境的至高境界！

如一片夏茵，努力伸出自己温暖坚强的手掌，风雨来时，为自己撑伞，为自己的人生撑起一片晴朗的天空。相信你勇敢的气质里，藏着一个比现在更好的未来。

像一朵夏花一样，从容面对岁月的一切风雨，把情感深层的奥秘，无遮无拦地向着自己热爱的生活倾吐，不为得到什么，只为这一生无悔。

做一朵无名的夏花，开在时间的青青涯岸，与这多情的岁月倾心相视。山长水阔，不问悲喜。心无杂尘，微笑向暖。只要活出灵魂深处最清雅、高洁、精致、真性的那一部分，便是温婉恬淡的清欢……

秋日怀想

无须翘首，无须刻意找寻，秋已如期而至，落入你我的瞳眸。就像岁月落在眉眼间的成熟韵味，总在该落笔处尽显优雅与知性。

我爱这明净如水的秋意，我爱这恬静悠然的季节，如苍然岁月洗去铅华，徒留真实的况味。爱一个季节的心情是透明的，那份发自真心的热爱，是从心田迸发而出的纯粹的悸动。

喜欢站在秋风漫卷的高岗上，一览无余浩荡无垠的秋意。柔软的心扉忽然被秋之手臂叩响，泛起感慨的涟漪。这天地间无声而又华美的气场，让心情一起跟着唯美深刻起来……

人总会不自觉地喜欢上与自己年龄相仿的季节。也许那并不是季节使然，而是我们情感丰盈的心使然。坐在秋天的路口，秋风吹起一角悠远的思绪，时光在珍惜中温柔，岁月在优雅中静好。似水流年，谁没有一颗多情的心？一念退却，一念又起……

岁月是一场淬炼，人生是一场有去无回的旅行。认真修为的人生，会越走越宽阔，心灵的容颜也会越走越美丽。经过痛苦的锻造，才会燃烧成绚丽的色彩，如这深秋的枫叶，一片殷红，一片情浓，在回首的斑斓中升华成动人的意境。

人生啊，诗意有诗意的风华绝代，烟火有烟火的笃定踏实。一个人肩膀承担着生活，心中怀着脱俗的诗意，如此，岂不是最好的行走，岂不是最好的经营，岂不是最唯美的乐章？

幸好，人生有离别，否则，怎知那山高水长的遥远，怎知不离不弃的珍贵，怎知咸涩与甜蜜交织的思念。又怎知离别成歌，牵挂成诗的滋味？

人生有多少期盼寄予来日方长，唯有当下才是最美的时光。读懂了秋天；就读懂了冷暖悲欢才是人生常态。不经磨砺无以致远，没有冰与火的考验，人生的骨血无以坚强丰满。

岁月蹉跎，时光荏苒，就像生命拾级而上的路途，我们总要挨过那些看似平凡而又不起眼的时间，才会在幽静的转折处，见到自己喜欢的风景，成为想要成为的自己。

被嵌入季节深处的，哪一页不是平凡的篇章，被秋光浸染的日月，都是深情的吟诵。以一朵花的姿态行走，以一枚叶的步履潜行，低嗅心扉漫溢的诗意，素简的清香已萦绕成美丽动人的章节……

人生，无论拥有还是挥别，都报以淡然的微笑，都以宽厚之心包容理解。以真诚之心相待过所有的缘，以感恩之心感谢此生拥有过的一切，哪怕做不到尽善尽美，哪怕无力圆满完美，心怀真情走过这一遭足够……

世间万物，自有它来与去的缘由，自有它去与留的时间，以平常心看待世间的无常，任时光流转，任岁月更迭，当你把自己修炼成最好的时候，静静等待的一切都会如约而至……

瑞冬初雪

冬天最美妙的事情，就是在不经意的某个夜晚，忽然邂逅一片美丽的雪花，它迎合着你惊喜的心情浪漫落下……

冬天的门楣，被一朵温柔的雪花轻轻叩响，那大片大片的雪成为众人驻足的风景。雪花，一朵寒冷的结晶，一朵时光的密语，仿佛带着灵魂的香气。它与我们分别经历了多少历练和沉淀，才能在此重逢。

厚厚的积雪覆盖在冬天的大地上，温暖着呵护着冬的肌体。闭目细嗅，清凉的空气里带着微微的寒意，是雪花为这枯燥乏味的冬季增添了一抹淡淡的清雅。

诗人遇见了雪，灵感便会一触即发，曼妙的诗词如雪花纷飞，惹人艳羡。古往今来，雪花之美，被多少文人骚客歌咏赞美，仿佛置身于白雪飘飘的世界，随手拈来即是诗。

例如："雪似梅花，梅花似雪，似和不似都奇绝。"——吕本中《踏莎行》。例如"燕山雪花大如席，片片吹落轩辕台。——李白《北风行》"

午夜慢慢听雪落下的声音，睡前原谅一切，醒来不问过往，像一朵雪花无牵无挂，无忧无虑，勇敢地闯自己的天涯，把生活调成自己喜欢的频道，慢慢翻阅那里的真诚与美好。不恭维世事，只讨好自己，用自己喜欢的方式生活。

有雪花的冬天才最迷人，雪是时光的味道，雪是冬的精魂。最美的雪，应该是落在心里的那一朵，因那一点干净的莹白，醉了整个冬天的心扉……

时间太瘦，岁月太急，落入指缝的那一朵雪花，又融化在哪一个柔暖的心底？融化成一泓清泉，留下岁月的花影、山间的眉黛，化作笺上的清香……

人生，无须更多的道理和经验，简单安静便自持清欢，有意义的孤独是最好的情绪。无论晴天还是雪天，让我们成为自己的太阳，一个满怀阳光、灿烂明媚的人，走到哪里都会散发温暖，走到哪里都不觉孤单……

人生就像一朵雪花，从容而来，淡然而去。任何时候请不要丢掉你最好的样子，请保持好你那颗晶莹的初心。人生无论好坏，每一天都是不能复制的限量版，既要在繁华中保持清醒，又要在落魄时懂得自愈。

冬是一本书，当你读懂它的时候，你的生命不再是山寒水瘦，你的灵魂已经足够丰腴和强大，此刻的你走向的，已是最好的方向。

自在雪花开又落，人生沧桑又如何？愿那朵无瑕的雪花，是你肩膀上最美的伴随。愿你的每一个日子都温馨平安，愿你内心的叹息，愿你的莞尔一笑，都有人懂，有人知……

2021 年 10 月 8 日

人生修行

在人生的旅途中，不如意之事十之八九，尽管我们追求完美，向往美好，但人生无不充满了太多的痛苦与烦恼、太多残缺与遗憾。每个人都要承受化茧成蝶的磨难，所以，人生是一场涅槃重生的修行。

一个人最好的状态就是松弛有度，既能快马加鞭，又能驻足欣赏，聆听沉吟。一个真正的智者，既懂得与命运抗衡，又懂得与之握手言和。既懂得坚持不懈的奋斗，也要懂得放松紧绷的神经，慢下脚步享受生活的美好。这是一种调节，也是一种平衡。

法国作家罗曼·罗兰曾说："大多数人在二十岁或三十岁就死了，他们变成了自己的影子，往后的生命只是不断地一天天重复自己。"

人生的漫漫长路上，每个人都是孤独的行者。他们在探寻着自己，探求着人生的答案，他们不断疑惑，不断解惑，不断自问、自悟、自省，从而不断趋于成熟。

余生太短，如流星飞逝的炫彩，寸缕如金。不要因为昨天的选择让今天的自己后悔，不要让世俗的生活湮灭那个最初的自己，将那些被生活麻痹了的激情的种子，重新点燃，把最真的色彩倾洒在缤纷的画卷。

高慧兰在《迷雾》中说："当人没有什么可失去的时候，便会无所畏惧、无所不能。"其实真正能够让我们重生或者扼杀我们的，只有自己，只要你永不服输，你就永远有前进的内在驱动力，永远有跃起的雄心壮志。

哪怕身处逆境，四面楚歌，愿你肩膀没有灰暗的风尘，愿你眼中没有暗淡的目光，愿你胸腔没有干涸的心泉，愿你远方有海浪澎湃的景象，愿你有毫不退缩地毅力，有愈挫愈勇的精神，愿你时刻拥有最强大的自己。

尽管人生是一场修行的苦旅，但这山长水远的人世，终究要满怀期待，满怀深情，满怀诗意地走下去。假如没有了诗意，人生便苍老了一半，更丧失了一半的明媚与美好。即便命运曾经将我们无情地刺痛，我们也要报以最温厚的宽容。最纯洁的真诚。相信心有春天，就会漾出一份暖意，胸口就会迸发出强而有力的温度……

语丝微言

王娜的这五篇散文，是音乐，宫商角徵羽；是画图，赤橙黄绿蓝；是心境，宁静而致远。是警句，是箴言，是美妙的文字，是纯净的诗篇。有生命的扩张，有想象的浪漫，有人生的感悟，有自我的破茧。她企盼春天，开河顺水，移舟远渡；她歌颂夏天，热情奔放，真性天然；她钟情秋季，枫叶如丹，恬静安然；她迷恋冬天，雪花从容，自持清欢。是的，人生的四季应如大自然的四季，有着春山般的向往，夏树般的恣意，秋水般的丰盈，冬雪般的晶莹。是的，人生是逆旅，有坦途，有快意，有艰难，有攀登。人生又是短暂的，光阴如箭，日月如梭，白隙而过。但终归人生是一场修行，不负韶华，完善自我，就成佛仙。

【作者简介】

李广生，男，生于 1972 年 5 月，现就职于顺义区教育研究和教师研修中心，致力于教育研究但钟情于阅读写作，创办"教育人生"微信公众号，倡导做真实的教育、过原创的人生。

我在顺义挺好的

2010 年，年近不惑且胸无大志本想终老故园的我，因为工作变动，来到顺义。本着随遇而安的想法，很快，我在这里买了房，安了家，成为一名名义上的"顺义人"。

此次变动，仅仅是跨区，既不是跨市，也不是跨省，更不是跨国，也使我经常生出莫名其妙的漂泊感。恐怕是生在小地方，长在小地方，长期在小地方谋生而养成的小心眼的缘故吧。在交通和信息高度发达在几十公里的距离可以忽略不计的今天，生出这样的感觉未免有矫情之嫌。

十几年转瞬即逝，日子平淡如水。平平淡淡能够在短时间内让时间变长，但在长时间里又能够让时间变短。这一神奇的效应造就了人们对平淡的矛盾的态度——既渴望又恐惧，既想拥有又想逃避。行文至此，忽然发现年逾天命的自己居然添了感慨的毛病，就像鬓角那并不太多的白发，总想跳出来显摆一下而故意让自己醒目一样。无病呻吟，因为无病，所以呻吟。但是，说实话，我在顺义挺好的。

顺义之顺

刚来顺义那会儿，打心眼里觉得：顺义这个名字，大气。当年还写下过这样的文字，但不能不说，多少带有点讨好的心理：

顺义是我工作的地方，我的家乡是平谷。有人说平谷这个地名本身就是文物，从两千多年前置县到今天，朝代变更江山易主但平谷这个名字一直沿用，堪称文物。而我现在想说的是，顺义这个地名本身就是文化：顺其自然者乃老庄之主张，仁义教化者乃孔孟之追求。顺为天道，义为人道，集儒道之精粹，成天人之合一，纵观全国几千个县市，其名称有如此深厚文化内涵者，唯有顺义。弘扬优秀传统文化的浪潮也波及顺义，我曾奉劝一些人，何必拘泥于诘屈聱牙的古书，把顺义这个名字搞清楚弄明白就是最好的传承和弘扬。

如今看这些文字，穿凿附会，媚态毕显，颇觉汗颜，但也并不厌恶当年的那个还有点意气的自己。是的，我在顺义挺好的。

后来，算是以文会友吧，结识了王润兄。他是土生土长的顺义人，憨厚而执着，钟情文史，致力于挖掘顺义史志，弘扬顺义文化，笔耕不辍。他写了一篇文章，名为《消失在顺义地区的契丹人》。短短的不足两千字的文章，从唐开始，直至现代，用白描手法，为顺义的历史沿革、权属变迁，以及顺义地区汉民族与契丹人错综复杂的关系，勾画出一幅清晰的简笔画。虽只是名义上的"顺义人"，但工作生活在这里已有一段时间，感情日深，便对这里的历史和文化，还有风土民情，产生极大的兴趣。这篇文章，给我补了一课，让我对这块土地，还有生活在这里的人们，多了一份更为深挚的情感。

看了这篇文章，我才知道，顺义之顺，乃是归顺之顺。文章写道：现在的顺义城兴建于唐朝初期，用以安置从东北内迁而来的契丹部落……析纥便部落的首领率众内迁，在如今顺义老城区的位置筑城安居，设立弹汗州……武则天时期，因不满汉族地方官员的压迫，边境的契丹部落爆发大规模叛乱。武则天一方面沉着应对，派兵镇压，另一方面不断安抚已逐渐汉化的弹汗州契丹人。令她欣慰的是，心血没有白费，安抚工作达到了预期的效果。弹汗州契丹人没有加入这场持续四年多的叛乱之中。开元四年（公元716年），皇帝为了嘉奖这些有功的契丹人，将弹汗州赐名为归顺州，意即真心诚意归顺大唐帝国，同时给地方官员加官晋爵，并破格提拔世袭的州刺史做归顺郡王，官居从一品。唐朝中期推行过短暂的"改州为郡"政策，归顺州因此又改名为归化郡。但十六年之后，又恢复了归顺州的名称。到了唐朝末期，归顺州开始被人们简称为顺州。

一个名字的背后，是大唐王朝对契丹部落的统治和分化。这其中，既有战争又有和平，既有臣服又有反叛，既有契丹部落的瓦解，又有与其他民族的融合。大致了解这些之后，再看顺义这个名字，便有种沉甸甸的沧桑感。带着好奇，查阅了很多资料，头晕脑胀，大致梳理出一条线索。

唐朝末年，中央政权失去对各地军阀的控制，割据势力蜂起，天下大乱，在一片杀戮和征战声中，大唐王朝落下历史帷幕，从此中国历史进入长达53年的大分裂时期，直至宋朝建立，史称"五代十国"。而正是在此背景下，契丹人走上历史舞台，在中国北方建立契丹帝国，先定国号契丹，后改大辽。大辽在中国北方盘踞了210年，一直与统治中原地区的大宋王朝对峙，双方围绕"燕云十六州"多次发生争战，著名杨家将的故事便发生在这个时期。直到"澶渊之盟"签订，宋辽边境才换来百余年的和平。

本是辽国臣属的女真族异军突起，在白山黑水建立金国，并迅速壮大，不断向辽发起进攻。辽国节节败退，形势岌岌可危。宋朝看到机会，背弃与辽的"澶渊之盟"，与金国签订"海上之盟"，联合攻打辽国，借机收复"燕云十六州"。辽国灭亡，宋的目的虽然部分的实现，但引狼入室、养虎成患，金国壮大后，觊觎中原，于是便有"靖康之耻"，宋朝偏安江南一隅，史称南宋。

在这期间，中国的西北部，还存在一个政权，是党项人创立的西夏政权，大宋王朝在西夏和大辽的夹击之下，日子相当难过。金灭辽之后，继续向宋施压，屡屡进犯中原。而与此同时，大漠深处的蒙古族快速崛起，成吉思汗的铁骑横扫大江南北，宋、金、西夏，先后灭国，元朝建立。

曾经显赫一时的契丹民族，被金消灭后四处逃亡，已经从世界族谱中消失。有国二百余年，曾在中国北方纵横叱咤风云的一个民族，竟然无声无息地消失了，他们的后人去了哪里、现在何方，是被敌人绞杀殆尽、还是与其他民族融为一体，恐怕是一个谜。

朋友的这篇文章，追溯了这段历史。顺义的很多地名、风俗，与这段历史有着很深的渊源。顺义之顺，并非顺风顺水、顺心顺意之顺，而是归顺、顺服之顺。不过这无所谓。明朝建立后，汉族人重新掌握政权，顺义降州为县，名为顺义。在顺的后面加了义字，寓意和境界全然不同。何为义，义谓天下合宜之理，所以才有义不容辞、义无反顾、仗义执言、君子喻于义。顺义所顺之义，乃为此义。我甚至猜测，顺义人的血脉中，还残留着契丹的基因——金戈铁马的剽悍、无所畏惧的骁勇、敢爱敢恨的性格。

朋友跟我谈论作文之法，这是我的弱项，虽然写了不少东西，但于作文之法，确无心得，更不敢说指导别人。只提了一点建议，即：融入更多的情感。写事、记人、状物、摹景，甚至叙史、说理，若是不寄予某种情愫，写出的文字便会失魂落魄。套用一句网络语：哥写的不是文章，是情。

河东河西

河流曾在人类文明的发展中占据极其重要的地位，人们熟知的古代四大文明均发源于大河——幼发拉底河和底格里斯河孕育了古巴比伦文明；尼罗河孕育了古埃及文明，恒河孕育了古印度文明；黄河，我们的母亲河，孕育了中华文明。中华文明薪火相传，弦歌不绝，绵延至今，硕果仅存。这种基因中带有河流密码的文明在其成长、发展、嬗变和新生的过程中，必然会把与河流有关的印记深深烙在各类事物之上，既包括物质的也包括精神的。地域辽阔地形复杂的神州大地大致以河为界分为南北，于是一河之隔地有南方和北方、人有南人北人。南北经济文化差异迥然，人亦如此，表面的言行习惯和内在的个性气质，肉眼可辨，更不必说方言饮食了。一条大河成就一个民族绵延不绝的几千年文明，而另一条大河又把一个完整的国家从地域上分成南方和北方，多么神奇！

顺义也有这样一条河，名为潮白河。潮白河本来是两条河，一条名为潮河，源出"河北省丰宁县，南流经古北口入密云水库"；一条名为白河，源出"河北省沽源县，沿途纳黑河、汤河等，东南流入密云水库"。出库后，两河在密云河槽村汇合，始称潮白河。潮白河自北而南，贯穿顺义全境，天然地把顺义分成两部分：潮白河以东，称作河东；潮白河以西，称作河西。就像中国的南方和北方一样，河东和河西在经济、文化、习俗等方面都有很大差异。

河东，一马平川的大平原，曾被誉为"北京粮仓"，传统的东西保留得更多一些。河西，与朝阳毗邻，直通北京城区；更重要的是，首都机场坐落在河西。机场是物流、人流、信息流汇聚的地方，全国各地和世界各国的人下了飞机首先踏上顺义的土地，也让顺义人有机会领略更加丰富多彩的世界。所以，河西地区现代化气息更浓一些。一边是传统的农耕文明，一边是现代化的临空经济，这造成了顺义地域文化的复杂性和矛盾割裂的特征。

首都机场是一扇窗子，让顺义人看到世界的急速变化。所以顺义人通常是醒的比较早的，在观念、意识等方面丝毫不逊于所谓的"城里人"。河东的大片平原是一个安全的"粮仓"，除了潮白河，还有金鸡河、箭杆河，土壤肥沃，水系发达，粮食瓜果蔬菜连年丰收，顺义人很早就过上了衣食无忧的日子。所以顺义人的性格中多少有点优越感，求变的渴望并不十分强烈。河西的机场打开了顺义人看世界的眼睛，河东的"粮仓"造就了顺义人沉稳的个性，在变与不变之间，顺义人通常是纠结的。

河西地区经济发达，河东则稍逊一筹。许是受经济基础决定上层建筑这一规律的影响，河西人骨子里有种优越感，不管他们愿不愿意承认，但总会有意无意地表现出来，而河东人也能在微妙之处心领神会。与之相对应的是河东人潜意识中的自卑，但这并不意味着河东人甘拜下风，相反他们还会对河西人有丝丝缕缕的不屑。这种心理上的暗中较劲在我这个外人看来几乎无处不在、无时不在。

一河之隔造成两种不同的文化心理，于是便有河东人实在河西人精明之说法且深入人心。餐桌上，河东地区豪放一些，大鱼大肉的，以量取胜；河西地区精致一些，讲究色香味形，以质取胜。河西人喜欢到河东用餐，专找最具农村特色的"跑大棚"的，图的就是一个爽；河东人也喜欢去河西用餐，比如去罗马湖周边的小餐馆，要的是个情调。但是，双方都各自执着地坚守各自的特色，甚至还有些龃龉，河东人看河西人矫情，河西人看河东人粗俗。无所谓，酒酣耳热、杯盘狼藉之际，谁也不会计较河东还是河西。

集市，在我看来是解密乡土文化最好的地方。如果想要了解一个地方的风土民情，最好的办法是去集市。在集市上走一走，转一转，侃侃价儿、拉拉话儿，便会对这一地区的民风掌握得八九不离十。河西的集市我只知道高丽营大集，每周六开放。规模之大、物品之丰、宾客之众，在北京地区都应该是排在前列的。河东地区的大集，我知道的和去过的很多，比如杨镇大集、张镇大集、木林大集、李遂大集，等等，开集日期，或是农历的三、八，或是农历的四、六，总之五天俩集，风雨无阻。集市上所出售的东西，也以农家自产自销和生活用品为主。河西的大集以公历为开集日期，河东的大集以农历为开集日期，仅从这一点，便可看出两个地区的差异。因此，买文玩这些没用的东西，最好去河西的高丽营大集；买日用家常这些有用的东西和瓜果梨桃这些时鲜的货物，最好去河东的大集。

河东人闲来无事好赶大集，此乃农耕文化传统之习俗。现代商业如此发达，河东的大集却日渐兴旺。集市上商贾云集百货俱全，人山人海摩肩接踵。河西人却少有赶集的习惯，他们更愿意到商场选购自己中意的东西。但是，河东的大集和河西的商场，都抵挡不住网购的冲击。

潮白河顺义段早已断流，而在县城这一段它却表现出风情万种美丽而旖旎，绿荫环绕碧波荡漾，鸟语花香游人如织，这是工业中水和橡胶坝人工造就的美景。出了县城，无论上游还是下游，它都像一道深深的伤疤留在顺义大平原上，宽阔的河床尴尬的展现着她近乎丑陋的裸体，让人不禁慨叹唏嘘，却没有半点地追远怀古的幽思。河水干了，以它为界的河东河西依然存在，也像是一道深深伤疤正在经历岁月的洗礼。

矛盾、割裂、纠结、优越感、自卑感，如果把所有的责任让一条已经断流的河来扛，恐怕也不公平。幸好，我的出生地不在顺义，也就能跳出河东河西之争，所以，我在顺义挺好的。

民以食为天

得知我到另一区工作，老母亲很不放心，叮嘱我在外面一定吃好吃饱。好歹都行，关键是吃饱。

单位的餐厅，我在大盘小碟和家乡基本一样的菜品中发现了它——烙饼卷带鱼。装在一个圆形的大盘中，一叠烙饼外焦里嫩，切成方形小块，码放得整整齐齐；旁边是十几块明显酱制好的带鱼段；碧绿的小葱、鲜嫩的黄瓜条装点其间，还有黑黝黝的老咸菜，堆成一小堆儿。虽是寻常之物但搭配精巧颜色诱人，令我食欲大振。

正在考虑先吃鱼还是先吃饼之际，同桌的一位拿起一块饼，放上一块鱼，添上几根葱段、一根瓜条和一根粗咸菜，熟练地卷成一卷，很粗，有细一点的擀面杖那么粗，张开大嘴，据我观察已张到极限，往里一塞，咔嚓一口咬下去。与此同时，我的心收紧一下，恐怕鱼刺会伤到这位仁兄。看来我的担心的多余的，只见他面部肌肉上下翻滚，没有丝毫痛苦的样子。看我惊诧的样子，他就劝我吃，因为食物占满了口腔，所以说话瓮声瓮气："来一卷儿，烙饼卷带鱼，咱这儿的特色！"此时我才知道，原来这道菜叫烙饼卷带鱼，烙饼和带鱼不是分而食之，而是卷在一起吃。

我担心鱼刺，众所周知，带鱼的刺而且是大带鱼的刺，异常坚硬锋利，杀伤力极强。我点头敷衍的时候，另一个热心的朋友已经为我卷好一个，塞到我手里。拿在手上，战战兢兢，似乎已经感觉到鱼刺扎进牙龈和口腔的剧痛。抹不开面子，小心咬了一小口，慢慢地咀嚼，嘿嘿，居然感觉不到鱼刺；又咬了一大口，用力地咀嚼，还是感觉不到，而且味道超棒。便不再客气，自己动手，卷了一大卷儿，放上两块带鱼，比对方的粗出一圈。我对自己嘴巴的张开程度和口腔的容积以及舌头与牙齿的配合能力相当自信。我的吃相感染了大家，与一个新集体的融合，似乎便是从烙饼卷带鱼开始。

过年的时候，顺义人家家都要做炸豆腐，尤其是河东地区。把豆腐切成3厘米大小的方块或菱形块，放到热油里一炸，豆腐立即膨胀。豆腐的品质越好，炸制的手艺越高，膨胀越明显。一块见棱见角的豆腐块，从油锅里捞出来就是一个圆鼓鼓的、胖乎乎、黄灿灿的小包子。冬天，放在外面一冻，可以放置很长时间。想吃的时候，放在荤汤里，和白菜、酸菜、海带等熬上一阵子，膨胀后的豆腐里饱含汁水，又有咬劲儿，吃一块，香在嘴里，美在心里。婚丧嫁娶，承办酒席，河东地区的最后一道菜，肯定是熬炸豆腐。而且，唯有这道菜，不限量供应，俗话是"吃添"，就是吃完了还可以添加的意思。而在乡民的语境中是"吃天"，意思是敞开肚皮，由劲儿地吃，你还能吃上天！

特色美食，要么在极偏僻的地方寻，以其食材特殊；要么在极繁华的地方寻，以其食客挑剔。食材和食客，就像是特色美食的父亲和母亲一样，他们的结合，让特色美食诞生。

山珍海味，可食者甚多，而在当地，吃法简单粗暴，或蒸、或煮、或炖，既不讲究调味，也不讲究火候，更遑论色香味形器，囫囵一大锅，满满一大碗，看似暴殄天物，实则别有风味，现代人越来越喜欢这种原生态吃法，此为食材造就的美食；通衢大邑，南来北往，有做官的，有经商的，有贩夫走卒，还有文人墨客，口味不一，要求各异，有的食不厌精，有的仅为填饱肚子，南甜北咸，东辣西酸，各显神通，此为食客造就的美食。顺义，既没有山珍野味，也不是通衢大邑，"无特色美食"似乎也是可以理解的。直到我发现了熏肉，并被其折服，这一观念才得以彻底转变。

那天我专程拜访那家小店儿。外面虽然简陋，里面的食物却很丰富，猪头肉、肘子、猪蹄、肉肠、猪肝、猪心、猪肺、猪肚、整鸡、羊杂，摆放得整整齐齐，可谓琳琅满目。进入店内，便闻到浓郁的烟熏的气味，混合着肉香，不仅不刺鼻，反而让人唇齿生津，垂涎欲滴。每一种食物的表面，都泛着油光红润的色泽。特别一说的就是这色泽，淡黄、深红、酱紫、略带一点褐色，那么的和谐、稳重、大气，摆在托盘上，在昏暗的小屋里，真像是油画里的静物，一件精美的艺术品。

色香在我看来是过关了，不知道味道如何。买了一根肉肠、两个猪蹄、一块猪头肉，掰一块，放到嘴里。先是一股熏香，在口腔内缓缓升腾，第一感觉非常棒；咀嚼几下，牙齿的挤压和研磨下，肉香涌了出来，先是淡淡的，然后浓浓的，让人感觉到惊讶：怎么这么香！肉香和熏香混合在一起，从齿间爬上舌尖，又从舌尖弥散到整个口腔，在口腔中徘徊、回荡，像晨雾笼罩着大地，慢慢地就浸润到四肢百骸，整个人被快乐包裹起来。如果你喜欢听古典交响乐，一定熟悉这种感觉——全身心融化在音乐之中，每一个细胞都能感受到音符的魅力，是一种精神上的快乐。口感我也喜欢。熏制之后，肉质更加细密、细腻，富于弹性，肥肉不腻，瘦肉不柴，软而不烂，刚刚好。

从此之后，我就迷上熏肉。据说清嘉庆年间，李遂熏肉即名扬京城，由此看来，少说也有几百年的历史了。

松肉脱胎于北京地区的蒸肉，溯本求源的话当属鲁菜这一系，就外形而言与蒸肉毫无区别，但它的工艺及味道与平常的蒸肉又有很大不同，克服了蒸肉口感油腻

346

口味单一的缺点。上好五花方肉，沿着皮上一指厚的地方，将皮肉分离。肉皮内侧倚十字花刀，切下的肉斩碎，加入葱姜蒜及各种调料上味，豆腐打散与肉末搅拌在一起，形成馅料。把馅料在肉皮上堆塑，裹上蛋液下油锅炸至定型。放凉后改刀装盘，上锅蒸制，即可食用。因为经过炸制，亦可长期保存，随时食用。年关时节，顺义人特别是河东地区的热情好客的顺义人，家家都要准备一些松肉，亲朋好友到访，拿出来，切几片，蒸上二三十分钟，就是一道美味。把肉和肉皮分开，是为重组；把肉剁碎并加入豆腐等其他食材，是为融合。经过重组和融合，松肉吃起来口感酥软层次丰富老少咸宜，看着是肉吃到嘴里又不全是肉味，有一股特殊的清香，唇齿生津，神清气爽，令人拍案叫绝。

驴在中国传统文化中占据特殊的位置。柳宗元的《黔之驴》，塑造了一头憨态可掬、不知天高地厚的小毛驴，并留下一个成语，因此成为一种文化符号。八仙中的张果老也是骑驴的，而且是倒骑毛驴。可以设想一下，如果张果老不骑驴，骑一匹高头大马，或是其他什么神兽，那老张的亲民形象就会损失大半。驴和诗人，特别是落魄诗人，有非常亲密的关系。"平明跨驴出，未知适谁门"，这是杜甫；"日暮独归愁米尽，泥深同出借驴骑"，这是白居易；"关河乘驴影，秦风帽带垂"，这是李贺；"往日崎岖还记否，路长人困蹇驴嘶"，这是苏轼；"此身合是诗人未，细雨骑驴入剑门"，这是陆游；"白头风雪上长安，短褐疲驴帽带宽"，这是吴伟业。唐末有个宰相叫郑綮，善诗，有人问他："相国近有新诗否？"他回答："诗思在灞桥风雪驴子上，此处何以得之？"难怪近代学者钱钟书曾说："驴子仿佛是诗人特有的坐骑。"

但我对驴的好感来自驴肉。驴肉制品中我最喜欢的是驴板肠。口感韧而脆，有嚼头，越嚼越好吃，口味浓香微甜，还有那股特殊的无法用文字表述的味道，俗称脏器味。酱驴肉当然也好吃，但我喜欢吃凉的。刚出锅的热乎的酱驴肉不好吃，因为冒着热气，腥味儿和调料的味道太冲，反而把驴肉特有的味道压了下去。口感也不好，过于松懈。晾凉了，那些杂味散尽，肉质变得紧致。横着肉丝切下薄薄的一片，刀口平滑细腻，淡淡的红色，上面镶嵌着晶莹剔透的肉筋，像是一块上好的美玉，光是看着，就能给人带来美的享受。夹一片，放到嘴里，轻轻咀嚼，顿时唇齿生香，驴肉特有的香味在口腔内升腾，钻进每一个味蕾之中。你几乎能感觉到味蕾在膨胀、跳跃，迫不及待地与驴肉拥抱，就像久别重逢的情人一样，浓烈的让人激动。如果恰好手边有杯，杯中有酒，又恰好是白酒，不管你会不会喝，爱不爱喝，也会情不自禁端起来，抿一口。因为你必须要用这种更具刺激性的液体，让自己冷静下来，让占有欲得到稍稍的平复。

顺义李桥的驴肉是相当有名的，尤其全驴宴。让驴肉入宴，使驴肉得以摆脱乡野小店、市井小吃的形象，颇有些登堂入室的野心在其中。顺义龙湾屯附近，昌金路边，有一家驴肉馆，规模很小，忘记了名字，兼外卖，驴肉的味道却很正宗。何谓正宗？就是驴肉的本味保持的比较好。闭着眼睛，放一块在嘴里，嚼两口，立马尝出是驴肉，而不是其他别的肉，这就叫正宗。随着调味品越来越多、烹调工具越来越先进、加工工艺越来越复杂，驴肉越来越讲究了，但越来越不像驴肉了，这是很令人遗憾的一件事。驴肉就是驴肉，即使上了台面，也比不上山珍海味，吃驴肉，还是要去小店儿，还是要吃老味儿。

民以食为天，这句话是洞察中华文化的一把钥匙。吃饱了不想家，我在顺义挺好的。

牛山没有山

牛山者，牛栏山之简称也，位于京郊顺义。

北京地区，老百姓说话常有吞字、吃字的现象，说到地名，尤其如此。三个字的地名，中间那个字，一带而过，不仔细听，你还以为两个字呢。我的老家在京郊平谷，著名的大桃之乡。我出生的那个村叫"马各庄"，但大家都说"马庄"。直到我上学了，会写字了，需要在试卷上写下村名的全称了，才知道在"马"和"庄"中间，还有个"各"。牛栏山，当地人叫顺了、叫白了，就成了牛山。

初到顺义，我曾打听过，牛山就是牛栏山吗？惹得人家用异样的目光看我，那眼神好像是说：大牛山还有人不知道！

说牛山没有山，一定会引起争议：明明就是有吗，就在那里呢，偌大一座山，看不见吗？说实话，这样的一座山，在我这个从大山里走出来的人看来，很难把它叫作山。几座土堆、几块石头，孤零零地立在潮白河畔，既没有悬崖峭壁，也没有峰峦叠嶂，这哪叫山啊。我家乡的山，那才是山，要么高耸入云，要么绵延不绝，一眼望不到头，一天爬不出一条沟。和家乡的山相比，牛山的山，连名义上的山都算不上。

但牛山的名气很大。其悠久历史，最早可追溯到商周时期。有三足鬲出土，足以证明早在4000多年前，便有人类在此繁衍。古镇牛栏山始建于1368年，是京东八大古镇之一。清康熙年间，牛栏山已成集镇，店铺数百家。传说乾隆皇帝曾来此品酒，并写下"独一处"牌匾。牛栏山又名金牛山，相传山洞中有金牛出现，故曰牛栏山。牛栏山北有一孤山名灵迹山，唐代建有灵迹院，俗称头陀寺。山下有村，名为金牛村。金牛村内有元末明初建成的元圣宫，旧称真武庙，有殿4层。清康熙十七子过院时，曾赐"金光宝相"匾。现元圣宫在牛栏山一中院内，保存完整。《方舆纪要》卷11顺义县"牛栏山"条引宋王曾《上契丹事》："顺州至檀州，渐入山，牛栏是其要地。"

牛山不大，也不高，但古迹颇多。南峰之顶，有碧霞宫；东坡之上，有龙王庙；北峰有望粮台，传说萧太后在此眺望运粮船；中峰有金牛古洞。顾炎武《昌平山水记》卷下：牛栏山"山上有洞，俗言有金牛出焉，至今洞前石壁如小槽形，名曰牛饮池也"。正史野史、方志传说，关于牛山的记述可谓多矣。顺义老八景之"碧霞春晓"和"金牛古洞"都出于此。《顺义县志》里载有北平尚敬臣咏碧霞春晓诗：梵宫桃季自成蹊，树密幽禽处处啼。峦顶晨烟犹带湿，草头夜露尚余凄。山花逞艳临流媚，笋屐寻芳曲迳迷。佛阁钟声惊晓梦，好风莫送到春闺。

遗憾的是这些早已不复存在。我见到牛山时，它几乎不算是山了，可谓徒有虚名。周围的楼房拔地而起，居民小区建设热火朝天。高耸的建筑，让牛山显得更加低矮、落魄。山上杂草丛生，树木稀疏，土石裸露，被开挖的痕迹赫然在目，像是一道无法愈合的伤口。潮白河虽然近在眼前，但河床裸露，一桥飞架，只见车辆穿梭而无帆影渔歌的美景了。遗憾也能接受，发展总是要付出代价的，我这样认为。

牛山脚下开发了一个公园，设计还算精巧，景色也算不错。那一日，突发奇想，进行了一次"微秋游"，来到牛山公园。

真的没有想到，太美了。公园不大，但构思巧妙，围绕着牛山，精心设计诸多景观。有山，有水，有花，有树，有高台观景，有曲径通幽，有林荫栈道，有水榭亭台，蜿蜒起伏，移步换景，匠心独具，妙不可言。我想，这一定是一群年轻人设计的景观，清新有趣，富于变化。他们急于把各种造景技巧运用其中，江南园林的元素，北方庭院的布局，一股脑堆在一起，虽有炫技之嫌，但别具盎然意趣。我喜欢。

这个时节应该是牛山公园最美的时候。

首先是五彩斑斓的颜色。黄栌、红枫、翠柳、绿竹、碧草，像是一幅绚烂至极的画卷展在眼前。你会惊讶，怎么能够有这么多的颜色，怎么能够如此奇妙！沿一条小路登上山顶，放眼一看，各种颜色层层叠叠、相互交织，像是一个巨大的调色盘。红得那么娇艳，黄得那么灿烂，绿得那么浓郁，还有介于各种颜色之间、超出语言描绘能力的色彩，让人不由得心生慨叹。

其次是蜿蜒曲折的步道。景区不大，景观不少，这就需要精心设计步道，不仅把各处景观巧妙地连在一起而成为一个整体，更能通过游览路线扩容景区，给人以步步有景、别有洞天的感觉。步道纵横交错、高低起伏，一会儿引你到山顶，一会儿送你到水畔；一会儿是林荫小径，悠长而静谧，一会儿是山路台阶，有鸟语和花香；

有的路段是单一树种，元宝枫金灿灿的，黄叶飘落，如梦如幻；有的路段是低矮的灌木夹杂着山花，放眼四下，天高地迥。走一段就能遇到一个或几个岔路，每一条路都吸引你去览胜探幽，让你流连忘返。转了一圈你又会发现，每个岔路其实都连在一起，妙不可言。

三是环境清幽。如今到处人满为患，能找到这么一个安静的地方很不容易。来这里游玩的，多是住在附近的居民：老人、孩子居多。一对年轻的夫妇，手牵着手，窃窃私语，漫步前行。忽然，女子笑了，笑声飞到半空，惊了林中的鸟儿，扑啦啦窜了出来。随后，又恢复了宁静。有几位"资深"美女，相约来到这里，穿着鲜艳的衣服，在树林里照相，摆出各种姿势，兴高采烈。她们不知道，我在她们的头顶偷看，竟然有些嫉妒。

想起《晚秋》这首歌，用随身携带的小口琴吹了一曲……

忽然发现，传说中的望粮台就在眼前。萧太后的名字因为杨家将的故事而广为人知。历史上对她的评价一直呈现两极化，恐怕和她的铁腕政治有关吧。反正我不太喜欢她。登到台上，放眼四方，大半个牛栏山镇展现在眼前。高楼鳞次栉比，小区规划整齐，阡陌纵横，车行如流，古老的牛栏山镇焕发着新的生机。萧太后果真在此眺望过运粮船队吗？莞尔一笑，这已经不重要了。一所学校让这里成为文化重镇，一个酒厂让这里享誉全国，一群年轻人让这里以崭新的姿态迈进新时代。

前面说牛山位于京郊顺义，其实京郊这个词已经过时了。《北京市城市更新专项规划》正式印发，北京将形成"一核一主一副两轴多点一区"的新布局，顺义属于平原新城。京郊顺义的标签将被平原新城顺义所取代。我的老家平谷，也由远郊平谷变成生态涵养区平谷。"郊"，《说文解字》定义为"距国百里者为郊"。东汉经学家杜子春注周礼，五十里为近郊，百里为远郊。两千多年前的标准，确实应该改一改了。

牛山曾经有山，扼守潮白河，护卫顺义大平原，随着开发和建设，快被荡为平地了。幸好修了这座公园，造了一方美景，也保住了牛山。否则的话，用不了多久，牛山就真的没有山了。"绿水青山就是金山银山"，这句话的深意也许需要几代人的坚守才能被体悟。到那个时候，我们才会明白，所谓的"金山银山"比真金白银还要珍贵。

久居顺义，自然要四处走走，看看，不是为了观光，目的在于融入。真的，我在顺义挺好的。

语丝微言

假如在春秋时期，平谷是一个小国，顺义也是一个小国。顺义这个小国之君，在呼奴山上筑黄金台，以招天下贤士。像李广生这样平谷国的儒生，会以客卿身份，人才引进入仕顺义。读了他这篇《我在顺义挺好的》，颇有此感。在李广生眼中，顺义地处平原，视野开阔，顺义人格有其开放包容的一面；河东河西的风土人情，亦有其微妙的差别；顺义因处农耕文明与游牧文明的结合部，既有汉人的儒雅，又有契丹人的粗犷。他钩沉顺义历史，游历顺义山水，钟情顺义小吃，探索顺义人文。李广生这个平谷人，比顺义人还顺义人。他走在顺义的古迹山水间，定然觉得精彩。"不识庐山真面目，只缘身在此山中。"若论顺义精神最大的特点是什么？那就是包容精神。所以，顺义是培养干部的摇篮，也是群星聚于潮白，其地必多贤士。"泰山不让土壤，故能成其大；河海不拒细流，故能成其深。"他对顺义有奉献，顺义厚待他，他才有了"我在顺义挺好的"之感言，于是有了扎根意识，融入脚下这块热土，做一个名副其实的顺义人。

【作者简介】

　　高红伶，语文教师，喜欢文学，一直喜欢，永远喜欢。喜欢交朋友，乐于助人，爱读书，爱旅行，爱分享，希望能够尽自己最大的努力，让更多的人、家庭、孩子，更开心、更幸福、更快乐、更爱学习、更爱阅读、更爱写作！

成 长 (外二篇)

　　——我们都在变，又都没变，我们都在平凡中变得伟大。

　　所谓成长，不只是个子变高，声音变粗，还有内心的成熟。可以说，随着经历的增多，我们一直在成长。而《平凡的世界》整部书就是讲述了二十世纪七八十年代，在黄土高坡上的那一群人成长的故事。

　　如果说《红楼梦》是封建社会的百科全书，那《平凡的世界》便是乡土生活的生动写照。本书的伟大之处就在于，无论你是活力满满的青少年还是终日操劳的中年人，无论你是住在闹市还是活在乡村，无论你是普通百姓还是机关人员，你总能从书中找到自己的影子。成长，总是会伴随着吃亏，正所谓吃一堑长一智嘛。故事从一个叫孙少平的高中生讲起，也好，当下，我正是一名高中生！好巧，我也随着书中人物成长而成长。

　　高中生活苦，大家都是苦中作乐，因而高中生活最令人难忘。而这个年纪的青年，思想也比较活泛，加之情窦初开，许多人都开始和异性进行"非正常交往"。我和平地度过了这一时期，并且对此认知很清晰，随后也有了像晓霞那样的知心朋友，为生活增添了一抹色彩。在这方面，我虽然没有因此吃亏，但看过太多人深陷其中，也是迅速地成长；当然了，上学，首要任务还是学习，但学习也出现了问题，在班上排了倒数，也因此吃了亏，错过了许多露脸的机会，也一度和老师、同学产生了摩擦，好在我又振作了起来，不断突破自我，学业和情感双丰收；一个学期结束，

寒假一个星期的放纵，造就了150开外的我……不过又奋起直追，追跟上了前进的步伐；后来因选科分了班，离开了那群可爱的人，开始自暴自弃，开始胡思乱想，痛恨那个做出了分班决策的人，羡慕着昔日好友，他们依然过着令我向往的生活，向上，拼搏；我呢？有了对比，开始反思自己，可以说，这半年因为吃了分班的大亏，但思想也成熟了不少，开始面对曾经无法正视的事物，尝试着追逐一度看不起的"崇高"，慢慢变得平淡……有时候突兀的深沉，其实是忧伤且无奈；可以说，天天晚上都会伤感，整个城市都睡了，只剩我和我的心事不能寐；睡着之后，梦中那熟悉的面孔，又让人怀念许久，甚至有一段时间都分不清梦和现实了。在这个学期的最后，一切都结束了，又可以开始新的生活了。想想自己的生活，和书中的主人公相差无几，无外乎四个字："吃亏是福。"

为什么呢？我认为，吃亏之所以叫吃亏，是因为某种行为给自己带来了不利影响，肉体的伤痛，精神的打击。快乐转瞬即逝，伤痛却久久不去，甚至会留下难看的伤疤。因此，惨痛的经历往往会让人印象更加深刻；因此，吃亏总是令人难忘的。虽说吃亏伴随着成长，但不代表吃了亏就能够成长，吃的亏就像受伤后留下的伤疤，在审视这道"伤疤"时，你会怎么看待它？如果因此消沉，那这伤疤只会越来越大，最后把整个人都撕碎；如果把这当成一座警示自己的纪念碑，看到它就反思自我，总结经验，争取这辈子不吃同样的亏，那便是成长。细细想来，所谓成长，也就是体会人生，品味平凡且美好生活中的酸甜苦辣咸，享受一天又一天重复的朴实无华且枯燥，在吃亏中学习，学着学着，就慢慢成长了。像金俊文家的二小子金强，他善于吃亏，乐于吃亏，"这对于一个农民来说，是最受人尊敬的品质"，书中这样写道。不止农民，在中国这片土地上，对于谦让的中国人来说，这是最能令人尊敬的品质了，可见，吃亏能使人成长，而成长后，也总是会多吃点亏。如此循环往复，我们就会一直成长。

当然，吃亏、成长也有前提条件：野心和勇气。安于现状，平平淡淡，不赔不赚，那必然不会吃亏，但也没有了成长的机会：就像孙少安，如果当初固守着润叶，就不会遇到秀莲，以至于不会、不敢借钱买骡子，没钱开砖厂；若不是因为他的野心，就不会出现烧砖窑一度瘫痪的情况；如不是因为勇气，他可能一辈子就在土地里刨食吃，还他的债……我也深有体会：在滑雪时，若没有试试单板的野心，可能只会玩双板；若没有不怕摔的勇气，再过个几年也学不会；若没有想征服高级道的野心，可能这辈子都只能望"道"兴叹。在尝试落叶飘时，如果想要后刃变前刃，就需要重心下压，但是那时速度很快了，再下压很可能撞到别人，也可能自己摔个骨折，但不去尝试，就会不由自主地后仰，随后狼狈地躺在雪地上，成为别人练习的障碍；所以，我选择冒险试试，带着野心，勇气，和冲动，屈膝，身体向前探，将固定的右脚前推……成功了！想当初，教练带着教也不会，不敢，而今自己尝试却成功了，这就是成长，是野心、冲动、勇气、吃亏（撑得胳膊酸痛）共同作用的结果。

成长，往往在不经意间，人生的旅程也许就是这样，用大把时间迷茫，在几个瞬间成长。也许只是一句话，一个眼神，一抹笑容。谁不是一边受伤，一边成长？做优秀的自己，才会遇到更好的那个她：就像孙少平遇到田晓霞，两人熟络，是因为参加了活动，提升了自己；二人久别重逢，是因为他们都成长了不少……

看来，我们都在变，我们又都没变，我们还是我们，都在平凡中变得伟大，都在一点一点地成长。"所有失去的，会以另一种方式回来。"是了，当初掉下的眼泪，是日后前进的动力，而当下要吃的苦，正是未来会享的福。

"心湖满了，自然从笔尖溢出。"再读《平凡的世界》，又有新的感悟。日升月落，暮去朝来，回首一年，有奈若何的无常，有不经意的欣喜。走走停停，寻寻觅觅，只能说，感谢一路清醒且勇敢的自己。历经四季，满怀期许，淡然努力，未来可期。成长吧，加油吧，我们一起向未来！

春天的雨

春天的雨，有一盒万紫千红的染料。你看，它把黄色送给迎春花，黄色的花瓣像一把把小扇子，扇啊扇啊，不停地扇，直到扇走冬天的寒冷。它把绿色给了麦苗，绿油油的麦苗像一床床被子，盖这儿盖那儿，盖住了寒冷的冬天。它把粉色送给了桃花。快看，一大片一大片的桃花，染成了粉色的天空。它把白色给了梨花……花儿们你争我抢，争着要让人们看。春天的花儿颜色许许多多，黄色的、淡粉的、雪白的……美丽的花儿向春雨频频点头。

写给你，我的孩子

亲爱的孩子：

　　不知此刻，你在干什么？也不知你是否紧张，更不知你是否与我一样，难眠。

　　其实，我想和你的爸爸一起去接你，送你，看着你，陪着你，走进高考考场。可是，也许对我而言，给你做顿顺口喜欢吃的饭，更重要吧！还有，看着弟弟，也是我的一项重要工作啊！再加上，我也有我的工作，不能擅离……于是，我只能在心里默默送你、接你！本想好好抱抱你，把我的能量、我的希望、我的一切，给你！也只是简单的相拥而已！

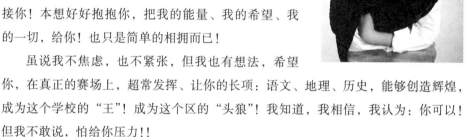

　　虽说我不焦虑，也不紧张，但我也有想法，希望你，在真正的赛场上，超常发挥、让你的长项：语文、地理、历史，能够创造辉煌，成为这个学校的"王"！成为这个区的"头狼"！我知道，我相信，我认为：你可以！但我不敢说，怕给你压力！！

　　虽然我从未经历过这样的大场面，但我依然想告诉你：我真的爱你，尊重你，无论你做什么决定，我都会支持你！相信我，相信自己，努力，加油！

　　此时此刻，我困得流泪，可大脑仍不想休息，十七年的陪跑，关键的一年，我被你甩开、落下，抑或是我主动放弃，都只是想给你空间，让你勇敢面对，相信自己！我真的不知道，这一年到底发生了什么，你遇到了怎样的人，经历了怎样的事，让你有了翻天覆地的改变与决定！只要你坚持、接受，我一定鼓励、尊重、支持！

　　其实，高考也只是一个小测。人生，刚要开始！十七岁的你，再过十几天，就将成为大人，多好！真希望你能永远这样阳光自信，果敢独立，我也就安心、放心、踏心了！说真话，这两年，妈妈觉得亏欠你很多！却总是有心无力，希望你能体谅、包容、理解我！谢谢你，我的儿子！

　　未来的路还很长，我不知道我还能陪你走多远，但只要你愿意，我就一定会一直在你身边！我真的不知道该如何和你交流，也不想打扰你，就只能纸上谈兵，在这里，胡乱写出这些随心所欲的文字，留给你今后，当个回忆吧，希望你能看到它。

最后，祝我的大儿子：高考顺利顺心顺意！加油吧！

不能当面告诉你：你真的很优秀。因为，有时候说不出口；

不能亲自看着你：走进庄严的考场去，那就在心里告诉你，没关系，对你，这都不是问题。

不能第一时间和你分享：你的考场喜怒哀乐。妈妈我，愿意等到晚上，等到你愿意和我说起时，再听你分享。

不能亲历你的考场：唯愿守住你的后方，让你的心态平和，吃好吃健康。

不能过多要求：只求你能——

落笔生花，所愿皆成！加油吧，宝贝！我等着你的好消息！

爱你的妈妈

语丝微言

《顺义小说选》破例收录了高红伶和她两个儿子的作品。她的大儿子叫刘粲，在校读大学。小儿子叫刘菁睿，在读小学。在刘粲高考时，高红伶写了《写给你，我的孩子》。有祝福、有希望、有惦念、有期冀。这是一个母亲心底的真声音、真感触、真情愫。刘粲在《成长》一文中，自述了自己青春期的成长过程，求索与困惑同在，迷茫与寻觅同行，痛苦与幸福相伴，烦恼与收获共存，泪水与汗水齐飞。而刘菁睿的小文《春天的雨》则展现他小小心灵中，是一个阳光灿烂、五彩缤纷的大世界。这组文章是亲子的画面、文学的传承、成长的版本。

【作者简介】

李守义，1963年生，顺义南彩镇人。在乡镇工作25年，在顺义水务战线工作7年，在顺义控股有限公司工作8年，2023年4月退休。曾任过赵全营镇党委书记、顺义区水务局长、顺义市政控股集团有限公司董事长。在工作和生活中，始终秉持学习至上理念，抢抓历史机遇，创新驱动发展，高度重视宣传思想文化工作，弘扬历史文化传承，内求团结聚合力，外树形象促和谐。曾主编《中国的一个镇　赵全营调查》《赵全营镇新闻纪实三十年》《赵全营镇史志文集》《赵全营镇村史》《顺水》《顺义大市政改革之路和声合势》。

大兴水利　　至善人生

2021年5月29日，是北京顺义历史上具有里程碑意义的一天，断流22年的潮白河，翻开了全线贯通、环境优化、生态修复的崭新篇章。

潮白河是北京第二大河，是北京重要水源地和东部生态屏障，在顺义境内纵贯南北达38公里，是顺义新城一道靓丽的风景线，是我们顺义的母亲河，更是顺义人民为之付出、为之流汗流泪流血、为之献身的人生寄托。

我，作为一名长期在三农、水务工作一线的实践者、推动者，面对澎湃奔流、充满生机活力的潮白河，在我心中，有现实欣喜、未来憧憬，也有历史回望。回顾顺义治水历程和从事过的水务工作，内心感慨万千、喜不自禁！欣喜之下，我驱车百公里，登金牛山，看潮白河水欢畅涌流、奔腾不息；上向阳闸，欣赏潮白河的烟波浩渺、一碧万顷；漫步彩虹桥，引温济潮、调水治河的往昔岁月，在眼前复盘回放：污水资源化，使潮白河再现生机。

乘奥运东风，我们抢抓历史机遇。2007年，顺义率先实施跨流域调水，将水资源丰富的温榆河水，用最先进的膜工艺处理净化后，

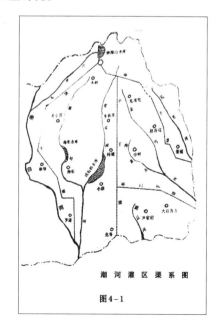

潮河灌区渠系图

图4-1

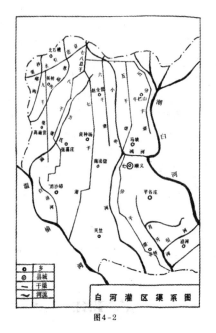

图4-2

注入 13 公里地下管道进减河、入潮白河（此工程简称引温济潮）。该工程，让奥运赛场旁的潮白河 5 公里河道，结束断流干涸 8 年的历史，重新焕发生机。第 29 届北京奥运会水上项目，在顺义诞生 32 块金牌，也因此让奥运金牌增添了春色喜色、绿色生态色……

2009 年，实施引温济潮二期工程，顺义苏庄橡胶坝到向阳闸 13 公里河道，实现全年有水。引温济潮两期工程日处理污水 20 万立方米，潮白河每年注入洁净水 7000 万立方米，成就了顺义平原新城"河景、林景、水景、灯景、路景、城景"的六景生辉。

兴建白河、潮河两大灌区，引来密云、怀柔水库水，促使顺义农业走上水利化之路。新中国成立后，顺义人民治水探索可追溯到 1955 年。当时的农业生产处于"农业靠天收，旱涝人皆愁"的悲苦状态。为改变这一状况，顺义人民以箭杆河、蔡家河水为源头，修渠引水建第一个江南灌区，用工 1.1 万，动土石 2.5 万方，修渠 5 公里，使前鲁各庄、道仙庄等 6 个村的 5000 亩粮田，改善了灌溉条件。开渠引水建灌区，首开农业发展先河，让顺义人民尝到了探索实践的甜头。当然，探索实践的甜头，是用汗水、泪水、血水来浇灌的。以当时的条件，每掘进一米、拓宽一寸引水渠，都是人民群众用锹挖、镐刨、肩扛、手推车来实现的。在 20 世纪 50 年代，顺义人民就已经是响当当的"基建狂魔"！

1956 年，豆各庄灌区、菜园子灌区再修渠 7.5 公里，又有 8 个村的 5 千余亩粮田享水利、受水益。

顺义修渠引水建灌区始于 1955 年，兴于 1958 年。1958 年是密云水库、怀柔水库的始建之年。如果把密云、怀柔水库建设，比喻为新中国大兴水利的主战场，那

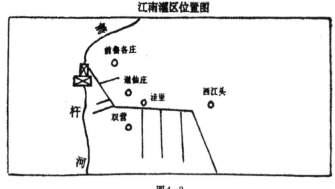

图4-3

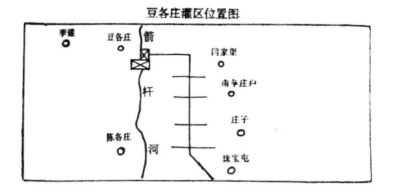

么，顺义人民在自己的家园开渠引水，则是一场"人无分老幼，地无分南北"、人人参与兴修水利的人民战争。据不完全统计，

兴建于1958年的水利工程包括在河东兴建潮河灌区，河东47万亩粮田受益。从密云水库引水，修建引水总干渠12公里到唐指山水库蓄水，向下修建中干渠、东一干渠、东二干渠、西干渠66公里。在河西兴建白河灌区，河西39.2万亩粮田受益。从怀柔水库引水，由怀柔水库出水口修建引水总干渠6.25公里到李家史山村西，向下修建五、六、七、八干、五分干渠和引潮总干渠（从潮白河向阳村东修渠4.6公里到城北减河十孔闸）开挖渠道126.65公里。潮河、白河两大灌区建设，使潮白河两岸农业发展，有了不断完善的水利灌溉体系，为顺义农业实现快速高效发展，端牢中国人自己的饭碗，奠定了基础。

20世纪70年代，为解决顺义东部与西南部贫水地区灌溉问题，改变单一依靠密云、怀柔水库供水现状，对境内水资源进行再开发调配。先后在水资源丰富地区，建成西水东调，东水西调两大灌。在木林公社孝德村西打井18眼，群井汇流后靠扬水工程将水输送入东干渠，为西水东调工程。在富水区牛栏山公社北孙各庄怀河一带建扬水站，打群井30眼，提取地表水和地下水。再通过二次扬水，将水输入七、八总干渠，为东水西调工程。水资源再调配，促进了顺义农业的均衡发展。从1989年起，因机井、喷灌较快发展，调水工程逐步停用。

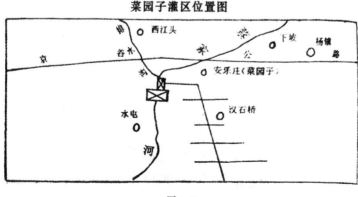

图4-5

顺义与南阳

359

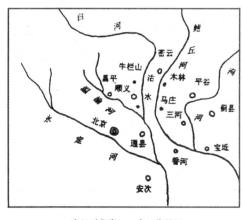

秦汉时期潮河、白河位置图

的不解之缘。东汉时期，河南南阳人张堪任渔阳太守，在顺义引潮白河水种植水稻8000余顷，"张君施政，乐不可支"在顺义传为佳话，也是顺义、南阳历史渊源的佐证。而今，面对北方缺水国家实施南水北调工程，于河南、湖北交界的丹江口水库取水，渠首仍为南阳。2014年12月，南水进京，按照喝、存、补的使用原则，2015年将一部分南水，通过京密引水渠反向调入密云水库贮存起来。顺义抓住机遇，投资8000万元，从李史山提水闸放水通过小中河河道、原东水西调渠道、东牤牛河共12公里入潮白河牛栏山水源地，自2015年8月开始向水源地补水56000万立方米，从而使牛栏山橡胶坝以上顺义段河道，实现长年有水。我们顺义居民也间接喝上了南水，恰似顺义、南阳再续善缘良缘！

水利是农业的命脉。水是生命之源，水是生产之源，水是生态之基。水是美丽城市的一道靓丽风景线。节水、护水、爱水，是我们市民的责任、义务。十几年来，我一直坚持用洗衣、洗菜水冲厕所。树立强烈的节水意识，珍惜生活中的每一滴水，我已经内化于心、外化于行。

面对滔滔潮白河水，学习感悟水善利万物而不争的至善之境，让我们每个人，都珍惜生命中的每一滴水，来追求自己的至善人生……

语丝微言

李守义的这篇文章，既不是散文，更不是小说，为何选入《顺义小说选》呢？推究起来，作者谈"水"。顺义得地利，有潮白河全境流过，温榆河补水东来，箭杆河发源于本土，金鸡河破晓鸣唱。但天然河流，分布不匀。此盈彼亏，实在难全。所以顺义人发挥勇气与智慧，开拓与创新，大胆与求证。东水西调，南水北调，平均水权。古人云：人往高处走，水往低处流。顺义人偏来个"人往难处走，水往高处流"。沧海横流，勇立潮头，方显出英雄本色。李守义正是顺义调水的领导者、实践者、见证者和著文绘图存照者，所以收录了他这篇文章，以飨读者。

【作者简介】

李保忠，顺义区龙湾屯人，1961 年出生。首都市民学习之星：优秀退伍军人，北京市先进工作者，北京市学雷锋标兵，首都市民学习之星，北京市优秀宣讲员。公益人，主持人，北京市优秀退伍军人。北京劳模协会理事，顺义区文联理事。顺义区长青林场工会副主席、第六分场原场长。

北京市总工会十二大，十三大，十四大代表，政协顺义区第三届、第四届委员，第五届常务委员，顺义区总工会第三、四届工会委员，顺义区优秀宣讲员，2019 年北京市红色故事大赛决赛优秀讲解员。长青林场调研员，无党派人士。2008 年文明使者提名奖，顺义区第八届助人为乐道德模范。北京市顺义区道德模范点赞好风气宣讲团成员，退伍军人志愿服务队队长。现已退休。

愿把真情洒人间

有人夸我李宝忠：待人热情，处处想着别人。其实，在我心里，这世界太美好了。人，就该活个真，把真情洒向人间。这倒让我想起一件事。

2008 年 8 月 31 日，是我去顺义区医院看望叔叔的日子。我与叔叔是多年好友，没有血缘关系却跟一家人似的。2006 年叔叔生病以后，我常去探望。这天，我叫上爱人、儿子一同前往医院探望叔叔。走进病房，叔叔见到我们，艰难地睁开眼睛，露出微笑，声音很微弱，使出全身的力气说："保忠，你们来了，快坐。"叔叔的儿子袁晓宾在一旁正为叔叔做按摩。我见状，忙说："老弟，你休息会儿，我来为叔叔按摩。"我一边按摩一边和叔叔聊天，袁晓宾看我们爷儿俩聊得很开心，就出去了。我看着久病的叔叔，有种生命即将到了尽头的凄凉，心里不免有些伤感。自己多想让叔叔早日恢复健康回到亲人身边呀。我的思绪随着不停按摩的双手，飞向了远方……

大概是 1997 年 9 月中旬，我们长青林场机关办公楼下的门脸租给了农业银行，叫义宾分理处，主任是叔叔的大儿子——袁晓宾。晓宾英俊潇洒，工作有干劲有热情。我在机关主抓水、电、通讯工作，机缘巧合，我和晓宾成了好朋友。晓宾经常跟我提起他父亲。他父亲是位慈善老人，说话不急不慢，给人很温和的感觉。我与袁叔叔一见如故。此后，袁叔叔每年的生日寿宴都由我来主持。不仅如此，袁叔叔家的聚会也请我参加，没拿我当外人，真是不是一家人胜似一家人。我知道叔叔当过保管员，做过出纳，无论在哪行哪业，靠信誉立足，凭良心致富。袁叔叔重亲情，讲友情，喜欢读书看报，关心国家大事，积极参加社会活动。叔叔七十大寿，我把这些信息融入生日寿宴中，用诗的语言做了深情的表达。那次生日宴可谓生动温馨……

斜靠在我身上的叔叔，脸上不时掠过一丝微笑，有种久违的舒适与放松，我慢慢地从上至下，从前胸到后背，为叔叔轻轻推拿。爱人和儿子仿佛也知道我心情似的，也格外小心地揉捏着叔叔的两条腿。羸弱的叔叔被我们的笑声笑语感染，精神顿时好了许多，我压抑的心情有了些许轻松。快到中午时分，我忽然感觉叔叔的手慢慢变凉，话也没了，我急忙让儿子去叫医生。医生检查之后，摇了摇头，告诉我：老人走啦！

叔叔带着微笑，带着对这个世界的眷恋，带着对亲人的无限思念，走啦！走完了他人生七十一个春秋。老人走的时候，他的亲人都在病房外，也没想到叔叔会走得如此匆忙。其实，我就是他的亲人！

一晃十几年过去了，回首往事，别有一番滋味在心头——那是一份深厚的友情，那是一份割舍不下的真情！

（原载《京郊日报》2015 年 4 月 10 日）

语丝微言

李保忠这个名字，在顺义很响亮，知名度很高，是顺义人心目中的网红。经常为人津津乐道，并常上热搜。他义务主持百姓婚礼五百多场；数次救人扶困于危难之中；他有求必应，为居民送电送温暖，被称为"身边徐虎"。他为文友宾朋献诗朗诵；他以一封封短信，慰藉了无数人。他总给人以温暖的笑脸，朝气蓬勃；他总以昂扬的姿态，展示正能量。他把时间和爱心，奉献给了公益；他把精力和热情，泼洒于平民。他做的都是琐碎小事，但都是百姓身边大事。他不是什么"大官"，却是"无冕之王"。他不是侠客，却有三分侠气；他是七尺男儿，却有侠骨柔肠。李保忠虽脱下军装，却从未下岗，仍肩负一种使命脚踏沃土，阳光般前行。

【作者简介】

　　徐淑娜，南彩小学退休教师。顺义区作家协会会员，顺义朗读者原创始人，中学高级教师。她酷爱阅读与写作，退休后仍坚持笔耕不辍。撰写的诗歌、散文多在公众平台或杂志上发表。在抗击新冠疫情期间，创作大量诗歌、散文由广大朗读者们诵读并在线上诗会上传播。

夜 行 记

　　这件事儿离现在有五十多年了，但它却深深地铭刻在了英子的脑海里，仿佛发生在昨天。

　　五十多年前，村里小学校共有九位教师。六位公办教师，挣钱；三位队派老师，挣工分儿。英子那时是挣工分的队派老师。

　　两位男公办教师，老家离学校二里地，除去轮到看校都住在家儿。四位公办女教师，有三位是本村媳妇，就在家儿里住。只有一位外村的李老师道儿远住校。因此大队安排英子和李老师做伴儿。其实英子家与学校只隔两家儿，不足一百米，挣着大队工分，得听大队安排。那时候实行贫下中农管理学校，就是让新中国成立前苦大仇深的贫农进驻村学校，是大队派去的联络人。

　　七十年代的老师只休周日一天，周六下午才可以离校回家。当时李老师刚结婚三四个月，是位军嫂。那天又赶上是周六，下午学校就没人了。由于丈夫是现役军人在部队，李老师不愿回婆家，怕给婆家添麻烦；也不好意思老回娘家，老话说：嫁出去闺女泼出去的水。所以每到周六她几乎不回两头的家，所以英子还得去学校跟她做伴。

　　吃过晚饭，英子就赶回学校了。进门发现李老师在床上躺着，脸色蜡黄，饭菜也没动。"咋了，不合适了？"英子关切地问。"头晕、恶心、不想吃饭。"李老师有气无力地说。"那咋办呀？我给你找老叔（村里赤脚医生）瞧瞧？""不用。"说完，她想了想，试探地问："你能去桥头村把我二妹子找来吗？她在那儿给挖河的做饭呢。"

英子听了一想，还是有她们家人方便，也好商量去哪儿看病，可别给耽误了……看着李老师充满了渴望的眼神，英子犹豫了一下，还是答应了。"你骑我车去，加点儿小心。"高老师叮嘱着。那时英子家没有自行车，她骑车二把刀，田间土路坑坑洼洼的，她可没把握黑灯瞎火骑车走夜道儿。"还是走着稳当，你等着吧，道儿不太远我走着去！"说完，英子拿起手电迈开大步就出发了。

其实从村到桥头也就七八里路，英子那时二十刚出头正当年，走这两步道儿还真不算啥。可那条道儿说心里话，白天她都不愿意走。英子二姑家是南彩村，去二姑家最近的路就是走道仙庄、洼里、双营奔南彩临河大堤。可她总爱绕远由村东去南上坎儿奔望渠，然后翻过洼里后边高坡子，再穿洼里村、双营村，走双营到上南彩箭杆河大堤，得多走好多冤枉路。有庄稼棵子时英子想都不想，直接绕远儿走。这其中是有缘由的，也是刚才英子为什么要犹豫一下的原因。

英子小时候听到今天要走的这条路上的诡异故事太多了。去桥头就得走去道仙庄这条道儿，其中"南沙荒子"是必经之路。那儿是前鲁村的地儿，前鲁人管叫东沙荒子，原来那儿是一片乱葬岗子。小时候英子和小伙伴儿春天去那边儿白地里挑刺菜，曾看见过埋死孩子的稻草坑，还听老人们讲过解放前那儿活埋过人。这些关于死人的传言英子都不怕。就是老辈人儿讲的"胡喳喳怒打黄鼠狼精，为民除害"的事儿，她是真怕成一帖老膏药，想想都瘆人。因为那时老人讲得有鼻子有眼儿，谁讲完了这段儿后，都要强调一下儿是真人真事儿，来增加一下可信度。小时候英子最爱听这些鬼怪精灵的故事了，可到了晚上她也真害怕。去外头玩儿，一到天黑准时回家，就再也不敢出街门儿了。

英子小时候最爱和小伙伴一起去小庙儿台，听老人们聊天儿讲故事。其中就有一段坊间传奇：传言南沙荒子有只成精的黄鼠狼，被一群童男子逮住喂大蒜，辣得它跪地求饶。过去老辈儿人都说鬼怪修行难过"童子关"。它惹不起童男子，就跑到前鲁村去吓唬人，一到晚上这只黄鼠狼精就走街串巷吆喝：好辣蒜呀、好辣蒜呀……吓得村里人到了晚上不敢出门，天黑家家儿关门闭户。村里有个胆大的人，外号叫"胡喳喳"，大家联名请求他为民除害，胡喳喳满口答应了。于是他第二天在鸡不叫时就出发了，一连蹲了好几天，也没碰着这畜生。这天胡喳喳又起了一个"大五更"，月朗星稀之夜，只见他肩上背着粪箕子，手里拿着粪叉子又奔东沙荒子那条道儿上去了。他在这条道儿上来回溜达着，这只黄鼠狼精见路上来个捡粪的，于是头顶个死孩子的脑袋迎面走上去问胡喳喳："你看我是人儿，还是神儿？"老人们说：这叫借人吉言，你若迎合它说像神，它便修行圆满，成了气候了。胡喳喳一看，怒不可遏大骂："我看你是来找死的！"一粪叉子叉下去，黄鼠狼吓得丢掉了死孩子头，化一道黑光逃回老窝去了。可是到了晚上夜深人静时，黄鼠狼又来到前鲁村儿走街串巷，它是想告诉村民这个地方待不住了，得挪窝了，因为它惹不起胡喳喳。于是它边走边大喊："我天不怕，地不怕，就怕前鲁的胡喳喳……"再后来，也不知道它搬到什么地方去了。黄鼠狼精再也不敢在这地界兴风作浪啦。这事儿也不知从啥时候儿传的，这样的传说在当时那个年代的茶余饭后，却是老人们津津乐道的。看着讲故事人口若悬河的样子，不少人还羡慕他知道得多，常常聚在一起听他们神侃四村八乡的鬼怪传说。

英子心里存的这些事儿，怎好意思告诉李老师呢？看着她生病痛苦的样子，爱人又不在身边，能帮把就得帮呀。所以只能揣着一肚子事儿，硬着头皮去了。

那年月完秋儿，农村人也不闲着。没事儿兴修水利，疏通河道。这边儿主要清挖箭杆河的河道。从各村抽调劳动力集中临河几个村，分段包干，有带工的指挥，吃住在紧挨工地的村里。李老师妹妹就在桥头村给挖河民工做饭呢。

深秋的天黑得特别快，刚出村只见夜幕笼罩了大地。英子打开手电，大步顺着田间路往前走。

快到南沙子了，英子本能地往那个心有余悸的方向看，心里也开始泛起了嘀咕。其实乱葬岗子早就平了，已改造成农田。尽管如此，脑海中还是不自觉地浮现出那个鬼怪的故事，真的让她不寒而栗！英子晃了晃手电，终于找到了通往前鲁村南的岔道。惊魂不定中她决定穿地过去，甩开那段不祥的路。英子重选的那条路她也熟悉。因为当家姐姐家就在前鲁村大南头，这样走能斜穿到箭杆河上的一座坝桥，过了那桥就是桥头村。还好这会儿月亮升起来了，没遮没挡地挂在天上，它把皎洁的月光洒向大地。此时行走在月亮地里的英子，才想起来今儿是阴历十六了，她收起手电，借着清幽的月光赶路。

终于前方传来震耳欲聋的水声，那座大坝快到了，英子加快了脚步。月色中她看清了那座大坝，坝桥不宽但两个人对面从桥上过没问题。但英子决定不从这座桥过去，因为她同学兰儿头外甥在这儿淹死了。迷信此时又在她心中作祟，老人们常说淹死的人"拿替身后"才能转世。信不信由你，还是躲着点儿好。于是，英子只能沿河边的大堤往前走，去寻找下一个过河桥。

旷野太静寂了，英子能听到自己的喘息声。她不禁又打一个寒战，刚才连害怕带赶路出了一身汗，河风儿一吹落汗儿了，后背有点儿发凉。月光洒在她的身上，投射出孤独的身影。此时一种说不出的孤寂和恐惧油然而生。忽然河边"嘎"的一声，扑棱棱飞起一只鸟，吓得英子的心提到了嗓子眼儿，头发根儿都竖起来了。原来是她的脚步声吓到了那只栖在河边柳树上的一只不知名的鸟儿。过后儿，英子也想过那只已经进入梦乡的鸟儿也许是被她的脚步声吓醒的呢。那一声凄厉的叫声说明它也被吓得够呛。就是那一声尖叫至今想起也让人起鸡皮疙瘩。人鸟儿相互这么一吓，英子真想长出翅膀飞起来，其实她此时腿软得想跑起来都难。沿河小道高低不平，也只能深一脚浅一脚地继续赶路罢了。

俗话说：怕啥想啥。印在脑海中南沙荒子的诡异事，挥之不去。英子边走边不由自主地往那边望，月光下的那里一片蒙眬偏偏正与她平行着。此时她的心跳"咚咚"的听得很清楚，英子下意识地胡撸胡撸头发，心里告诫自己："别怕、别怕。"好像还真管点儿事儿。心稍稍平静了些，再远远望去，已经过了那段诡异的路段了……

这一趟夜行，真的让英子体会到了什么是"万籁俱寂"和什么叫"惊心动魄"。借着月光，她又朝桥头方向张望，终于看到了月光下桥头村的轮廓。她心里轻轻叹道：哎！总算快到了！

此时英子想唱支歌庆祝一下，其实更多还是想为自己再壮壮胆儿，但她终于没有唱出声儿。她想到：旷野中，万籁俱寂。一个夜行的人，唱歌儿那声音得传多远呀！如此不知明天会让人们又编出怎样诡异的故事来？还是老老实实地走路吧。这次夜行，对英子来说真是一次前所未有的体验。

道儿虽然不远，英子却经历了炼狱般的心灵煎熬，终于到了桥头村，也很容易找到了李老师的妹妹。

第二天，大队派来一辆手扶拖拉机，英子他们把李老师送到公社卫生院看病。大夫检查后笑着说：李老师没病。是怀孕"害喜"了。

五十多年过去了，这段夜行经历，英子一直封存在记忆中，没向任何人说起过。

语丝微言

徐淑娜的这篇夜行记，写得细致入微、心海微澜。是的，当青春年少、入世未深时，童年所听到的鬼怪故事便会在一定氛围下被激活，一生都挥之不去。其实，中国古典文学中，志怪类曾是一脉支流，如《搜神记》《三遂平妖传》《古镜记》等。《聊斋志异》更是达到文言文短篇小说的顶峰。在当代小说创作中，适当地描写梦境、魔幻、虚拟及形而上的层面，会使小说更空灵、更象征、更飞扬、反而觉得更真实、更现实、更有穿透力和张力。徐淑娜有经历，有故事，有奋斗，有成就。又勤于笔耕，善于思索，希望她佳作送出。

【作者简介】

柏凤英，顺义区作家协会会员。许福元文学工作室成员。中华志愿者协会顺义直属队秘书。有作品发表于《希望》中。

我们在公益路上——等你

罗伯特·亨利说："在我们一生当中，平淡无奇的日子里，总有一些特殊的时刻。在那些时刻，我们似乎有了非比寻常的发现。也感受到了无与伦比的幸福，并领悟到无上甚深的智慧。"

是的，每个人的生命都有绚丽的色彩。当有一天我们回望来时路，李叔同先生说的"断句"最为贴切："人生犹似西山月，富贵终如草上霜。"

2018 年，我走上了公益之路。在这里，结识了很多为公益而来的队友。他们之中，有个体老板，有公司职员，有出租车司机，也有像我一样的家庭主妇。

在救援队，我们会利用平时休息的时间，培训很多救援技能。比如：绳索打结、临时担架的制作、水域演练等等，以便我们在救援队保障时用。我们团结一致，并肩作战，为救援立下了很多功绩。

2021 年 7 月 21 日，河南遭遇千年大雨。百姓的生命和财产受到威胁。无水，无电，无信号。中华志愿者协会应急救援委员会接到上级通知，需前往河南驰援当地救援队，帮助当地百姓转运，以确保他们的人身和财产安全。

中志协应急委直属队接到命令后，迅速由石雪峰队长、张朋举督察、王秀梅、汪连超、江兵、唐小虎、宫瑶瑶、崔英组成第一梯队，前往河南郑州。

经历了 3 天 3 夜的转运工作，我们的皮划艇严重受损。于是，由康超副队长带领，崔立刚、柏凤英、李春涛、仇子龙、张迎新组成第二梯队，连夜将皮划艇及其他设备运往河南新乡。当天夜里 12 点，安全抵达新乡。经历了 7 天 7 夜的奋战，将当地百姓完全转运到安全地区，我们才返回。事后，我们也收到了郑州当地政府的感谢函。

2023 年 7 月 31 日，北京房山、门头沟和河北涿州，都有不同程度的洪涝灾害。于是救援队分成两队，一队由韩守臣副队长带领李铁雷、马金华、王京平、田桂清、史云峰、王俊杰、张丁元、仇森、芦静，赶往门头沟驰援。一队由石雪峰队长带领李健、王峰、汪连超、孔繁山、朱宏伟、张迎新、耿妹、唐海坤组成第一梯队前往河北涿州支援。7 月 31 日夜，由康超副队长带领张朋举、柏凤英组成第二梯队，继续驰援河北涿州。第三梯队王福中、刘会、杨小浩、孙海龙、杨涛、梁彦明、王锁，也于 8 月 1 日抵达现场。

第二天早上六点，从祖国四面八方来的志愿者们，由石雪峰队长挂帅，赶往当地的大马村，为当地救援工作立下了汗马功劳。

在公益这条路上，有些人对我们的做法不很理解。他们认为我们是国家发薪水的一群人。这些错误的认知我们开始做些解释，后来，只是淡淡一笑而过。我们在用自己的一点绵薄之力，让世人感受到社会上，还有一些乐于奉献的人。

在我们队里，有个叫夏聆艳的队友，是 120 急救中心的护士。她经常利用业余时间，教我们队友一些专业急救知识。比如：心肺复苏、海姆立克、止血包扎等等。还经常带领赵建磊、柏凤英、刘小东、王志国等队友去公园、地铁站等地宣讲，让更多人懂得应急知识。"人人学应急，人人会应急"，是我们作为专业救援员的目标。

每个人的一生，都有自己值得炫耀的亮点。和队友们在公益路上的点滴，将汇成记忆中万花筒般的色彩，绚丽而悠远。

我们在公益路上——等你。

语丝微言

鲁迅说过这样的话："无尽的远方，无数的人们，都和我有关。"柏凤英的这篇文章虽短，但意味深长。人类社会，就如习近平主席所说，是一个命运共同体。也就是说，一荣俱荣，一损俱损。平淡的生活中也许会出现意外，正常的日子也许会突遇风暴，人生的轨迹也许会逆转，灾难的降临有时让人猝不及防。所以，公益路上就需要有奋不顾身的人，舍己为人的人，不计得失的人，献身公益的人。他们未必与你共享清风明月，鲜花掌声。但与你风雨同舟，共度时艰。在你平安静好的时刻，他们只是与你擦肩而过，形同路人。但在你危难时，他们就会出现在你面前，施以援手。他们捐住危险的闸门，放你们到安全的地方去。在公益路上，就是如此。柏凤英这篇"我们在公益路上——等你"，就是体现这一思想。而柏凤英，就是这样的公益人。也欢迎你，成为一名公益人。

【作者简介】

何雪莲，全国社会艺术水平朗诵考级高级教师，北京市语言学会朗诵研究会会员，顺义区作家协会会员，中国家庭教育高级指导师。北京市朗诵大赛金奖获得者，北京市儿童、青少年朗诵指导金牌教师。国际"金梅花奖"朗诵大赛专家评委，北京市中小学生演讲比赛专家评委。辅导的学生多次在市、区级朗诵大赛中荣获一等奖。

朗诵之缘

提起朗诵，就会想起语文老师手捧课本，在讲台上给学生们示范朗读；想起朗诵艺术家在舞台上或慷慨激昂，或娓娓道来，或铿锵有力，或生动传神地表演；想起自己练习朗诵的每个日日夜夜；想起河畔的金柳；想起在如水般的月色下走过的荷塘……真的，与朗诵的缘结得太多了，记忆的网里挤着的就都是。

记得还是上小学的时候，每天早早地到校，最喜欢的就是拿出语文课本大声朗读。语文课上，老师也经常让我读课文，从那时候开始我就记住了：读书要吐字清晰，声音洪亮。

上了中学，班主任是语文老师，更重视让我们读书。她也经常声情并茂地为我们范读课文，并且告诉我们，朗读不仅要做到正确、流利、吐字清晰、声音洪亮，还要深入理解课文内容，有感情地朗读。我喜欢听老师朗读课文，也希望能够像老师一样读得有感情。于是，每天放学回家，我就在自己的房间里，关上房门，悄悄地模仿着老师练习着朗读。读得多了，自然也是越来越好。

后来，我参加了工作，也成为一名语文老师。不仅仅因为个人爱好，也为了把语文课教得更好，让孩子们喜欢语文，我在朗诵上下了很大的功夫。每篇课文在备课的时候，我都是出声读，大声读，反复读。读的遍数多了，对文章的理解也更深入了；理解深入了，对情感的表达也就更准确了。那时候领导经常走进我的课堂，听我的语文课。听完我的课，校长对我说："听你的语文课真是一种享受啊，尤其是喜欢听你声情并茂地朗读课文。"至今我还记得给学生范读课文，像老舍的《草原》、萧红的《火烧云》、朱自清的《春》……无一不把孩子们带入到作者描写的美丽景色中。

与朗诵的这份缘一直伴随着我，直到 2019 年，我遇到了著名朗诵表演艺术家米鸥老师，他听了我的朗诵，觉得我有一定的基本功，朗读得也很好，鼓励我应该继续深造学习。于是，我经米鸥老师推荐，来到北京广播电视台，参加全国社会艺术水平朗诵考级专业教师培训班，继续深造学习。来到这个培训班，我发现这个班的师资力量真是太强大了。有北京广播电视台播音指导杜敏老师，有中央人民广播电台播音指导黎江老师，有北京人艺原副院长、有国家一级演员严燕生老师，有北京广播电视台主任播音员季燕老师，有解放军文工团国家一级演员刘纪宏老师，有著名朗诵家米鸥老师，有中国煤矿文工团话剧演员何恺鹏老师等。能有幸向这么多专业的老师学习，我觉得真是太幸福了。当时只有一个念头：唯有努力，唯有努力！绝不能辜负这么好的学习机会。

课程学习非常系统，从朗诵的概念到声母、韵母的发音，从基本功吐字归音到绕口令的训练，从理解作品到学习"内三外四"的朗诵技巧，从诗歌、散文的朗诵到话剧台词的朗读表演，老师们无一不耐心讲解，示范引领，细致指导。

老师们的课讲得好，学员们学习很用功，我也不例外。白天学习时间很紧，上午 9 点到 12 点，下午 1 点到 5 点半，都是上课的时间，课堂容量很大，我一刻也不敢怠慢，认真听讲、记笔记、把老师的朗诵示范录下来，回去反复看。很多需要背诵的绕口令、古诗、散文、现代诗歌，只能利用课余时间完成。从顺义到市区学习的地方坐地铁也得需要两个小时，我每天坐上地铁把书拿出来，开始背诵。运气好点，有个座位，坐着看书背诵还好点。赶上地铁里人多，没有座位，我就站着，一手拉着车厢上方的吊环，一手拿着书，轻声地念着、默默地背着。学习的那段时间，来回往返的路上，背了不少朗诵的篇目。以至于现在都养成了好习惯，每次坐地铁去市区，我都会拿本书来读。

考试前夕，我更是下大功夫，白天上课，晚上看老师的朗诵视频练习，还要写朗诵课教案。有时忙到深夜，夜里也就睡四五个小时，第二天还要早起坐地铁赶去上课。就这样，功夫不负有心人，经过一段时间的学习，我以全班第一名的好成绩，考取了全国社会艺术水平朗诵考级专业教师高级教师资格证。拿到证书的那一刻，有喜悦，也有一点点失落。喜悦自然不必多说，证书见证了我的努力，也是对我辛苦付出和优异成绩的认可。失落是因为不能每天和这些播音员、朗诵艺术家学习了。这段时间，虽然很累很辛苦，但是也让我感受到了学习获得的快乐和幸福。

拿到朗诵高级教师证书后，有一次和米鸥老师聊天，和他说出了我对朗诵的热爱，还想继续学习。米鸥老师很欣赏我，他也认同我的观点：拿到证书不是最终目标，应该继续深耕学习，在朗诵艺术的道路上继续前行，读出更多更好的作品。于是，我又报了米鸥老师的朗诵学习班，进行更为系统的学习。

米鸥老师在教学上非常严格，他让我每天大声朗读毛泽东诗词《重上井冈山》十遍，通过朗诵这首诗词，让气息通畅。每周两次课，课上给我们讲作品，做示范，我读完以后他来点评，及时纠正朗诵中存在的问题。下课后给我布置作业，然后下节课检查。作为他的学生，丝毫不敢懈怠，每天都会按照老师要求认真练习。

记得那年夏天，我练习朗诵朱自清的《荷塘月色》。这篇散文朗诵起来难度比较大，尽管老师在课上做了讲解和示范，我还是找不到感觉。于是，我上网查资料，了解作者写作背景，每天不厌其烦地听老师的朗诵录音，一遍一遍地跟着读。周末的傍晚来到顺义公园，看着满塘的荷花，凝望着田田的叶子，寻找着哪一朵是朱自清笔下袅娜地开着的，哪一朵是羞涩地打着朵儿的。沿着荷塘边的小路，慢慢地走着，边走边朗诵着《荷塘月色》。就这样，在皎洁的月色下，看着满塘的荷花，一遍遍诵读，渐入佳境。

时光如梭，和米鸥老师学习了两年多的时间。两年多的时光，每天有朗诵相伴，每天都是充实的，每天都是快乐的。现在再翻看当初的学习笔记，每一篇练习过的朗诵篇目，都有密密麻麻的笔记。那标注着抑扬顿挫的升调降调，那表达感情的重音、停连，还有那对重点语句理解的旁批，都会引起我对那段时光的美好回忆。

那段时间，我对朗诵简直可以说是到了痴迷的程度。周末到滨河森林公园散步，我会在树林间大声朗诵十遍《重上井冈山》；在小区里遛弯，看到小区里的小亭子，我会朗诵一篇欧阳修的《醉翁亭记》；晚上坐在书房里，继续研读朗诵作品，在文章中标出重音、停连，画出节奏，写出对作品的理解和分析；看到中山音乐堂、保利剧院有徐涛、濮存昕等著名朗诵家的演出，就买票去看；网上有严燕生、曲敬国、杜敏、唐烨等老师的朗诵课、台词课，我都会坐在电脑前，认真学习，不放过每一次学习的机会。

对朗诵的痴迷不仅体现在看朗诵艺术家的演出、听朗诵家的讲座上，我还利用休息时间录了不少作品。

2018年，顺义作协公众号创办，第一期发表的就是我为顺义作家王克民的散文《秋意渐浓》的朗诵录音。后来，王克民老师的新书出版，我又给新书的两篇序言《心中流淌一条小溪》《坚持数年必有收获》录制音频，发表在顺义作协公众号上。

2020年，新冠病毒肆虐，很多白衣战士战斗在抗击疫情最前线，顺义作家写了不少感人的诗篇。我作为一名朗诵者，先后朗诵了许多本土作品：顺义著名作家许福元老师写的《北京致武汉》，顺义作家李云韫写的《她们真美啊》《以春天的名义——等着你》《如果可以，此生不想再经历这样方式的分离》，顺义作家唐亦婷写的《午后没有咖啡馆》，顺义作家李建东写的《抗疫玫瑰，我为你歌唱》。这些朗诵音频分别发表在"北京顺义""顺义旅游""顺义作协""家庭教育文化推广中心""杨镇一中""仁和中学"等众多公众号上。

后来，我又迷上了小说演播，经常听小说演播家徐涛、李慧敏、李野默等老师的小说演播，向这些艺术家学习。听得多了，我也尝试录制小说演播作品。我特别喜欢顺义区德高望重的老作家许福元老师写的小小说，先后录制了许老师的小说《倔三爷与二维码》《傻狗》《捡漏儿》，分别发表在《朗诵艺术杂志》公众号和"顺义作协"公众号上。

2021年，中国共产党成立100周年。社教中心朗诵班要组织一场演出，朗诵歌颂祖国、歌颂党的作品，米鸥老师本想让我朗诵《民族忠魂》，因为当初学习的时候，米鸥老师说我是所有学员当中这篇作品朗诵最好的。但是当时由于其他变故，这篇作品改由其他人朗诵了，又改为让我朗诵《青春中国》。接到这个任务，我有些忐忑，尽管我也练习过，但是这篇作品太难读了，总感觉不太适合女声朗诵，况且这次要在舞台上演出，我能读好吗？米鸥老师看出了我的心思，给我鼓劲儿："没问题，你是我学生中水平最高的。"听到老师给予我这么高的评价，我更是不敢懈怠，只能暗下决心好好练习。最终在演出结束后，米鸥老师对我说："你朗诵的《青春中国》，完全可以当范本了，可以说是教科书级的朗诵。"

七一前夕，教育系统在耿丹学院召开"庆建党百年，赞美好时代"七一表彰大会，我作为唯一一个独诵在大会上演出，朗诵《青春中国》。为了在舞台上呈现最好的状态，在驱车前往耿丹学院的路上，我还不忘做发声训练，然后又把《青春中国》背诵了两遍。那次的表彰大会，不仅有受表彰的老师，还有副区长和全区中小学校长和幼儿园园长参加。会后，我们学校的蒋校长给我打来电话。电话中，蒋校长抑制不住的激动，称赞我的朗诵太棒了，并且转达了支副区长对我的高度赞扬。

任教三十余载，我多次参加顺义区教委组织的教师基本功朗诵大赛、顺义区"胜利杯""后沙峪杯"等朗诵大赛、北京市中小学教师朗诵大赛、全国中华经典诵读大赛，多次获得一等奖。

这些成绩的取得并不是我学习朗诵的结束，反而成为我朗诵生涯新的起点。

在学校里，除了完成我的教学工作外，我还开设朗诵校本课程，将我所学到的朗诵知识和技巧毫不保留地教给学生。我还辅导学生参加艺术节朗诵比赛，参加北京市"诵读中国"朗诵大赛，从帮助学生选适合的朗诵作品，到给学生讲创作背景，分析并理解语言，再到对学生声音、动作、眼神予以指导，都是细致入微，耐心讲解、示范。

记得 2019 年夏天，我得到顺义区朗诵大赛组委会的邀请，让我给参加朗诵大赛的选手们做赛前指导的讲座；2019 年中秋节、2022 年暑假，我两次受顺义作协主席的委托，在顺义图书馆给全区的中小学生、老师、朗诵爱好者作朗诵专题讲座。为了使讲座不枯燥，让大家喜欢听，我做了充分的准备。翻阅朗诵方面的专业书籍查找资料，再结合自己朗诵的经验和体会找合适的作品，把理论与朗诵作品相结合去讲解，通俗易懂。为此，我撰写了近一万字的讲座稿。

近几年，我还先后担任顺义区、北京市乃至全国朗诵大赛的专家评委，看到参赛的学生和选手们朗诵水平逐年提高，从他们声情并茂的朗诵，我也看到了他们对祖国语言文字的热爱、对祖国的深情、对生活的热爱，我感到非常欣慰。我觉得，我们老祖宗创造的汉字，不但形象优美，而且朗朗上口，特别适合于诵读。

回顾与朗诵的这份不解之缘，从学到教，有很多的辛苦。同时，也感受到了很多的快乐和幸福。我想，我与朗诵的这份缘还将继续陪伴我的人生。

语丝微言

何雪莲的朗诵，声音自然，清朗纯正；明澈透亮，活泼生动；情感丰富，回味无穷；有山泉的清冽，有金属的质感。或沉郁铿锵，或低柔细腻，或激情澎湃，或娓娓道来。抑扬顿挫之间又不失整体的协调性和平衡。她的学养与修养、成就与成功，都令人敬佩。先天条件固然重要，但她后天的学习与练习、用心与用功，还是起决定作用的。就是所谓的"台上一分钟，台下十年功"。当她获得了种种证书之后，何雪莲并不认为是艺术的结业，而是一种新起点的开始。终身学习，终身努力，终身成长，学无止境。当她获得了种种荣誉后，又将知识悉心传授，耕云播雨，惠及学生，服务大众。这使我想起古希腊演说家德漠斯蒂尼，从小口吃，立志当演说家。于是他口含石子，面对大海的波涛，迎着大风练习朗诵。他最终成了雅典最具雄辩力的演说家。从先贤到今人，说明破茧要靠自己，才能华丽转身，静待花开。何雪莲朗诵时，沉稳、端庄、精致、典雅，以自己的"雪莲之声"，征服了听众，赢得了盛名。

【作者简介】

　　田也，顺义人，国家公务员，中国散文学会会员，中国音乐文学会会员，北京音乐家协会会员，顺义音乐家协会理事，中国历史唯物主义学会国家文化安全与建设研究会理事。曾任顺义区作家协会副主席，《顺义文艺》执行副主编。出版散文集《穿越历史与山河》，作词的歌曲《小河弯弯》在中央电视台播出。

骏马萧萧为谁鸣

　　秋风瑟瑟。循着马致远《天净沙·秋思》的足迹，我来到了北京门头沟区西落坡村。呈现在眼前的，是这样一幅景象：藤不枯，树不老，昏鸦已被雨打风吹去；登小桥，穿流水，家家门前艳阳高；存古道，留蹄窝，马帮驼队不复返。在西落坡村，走了半天欣赏了半天，但我怎么也走不出马致远这个并不算大的今非昔比的精神家园。

　　马致远和京西古道是连在一起的。当年，没有繁华的京西古道，也就不会吸引马致远定居在西落坡村闹中取静，终老于此。马致远的仙风道骨把我引领上京西古道时，已是正午时分。早已饥肠辘辘的我，来到一个古道边叫"竹林听风"的农家院里。女主人迎面含笑，男主人紧随其后。看上去，女主人四十多岁，剪发，圆脸，大大的眼睛，腰身粗壮，说话嘎嘣脆，但又透着和气，一看，就是一个精明干练的农村妇女。我要了一盘韭菜馅水饺，她说再送我一盘小凉菜。她在屋里一边剁馅拌馅一边哼哼着小曲。我站在院子中央，四下打量着这个院落。小巧的四合院里，三面是宽敞的新房，一面是低矮的足有上百年高龄的老房。隔着纱窗，跟女主人闲聊。我塞进去一句，她递出来一句。聊山村建设，聊老人福利，聊孩子上学，张家长李家短。男主人个矮，五十多岁，笑容里带着憨厚，在另一个屋子里为我和面。眨眼工夫，饺子包好了。男的问：都煮吗？女的答：都煮了，别万一不够吃。

　　吃饱喝足，暖意融融，再次踏上古道。古道上，荒草漫漫，石呈褐色。一个个巨大的蹄窝，嵌进光滑的石块，也嵌进了我的记忆里。据说，这条古道是民间集资，由老百姓劈山通道，铺设而成。看着在荒山野岭间穿行，在老百姓血脉里穿行的古道，我不禁感慨万分。记得一位已谢世的老作家曾这么说过：长城是一撇，京杭大运河是一捺。这一撇一捺，构成一个人字。而我要说，京西古道让这个"人"变得更加粗壮了。这个字，日夜笼罩在崇山峻岭之上，笼罩在华夏儿女的心头，穿越时空，栉风沐雨，坚如磐石。祖先为大，人民为大！

一条被林荫覆盖的平整的水泥路把我送到了马致远故居前。故居门前有一沟，沟上，一座小巧的石拱桥把故居和街道连为一体。桥两侧的汉白玉栏杆上，各有一排石猴，所以，称其为"猴桥"更为贴切。沟内有哗哗的流水。也许马致远创作的那些小巧玲珑的散曲，就得了门前小桥的灵气，精致得让你一读再读，把玩不已。

故居坐西朝东，是个四合院，有十七间房，占地七百多平方米。院中有一井，已枯。环抱着院落的，是一圈粗细不一、高矮不等的香椿树。原来，香椿树和柿子树是西落坡村的当家树。从西南角院墙抬头望上去，正对着村西一座高山的半山腰处，正可谓"青山正补墙头缺"。

马致远的起居室，他自称"东篱馆"。化陶公"采菊东篱下，悠然见南山"之意。起居室的墙壁上，悬挂一联：

雨过琴书润

风来翰墨香

我想，有东就有西，大概还有一个什么"西篱馆"吧。可是，这个"西篱馆"又在哪里呢？

元代的风风雨雨，塑造了马致远这个栋梁之材。显然，晚年的马致远还在呼风唤雨，似乎不减当年"佐国心、拿云手"的青云之志。隐居于群山之中的马致远依然在风雨中呼号，但这种呼号已不再是发自一个热血青年之口，里面饱含着杜鹃啼血的味道，有悲壮，更显凄凉。这是他的可贵处，是他的独到处，也是他遭到后人误读的源起。

故居的对面，就是一个叫"大寨"的遗址。建于金代，是个高级监狱。据说，北宋的徽、钦二帝被俘后曾囚禁于此。而今，陪伴它的只有荒草、瓦片和一片树林了。马致远住于监狱西侧，离监狱只有一墙之隔。是他有意与囚徒为伍，还是迫于外力，不得已而居之？年轻力壮时，能走南闯北；年老体弱了，又能面对阴森森的高墙坦然而隐居，醉心于鸟鸣花香，我真叹服于他对大自然的痴迷，更叹服于他对外界环境的超强适应力了。

走出故居，向南拐，是一条窄坡。沿坡边细水逆流而上，妇女的说笑声不绝于耳，水声也越来越大了。原来，前面不远处，就是泉水出口了。在泉水边，有三五个妇女在摆地摊、卖青菜。量小，品种简单，但也是一片花花绿绿的世界。看得出来，是自家种的。她们只顾叽叽喳喳地聊天，基本不吆喝。对过往行人，那意思，您瞧着办，买不买，随您便。似乎卖菜是假，以菜为媒，聚在一起聊聊天，一吐肺腑之言才是真的。这也许算是世界上最小的集市了，但有人心包裹着，温暖着，一点儿也不显得冷清。

据村里老人说，这泉水有年头了，有这村就有这泉了。我进而想说不定，没有这村之前，就有这泉了呢，只是没有留下关于泉的确切文字记载罢了。千年之村，万年之泉！

我来西落坡这天，村里出了件不大不小的事，就是这泉水异常了出奇的旺，还出奇的浑浊。旁边守着泉水卖菜的几个妇女再也坐不住了，叽叽喳喳的，非要找人弄出个所以然来。这时候，一个瘦小的老人东跑西颠，找完张三找李四。我一打听，才知道，老人是想找村里懂行的给瞧瞧这泉水到底是怎么回事。

马致远是不幸的。志高云天，才高八斗，可惜，科举废除，汉人遭受排挤，想登天，但没有阶梯，他也只得混了个风尘小官。二十年漂泊之后，看破红尘，晚年屈居于古道边，寄情山水花草，寄情散曲杂剧，"老了栋梁材"。而更不幸的发生在他身后，他的归隐和秋思作品几乎铺天益地，满纸是醉，满纸是愁，以至于后人只知道他厌恶官场，追求桃源仙境，心境决凉而忽略了他追求美好生活的浪漫的一面。最明显的"忽略者"是明代的江苏人朱素臣和李玉。在他们编纂的《北词广正谱》一书中，《拨不断·夏宿山亭》和《粉蝶儿》，本来是马致远写的两首元曲，就因为其中有对大自然的溢美之语他们偏偏来个张冠李戴，硬说成是别人所作，实在按不上作者名字了，宁可说成是无名氏所作。

马致远真是冤而又冤啊，我的心像被撕裂了一样隐隐作痛。难道志高云天的马致远就不能有对美好生活的向往之情？难道归隐山林的马致远就只有悲秋之思，就没有阳光之思的资格？难道"恰待葵花开，又早蜂儿闹""山禽晓来窗外啼"，"满眼云山画图开"这些画面，就不是马致远亲手描绘的？

抚摸着故居门前马致远的头像，我真想说：先生，后人对您太不公正了，您太不幸了。被困在这崇山峻岭里的，不光是您的身躯，还有您对未来充满诗情画意的美好理想。不料，他用青筋突显的手正正头上的帽子，对我笑了笑，轻声细语地劝慰我：别那么伤感，这算什么，这就是历史。既然历史是人写的，就有作者的好恶掺杂在里面，还是多一份谅解吧。原来我也不理解，现在我理解了。我仰起头，望望天空，似乎想寻找什么，可是一无所有。树呆立，叶无语。

不过，马致远又是幸运的。陪我上山拜谒马致远墓地的老人叫马成瑞，瘦高个儿，眼睛小却有神，七十多岁了，背不驼，腰不弯。见到我时，老人还没吃午饭，吃了饭，本来还要下地干活浇地的，但我说明来意后，老人不顾年老、饥饿和农活，爽快地提出先带我去山上坟地看看。在布满荆棘的陡峭的山道上穿行，我生怕老人跌倒，几次伸手要搀扶老人，老人都拒绝了。老人腿脚的利索，令我自叹不如。半山腰的草丛里，一堆堆石头，随处可见。老人指着脚下的一堆石头说，每堆石头下面就是一个坟墓，都是马家后代，究竟有多少人埋在这里，因年代久远，实在数不清了。我猛然醒悟，石头是压坟纸用的，本来当初是有坟头的，因为雨水的冲刷，土被冲走了，只剩下一堆石头。老人带我迈过这片石头，继续朝上攀登，终于站在了一个巨大的长满荒草的土丘前。我倒吸一口凉气，呆呆地站在那里，愣住了。难道这就是马致远吗？这就是马致远！这就是马致远！心里阵阵酸楚。此时此刻，再说什么都是多余的了。

只有深深地鞠躬，深深地鞠躬……

老人告诉我，当年，马致远落脚西落坡村后，第一件事就是爬上这座山为自己选墓地。他选墓地那天，看见从东南方向飞来两只大凤凰，落在了半山腰上。他就把墓地选在了凤凰落地的地方。我看见，墓前有一棵柏树。老人说，是他去世前，亲手所植。这里山风习习，菊花烂漫，鸡鸣犬吠，可谓一隅仙居。我忽然意识到，这不就是马致远生前含而不露的"西篱馆"吗？尽管壮志未酬，也算是死得其所了。

马成瑞老人瘦削的体态、文静的气质和憨厚朴实的性格，让我自然而然地想到了马致远。也许马致远就是这个样子吧。

忽然，我想起了什么，匆匆返回马致远故居。在故居院子里，沿西南角的院墙望上去，惊喜地发现，这里正对着他坟墓的方向。也就是说后代子孙不用出院，不用爬山，不费吹灰之力，就可以凭吊马致远了，好一个"青山正补墙头缺"！为了后人，老人想得多么完美无缺。

马致远是一匹骏马。早年的马致远，为仕途理想而日夜长啸，而苦苦奔波。晚年的马致远，依然是一匹骏马，依然在长啸，只不过，他长啸的是秋思，是归隐，更是对未来美好生活的无限向往。我的脚步急促起来，我在追寻，追寻那个属于我们自己的独特而又美好的，源于马致远而又高于马致远的精神家园。

夜幕降临，踏上归途。蓦然回首，只见不远处的山脚下，马致远正在溪水边，正在花丛里一掬水，月在手，弄花，香满衣。

载《顺义文艺丛书·文学卷》

语丝微言

大约在我二十岁之前，就背诵过马致远的散曲《夜行船·秋思》，登在家兄高中语文课本上。犹喜最后的几句："裴公绿野堂，陶令白莲社。爱秋来那些，和露摘黄花。带霜烹紫蟹，煮酒烧红叶。人生有限杯，几个重阳节？嘱咐俺顽童记者：便北海探吾来，道东篱醉了也!"我那时虽青春年少,却钟情这老气横秋的句子。我性格中偏爱乡野,也许受了马致远的影响。现在读了田也的散文《骏马萧萧为谁鸣》,真是感触良多。田也读书甚多,文笔老成,是懂马老的。马致远才华横溢,有从政之志。但在当时的元朝,废科举,轻汉人。像关汉卿、马致远、王实甫、白朴这样才志之士,不得不混迹青楼,寄情山水。但正是这样,"利名竭,是非绝。红尘不向门前惹,绿树偏宜屋角遮,青山正补墙头缺。"元朝少了一个官员,文学史多了一位散曲大家。

【作者简介】

刘飞鹭，字忆梦，号甫鹭轩主。女，汉族，1978 年出生，中共党员。诗人、作家，自由职业。中国散文学会会员，中华诗词学会会员，世界华文作家联合会会员，北京楹联学会理事，北京诗词学会会员，顺义区作家协会副主席，顺义区摄影家协会会员，顺义区老干部书画协会会员。顺义区第二届青联委员，顺义区人民法院人民陪审员（2012-2022）。资深媒体人、公益人、特约撰稿人、资深编辑、讲师。曾任人民日报《国际金融报》会展周刊特约记者，《当春》杂志编辑部主任。2005 年开始文学创作，至今于省市区级多家报刊发表数百余篇作品近百万字篇佳作入选丛书等专辑系列。

静 待 花 开

不知不觉中，秋去冬来，女儿的初三学期已经过去了两个多月。雨雪交加的午后，四百余名家长都来到学校开家长会。这次的家长会无非是学校的老师和领导对孩子们的又一次激励，并通过第一次月考的成绩能够使家长对自己的孩子有一个客观的认识。这所谓的认识，也是让孩子们对自己的未来，或者说是对自己的梦想有一个明确的方向吧！我记得自己在初三那年，还没有毕业，就已经想好了毕业后去做什么工作。那个时候，已经有宾馆到学校里招聘毕业生，做服务员。有长相好的、条件好的，都竞相去报名，希望可以被提前招聘走。这样，就有了工作，不会为将来找不到工作而发愁了。那个时候几乎听不到哪个学生或者家长说要考什么高中，或者上什么大学。学习好的都会以考上中专为目标，而差一些的则是技校或职高。谈起梦想，就是无论有没有学上，都希望自己在毕业后能有一份体面的工作。

也有像我这样，学习中上等，因报考志愿过高，误打误撞被高中录取了。原以为高中是没有什么出路的，那个时候多么羡慕那些上了中专或是技校的同学。可是，三年过后，又不明不白地考上了一所大学，顿时又被那些上了中专和技校的同学们所羡慕。大学毕业后，又赶上不包分配，自己东奔西跑找工作。青春在，梦想就在。那时的梦想还是能够找到一份体面的工作或者有一份属于自己的事业，无论是娶妻、嫁人或是成家、生子，都能够生活，并且生活得更好一些。所以，不停地学习各种技能，考律师、学会计证、学电脑、考驾照……以便可以有更宽的路选择。造物弄人，后来所学的种种似乎都与现在从事的工作无关。当与女儿谈及梦想之时，时代的南辕北辙，让我有那么一刻大脑是空白的，不知该如何谈起。因为，此一时代与彼一时代真的不能同日而语。但是，目标该是一致的吧？那就是拥有一份体面的工作或者属于自己的事业，让自己和家人生活得更好。再深奥一些，就是充分体现自身价值，确立自己的人生观、价值观。

那么，上高中，上一所好的高中，再上一所好的大学，便成了我们这些家长对孩子最大的期望。

女儿问我："妈妈，您现在的梦想是什么呢？"其实凭借她的聪明才智，不用问也知道我的梦想是什么。没等我回答，她就说：""我猜，您的梦想就是希望我能考上重点高中，再考上名牌大学吧？"

我笑了，不知道该不该默认，她猜对了。如今早已过了而立之年已近不惑的我们，特别是一位母亲，梦想是多么的奢侈。就自身而言，早已过了那个不服输、不认输的年龄。唯有在平平淡淡的生活中，将希望寄予下一代，盼望着他们能够学有所成，成就一番功业。能够在他们自己的人生路上，少些坎坷，多些成绩。不求什么丰功伟绩，但也能在平凡中品味到人生的成功与乐趣。

我对女儿说："梦想就像是一粒种子，只要你肯将她种在心底，再配以雨露滋润，种子一定会生根发芽的。能够结出什么样的果，就要看你的种子是什么，你所浇灌的雨露是否适量，是否合时宜。比如，你种下了一粒苹果的种子，不会结出梨来；你种下了一粒黄豆的种子，不会结出绿豆来。你浇灌的雨露适量又合时宜，那么果实一定丰硕，反之则无法估测。如果你的梦想是一所重点高中、一所好的大学、一份好的工作，那么，你在内心深处埋下了这粒种子，加以勤奋的耕耘与灌溉，一定会生根发芽且开花结果的。"

女儿似有所悟，便写下《埋下梦想的种子》，以此来激励自己。而我则甘愿做一名园丁，静待花开。

（原载 2015 年 11 月 13 日 《北京日报》）

语丝微言

"西塞山前白鹭飞。"刘飞鹭是顺义的才女，她的这篇散文，写得情真意切，更有哲理存焉。"静待花开"，似乎是天地之大道、自然之规律、人对客观的认知和人生的感悟。春复夏，秋又冬。季节的转换都须静待。于隆冬中企盼春天，须静待，躁动无用；从春花到秋实，须静待，拔苗助长不成；江河亦如此，源头大抵是涓涓之水，待汇集万千细流之后，才能成其汤汤。刚破土而出的一棵树的嫩芽到长成合抱之木，这需要多少时日的"静待"呀！至于沧海变成桑田，新星从银河跃出，这个"静待"真让人不可思议。至于人生百年，从襁褓——幼学——弱冠——而立——不惑——天命——花甲——古稀——杖朝——期颐，每个阶段的转换，都要"静待"，不可替代，不可逾越。以此观社会，亦如此。所以，静待是一种等待、期待、善待；是面带微笑的耐心、耐力，也有点无奈。是开悟、智慧、哲思。对一个人的修为来说，以如如之心的禅意，静待花开，守候过程，是淡泊明志、宁静致远的一种境界。

【作者简介】

申士海，1946年生，顺义区人。曾就职北京市农林科学院土壤肥料研究所。曾任中华诗词学会常务理事、北京诗词学会副会长、《北京诗苑》编审。现任中国楹联学会名誉副会长、诗赋委员会副主任。北京楹联学会会长、顺义区诗词学会名誉会长。野草诗社十老之一。中华诗词学会高研班导师。诗联赋作品曾散见于《北京日报》《党建》《人民周刊》《诗刊》《中华诗赋》《中国楹联经典收藏》《中华诗词》《中华诗词年鉴》《北京诗苑》等报刊并多次获奖。曾获得中国楹联学会特殊贡献奖和中华诗词学会重要贡献奖。

春 联 漫 谈

春联，顾名思义，是春节(除夕)时人们以红纸书写吉语，贴于门上的对联。古人亦称"春贴"或"春贴子"。

春联属于对联的一种，因此，要谈春联，我们不妨先从对联讲起。对联俗称"对子"，简称"对"，雅称"楹联"。它是一种独立文体，是我国文艺百花园中的一朵奇葩。"撑天挂地两行字，涵古纳今一副联。"对联是我国特有的文学艺术形式，是我们弘扬传统经典文化的轻骑兵。它"敢在天子宫门站，喜入农家伴苦僧"。雅俗共赏，实用性强，是我国首批非物质遗产项目，是国粹中的精华。

追根溯源，对联文化历史悠久。现有史料表明，对联始于晋代以前。据《后汉书·孔融传》记载："(融)及退闲职，宾客日盈其门，常叹曰："座上客恒满，樽中酒不空，我无忧矣'。"即是佐证。历来人们大多认为春联起源于"桃符"。宋代大文学家王安石《元日》诗云：

> 爆竹声中一岁除，春风送暖入屠苏。
> 千门万户瞳瞳日，总把新桃换旧符。

我国古代传说东海度朔山上有棵大桃树，树下有神茶、郁垒二神守卫，日唤百鬼，神力无边，故人们在桃木上画上二神像，悬于门旁，以避鬼驱邪，祈祥纳福。后来人们用诗文代替神像，做成桃符。据《宋史·蜀世家》记载：孟昶（蜀后主）每岁除，命学士为词，置寝门左右末年（蜀亡的前一年）除夕，学士辛寅逊撰词，昶以为非工，自命笔云：

> 新年纳余庆，
> 佳节号长春。

这一名联，多数学者认为是最早的春联。

对联这一文学形式，明代以来有较快发展，清代为鼎盛。这两个朝代名人辈出，佳联最多。

据传明代大学士解缙，幼年时曾在自家大门贴上一副对联：

> 门对千株竹，
>
> 家藏万卷书。

此联引起街坊曹尚书的不满（曹家后花园竹林正对着解家大门），曹让人砍断竹子（隔墙就看不见了），而解则在大门对上添了"短""长"两个字，此联便成了：

> 门对千株竹短，
>
> 家藏万卷书长。

有力地回击、取笑了权贵。

另传，解缙才思泉涌，他曾撰春联两副，其一：

> 除夕夜无光，点数盏灯，为乾坤增色；
>
> 新春雷未动，敲一声鼓，替天地扬威。

写得气势磅礴，淋漓尽致。其二：

> 天上月圆，人间月半，月月月圆逢月半；
>
> 今宵年尾，明早年头，年年年尾接年头。

此联运用规则重字的技巧，把上元节和除夕写得美不胜收。到清朝，除小说外，对联成了另一种时尚文体。不少文人雅士创作了许多传世之作。如林则徐先生的联：

> 苟利国家生死以，
>
> 岂因祸福避趋之。
>
> 海到无边天作岸，
>
> 山登绝顶我为峰。
>
> 海纳百川，有容乃大；
>
> 壁立千仞，无欲则刚。

再如画竹大师、大书法家郑板桥的述志联：

> 虚心竹有低头叶，
>
> 傲骨梅无仰面花。

这些都属登峰造极之作，可称千古绝唱。再看 2013 年北京文明委春节楹联征集活动中获金奖的湖南吕可夫先生所撰之联：

> 美丽飞梭，织中国梦；
>
> 文明泼彩，绘北京春。

短短 8 字，融进了时间"春"、地域"北京"主题"(美丽)中国梦""文明(北京)"，用形象思维"飞梭""织梦""泼彩""绘春"，表达主旨，足见作者深厚功力。

更值得重点一提的是：今年(2016年春节)由北京市文联主办、北京楹联学会协办的"决胜十三五，全面建小康"春联征集活动中出现了许多让人眼前一亮的佳联。如山东邹城韩冰攒了的金榜联：

> 共赴小康，福在黎民心底写；
>
> 宏铺伟略，春从祖国梦中来。

此联描写了广大人民群众拥护党的领导，热爱祥和、安定的幸福生活，宏图伟略、决胜小康的壮志豪情，赞美了祖国像春天一样，富有蓬勃朝气，其意境令人神往。再如广西陈英训题的金榜联：

> 五千年梦想，汇作中华连续剧；
>
> 廿四字箴言，编成盛世主题歌。

此联用我们熟悉的"连续剧"比喻五千年梦想，用"主题歌"来比喻核心价值观的二十四个字，可谓生动形象。难怪在网上一公布，便赢来一片彩声。再如河北唐县王淑鸿的银榜联：

> 点击京华，扫描幸福二维码；
>
> 添加德政，关注乐忧百姓心。

河北定兴县李金明的银榜联：

> 让理念刷新，追梦神州当创客；
>
> 为文明点赞，迎春盛世秀颜值。

山东鱼台县王旭的铜榜联：

> 绘发展蓝图，开放流程臻大美；
>
> 享改革红利，幸福指数上新高。

这三联的共同特点是与时俱进，用了许多流行网语，如："扫描""点击""二维码""刷新""点赞""创客""颜值"等来关注京华春色，神州梦想，盛世宏图，歌颂改革开放的丰硕成果，显得亲切、生动、形象而有张力，令人记忆深刻，拍案击节。再有，贵州孙羽的铜榜联也很精彩：

> 盛会欣描五彩图，给春增色；
>
> 金猴奋起千钧棒，为梦护航。

此联用西游记中孙悟空的喜人形象，比喻猴年打虎拍蝇，继续"金猴奋起千钧棒，玉宇澄清万里埃"，要用法治的武器，清除坏人，打掉贪官，为实现伟大的中国梦保驾护航。

更为有意思的是吉林伊通县吕子荣的银榜联：

> 大美中华，《阳春》处处呈《多丽》；
>
> 小康社会，《歌令》支支唱《合欢》。

此联引用四个词曲牌名，来赞美歌唱伟大的祖国和幸福的小康社会，真是构思新颖，不落俗套。山东莒南县赵进轩的优秀榜联：

> 羊岁收官，捷音迭报；
>
> 猴年揭幕，好戏开台。

山西汾县薛启发的优秀榜联：

> 擂三通鼓，为小康提速；
>
> 剪万朵梅，把绮梦染香。

此联也独具特色，别开生面，十分"养眼"。

佳作极多，不胜枚举……

最后，我提几点撰写春联和贴春联的注意事项，供大家参考：

一、春联最好自己创作或请人撰写。市场卖的印刷联过于俗滥，不切实际，且大多不遵联律。

二、撰联者最好学习一些楹联知识，免出笑话。须知，不是任何对偶句就是楹联。联文一定要符合中国楹联学会 2008 年 10 月 1 日起颁布的《联律通则》，要求春联创作与普通对联一样，要上下联字数相等，收尾上仄、下平，词性对品、结构对应、节律对拍、平仄对立(句中平仄交替，上下联对应节点上的字平仄相反)和形对意联。

至于春联，一定要与春天相关，宜短不宜长；要用红纸写，突出节日喜庆气氛；最好写横批：不要用不吉利的字句。

三、要在除夕前贴，贴时注意方位(与贴者面向方分左右)：上联(尾仄声字落底)贴在门右边，下联(尾平声字落底)贴在门左边。

四、横批要从右至左写。

(原载 2016 年 2 月 8 日中央纪委监察部网站首页头条)

语丝微言

此书名为《顺义小说选》，顾名思义，入选皆应为小说，小小说、短篇小说、中篇或长篇小说之节选。但顺义作者之中，有不少好散文、好杂文、好随笔，如不入选，实有遗珠之憾。但又顾及此书文本和主体，只好美其名曰以"非虚构"，择少许而选之。申士海的这篇文章，即缘于此。文章不长，但资料翔实，剪裁得当。对春联这一文类的起源发展、风俗勃兴，予以梳理，透彻分明。且所引楹联，今古奇观，佳作上乘。评论恰到好处，画龙点睛。又循循引导，使初学者渐入佳境。对偶、平仄、音韵、意境这些楹联秘发，被解构得通俗易懂。所以，文化只有面向大众，才会更有生命。

【作者简介】

张宝党，国企宣传干事出身，曾在新闻媒体机构从事编辑、记者工作十余年，崇尚"读万卷书，行万里路"，有着八年雪域高原援建经历，发表新闻通讯、散文、文学评论百余篇。醉心国学，迷恋文学，怡情书画、音乐等，现供职于中国黄金报社。

阅 读 之 恋

他是个喜爱阅读的人，这个习惯从年轻时期就培育形成了。

彼时，他刚从豫西工业专科学校毕业，被分配到西部一家大型国企工作。初期，他在生产流水线当装配工人，每天按照工艺图纸，把机器设备零件组装到一起，完成产品成型最后一道工序。结束一天的劳作后，他常会走进职工俱乐部图书阅览室，翻阅报刊。那些年，阅览室的墙壁上常悬挂："书山有路勤为路，学海无涯苦作舟""世上无难事，只要肯登攀"以及培根的"读史使人明智，读诗使人灵秀，数学使人周密，科学使人深刻"等标语警句，激励广大青年职工奋发向上。

上班没多久，他与一位相恋两年的女同学携手进入了婚姻殿堂。婚后，他才感觉到周围环境不像学校那样单纯，复杂的人际关系让人无所适从，因而常常陷入烦恼之中。走进阅览室，翻阅《十月》《当代》《中篇小说选刊》等文学期刊，会让他忘却不快，化解心中块垒。在阅读中，他领略到精神家园的丰富多彩，感受了烟火人间的恩恩怨怨，对社会人生产生了新的认识和期待。

几年后，凭借自身的一点绘画基础和参加全国成人自学考试取得的优异成绩，他调入了机关部门从事宣传工作。企业的黑板报、宣传橱窗、会议标语以及绘制安全宣传画等，成了他施展才干的舞台。与此同时，他也有了更多阅读报刊的机会。为了提高写作水平，他借来厚厚的《现代汉语写作辞典》研读，其中包括小说、诗歌创作技巧等。上世纪八十年代，正是中国文艺复兴的黄金时期，他阅读了大量优秀文艺作品，比如：蒋子龙《乔厂长上任记》，刘震云《塔铺》《新兵连》，毕淑敏

《昆仑殇》，刘恒《狗日的粮食》。还包括柯云路的《新星》《大气功师》，等等。阅读打开了眼界，增强了信心。他下定决心，要随着社会"下海潮"的涌起，走出工厂，到外面的世界"看一看"。

由于工作需要，他时常与市报记者打交道，一来二往，双方增进了友情。一天，他从记者朋友处获得一个信息，市报社采编部拟招聘一名文字编辑。他按要求把自己在报纸杂志上发表的一些通讯文章，剪辑装订成册，报送过去。很快，他获得了录用通知。真是喜从天降啊！他兴奋地告别了工作八年的企业，走进了小城的文化单位，从事喜爱的宣传工作。可他当时并不知道，这只是万里长征迈出的第一步，后面道路上的各种风浪都在排队迎候着他呢。

所从事的宣传工作，就是把报社业务人员带回的企业产品简介和专题宣传材料，根据报纸版面大小要求编辑成相应字数文章。那时还没电脑，要在满是小方格的纸上画出版样效果。在部室主任的指导下，他慢慢上了路，逐渐得心应手。报社二楼设有图书阅览室，职工可在此歇息、翻阅报刊。为此，他与阅览室已是花白头发的老吴相处很好，一有新到的文学期刊，老吴都会给他打招呼。他也常常携带新购的图书到办公室阅读，比如：乔·吉拉德《世界上最伟大的销售员》、王志刚《策划旋风》等相关市场营销书籍。一次，一位报社资深编辑看到他在阅读奥修的《静心，狂喜的艺术》，感到非常诧异："你年轻轻的，怎么会读这类深奥的书？"他没有觉得多深奥，只是感觉蛮神秘蛮费劲的。那是一本需要静下心来，进入作者思维后，才能明白的哲学专著。

在报社工作了两年，如同老黄牛一样敬业的老主任，把报社广告宣传业务做得风生水起，产生了显著经济效益，也引来了他人的眼红。报社决定对广告宣传板块实施承包，踌躇满志的年轻记者一举拿下了这块"肥肉"。"一朝天子一朝臣"，他不得不另谋其他生路，通过朋友推荐，他应聘小城一家杂志社，做起了文字编辑工作。虽然待遇不理想，但有充足的时间进行阅读，加上本职工作就是看稿件，不知不觉一干又是八年。阅读，已成了他的生活习惯，生命潜意识的需求，一天没有书读，他就会做事心不在焉。阅读，也以早期的文学作品为主，逐渐转换到了以人文社科类为主，尤以中国古代典籍《道德经》《庄子》《易传》及《论语》为最，开始信奉"文胜质则史，质胜文则野。文质彬彬，然后君子"。

进入九十年代中期，商品大潮波涛翻滚，杂志社为了经济效益，使出了浑身解数，宣传报道成了记者创收的有效载体。面对"夸夸奇谈"的报道文章，他失去了兴趣，工作变成了"鸡肋"，加上家中儿子一天天长大，面临着上大学、结婚成家的压力，没有丰厚的经济收入怎能行。于是，他考虑离开这个喧嚣之地。

"行到水穷处，坐看云起时。"就在他为之苦恼失眠之际，老板找他谈话，称杂志社水太浅养活不了大鱼，推荐他到青藏高原一家新建的矿山企业从事文职工作，主要撰写各种汇报材料、开展宣传报道等。经过一番思想斗争，他果敢踏上了进藏列车，前往神秘的茫茫雪域，开拓新的事业。

高原新建企业，现代化的生产生活设施没得说，职工文化活动中心到了夜晚灯火明亮、喧闹无比。阅览室摆放有文化书籍供职工选择，单身宿舍的床头，也堆满了他喜爱的书籍。经常性地加班加点写材料，回到宿舍看电视成了最好的消遣。唯一的读书方式，就是周末乘车到拉萨后，图书馆、新华书店成了他的私密去处，在那里阅读、喘息，恢复精力，可用"躲进小楼成一统，管他冬夏与春秋"来形容。

反映西藏风情的文化丛书，有《藏地密码》《仓央嘉措诗歌集》《西藏生死书》以及《西藏文学》期刊等，这都是他涉猎的范围。在一次次的阅读中，获得了精神滋养，增强了对少数民族文化的思考和认知，相应的文学艺术视野也变得更深刻、更久远了……

其实，在西藏购买的书籍并没有阅读完，有的可能只看了个开头，但这些都无妨，那种无形的气息已经融入了身体、心灵。那段岁月里，他常因休假要乘飞机往返于内地与拉萨之间。一次，他正在昏暗的机舱内阅读西藏美女作家羽芊的《玛尼石》，一位靓丽的空姐悄无声息地走过来，为他拧亮头顶的射灯，顷刻间，一束柔和的光线洒落书页之上，也温暖了心房，他体味到了古代文人"红袖添香夜读书"的美妙意境。

冥冥之中似乎有一种无形的安排，总有让人意想不到的事情出现。就在他的儿子大学毕业，被安排到北京工作，需要家长扶持成家落户之际，天公作美，因工作之故，他被借调到北京总部从事宣传工作。记得离开拉萨的前一夜，高原四位文友为他饯行，酒酣耳热之际，一位写诗的四川小妹，赠送他一本《不负如来不负卿》个人诗集，还陪同到八廓街挑选返家所带的礼品。那晚，夜色朦胧、灯火阑珊，娇小玲珑的她陪着他，逛了一家又一家礼品店，最终选定一枚漂亮的绿松石。那温馨的一幕，永远定格在了他的记忆深处。

首都，处处浸润着浓郁的传统文化气息，在这里你即使不读书，也会染上几分知识分子的学究气质，何况一个喜爱阅读的人。业余时间逛书店、图书馆，成了他的一大爱好。图书馆的好处多多：一是书籍多，想看的书大都能找到；二是环境安静，可以边读边打瞌睡，弥补前一夜的睡眠不足；三是离了世俗生活，不会被家务影响和分散精力。《十月》《当代》《新华文摘》这些曾在高原阅读的刊物，又在这里与他相遇，不仅仅这些，还有《北京文学》及全国各地的文学期刊，只要是喜欢的，都可以找来尽情阅读。

有一段特别的故事，不能不细说。他认为，自己的文学写作水平提高与那里浓郁的文学创作氛围和作家们的影响密不可分。记得，那一年冬天，单位宿舍搬迁到了顺义区，一个周日下午，他找到了区图书馆正在阅览期刊之时，工作人员吆喝，让读者上二楼会议室听取讲课。当他迈进会议室时，只见主席台上方电子屏幕上闪烁"潮白河文化讲堂"几个大字，教室里已就座了许多老老少少的文学爱好者。一位顺义老文化人在讲授对联的写作技巧，老先生和蔼可亲的相貌，给人留下了深刻印象。当时，他为遇到这样一位中文老教师欣喜不已。

正当他听得津津有味之时，身旁的空位坐下一位着装时尚的年轻女士。他感觉有些紧张和精神恍惚，每当与漂亮女士近距离接触，都会有这种奇妙感觉。于是，他用余光打量着她，并且壮胆搭讪道：你也爱好写作？女士没有正面回答，只是报以羞赧的微笑，然后继续摆弄手机。活动结束后，授课老师与大家集体合影，他拿出手机抢拍了几个镜头。回来后，在手机中仔细打量同桌女士，一双明眸满含深情，笑意粲然，给人一种似曾相识的感觉，可能就是人们所说的"眼缘"吧！遗憾的是三年疫情，文化部门停止了一切线下文化讲座活动，那位女士也从此消失于他的视野中。

有一天，他根据在图书馆获得的讲课信息，走进了区文化馆一楼的小型会议室。本想这是文学爱好者聆听讲座的课堂，未料，这是区作协大伽们的文学创作交流座谈会，他属于贸然闯入者。幸好，二三十人彼此之间还不太熟悉，开场白需要自我介绍，他这才释怀。在这里，认识了笔耕不辍几十年的老作家王克臣，其文学创作硕果累累，至今还在自筹资金创办文学期刊《希望》，那是当今中国唯一一份村办刊物，文学创作已成为耄耋老人宗教般的信仰；面容清秀的年轻女作家岩颜（后来得知她是区作协主席），着重讲述了当代文学创作理念及个人写作实践，逻辑清晰，观念新颖，令人刮目相看；身为中学教师的女作家张艳，其作品极具时代气息，以校园师生之间的矛盾纠结和教育感化故事，展示了当代知识女性的敬业奉献精神；还有一位军队转业的文化干部，以剧本创作实践的不菲成绩享誉京郊文坛，为全区文艺创作增强了政治引领与责任担当。

那天回到宿舍，他手捧新一期《顺义文艺》翻了个遍。每一篇作品都是既熟悉又陌生，曾似相识又感觉非同凡响。在心里，他为京郊气韵生动的文学实践活动而感动，也为有幸认识一批作家朋友深感荣幸。在期刊中，作家杜文亮的短篇小说《秋风送来棒子花的清香》，仿佛把他带回到了那个遥远的过去，品味着那个年代年轻人真挚而美好的爱情。欣喜之余，他撰写了一篇读后感式的评论文章，对作者清新朴实的文风褒扬了一番。因此，也正式结识了一位老作家，并有了后来的友好交往。

疫情结束后，但凡是周末，他都会来到区图书馆阅读报刊，赶巧了还能参加区作协组织的文学讲座活动，对之前一些似是而非的文学理念、写作技巧、主题挖掘等有了更深的领悟和体会。难能可贵的是，在一次次活动中，他有幸与顺义老作家许福元相识。许老师是一位老当益壮的文学创作者，这位农家出身曾经干过泥瓦匠的京郊汉子，自年轻时就酷爱文学，在经年的辛苦劳作中，始终不忘读书学习，在退休的年纪才开始了真正意义上的文学创作。为了参加作家班培训，许老师常常奔波往来于城中心和市郊区，虚心向名家讨教，甚至到大学课堂旁听中文系教授讲座。功夫不负有心人，许老师的短篇小说语言精练、老到，清新气息扑面而来，其游记《印象美国三十天》吸引了众多读者，其真实表述、诗意描绘给人一种身临其境的感觉。在古稀之年，许老师又创作出版了长篇历史小说《洋桥破浪》，叙述了民国时期潮白河上修建闸桥时发生的故事，呈现了一幅京郊风土人情的厚重画卷，赢得了文化圈的广泛好评和推崇，自此成为顺义区文学创作队伍中的领军人物。

令人惊喜的是，著名作家刘震云也来到顺义区作协讲授写作，并应聘担任了区作协名誉主席。那天，作为一名新会员，他兴致勃勃地参加了新一届作协代表大会。会上，近距离领略了大作家的精神风采，聆听了一堂幽默、风趣、睿智的文学讲座，受益匪浅，使他坚定了从事文学创作的信心。为此，他专门跑到新华书店购回《我不是潘金莲》《一句顶一万句》等书籍，意在对刘氏的写作手法和独特风格进行品味和借鉴。

"读书破万卷，下笔如有神。"他也开始拿起笔来进行心灵的叙述，准确地说是打开电脑，坐在屏幕前敲击键盘，一篇篇散文随笔跃然纸上。《我读呼吸》《我不是苏东坡》《见，还是不见》《惊涛拍岸卷起千堆雪》等作品见诸各大网络平台，获得众多点赞和好评。喜欢阅读、热爱阅读，自然就会动笔书写，这也是文学创作的一体两面吧，它可以引领人到达世界虚构和非虚构的任何一个角落，为持续行万里路，提供精神及物理指南，也可以"诗意地栖居在大地上"。

阅读吧！当一个人全神贯注投入阅读中，就意味着开始寻找自己的诗与远方。如今，只要得空，他就会走进新建成的顺义区文化中心图书馆大楼，把阅览室当成自己的书房，把一排排的书籍当成自家的珍藏，需要哪方面的资料便可以随时查找，有些鸿篇巨制还可以借回家中翻阅。阅读、写作，也让他成了一名精神产品的制造者，俨然一副作家形状。

回溯走过的路，企业俱乐部、报社阅览室、杂志社编辑部以及西藏的书店和首都的各大图书馆，都成了生命中的驿站，是他行走天涯寄托心灵和修养心性的地方。这些驿站，为他筹备粮草、充填电力，开启智慧、育化灵性，激励他在广袤的天地间激扬文字，手写我文、心抒我情，将一篇篇文章精心打磨出蕴含时代的光辉，以驱逐心灵的阴霾，照亮脚下前行的路……

语丝微言

作者的这篇"阅读之恋"，完全以一个阅读者的角度、视觉来看阅读的。阅读，作为一个中国人，首先是阅读汉字。据《淮南子》一书记载，仓颉造字成功时，"天雨粟，鬼夜哭"。因为人类从此告别野蛮，走向文明。中国人自古以来就重视读书，注重学习。《论语》开篇即是"学而时习之，不亦说乎"。中国人多，是阅读大国，但还不是阅读强国。2023年人均读书量排在前面的是：以色列60本，俄罗斯55本，德国47本，日本45本，奥地利43本。中国是4.76本。美国学生是36.6本，是中国学生的6倍。人均读书量的多少与获得诺贝尔奖的人数成正比，截至2023年，获得诺贝尔奖国家人数排行榜总数是：美国384人，以色列162人，英国132人，德国111人，法国70人，瑞典31人，日本28人，奥地利22人，中国11人(包括中国籍和华裔)。随着中国人均阅读量的增加，中国人获诺贝尔奖的人数会日益增加。暂不谈诺贝尔奖，读书对个人至少如培根所说：读史使人明智，读诗使人灵秀，数学使人周密，科学使人深刻。

【作者简介】

赵长凤，女，1948年2月26日出生，汉族，中共党员，籍贯顺义区仁和镇临河村。临河小学读书六年，在顺义区河南村中学读书三年。1963年初中毕业以后任本村八队主管会计，1968年至1973年任八队任政治队长，1973年至1976年在北京师范大学读书，1976年至1979年任顺义县五七大学教师，1979年至1981年供职于顺义县法院司法行政科，1981年至今，先后于顺义县法律顾问处、北京市长荣律师事务所、北京市顺新律师事务所做律师工作。

车站救女

那是1989年的9月份，我和当事人老张去山西省太谷县法院办案。我们在太谷县立案，加开庭住了12天。开庭后法官让我们回去等待判决。我们乘坐公交车到太原火车站，买到回北京的火车票以后，看离开车的时间还要过一会儿，我和老张在火车站广场边溜达边聊天。我们正在聊办理的案子的有关情况时，忽然有两个五十多岁的男子来到我们跟前，神色紧张并显得非常急切地说："同志，麻烦你帮帮我们救救我的孩子吧！"我听那个较瘦一点的男子说话口音很重，像是河南人，让他有什么事情慢慢说。那个男子说："我们是河南新乡人，我的闺女十六岁，小时候发烧造成智力低下呆傻。五月份的一天孩子去家门口玩没有回家。我和孩子的姨父到河南河北山西找了四个月了，刚刚看到孩子和一个四十岁左右的男人在一起。"那个男人边说边用手指向我们站的位置西侧100多米处说："那个女孩子就是我的闺女。"只见那边有一个五十岁左右的男人在地上蹲着，旁边有一个身穿粉底白花上衣、下身穿一条深蓝色裤子的女孩，坐在一个布提包上，手拿一个馒头正在吃着。我问那男子："为什么找我们帮忙？"那男子说："我看你像个干部，又听人管你叫律师。我就想让你帮帮我救我的闺女，麻烦你了。"孩子的姨父也说："求求你帮帮我们吧，我们找了四个月才看到孩子和人贩子在一起，要不赶紧救孩子，怕孩子又被人贩子拐跑了。"我问那孩子的父亲："你闺女叫什么名字？多大了？"那男子说："我闺女叫胖丫，今年16岁，有些呆傻。"我看了看那女孩，又看了看老张，心里在想是否帮助他们？怎么帮助他们？也想听听老张的意见。老张说："这不是一个简单的事情，你可想好了。"我看了看四周，没有看到附近有警察巡逻。孩子的父亲看我有些犹豫，又急切地说："求求你，帮帮我们吧！别再让那男的再把我闺女带走了。"我说："你别着急，我再考虑一下，怎么救你的孩子。"

我当时在想，既然他们认为我是律师，相信我能救他们的孩子，我就应该不辜负他们的希望和信任，决定帮助他们救孩子。我和老张说："我一会儿过去，你们三个在这儿看着点，万一看到我有不测，你们就大声喊，冲过去，救我和那女孩子。"老张说："你去吧，千万小心点儿。"孩子的父亲和姨父连连向我拱手致谢。我把手提包交给老张，边向那女孩走去，边观察他们旁边的情况，看是否有那男子的同伙。我没有看到其他人靠近他们，我看那男子好像在催女孩快吃馒头。那男人见我到跟前，便站了起来。我扫了他们一眼，那男子有些慌张。那女孩白白胖胖，目光呆滞没什么表情，手里拿着的馒头，还有一口没吃完。我问那男子："你们这是要去哪儿？"那男子说话有点含糊，口音很重，我没有听清。我手指女孩子问他："她是你什么人？她叫什么名字？"那男子此时神色显得慌张，他说了一句是什么侄女的，我听得不太清楚，没说出女孩的名字。他反问我一句："你是什么人，你是干什么的？"他说的这句话大概听清了。我说："你要知道我的身份，我是干什么的，你和我去车站派出所一趟就知道了。"那男子听我这样一说，神色更加慌张，他让女孩站起来拿了提包说："我先去一趟厕所，你等我一会儿，我回来和你去派出所。"我说："好吧，你快去快回，别让我等时间长了。"那男子点点头手拿提包扭头朝车站北边几乎小跑离去，一会儿便无影无踪。我拉着女孩子的手快步朝老张他们那里走去，孩子的父亲抱着女孩儿就哭，孩子的姨父握着我的手连连致谢。我急促地和他们说："先别哭了，赶紧买票上车吧，免得人贩子再找过来。"那两个男子还要给我跪下，我说："别跪了，赶紧买票去。"我和老张陪着他们三人买好去新乡的火车票，看他们进站，那两个男子边和我们招手边拱手致谢。送走了他们，我们乘坐的列车也开始检票了。我们进车厢坐好以后，老张说："你的胆子真大，我看你过去真替你捏了一把汗。我怕那个人贩子万一对你怎么样，麻烦就大了。你为我们单位的事情出差办案，为救那个孩子出点事情，我回去也不好交代呀。"我笑着说："他们知道我是律师才找我救他们的孩子，我作为律师如果为了自己的安危不去救那女孩子，就失去了律师对老百姓的责任。我们律师的使命就是为老百姓服务的，我们为你们代理案件是维护你们的合法权益，救孩子也是我们律师为老百姓服务的一个方面。我明知他们的孩子被人贩子拐走，我去救她就是履行律师的职责，不去救就是失职。"老张说："你说什么话，把人贩子吓跑了的？你去时我手心都出汗了，你当时就不害怕吗"我把和人贩子的对话过程和老张讲述了一遍，和老张说了我当时的想法，我当时也是观察人贩子旁边没有同伙。所以那样和人贩子说，是考虑他拐走女孩子的行为自己知道是犯法的，所以他做贼心虚。我问他孩子的名字他不知道，问他们之间的关系他也很紧张，要带他去派出所核实我的身份他更害怕。他心里很清楚拐走女孩子是违法行为，是犯罪行为。到了派出所会被拘留判刑，所以他只得找个借口逃跑，也给了我解救孩子的机会。我明知这是一步险棋，为了救孩子只得这样去做。我不是没有考虑自己的安危，但我更多地考虑救孩子于水火是律师的职责，是急需解决的事情，就顾不得自己的安危了。我和老张开玩笑说："万一我有不测，还有你们三个大老爷们呢。此时我感觉自己是律师，对百姓的责任感使我用智慧和胆量与人贩子斗争取得了胜利。解救了被拐的女孩子，做了一件自己该做的事情，心里感到非常坦然。"

至今回想起来，我当时做了一件自己应该做的事情，我只知那个女孩叫胖丫，是河南新乡人。我救了一个孩子，也是救了一个家庭。但他们是我们的百姓，在他们需要我解救帮助时，我出于律师对百姓的职责，成功解救了这一个被拐的女孩子。做了我应该做的事情。我做了我无愧于北京律师的称号，无愧于党对我的培养，无愧于律师的历史使命。

语丝微言

这是一篇文学性不强的纪实文章，但真实、真诚、感人。赵长凤律师记述了自己三十多年前，在太原火车站，成功救助了一名被拐女孩。从而使这个女孩，回到父母身边，避免了厄运。律师给人的印象，在法庭上庄重危严，端正肃穆，手持正义之剑，维护社会公正。但在现实生活中，他们又是普通人，平常人，性情中人。他们也要趋利避害，也要远离危险，也要珍惜生命。赵长凤在遇到文中女孩被拐情况时，她可以不置可否，可以不施以援手，可以爱莫能助，可以首先考虑自己的安危。但她毅然挺身而出，正义在手，成竹在胸，有勇有谋，有仁有智。看似水波不兴，实则暗藏危险。赵长凤巾帼不让须眉，集侠骨与柔肠于一身。以自己的实际行动，诠释了一名律师的良心和使命，一名共产党员的责任和担当，一个公民的见义勇为。

【作者简介】

崔畅轩，女，2011 年 2 月 11 日出生于顺义区。2023 年获得区级"三好学生"荣誉证书，2023 年获得第十九届青少年冰心文学二等奖，2023 年获得致敬系列青少年艺术展少儿组绘画类金奖。

我记得

在注定的生死离别面前，任何超能力都不值一提。在错位的时空里，人们沿着各自的平行线一路向前，再也无法相交。只有记忆涌来时，一任饱含热泪的眼眸，默默倾诉着遥远的思念。

除了清明祭奠，常日里，人们多是以"我记得"开启思念的闸门。

从小，长辈就常常给我讲他们记忆里那些拳拳的思念。那些闪烁着温暖的光泽的细碎生活，因为反复地提及，已经可以让我倒背如流了。

姥姥总爱讲她和她的奶奶的故事。尤其是在吃荷包蛋的时候，每当她面上含笑，眼睛望向不远处，我就知道姥姥回忆的潮水临近了。

"我记得，我小时候住在山顶上，那时候，山顶上没有别人家，远远近近只有我和奶奶……"

小时候姥姥经常生病，姥姥家住得偏僻，医疗条件差，找不到大夫，也买不到药。"我记得，每回发烧，我奶奶就把一碗热气腾腾的荷包蛋端到我面前，我可高兴了。在我们那个年代、那个地方，鸡蛋是金贵的，只有过年啦、生病啦，才有机会吃得到。吃完荷包蛋，奶奶把被子给我盖个严严实实，我在被窝里安安稳稳地睡下，一觉睡醒，通身大汗，烧就退了。"

姥姥小时候条件艰苦，只能吃面糊糊、野菜，即便如此，还是不够。"奶奶每天都紧着我吃。"

每天，姥姥很早便要起床，和奶奶一起推碾子。碾子要一天推一次，不然一整天就没得吃。"我奶奶裹小脚。不到一揸长的小脚，用一条长长的白布带子一层一层地裹上，包得像个粽子。她的小脚站都站不稳，推碾子更艰难了。可奶奶心疼我，从不让我早起，但我知道这是我唯一能给奶奶帮忙的大事。"

于是，姥姥从小一直就有一个大大的愿望：将来工作挣了钱，一定要让奶奶吃饱吃好，过好日子。长大以后，姥姥当了护士，每次发工资，都是先给奶奶买礼物。姥姥总是低声说，"不论多少礼物，都抵不过那时候我奶奶对我的好啊！"

物换星移，姥姥的奶奶已至耄耋之年，时间冷峻地把一件每位老人不得不面对的事情推到了面前，那就是死亡。

那一天，姥姥的奶奶像平时一样，洗漱，休息。她睡着了，睡得又香又甜，以至于在次日黎明破晓时，忘记了睁开眼睛……

"我这辈子最遗憾的事，就是没能见我奶奶最后一面……"每每讲到这里，姥姥便神色黯然，随后，她便紧接着说道："好了好了，不说了，吃荷包蛋了。"

童年是五彩斑斓的，有耀眼的红，有鲜艳的绿，有灿烂的黄，有纯洁的白，有深沉的蓝，也有暗淡的灰。许多人用一生治愈童年的灰暗不幸，也有许多人用童年的温煦抵御一生的雨雪风霜。

每个人的一生中总会有那么一些人，他们也许平凡得不能再平凡，普通得不能再普通，可是为了他们，我们愿意做一个无畏的人，为他们全力以赴。他们的存在似信仰一般，坚定地扎根在我们的心中，使我们在迷途中心有安稳、在黑夜里选择坚强。他们对我们并不很长久的陪伴却能让我们铭记一生，温暖一生，以至于在他们离开很久后，我们只需一句"我记得"，便使他们瞬间重新回到我们的生活……

有时候，我也在想：在路遥马疾的人间，人们执着地诉说着"我记得"，为了什么呢？

也许，那潜台词就是：我深爱着你，直至永远。

（原载《东方少年》2024 年 4 期）

语丝微言

这篇短文《我记得》的作者是一个初一女生，这个年纪，这个时代的女孩，大多不知道麦苗和韭菜的区别，水果玉米和笨玉米的成熟期，自来水要经过多少程序才能将江河之水引进厨房。父母及爷爷奶奶一代向他们唠唠叨叨讲的那些陈年旧事，如推碾子推磨、吃野菜挨饿、春天换不下棉袄、冬天穿不上"毛窝"，而认为是天方夜谭。崔畅轩的这篇文章，偏偏写了"我记得"：记得姥姥生病时，她奶奶给她做了珍贵的荷包蛋，而自己吃面糊糊掺野菜；奶奶裹着小脚要推动沉重的碾子；住在山间四面透风的草屋。正是这些永不忘却的"记得"，烙印于心里，才使少年成长，使幼稚成熟，使人成才，进而成功。当然希望这个小作者全面发展，在文学的小路上不断攀登，有希望达到光辉的山峰，成为一名有才华的女作家。

【作者简介】

王佐清，1945 年出生，中共党员。从事建筑业多年，曾在镇政府工作多年。退休后犹喜欢文学及书法、诗词、中国画等艺术。中华诗词学会会员，北京市书法家协会会员，顺义区美术家协会会员。

王佐清的故事纪实（外二篇）

星 白

我与王佐清素有交往，慢慢了解了他的一些故事，今天略给大家讲讲为此很有意思的。

一、少年立志学瓦工。

他在 17 岁的初中毕业（1961 年）便回到生产队劳动，但因他年纪小，生产队便经常派他到头二营大队水利专业队去当壮工，可是他极为好学，看到瓦工们熟练地操作砌墙等，便开始有了学习瓦工的想法。开始时，他使用当时的洋火盒子当模型，填充泥巴，自己制作了小泥砖，这样自己就研究砌墙的摆砖是如何排列摆放等问题。当时没钱买瓦刀，便用木头做了一把木头瓦刀，随时带在身上，有时间就比画学几下。再后来他每天下午 1 点钟就到工地，自己和好灰，便用工地上的砖学着样子砌段墙，自己偷着练习到两点钟，大家都上班时他将自己砌的砖拆下摆放好，恢复原样，就这样大家谁也不知道他偷着练习瓦工技术。有一次水利队内一个瓦工请假缺少一个瓦工，当时就没法施工了，队长就叫他上去顶一个瓦工试试。结果一干活大家都看出来他已经会砌墙了，干的活很满意，从此以后他便正式成为水利队中瓦工的一员了，大家开玩笑叫他小瓦匠！

随着时间的推移，他刻苦学习瓦工技术，进步很快，当时村里盖房子，每家都请他去砌墙盖房，成为村里响当当的好瓦工了。这时他有了新的想法，这样干下去只有村里人知道，但不能成为正规的瓦工，以后还是在社会上吃不开！这样他又托人拜了当地有名的瓦工李长山为师，师父中式活、新建活都是当地有名的师父，从此他便拜师正式学艺，磨砖、砍砖、砌墙等活都认真去干。二年以后，因为他有原来自学的基础，师父看出是个人才，就重点培养他，做前期备料活让他干细活，砌墙也能独立砌山墙和特殊的细活。再过三年师父活多时要分班去干，有时就叫他到另外的地方领班独立完成一段活，成了二领班的人才。他在师父手下一气干了十年，任劳任怨，口碑极好！

1974年首都机场第一次扩建，他便独自一个人到工地做瓦工。后来人多了，光瓦工就有十五个人，那里的领导便叫他当头，领导工程建设，他成了工地上的领班瓦工头目。

二、建筑公司创辉煌。

在1975年，李桥镇首先成立了建筑队，在6月30日开预备会便通知他到会并宣布王佐清担任工长职务，但在7月1日开正式大会时他自己称无论如何不当工长，只求在建筑队能当名瓦工就很知足了，队里无奈只能就叫他当瓦工，从7月一直干活到当年十一月底，建筑队停工休假。但到一九七六年开春时，镇企业组织长、建筑队队长还有当时的政治队长，三人一齐到他家中讲："今天来是来请你出山的，东坝那里有一个工地任务是盖一个三层小办公楼、一个锅炉房以及锅炉房的有关配套工程和整个院落铺砖工程，请你带着40人，总管这个工程，只由你一个人负责，也不叫工长，只叫工程负责人。"王佐清见此情况，也只能全部答应下来，走马上任。确实这40人在他的领导下到1976年年底工程全部完成，并得到东坝首饰公司的好评。

由于他工作认真肯学习，很快在1981年当上公司技术队长，1982年正式加入中国共产党，1985年担任顺义建筑集团公司二公司书记、总经理职务。在他的领导下，公司扩大了在北京市内的建筑工程，建设了钢窗厂、木门厂、饭店、建材商店、副食基地（养鸡、养鱼），还承担了困难村洼子村的帮扶工作。公司同时建了新的三层办公大楼。

他担任主要领导后，主要是抓大事、放小事，给分支单位领导以充足的权力，但同时又狠抓统一管理工作不放松。重企业信誉，狠抓质量，扩大业务同时和甲方搞好关系。首先提出了"李桥精神"，内容是："信誉为本，质量第一，团结协作，全面发展。"这样就统一了全公司思想，坚定了信念，指明了工作方向，有几个具体事件和大家聊一聊。

一、在清华大学宿舍楼工地：公司进场时间是1983年3月15日订合同，20日进工地。当时工地上已有两家公司，一家是年前进场工程已到一层，一家是基础已完成正开始建一层。李桥是刚平地进场。每家工程均是5000平方米宿舍楼。进场后，李桥公司进度极快，调度有方，施工巧妙，每周一层楼，进度极快，结果到当年11月15日李桥公司一次验收合格，当时竣工，其他两家一直到春节才先后勉强竣工。甲方极为满意，当即决定给李桥公司提前工期奖金三十万元，并同时决定剩下后面两栋楼共一万平方米宿舍楼全由李桥公司独立施工。同时，王佐清还破天荒地在该楼体订上了大理石牌匾，标明建筑单位、设计单位、施工单位及开竣工时间。施工单位挂牌这事在北京市农建总公司领导下，是首创先例，自这以后各公司先后效仿。

二、另外一件是在六二一厂施工时，为抢工期，当时有一面墙不合标准，但不影响使用，当时负责工地工长和甲方都表示可以用。但王佐清去工地看后，决定立即拆除，损失公司承担，但绝对要保证质量第一，保住公司声誉为第一要务。最后真的全部拆掉重砌，这样取得了甲方赞誉，大家心里也顺心了。

三、有一次，他发展的木门厂有一次遭到甲方退货说产品不合格，回厂修后再送货。王佐清听说后，十分生气，到现场看了这些产品确实有问题，不合格。但当时厂长和管技术的负责人都强调客观理由，并说可以重新修理后再送去也可以。他听后大声说："你们将李桥精神背一遍。"并说：这既然看来可以补就事不大，但我们厂名誉损失事大呀，客户以后不信任事大呀，工作不精心操作出次品事情更大。最后他决定对副厂长免职，全体工人集合后将木门集中大约有60件产品放在中央，集中点火给烧了，大火冲天。这事对该厂教育极深，对公司影响也极大。通过处理这事，公司上下振奋精神，努力工作，全公司有了全新的面貌。

总之，王佐清在公司任总经理、书记期间，首先是扩大了在北京市内工程项目，（顺义县内没有工程）。最多时间时开七八个工地，自己公司建了办公大楼，扩大了钢窗厂、木门厂。有了自己的副食基地，养鸡、养鱼。有对外的饭店，店名叫"瑞云楼"。有建材商店，建立了中外合资的标准件厂。

由于这些年经营范围扩大，最后建筑公司又经县政府同意，成立了"建宏集团公司"，这也是顺义县建筑公司成立专门集团公司的特例。公司也为李桥镇的发展作出了很大贡献，先后为镇政府建了中学教学楼、小学教学楼、钢材厂、喷漆厂、中韩合资的皮革厂，同时为贫困村洼子村修了通往镇政府的水泥路，还有洼子村打井修了自来水到各户，为洼子村脱贫致富改变了面貌。最后公司每年上交镇政府利润六十万，对乡镇发展作出了自己的贡献。

总之，由于他的工作成绩突出，曾被中国建筑业联合会集体建筑企业协会评选为"当代中国集体建筑企业家"。被顺义县政府评为"优秀企业家"，同时发金质奖牌。同时，在1991年被县委组织部批准正式转为国家干部，副处级。由农业户口带家属同时转为非农业户口。1996年，王佐清调到镇政府工作，负责村办企业发展工作。

三、退而不休，学海探珠。

我所认识的王佐清，从年轻时便热爱书画、诗词、京剧等国学艺术，只是因工作关系没有进行系统的学习。但他退休后，全身心投入到学习国学艺术之中，他五十岁时就已经开始学习书法，在中国书画函授大学学习书法三年。尤其喜欢启功先生书法，在当时顺义书协大家都知道王佐清学习启功先生书法最好。后来又自学二王体系，如圣教序、兰亭序、十七帖等，还广学诸家。现在书法已形成了自家风格了，同时成了北京书法家协会会员。

他在六十岁时自学古代格律诗词，并到中华诗词学会高研班进修，得到了刘黎光教授精心指导共学习了三年。后来同顺义诗词协会的老先生们沟通学习，大家称他为"花甲诗童"。最后，成为了中华诗词学会会员。在 2022 年 8 月，他自己出版了《清吟诗草》。社会反映良好，得到同行的赞扬。

就这样，他还是不满足现状，在年近七十岁时又开始学习大写意中国画，开始向顺义名家石谷老师、魏宗安等老师学习。到老年大学去进修，主要学齐白石、吴昌硕、任伯年等大师作品和各位大师们的理论书籍。由于他有书法诗词的功底，学习进步很快，学习中终日临习不断，做梦都在学画，废纸废画满屋，经过七八年的努力学习，终于 2022 年 10 月在北京宋庄睿德轩艺术馆办了名为"汲古探源王佐清花鸟画展"。当时有宋庄的著名艺术家、顺义美协主席和顺义文化馆老师参观，在研讨会上各位老师都给予很高评价，展览会取得圆满成功，取得社会同行好评。

纵观好友王佐清的故事，从自学瓦工到从师学艺，以及最好年华成为建筑公司经理，管理公司取得极大成就。最后光荣退休后，每日学习，天天进步。并且在书法、绘画、诗词等方面都取得了很好的成绩。由此看来，他是个终日学习、自强自律的人，是个以学为乐的人，但又是一个极为谦和的人。

2023 年 6 月 1 日

王曦的传奇人生

王曦，头二营村人，1917 年生，享年八十五岁，身材高大，相貌堂堂。

此人年轻时读过私塾，特别喜欢书法，犹喜魏碑体书法，每天临摹不断，每天有时早晨起床，干农活装满一车粪土后，再练习书法，用大毛笔在老大的方砖上练习，极为刻苦。

中年学成书法后，在当时李桥镇、天竺镇几乎所有重要建筑物上的牌匾，均是出自王曦手笔之下，当地学校、商店、村名、办公地点等都是王曦的书法写成。同时配合社会工作，所有标语、口号也是由他一人书写，誉满乡镇。当时所有愿意学习书法的人都学习王曦老先生的字已成风气。

王曦在书法的一生中，最为突出的一件事，便是给当时顺义政府所建大礼堂写大字牌匾了。事情经过是这样的：当时顺义政府新建一所大礼堂，建成后顺义区内的几个书法家给礼堂写了牌匾，挂上去都感觉不理想、不大气，后来有人讲头二营村有个王曦，能写大字，可以找他试一试。当时县里派人到头二营村，找到了王曦，说明此事。王曦一口答应，回家取了大笔，喝了几口小酒，就在村委会办公室写起来。当时，在大桌子铺上旧报纸，再铺上宣纸，提笔便写。其字为礼堂二字，每字大为五尺。写完第一幅后他复写了这两个字，同样大小，字迹神元气足，当时人人叫好。后来将牌匾悬挂起来，呈现大家之风韵。此礼堂一直到县政府搬迁新址，原场地进行房地产，改建工程时，才被拆除。

老先生晚年曾义务教本村人学习书法，曾为北京日报书写"振兴中华"四个大字并登报发表。同时，当选为全国农民书法家协会理事。八十岁后，书写蝇头小楷，顺义评比第一名。现在我家还有书法原件，可以说王曦老先生是用书法为社会贡献了一生。

第二方面，王曦老人极为聪明，在一九五八年修首都机场的时候，他当时当壮工，每天和瓦工一起劳动。但他一边干活，一边留心现场瓦工是如何操作的，回家做笔记，在家练习操作。二年后，机场完工时，他自己已经学成了瓦工。回村后，便可以带着村里比较秀气的人当瓦工，能为各家各户盖普通房屋，有请必到，无偿为本村农户盖房。这样，可气坏了当时农村的正规收费盖房子的瓦工。这样他为村里困难户盖房提供了极大方便，减少了开支，方便了群众，为头二营村造了福，得到众人夸奖。

同时，因他手艺好，善研究，在六七十年代村委会叫他负责全村水利工程队，因为在那时，密云水库的水可以引到各村浇地。所以，各村都有自己的水利队，负责田间的小型水闸、分水井口、过道涵洞、抽水机房等。头二营几千亩地里的水利工程都是他组织领导修建的，其中更大的工程有头二营小中河大石桥翻建工程、有由头二营至龙山村跨小中河的大渡槽工程。他不但在水利工程上有如此贡献，并且在小工程上也极为精心。如当年农村第一次通电时，各村的电线杆子都是本村自己制造。如当时农村用的最早的化肥是氨水液体的，也要各村自己修建氨水罐。就这两样工作王曦都是精心制作，并且一次成功。有些村制作不好都来头二营学习求教，由他对人进行讲解指导。

王曦老人为人谦和，从不摆架子，如全村谁家有个红白喜事等，他不请自到，他为事主搭地炉灶，为做饭做准备，先当瓦工，然后再当账房先生，家家如此，名声极好。

王曦先生可以说他的一生中，用书法和自学的瓦工技术，服务社会一生，贡献一生。我们永远怀念他，向他致敬！

2023 年 6 月 3 日

头二营村村史探源

我是头二营村人，但对为什么叫头二营村这个问题一直不解。我在十几岁时，村里老人们经常的一句话"一京，二卫，大头营"。我当时非常不解这话。后来我长大后，听故事看书籍看县志，才慢慢明白了。

原来头二营村最早村名就叫头营，后来村子慢慢扩大后和二营村连在了一起，故改名叫头二营村。"三营"和"四营村"也是后来相邻相近，故改名"三四营村"，是同理。再向北去应是五营，后改为吴家营村等情况相似。但这些村都是兵营，一直通到怀柔境内北长城。所以民间有七十二营、八十二圈的说法。这些兵营当时是明朝时为防止北方敌人外侵入北京及中原的军队武装所建的。

头营村是当时设立兵营的第一营，所以守卫北京和中原地区极为重要，所流传下来的老话才叫"一京、二卫、大头营"。这样，我也彻底明白了这句古话的含意，主要是强调守卫北京的重要性！

头二营村建军营，据考证和志书记载应是在明朝时建立，证明头二营村建第一营的最好证据是在头二营村村外东边有个烽火台。在我小时候五六十年代，村东有个圆形大土台，当时高 20 米左右，如按年代推测到明朝六百年风化水土流失的情况，此台最初建高度最少在八十至一百米。就在村东烽火台不远处，有一大坑，方圆二百米，很深，此坑应是当时修台时取土时所留下。更能证明此是烽火台的事情，是在一九六九年。各家增建住房，大家都在当时的大土台去取土。原这土台只是圆形土台，但随着人们大量取土，在原土台的东面突然挖出一个圆形立拱门洞，里边有一条凳子和古灯，门洞宽两米，高一米八十左右，可两人并行，墙体都是用石灰和砖砌成，所用砖均是明代的砖，砖长 20 厘米，宽 10 厘米，厚度有 8 厘米，为麻面布纹砖面。此通道由土台内地下向正南方走去，长度300米左右。当时人就开始抢砖了，结果现在土和砖道全抢没了，成了平地。估计通道到头，上边就应该是当时驻守烽火台的兵营了，当时士兵守护烽火台应是由地下通道去的。

另外，当时驻军最早的姓氏应为谭氏、史氏、郭氏、宋氏这几个姓氏，当时就应在军营村外设坟墓。后来村子扩大后，这几处坟墓就都在变大的村子里边了宋氏坟墓占地十余亩，坟头个个紧靠，可见年代之久远了。

更有意思和特别的一件事，就是全国都过端午节，为五月单五日。可头二营村建村以来，便过四月二十二的庙会节。更奇怪的是，和头二营村隔一个庄子营村的后桥村，都过头二营的四月二十二的庙会节，这个特殊的事情历来无人能具体解释清楚，到现在也是个谜。我推测，可能与建军营日期有关？或军营内有重大事件有关？但也证明了头二营村与其他村不同之处吧！

注：烽火台就是古代军事联系的一种方式，台是一个军事工具。如有重大军事情况，白天放狼烟，夜里放火炬，有联系军情的作用。

2023年6月6日

语丝微言

编者认识王佐清先生，是在老干部局《老年朋友》杂志（现已因经费紧张而停刊）的编委会上。他话不多，但发言不同凡响，有自己独到见解。与之攀谈，才知他亦出身瓦工，与我同行，长我一岁。行话说：人不亲，刀把亲。同挥过瓦刀，操过大铲。他是李桥建筑公司创始人，其大名早有耳闻。此次出《顺义小说选》，我约他文章，他说："我不会写小说。"我则说："你写写建筑业、村志及乡间人物，算'非虚构'亦行。"于是，就有了上面三篇短文。编者一直认为瓦、木匠是农村中的精英，他们有着政治家的胸怀、军事家的谋略、经济学家的头脑、外交家的折樽冲俎、纵横捭阖。同时，又兼有农民的吃苦耐劳精神、生意人的精明强干和企业家的统筹帅才。王佐清先生通建筑、创实业，又会书法、能绘画、工诗词、唱京剧，更多了几分书卷气、文人韵。

404

【作者简介】

刘卫华，女，汉族。1959 年 9 月 16 日出生，退休前为中国建筑第二工程局子弟中学教师。大学专科学历。大兴区作家协会会员，丰台区作家协会会员，中华诗词学会会员，北京老舍文学院第二期学员，北京市摄影文化协会会员，北京市摄影爱好者协会会员。

水奶奶

水奶奶不姓水，但我们都叫她水奶奶。原因是她把水看得比命根子还重要。

每当用水时我们稍有随便，她就会没完没了地在我们身边叨唠："喝剩的水别泼喽，浇房檐根底下的倭瓜秧去。""洗完脸的水，顺便把抹布搓搓。"水缸旁边专门为我们放一个脸盆："剩水往这里倒！"我们有点差错，她即使不立刻出现，也跟长着天眼似的，声音也会马上跟过来："水是天物哇，可别随便糟践呀！"

"水，水，水，就知道水！"我们耳朵起茧，于是"水奶奶"就叫开了。

水奶奶简直像两片夹板儿，把我们夹在窄窄的缝隙中间，不能走板儿不敢离板儿。我们说话走路哪怕是在哪坐会儿，她都要管。经常听她说我哥哥姐姐们：人要站有站相坐有坐相，别斜腰拉胯的；挺大的人靠门框，连自己的脑袋都支撑不住？吃饭手端着碗；喝粥别大声吸溜；别剩碗底子，那是福根；闺女中家的，别可着大嗓门哈哈大笑，也不怕屎壳郎飞你嘴里？甚至有些还带有迷信色彩：活着糟践粮食，死了就被蛆盗喽；捅燕子窝要瞎眼的……喝水用水事更甭提了。

那时候不懂事，都烦她。她越管，我们越来劲。喝剩下的水随便顺手一泼，满地是水。鞋、裤脚都是湿的。要么把水往空中一扬，透着亮光看水中亦真亦幻的色彩。尤其是有小伙伴时候，更逞能。打闹一番以后，连呼哧带喘地跑进堂屋地，围着水缸一人舀一瓢水，喝不了几口，嘻嘻哈哈一阵对泼，满地水，坑洼地方没了鞋帮。

"小祖宗呐！那水可不是大风刮来的呀！"隔着门帘传来奶奶的声音。

闲暇时候，她会心平气和地告诉我们："你爸爸白天得下地干活计，早晚还得挑着水筲上井沿子打水，挑这一缸水多费劲啊！不渴的时候别糟践！"

哼！谁听啊？

那天中午，毒毒的日头，把东厢房窗根下那个大石头槽子里的水晒得发烫。我们几个豁牙露齿的孩子，不睡午觉，满当街冲杀疯跑，汗顺脸流，也累了，本想偃旗息鼓。可是，见了石槽子里的水，又像打了鸡血一般。几个人围着石槽子，双手并拢舀水互泼，隔壁三秃眼尖，拿起窗台上的废旧铝皮暖壶盖，满世界扬水，引来一阵阵惊叫声。空手的不过瘾，干脆跳进去，发疯似的蹦啊、跳啊、叫啊，水花四溅。蹦一下，石头槽子里就溅起一朵"大碗花"。头发打着绺往下流水，衣服贴着肉转身都费劲。痛快！柿子树下打盹的老黄狗，翻眼皮朝这边瞪几眼，又闭上。三秃舀满水朝四柱身上泼，被四柱一把攥住手。三秃使劲一挣，壶盖带水不偏不倚砸在老狗脖颈子上。"哈！哈！哈——"笑得我们肚子疼。老狗愤怒地叫两声，拖着尾巴走了。

"哎哟，小祖宗们啊，那可是留着日头下去之后洗褥单子的水呀！"水奶奶迈着三寸金莲，从堂屋冲出来，脚后跟把地踩得咚咚咚山响。

"水鸭子们"撒腿就跑。三秃跑得最快，冲到最前。可没几步，折回来，弯腰拔下石头槽子下边的木塞子。

"造孽呀，造孽呀，这水都给祸害了，四筲水呀，得洗多少衣裳啊！"院内传来奶奶的唠叨声，我们蹲在大门外墙根下，喘着气捂着嘴偷着乐。

日后，奶奶一本正经："水和粮食都是天物哇，人这一辈子，吃多少饭用多少水，是有定数的。人活着时候没止境地浪费，下辈子就托成牲口。男的托成马，整天拉车拉套下地干活挨鞭子抽；女人变成牛，天天吃草料喝脏水喝臭水！活着时候糟践东西多，下辈子遭罪就越多……"

迷信！纯粹迷信！

本家二老太太死了。纸房子、纸车、纸库、金童玉女，摆了满满一街筒子。一头牛拉着车，样子狰狞、痛苦、疲惫不堪，带着一股逼人的阴气和煞气。

"为啥肚子底下有大窟窿？"胆大的小孩问。

"脏水喝得太多了，撑破了！"奶奶说。

我立刻腿软，脸煞白。从头发梢到后脚跟，全身都好像被那头牛阴沉怪异的眼神扫描一遍。二老太太死了半年以后，我也不敢从她家门口过，晚上不敢出屋，闭上眼就是那牛。我不敢睡觉，瞪着窗户纸胡思乱想：

"难道真有来世？难道人活着时候做坏事糟践东西糟践水，来世真的遭报应？"

"二老太太死了，她变成牛没有？若变了，到谁家当牛去了？她得多少年才能把她糟践过的水喝完呐？主人对她好不好啊？对了，隔壁三叔家前几天买来一头牛，是哪个村死的人变的？还有，生产队饲养棚里，有那么多的牛和马，它们上辈子当人的时候，一定是糟践了太多太多的水吧。

"奶奶说吃饭用水是有定数的，超过了定数，就会变成牛马。这个定数是多少哇？一水筲？一缸？二老太太肯定不会超，听说她穿过一件黑大绒面偏襟大褂，脏了也不下水洗，而是在那大绒衣裳外面套上一件旧粗布大褂，几天就把脏东西蹭掉了。嘴上说是怕大绒下水后倒绒，穿出去不好看，实际上还不是为了省点水？照这样看，二老太太兴许还不会变成牛，不会天天去吃草料去受累受罪。因为他们这辈人比奶奶这辈人更抠，他们不但不会超过那个定数，可能还离定数还差许多呢？

"还有，是不是人活着时候，用粮用水没有超过定数，就不会变成牛马，超过了定数，就一定变成牛马？超过定数多的人，活着活着就变成牛马呀？极度浪费的人当天就会变成牛马呀？"

想着想着就想到了自己。单说那天晌午，一石头槽子就是四筲水，都糟践了。平均分，每人也糟践一筲水呢。还有以前，几乎天天多多少少都有糟践水的事儿，加在一起够不够定数啊？想着想着，头发根一根一根竖起来，心不断往小缩，越想越后悔，越想越害怕。好像自己马上就要变成牛了。可是又反过来想："也许没超定数，要不，这么多日子了怎么还没变啊？"三秃更绝，割麦子时候，地头大柳树下放着的水，是用来给干活的人解渴的，他往水桶里撒过细土面，扔过小石头子，还往里撒过尿，可他到现在也没变成马呀？

"哼！说不定明天就到定数，三秃四柱都变成马，我们女的变成牛。睡着睡着觉就变了，早晨起来，妈妈做好饭进屋招呼我吃饭，没动静，一掀被窝，被子下面站起一头小牛犊，非把妈吓趴下不可……不敢再往下想了。

村里常死人，常有纸马纸牛。这个时候，奶奶就会指着牛马，把"节水经"念叨给人们听。平日里，只要看见有人浪费水，奶奶就讲纸牛纸马的事。后来，我依奶奶口气，把节水说给别人。

确切地说，从真正意义上懂得节约用水，是我第一次去井沿打水。我都初中毕业了，那天爸爸和哥哥们都没在家。我站在井口不敢往井下看，是别人帮我把桶摆满水。我摇着辘轳，井绳肠子似的一圈一圈地码满辘轳。桶到井口，一手攥着辘轳把，一手往回拉水桶，心狂跳，手脚乱颤，险些闪进井里去。担着不算太满的两桶水，腿打颤儿，肩膀被扁担碾得叽溜叽溜生疼。吃水，真不易呀！

1973 年，村里打了机井，盖了水塔，取名"幸福井"。人们吃上了自来水。没过几年，地下水管又通到各家水缸边及菜畦边。太方便了，开关一拧，水哗哗不停。

用不着摇辘轳、用不着扁担压肩膀。真幸福。

没有艰难没有痛苦，往往会失去节制。人们不再像以往那样爱惜水了，包括我。那时常做一个噩梦：奶奶牵着一头牛走来，冲着我们不停地唠叨着什么。要么就是一群人一群人的跪地磕头求饶：不敢了，千万别让我们变成牛马呀！

有畏惧才会有制约。结婚生子，住进楼房。用洗过衣服的水冲卫生间；洗过菜的水浇花；鱼缸里换的水浇楼下香椿树。

一次回娘家，一头小牛犊在臭水沟边喝水。五岁的儿子蹲在一边，双手托腮注视好一阵儿，问："小牛，是不是你当人的时候，天天浪费水呀？"

狗把水盆碰翻了，转身欲跑。被哥哥三岁的孙子大超一把拉住，他按着狗脑袋，让狗嘴对着水："喝，喝干净，不喝就打你！"狗似乎知道犯了错，伸出舌头"呱唧""呱唧"舔。正舔着起劲时候，大超攥着狗脑袋的手翻转过来，对视狗眼，另一只手杵着狗脑门："记住喽，节约用水，你也有份儿！不然你死了，没人给你糊纸牛！"

水奶奶走远了。

南阳丹江水进京了。

如今，我也变成了水奶奶。

语丝微言

刘卫华这篇小说《水奶奶》中的水奶奶有一句近乎古老哲理的箴言："人一辈子喝水是有定数的。"是的，人一生喝水有定数，吃饭有定数，生命更有定数。看看自然界万物，概莫例外。再过50亿年左右，太阳将如油尽灯枯一样熄灭。至于地球，情况更糟糕一些，大概还有45亿年左右必将坍缩。还回到刘卫华的小说，几代人对水的观念相差甚远。水奶奶惜水如油，儿女们尚知节约，孙辈对水任意泼洒，再下一代竟认为水是从水管里生出来的，不是来自大自然。读了刘卫华的这篇小说，足以让人对水产生感恩、敬畏、警醒、检点、爱惜、珍重和反思。任何资源都是有限的，都是有定数的。过度的消耗就是加速减少定数，人类只能自己约束自己，自己管理自己，自己拯救自己。

【作者简介】

　　胡德起，1947 年出生，从小喜欢写作，八岁就在《新少年报》《中国少年报》发表文章。成年后经营公司，工作之余仍酷爱写作，在各类报刊发表散文、小说、诗歌、随笔等 300 余篇文学作品。"退休"后在光明街道东兴三区生活，特别关注身边事，大事小情细心观察、认真记录，小到社区、街道，大到国家、社稷，努力建言献策。

向所有参加过顺义水利工程建设的党的高级干部们致敬

我与外交部长的治水情（外一篇）

　　1970 年冬，北京郊区有一项巨大的水利工程，即"东南郊治涝工程"，顺义人俗称"温榆河工程"。这项工程实际上就是落实毛泽东主席"一定要根治海河"的伟大号召，给海河北部水系做了一个大手术，从根本上清除这些河流的水害，是发展农业生产的一项重要举措。

　　此项工程，工程浩大，前所未有，动用了北京郊区各区县的所有人力物力。同时，也惊动了在京的中央直属机关，数以万计的国家机关干部到工地上参加义务劳动，外交部的干部被指挥部分配到顺义段。

　　12 月 18 日，正是隆冬季节，白天最高气温只有零下 6 度，工地上人山人海，红旗飘扬，四处都悬挂着"一定要根治海河！""欢迎外交部干部来工地参加义务劳动！"等大幅标语，高音喇叭里播放着各生产队的施工进度和革命样板戏，好一派和平劳动、熙熙攘攘的景象。

　　上午九时许，一位老者来到我身边，说要跟我一块劳动，他身穿一件普通的棉大衣，头戴一顶蓝灰相间的螺旋式呢帽，看上去一副领导模样，两只眼睛的内侧长着长短不一的"拴马桩"，严肃又带着几分温柔。当他脱下大衣准备劳动时，身边来了一个高个子的中年干部，叫了声："部长，你要注意身体！"当时我好像不相信自己的耳朵，心脏加紧了跳动，下意识地高喊起来："您就是外交部长？您就是姬鹏飞同志？"外交部长立刻打断了我的话："小伙子，不要大惊小怪，外交部长也是普通人，我也是农民出身！"从这时起，我们就一边干活一边聊了起来，而且越聊越投机，同时我们还一起完成了生产队长交给我们的土方任务。中午，姬鹏飞同志又和我一起吃饭，并参加了我们松各庄生产队"向毛主席表忠心。向党中央表决心"的宣誓活动。

当天到顺义参加义务劳动的还有外交部副部长乔冠华（在齐家务大队）、外交部亚洲司司长韩旭（在沙子营大队），以及柬埔寨亲王西哈努克、朝鲜驻中国大使玄峻极等。这些人的到来，虽然很低调，国内没有媒体报道，但大大提高了我们顺义在全国乃至国际上的威望，给顺义兴修水利翻开了新的一页，在顺义的治水历史上增添了光辉的一笔。当时，法新社的报道说："中国外交部长姬鹏飞去郊区顺义工地义务劳动，用的是推车、铁铲和毛泽东思想。"

下午5点多，姬鹏飞同志准备离开，临走时，他亲自给我写了他的通讯地址，并嘱咐我一定要给他写信。后来，我给他写了很多封信，可能是因为太忙，只让秘书给我回过一封。

10年之后，也就是1982年春，我突然接到了姬鹏飞同志的来信，专门邀请我到他家做客，我愉快地答应了老人的邀请。

在一个风和日丽的日子里，我带着顺义的土特产，来到了姬鹏飞同志位于景山后街的家。10年过去了，他已经不是外交部长，而是一位72岁的老人。这是一个普通的干部家庭，陈设也跟普通百姓相差无几，姬老和夫人许寒冰热情地接待了我，我们吃的是普通的家常饭菜，许寒冰夫人给我们炒菜。我和姬老一块喝酒，边喝边聊天，在酒桌上谈笑风生，没有约束，好像不是一位高级干部和一位普通农民在说话，倒像一对无话不说的哥们儿。当然，主要内容就是一块推车挖土、一块治水等话题，还有"三农问题"。他还着重讲述了他去顺义治水工地义务劳动的意义，说明了我们党在"文化大革命"的非常时期仍然重视农村的水利建设等等。

世上没有不散的筵席，2000年2月12日，农历正月初八，我突然接到姬老家里的电话，说老人已于前天13点52分去世，并邀请我参加2月16日在八宝山小礼堂举行的姬老的遗体告别仪式。我怀着十分沉痛的心情，来到了告别仪式现场，在络绎不绝的悼念的人群中，我是姬老生前唯一一个通过治水认识的农民朋友。

遗体告别仪式后，我打了一辆出租车，来到了温榆河畔，来到了与姬老一块治水的原顺义工地，深深地鞠了一个躬，我眼泪直流。从此，我和这位外交家、共和国的第三任外交部长的治水情，随着温榆河水，顺着海河，流入了大海。

410

招手致意

县委胡书记是我家老二，在我是村党支部书记的时候，他就是乡党委书记。如今我是乡党委书记，他已经是县委书记了。他总是我的老上级，也是我的入党介绍人。

我们家祖祖辈辈住在本县一个叫胡辛庄的自然村里，这个村大约一百户人家，都姓胡。老二虽然是县委书记，但他除去县委有事儿特别忙的时候住在县委宿舍外，每天都骑着一辆电动自行车回家，因为弟妹和两个女儿都住在我们哥俩分家时的平房里，每次回家，他和邻居们都相互招手致意。

别看老二在全县"呼风唤雨"，但在我们这个大家庭里却人人反对他，是"人缘"最不好的一个，只有已故的父亲赞成他。

侄子说："二叔，我毕业了，您是县委书记，给我安排一个工作吧，最好是事业单位的。"

侄女说："二叔，我想考公务员，您给我走走后门吧！"

他却对侄子侄女说："凭自己的本事自己安排吧，没有本事什么也做不成，我没有这个本事！"

前年，我父亲病危，叫了一辆120救护车，到医院以后，让家属签字。一看是县委书记的父亲，一群医生和专家都围了过来，连院长也到了场。但我们还是走了普通的医院流程，终因群医束手，父亲还是停止了呼吸。

到火化场，再次要求家属签字，老二说什么也不签了，到最后还是我签的字。

父亲的丧事办的非常简单，就我们家里人和我们的几个舅舅及表兄表弟表妹等三桌人。

父亲走后那几天，老二每天都号啕大哭，觉得对不起父亲。

"对不起父亲的应该是我这个儿子，不是你。"我劝老二。

但他还是不听劝告，对父亲充满了自责。

每当村里人有婚丧嫁娶或者谁家孩子考上大学，我家老二都到场。更重要的是宣传党的二十大精神，老二仔细讲，邻居们认真听。

又是一个上下班时间，人们再次和这个县委书记相互招手致意。

411

语丝微言

胡德起的这篇微小说，微言大义。讲的是自家弟弟当了县委书记，虽然地位变了，但标志性的微笑、习惯性的动作并没变，依然保持着。那就是和老乡见面后，依然相互招手致意。别看这个细微动作，却不同凡响。这就表明，百姓在他心中的位置未变，他心系百姓未变，他的初心未变。这并非做秀，他拒绝用手中的权力为亲属谋利益，则反证他为政清廉，为人民服务。虽是小说，也来源于生活。我最近接触到一位退休干部，曾任镇一把手、国企一把手、局一把手，从政二十多年，颇多建树，但任人唯贤，两袖清风。他的文章，也被编入本《顺义小说选》。作者的这篇"我家住在汉石桥湿地"写得情深意切，美不胜收。掩卷之余，也想到此一游。

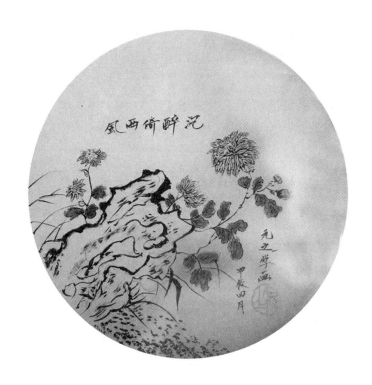

【作者简介】

李侯勋，生于 1938 年 11 月，杨镇大曹庄人。1953 年小学毕业，1955 年 1 月到县委工作，1956 年 9 月 15 日入党，1958 年 1 月参军。1961 年 9 月 18 日复员。任木林公社武装部长。1964 年到焦庄户地道战遗址纪念馆任职。1966 年在龙湾屯公社办公室任职。1978 年供职工商局，任杨镇工商所长，后退休。

百岁抗战老战士话当年

2024 年，正值中华人民共和国建国 75 周年，也是抗日战争胜利 79 周年。在这个令人振奋的日子里，我们来到顺义区旺泉街道宏城花园郭化明老人的住所拜访，听这位百岁老人讲述 80 年前，抗战军民是怎样不顾生命危险，将八路军冀东军分区二区队（营级）队长李满盈抢救转移出枪林弹雨的战场，转送到堡垒户家里养伤的亲身经历。

郭化明，顺义区大孙各庄镇大洛泡村（时属河北省三河县）人。1944 年 3 月，血气方刚的他加入地方抗日武装。在战场上他英勇杀敌，有过数次死里逃生的经历。在一次战斗中，他的左手中过枪，现在依然活动不便。如今，百岁高龄的他身板硬朗，精神矍铄，思维敏捷，记忆清楚。他的讲述，把我们带回到那战火纷飞的抗战岁月。

1944 年 6 月下旬的一天，经侦察，我方得知，6 月 26 日，有一股日本鬼子由三河县高楼镇返回通州。鉴于敌人兵力薄弱，又有青纱帐（将要成熟的小麦和半人高的玉米等）做掩护，八路军冀东军分区领导决定，在敌人必经之地设伏，消灭这股日军。军分区领导随即命令十三团一部和二区队两个连抢时间备战。三通顺县县委书记李子敬和西四区区长李建华，主动要求协同参战。郭化明当时是李建华区长的交通员。

当时，李满盈任二区队的队长。李满盈，陕西清涧人，1934 年，年仅 16 岁就参加了工农红军。1938 年，为扩大抗日根据地，他随宋（宋时轮）邓（邓华）支队挺

作者与浩然、肖永顺合影。浩然（中）、焦庄户书记
肖永顺（左一）、作者李侯勋（右一）

进冀东，发动群众，扩大抗日武装，打击侵华日军和汉奸，开辟抗日根据地。1943年，抗日力量逐渐扩大，2月下旬，在密云县清水河川碱厂正式成立冀东军分区第二地区队（简称二区队）。区队长李满盈、政委谭志成，下辖三个步兵连、一个侦察排，共500余人，后又划进回民队，归二区队领导。二区队以三河县北部二十里长山（现属顺义区）为根据地，在李满盈的指挥下，采取灵活机动的战略战术，时聚时散，声东击西，扰得敌人日夜不得安宁，在冀东西部地区抗日斗争中发挥了重要作用。

6月26日凌晨，八路军参战部队趁着夜色，选择高楼辛庄西公路边作为伏击阵地。一切准备就绪，上午8点左右，两辆汽车在日军武装护送下进入八路军伏击圈。指挥员一声令下，战士们从路旁庄稼地一跃而起，机枪、步枪、手榴弹一齐向敌人开火，车上敌人被突如其来的袭击弄得晕头转向，措手不及，毫无反抗之力，战斗很快结束。此次伏击战打得得心应手，迅速麻利，不到20分钟，30多名日本鬼子还没弄清楚怎么回事，就被全歼。此次战斗，俘虏了日军慰问团5名男女团员，缴获机枪2挺、掷弹筒2具、长短枪30多支以及一些粮食，烧毁击伤军车2辆。这次战斗，虽然规模不大，但说得上是平原游击作战的典型战例，极大鼓舞了抗日军民的士气。

驻高楼镇的日军闻讯后，立即纠集燕郊、诸葛店等4个据点1000多名日伪军，疯狂扑向八路军伏击日本兵所在地，追击参战八路军，嚣张报复。

按照原计划，十三团一部打完伏击后立刻撤出阵地转移，二区队负责打扫战场、处理被俘人员等事务。得到日军反扑的消息后，李满盈得知敌情严重，已有10年作战经验的他分析，现今形势处于敌众我寡、敌强我弱，要采用灵活战术，不能硬拼，能打则打，不能打则撤。李满盈指挥部队边打边撤，突然一阵雨点般的机枪子弹呼啸射来，撤退在后的李满盈左胸部负重伤，鲜血洇湿了上衣。卫生员跑来，给李满盈做紧急包扎止血，缠好绷带后，警卫员潘玉之不由分说，背起他向高楼辛庄村内疾奔而去。郭化明按李建华区长吩咐，紧跟其后进村。

二区队两个连长几乎同时来到区队长身边，他们说出救治转移的办法。李满盈忍着伤痛，用坚定的口气说："你们不要管我，马上回去指挥部队，阻击鬼子，向孤山方向转移，保存力量。"很快，郭化明动员村里人搬来几块门板，从中挑选一块宽幅平整的单扇手把门。几个人七手八脚用木棍麻绳绑成担架样，抬着受了重伤的李满盈，出了高楼辛庄，疾速向北边 15 里外的大洛泡村奔去。

大洛泡村是郭化明的老家，他对村里的地形、人都很熟。进村后，就见先头撤出的部队在整理队伍、核对人员、清点分发战利品，有的战士在擦拭刚缴获来的日本歪把子机枪和"三八大盖"；地方干部有的集中军粮，有的架锅做饭，做好的西葫芦汤和小米饭散发出诱人的香味。郭化明刚要吃饭，就被一个通讯员叫住，告诉他领导有急事叫他去一趟。不远处，县委书记李子敬严肃地对他说："这里不安全，你去找辆大车，越快越好，不能再耽误，把区队长李满盈尽快转移到别的安全地点。"

工作的关系，郭化明对老家周围三里五里的村庄，非常了解，他知道村东北 5 里路远的大崔各庄村（现属顺义区大孙各庄镇）有放脚的大车。他接受命令后一路小跑，忘了饿得咕咕叫的肚子，一路跑一路琢磨找辆什么样的大车，使受伤的李满盈躺着舒适。也巧，刚进村就碰见放脚的车把式赶着车正要去北平城里送东西。郭化明同他耳语一阵后，车把式立马把车赶回家，卸下东西后，紧接着装上平时大车拉土用的秫秸帘子做围挡，并把一床干干净净的褥子铺到大车上。在当时那个年代，几个村也不一定有一辆胶皮轱辘大车，这种车比铁瓦车、花轱辘车跑得快，不颠簸，震动小，对减轻区队长的伤痛十分有利。

两个人一点儿不敢耽误，赶着胶皮轱辘大车驶往大洛泡村。这个车把式也支持共产党八路军，他常以放脚作掩护，冒着危险从北平城里给抗日政府拉回受封锁的纸张、布匹、药品等物资。

看到这辆胶皮轱辘大车，李子敬书记直夸郭化明机灵，想事周到。在警卫员、卫生员的搀扶下，李满盈躺到大车上。李子敬哽咽地说："出发吧，一路平安，早日养好伤，再见。"二区队干部战士与县、区领导眼含泪花，依依不舍地目送着北去的大车消失在金黄的麦浪中。

从大洛泡村转移后，李满盈先后在怀柔县大叫洼、顺义县焦庄户、三河县七连庄（现属顺义区龙湾屯镇）短暂停留，最后在三河县大曹庄（现属顺义区杨镇）养伤治疗约两个月。归队后，1945 年 1 月，冀热辽军区十四军分区于蓟县上仓地区将第二区队、第五区队合编为冀东十六团，团长师军，痊愈后的李满盈任政委。

郭化明对党忠诚，不居功自傲，火线转移八路军二区队长李满盈功不可没。1949

年1月，郭化明光荣入党。以后，在李遂公社、县三八鞋厂、城关镇街道任职。火线转移李满盈这件事快80年了，郭化明不显摆不张扬，没向组织讲过，连他老伴儿、子女都没听他说过，很多和他共过事的干部也不知道这件事。他说这是应该干的，换作别人也会这么干。

离休后，郭化明在社区做了20多年楼门长，还主动要求加入社区蓝盾志愿巡逻队，以自己丰富的工作经验帮助社区居民，解决各种困难。各种重大活动期间，他主动巡逻。在他的带领下，很多社区党员和群众纷纷加入志愿者队伍。每逢社区组织共产党员献爱心活动，他总是带头捐款捐物。2022年，已是98岁高龄的郭化明，向区党史、区志编写人员讲述了自己在革命战争中的经历，他的部分讲述被编写进《永远跟党走》一书中。

语丝微言

李老生于1938年，今年已86岁高龄。尚耳聪目明，思维敏捷。其经历的事情，回忆起来，仍如数家珍。他讲郭化明、刘业茂、李伍勋救助八路军干部李满盈之事，八十年过去了，仍历历在目。他谈起浩然，倍感亲切。他讲给县委书记崔旭东当通讯员，老书记真是两袖清风。他在焦庄户地道战遗址纪念馆任职期间，接待过溥仪、溥杰、杜聿明、王耀武、廖耀湘、黄维、宋希濂等160余人。因其年龄，因其经历，因其记忆，是顺义那一段历史的见证者、讲述者与记录者。

【作者简介】

项光来，1971年2月出生，浙江苍南人。字知之，号桑田一米、潮白联客。1991年12月入伍，2011年12月转业到地方工作。曾负责顺义区委老干部局内刊《老年朋友》的编辑工作，现担任区老干部大学诗词班的教学工作。爱好诗联，业余时间笔耕不辍。全国知名楹联作家，参加国内一些征联比赛，荣获各类奖项700余次，不少楹联作品入书或被刻挂。曾多次参与评审全国征联，荣膺北京楹联学会首届"京联十杰"称号，《中华楹联报》《空军报》《北京楹联》《对联》等报刊曾先后报道其楹联艺术成就。

廉生威腐失信（外一篇）

某公位高权重，初清廉实干，深得民心。其书法颇佳，有幸得者，无不引以为荣。

据传某日，工商人员发现有一商家违规经营，欲暂扣营业执照并罚款，然见此店牌匾乃某公所题，顿生敬畏，遂教育一番而作罢。

某公后因贪污而入狱，商家有其题写牌匾者，皆恐有损门面，争相撤换。嗟乎！官廉则生威，腐则失信也。

试对流传顺义好几十年的一比对联出句

对联是中国传统文化瑰宝，雅俗共赏，老少咸宜，被誉为"诗中之诗"，有着上千年的悠久历史。对联对仗工整，平仄协调，是汉语独特的艺术形式。历史上流传下来的佳联妙对不胜枚举。同时，也有不少精妙的出句流传于世，因一些出句应对起来难度很大，至今没有理想的对句，有的甚至成为"千年孤对"。

2023年9月，因顺义区老干部大学诗词班的马老师生病了，不能继续担任教学工作。大学负责人找我商量，我接手了马老师的工作。马老师一直给学员讲的是古诗词鉴赏，我决定给大家讲讲古诗词创作基础知识，并先从对联创作入手。

记得在第一节课间休息时，有位学员跟我提到，在顺义有一副流传了好几十年的对联出句，因有难度，至今无人对出。他还曾跟马老师提起过，但一直没有得到答复。出句为：河南村河北村临河不远。该出句包括顺义三个村——河南村、河北村、临河村，难度在于"临河"两字，在此活用，意为离河（潮白河）。

不管这位学员有意还是无意，我觉得他是想考一考老师。上课那天的晚上，正好在单位值班，心里琢磨着对句之事，但一时无从下手。当我站在办公室的窗户前，看着马路上灯火辉煌，车来车往，不由一下打开了思"路"。看看能否在顺义主要几条主干道上找到突破口。就这样，经过一番推敲，对句出炉了：顺密路、顺平路，通顺无忧。"顺密路"是密云到顺义的公路，"顺平路"是平谷到顺义的公路，"通顺"是通州到顺义的公路。"通顺"在此也活用，意为通到顺义。对句的意思是，顺密路、顺平路，通到顺义一路畅通无忧。对句得到了不少朋友的认可。家住临河村的中国作家协会会员许福元先生说：该对句是他见过最为理想的。当然，几十年前，不会有人在"路"上琢磨对句的，因为那时还没有修建这些公路。正可谓：对地对天，天地有情皆可对；联今联古，古今无事不能联。

当然，限于水平和认知，所拟对句，权当抛砖引玉。随着历史的发展，我相信会有更好地对句出现。

语丝微言

我年轻时就听说过一桩对联雅事：老丈人是个秀才，临河村人。新姑爷也是个读书人，西海洪村人。春节女儿省亲归宁，翁婿对饮。酒酣耳热后，老丈人想试一试贤婿才学，于是出一上联：河南村河北村临河不远。新姑爷略一思索，马上吟出：东海洪西海洪海河相连。老丈人颔首称赞。河南村、河北村、临河村都是顺义三个村子，在县城东南，相距很近，所以说不远。东海洪、西海洪、泥河三个村子，在县城西北。一个东南，一个西北，寓联姻之意。所以老丈人很是高兴。但细究起来，虽意思不错，但从平仄、音韵仍可推敲商榷。百年来，未有闲情逸致之人，再去理睬。正是项光来君，续出绝对：顺密路顺平路通顺无忧。这让编者想起日本一个对子，上联是白川临黑谷，下联一时无人对出。直到若干年后，才有人配上绝对：紫野近丹波。

418

【作者简介】

马如，男，1942 年 3 月出生。龙湾屯镇小北坞村人。政工师，中共党员。毕业于北京市设备安装公司技术学校。1961 年 8 月 1 日应征入伍。1982 年 6 月毕业于北京中国书画研究社书画。1989 年 12 月在解放军报社新闻函授班结业。曾参加过援越抗美（轮战）战争。主要著作有随笔集《走向成功》。

母亲的纺车

这是一辆木制的纺线车，是妈妈从奶奶手里接过来的。虽然几十年过去了，但这辆纺车依然完好。许多上了岁数的老人看见它，都能说出当年纺线的往事。

这辆纺车是由脚架、木支架板、纺线轴及大转轮组合而成。记得我小时候，常在妈妈身旁看着妈妈用棉花絮条纺线。当时妈妈坐在炕上纺线，右手缓缓摇动把手，左手握着絮条来回拉着并摆动，随着大转轮的转动，就把白棉线抽拉出来了，纺线车还发出"嗡嗡"的响声，声音有时高有时低。儿时的我不懂事，看着妈妈的纺线觉得很好玩，其实妈妈非常辛苦。妈妈用纺车纺线这一过程我看在眼里，记在心里。有时我自己也偷偷转动几下，学着妈妈的样子纺线。但毕竟年龄小，一时半会儿学不会。其实我并不是为了学纺线，而是以一种玩的心态动动纺车。现在想起来，简直是给大人们添乱。几十年过去了，妈妈纺线的情景一直在我脑海中闪现。

过去全家人穿的衣裳，都是用这辆纺车从棉絮条里抽拉出来的线，然后再用土织布机织出粗布来做的。这架纺车是当年劳苦大众生活的缩影。

语丝微言

记得上初中时，语文课本中有一篇课文，是吴伯箫写的《记一辆纺车》，那是一辆延安时期大生产运动中的纺车，几百辆纺车摆在窑洞前比赛纺线，那阵势如同"沙场秋点兵"。而马如先生的这一篇文章，记的是母亲的一辆纺车。其实，延安的纺车就来自汪洋大海般的农村，就来自千千万万个如马如那样的母亲。那时战士的身上衣、脚下鞋，其源盖出于无数农妇之手。当我们今天穿皮鞋、着时装时，也应回眸如何走过的来时路，也应感谢中国农村那一个时代的母亲们，也应将一架纺车留在历史中、记忆里。

【作者简介】

肖文强，男，顺义人，大学文化，会计师。工作于政府机关。顺义区作家协会会员，中国报告文学学会会员，区非物质文化遗产保护工作专家组成员。近期，出版长篇纪实小说《蓝色岁月》(获北京市二等奖)，发表《夜雨鸡鸣驿》《一沓黑纸的情愫》《雾迷龙虎山》《军魂》等中短篇小说和散文，报告文学《她就是北京人》获北京市一等奖。

高跷爷们儿

人撒出去了，屋里一下子静了下来，陈宝元的烦躁却拱了上来。他背着手在屋里踱来踱去，按说屁股大的镇子八个小伙子去找徐常这个大活人，应该是灶王爷吃糖瓜——手拿把攥的事儿。傻小子胡德奇临出门还嘟囔这是："张飞吃豆芽儿——小菜一碟。"但他心里总有一股不好的预感，觉得今天出师不利，要有什么大事发生。这种预感是他这辈子从未有过的。

四月初一是平谷丫髻山庙会的开庙日，各路豪杰将云集于此尽显身手。第一个接到请帖的恰恰是路途最远的大胡营高跷队。庄稼人讲究"头一粒子，末一犁"，连小脚女人出门儿都知道"一早三光，一晚三慌"。深谙世事的会头陈宝元自然不敢大意，提前一天就动身了。走高跷拜庙演绎的是：天遇大旱人世间井枯河干，地里寸草不生，一个叫老座子的女人（也有说老座子故事中的角色）率领十数个家人、亲戚去东海找龙王祈雨，他们逢山开道，遇水驾船，降妖除怪。随行的十个演员都是他陈宝元精挑细选的骠手，公子王小八、陀头刘伏、卖豆儿胡德奇、老座子王营、渔翁杨瑞伏、樵夫徐常以及二锣张久财、徐志和、二鼓徐志功、王玉成。

一向少言寡语的渔翁杨瑞伏斜坐在马车前跨板上，摇着挂着红缨穗的鞭子，随着鞭花一声炸响，他们的双套马车立马"颠"起来，车上人心绪早已飞向了丫髻山。一路说笑，一路打闹，时间一长，无聊便爬上了眉梢，陈宝元在大伙儿的央求下，讲起了《杨香武三盗九龙杯》。说书是他老陈家的祖传强项，虽没进过科入过作却回回见好、段段精彩。每次讲，他总能加些新内容道出新感受，比如杨香武瘦小的身子他就能说出七八个版本来，而且一次比一次干瘦，一次比一次轻巧，让人听得如醉如痴，百听不厌。

临近中午，马车来到峪口，在镇口大槐树底下停车，准备打尖吃饭。众人跳下车，伸腰踢腿，活动筋骨。杨瑞伏拽出笸箩拌上草料让牲口先占上嘴，随后拎着水筲去找井，打水饮牲口。一直低头不语的王小八不仅没下车，头上还冒起了冷汗。陈宝元忙问："小八，你咋了？"王小八抬起苍白的脸难受地回答："师伯，我肚子……疼……没事儿，过一会儿就好……"陈宝元意识到，这十六岁的孩子一定是病得不轻。他立即招呼大伙分头进街去寻找看病先生。工夫不大，刘伏、张久财搀着一位白胡子老人来到马车边上。一番望、闻、问、切，老人言道："这小兄弟得的是绞肠痧（阑尾炎），瞧你们这架势是去走高跷吧，他是肯定去不了。"说着取出银针在王小八双耳、后背扎了下去，王小八的疼痛顿时缓解一些。老人对陈宝元说："救人要紧，他这是慢性的我还能治。要是急性绞肠痧我就治不了，得找洋大夫动刀子。先把他送到我药房去吧！"

来到老先生家的西厢房，王小八由于后背扎着针只能侧身倚着被垛眯着。老人亲自熬了药给他服下，腹部的剧痛渐渐变缓了，却不能下地。一切安顿好了，陈宝元眉头反倒皱得更紧了。这十一人，一个萝卜一个坑儿，缺一不可。出来五十多里地了，再回去找人，肯定是来不及了。打锣的张久财、打鼓的徐志功倒是能演公子，可抽哪个下来也不成，那是成双成对儿，左右一边一个，连家伙点儿都是一阴一阳，少了谁，都像大活人丢了一只膀子。要不然把卖豆的抽下来？也不成。他马上否决了这个想法。因为高跷一出场，就是卖豆的亮"活儿"。自己倒是演公子出身，可是他这地面指挥要是没了，非得演砸不可。算来算去，谁也不能少，哪个也缺不得。

嗨！都他妈的怨我，咋就没想到多带一个富余出来！这半辈子我算是白活了，他狠狠地敲了一下自己脑袋。脑子一闪，突然想到樵夫是个"单帮儿"可以换下来，"徐常，徐常哪儿去了？"不知谁喊了一声。陈宝元心头猛然一惊：是呀，自从叫大伙分头找先生，就没瞭见他的影子。一向稳重的陈宝元顿时失了态："快去找他，他要是再出点儿岔儿……"下半截的"散摊子"他没能说出口。看着众人朝外走，他又补上一句："找到，找不到，过半个时辰立马回来！别让我再着急了。"他这颗心再也经不住折腾了。

王小八卧在大连炕上身上扎满银针，刚喝了一碗茶汤（大米粥上的浮油），迷迷糊糊的像是睡着了。这是一座传统的四合院，虽然略显简陋却也宽敞。两侧厢房东是仓库，西为客房，老先生在北房里坐诊，找他看病的人还真多，门口每进一个，陈宝元都要抬眼张望一下，看看是不是徐常回来了。一次次地进人，他一次次地失望。

午后的阳光温暖地洒满院子，在老家，这个时候他要沏上一壶好茶，斜躺在圈椅上晒太阳，这是他一天中最舒畅最惬意的时候。而今天一股无名火直冲脑门子，他狂躁地想骂人，想打人。但是骂谁呢？打谁呀？大门外那棵高大的傻杨树上，两只花喜鹊喳喳地叫个不停。"喜鹊叫，喜事儿到。"这本来是个喜兴的兆头，今儿却让陈宝元的烦恼拧着劲儿往上拱，他抓起桌上的茶碗扬手要打过去，猛然间想到，这是在别人家里。他的手软软地垂了下来。

撒出寻找徐常的人，一个个无精打采地回来了。最后的希望集中在未归的杨瑞伏身上，年届三十岁的杨瑞伏踏实稳重，是个低头干活的骠手，说话办事从不张扬，经常在山重水复之时给你来个柳暗花明。今天为了减轻马车的负载，他主动当起了车把式。

等待常常是希望的前奏，有时也是痛苦的煎熬。

陈宝元在砖地上来回踱着步，表面上平静，心里却在翻江倒海。此前这屋里只自己和半睡半醒的王小八，已经让他焦躁不堪了。现在九双眼睛盯着自己，好像从他身上能盯出徐常似的。抽烟的不抽了，说话的不说了（是不敢说了），屋子里突然安静了，静得吓人，静得能听到彼此的喘息。一只硕大的狸花猫在院子里晒够了太阳，慵懒地迈着方步走进来，伸够了懒腰，信步爬上了陈宝元脚面，想借此歇会儿。他不耐烦地抬脚一甩，那猫猝不及防"喵"一声，顺势一滚，跑了。一向温文尔雅的陈宝元这动作，使众人连大气都不敢出了。为了缓和这局面，他吩咐："告诉房东，做饭！"除了王小八，七个汉子齐刷刷站起来朝外走，他们都想借故离开这让人窒息的屋子。

伙房传来刀、勺、铲搅动的声响，凉油摩擦热锅的声响和香味同时传了过来，人们仿佛才意识到肚子饿了。门口响起急促的脚步声，"杨瑞伏回来了！"门帘一挑，杨瑞伏几乎被急于出门的胡德奇撞了回去。他站稳脚跟，伸着脖子向屋里搜寻，见没有徐常的影子，眼神顿时暗了下来。"师傅，我……"陈宝元手一挥："甭说了，吃饭。吃完饭，咱打道回府，宁可爽约，也不去现那个眼。"这是他反复权衡的结果。十个演员缺了俩，这"戏"还能演吗？这是陈宝元唯一的选择，也是大胡营高跷会的唯一选择。

小米饭，熬豆腐，肉片儿炒豆芽。王小八还不能吃东西，只喝了半碗稀稀的小米粥。九个男子汉挤在一起吃饭，门外却听不到声响。饭，味同嚼蜡，不想吃，也得吃，家不想回，也得回。这顿饭，简直比监牢的断头饭还难吃。

"师叔……"门外一声尖叫。屋内众口一音：徐常回来了！"咔嚓"一声响，陈宝元手中的筷子被他自己齐茬茬地折断了。"您看谁来了！"还是徐常的声音，门帘一挑，涌进仨人，"师傅！"随着叫声，头前之人双膝跪倒，朝着陈宝元就是一个响头。众人忙将他搀起，陈宝元这才看清这是自己最小的徒弟——鸡鸣驿的罗贵富。

就是当年绑着高桌腿儿、跟在王志然身后走高跷的"跟屁虫"。那几年，王志然身体一天不如一天，就把这孩子转给了陈宝元当徒弟。这孩子真是个演公子"料"，什么动作，什么"绝活儿"一捅就破。听说最近还当上了鸡鸣驿高跷会的会头，他的出现今天的一切难题都解决了。徐常怎么把他弄来的？这小子"道眼"真大。陈宝元那一脑门子官司、冲天的怒气，一下子全消了。忙说："先吃饭，边吃边聊。"在师傅面前总是忐忑的罗贵富红着脸："还是让我徐常师兄说吧！"大伙目光一齐转向了徐常。徐常抹了一把汗："吃饭甭着急，先给我们弄碗水喝吧！渴死了，我们是跑着来的……"

众人下车时，徐常见王小八的痛苦样子，就知道他高跷是蹬不成了。一下车就寻思咋办？走着走着，突然想起前几日家住鸡鸣驿的连襟儿来看他，哥儿俩投缘对势，夜短话长，一顿饭吃到了半夜，连襟儿酒没少喝却不肯住下，说连夜赶回去，天亮得跟着贵富上平谷白各庄给他亲戚盖房去。徐常只知白各庄就在这一带，具体离多远，就不知道了。正想着，对面驶来一辆马车，跟车把式一打听，不远才十二里地。巧合的是，这马车出远门还路过白各庄，就抬脚上了车。他本想回来告诉师叔一声，可人家的马车不能等。再说，这事儿八字还没一撇呢，万一连襟他们干完活回去了，那不是谎报军情吗，让大伙空欢喜一场！得了，就来个先斩后奏吧。到白各庄那儿一看，贵富正在往房上抬檩。徐常三下五除二，把经过一说，罗贵富立即向姐姐、姐夫交代了几句，抬脚就走。俩人心急如火，脚底生风，一口气就蹿出了二里地。突然想到王小八得了绞肠痧，身边不能没人看护，立即又跑回去，把外甥带来了。说完经过，徐常单腿下跪："师叔，小侄办事鲁莽，让您担心着急了。请您责罚……"

陈宝元咬着牙，狠狠地举起巴掌，自上至下，朝着徐常脑袋劈了下来。"您……"随着众人的惊呼，陈宝元带着风声的巴掌在徐常头上轻轻一抹："吃饭，吃完饭儿，出发！"

若干年后，已是垂暮之年的王小八向人们讲起当年这段情景，依然津津乐道，如同昨天才刚发生的一样："……那阵势把我们都吓傻了，凭我师父的功夫那一掌真要是给拍上，徐常那八楞子脑袋顿时就得像烂西瓜一样，花红脑子散一地。这叫啥？这叫功夫好练，寸劲难拿！师父是个有真功夫的人，平时深藏不露，在关键时候露一手。眼瞧着那巴掌已经挨到了徐常的脑瓜皮了，突然急停，顺势向下一抹，那力道就泄了。我估计当时徐常的魂都吓没了……"

他们在丫髻山镇口下了马车，把车马寄存妥当。绑跷，响了家伙，绕着大街边走边演，转了一圈来到庙会安排的连升客栈。按照行业规矩，高跷会得响着家伙踩着高跷进门，此刻门口已经围满了观众，憋着老劲，想看看这来自外县的高跷功夫。

连升客栈，蓝砖青瓦，高高的门楼，五步青石台阶，双扇朱漆大门，一尺二分高的老榆木门槛上横担在两个青石门墩上。一进门是一堵威武的影壁，青砖包角中间白底红道儿"迎吉纳福"四个大字，字体方正遒劲，形神兼备，显然出自名家之手。

蹬着三尺多的高跷上五步台阶，要迈过一尺零二分的门槛，再走下五步台阶，其难度简直不可想象。如果院内没这影壁，凭以往的功夫和经验，只这三步台阶，演员从远处加速起跑，一提气，两腿一较劲劈开叉，能从门外蹿进院里。可今天不仅有影壁挡路，台阶又高了两步。更可悲的是，不知是谁又在门槛上放了一条二尺多长的朱漆板凳，使这门槛的高度又涨七寸。经多见广的督官陈宝元心里明白，这是人家成心让你出丑，让你知道平谷这碗"高跷饭"是不那么好吃的。正在众人议论纷纷之时，店老板从远处街上走来，急匆匆地，像是刚办完什么事儿。这是一个四十多岁的中年人，中等身材，眉清目秀，从里到外盈溢着精干的文气。他双手抱拳对陈宝元等众人施礼言道："各位顺义来的师傅，辛苦了……"一抬眼，似乎才发现门槛上的板凳，脸色一沉："这是谁干的？是不是晌午饭吃撑着了！马上给我搬走。"他的声音充满了威严和不可置疑的气势，但是，身后的伙计们只是低头不语，无人动手。面对老板威严目光，一个伙计嗫嚅地说："这是老太爷让放的。"老板顿时尴尬起来，轻叹一声，自己抬腿向前，伸手要去挪那板凳。"等一等！"身后传来一句苍老的声音，从人群里挤过来一老者，鹤发童颜，紫红脸膛，中等偏瘦的身材，年纪不下八旬，却腰不塌背不驼。陈宝元一看老人的举手投足，便知这是个闯过江湖的练家子。正要上前搭话，见老人把手中的芭蕉扇向下一点，陈宝元知道这是江湖上免开尊口的手势，也就不再言语了。"沈老板，刚才我跟他们走了一条街，人家的玩意儿可是太不简单了，瞧这跷，比咱的整高了一大截。没有金刚钻谁也不敢揽这瓷器活儿。截庄卖庄的，跨着县到咱这儿来拜庙，没两下子谁敢来呀？"接着老人没让客栈老板搭茬又说："咱先征求一下人家会头的意见，愿不愿意露一手。如果人家不愿意，这板凳你再撤也不迟。"沈老板双手一摊："这么高的门槛，再加个板凳，这不是为难人家吗？这可不是咱平谷人的待客之道哇。"

一开始，陈宝元以为这是客栈老板与老头在演双簧，挤兑他们外乡人。随着老头与店老板一问一答，觉得是自己把人家想错了，就说："那就让我们试试吧。"转身三百六十度双手抱拳，向看热闹的人群行了个"罗圈礼"："各位父老乡亲，各位过往宾客，各位同行长辈，在下陈宝元，是顺义县大胡营高跷会的会头，奉贵县念佛老会之邀，带队前来拜庙。承蒙各位的厚爱，在这表演一下过门槛。说实在的，蹬着高跷上台阶进门楼，以前我们没做过，也没练过。高跷会在我们当地只能算个'热闹儿'。我们既没经过系统训练，也没受过高人指点，完全是凭着一股子热情，玩儿出来的。俗话说得好：初生的牛犊不怕虎。今天，咱就在这儿，撞一回大运。成功了，说明今天我们的运气好，是您站脚助威的功劳。失败了，也没啥，反正我们是一群庄稼把子，既没名，也没分，脸皮还厚，就当没有今天这码子事儿。该吃吃，该喝喝，明天该拜庙还拜庙，该玩儿的，照常玩儿。"

哇！哇！"好样的！……""够爷们儿！……"在场的人一齐为陈宝元叫好。陈宝元叫过来一身公子打扮的罗贵富，他踮着脚尖对着弯腰低头徒弟耳语了几句，指了指两个门墩，两手食指交叉比划着又嘀咕了几句。言罢，他转身面朝队伍摇动手中令旗，让队伍后退了四五丈，抽身进门，站在影壁右侧准备接应罗贵富。只见罗贵富小碎步快跑向前，三步登上第三道台阶，纵身一跃，双腿交叉下落。左腿跷顶住右侧门墩，右腿跷顶住左侧门墩，上身下压纹丝不动。人们的叫好声还没落下，罗贵富身形一晃，双腿一较劲，两只交叉的木跷从板凳上"飞"了过去，稳稳地落在门里第三道台阶上，跷头刚一点地，又二次跃起，随即轻轻落在影壁前。罗贵富这套动作潇洒、流畅，全过程不超十秒，在一片叫好声中完成了任务。

陈宝元偷偷地向徒弟伸一下大拇指，将下一轮的安保任务交给了他，自己转身回到门外。第二个是陀头刘伏，他迈着陀头的跷步在场上遛了两圈，按罗贵富的套路"照方儿吃药"，干净利落地跳了过去。第三个是卖豆的胡德奇，他真有点像《明英烈》里胡大海的儿子胡德济，傻大黑粗，大大咧咧。可这小子外憨里秀，这动作做得比前两位还干净利索。事罢，他还装着"傻英雄罗士信（隋唐演义的一猛）"的样子，瓮声瓮气地嚷嚷说这板凳太矮。陈宝元扭头朝他一个"立睖眼儿"，他便乖乖地躲到一边去了。樵夫徐常、打锣的张久财、徐志和，打鼓的徐志功、王玉成，渔翁杨瑞伏都顺利跳了过去。

最后剩下的就是老座子王营，他是十人当中身材最瘦、年岁最大的，平时演出总是以唱曲为主，加上今天他的妆化得过于苍老，在众人眼中他就是个七老八十的老太太，场上人都为他捏了把汗。过了关的演员都站在影壁两侧，准备给他保驾。他后退的距离比任何人都远，还特地撸了撸袖子，往手心各啐了口唾沫，做出了向前奔跑的架势。现场一片寂静，人们都在屏住呼吸等待着她（他）的发力。可她却像一个瞬间泄了气皮球，才跑了十几步就软了下来。如一个喝醉了酒的老太太，跌跌撞撞地"画着龙"向前走。一步步接近台阶，抬脚上了一层，她摇了摇脑袋，头上的簪环首饰响了好一阵子她才迈上了二层，提了提裤腰，清清嗓子，晃了晃身子又上了一层，站在三层台阶上她不动了，转身回头，面向观众有气无力地叹了一口长气。众人的脑子里，同时冒出了一句谁也不愿说出的话："到底出了个水子（水货），认栽吧。"

影壁前传来几声干咳，不知是给她鼓劲儿，还是在催她退场。陈宝元的脸上烧起了红晕，手中的令旗绵软地垂了下去。他真想狠狠地抽自己几个大嘴巴子，这次

"出差"从一开始就他妈的不顺气儿。王小八得病，徐常玩儿失踪把他这颗心脏揉了个"七荤八素"，现在又玩了这么一"出"。莫非老天爷真要"收"他陈宝元了吗！王营呀王营，你真他妈的是败家的活祖宗。转念一想，这也不能怨人家孩子（孩子是师傅对晚辈徒侄徒孙的统称），谁叫自己考虑不周，心高气盛，当众应了迈门槛的差事呢，要是当初带个富余人出来，不仅没了麻烦，也不会在这丢人现眼。

说起来王营也是个苦孩子，落生不到半年就死了爹，娘改嫁，靠奶奶用面糊糊一口口喂大的。他奶奶——王老太太的命更苦，幼年丧母，中年丧夫，老年丧子，人生的三大灾难她一个不漏，满端了。祖孙俩相依为命，凭着一股子"死爹哭妈——拧种"的劲头，顽强地活了下来。随着孙子渐渐长大，老太太一直揪着的心慢慢地松开了。正当这娘儿俩的日子逐渐变好之际，孙子突然间迷上了踩高跷，王老太太认定这是个玩儿命的行当，一旦摔了、碰了，落个残疾娶不上媳妇，断了老王家的香火，她何颜见九泉下的丈夫呀。她将孩子锁在家中，以自己上吊寻死相威胁，阻止孙子去高跷会。白天老太太在门外绝食，孙子门里不吃东西。夜晚孙子在屋里哭闹，奶奶在门外落泪。这祖孙俩谁都不肯让步，"这头儿不下马，那头儿不接鞍"，街坊四邻谁说、谁劝，其结果都是天帝爷扒灶门儿——碰一鼻子灰……

高跷会总会头和督官一致认为这孩子是踩高跷的奇才，就带着礼物登门拜访，劝说老太太放了孙子，一向"说里道面儿"通情达理的王老太太，这次是王八吃秤砣——铁了心，谁的面子也不给了。

总会头、督官又请出老王家的长辈出马，面对几位白发苍苍比自己大二三十岁的长辈，王老太太照旧是灶王爷抬头——黑脸儿堵了。平时很少犯"死羊眼"的王老太太，这回是竹竿捅烟囱——一插到底了。

正当会头灰心丧气之际，那孩子跑来报告，奶奶同意他学高跷了。话一说完，他又兔子似的一蹦仨高儿地跑了，说得先回去侍候奶奶。原来前几天老太太的双眼突然红肿高大了起来，什么也看不见，请了先生（中医的称谓）诊治吃药，外加日日烧香，天天上供仍无效，病情日益严重。

后来她听人说，她这病是阻止孙子踩高跷的报应，是她的阴气太重冲撞了神灵。还说她对神灵的大不敬，会给大胡营村带来灭顶之灾。大字不识的王老太太，好像突然变成"唯物主义者"，大义凛然地回绝道："我爹妈、公婆还有我那死鬼，一辈子修善积德，到头来还不是年轻轻的就没了命。这回说啥我也不信了，宁可瞎了双眼我也不让栓柱（王营的小名）去练高跷……"

一席话，说得大伙目瞪口呆，面面相觑。事也凑巧，一直没有"来往"的儿媳妇，来看望婆婆，多日来老太太的眼睛看不见"东西"，肝火上逆。又赶在气头上，说出的话自然就变了味道。三说两说便吵了起来。老太太声高，转眼间招来一大堆人来看热闹。儿媳妇是瞒着婆家偷偷来的，就怕被人知道，这回闹得四街两巷的当"戏瞧"。悔恨交加，只好红着脸，低着头匆匆离去。刚出街门身后"咣当"一声响，她借钱给婆婆买的点心匣子从院里飞了出来……

当天夜里王老太太犯起了稀屎痨（肠胃炎），上吐下泻，本就瘦弱的身体这回彻底垮了。她在炕上一躺就是两天，刚一坐起来，眼前一黑，晕了过去。清醒后，她感觉自己的末日到了。她额头渗出了冷汗，身子像掉进了漆黑的冰洞，感觉阎王爷已将大手尖尖的指甲扎进了她的头皮。

常言道："神仙都怕两头夺（上吐下泻）。"不要说自己一个丢了五十奔六十的老太太，就是年轻人也逃不过这一关了。她倒不是怕死，只是撂不下自己的孙子，她歇了一会儿，运足气摸索着下了炕，从东屋爬过堂屋，半坐半倚地靠在西屋门上，喘息着摸出钥匙对着锁眼，捅好一阵子才把锁打开，放出了孙子。才八岁多的孙子跪在她面前哭着："奶奶，我再也不去学高跷了，就在家伺候您，再也不惹您生气了。"

知道自己时日无多了，她搂着孙子，用瘦削的脸颊一下下地摩擦着孙子的头："孩子你去吧，奶奶再也不拦你了，以后高跷会就是你的家了，你有难处那里的叔叔、伯伯和爷爷们会帮你的。你一定得听话，做个好孩子，登跷时多留神脚底下，千万要加小心。你这辈子到死都不能忘了奶奶这话，你不光是为自己活着，那是为你爷、你爸，为你们老王家列祖列宗活着。活着，就得活出个人样儿，咱娘儿俩最艰难的时候都没求过人，咱在这世上没蒙过谁，也没骗过谁，既不该谁，也不欠谁的，对谁都犯不上鞠怜着腰低三下四的。以后见着你妈，替奶奶赔个不是，昨天奶奶赶在气头上，对她说的都是昏话，叫她别记在心上。从古到今，寡妇再嫁哪有享福的，这些年她吃多少苦，受多大罪，奶奶能想象的到，真难为她了。"

淡淡的月光下，冷风习习，孤零零的小院显得格外孤独，未插门闩的街门，在寒风中发出咣当、咣当的声响，每一下都在撞击着这娘儿俩脆弱的心壁。孙子要起身去插门，奶奶却不肯放手。似乎她一松手，孙子就会被风卷走似的，门扇的响声越大，她的手抱得越紧。堂屋里阴冷潮湿的地上，娘儿俩抱在一起，哭成了一团……

说来也奇，答应孙子学高跷，老太太像完成了一件"超世纪的大事儿"，她躺在炕上攥着孙子的小手，静静地等死了。三四天过去，王老太太不仅没死，稀屎痨反而慢慢地好了，又过十来天，眼睛也消了肿能看见人了。一时间在大胡营，在三里五村，在七沟八乡，王老太送孙子学高跷感动了佛祖，消了灾，去了病，成了人们街头巷尾、茶余饭后的美谈。说快板的把这说成观音显圣——娘娘送子；唱大鼓的把她编了故事，唱小戏的演成了节目。

摇摇晃晃的王营既没走下台阶，也未向上迈步，他的身子慢慢向后弯去，跷头像两个钉子铆在了青石台阶上,死死戳在那里。上身还在慢慢地向下弯,跷头摩擦青石台阶,发出嘎嘎的响声。他伸出双手握住不断向外倾斜的跷杆,上身继续平展展地向板凳贴去,头率先碰到了板凳,随后肩膀也挨到了板凳。

最后王营他那二尺四的"小腰儿",终于横着实实牢牢儿地压在了板凳上,众人长长地为他松了口气。只见他身子猛地向右一甩,上身贴住板凳面,双腿紧收,膝盖蜷在胸前,跷杆直立。他双手扣住板凳沿,肩膀和臀部向上翘起,只剩巴掌大的腰部压着板凳,随着两手一用力,身子像个陀螺在板凳上转了起来。

一圈,两圈,三圈,速度越转越快。突然,王营尖着假嗓大叫一声:"丫头!给奶奶我,掀门帘儿!"一个鹞子翻身,瘦鸡一样的王营已经稳稳地站在了影壁前的砖地上。

这时高跷会的人才想到了,王营当年跟王志然学过很长时间的蝎子爬和轻功。现场一片寂静,随着陈宝元一声如释重负的"收队"!人们才大梦初醒似的发出海潮般的掌声。

王营始终没忘当年奶奶的教诲:清清白白做人,认认真真做事,对人不卑不亢,不吹牛,不说谎,不许诺没把握的愿。今天以自己独特技艺为大胡营争了光,给奶奶长了脸,为他们王家列祖列宗添了彩儿。他脸上没有一丝得意,像没事儿人一样,站在几个高个师兄弟的身后。

这时,从人群中推出一辆四轮小车,车上坐着一位没纶巾羽扇、不穿道袍的"诸葛亮"。他面白如玉,只是须发比孔明先生超白了一些,年纪在八十开外。他双手抱拳朝向陈宝元深深地施了一礼:"陈师傅,老朽腿脚不便,这厢有礼了。"精明的陈宝元一看便知这是行内的高人,连忙上前躬身还礼:"老前辈,您客气了,小可初到宝地,多有打搅。"客栈陈老板向前劝导:"爷爷,此地不是讲话之所,您二位到里边叙谈吧?"

"不!不!不!今天我一定要当着大伙的面,把这事儿说清楚。"老人摇着头,一挥手,身后推车的小伙儿立即将小车转了一百八十度,他面向看热闹的人群:"父老乡亲们,我沈士堂今年八十四了。七十三,八十四,阎王爷不请自己去。我年轻的时候脾气大,五十六岁那年得了这怪病,俩腿迈不开步了,至今已二十八年了。踩高跷的人坏了腿,心里是个啥滋味?那叫生不如死。要不是儿子儿媳侍候的好,我早就归位了。我倒是活了,可他们小两口却早早地没了。古人说这叫'移寿',真要移寿应该是我移给他们才对。我这糟老头子,早就该死了。偏偏事不遂人愿,让我活了下来。今天一看,我这跐拉跐拉的二十八年还真没白活,开眼了!"说到这,老头子双手在扶手上一用力,居然晃晃悠悠地站了起来,沈老板和刚才瞧热闹的老人急忙上前搀扶,被他推开了:"这门楼自打建成至今三十九年了,只有我四十五岁

429

那年蹬跷过去过。那年虽然门槛上也放了板凳，但是，我那跷没他们的高，起码差半尺，干这活儿的都知道，甭说差半尺，就是差半寸兴许就得摔个腿断筋折，终生残疾。我干等了三十九年，今天算是开眼了，我服了，大胡营高跷是这个！个顶个都是好样的！是纯爷们儿！"说着，他挑着大拇指向观众转了一大圈："等过了庙会，我在这摆上二十桌，一是庆贺高跷会人才济济，兴旺发达；二是我沈士堂向父老乡亲们赔罪。"

丫髻山庙会是各路高手云集的地方，可谓是八仙过海，各显其能，高潮迭起，绝活尽出。张久财的锣上下翻飞，左右翻闪，腕随锣转，锣随腕飞，只闻锣响不见锣底。

陀头刘伏在一百零八层狭小的台阶上，表演金刚铁板桥的绝活，惊得赶庙人叹为观止，目瞪口呆。但是他们的绝活和光芒，都没能压过罗贵富演绎的公子……

庙会刚一结束，陈宝元就病倒了，众人匆匆忙忙护送他接了王小八回了大胡营。至于沈士堂是否办了酒席，庆贺与赔罪的效果如何，便无从知晓了。但是，称得上纯爷们儿的大胡营高跷"铜锣没有底儿""陀头盖京东"的故事和口头禅，却一直流传至今。

语丝微言

本书编者不止一次和作者以开玩笑的口气说："凡当过村书记的人，当个农业部长也够格。"本文作者肖文强就当过村书记，且不只一任，且当得还不错。一个村庄，就是一个小社会。乡土中国，五脏俱全。各色人等，聚于一村。以血缘为纽带，以亲情为联姻。上面千条线，下面一根针。遇事要讲理，有时更要讲情。其中的分寸，要拿捏得当；其中的火候，要掌握得适时。办事更要面面兼顾，不能剃头挑子一头热。也要掌握节奏，紧了不出渣子，慢了不出豆腐。乡里乡亲，打断骨头连着筋。处理邻里关系，解决民事纠纷，更需有公平之心、公正之心、爱人之心、善良之心。笔者认为，村书记能当农业部长，农业部长当不了村书记。作者这个村书记，又操翰墨，爱读书，写文章，整理非遗诸项，令人敬之。

【作者简介】

　　刘振祥，1959年生于北京市密云县石匣镇，1997年因保护密云水库这盆净水，移民到顺义区赵全营镇。曾荣获"2008年度北京十大节水护水志愿者"。2008年第29届奥运会北京农民奥运火炬手。2012年著有长篇小说《梦回青海湖》。发表的作品有《千古一村衙门村》《方氏亭碑记》《顺义的中山大街与中山大街上的石幢》《我与评剧泰斗魏荣元的一段情缘》《探秘南北潮源洞》等等。现为顺义区作家协会理事、顺义区老干部局书画家协会会员。

漫话顺义漕运史

　　潮白河是顺义最大的过境河流，素有"北京莱茵河"之称，几乎从顺义区的中间穿过，境内流程38公里，流域面积445.79平方公里，多年平均流量每秒1309立方米。

　　潮白河的上游分潮河、白河两大支流。

　　潮河在历史上叫鲍丘河，源于河北省丰宁县曹碾沟南山，经滦平县到古北口入北京市密云县，潮河因水流湍急，其声如海涨潮之声而得名。

　　白河发源于河北省沽源县，在延庆县白河堡村进入北京地区，古称湖灌水、沽水、沽河、潞水、潞河、菽水、白屿河。此河多沙而水清沙白，故名白河，河性悍，迁徙无常，俗称糠帮沙底自在河。两河在密云县河槽村汇合后西南行，在北树行村入顺义区，于南庄头流出境外入通州。

　　由潮河白河汇流而成的河流，史称潮白河。

　　而在秦汉时期，两河并不合拢，而是各行其道，潮河入顺义境后，由木林下坎过蒋各庄、张家坞、闫家渠至马庄进入河北省三河县，流经宝坻后，注入蓟运河再入渤海。

　　白河由密云溪翁庄出山后向西沿沙河向怀柔县城方向流淌，过县城向东，折入怀河，在顺义史家口村与潮河交汇，沿牛栏山向顺义城方向流淌，于李家桥下坎在通县北汇入温榆河，经安次县与永定河汇合后流入渤海。

　　两河有历史记载的第一次汇合是在北魏孝文帝太和二十一年，公元475年，潮河

431

在三河县境内西徙于通县北窜入白河。

潮白河自古以来便已通航，且历史悠久，早在秦代，便已利用此河转运军粮，据《史记·主父偃传》记载，秦使天下，蜚刍挽粟，转输北河，所谓北运河即今白河。

辽代建有五个首都，在称现北京为南京后，萧太后为把从中原掠来的金银珠宝从水路快速运往上京的巴林左旗，潮白河便成了重要的交通漕运水道。她不仅在天竺村建了花园凉亭，在昌平县西新城村建了梳妆楼，还在牛栏山第四峰建起了萧太后望粮墩。

关于望粮墩二十世纪三十年代还有遗存，民国年间河庄村开明绅士李仙洲先生曾作诗咏之："风光满目倩谁摹，四面青山八画图。岭树城长云隐约，沙平岸阔水滢纤。炊烟迷树荒村远，麦浪生花大地铺。漕艇不知何处去，空留胜迹一墩孤。"

北宋政和元年，公元1111年，为了漕运的需要，大力整治潮白河，将两河的汇合地点提升到顺义县牛栏山史家口村北。

到了明代，密云怀柔一带防务官兵的粮草激增，为了满足需要，于嘉靖三十四年（1555年），开白河东道，并对潮河进行疏浚，引白壮潮，两水合一，把两河的交汇地点上提到密云县河漕村，白河才离开怀柔县城，从那时起，两河交汇地点至今不改，今天的小东河就是原来的潮河故道。

明朝实施"引白壮潮"工程后，航船在夏秋两季可从通州直抵密云县城，不久，又疏通潮河上游航道，拆除了河道上的桥梁，使航船可以直达古北口。清康熙四十二年（1703年），为修建承德避暑山庄，朝廷下旨顺天府密云县再次疏通潮河上游航道，以方便运输大型建筑材料。此时正是周钺担任密云知县，他带领民伕辛勤劳作疏通河道，修筑了包括羊山潮河湾在内的诸多沿岸堤坝，使潮河上游得以恢复通航。几年以后，当他来到羊山潮河湾前，看到舟船往来，码头渡口好不热闹，不禁作诗一首《咏羊山》："白羊东去又羊山，此是潮河百折弯。漾艇不须沉大网，笑看渔子没潺潺。"

清朝末期，潮白河从漕运要道变为北运河及海河的主要补给水源，这时候，潮白河在顺义境内，河道仍于苏庄转西经李桥南下入温榆河并为京杭大运河补充水源，清同治十三年（1874年），直隶总督李鸿章为了增加运河水量，在沿河村南安里村西耗巨资修筑了一条防水堤坝，在李遂南又修筑一条防水堤坝，后人均称李公堤。

清光绪三十年（1904年）和1912年，潮白河两次在李遂决口，夺箭杆河以下河床，东下冲入蓟运河床，闪出月牙河，今月牙河为潮白河旧河道。1917年，大水冲毁苏庄木制拦河滚水坝。

公元1923年，顺直水利委员会主任熊希龄，筹借巨款修建苏庄洋桥，导水入北运河，确保北运河上游水源，由于开挖引河李公护堤报废，部分遗址成为县引河林场。

为了京杭大运河上能够有充足的水源，1923 年，民国政府从英国请来的水利工程师罗斯亲自设计施工，建成了苏庄闸桥，预计投入银洋 250 万元，所有建筑材料除砂石以外全部来自国外，砖上刻有英文字母和厂家编号。

泄水闸即拦水闸建 30 孔，设铁闸阻水。遇水涨河满，提闸宣泄，水流由桥下穿过，飞花浪溅，波涛汹涌，吼声闻数十里，使潮白河水进入北运河以改善京杭大运河漕运，汛期水涨时，提闸泄洪，大部分洪水进入箭杆河道。还在闸西修建南北引水闸一座，共十孔，作为调节水流之用，闸下至通县平家疃开挖引渠，长 7 公里，将水导入北运河。这两座现代化闸桥合一结构的闸桥，是顺义县第一座永久性桥梁，更是北京地区建筑闸桥的创始。闸桥的建成，除在拦洪泄水上起了重大作用外，还连接了北京到杨镇和平谷的公路，成为民国顺义县十二景之一"洋桥破浪"。诗人杨桂山有诗赞曰："长桥横卧碧溪头，操纵能叫石不流。引水有方通渤海，空槽无际作沙洲。潮平六百龙蟠闸，浪卷千层鲤跃舟。得意乘风飞去也，天光云影共悠悠。"

洋桥建成以后，曾有天津、通州的商货运往顺义牛栏山和密云，南北货物船只往来不断。1939 年，潮白河大水，水流量达每秒 5980 立方米。最大设计流量 3600 秒立方米，苏庄 30 孔拦河闸被冲毁 21 孔，全县 223 个村庄受灾，潮白河洪水夺小中河和箭杆河宣泄，从顺义城东到杨各庄宽 15 公里，竟成一片泽国。26 万多亩农作物被淹，房倒屋塌 12408 间，淹死 46 人。牲畜死亡 1977 头，鸡鸭狗死亡 2276 只。京承铁路被冲毁数处，公路皆被冲毁，不能通车。电线杆折断倾倒无数，不能通话。由于洋桥设计未达到最大泄洪标准，加之主管施工官员偷工减料，贪污筑桥款，造成工程质量低劣，7 月 26 日，洪水穿过桥面而下，晚七时，一声巨响，铁轮相互摩擦，发出道道火光，洋桥溃决，21 孔被冲倒，大水犹如猛兽，吞噬了三河、通县、香河、宝坻等县的大片农田村庄。洋桥冲垮后，北运河水量减少，水运消失。民国期间，军阀混战，日军侵华，加之陆路运输渐兴，潮白河漕运船只减少，1938 年侵华日军虽强征民船，也只是运载修筑碉堡的材料还是未能开通航运。

顺义作家许福元所著长篇历史小说《洋桥破浪》，详述了苏庄闸桥兴毁始末。

顺义的漕运历史，除了潮白河以外，还有一条更美丽的河叫温榆河，这条河更是顺义人在漕运史上的骄傲。

温榆河是由昌平县的南沙河、北沙河、东沙河汇聚而成，流经昌平、顺义、朝阳，过通县北关闸后注入北运河，全长 97.5 公里，境内流域面积 403.9 平方公里，流经顺义区 17.3 公里。

温榆河两岸沙白如雪，林木参天，夏季翠绿延绵数十里，树上鸟儿叽叽喳喳，更有顺义老八景之一的"温榆远树"，顺义名士杨桂山曾赋诗赞曰："温榆北望大平芜，十里烟波沙半铺。往事蓬茅争秀色，今朝杨柳系征途。春来候鸟枝头闹，秋到寒蛩叶底呼。满地浓荫笼不住，夕阳斜挂上军都。"

温榆河的漕运历史更要远溯至东汉时期，光武帝刘秀以王霸为上谷郡太守，使其搏击胡虏数十载，功绩卓著。但久在北塞，军需转运十分困难，建武十三年（37年），上书请开温水通漕运，帝获准而行。温水即今温榆河，此河通漕运之后，物资军需运往居庸关口极为便利，大省陆路转运之费用。

明隆庆初年（1567年），进行大疏浚后，长陵和居庸关的军饷，全部由此河运至昌平，多时年达18万石军粮。

清朝乾隆五十四年（1789年），重又疏浚，使之更为便利。

北京城自来水厂第一次使用水源地也来自温榆河。光绪年间，内阁大学士中堂李鸿章向慈禧太后奏请在北京城安装自来水，慈禧太后怕挖沟动了皇家龙脉，便问："自来水有何用？"李鸿章奏曰："自来水可以灭火。"因为故宫建筑多为金丝楠木，最怕火灾，所以太后准奏并聘请外国工程师，在孙河修建了自来水泵站，今遗址尚存。又在望京修了加压泵站，还在东直门外建了水塔和加压泵，把自来水送到了北京城的大街小巷和皇宫内外。

2001年11月25日，在温榆河顺义段整治工程中，于古城村北东岸，挖掘出一座明朝时装卸货物的码头并挖掘出大型石条和导流槽若干，后经文物专家现场勘查及查阅史料后断定，明代漕运就在顺义的古城村北。

由于温榆河上修建了自来水取水处，日本鬼子又于1938年在河上修建了拦水坝，致使下游岸窄水浅，温榆河从此结束了几千年的漕运历史。

纵观顺义区的漕运发展史，哪条河流都与京杭大运河有着千丝万缕的联系。最近，有部分学者认为顺义区不能列入大运河文化圈，希望他们学习一点北京地区漕运发展史，便知一斑。没有流经顺义区的两条大河注入京杭大运河补充水源，何谈帆樯林立、舟载船行的京杭大运河宏伟壮丽的场景呢？

2018年1月16日

部分资料来源于区文物管理所高洪秀所长提供，在此感谢。

此材料报与市有关部门经研究后，顺义区已顺利划为大运河文化圈。

语丝微言

说顺义是块风水宝地，并不为过。远眺大海，三面环山，此所谓背风向阳、土厚宜稼的被怀抱的态势。顺义亦水网密布，河流纵横。潮河与白河，在崇山峻岭间长途跋涉，不辞辛劳，合流前与合流后，相约流经顺义全境。温榆河自昌平泽及顺义，箭杆河泉涌于狐奴山下。还有金鸡河与月牙河、小中河及夏秋野水汇成的河流，汪洋恣肆，汤汤荡荡，好不壮观。刘振祥这篇文章，就是讲顺义河流的，而重点讲顺义几千年的漕运历史。此点正是研究顺义历史的盲点，也是看点，更是热点。将顺义列入大运河文化带，乃名至而实归。

【作者简介】

言正平，1953 年生人，杜各庄中学毕业回乡务农。改革开放组织建筑安装队，走出农门向新的领域进军。平生酷爱文学艺术。先后在《京郊日报》《中华诗萃》等报刊发表作品。小小说《菜园风波》曾在 2013 年获顺义文联、作协小小说征文三等奖。

菜园风波（外一篇）

　　我家住在村南，前边有一块被搁置偏坡烂岗的沙荒地。闲来没事的人相继在这里开出了一片片小菜园。在每个人的小领地内分别种植了小葱、豆角、芹菜、萝卜、白菜等五花八门的各种蔬菜。

　　老佟和我是多年的老街坊邻居了，我们的关系一直很不错。他曾在生产队时期当过园头（就是管理种菜的头），种菜是一把好手。他也开垦出了一块地，并且种的有板有眼，施肥、浇水、除草、捉虫、倒茬。那菜种的让过路的人都赞不绝口。红的辣椒萝卜、灯笼似的西红柿和篱笆上的豆角花交相辉映，黝黑的大茄子发着紫光，硕大冬瓜披霜矗立，金灿灿的磨盘倭瓜，顶花带刺的黄瓜，韭菜、小葱、蒜苗、莜麦菜整整齐齐，芹菜、菠菜、茴香、大白菜绿油油。好像是一幅立体画。

　　我闲来没事挨着老佟也开垦了一块地，平时吃个菜方便，随摘随吃新鲜嫩实，自己种植绝对绿色食品吃着也放心。可种菜我是个二把刀，别人种啥我种啥，照葫芦画瓢。和老佟的菜园相比可真是大煞风景。今年九月，我在外边有点工程，忙得地也顾不上种了，好容易松快一些我想去地里看看。半路碰上，同村也在种地的二叔他问我："你的地让老佟种了？"我说："没有啊。""那你去看看吧，都种上白菜了。"我到了地边，正好老佟两口子在给菜浇水。"你怎么种我的地啊？"听到我的质问，老佟先是一愣，继而用有些嘲弄的口吻说："你的地，你看让你种的寒碜样！""寒碜不寒碜跟你有什么关系？"我有些愤怒地嚷了起来。看到我真的有点急了，佟大嫂赶紧走了过来，冲着老佟嗔怪地说："好话不得好说，好事也让你办坏了。"转过身来对我说："大兄弟，是这么回事，我们种完菜剩了一些菜秧，看你忙的也顾不上种，就想帮你先种上。你大哥说你不是种菜的料，想帮你种，以后两家的菜，你随便用随便吃，你看怎么样？"听完佟大嫂的话，我的愤怒和不满早就跑到爪哇国去了，继而由心底生起一股热流涌到脸上，转过身红着脸对佟大哥说："你咋不早跟我说？""你成天忙啥能瞅见你？这样也能给你一个惊喜，你看这菜种的咋样？"此时正是夕阳西照彩霞满天，大地笼罩着一片玫瑰色，那白菜种得整整齐齐绿油油就像一个个威武士兵列成的方阵，和老佟的菜园合成了一幅和谐的图画。这使我想起自己写的一首小诗：

平静湖水像一面镜子，

为什么又荡起了漪涟？

啊！那是微风吹起碧绿波纹。

待风停后在明媚阳光下，

倒映景物依然是那样的迷人。

2013 年 10 月 18 日

"欢乐角"的欢乐

在顺义区城东，箭杆河畔南彩村东南，顺平新旧两条路与李遂至北小营路，交叉形成了一个三角地带，是一个生长笔挺杨树的小树林。林中有一块较空旷的地方，在这里每天下午两三点钟，附近三里五村至十里八村还有更远一些的人们，就陆续集结到这里。他们有的骑着自行车三轮车电动车摩托车，还有开着小汽车的。人们越聚越多，霎时震天的锣鼓敲起来，动听的乐曲演奏起来，欢乐的秧歌扭起来，优美的舞蹈跳起来，嘹亮的歌声唱起来，渐渐的这里涌起了一个欢乐的海洋。我们就叫它"欢乐角"。

来这里表演的有十八九岁的少男少女，还有上至七八十岁的老人，曾经有一个音乐之家八九岁儿童在这里吹过唢呐。人们欢快尽情地扭啊唱啊跳啊，宣泄着心中的幸福和喜悦。

这里还是一个文化的超市，几个人放一个音箱自成体系地在一起唱歌跳舞，别人有兴趣可以自由地加入。各种文艺人才慢慢地聚集在了这里，他们有以前的文艺宣传队队员，有文艺爱好者、教师、退休人员，而人数最多的是闲暇的农民。你唱一段《杜鹃山》，我唱一段《秦香莲》《夺印》《铡美案》。京剧、评戏、歌剧、河北梆子、老歌、现代歌曲。你拉一曲二胡，我吹唢呐独奏。有时三河、平谷、密云的一些民间文艺团体也来助兴演出。笛声悠扬，笙管悦耳，锣鼓喧天，歌声嘹亮。每天的压轴戏是扭秧歌，随着锣鼓声的响起，人们挥舞着彩绸，彩扇踩着鼓点扭了起来。你看那七八十岁的老人扭得多起劲，从他们脸上身上焕发出了年轻时的青春气息。

从原先的几十人到几百人最多一千多人，人们越聚越多，瞧孝敬的儿媳妇推着瘫痪的婆婆也来了，年迈的老爷爷被孙子用车子给拉来了，儿童在这里追跑打闹嬉笑玩耍，年岁大的可一边下象棋，打扑克聊天一边欣赏文艺节目。现在镇政府在这里建了厕所，地面铺了砖，周围砌了矮墙，这里已经成为专职的文艺场所。虽然已是寒冬时节，但天气略微好一些，人们还是相约来到这里，随着自带音响优美的舞曲跳起来。开始是几个人后来是越聚越多，开始是穿着棉服羽绒服，跳热以后脱去了外套，展露优美的身姿翩翩起舞。

"欢乐角"的欢乐多，欢乐之声在这里徜徉，心灵之曲在这里奏响，和谐之歌在这里成长，幸福之花在这里绽放。

2018 年

语丝微言

记得我念小学一年级时，国语（后改叫语文）课本就有这样一节课文，"工人爱机器，农民爱土地……"言正平在短小说《菜园风波》里写的老佟，看到地里撂了荒，他心里也慌了；看到别家地里长草，他心里也长草了。因此，"园头"的责任使他担负起为邻居种菜的义务，这就是庄稼人的见识。这种情感，为农民所独有。另一篇《"欢乐角"的欢乐》，表现了生活小康后的农民，去追求一种精神上的"小康"。乡村振兴，不光是物质层面，还有精神层面。当农民告别脸朝黄土背朝天、日出而作、日落而息的传统生活模式时，应有更贴切、更实际、更丰富、更文雅的精神文化生活代替之。

【作者简介】

　　王雍，生于 1943 年 5 月，顺义河南村人。自幼受家庭熏陶，学生时代即非常爱好绘画和书法，经常参加版画宣传活动。中学时代曾徒步进城参观徐悲鸿画展、齐白石画展。十五岁则立志当一名有成就的书法绘画艺术家。几十年来，王雍访求名胜古迹，追寻先贤足迹。王雍又将国画的细腻、写意的磅礴融入到长城艺术的创作之中，展现"会当凌绝顶，一览众山小"的大境界。

　　北京仁和书画院院长，中国美术艺术家协会理事，中国书法艺术家协会理事，中国名人书法家协会理事，中国毛泽东书法艺术国际研究院主席，中国书画家协会副会长，当代诗书画协会高级顾问，中国书画创作院研究员教授，中国国际书画研究院首批联盟理事，世界华人书画艺术家协会名誉副主席。

长城摄影集序

　　万里长城是我们中华民族的象征，她如一条巨龙，蜿蜒起伏崇山峻岭之巅。用我们手中的相机，更能拍出她那金黄色的光彩、美丽的线条，展示其壮哉恢宏！千百年来，在长城内外，流传着好多惊天动地的故事。明朝戚继光修建长城；喜峰口爱国将领宋哲元大刀队的勇士们，挥刀向鬼子头上砍去；在古北口的将军楼，战士与日本兵血战到底——一个个可歌可泣的精彩故事。万里长城是中华民族智慧的结晶、民族性格的体现。我们广大的摄影爱好者，用手中的相机，更能拍出长城昂扬奋发、奔腾向前的时代精神。

　　中华民族是龙的传人，长城更像一条巨龙，是我们中华民族的骄傲。她的雄奇、险峻、磅礴、壮美，通过摄影，更显得淋漓尽致。怀柔的箭扣长城，司马台东端的望京楼、仙女楼，河北的板长岭长城，喜峰口的水下长城，北门口长城等，都雕塑出了她的神奇险峻、雄伟之美。老龙头、嘉峪关、阳关、玉门关等镜头，更是幽深而神秘，鬼斧神工。玉门关的汉代长城，经过两千多年的风雨洗礼，那种古老沧桑之感，真是不可思议。由此可知我们的祖先智慧和聪颖。另外，还有和长城有同等军事防御体系的新疆西部边境的石头堆，西藏藏南的宗山城堡传说着西藏人民抗击英军的英勇故事。

　　作者手持相机十余载，开车行程几万公里，考证了北京、河北、山西、陕西、内蒙、甘肃、青海、宁夏、新疆、河南、辽宁、黑龙江等省、市、自治区。出版这部专集，资料还缺很多。只能抛砖引玉，供广大摄影爱好者、读者参考。不足之处，望大家补以更精彩的镜头、更翔实的史料。谢谢！

雨丝微言

王雍，乡间奇人也。曾躬耕于垅亩，斧锯于木工，服务于企业，又创建工厂，颇多建树。自甲子之年，千里走单骑，万里摄长城。终成百米画卷，一展中华龙雄姿。荣登联合国讲坛，一展神州风采。他操翰墨、习书法，钟情山水。笔下有北国风光、江南春色、大海涛声、小桥流水。身上有七分傲骨、三分侠气。又颇具名士风范，门招天下客，款待四方友。群贤常毕至，樽中酒不空。以书画结缘，凭金石交友。家有菜园，二月剪春韭，带露摘黄瓜，经霜采紫叶，夏日赏莲花。王雍又热心公益，集书法名家为卷。开潮白书画院活动，场场火热。王雍之奇，奇在他一身兼多种角色，几次华丽转身，一生涉猎多个领域，都取得不菲成绩。奇人哉，王雍也！

440

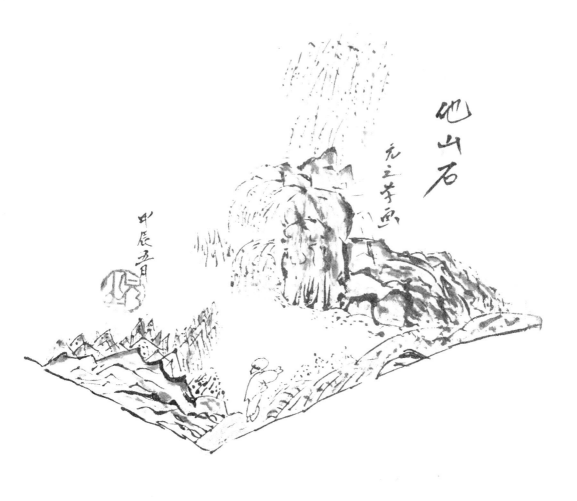

他山石

元之草画

甲辰五月

山外有山，人外有人。地球之外，有更大的星球；太阳系之外，有更大星系；银河系之外，还有更大的星系云团。世界之大，人才之多，知识之无极限。回到《顺义小说选》，特吸收十二名外区作者名篇以习之。编者不遗余力，网而罗之，扎成一厚卷。但即使置于书籍的海洋，充其量只不过是渺小的浪花一朵，稍纵即逝。正如图中的那个行者，自以为踏遍了青山，但见到了更高更雄伟的山峰，不由得不产生『高山仰止』的情愫。

【作者简介】

王培静，军旅作家，笔名鲁一贤。中国作家协会会员，全国小小说学会联盟副主席。曾获冰心图书奖、冰心散文奖、新长征文艺奖、金麻雀奖，五次获原总后勤部军事文学奖，四次获中国微型小说一等奖等，上榜 2021 年中国好小说。在国外发表作品一百多篇，作品被译成英、日、韩等国文字。作品入选全国三百余所初、高中的语文试卷或高考模拟试题。出版有作品集《军魂》《替我叫他一声哥》《寻找英雄》《编外女兵》《从心底打捞出的时光》《男兵女兵》等 22 部。

守墓的老人（外三篇）

有一次，我们几个战友在内陆的一个小城里相聚，酒桌上认识了一个叫春江的新朋友，他也曾当过兵。给我们讲了这样一个故事：

我当的是海军，部队驻守在渤海湾边。那是我当兵的第五年，刚提干不久，有一天我开着巡逻艇带着一个战士去海上值勤。那天天气不好，海浪也很大。我们在离公海不远的地方转了半天，见没什么异常情况，看了看表，开始返回。出海时，队长多次叮嘱，天气恶劣，一定要保证安全。在返航途中，真的出现了情况，巡逻艇突然抛锚了。那时的通信设备不好，虽然我们带着无线电装置，但由于风急浪大，发出的信号岸上收不到，试了无数遍都没有一点效果。那个时候我还算稳得住劲，看老和岸上联系不上，那个小战士被吓哭了。我说：你哭管什么用？在这大海上，你就是喊破嗓子又有什么用？我们是军人，出了事要沉着冷静。咱们一是要想办法自救，二是要保存能量，等着战友们来救援。说是那样说，当时我心里也害怕，万一就这样光荣了，真是于心不甘。要死也应该死的轰轰烈烈。

巡逻艇在海浪中漂冲了两个多小时，天色慢慢暗了下来。这时那个小兵喊我：排长，你看！我顺着那个小兵手指的方向看去，不远处出现了一座小岛。我们两个都兴奋起来，像绝望的人一下子看到了希望。我们努力用身体的力量，让巡逻艇顺着海浪向小岛的方向漂。

我们的巡逻艇还没漂到岸边，小岛上有一个人发现了我们。他跑过来对我们喊道：孩子们，船出事了吧！不要着急，我回去拿绳子。说完他就跑走了。不大一会儿，他拿着绳子跑了回来。登上小岛的那一刻，别说那个战士，我的腿都软了。这时天已经黑了下来，跟着救我们的大爷来到他在小岛上的住处，安慰了我们一会儿，他就开始做饭。他说：你们两个真有口福，今天我钓到一条大鱼，好好慰劳慰劳你们。放心吧，部队领导会想办法来找你们的。

吃了饭，我和那个小兵听那位老大爷拉家常。小兵好奇地问："大爷，这个小岛上住了多少人？"

"就我一个。"

"您为什么一个人住在这个孤岛上？"我接着问。

"各人有各人的活法。"大爷叹了口气，拉长声调说。

我和那个小兵追问大爷到底为了什么？他点燃了一支烟深深吸了两口说："你们真想听？"

"当然想听。"我和那个小兵睁着探询的目光望着大爷说。

那我就给你们讲讲：1940年夏天，当时我才16岁。由于母亲死得早，从8岁开始父亲每次出海打鱼都带着我，后来我已成为他的一个不错的帮手。出事那天，我们像往常一样摇着小船出海打鱼。虽然经常有出海打鱼的船只被浪打翻出事的事情发生，但为了生计许多人还是冒险出来打鱼。那时这一带的海面好像也比现在平静些。就是在这小岛的东面，我和父亲正专心致志的下网，听到远处有马达声传来，我们没有特别在意。当听到马达声越来越近时，先是我抬起了头，我看见一艘舰艇箭一般向我们的渔船驶来。我忙喊：'爹，爹，你快看！'爹抬起头来，看到大事不好，扔下手中的渔网，抓起了摇橹。那舰艇到我们跟前时，速度一下子减慢了下来。舰艇上插着日本的膏药旗，几个日本兵端着枪对着我和父亲浪笑。那舰艇围着我们转圈，掀起的水波晃得我和父亲前仰后合，看到我们爷儿俩的窘相，那几个日本兵的浪笑声更响了。我心里狠狠地骂：狗日的小日本，老子要是手里有枪，就和你们拼了。又转了几圈，见附近有不少打鱼的小船围过来，那舰艇驶开了我们的小船。原以为他们走了，没想到他们调转方向，加大速度，又一次箭一般向我们射来。听到附近渔船上的惊呼声时，我们已毫无能力避让了。那舰艇撞翻我们的小船后，冒着白烟逃窜了。父亲没了踪影，我被随后赶到的八路军救上了这个小岛，一个小八路军为救我也被卷进了漩涡牺牲了。三天后，岛上的八路军在海的下游很远的地方找到了父亲和那位小战士的尸体。他们两人都被埋在了这个小岛上。

1942年冬天，因战斗形势的需要，驻岛的八路军撤出了小岛。

1945年8月14日，我在海里发现了一个被绑在木板上的筐子，从里边发现了一个奄奄一息的婴儿，是个小姑娘。我原以为这孩子活不了啦，没想到她真是命大，竟慢慢活了过来。也是我们父女有这个缘分，那几年虽然苦点累点，细想想，那应该是我在这岛上这些年最快乐的一段时光。到了上学的年龄，送回岸上去上完了中专，嫁给了一个当兵的，就是现在你们海防团的政委。

新中国成立，政府派人来找我谈话时我才知道，父亲是我党的地下通信员，那次装着出海实际是去给驻在小岛的八路军送情报，政府批准父亲为革命烈士。当时敌人也并不清楚，他们为了寻开心而撞死了一个共产党的地下通信员。

算起来，带上你们两个，我在这个小岛周围救起的人，差一个不到二十个。这里边有打鱼的、有军人、有船员，还有……这个岛上有个半碗泉，虽然那泉水量不大，但又清又甜，好像就是专为我准备的。我要求在这儿守岛，主要是想陪着父亲和救我牺牲的那个战士，我怕他们寂寞，每天都去和他们俩说说话……

讲到这儿，那个叫春江的朋友，也是我们的战友，哭了，酒桌上一下子静极了。我们大家都觉得鼻子酸酸的。春江说：今年夏天再忙，也要抽出时间去岛上看看自己的救命恩人。我们几个相约，夏天也跟春江一起去岛上看望那位守岛老人，还有那两位长眠在那里的烈士。

夏天的某一天，我们上次相约的那几个老兵，没有一个人食言，从天南海北赶来，相聚在了烟台某海防团的招待所。

有我这个军报记者的牌子，又听说我们是要去小岛上看望守岛老人，海防团很是重视，先是政治处李副主任来问候，晚上臧政委亲自来看望我们。他说："你们从全国好几个地方跑来，要上无名岛看望守岛老人，我代表海防团全体官兵，谢谢你们。听说你们中间有个我们团的老兵，是哪一位?"那位上一次酒桌上给我们讲故事的战友站起来说："报告首长，我叫春江，原为三中队四分队分队长，现为中州市海天贸易公司总经理。"说完，他举起右手，向臧政委敬了一个军礼。臧政委还了一个军礼后说：欢迎你带战友们回第二故乡来看看，还带来了军报的大记者。我忙说：我可没有任何采访任务。臧政委笑着说，那我们更是得欢迎。我了解了，明天气象条件不错，我派团里最好的一艘巡逻舰送你们去无名岛。丛政委调师里任政治部主任了，我可不是拍领导马屁，认为你们是去看他老丈人，就照顾你们。在我们海防团每个官兵心中，守岛老人是我们海防团里的一员，是我们团不在编的一个老战士。

坐在巡逻舰上，望着舱外天海一色一望无边的大海，真是感到了人在自然界的渺小。

上了小岛，那位被老人救过命的战友，看到老人，跑上去抱住老人痛哭起来。继而跪下，哽咽着说："大伯，我终于又见到你了。这些年多少次我梦里重回小岛，

445

可醒来总是泪湿枕巾。"

卸下的部队和我们给老人带来的东西，十几个人一起足足搬了十多趟。昨天晚上去超市，那位被老人救过的叫春江的战友，像抢购似的，把部队派来的面包车几乎给装满了。

中午做饭时，我们来岛上的所有人员强烈要求，不允许老人插一下手。

这顿饭的内容主要成了敬酒，在陆地南方人喝酒时客主都随意的做法越来越成为酒场现代文明的今天，在这浩瀚大海中的一座无名岛上，望着这位有着一脸古铜色面容的守岛老人，这位在我们心中像一座雕像似的无名英雄，我们每个人都想表达一下对他的崇敬之情。而什么样的溢美之词在这儿都属多余，我们不约而同地选择了敬酒这种中国人最传统最古老的方式。春江喝醉了，除了海防团的几个官兵外，我们几乎都喝醉了。

送我们来的巡逻舰回去了，这天晚上我们这几个老兵都没有走。

夜深了，看我们一个个都没有睡意，守岛老人说：我给你们讲讲我女儿的事吧：

"有一天，我坐在父亲和救我牺牲的那个兄弟坟前陪他们说话，时间长了，我也累了，我就躺在他们身边睡着了。当被人推醒时，我在梦里梦到我女儿出事了……"

来人中的其中一个说："大伯，我们是海城市侨联的，想找您了解点情况，是关于您女儿贺小花同志的事情。她说已找过您两次，不知她是怎么和您说的。听说您这个女儿是从海里捡来的？"

女儿在不长的时间里是来过两次，她吞吞吐吐地探问了些她小时候的事。她是不是从什么人那儿听到什么风声了，知道了我不是她的生身父亲，还是她自己的身世？从女儿懂事时，我就这样告诉她：你母亲生下你不久，就得病死了。从你小时候就是咱爷儿俩个相依为命过来的。女儿大了，比谁都孝顺，特别是成了家后，多少次劝他回去和他们一起住。他是死不开口。女儿今年都五十多了，难道真……

"是捡的怎么样？不是捡的又怎么样？你们想问什么，就明说吧。"

"大伯，我们没有什么别的意思。捡到这个孩子时，她身上或身边有什么信物吗？"

还真被自己猜着了。他心里一颤，莫非真是女儿的身世有了下落？

我是烈士的后代，你们到底想知道什么，还是明说吧，我不喜欢拐弯抹角。

那几个人交换了一下眼色，才开始和我说话的那个人笑了笑，对我说：大伯，事情是这样的。有个日本老妇人名叫川田美幸子，是上个世纪日本侵略中国时日军的随军护士。来之前她怀上了在大学教书的男朋友的孩子，分别时她男朋友给了她一块玉坠，上面刻着他们给孩子起好的名字：田角幸荣。他们商量，不管将来川田美幸子生下的是男孩还是女孩，都叫这个名字。她生下这个孩子时，正赶上日军被战败。到处兵荒马乱，日本人没有了组织，都自顾自逃命了。她一个弱女子，刚生下小孩不久更是没办法。有一天，她把孩子放在一个筐里，绑在一块大木板上推入了海中，她跪在海边，面向东方，向天祈祷，愿孩子能被人救起，最好是被日本船只救起。将来孩子能回到家乡、回到亲人的怀抱……

这时我的脑子里几乎是一片空白，要真是那样，我竟给一个侵略中国的日本娘儿们养大了孩子，而我父亲却死在了日本鬼子手下。

那块玉就埋在我身边父亲的碑下。

那个人接着说：川田美幸子女士还说，她女儿左屁股上有一块红痣，小时有过去的中国铜钱般那么大小。我们已找贺小花同志核实过，她的血型也和川田美幸子夫妇的相符。我们能理解您现在的心情，您的父亲就牺牲在日本人的手下了。川田美幸子虽然参加过日本侵略中国的战争，她也是被逼无奈从军的。现在她是日本一个反战同盟的负责人，倾力为日本侵略中国时的中国受害妇女和日本侵华时中国劳工在日本受到的非人折磨，向日本政府讨还公道……

不知守岛老人这历经风霜的满脸沟壑里掩藏着多少动人的故事。

我们离开时，春江留在了岛上，他想劝老人跟他离开小岛。他说：只要老人愿意，他情愿给老人养老。并答应把两位烈士的墓也一共迁走。后来听说，春江的努力没有成功。

离开小岛前，我们要求老人带我们去了那两位烈士的墓前。我们想：有守岛老人在这儿陪伴他们，他们一定不会寂寞的。又一想：守岛老人不在了以后呢？

我们这些身在军营或曾在军旅的人，一个个缓缓举起了右手，久久没有放下……

寻找英雄

据平阴县志记载：1943年秋，日本鬼子占领了老东阿城。第二年春天在洪范南的王山头和周庄中间修建了一个炮楼和碉堡。日本人白天去附近村里查谁家有共产党、谁家有在外当八路军的。至1944年春天碉堡被我地下党炸掉前，先后杀害我地下党和八路军家属共一百多名。炸毁敌人碉堡的是谁至今尚无定论。据分析，该同志有可能在此次行动中英勇牺牲了。新中国成立后，人民政府在被炸毁的日本人修建的碉堡原址修建了一座无名英雄纪念碑。

父亲也曾参加过八路军。记得小时候，母亲曾无数次地给我们姐弟讲起过这样的故事："我嫁给你爹时，他18岁，我16岁，结婚刚两个月，你爹就被村里的地下党动员去当了八路军，听说他们在县大队训练完，驻扎在山东面的丁泉村了。有一个晚上，一家人都睡下了，突然听到有敲门声，你爷爷披上衣服去开门，走到门口时先咳了两声，小声问：'你找谁？'你爹小声答道：'是我。'你爷爷开了门。你爹一身庄稼人打扮走了进来。他说是趁天黑从山上摸黑过来的。他给你爷爷说，到部队上后，还没有打过仗，天天就是训练，一点也不危险。可回到我驻的东屋后，他说：真不想再走了，到部队上不到三个月，已打了五六仗，头一天还在一个土炕上睡觉的人，第二天在战场上一个一个像麦个子样被撂倒了。晚上老做噩梦，梦到他们几个等我睡着后，来挠我的脚心。我先是在梦中笑，然后是醒来哭。早晨村里鸡叫二遍时，你爷爷喊你爹让他上路。你爹只是答应，赖在被窝里不肯走。我说：你快走吧。等天明了你就没法走了。每次讲到这儿，母亲脸上总是现出一片红晕，停顿一会儿。然后接着说：村里的保长（实际上是地下党），看我刚过门，能说会道的，让我当村里的妇救会主任。说是要送我去县上接受秘密培训。你爷爷不愿意，找人捎信让你爹回来，你爹又一个晚上偷跑回来时已是下半夜，他听了你爷爷的劝说后，连夜带我逃了出去，我们逃到天津卫后，靠你爹给人家送煤为生。新中国成立后，因挂念着你爷爷、奶奶，我们就带着你们大哥、大姐回来了。都怪那时你爹他没出息，听你爷爷的话，怕我出来混好了不要他了。不然的话，咱家也可能现在就是城里人了。"每每说到这儿，母亲总是用眼睛剜一眼父亲说：你看什么看，难道事实不是这样？这个时候，父亲总是面露宽厚的笑容，小声说：你那时怎么不去当你的干部，又没有人拉着你？

在我们幼小的心灵里，总是为父亲那时当了逃兵而感到有些脸上无光。

也许是为了堵上母亲的嘴，也许是命运使然，爹后来把我和弟弟都送到了部队上。早已转业回到县志办公室工作的弟弟来信说：县里要重修县志，你这个中校军官被列入其中，望尽快邮一个你自己的简历来。弟弟还说：为重修县志，他们查阅了县档案馆的所有资料，走访了所有能找到的老八路和地下党，弄清了好几位烈士的籍贯问题。奇怪的是，1944年在咱们村西炸掉敌人碉堡的那位无名英雄，始终查不到是谁？但他的事迹还是像新中国成立后的那本县志一样被放在了第一条。

父亲咽气时，我因为部队上有抗洪救灾任务没有来得及赶回去。弟弟告诉我：父亲咽气时说：转告你哥哥，在部队上一定要当个好兵。我死后，把我埋在村西边地里那块无名碑下就行了……

尊　严

我们的家在山东鲁西南的一个普通村子里。

娘这次病得很重，娘把我和妹妹叫到跟前，断断续续地说：大小，妮，我告诉你们，你爹他没死，你爹他就还活着。

我和妹妹都以为母亲在说胡话。

父亲新中国成立前就死在了战场上，新中国成立后上级追认他为烈士。曾听奶奶和母亲说过，我有些模糊的记忆里也有点印象。有一天，家里收到一封信，信上说：我是鲁国仁的战友，他在战场上牺牲了，请允许我叫你们一声爹、娘。你们放心，从今以后，有我吃的就不会让你们饿着。嫂子带着一双儿女更不容易，等孩子大点，你就再向前走一步吧，相信国仁大哥也能理解你的。从那后，父亲的那个战友一年四季经常向家汇钱和粮票，也经常写信来。

有一年夏天，父亲的那个战友写信来说：要来看看爹和娘。

一个傍晚，父亲的那个战友来了，是搭村里送公粮的驴车来的。他几乎是被宋三抱进来的，昏暗的灯光下，他被宋三放在了凳子上，他一条腿没了，双手没了，两只胳膊只剩了半截，头上没有一根头发，脸上的五官全都移了位，头上、脸上全是疤痕，下嘴唇好像没了，说话也有些含糊不清。他从凳子上移下来，给爷爷奶奶跪下，费劲地哭着说：爹、娘，我代国仁回来看你们来了。爷爷、奶奶忙上去扶起了那人。爷爷、奶奶和母亲都哭得像泪人似的。

奶奶和母亲做了丰盛的晚饭，爷爷一边和那人吃着饭，一边打听些和父亲有关的事情。

母亲回屋后盖上被子大哭了一场，我想：看到父亲的战友，她可能想起了父亲。

第二天早上，在院子里他费劲地用还剩半截的胳膊抚摸了一下我的头，对我说："一贤，你爹活着时经常和我提你，他打心里喜欢你。他是英雄，他死得值。你要好好学习，要代替你爹孝敬爷爷奶奶。你娘拉扯你和你妹妹不容易，要听你娘的话，不惹她生气，多替她干点活。家里有困难，我会按时寄钱来。"

许多乡亲们都来看他，他的眼神好像一次也不敢和爷爷、奶奶、母亲的眼睛对视。吃中午饭时，他提出要走，爷爷奶奶让他多住几天，他说："我还要回河北自己的老家去看看。"

爷爷问他："你家里都还有什么人？"

他说："和咱家一样，爹、娘，还有媳妇和一双儿女。"

爷爷问："你爹多大岁数了？"

他想了想说："和您年龄差不多。"

"儿子多大了？"

"和一贤差不多一样大。"

爷爷、奶奶、母亲的目光都有些异样。

临别时，爷爷声音沉重地说："孩子，你不走了，行不行？"

奶奶说："我侍候你一辈子。"

母亲抹着眼泪说："您就听老人的话，别走了，我侍候您，你看这俩孩子多可怜。"

那人思考了许久，流着泪说："爹、娘、嫂子，你们的心意我领了，可我必须回部队，部队休养院的条件很好，你们不用挂念我。你们放心，我走后会按时寄些钱回来贴补家用。"

爷爷说："你要真走，今后钱不用寄了。政府各方面照顾得都挺好，不用再挂念我们了，你自己在外边多保重吧。"

爷爷叹着气去找了队长，让队里的驴车去送他一程。

那人走时又给爷爷、奶奶跪了下来，操着沙哑着嗓子说："爹、娘，你们多保重吧，儿子不能留在跟前侍候你们了。"他转身叩头对母亲说："嫂子，您拉巴两个孩子长大不容易，我代国仁大哥谢谢您了。"

爷爷和母亲忙一起架起了他。

那人果然说话算数，从后的日子里，像从前一样，直到现在，每两个月就汇一次钱来，那汇款单上从没留过地址。

娘临终时说：我后悔呀，真是后悔，当时没有把他留下来。当时你爷爷、奶奶、我，都看出来了，那个自称是你爹战友的人，就是你们的亲爹。

战　　神

炮火连天，硝烟弥漫，战斗正进行得异常激烈。

空军前线指挥部内。"喂，空军前线指挥部，我是823高地陆军5团，我部五个小时内向山上三次冲锋均没成功，残伤了我一百多号弟兄。在北纬线23.9度有美军的几个重火力点，我部请求空军给予支援。"

450

"空军指挥部明白，你部下一次冲锋定在什么时间？"

"天亮以前。"

"好，823高地5团听好，我马上汇报，请你们做好下一次冲锋的准备。"

"823高地陆军5团明白。"

山沟里一块平地上，停放着我军的十几架飞机，这十几架飞机是苏联老大哥援助的，这些飞行员也是我军历史上的第一批飞行员，其中就有被人们誉为"拼命三郎"的刘飞。在过去的几次大战中，刘飞机智勇敢、沉着冷静地完成了任务，被上级授予战斗英雄一次，立一等功两次。

当洪副参谋长交代完这次的战斗任务，刘飞第一个站起来主动请战："首长，这次单飞让我上吧。我有多次单机实战的经验。"

"我上！"

"我上！"所有飞行员都站起来请战。

刘飞的声调高过所有的人："我这条命就是部队给的，再说，你们都有家庭，我全家就我一人了，无牵无挂。"

洪副参谋长点了点头，大声宣布道："刘飞同志，请你做好投入战斗的准备，其他同志待命。"

临起飞前，洪副参谋长拍着刘飞的肩膀："你小子给我记住了，一定要沉着应战，我们空军的底子薄，不但要完成任务，这飞机从这儿怎么给我开走的，再给我怎么开回这儿来。"

"是。请洪副参谋长放心，我保证完成任务后，把飞机安全全全开回来。"

刘飞向洪参谋长敬了个庄严的军礼，然后转身上了飞机。

飞机像离弦之箭射向了天空。

刘飞开着飞机在临时的机场上空转了两圈，心里对自己说："一定记牢这个地方。"

823高地，陆军5团再次吹响了冲锋的号角。

枪炮齐鸣，喊声震天。这时，敌人的几个火力点又吐出了火舌。

只见夜空中有红光一闪，那红点向敌人的火力点上方移来。

那是刘飞驾驶的飞机，他并没有盲目地行动，而是在阵地上空盘旋着，他一会儿俯冲，一会儿又把飞机拉起，时快时慢。他心里对自己说：刘飞，你小子一定要沉着、冷静，先观察好地形和敌人的火力点，让飞机射出的每发炮弹都发挥到最大的作用。记住洪副参谋长的嘱咐，咱们空军的底子薄，不能和敌人硬拼，不但要完成任务，这飞机从哪儿开走的，再开回哪儿去。

刘飞加快了飞行速度，俯冲下来，稳准狠，扔下的炸弹，一下子使敌人的两个火力点哑了火。他又把飞机拉起，飞行了一圈，又俯冲了下来。阵地上火光冲天，没一会儿，敌人的几个火力点全都没了动静。

这时，天空中又出现了好几个红点，传来密集的飞机轰鸣和枪炮声。

原来是敌人的机群出现了，飞机像蜂群样疯狂地扑了过来。

空军前线指挥部里，报话机里传出这样的声音："谢谢你们的支援，敌人的几个火力点全被干掉了，我们已经顺利越过了几道封锁线。天空出现了敌人的机群，并有密集的枪炮声传来，应该是我们的飞机被敌人发现了，请迅速命令飞行员撤退吧。"

"空军前线指挥部明白。"

另一间指挥室里，无线电波时断时续："我是01，神鹰一号，听到请回答。"

没有回音。

"喂，神鹰一号，神鹰一号，我是01，01呼叫，听到请回答。"

……

指挥室的空气像要凝固住了，简直能使人窒息。

突然电波声强了起来，一阵杂音中传来一个微弱的声音："01，01，我是……神鹰……我已完成任……但我可能回不去……"

信号一下子又没有了。

这时的刘飞，突然感觉飞机有些不听使唤，应该是不幸中弹了。他脸上的汗淌了下来，些许紧张后，继而恢复了镇定。拉起，平飞，小幅度转向，他对飞机说：老伙计，洪副参谋长怎么交代的，让咱们怎么出来的，怎么完完整整回去，咱们可不能装熊包、掉链子。我牺牲了没事，你回不去了，对咱空军可是个大损失啊！

刘飞在敌人群机的包抄中，左躲右闪，眼看就要冲出重围时，先是肩膀，后是前胸中弹。刘飞皱了下眉头，心里对自己说：刘飞，你不能死！你是中国军人，你是个爷儿们，说话要算数！你答应洪副参谋长的，一定要把飞机开回去！

半个多小时后，我方山沟里的飞机场上，夜幕中，洪副参谋长来回踱着步，随行人员也不时地抬头向天上望一眼。

正在大家心急如焚的时候，一个战士突然喊："快看，神鹰一号回来了！"

人们的目光都看向了天空。

天上，一个红点越来越近。

洪副参谋长长出了一口气，命令道："救护人员和救护车，做好抢救准备。"

红点越来越近，但它运行的路线一点也不规则。

当大家看到红点慢慢变成飞机，离大家越来越近时，飞机像喝醉了酒似的忽上忽下，忽左忽右，发出的轰鸣声尖厉而又刺耳，极不正常。大家的心，一下子都提到了嗓子眼。

飞机快到地面时，并没有按地面指挥塔的命令执行，而是摇摇晃晃，在机场上空转了一圈，才开始歪歪斜斜冲向跑道，轰鸣声简直能把整个世界震醒。

虽然飞机冲出了跑道，但它总还是停了下来。人们愣了片刻，一起向飞机跑去。

眼前的飞机，使人们一下子惊呆了：这哪是飞机，几乎就是一团废铁。

人们用东西撬门撬不开，从一个大点的窟窿钻进去，发现刘飞身上全是弹孔，身上、脸上的血都凝固了。他的双手紧握着方向盘，任怎么弄也掰不开。在场的所有人都失声痛哭。

洪副参谋长安排，让那个飞机方向盘随他下了葬。在给他授予英雄称号的命名大会上，洪副参谋长红着眼睛说："刘飞在身负重伤甚至已经牺牲了的情况下，是凭意志把飞机开回来的，我们军队有这样的钢铁战士，还有什么打不赢的仗……"

语丝微言

此《顺义小说选》选的是顺义作者的小说，广而扩之，也选了北京部分区数位作者的作品。王培静先生既不是顺义作者，也不是北京籍作家。所以毅然决然地将他的四篇作品编入，因为他的文章里，有钢与铁、枪与炮、血与肉、火与泪。有英雄史诗般的悲壮，有慷慨赴死的义举，有为亡灵鬼雄的坚守，也有忍辱负重的奉献。是的，我们的国家，从来都是英雄辈出。我们的民族，自古就不乏捐躯的壮士。这样，才有了中华民族的生生不息，才有了今天人们的福寿绵长。当我们现在似乎在过着理所应当的好日子时，我们不能忘记有多少志士仁人、烈士先贤，前仆后继、赴汤蹈火，永远长眠于地下。而我们正在享受合家欢乐、岁月静好时，那是有人在坚守海岛，巡逻边关，枕戈待旦，冒雪披霜。王培静的文字，没有灼灼其华、软玉温香的描写，却虎虎有生气，有金戈铁马的气势。没有见花流泪、对月伤情的小情小调，却有高山仰止、景行行止的大大昭示。其文风朴实，其意崛起，给《顺义小说选》带来一种阳刚之气、军旅之风。

【作者简介】

　　林万华，男，祖籍北京房山，现居朝阳区。北京作家协会、中国散文学会、中国林业生态作家协会会员。在国内多家报刊发表中短篇小说、小小说、散文、诗歌作品，出版长篇小说《柳河之子》，多篇作品被转载、收入年度选本，20 余次获全国、省市及期刊征文奖。2023 年，获评北京市朝阳区"文化带头人"荣誉称号。

开　门（外一篇）

　　新年，柳明终于拿到了"和谐家园"的新房钥匙。随后，忙着联系装饰公司，商议精装修的方案。搬入新房，是"五一"劳动节前夕。五一小长假，柳明和妻子薛燕，赶回乡下老家，要把年过七旬的母亲接到城里与他们同住。

　　接母亲进城，是柳明近几年心中一直牵挂的事。四年前父亲病逝，母亲孤身一人生活，身体虽没啥大毛病，生活也能自理，但毕竟上了年纪，平日里闹个头痛脑热的也是难免，身边没人照顾，柳明心里始终不踏实。此前，他几次接母亲进城，她都不愿意去。近两年，柳明每次回老家，最重要的一件事，就是千方百计说服母亲。而母亲，自有主张，任他说破大天，就是不松口，理由还蛮多的：说他城里的房子小，多一个人，就更挤了；说家里的房子、院子没人看着不放心；还说住惯了乡下的平房大院，住楼房上来下去不方便，也没个熟人说话，心里憋得慌。柳明无奈，静心思考，觉得母亲的话不无道理。比如他家的房子，一室一厅，几件家具就把客厅挤满了，还得放一张折叠床。孩子睡客厅，折叠床每天晚上打开，早晨收起，麻烦不说，客厅睡人，使原本就不宽敞的房间更显逼仄了，母亲若来，着实住着不方便。为此，柳明寻思了两年多，最终决定把老房卖掉，再贷一部分款，买下了如今这套三居室的新房。柳明想：这次回老家接母亲进城，相信母亲不会再拒绝了吧！儿子买了新房，还专门给她留出一个单间，没理由不来啊。

　　柳明和薛燕信心满满地回到老家，进门第一件事，柳明就把新房已装修好的事告诉了母亲，并让母亲看他用手机拍照的新房照片：客厅、主卧、次卧、厨房、卫生间、阳台、门厅，一个不少，还笑着说："新房新家，得有人给我看着呀。"母亲边听边看，枣红色的面庞溢满笑容，她说："还怕人家把房搬走啊。"柳明说："您去住就没人敢搬了。"母亲顿了顿，像是突然想起了什么，便说："哦，前一阵子，我遇见村东头你王婶，离老远的她就笑呵呵地跟我打招呼，说她儿子大坤在城里买了新房，那个小区叫什么'家园'来着，她念叨了好几遍，我就是没记住。她说，大坤周末就回来接她进城。还问我，柳明啥时买新房啊？您要进城住，咱老姐俩就是老乡，要是邻居，就更好了，串门子聊天，省着心里憋闷。你王婶，爽快人，她这话说得实在，不过，要细咂摸也有几分显摆呢。但不管怎么说，乡下人进城，人生地不熟，见到老家来的人，心里总是热乎的，这话我信。就从那天起，我天天夜里做梦，梦到你买的新房，比大坤家还宽敞、亮堂呢。我心想，你王婶能进城，我也能啊，要真是和大坤家做了邻居，那平时遛弯、说话就有伴儿了，那多好。可世上哪有这么巧的事儿啊，城里那么大，小区那么多，谁知道谁家住哪儿啊。"

母亲一口气把话讲完，显然这些话在她心里已憋了许久，不吐不快。柳明听着，心里暗自高兴，对接母亲进城的事，他心中瞬间又增添了几分底气，便说："妈，这回您就跟我们进城吧，说不定哪天真就碰上我王婶和大坤他们呢。"母亲点点头，露出一脸幸福的笑容。

母亲态度的转变，柳明和薛燕万万没有想到，这着实让他们俩惊喜了一番，来之前他们俩煞费苦心想好的那些劝说母亲进城的话，这会儿全作废了。

王婶的儿子大坤，年龄比柳明小六七岁，柳明大学毕业工作后，他高中毕业就参军去了山东。后来考上军校，当了军官，前几年转业到城里工作。这么多年间，柳明每次回老家，偶尔会听到母亲提起他，但来去匆匆，彼此一直未见过面。他少年时的模样柳明多多少少还有些印象，但如今，人近中年，怕是见了面也认不出来了。

柳明和薛燕回到老家第二天，就开始帮助母亲收拾行装，准备次日一早返城，他们如此这般，并非有要紧的事必须办，而是担心母亲反悔。

坐了几个小时的火车，柳明他们三人，头中午回到了城里的新家。母亲一进门，顾不上歇会儿，便从新房的客厅开始，而后卧室、阳台、厨房、卫生间、门厅，一间不落地看了个遍、返回身，又看一遍，像早先在老家，查看家里种的那片菜地，从地东头走到地西头、再从地南头走到地北头，一块地方也不会落下。她在看新房的过程中，手也不闲着，推推窗户，拉拉柜门，拧拧水龙头，再摸摸洁白的墙面、光滑的瓷砖，仿佛是走进了自家的菜地，随意观赏、摆弄自己亲手栽种、养育成熟的各种绿油油、鲜嫩的蔬菜。嘴，笑得合不拢，还不停地念叨："这房子敞亮、住着舒心！"柳明和薛燕左右陪伴，感受着母亲的快乐。

第二天晚饭后，薛燕仍在厨房忙着为婆婆准备明天的饭菜。柳明坐在母亲身旁，说："妈，明天我们俩上班，午饭搁在冰箱里，您吃的时候，拿出来放进微波炉里热一热。"母亲点点头。薛燕走进客厅问："妈，我做的饭菜您吃得惯吗？"

母亲心里觉得温暖，笑着说："饭菜可香呢。"顿了顿，又说："瞧把你们俩忙的，妈还动弹得了，以后午饭我自己做。"柳明说："您不是刚来，还不熟悉吗。"薛燕坐到婆婆身旁，嘱咐道："妈，您一个人在家，有陌生人敲门，千万别开，安全最重要。"母亲说："我来时见咱这大院，铁栅栏围了一圈，大门有穿制服的小伙子站岗，咋还不安全？"柳明笑着说："小区有护栏、门口有保安，但也保不齐有生人进来。"母亲边听边疑惑地望着柳明，不再言语。

这几天，母亲一个人在家，吃过早饭，手里拿着一条白毛巾，擦擦这儿抹抹那儿，城里就是干净，擦抹了半天，毛巾也没脏。她又用地拖儿擦地，擦了几下，发现地板亮得能照出人影，便蹲下身，伸手去摸，再举到眼前看，手指肚儿连个黑印也没有。她放下地拖儿，坐到沙发上，叹了口气，觉得没事可干，干巴巴地坐了一会儿。突然看到面前茶几上的电视遥控器，便拿起来，看了一眼客厅对面的电视机，想起昨晚柳明对她说过，遥控器要对准电视机上的那个方盒子，说是机顶盒。还手把手教她，先按哪个钮，后按哪个钮，现在手里握着遥控器，她想看电视，却记不清该按那个钮儿才能打开，急的她坐在那儿直拍脑门子。正愁呢，"砰砰砰"，响起一阵急促的敲门声，她以为柳明回来了，放下遥控器，一边应着："来了，来了。"一边赶紧起身往门口走。她转动门把手，拉开房门，见门外站着一个二十出头、身材魁梧的小伙子，他手里拎着一个布袋。母亲一愣，猛然想起儿媳妇嘱咐的话："别给陌生人开门！"可门已经开了，总不能再关上吧，人家会笑话咱乡下人不懂理。正犹豫着，小伙子从布袋里取出一本小册子，说："老奶奶，我是咱们物业公司的楼管员。""你是管楼的？"母亲望着楼管员，一脸的疑惑。楼管员说："我给业主送《安全手册》来了。"说着他把那本小册子递给了母亲。母亲这才松了口气，接过《安全手册》，招呼小伙子进屋坐。小伙子说："不了，还没忙完呢。"说着便往回走。刚走两步，又停下来，转过身说："老奶奶，把门锁好，咱这小区，刚开始入驻，生人多，您别给陌生人开门啊！"母亲答应着，把他送到电梯间，看他进了电梯，才转身往回走，边走边想：这城里人就是懂理，一口一个奶奶，叫的你心里喜滋滋的。可惜啊，我那孙子小雷这些天不在身边，要不，天天有人叫我奶奶……这小伙子，也说别给陌生人开门，住城里，咋都不让开门呢？正琢磨呢，突然吹来一股"过堂风"，只听"砰"的一声，防盗门反锁了，她心里一惊，慌忙走到门前，攥紧门把手，用力拉了几下，却怎么也拉不开，心里立刻就像有鼓槌在敲，"咚咚咚"地跳个不停。出来时咋没想着带房门钥匙呢，在老家可没这习惯。儿子儿媳晚上下班才能回来，电话号码也记不清。就是记得清，也不知该去哪里打电话，这可咋办？她急得在走廊里直跺脚，又来回走了一阵，实在是累了，便倚着房门坐到地上，不知过了多久，竟迷迷糊糊地睡着了。

不知过了多久，恍惚间，她听到有人喊："大妈，大妈。"睁开眼，见身旁站着一个年轻女人，她手扶门框，慌忙站起身，望着面前的女人，两只手下意识地抻了抻衣襟，神情羞怯地说："门锁啦。"年轻女人说："您忘带钥匙了吧？别着急，先到我家坐会儿吧。"说着，她用手指着对面的房门。母亲突然紧张起来，一只手握紧自家门把手，一只手不停地摆着，嘴里连声说道："不了，不了。"年轻女人见状笑了，说："您别见外，咱们住对门，是邻居。"母亲嘴里仍喃喃地说着什么，并不停地摇着头。年轻女人不知说什么好了，便掏出手机，给物业客服部打了电话。过了一会儿，刚才给业主送《安全手册》的那个楼管员来了，他说："老奶奶，我给您儿子打过电话了，他正往回赶呢，您别着急啊。"说完，物业小伙子便搀着母亲去了物业办公室。

约莫过了一个多小时，柳明打车回到小区，从物业办公室将母亲接回家。进了门，柳明对母亲说："不是跟您说过吗，别给陌生人开门。不开门，不就没这事了。"母亲低下头，像做错了事的孩子，嘴里不停地嘟囔着："忘了，我咋就忘了呢。"柳明见母亲一脸愧疚，忙又安慰道："好了，下次记住，别给陌生人开门。"话音未落，母亲突然抬起头，盯住柳明说："他们咋是陌生人？那小伙子，看着比咱家小雷大不了几岁，一口一个'奶奶'，叫得那个亲。那个年轻女人，就住咱家对门。"柳明惊愕地望着母亲，一时无语。

晚上，薛燕到家，听说此事后，心里又急又气又怕，她把柳明叫进卧室，关上门，说："我都说过 N 遍了，妈就是记不住，这是咱们物业的人来敲门，要是陌生人怎么办？现在小区里装修的、推销的、租房的，生人多，入室盗窃诈骗，专找空巢老人。你得跟妈交代清楚，不能再给陌生人开门了！万一……"柳明说："妈年纪大了，记性不好，把咱们嘱咐的话忘了。在老家，院门从来不锁，来人了，老远地就迎出去。这习惯一时难改，你就别埋怨了。"薛燕提高了嗓门："我这是埋怨吗，我是为咱家好，妈这样，咱能放心吗？"柳明连忙摆手，示意她小点声。随后说："不会再有事了，你没见妈懊悔得饭都没吃两口吗。"薛燕说："妈要是还那样，可没法长住！"柳明一听这话，急了，盯着薛燕说："妈刚来，你就嫌弃了！"薛燕沉下脸，没好气地说："谁嫌弃了？"柳明站起身，欲言又止，他不想让母亲听到他们的吵架声，便推门走出了卧室。

母亲呆坐在客厅沙发上，见柳明来了，便问："和媳妇吵架了？"柳明咧嘴一笑，说："没有。""还瞒我，你脸上都写着呢。"柳明尴尬地说："她担心您一个人在家不安全。""就这？"母亲双眼盯住儿子，随后说："妈不让你作难，往后谁敲门我都不开了。"

这些日子，小区的业主大多数已入住，装修也基本结束了，楼里清静了不少，没人再来敲门。白天，柳明、薛燕上班，小雷上学，只有母亲一人待在家里，一整天家里没有需要她做的事，闷得慌，就在客厅里来回走，权当在老家院子里溜达了。吃过午饭，到床上躺一会儿。下午，就倚在阳台敞开的窗户旁，看楼外来往的车辆和行人，都那么陌生，久了，依旧觉得憋闷。还是老家好，凉爽，看哪都眼熟、都踏实。闲了，串个门，和老姐妹们聊聊天，日子过得舒心。

"头伏"那天下午，母亲正在屋里歇着，突然响起敲门声，她一惊，好久没听到敲门声了，会是谁呢？她蹑手蹑脚走到门前，侧耳听着门外的动静。"砰砰砰、砰砰砰"，敲门声连续不断。停了一会，母亲听到门外传来说话声："奶奶，她家没人吧。""再敲两下，使点劲，兴许没听见。""砰砰砰"敲门声像鼓点，急促而又响亮。母亲踮着脚，眼睛贴近门上的猫眼，朝外观望着。见敲门的是个小姑娘，手里捧着一大碗热气腾腾的饺子，两眼痴痴地望着防盗门。对面的房门敞开着，门口站着一位年龄与自己接近的老奶奶，走廊里有些灰暗，看不清面目。她还记得，上次打电话叫来物业楼管员的那个年轻女人就住对门，母亲想到这儿，心里便踏实了不少，刚要开门，突然又想起儿媳妇反复说过的话："别给陌生人开门。"伸出的手，又收了回来。"砰——砰"敲门声再次响起，声音却没刚才那么急促响亮了。母亲看到小姑娘扭过头，冲着站在对门的奶奶说："这家老奶奶不开门，是不是把我当坏人了啊。"说着，便满脸沮丧地转身往回走，边走还边回头观望。母亲心里咯噔一下，她握着门把儿的那只手不由得向下扭动着，"咔嚓"一声，门锁开了，她推开房门，喊了一声："孙女。"而后，便走了出去。小姑娘停住脚步，回过头惊讶地盯着母亲，一时不知该说什么。对门小姑娘的奶奶也走了出来，她刚走了两步，便愣愣地站在原地不动了，盯住母亲，随后惊喜地叫道："老姐姐，怎么是您啊！"母亲先是一愣，随后惊讶地说："她王婶，你也住这儿啊？""是呀、是呀。前一段日子，我就听儿媳妇说，对门刚来了一位大妈，说以后有空带我认识一下。没想到是您啊，这回咱们真成邻居了。"老姐妹俩相视而笑，手拉着手，兴奋得不知说什么好了。过了一会儿，王婶说："真没想到，坤子和柳明这哥儿俩都在这儿买了新房，咋这么巧呢。只可惜，他们哥儿俩多年不见，又都是起早贪黑的忙工作，住对门也难碰上面。唉，这住楼房就这点不好，不像咱乡下，出来进去天天能见面。多亏今天来敲门，要不然……""要不然还不知道咱老姐儿俩又做邻居了呢!"母亲接过话茬儿,笑着说道。王婶说:"我原想,今天是头伏,就包了饺子,知道您一个人不出门,就让孙女给您送一碗尝尝,借这机会咱不就认识了。要等孩子们有空给介绍,还不得驴年马月去。我这些日子,就想找个伴,一块聊聊天、出去遛遛弯,心里憋闷啊,可没想到,这一敲门,竟敲出个老姐姐来。刚才,孙女还怨您不开门呢。"母亲转过身,望着身旁的小姑娘,说:"瞧这孙女,多懂事,多漂亮啊,脸盘儿像坤子。"王婶说:"快叫奶奶。"小姑娘脆生生地叫了声奶奶。母亲望着小姑娘,眼角突然就涌出了泪珠,她用手背抹了抹,弯下腰,双手搭在小姑娘的肩头上,声音颤颤地说:"好孙女,别怪奶奶啊,他们都跟我说别给陌生人开门,我要是没看到你住对门,还真不敢开门呢。"小姑娘的脸忽地红了,冲母亲说:"奶奶,回屋吃饺子吧。"

晚上,柳明和薛燕回到家,见茶几上放着一碗饺子,柳明惊喜地问:"妈,您包饺子了?"话音未落,指间已捏起一个,送入口中,大口嚼着,含糊不清地说:"好香、好香啊!"母亲坐在茶几旁,两眼盯着那碗饺子:"是对门送来的。""对门?"柳明惊讶地张大嘴巴望着母亲。而薛燕的表情远比柳明复杂得多,她惊讶、疑惑、不安、担忧,甚至还有几分愤怒。她说:"妈,您又给陌生人开门了?"母亲没有吱声,脸上写满惆怅。柳明连忙凑到母亲身旁,想安慰她几句,话未出口,母亲突然说:"坤子家就住对门,我下午见到你王婶了,是你王婶让孙女给我来的饺子。她不知道咱家也住这儿,但她没把咱当陌生人。"

母亲的话,柳明和薛燕听后面面相觑,脸一下子就红了。

当晚,柳明和坤子两家人一起到饭店又吃了一顿头伏饺子,他们觉得,那饺子别有一番滋味。

该文发表于 2023 年 5 月(中)总第 1025 期《参花》月刊"海选小说"栏目,获 2023 年"文荟北京"群众文学创作短篇小说奖。

一份特殊的结婚礼物

陈明大学毕业在省城工作了三年多,和女友童文的恋情也到了谈婚论嫁阶段。今年 8 月,他在省城"滨河苑"买了一套两室一厅的住宅,为结婚成家做好了准备,他和童文商定,春节回老家举办婚礼。

熟悉陈明的人，都说他学习、工作、爱情样样如鱼得水、顺顺当当。尤其陈明的父母和他八十多岁的爷爷更是打心眼里高兴。但隐藏在陈明内心的苦闷，外人却不得而知。陈明是个要强的人，遇到啥难事，都是自己扛着，从不轻易求人，对家里人也不例外。

陈明的老家在 k 县城关镇，k 县是半山区，柳河自西山蜿蜒而下，在城关镇扭了扭腰身，画出一条清澈的弧线，随后，缓缓向东流去。K 县距省城三百多公里路程，陈明平日工作忙，只有逢年过节才能回老家，因此，一年之中，他与父母、爷爷见面的机会很少。

陈明心中的苦闷，只有童文最清楚。陈明在省城买的那套新房，已用光了他们两个人工作后的全部积蓄，虽然交齐了首付款，但其余大部分房款，是由银行贷款而来，贷款时间二十年，连本带息每月定时偿还 3000 多元，这使陈明的经济压力瞬间剧增。尽管此事早在他的计划之中，心里已有准备，但如今真真切切落在他身上时，内心压力便油然而生。陈明的父母一直牵挂着儿子买房的事，说给他汇钱。陈明知道，这些年，父母和爷爷的退休金年年都在增加，自己大学毕业工作后，家庭支出减少了许多，加之父母和爷爷生活一贯节俭，目前，他们手里肯定都会有些积蓄。自己是家里唯一的孩子，需要钱，父母愿意支援，自己接受了也不为过。但是，陈明一直记得小时候爷爷对他讲过的话："早先，你太爷在镇街开过一间杂货铺，卖五谷杂粮、烟酒茶糖、油盐酱醋、山货水货，小本小利，一家人以此维持生活。那时，我们兄妹三个，许多年间，一件粗布夹袄，从秋穿到冬，老大穿着小了，老二穿，老二穿不了了，老三穿，不分男孩女孩。直到破得不像样子，没法再缝补了才拆开、剪成布条当擦布用。贫困的生活，使我们从小就懂得节俭、自立，从不乱花家里一分钱。"许是传承了爷爷的基因，陈明的父亲以及陈明，参加工作后，便没再花过父母的钱，即便陈明这次买房钱不够，父母主动支援他，他依然硬撑着没要。

陈明买房家里没出钱，结婚、举办婚礼，父母说，费用他们包了。陈明仍然说不用，还说有多少钱办多少事，简单些也好。但父母坚决不同意，说咱们不攀比、不铺张、不浪费，但也不能太寒酸，太俭朴，让亲朋好友看不过眼。父母的话，陈明仔细考虑了许久：自己不用父母的钱办婚礼，是不想再给父母增加负担，也是在坚守家里几代人传承下来的规矩。但是，既然要回乡办婚礼，就得入乡随俗。而且，父母的这片心意，他哪能不接受。还有，办喜事、图的是喜庆热闹吉祥，如今生活好了，老家兴这个，咱不能破了老家的习俗、扫了大家的兴致。另外，陈明内心，也愿意把婚礼办得红火些、体面些，毕竟，这是他和童文一辈子的大事，比在省城买房子的事还要大。假如婚礼办得太俭朴了，在亲朋好友、老师同学面前恐怕也说不过去，好歹，他和童文都在省城工作，又是大学毕业生，老家的人都羡慕呢。也都听说，他们在省城买了新房，没让家里掏一分钱，这在老家，可是件了不起的事，别的年轻人谁比得了？县城虽说不大，却也有这家那家的年轻子女，在省城工作了多年，至今仍租住在地下室，就是住上楼房的，多数也是与人合租，想在省城买一套房，少不了家里人得过上几年清苦的日子。相比之下，就更印证了陈明的收入一准儿不少，否则，工作没几年哪有钱买房。因此，婚礼若是办得太俭朴，人家肯定会说陈家人小气、陈明小气。再说，童文又会怎么想呢，人家可是生长在省城知识分子家庭里的独生女，家境好，从小没受过什么委屈，买房她也出了不少钱，至今没有一句怨言。婚礼，场面上的事，哪个女孩子心里会不在意呢。何况，童文还是个既心细又心重的姑娘，自打买房后，陈明平日里生活更节俭了，他每月的伙食费都要计算着花，和童文下班后逛街、游玩、吃饭的次数也减少了，偶尔在外面吃一顿饭，陈明会选择街边小店，要两碗刀削面或是蛋炒饭，仅此而已，这在从前是绝对没有过的。对此，童文嘴上没说什么，内心却不无伤感，为陈明，也为自己。陈明看在眼里，痛在心间。结婚，他真心不想让童文再受委屈。可眼下，资金短缺的状况一时难以改变，他为此苦闷至极。他不是没想过，请父母帮助，却始终难以开口。好在，童文是个通情达理的姑娘，他们彼此相爱，没有受城乡、家庭出身等外在条件的制约，从大学相识到相爱，均顺其自然、发自内心。可越是这样，陈明越是觉得对不住童文。这段时间，他一直都在考虑父母的意见，也一直在犹豫。直到回老家的前一天，在父母的坚持下，他终于妥协了：结婚，举办婚礼，父母要承担费用就承担吧。就算破了一次家规，就算借款，就算为童文、为自己最爱的人。等以后经济状况好转了，一定把钱还给父母。

腊月中旬，陈明与童文回老家结婚，婚礼由陈明的父母精心安排，既热闹、体面，又俭朴、实惠，接地气，总之是既圆满又顺利。陈明的父母乐得合不拢嘴，陈明的爷爷更是满脸喜气，面色也比往日显得亮堂得多，他逢人便说："就盼着这一天呢，礼物我早就准备好了。"可是，这早就准备好的礼物是什么，他却只字未提。有亲朋好友见老爷子高兴，便问："老爷子，您给陈明准备啥结婚礼物了，是金项链还是金元宝，拿出来让大伙看看啊。"他摇头不语，谁再问，便来一句："急啥，以后你们就知道了。"老爷子就这脾气，他不想做的事谁说也不会去做。那礼物到底是什么，除了陈明的父亲，其他人均不得而知。有人好奇，就向陈明的父亲打探，陈明的父亲微笑着，故作神秘地说："那还用问，肯定是老爷子珍藏了几十年的宝贝啊。"

陈明在省城时，就听说爷爷给他准备好了结婚礼物，心里别提多高兴了。爷爷从小就疼爱他，甚至有些溺爱，原因其实很简单也极为人性，就因为陈明家至今四代单传，太爷那辈就他一个男孩，到陈明这辈，仍是一个，还是独子。这些年，可以生育二胎、三胎了，陈明的爷爷就一次又一次地催促陈明的父母，说："让陈明赶紧结婚吧，早结婚早生子，生二胎，最好生两个儿子，我还想抱重孙子呢。"陈明的母亲接过话茬儿说："对，生俩，都生男孩。"说完，爷儿仨都呵呵地笑了。

陈明和童文回到老家后，爷爷并没有马上给他们结婚礼物，举办婚礼那天，喝过喜酒、年轻人闹过洞房后，参加婚礼的客人陆陆续续都走了，爷爷仍没有给他们结婚礼物，甚至连提都没提。陈明心里觉得蹊跷，爷爷从来都是说话算数，从不食言的，尤其对陈明，答应他的事一定做到。这次是怎么了，不会是人老了，记性差了，把说过的话给忘了吧？按理说，陈明每天陪在他身旁，婚礼也刚办完，家里这么大的喜事，他怎么可能说忘就忘了呢。陈明不解，又不便直接询问，只好把疑虑憋在心里。等等，再等等吧，也许明天爷爷就把结婚礼物送给他们了。

正月初一过了，"破五"过了，陈明和童文明天就要回省城了，爷爷说给他们的结婚礼物依然没有兑现，陈明很困惑也有些不悦。若是其他事，若是只涉及他一个人，他也许不会这么在意，更不会怪爷爷，毕竟爷爷是八十多岁的人了，老人的话，兴许说过就真的忘记了，兴许就是一高兴脱口而出的话，无须当真。不是常说老小孩儿、老小孩儿吗，人老了就像个小孩子，小孩子的话，或真或假，又何必计较呢。可现在不同，陈明和童文结婚，爷爷面对的是两个人，他承诺的事不兑现，陈明也会跟着丢面子。另外，童文又会怎么想呢。倒是童文读懂了陈明的心思，她微笑着说："别急，咱们明天才动身呢，也许，今天晚上爷爷就会将礼物送给咱们。"陈明无奈地摇摇头，说："那就再等等吧，我也觉得，爷爷哪能不给咱们结婚礼物呢。就是不知道那礼物是什么。"童文说："你猜猜！"陈明想了想，说："还真不好猜，现在结婚送礼，亲朋好友都送红包、送现金。自家长辈，有给现金的，也有给金银首饰、家用电器的。除了现金，所有礼品，都需要到商场买新的，爷爷行走不便，不可能一个人去，那就得有人陪着，是父亲吗？我想，不可能，父亲从来不带爷爷去那些嘈杂的地方，而且，爷爷自己也不愿意去。若是让父亲代买，那父亲一定知道，而且也会提醒爷爷把礼物送给我们，绝不会等到现在。所以，爷爷的礼物不会是某些物品。还有爷爷一定会想到，咱们路途远，物品带多了不方便，所以，最大的可能就是现金或银行卡。"童文说："你希望是钱吗？"陈明点点头，说："当然了，这最实惠，我们可以拿去还房贷啊。"童文想了想，随后说："如今的老人，喜欢存钱，又是自家人，讲的是实用，爷爷疼你，知道你买房需要钱，借着咱们结婚给些钱，也不是不可能，要在平时，还怕你不收呢。"陈明冲着童文竖起大拇指，夸她聪明，分析的蛮有道理。

这天晚饭后，陈明的爷爷没有回自己的房间休息，他走进客厅，坐在沙发上，将全家人招呼过来，望着在座的晚辈们，他沉默片刻，随后将目光投向陈明，神情庄重地说："明天你和童文就要回省城了，我知道你们心里有疑问，爷爷的礼物呢，为啥还不送给我们？不是说早就准备好了吗，是忘了还是说着玩的？爷爷虽然老了，记性也差了，但这件事爷爷没忘，更不会说着玩，爷爷要送给你们的礼物一直都在身边，原本我想在婚礼上送给你们，那样更庄重、更有意义。但这件礼物已有几十年的历史，说起来话长，别人不知情，我也不愿张扬，所以，还是在家里给你们更方便。以前，它天天陪伴在我身旁，如今，真要离开我了，还真舍不得呢，我想让它多陪陪我，因此一拖再拖，拖到了今天。但是，爷爷毕竟老了，身子骨也大不如前，今天我把它当作你们的结婚礼物送给你们，希望你们好好珍藏，将来传承给后人。"说着，爷爷从上衣兜里，掏出一个折叠成巴掌大小的红绸布包，放到茶几上，随后小心翼翼地打开。瞬间，全家人的目光都聚焦到那个红绸布包上，只见那里面包裹着一个牛皮纸信封，它灰暗陈旧、布满皱褶。爷爷两手微微颤抖，缓缓地从信封里取出一张早已泛黄的信纸，眯起双眼，看了一会儿，而后，递给身旁的陈明，陈明接过来，见上面写着：

借 据

今收取城关镇（陈冬强）陈记杂货店大粒食盐 20 公斤，立此为据。

八路军西山抗日游击队一分队郭大宝

1943 年秋

陈冬强是陈明的太爷。以前，陈明常听爷爷讲述太爷的抗战故事，因此，陈明并不觉得陌生。但关于借据的事，陈明还是第一次听说，也是第一次看到，他惊讶，70多年了，爷爷竟如此完好地保存着一张八路军游击队员写下的借据。更惊讶的是，太爷当年还为八路军秘密筹备过食盐，这可是冒死而为啊。在红绸布正中，还别着一枚圆形、红黄相间，刻有"拥军模范"的铜制奖章。爷爷指着这枚奖章说："这是解放后，县政府授予你太爷的，这枚奖章和这张借据，都是你太爷临终前交给我的。每次我看到这两件物品，就仿佛看到了你太爷，看到了当年来取食盐的那位郭叔叔。"爷爷停顿了一会儿，接着说道："当年的郭叔叔身材高大，留着黑胡子，上身套一件灰马甲，头戴一顶黑布帽子，是圆的、带檐的那种，看上去和来往于镇街上的商人并无二样。他来杂货店，不是赶早就是落晚，他一来，你太爷立马就放下手里的活儿，并招呼我站在门口看着，说有生人来，要赶紧告诉他，那年我 11 岁。郭叔叔每次都是来去匆匆，他每次从店里出来时，腰身就变得胖了一圈，我好生纳闷，后来我才发现，是你太爷把一条事先装好食盐的细长细长的布袋子缠在郭叔叔的腰上，再用细绳绑牢，当郭叔叔穿上外衣，套上马甲后，腰身自然就变胖了。当年城关镇南边的柳河，河水清澈，河面宽阔，客船、货船往来穿梭，那些来往于城关镇的船客，多为生意人。为避免被汉奸察觉，郭叔叔每次都是装扮成做生意的商人，乘船来往于城关镇，为西山抗日游击队运送食盐、药品等紧缺物资。那年，郭叔叔多次来过杂货店，你太爷也多次将筹备好的物品交给他带走，但后来我只见到这一张借据。我相信绝不止这一张，也许其他的早已丢失或防止被汉奸发现已销毁。解放后，有人跟你太爷说，拿着八路军留下的借条，可以到县政府那里领取补偿金。你太爷说，八路军打鬼子，为的是咱老百姓，咱给八路军送食盐、筹备物资，哪能要钱啊。借据留下来，是留下一个念想，一份荣誉，值了！自此，你太爷拥军的故事，便在县城传开了。后来，县政府召开拥军模范表彰大会，你太爷登上了领奖台，县长亲自将这枚奖章戴在他的胸前，他激动得直落泪。1970 年冬，你太爷去世前，指着床边那个枣木柜对我说：“绸布包、绸布包……”我急忙打开木柜，从里面找出一个红色绸布包，你太爷点点头，随后，便安详地闭上了双眼。

爷爷说到这儿，将重新包好的红绸布包捧起，放在陈明手上。

望着手里的红绸布包，陈明知道，爷爷送给他们的这份特殊礼物，记载着祖辈人的艰辛、情感、希望与荣誉，是陈家的传家宝，须格外珍惜。但作为结婚礼物，陈明对此深感意外，这与他期盼的相差甚远，也有些不合时宜。他目前最需要的是还房贷的资金，这点，他不说，家里人也知道。因此，爷爷送的这份礼物，他内心多少有些失望，脸上的表情也显得凝重。他扭头看了一眼坐在身旁的童文，担心她会因此不悦。出乎意料，童文却满脸笑容，神情既惊又喜，她从陈明手里拿起那个红绸布包，对爷爷说：“谢谢爷爷，您送给我们的结婚礼物太珍贵了，我们一定好好收藏，并将它传承下去，您就放心吧。”爷爷听了，不住地点头，脸上露出了欣慰的笑容。随后，他感慨地说：“这两件物品，在别人眼里也许分文不值，但在你太爷眼里却是无价之宝，被视为陈家莫大的荣誉。你太爷当年虽然是个小商人，但他内心追求光明、敬仰八路军、崇尚荣誉，他常说，一个没有追求光明、不懂得珍惜荣誉的人，哪会有美好前景。”

陈明望着爷爷，不停地点头。

次日上午，陈明和童文带着爷爷送给他们的结婚礼物乘车返回省城。在县城火车站，来送行的父亲对陈明和童文说：“你们能理解爷爷的心思我就放心了。爷爷一辈子没挣过什么大钱，他省吃俭用，把积攒下来的 8 万元钱，一部分交了党费，一部分捐献给了灾区小学校。他这辈子，最怀念的人就是你太爷和八路军郭叔叔。他

464

说，听你太爷念叨过，郭叔叔最早还是一名红军战士呢。如今，爷爷的健康状况大不如前，他把珍藏在身边几十年的物品送给你们，是把心愿托付给你们了，他是在安排后事啊。"

此刻的陈明，已潸然泪下……

（原载 2024 年第 1 期《三角洲》）

语丝微言

林万华的这两篇小说，写得不长不短，每篇都五千多字。说是短篇小说，短了些；说是小小说，又长了些。这样编者就此提出一个文本文体问题，供读者参考。余认为作者应在动笔之前，腹稿设想结构之后，就应当设计，将构思结果，是写成小小说，还是写成短篇小说，抑或是小中篇。因为文本不同，篇幅长短，字数多少，所承载的思想、重量、责任、担当则不同。一个中篇，不可能承担一个民族、一个国家命运的体量；一个短篇，也不能叙述一个跌宕起伏、一波三折、曲径通幽的情节故事。以此推之，一篇一千多字的小小说，也不具备情景充分展现、瀑布深潭的结构。编者就此谈了自己对文本的看法，不一定正确，也并非说林万华这两篇小说写得不好。这两篇小说，一是从极平常的开门关门写出不平常，其不平常处是人应以何样心态对待社会上人与人的交往、心与心的沟通；一篇从特殊的礼物中展现不同凡响的特殊。其特殊之处是精神上的关心、物质之上的馈赠，可以看出作者用心良苦。

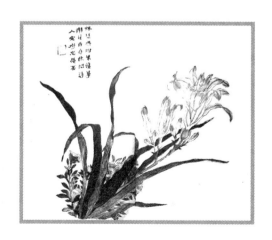

【作者简介】

　　齐七郎，本名何学海，中国博物馆学会会员，北京生态摄影协会会员，北京史地民俗学会会员，小说《寻道深山》获得2020年北京文学奖。

寻 道 深 山

　　老谷骑的是一辆崭新的捷安特，这自行车在当今骑行圈算不得好，前三后六的十八速，V刹，骑行圈现在的好车是三十速油刹。车是十年前给还在上小学的儿子买的，后来，一个朋友买牛奶，抽奖中了个杂牌的山地车，转送给了老谷。儿子上学骑车狼呼，就先让儿子骑那杂牌，"捷安特"就放在家里收藏了。十年以后，儿子大学毕业啥都不骑了，那辆杂牌山地车，老谷进进出出买菜日常用，捷安特则成了他远途骑行的越野车。

　　今天老谷是远途骑行，上午下雨，中午在家吃过麻酱面，不顾市里发布的"山区有暴雨，有落石危险"的预警，把"捷安特"扛到楼下，前后轮胎补足了气，背上包，骗腿儿上车就出发了。出发的地方是东直门小街。目的地是一直往北的怀柔大山里。

　　老谷是个闲人，十多年前被企业买断工龄轰回家，眼下除了每天早上出去骑行个十几公里锻炼腿脚，全天都是泡在住家附近的和平棋社。老谷喜欢下围棋。

　　那天，在和平棋社，挂彩下棋的老谷，被一个民工样儿的人给杀花了。在棋社混了很多年，这还是头一次，开始是二十块钱的小挂，后来，筹码挂到二百块一盘，他又输了。彩棋输得这般惨，倒让他的心沉了下来。他在棋社坐的是头把交椅，这几年虽然没在这彩棋上发大财，但是日常的烟钱酒钱也没掏过腰包。顶注二百块的那盘输了以后，这天的棋社生活也就结束了。和平棋社还是小赌怡情的那种，彩棋挂彩，五块，十块，甚至二十都行。民工样儿的人叫怀民，是老谷后来才知道的。

怀民那天是路过棋社进屋凉快来了，外边摄氏三十五六度，棋社里虽然乌烟瘴气空气质量不好，但有空调还是凉快些。那天是看棋的怀民犯忌了，犯的是"观棋不语"的忌。他看到一位穿着讲究的老人棋盘角部的一大块棋，没能撑出两只眼，马上就死了，围观的很多人都没言声。怀民按住老人已经夹起颗黑子的手，然后用手指，在棋盘上点了个二路长。老人的棋已经是崩了，抬头看了眼陌生的怀民，将信将疑地按照怀民的指点走了。又走了几步，每当往棋盘上放子的时候，老人都要抬眼看一眼怀民。棋活了，和老人下棋的老谷不干了，因为这是一盘挂了数子输赢的彩棋，而怀民则不知道。

棋社的彩棋，挂彩方式有很多种，一种是"输赢彩"，说好钱数，棋局结束输方掏钱；还有一种是"数子彩"，棋局结束数子，赢一个子，输方给一块钱。怀民给搅局的那盘，就是挂"数子彩"的，本来老谷赢多了，让怀民这一搅和，老谷只赢了九块钱。

和老谷对局的那个老人，带着胜利的微笑起身离座了，在这个棋社下彩棋，老人这盘是输钱最少一次。老人离座后，老谷指着怀民说："来一盘吧。"怀民愣头愣脑地就坐下了，这让棋社里所有观战的人觉得好玩，大家都知道老谷的棋厉害，这外来的民工样儿的人居然敢坐下。老谷掏出钱放在棋桌上说："二十块一盘不数子。"怀民也乖乖地掏钱放到了桌上。彩棋数子论输赢，一般都属于高手狼吃低手羊，高手为挣彩，低手为学棋，面对怀民这样的生人，老谷觉得还是"输赢彩"比较靠谱。怀民掏钱的时候手有些抖，口袋里只有五十元，那是他一个星期的伙食钱，工地已经有三个月没给工钱了，但是怀民觉得这棋他能赢。

"不猜先了，你拿黑子吧！"老谷还算局气，实际上也是有些托大，在棋社里，他是有这棋份儿的。怀民右手拇指、食指和中指配合笨拙地捏起一颗黑子，很随便地放到了棋盘的中央，棋社里会下棋的人都知道，那是天元，除了对围棋理解有着很深道性的人，很少有人第一手棋这么走。听说老谷下棋，棋社里很多人，都撂下自己的对局，过来观战了。有人说："下五子棋呢吧。"这是说给怀民听的。老谷抬眼看了一眼怀民，用中指、食指配合着将一颗白子，优雅地放到了靠近自己这边右下的星位。让所有观棋人没想到的是，怀民这第二手棋跟着老谷这子挂了一手。接着，老谷把四个角的星位占满，怀民则都是跟着挂，棋下到这个时候，棋社里观棋的人，不再说是五子棋了，因为他们知道，有一种棋叫模仿棋。这跟着一路的缠绕，虽然不是模仿，但是在他们的眼中，怀民也就是个棋社里的虫儿，一个连布局都不懂的虫儿。

骑行出三元桥，沿京顺路一路向北，G101 国道经顺义在怀柔转 G111 国道，过了雁栖湖，平整的公路就开始进入有爬升的山区，骑行在山区的道路，意味着要无休止的爬坡，或者是速降。爬坡时还好，虽然有些累，只要把轴轮调至省力模式即可。速降的时候，车速瞬间能达到每小时 60 公里。老谷这车是 V 刹，制动流程，是靠两块橡胶闸皮捏住车轱辘，这样的刹车模式，速降有些害怕，一旦 V 刹崩了，那车子快的速度，可能会掉到几百米深的沟里。

中国的交通规则，很少有针对非机动车的内容。据说在英美很多地方，都要求骑行人必须戴头盔。中国人觉得骑自行车戴头盔是耍酷，很多人都不戴，老谷也没戴，他只是戴了顶在户外防晒的绿帽子。

长途骑行的人很寂寞，老谷的单人单车的骑行，就更加的寂寞了。寂寞的时候，他又想起了怀民。想怀民那迷茫的眼睛。

下规矩棋，叫"一本道"，有民间业余高手，执上手棋的时候，喜欢走骗招，以自己摆弄得烂熟的套路，引诱下手上当，骗招只能是上手对下手使，骗招是个双刃剑，使用不当最容易伤到的是自己。

棋社的那盘棋，还在进行着，这边是老谷一个接一个地把棋盘上带点的星位占满，那边是怀民在老谷每个走过的星位处，不假思索地低位挂。棋社的人都看得出来，这棋只有老谷的布局，怀民这个民工样儿的人没有布局。老谷把星位占满，接着就在自己这边的右下角开始占角，围棋讲究的是"金角银边草肚皮"。围观的人都知道，老谷和怀民在棋盘上的绞杀开始了。点着一根烟，然后悠闲的摆定式，老谷懂很多的定式，他家里有本《定式大全》，老谷把里面的所有定式都背得烂熟。

棋下着下着，老谷一步，怀民一步，棋社里有些水平的人就看出来了，老谷在使他那屡试不爽的大骗招了，那骗招如果走完，棋盘上将摆满四分之一的黑白子，观棋的人觉得，骗招过后输赢已定。老谷的骗招还没有使完，几十手棋下过，他们发现，使骗招的老谷棋下得越来凝重了。

棋下到这个时候，老谷开始抬头看怀民的眼睛了。那茫然的眼神，让老谷摸不清棋路。一个角部的战斗结束，当棋社很多人期待他们走第二个角部的时候，老谷把棋推了。推是棋局认输的一种，文词是推枰认负。推掉棋盘的棋子，老谷把二十元钱也推给怀民，然后从口袋里艰难的掏出了一张五十元钱的绿票子，对怀民说："再来一盘？涨点吧？"意思是说，挂彩由二十涨到五十了，这是老谷这些混迹棋社人的惯常伎俩。

让大家惊讶的是，怀民从兜里掏出十元钱把五十凑齐，没有离座要走的意思。

艰难的骑行在 G111 国道大山深处的爬坡路上，渐渐地接近了一个隧道。那隧道是"分水岭"隧道，隧道口竖了个牌子，上面的字是这隧道的长度 3333 米。隧道里有两条单向顺行机动车车道，右侧还有 80 公分宽的自行车道，再右侧是个高台，高台应该是供徒步穿过的人行走的。

自行车进了隧道，刚刚从阳光处适应了隧道里的黑暗，老谷就有些后怕，这不到一米宽的自行车道左侧，总是有车呼啸而过，有的卡车车身很长很长，他生怕自行车车把一趔趄，刮在那特长的大货车后半部，司机驾驶盲区看不到，他就有可能葬身车轮下。

不能走回头路，据说如果不走这隧道，要翻一座很高很高的山梁子。老谷只能是胆战心惊地硬着头皮走了，这种感觉他在棋社对局的时候也曾有过，一般都是碰到高手。和怀民那次对局，也有过这样的感觉，尺长的龙，翻来覆去地算了很多遍，都不能算清楚。以他这水平，算不清楚的棋，是不能落子的。可是，那次是真的算不清。长时间思考以后落子，他的手刚刚离开棋子，怀民马上就把自己的一颗子按到棋盘上。

此时骑行在 3333 米长的隧道里，虽然有灯照，他还是有了没着没落的感觉，路很长，不能骑太快，一眼望不到头。他只能是两眼紧盯着那一眼望不到的地方，他觉得那一眼望不到的地方，有些像怀民的眼睛。

那天的棋，五十块彩钱的那盘，老谷又输了。加到一百块，最后那盘是两百块，老谷输得一败涂地。观棋的很多人，都不敢看老谷的眼神了，棋盘上的棋子一推，大家就都散了，怕老谷难堪，老谷在棋社从来就没输过这般的惨。民工样的怀民要走的时候被老谷拉住了。两个人出了棋社，拐了个弯儿，进了一家饺子馆。老谷要了俩凉菜，要了瓶二锅头，他想和怀民盘盘道。

几口酒下肚，他问怀民师傅是谁？他觉得，怀民棋下得这般了得，一定是师出名门，他想在今后对棋社的人说，输给了聂卫平、马晓春的徒弟这样的话。怀民笑了笑说：没师傅，摸黑白子都很少。这让老谷觉得诧异。

这是与怀民的第一次接触。直觉告诉老谷，怀民是个实诚人。老谷的心像个秋后的核桃，表面是层绿绿的翠，中间却有一层坚硬的隔壳，他始终把自己的心包裹在这壳里。有着年过半百坎坷经历的他，总是觉得身边虚伪的人太多，口是心非的、说大话使小钱的、隔着锅台上炕的、齐齑的等等。他现在不喜欢与人有过深的交往。棋社里有人说：老谷有精神洁癖，好在他在棋社只是下棋。

那次以后，老谷特想与怀民深交，这应该不仅仅是怀民在棋社把他杀花了这么的简单。

终于从黑漆漆的隧道里钻了出来，又看到了阳光，又走到了有郁郁葱葱植被的阳光小道上。遇到一个迎面而来的骑行人，老谷摆手打了个招呼。骑行人都是这样，有时候遇到爬坡的骑友，还要大喊一声"加油"。都是孤独的人，都是吃苦耐劳的人，相互有个鼓励，老谷觉得应该这样。

后来，有几天怀民没来棋社，这让老谷下棋的时候都走神儿了，莫名其妙地输了几盘能赢的彩棋，虽然挂的都不多。

那天是下午，约好几个孩子来下指导棋，棋社里经常有家长带着学棋的孩子在这里下棋，一盘棋，家长给个二三十块钱的报酬，局后也不用复盘。这些孩子有专门学棋的地方，到这里来是为了练棋，增加对局经验。每当这个时候，老谷都会被棋社的老板请到里间，棋社的大厅烟熏火燎的怕孩子们受污染。

正在等孩子们到齐，怀民来了。老谷心里一动，找个缘由和老板商量，这指导棋就让怀民替着下了。老板也知道那天怀民给老谷杀花了的事，琢磨了琢磨，同意了老谷的建议。

小屋子里，一溜儿摆了六块薄薄的木质棋盘，给安排的带轱辘的转椅怀民坐不习惯，他站立着抓一把棋子，一个一个地按对局顺序，放在各个棋盘上。棋下到最后，老谷也跟着摇头：这哪里是指导棋，六个孩子水平高的有两个，那是有业余 4 段证书的，怀民愣是一块都没让活。依然是没布局少定式。后来，当孩子背记棋谱的时候，孩子的家长对老谷说：不能再这么下，这种野路子的棋，会把孩子带坏的。老谷明白家长不懂围棋，却没办法对他们解释。但是他却认为：怀民的棋比自己强很多。

后来，是挣了钱的怀民拉着老谷去喝酒了，怀民只喝了一瓶啤酒，酒桌上，老谷接着套问他棋艺何来。喝酒时，只要了一盘老虎菜和两份饺子，老虎菜是一种由香菜、尖椒和黄瓜切成丝拌在一起的凉菜，结账的时候，怀民抢着掏出五十块钱。

那天，怀民说的话，老谷听起来像个离谱的故事，但是，他相信怀民说的是真的。

G111 国道，走到柏查子是个三岔口，如果接着走国道方向，是前往河北丰宁。右手转弯，进入一个幽静的小道，是柏平公路——怀柔的柏查子到密云的二平台的一条公路。柏平公路，据说是条隐藏在深山里的战备公路，修建在"提高警惕保卫祖国"的战备时代，当地老乡甚至"演义"地说，这是朱德修的一条公路。朱德曾经是解放军的总司令，那个时候是连橡皮图章都不算的委员长，七八十岁身居高职的人能否到这大山里指挥修路，确实有个很大的疑问呢。

骑行在柏平公路，坡度很大，路静静的，除了鸟扑簌簌地飞过去，就是老谷自行车压在路上的声音，偶尔会有一只喜鹊在空旷的路上跳跃觅食，也有几株坚强的野草从路中央的缝隙中生出。老谷慢慢地骑，一边骑行一边想怀民，想怀民在这里当民工时候的样子，吃啥、喝啥、想啥和干啥，是什么情况让他的棋力大涨。

每天都到棋社，老谷像坐班一样的准时准点，到了以后拿着杯子去沏茶。杯子是个有铁盖子的罐头瓶子，瓶子外边是毛绒线编织的防烫外套，茶叶是棋社老板茶叶筒里的。喝老板茶叶筒里的茶，棋社里下棋的人中，只有老谷有这个待遇。其他人到棋社不要说喝茶，就是下棋，也得交十块钱的门票钱。在棋社里看棋，是不花钱的。

沏好茶，找个位置坐下，老谷就开始等怀民。已经等了几天了，最近三天怀民都没有过来。以往，老谷一到棋社，沏过茶就在各棋桌转，看到有点意思的棋，就驻足看一会儿，有的时候，还要不露声色地支个招。一个疑问的"哦"，一个肯定的眼色，都能让人受益。被支招的人，一般都是这里熟识的老棋友。等怀民这几天，老谷除了下彩棋或是给孩子们的指导棋，每天都从口袋里掏出一本围棋杂志看。杂志里有阿尔法狗和李世石的对局。阿尔法狗是会下围棋的计算机，李世石是韩国乃至世界的顶尖棋手。等怀民，老谷是想和他一起摆摆这棋谱，老谷特想知道怀民对这棋的理解。

那天，怀民接近傍晚才过来，老谷把一盘数子的彩棋迅速结束，拉着怀民找个桌子坐下。这天，他们两个把杂志上那盘棋的棋谱摆了三遍，一边摆一边拆棋，老谷从怀民的拆招里，学到了很多复杂的计算。怀民则是在不知不觉中，对围棋的布局有了一些理解。摆棋的时候，老谷闻到怀民的身上有那刺鼻的油漆味道，怀民觉察到了，向老谷解释：最近工地忙了，大坑里开始立塔吊了，大坑边也开始围护栏，这些都需要他刷漆。

老谷明白了怀民这两天为啥不能来。

骑行似乎到了柏平公路的尽头，有铁栏杆人为地把路拦截。东峪村的一个老人家在这里摆摊卖冰棍、汽水，问过知道，是前方因为洪水落石把桥砸断，再看里程碑，已经是柏平公路九公里处附近。

把自行车丢在山坡下，这里有个标识牌：望京台。爬坡的地方修有台阶，拾级而上，上面是个"一览众山小"的开阔山顶。

这月份雨水大，登顶以后，碧蓝天，山岚在山间缠绕。老谷知道"山岚"的，他读书不多，却看过四大名著。看《西游记》时，里面有"况此地山岚瘴气怎么上得雷音"这样的句子。老谷读书不多，却喜欢读懂，翻字典把这"山岚"和"雷音"都弄了个明白。

老谷喜欢看云，城里面因为雾，因为霾，看云都成了奢侈事。登上这台子，老谷把云看了个过瘾。围棋有千变万化，云也是千变万化，围棋算不清楚，有时候很苦

471

恼。但是，老谷就是喜欢这看不清弄不懂云里雾里的状态。

看云，老谷想到了怀民的手。

手指短而粗，皮肤的纹路在本来就黝黑的颜色中，更像木刻画的线条，指甲里是永远洗不净的垢。怀民说：机修工和油漆工的手，是很难用香皂洗干净的，修汽车和修自行车都属于机修工，怀民说自己是油漆工。工地就是棋社再往西能够见到的那个大坑，大坑四周用瓦楞铁给围了，瓦楞铁的蓝色是怀民给漆的，工地的范围是瓦楞铁围挡。每新到一个项目，都是怀民这样的油漆工给罩一遍新漆，有讲究的工地，还要在瓦楞铁上画个口号和公司字号。

想到怀民的手，又想到怀民用这些粗糙的手指，捏住一颗黑子或白子，摆在那三百六十一个点的其中一个点上，然后是表面耐烦，心里不耐烦地等老谷落子。他觉得老谷每次长时间的思考都是多余的。

以怀民的棋艺，老谷觉得他在工地刷油漆时有些耽误了。他想帮帮他，但是又不愿意让怀民在棋社里靠下彩棋混日子，他觉得自己这么混行，怀民不行。与孩子们下指导棋，那些家长不愿意让孩子们来，觉得怀民名不正言不顺。

那天，一个孩子家长拿张报纸给老谷看，说有个围棋比赛，是不是可以让孩子参加。老谷接过报纸一看，是"晚报杯"业余围棋地方选拔赛，一个高水平的业余比赛。家长说报名费200，能下十多盘棋。老谷鼓励了家长们带孩子去参加后，又想到了怀民。这个比赛，是业余类较高水平的比赛，他觉得怀民如果参加，一定能扬名立万儿的。可200块的报名费，又是怀民一个月的伙食费。想过以后，那天，老谷自己去棋院交了两份报名费，自己和怀民俩人的。报名以后，他就开始等怀民到棋社来，他想把这个消息告诉他。老谷自己有很长时间不参加这样的比赛了。

老谷想见怀民只有在棋社等，他们交往的时间，仅仅够两个星期，见面也只有三次。怀民有手机，老谷看到过他拿手机看钟点，很廉价的手机，老谷看那手机，还觉得应该是二手货，可老谷一直没有怀民的电话号码。与人交往，老谷应该属于封闭型的，有人说：像老谷这样的人，他的心应该有一层硬壳，能破壳而入的东西是极其有限的。在棋社，虽然与棋友每天也嘻嘻哈哈的，但是，老谷在这里没有一个真正的朋友，虽然他的手机里存着很多棋友的电话，那电话号码都是他人主动和老谷交换的，老谷很少主动要别人的电话号码。

从望京台看过云，因为前方断路，只能是往回走了，见到一个牌楼，白色大理石的材质显得很新，牌楼两边石柱有字，"一日二日三日一月二月四月"地弄着文字技巧，老谷文化水平本来就不高，靠着围棋得到一些文化人的尊重，大多的时间，都用到了做死活、背定式、布局上了，读书认字就没那么的渊博。

"鬼谷庐。"鬼谷子的名号，老谷倒是听说过，那还是因为自己姓谷。古人除了李白、杜甫和苏东坡，老谷还知道黄龙士，最近又知道了芈月、梅长苏和甄嬛。"鬼谷庐"三个字，让老谷的脑子里闪现出了这些古人名字。看到"鬼谷庐"，老谷觉得怀民说的那事有戏，因为围棋很古，鬼谷子也很古。

进得牌楼，要上下很多的石阶，登台阶对于老谷不是啥难事，骑行都能一天百公里，这点台阶算不得啥。看到有些人没登几节就喘粗气，老谷笑了笑，健步如飞就到了沟里的宽阔地了。

这沟不够大，走到沟底，上坡有个鬼谷洞，另一侧的很多台阶，上去有个"老祖宫"，山路旁有供奉孙膑庞涓的小庙，老谷还在一个不大的殿里看到供奉有毛泽东的铜像，转悠到最后，才在绿荫遮得极深的地方，发现了"对弈亭"。

"对弈亭"在一个小山包上，被郁郁葱葱的植被遮挡着从远处看不出，顺着山路走上一段，老谷看到了那个亭子。想弄得古色古香，但是使用的却是钢筋水泥的材料。他觉得对弈亭这里，缺少很多的东西，除了怀民说的死活图示，最起码应该把那王积薪的"不得贪胜、入界宜缓、攻彼顾我……"的围棋十诀弄到这里应个景儿。

想起了怀民说的话，这里的老板想把景点植入些传统文化，准备在一个小山包建个亭子，亭子起名"对弈亭"。从开始往小山包修路的时候，包工头就塞给怀民一个小册子，让怀民把上面的内容弄明白，然后想方设法装饰到这亭子周围。怀民是油漆工，过去有彩绘的活儿，都是由他来干的。一本封皮都掉了的书，里面有很多的线条和黑点白点，怀民最后也没明白，怎样把这线条和黑点、白点装饰在这亭子的周围。山沟里吃住，没电视，没网络，特寂寞。后来，怀民用溪水旁捡的鹅卵石子二十多个，其中一部分给粘了些沥青，在一块略微平整些的石板上划上几道线，就仿那书里的图案摆着玩。开始的时候摆几下就困了，后来，越摆兴致越高。在山沟里寂寞地待了两年，怀民在山沟里把那黑白的鹅卵石子也摆了两年。路修好了，亭子建了一半，包工头有了城里盖楼的活儿，不愿意在这山沟里干了，带着怀民和其他的几个木工、瓦工一起走了。

从棋社的玻璃窗，远远地能看到蓝色瓦楞铁的围挡，那次饺子馆喝过酒以后，怀民不来棋社的时候，老谷有时就不自觉地透过这扇玻璃窗，看一眼那里的蓝色。

那天以后，怀民再也没有来棋社。

那天，从棋社都能听到"轰隆"的那一声巨响。后来，有棋友进来说，旁边工地的塔吊倒了，来了好几辆救护车，还有晃着灯的警车。老谷听到这，心里也跟着"轰隆"了一声，然后他就急着往工地走，这次他没有长时间思考。到了工地，他向门口的保安打听怀民。一会儿工夫，过来个工头样的人问他是怀民的啥人，他支吾了一会儿说是怀民的老乡，工头说怀民伤了，在医院抢救。老谷听以后，蹬着自行车就往附近的和平里医院奔。

怀民是第二天才死的，在重症监护室躺了一天后才死去的。正在安装的塔吊的铁架子轰然散架了，把怀民的脑袋砸得像个血葫芦。怀民当时正在给脚手架刷防锈漆。工头给老谷说怀民的时候，特别强调：怀民那天没按照规定戴安全帽。老谷看到他的时候，血葫芦已经被白色纱布缠满了，可白纱布有渗血的印记，老谷能想到纱布里面的血葫芦样子。见到了活着的怀民，躺在那里呻吟，当老谷来到他旁边的时候，一直闭眼的怀民奇迹般的微睁了眼，看到老谷断断续续地微弱的说出了一句话："京北大山……柏平公路6公里处……鬼谷庐……"后来，医院和工地的人都问老谷怀民说了什么，警察也问过，老谷说没有听清。

怀民就这样的闭上了眼睛，他的手伸到了白色被子外面，样子像是要抓些什么，那手，比平时看到的时候有更多的黑色斑迹。老谷看到了怀民闭上眼睛的那一刻，那手，那眼神，让老谷迅速地逃离了医院，他不知道怀民姓啥，他不知道怀民的老家在哪里，他不知道如何面对怀民的后事，他只知道怀民对他临终说的那句话的意义。

身上的钱都花完了，来的时候没有想到能住上这多天，钱带的不多。在这里的费用也不是很多，在路边的宾馆住一晚是160元，因为他住下的时间是周三，当周末的时候，宾馆的老板也没有给他加钱。其他客人在这里住，周末比平时要贵五成。每天早晨喝玉米面粥，吃烤红薯和酱豆腐小咸菜等，中午从山里回来喝瓶啤酒吃上一碗面条，午饭后回宾馆的房间休息一会儿，下午接着进沟里，晚餐有的时候是炖一条虹鳟鱼，有的时候是小鸡炖蘑菇，晚餐他要喝上一个小二锅头，这里的酒是从城里拉来的，他喝着像是真酒。

柏平公路，六公里处，鬼谷庐，老谷进进出出多次，他没能找到怀民说的那个让他奇异神奇的地方。他准备第二天一早就离开这里了，他还惦记着怀民，他想看看怀民的后事是如何处理的。

最后一顿晚餐，晚餐后，借着酒劲儿，老谷又去沟里了。夏天的晚餐后，天依然很亮，爬那么多的台阶，让他身上出了很多的汗。他又来到"对弈亭"，在那对弈处坐下，晚风徐徐吹得身上的汗干了，很是舒服。天上的云彩慢慢变红了，漫天的红云，把这沟都映得暖暖的。他想行个告别礼，站在"对弈亭"处，对着大山，对着鬼谷子，也对着曾经在这里用鹅卵石摆死活的怀民行个礼。怀民已经死去了，在这里给他行礼，老谷觉得应该。礼拜最后，突然，他发现顺光方向有异，到沟里来了几次了，很少在这个时间，在这里鞠躬行礼。傍晚的顺光远处，白天看着阴暗的地方，有一小片山岩被晚霞打亮，那一小片陡崖山岩，隐约间有凸凹的坑点。他寻小路，向那个方向靠近，发现了从未见过的死活棋图案，一片一片的在那崖上。他急忙掏出笔和本画了起来，九块，只有九块类似围棋死活图让他记在了本子上，这些图案，是他烂熟于心的《官子谱》里没有的。他知道，怀民一定在这里看到过这个……

能够看到那几片崖上的图，是傍晚瞬间的事，天黑了，他跌跌撞撞的从沟里爬了出来。

山依然翠，云依然环绕，鸟依然鸣。

老谷走了，走的时候，他问宾馆的老板，能否在这沟里给他盖个小院子，价钱好商量，他说沟里的地方很多，找个向阳的地方平整出一块地来就能盖个几间房的院子。老板说，盖院子为啥，如果是一个人闲了就来住吧，吃宿都给便宜些，盖院子的成本有些大呢。他说他想在这里有个属于自己的院子，他喜欢这里的清净气氛，另外也想带一些大大小小的人到这里长住，住在沟里比在宾馆要方便些。他觉得这老板做事靠谱。谈妥以后，没过几天，他就把第一笔工程款打过来了。他卖掉了城里拆迁时补偿给他的一居室，儿子和离了婚的前妻都有自己的住房。今后如果再住城里，只能租房子住了。

他没有跟宾馆老板说今后的打算，怀民已经走了，怀民的骨灰一定要有地方埋葬，他觉得这山清水秀的地方就不错，老谷也想在这个地方陪着怀民终老。那天，和在望景台下卖山货的老马聊天，老马说，这山旮旯离镇子里远，留守的孩子们也没个学校幼儿园啥的。老谷想：闲的时候，能不能在这里公益地带几个孩子读读书认认字，万一有个有悟性的娃，是不是还可以让他摆摆棋？怀民在这里能成的事，其他孩子也应该成吧，老谷是这么想的。实在是没啥念想，守着怀民，守着死活崖，每天喝点小酒，每天在这山清水秀的山沟里转转，也总比泡在棋社里好些吧。他觉得怀民的围棋悟性一定是与这"死活崖"有关，他给那有九块死活图的崖壁，取名"死活崖"。

下山的时候，他依然是骑行，依然经过"分水岭"隧道，依然有独自骑行的寂寞，他依然想到了很多怀民的人和事。下山，老谷比上山的时候，蹬着没觉得更累，这份轻松愉快不仅仅是下山。

语丝微言

何学海的这篇小说《寻道深山》，刊登于《北京文学》并获奖。他还有一篇小说，刊在《黄河文学》上。据我所知，他写小说起步较晚，但成绩突出。十多年来，他给我的印象是很潇洒，骑个山地车，背上笔记本电脑，即使疫情期间，他也拎包就走，一副飞锡云游的样子。他喜欢看电影，尤其爱看外国片子，一部接一部地看，看得昏天黑地连轴转。看不见他看书，但他说出他看过书名来，全没听说过。他做中国现代文学馆志愿讲解者，对京城和郊区文学圈都熟络。聚餐时，他会从衣兜摸出一扁壶"牛二"，一会儿脸上就飘洒红晕。真不知道他的小说是什么时候写的。且出笔不俗，起点较高，文风独特，笔法老到。我想究其原因，一是得益于电影。"他山之石，可以攻玉。"迟子建讲创作体会，就讲凡获奥斯卡奖影片者她必看之，从中借鉴；二是得益于他了解文坛动态、写作潮流，能顺势而为；三是他观念新颖，勤于思索，善于捕捉。不做死文章，做活学问，从人间烟火能问道深山来。

【作者简介】

赵国培，北京人，50后，"老三届"最后一届。中国作家协会会员，朝阳区文学创作协会副主席，朝阳区政协文史研究员。曾务农、做工、经商。20世纪九十年代中期至今供职媒体从事文字审读工作。酷爱阅读、写作、朗诵。七十年代中至今发表文学作品近两千篇（首），部分作品被转载、收入各类选本、获报刊征文奖。结集有诗集《第一串脚印》《两种颜色》《万千气象》《致敬三月》、散文小小说集《另一种风景》《一一〇车上的老人》《老二哥进城》等。小小说《玉笔筒》获北京市建国五十五周年征文优秀奖，入选《北京四十年四十篇小说》。简历收入《中国作家艺术家辞典》《北京作家辞典》《中国民间名人录》。2017年，获北京市群众文学创作辅导终身成就奖。2021年，获北京市最高群众文学奖。

分　家（外二篇）

"我跟你说，'蔫土匪'，这回就是说出大天来，也不能依着你！"大玉不容商量，口气硬得铁砣子似的。

"他有千条妙计，我有一定之规。到时候你甭搭话，他有来言，我有去语，自然有辙应对立秋。""蔫土匪"立春闷头不语，大玉仍在表演"单口相声"。

"离开这院三十年了，如今想跑回来分家，凭什么？你说！"立春刚想开口，大玉又自拉自唱上了："心思都用歪门邪道上了，好他个立秋！"

稀罕的事盼不来，厌恶的人禁不住念叨。立秋登门了。

"哥哥嫂子，吃过了？"

"哪阵香风把你这贵人吹来了？不是整天忙得浪鸭子似的吗？今儿个怎么有闲工夫看老太太来了？夜猫子进宅，无事不来吧？"

"嫂子向来是菩萨心肠阎王嘴，兄弟我心知肚明，说得多不入耳都能承受。我这回来，一来看看咱妈，二来想跟我哥哥把家分了，三间老房子一人一半！"

"家不是早就分了吗？三十年前，你铁嘴钢牙，不是说这个院子、三间土坯房连咱妈都归我们。爸早没了，咱妈你生不养、死不葬，家里的一切都与你无关了吗？你媳妇不是拉着你一去就不回头了吗？旧房我们早就拆了盖新的了，你没添一砖没加一瓦，分什么分？"

"有字据吗？拆老房经过我同意了吗？"

"谁逮得着你人影儿啊！你那时巴不得跟家里脱离关系，生怕我们盖房找你借钱啊！再说，你是比你媳妇强点儿，抽冷子还来看看老太太，可这三十年你服侍过一天半宿吗？老太太看病吃药，你掏过一个镚子儿吗？"

"打今儿起，妈就归我了！连户口都迁我那儿！前三十年你们尽孝，如今我良心发现，重新打鼓另开张，为她老人家养老送终！我也有七老八十的时候，不图好名声，还得为晚生后辈树个榜样呢！"立秋嘴皮子比李金斗、郭德纲还溜，张嘴就没别人插话的份儿。"龙生九种，种种不同。"单凭开口说话这一宗，这哥儿俩，简直不是一娘生的。

"你说得比毛阿敏、宋祖英唱的还好听！别拿我跟你哥当傻帽儿，不知你打的什么小算盘！你也闻到风声了吧！咱村马上拆迁上楼，又能分房又能得钱，人头份儿也是一大笔啊！要不然，你干吗不早不晚，单单这时候提出分家养老太太！不愧坐机关娶城里媳妇端铁饭碗的精明人，有心路儿啊！"大玉得理不饶人，一套一套的，句句扎人肺管子。

立秋哑巴了，屋里一时静了场，桌上钟表的嘀嗒声倍儿响亮。

立春发言了，不疾不缓，一板一眼："老二，闲话少说，扯正题吧！你嫂子和我同意分家，但妈还归我们。你甭犯嘀咕，咱请律师签协议、办公证！现有的房子有你一间半，咱妈名下的所有进项都归你！但有一宗，咱妈一天也不能进你家门！"

"凭什么呀！他们身不动、膀不摇，白白得好几百万！"大玉的嗓门，高了八度。

"大玉，当初留下咱妈，一口气精心伺候三十年，你有什么贪图吗？你想到有今天这么一出儿吗？再说，钱有多少为够？如今谁缺？老二跟媳妇离开这院儿时，咱妈一直病病歪歪的。眼下八十多了，硬硬朗朗吃嘛嘛香，得谁的济？把老人家交给老二媳妇，你忍心？你放心？但凡她有丁点情分有半点孝心，能三十年不登门看一眼，能不张罗接到城里头住两天？甭指望照你似的精心照料，她能有好脸色给老太太吗？"立春话里带了哭音儿，"咱妈多亏你啊！好多人说我'气管严'，不是老爷们儿，我从没还过嘴。我没资格不'妻管严'啊！大玉啊，我欠你的，这辈子还不清啊！"

伶牙俐齿的大玉张口结舌，一时间竟没了词儿。这个"蔫土匪"，一屋里锅碗瓢盆了三十多年，撮在一起的话，怕也没今天多！

立秋的脸，一阵红一阵白的，泪珠子在眼窝里打转转："嫂子跟我那混蛋媳妇比，一个天上一个地下！就是我，也赶不上哥哥嫂子一个零儿！要不是她一劲儿撺掇，我哪儿有脸提分家！这些年，我在她面前一直抬不起头来，她老磨烦没从咱家得一砖一瓦一草刺儿。咱村子离东直门老城门不过十五里，甭管当着谁，她总叫我'乡

478

巴佬''土鳖''土老帽儿'！我偷偷摸摸给老太太十块八块的，她察觉到了，敢骂个三天两宿，把我骂个不吐核儿！我好歹也名牌大学毕业，有正儿八经文凭，副处级啊！"愣了好半天，他又慢慢吞吞开了口，音量跟蚊子哼哼似的："那咱们一言为定，我先撤了。过两天，咱们再坐下来好好商量！"

一眨眼的工夫，不见立秋人影儿了。

（原载 2012 年 9 月 20 日《北京日报》）

玉 笔 筒

郑大妈六十多了，辛苦了一辈子。老伴儿前几年没了，俩儿子先后成了家。她想一个人单过，哥儿俩一听，急了："您一大把年纪，干嘛非自个儿起伙？街里街坊的知道了，不孝的骂名我们担不起！"大妈说："乱哄了多少年，我图个清静。都搁心眼儿，一锅里抡马勺也成不了一家子。心里有老家儿，不跟一桌上吃饭，也不生分。"大妈较真章儿，哥儿俩也没辙。俩媳妇早就打上了另起锅灶的算盘，这当儿嘴上没说什么，脸上跟心里，早就乐开了花儿。

大妈说："现而今条件好了，你们什么也不缺，各有各的院儿，该置的全齐了。再说也没什么家产可分。只有一宗，我屋里摆着的那笔筒，玉的，传了好几辈儿，先搁我这儿，将来归谁再说吧！"老大说："行。"老二也没二话："成。"

一家变成了三家，外人从面上还真看不出什么来。谁家做点差样儿的，都想着老太太。大人孩子都抽工夫跟老太太说会儿话，多坐会儿。倒比一块堆儿过，显得更近乎。

不知怎的，玉笔筒的事传了出去，挺邪乎的。不少人登门看稀罕，有熟人，也有生脸儿。有一天，还来了俩外国人，黄头发，蓝眼珠儿，鼻子不小，个头挺高。跟着一女翻译，中国人，年轻，水灵。一进门，张嘴就问要多少钱？大妈说不卖。俩老外急赤白脸，认定大妈怕卖亏了，就一劲儿往上涨，从二百愣提到三万。女翻译还趴大妈耳朵根儿，蚊子似的嘀咕："您这物件是文物，值老鼻子啦！多要，要美金，甭便宜了洋鬼子！"嘿，真有点端枪架炮"一致对外"的劲头。虽说嘴上外国话说得挺地道，可心还是中国心。

大妈半天没开口，临了一句话，呛得老外差点折一溜儿跟头："真是文物，那就是国家的宝贝，我怎能自作主张卖掉呢？"哪怕磨破嘴皮子，大妈也不松口。老外只好像泄了气的皮球，耷耷肩，摊摊手，蔫头耷脑出门钻进汽车，"嘀嘀"，走了。

没几天，大妈的孙子孙女（老大一男孩，老二一女孩）在屋里闹着玩，不小心把八仙桌上的笔筒碰倒了，摔到硬邦邦的水泥地上，碎成了八瓣。哥儿俩急得什么似的，要揍孩子。大妈说："干嘛？孩子要紧东西要紧？甭听'老外'瞎咧咧，退一步说，真值个仨瓜俩枣的，你们谁缺钱花？碎就碎了，不就一块石头吗？"嘴上虽这么说，眼睛却有点湿。一家人都注意到了。

一家人仍旧过着平静的日子。上班的上班，下地的下地，上学的上学，该干嘛干嘛。老太太呢，白天有事串串门，跟街坊们扯扯闲篇儿，有时候俩儿子家转转，看看门上锁没有，有没有"特殊情况"。整个一"业余保安员"。

小七十了，大妈身体倍儿硬朗。

（原载 2000 年 7 月 26 日《北京日报》）

别　离

丁老师要离开这所乡村学校。她撒了谎，平生第一次撒谎。

丁兰师范学校一毕业，就分配到了这所学校，一扎就是三十个春秋。当初她完全可以留在市区，只怪她太年轻，不懂得婉拒或者敷衍。而她得罪的那个人，那个想让她成为自己儿媳妇的人，手中执掌着大权，分配毕业生工作的大权！结果可想而知。

这所学校归属郊区，是全区最偏僻的角落。村子很小，人口很少。没有沥青路，不通公共汽车。没有自来水，只能吃土井水。全村唯一的那眼井，旱年头还会干得见底！

当初丁兰一进村，一看见学校，那只有几间低矮破旧房屋的学校，眼泪"刷"地就下来了。她真想扭头就走，返回市里去。但她一咬牙，一跺脚，留下来了。因为她看见了一双双眼睛——一双双乡下孩子们渴求的眼睛，一双双乡亲们期盼的眼睛。

三十年过去了，她迎进来一拨拨学生，又送走一批批学生。全村人都喊她"丁老师"，上至七八十岁的老人，下至牙牙学语的娃娃。官称。

如今学校已经大变样了，变成了小楼，是全村最漂亮的房子。她已经变老了，头上白花花的一片；除了寒暑假、星期天，三十年里，她没离开过这个村。

尽管她始终是"城里人"。

眼瞅着再有两年就退休了，她竟然要回城里去！她不是说过，等她老了，就在村里盖两间房吗？不是说把她老伴接来，在这里安度晚年吗？这里空气好、人也好，自己舍不得离开吗？

得知她要离开这里，村里人都来看她。热乎话说了一筐又一筐。她只是流泪，几次张嘴想说什么，又咽了回去。老老少少都盼着她说："我不走！我不走！"可又怕她说这句话，谁不愿一家人团团圆圆美美满满的！人家丁老师一家子都在城里，她抛家舍业在这村里三十年了啊！

离村的那天，是还没大亮的一个清早。按照事先的约定，丈夫骑车来接她。她坐在自行车后架上，丈夫在前边蹬。她一再说："慢点，慢点，让我再看看这学校，再看看这个村……"

她是悄悄走的。她生怕惊动了孩子们，生怕惊动了乡亲们。她知道，尽管他们心里头一百个不乐意，但她走，他们肯定热热闹闹地将她送出村口，送上大路，甚至送到城里她的家中……

她怕控制不住自己。那样的场合，那样的情景，她肯定会泄露底细，会说："只要我不死，我会回来的，到死也不调走！我不愿意走啊！"

她是进城治病。她怕人们心里难过，便说她早就想调回城里。

在前不久的体检中，医生诊断：丁兰，女，五十三岁，因疲劳过度导致心力衰竭；另，肝部显出阴影，疑为肿瘤，良性与否，待查……

（原载 1995 年 12 月 30 日《北京晚报》）

语丝微言

赵国培写诗，发表诗作已经近半个世纪，数量近两千首，出版过好几本诗集。他有自己的不懈追求及独特风格，得到过张志民老诗人的肯定与表扬。他也写小小说和短散文，取材都是身边的人和事。而且，直至现在年逾古稀，他依然为几家国家级期刊把最后一关做审读，还担任一家区级诗刊主编。但他给人最鲜明的印象还不是这些，而是位社会活动家。他常常背两个书兜，装得鼓鼓囊囊，或者身后拖个小拉车，总是一副风尘仆仆、永远在路上的样子。确实，他没有一官半职在身，却有这个那个不少头衔；他始终不是体制中人，却深知体制之中诸多事。在京城文学圈，他挺熟络；在郊区文友圈，也有地位。他古道热肠，有求必应；他胸怀宽广，常扬人之善。说到底，他是一个从心底里真正热爱文学事业的人，真心对待文朋诗友的人，真诚投入文学写作的人。

【作者简介】

秦景棉，女，中国作家协会会员，北京作家协会会员。已出版个人作品集《苏醒》《追梦》《诱惑》《春水》等。另有作品散见《文艺报》《中国社会报》《工人日报》《北京日报》《北京晚报》《羊城晚报》《小说选刊》《北京文学》《天津文学》《佛山文艺》《小说月刊》《天池小小说》《山西文学》《都市》《散文百家》等报刊。

相 亲 (外三篇)

5月1日一见面，我的心"咣当"一声，跌入深井。对方肯定谎报军情，微信上介绍身高1.70米，起码缩水5公分，鹰钩鼻子阔嘴巴，雀斑强悍地占领整张面孔，他被组装得太拙劣了。当然，这绝对没有他一丁点儿的责任，谁不希望自己高富帅呢！我怕伤及他的自尊心，礼貌而友善地聊了一阵子。虽然他谈吐不错，人挺幽默的，但事后，我还是婉转地将此事翻篇了。

自从大学毕业找到工作的那一天起，爹妈在我找对象这件事上，举起了锃明瓦亮的绿灯，并发动大舅、二姨、小姑等亲友一起上阵，为我张罗忙活，他们说：咱小蕊心眼好模样俊善解人意，得找个般配的小伙儿。到目前为止，见过面或加上微信未见面就拜拜的小伙子，足有一个排了。

这一个排的男士们，通过微信发来的情况介绍，像过山车似的，忽地一下上去了，又忽地一下跌下来。就拿已知的硬件来说吧，有1.88米的也有1.62米的，有博士也有职高，有趁别墅的也有无一处住房的……

7月份闺蜜介绍的那位男士，比我大十二岁，已经38了，我说年龄差距太大了，闺蜜说：不大，正合适，郎才女貌多般配。我说不喜欢资产雄厚的，钱太多不一定是好事。闺蜜说：你傻呀，自古就有嫌贫爱富者，没见过你这种嫌富爱中不溜的，见见面再说。得，说多了好像我多矫情似的，她是在帮我的忙，不能不给闺蜜面子。

见面地点定在男方的公司里，他说星期天员工们都休息。我按时到达，他已站在大门口相迎，第一眼看去，个头适中，模样中等，双目间距比一般人宽，胖，且有将军肚。我们进楼右拐，来到他的办公室，聊了一会儿就找不到话题了。他站起来说到周边走走，我们经过会客厅、会议室、卡拉OK厅、员工宿舍、食堂……虽然只是匆匆而过，我感觉脑仁儿开始一跳一跳地疼，他经营一个不小的公司，每天忙忙碌碌，还要陪酒抽烟应酬，一想就心里累。这不是我想要的生活。

我在爹妈眼里也许是一朵花，但我有自知之明，也就是一位普通姑娘，只不过爹妈的基因把我组装的顺眼了点。我对小伙儿的要求，绝无攀高攀富攀帅的念头，无论个头、学历、家庭条件，我只想要个中等的、有眼缘合心意的。

前几天，小姑给我介绍一个小伙子，职高毕业，1米68，模样中下，比我大9岁。假如把他的条件比作苹果，把我的择偶标准比作圆环，"咚咚咚"，那几个苹果全部漏下去了，不达标啊！但是，小姑说：小伙儿是北京人，你在北京工作发展，找个本地人是比较理想的。不要总拿你定好的尺码去衡量，先见见面，兴许有缘对上了眼，破格录取也未可知。既然小姑如此说，听人劝，吃饱饭，那就见一面吧。

地点定在东四一个咖啡馆，我们在微信上互相发了照片，通报了各自的穿着。寻找的时候也好大概有个目标。一进门，临窗一位穿灰色运动衣的小伙儿，正好从手机上抬起头看到我：披肩发，过膝风衣，别一枚银白色文竹胸针。他确定是我向我挥挥手，四目相对，我的第一感觉是没感觉。我微笑着走向那张桌子，他问怎么样？这地方好找吧？我说不难找。闲聊几句后，小伙子也许想展示土著的优势，也许别的什么原因，竟然说起自己的担忧：你条件挺好的，美中不足不是北京人。你知道北京小伙儿为什么不愿意找外地人吗？怕婚后女方家把这里当成接待站，七大姑八大姨都来逛北京。

这种说法我听过，但从一个初次见面的小伙子嘴里说出，还是第一次。我心说：既然如此，干吗还约见？我大舅、二姨、小姑都是北京二环之内城心儿的人，别说此事还六字没一点，即便成了，也轮不到把你家当接待站。我父母有忙不完的事情，大舅、小姑、二姨请都请不来他们。小姑邻居的儿子，找的是本土姑娘，和岳母家相距不远，时常抬腿就来了，来后支两张桌子，长城码了一圈又一圈，直至半夜。所以说，任何事情都不是绝对的，任何地方的人都不能一概而论。但我微笑着什么也没有说。

见面后，我独自去吃饭。拉面上来了，我低头无声地吃了两口，辣得嗓子眼闹得慌，想倒点醋减轻辣味，不料又酸了，一直酸到心里。抬头瞧，拉面馆里坐满了人，扭头看，窗外车水马龙，人行道上的人乌泱乌泱地来回穿梭，到处都是男人和女人，为何竟有不少人迟迟找不到自己的另一半？

茫茫人海，何处觅你？

2021年11月26日《羊城晚报》副刊

他　和　她

　　他掏出手机，对准共享单车的二维码一扫，骑上去走了。

　　她站在原地，目光丝绸般追随着他的背影，越拉越长。突然，红灯亮了，他长腿点地停住了，她的目光如同遇到急刹车，一下扑到他的后背上。待她反应过来，急步跑上去，还有几步就到他跟前了，她还没想好拍他的后背还是胳膊，此时绿灯亮了，他抬脚一蹬，到了马路另一侧。她眼巴巴站着，目送他消失在车流中才回转身。

　　春风像一把多情的梳子，把她的头发理向耳后，路边的海棠花，"淡淡微红色不深，依依偏得似春心"，惹得她春心荡漾。已过花甲之年，难道还会邂逅爱情？她心里一喜，脚步变得欢畅而年轻。

　　他和她互有好感始于三十年前，但那时各有家庭和儿女，何况他们都是教师，肩负着教书育人的神圣使命。他们懂得自尊，从未有过只言片语的表示。一转眼，他们都老了。如今，儿女早已远走高飞，尤其另一半走后，他们都尝到了形单影只的滋味。

　　她回到家，靠在沙发上，就在刚才，他还坐在这里，她为他把开线的毛衣袖口织好了。她有年头没织过毛活了。她把手放在他坐过的地方，那里似乎还留存着他的体温。

　　他接过毛衣，在织补过的袖口来回摩挲着："你手艺真好，一点看不出来。"临出门，他说："留步。"她说："送送你。"他感觉她的声音亲切温柔，很受用。于是，他大胆望着她深情地笑了。那眼神里满是尊重、欣赏、爱意，似乎想把她看融化了。敏感聪慧的她，双目即刻迎上去，俩人的眼神紧紧相拥在一起，心里瞬间溢满温存。

　　她回味着俩人出门前的那一刻，她明明读懂了他的眼神，却还是有些忐忑，这源于她的不自信。她是中学老师，他是大学教授，她总觉得在学识上俩人差距太大。她一会儿怀疑自己的感觉，一会儿又坚信自己的判断。她拿起手机发微信，问他是否到家了。她退休后除了读书，还喜欢书法、绘画、摄影。一贯含蓄矜持的她，借助微信把自己临摹的楷书、画的山水以及摄影作品分享给他，连同对他的倾慕。

　　微信发出去了，她再无心思看书。攥着手机，一会儿看看，一会儿再看看。她去厨房烧开水，也是机不离手。然而，掌中物一直哑巴着，默不作声。

　　晚上睡觉前，她再一次查看手机，依然毫无动静。她突然意识到：自己突兀了，莽撞了，怎么能把当面羞于拿出手的习作发他呢？那不是臭显摆吗？她反感嘚瑟的人，竟然还效仿。太跌份！太丢人！太有失自尊！

她躺在床上，翻来覆去睡不着，越想越生气，越想越无地自容。她恨自己，面对其他男士的示爱，无动于衷，坚决拒绝，怎么他的一个眼神，就降伏了她，她太轻浮了。

第二天，她收拾了几件替换衣服，乘高铁去深圳了。她想找姐姐玩几天，尽快甩掉心中的不快和屈辱。她走前叮嘱表妹过来住，替她浇花、喂鱼，并按照惯例，她把钥匙放在了老地方。

再说他收到她的微信后，被突降的幸福砸晕了。他找她织补毛衣是事实，更是借口。他知道她的性格，不敢贸然提出，便试探性地用眼神儿表白，她立马心领神会。他乐得不知所措，心里似有甘泉咕嘟咕嘟向外冒。他即刻去了超市，采购鱼、虾、肉、水果等。他明天就去找她，为她炖排骨，做油焖大虾、清蒸鲈鱼……

次日，他拎着大包小包来到她家门口，刚敲两下，心扑腾的要从嗓子眼蹦出来。门开了，不是她，而是她的表妹。他失望至极，扭头要走，却被叫住了："应该是准姐夫了！进来吧。"这个表妹快人快语热情大方，以前两人好像见过面，他们很快就熟稔了。表妹暗暗佩服表姐的眼力。

几天后，她从深圳回来了。走进小区，远远看到表妹和他从单元门出来了，她停下脚步，心里一阵慌乱。表妹和他有说有笑，老熟人似的，还为他拍打着身上的什么，他们居然没有发现她。望着他们远去的背影，她如坠五里雾中。

打开门，客厅放着两杯未喝完的咖啡，厨房放着两盖帘饺子。她愣在那里，这是表妹和他刚刚包的？这期间发生了什么？她和他几十年风平浪静，难道表妹？她推开窗子，楼下有一棵桃树，枝头花开繁茂，热烈而妩媚，像极了表妹的性格。她承认，美貌是一封公开的推荐信，也许一直独身的表妹更适合他。想到此，不争气的眼泪涌出眼窝。从小，表妹就爱和她抢东西，她处处让着表妹，心甘情愿。这一次，也是第一次，她在心里恨恨地说：你个疯丫头！

听到钥匙开门的声音，她慌忙去了卫生间。表妹看到拉杆箱，高兴地叫："表姐回来了！"她勉强笑笑说："回来了。你们坐，我出去买瓶醋，家里没醋了。"

表妹说："我们刚买回来，还买了一大堆好吃的。他听我说你今天回来，专门跑过来为你包饺子接风。你为什么一直关机？可把他急坏了！"

2023 年 12 期《微型小说选刊》

绿衣小人儿

"叮咚"，脆亮的铃声一响，金燕从水盆里拔出双手，在围裙上抹了两下，抢在老夏之前抓住了手机：我在等大哥的微信。说完，脸不由得一热，心里还敲了几下鼓。

平时，金燕和老夏的手机都放在客厅的桌子上，假如老夏有时不在客厅，他手机有动静，金燕总是提醒：你手机响了。倘若是打进来的电话，她会抓起来递给在院里抽烟的老夏。而金燕的手机，基本上等同于老夏的另一部手机，微信声一响，假如金燕正忙着洗衣、择菜、做饭，老夏总是替她看，然后把内容告诉她，有时还代她回复。手机充话费、购买流量、下载软件、清除垃圾等等，也由老夏代替操作。

自从金燕参加俏夕阳活动回来，对放在桌上的手机就格外留意了，手机一响，她会立刻停止手中的活儿抓起来看，显然，金燕有了自己的秘密。

一天老夏午睡，金燕的手机又响了，她拿起来一看，是老梁发来的微信：大妹子，天凉了，多穿点儿，保暖身体。想你！后面还坠着握手和拥抱，当然，只是个表情符号。此符号被很多男女在公开的朋友圈使用，在聚会时当场见诸行动。在一些人眼里，拥抱已经成为习以为常的礼节。金燕看到那个绿衣小人儿，一软，心说：这个老梁，还学会使用拥抱了，哈。金燕回复：谢谢老哥关心！你也一样，多保重身体，多听音乐，烦闷了给我发微信。末了，她坠了两杯咖啡、一个握手，看着那个可爱的绿衣小人儿，金燕犹豫着，尽管只是隔空发个符号，她还从未使用过。为了表达对老梁的关爱，为了给他送去更多的欢乐，她第一次发送了绿衣小人儿。

对于金燕的变化，老夏自然觉察到了，他心里很不是滋味，但行动上已经没有了年轻人的气盛、冲动、激烈反应。他不动声色地观察着妻子，心里琢磨着：金燕年轻漂亮的时候，有好几个男人对她垂涎三尺，都没有把她从身边夺走。如今老了老了，还能被人诱惑走？这个人是谁？这么大吸引力，高干老头？腰缠万贯？老夏想着自己比金燕大8岁，正是老来做伴的时候，决不能让她跟别人跑了。

夜里，老夏起来小解的时候，又打开金燕的手机，好家伙，这一天温情蜜意的话真不少，瞧，还拽上顺口溜了：梁家大哥不孤单，有我金燕伴身边。微信往来传爱心，快快乐乐度晚年……一条又一条滚烫的微信，在俩人之间穿梭，亲切而又甜美，绿衣小人儿不时穿插其间，粉饰着语言，强化着情感。这分明是在进行一场炽热的黄昏恋啊！妒火和愤怒像一条双头毒蛇，嗖地一下梗起了脖子，他想立刻叫醒金燕，让她讲讲清楚，这到底是怎么回事？走到床边，看到她熟睡的样子，老夏又迟疑了。他想：金燕毕竟一天三顿饭伺候的是我，而不是老梁，他们之间，也就是利用方便的通信手段，耍耍嘴皮子，图个空欢喜。不对！瞬间，老夏又把自己刚才的想法否定了：金燕人虽在家，心却在老梁身上，这叫精神出轨，精神出轨有时比行为出轨还让人受不了，心跑了比身跑了更令人焦灼。老夏失眠了。

老夏琢磨了好几日，他要抽空和金燕好好谈谈。这一天，他早早从小区公园下棋回来，具体怎么说，问什么问题，谈崩了怎么办？他都一一想好了。来到自家门口，刚要敲门，里面隐约传出女人的抽泣声，老夏一惊，断定是老梁追到家里来了。这个老梁，开始动真格的了，居然登门展开攻势了。老夏的心里就像点着的药捻子，"滋滋"冒火星子。

老夏没敲门，他摸出钥匙捅进锁孔一转，急步跨进家。坐在金燕对面的是位年轻女士，她两眼红红的，见老夏进来赶紧抽了张餐巾纸擦掉眼泪，止住哽咽，站起身来问金燕："阿姨，这是夏叔叔吧。"见金燕点了点头，忙说："谢谢夏叔叔！谢谢您和金阿姨带给我爸的快乐！他病情加重后，精神一下子垮了，几次想寻短见，是你们给了他生活下去的勇气和乐趣。"

老夏被说糊涂了，金燕忙解释："我和你梁爸的事，你夏叔叔不知道，我没告诉他，怕他吃醋。"

听到这里，老夏似乎明白了，他心里的火气一下子蹿上来："你爸病了，你想让他开心，就想出损招儿，破坏他人的幸福。你也太自私了吧？"

金燕忙劝阻老夏："你胡说什么呀？"年轻女士拉住金燕："不管怎么说，不管夏叔叔知道不知道，我都要感谢你们。人生最难走的路是末端这一段，在他最后的日子里，有金阿姨的微信陪伴、开导、抚慰，他是快乐的。"

年轻女士从小在孤儿院长大，现在一家临终关怀医院工作，她亲切地称呼那些孤寡老人梁爸爸、张爸爸、李妈妈、王妈妈……还为卧床的苦闷老人寻找精神上的"伴侣"志愿服务者。

2021年2期《微型小说选刊》

我"糟糕"点没什么

沈君爱唱爱跳爱说爱笑，性格使然，看上去她比同龄人年轻许多。然而，毕竟

70 岁了。每当有人问起年龄，沈君就觉得不可思议，怎么这么快就走到人生第 70 站。每每看到嘴角两侧被岁月无情挖出的两条沟，和鼻翼两侧的沟衔接，成为脸上醒目的二叠泉，她就极想发明一种烙铁，把脸上的沟壑熨平。

脸上的变化以及到达的年龄站，使她顿悟，干事情不能再慢悠悠四平八稳，人生不再漫长，眨眼就是耄耋。何况途中每一站身体状况如何？是难以预料的。她想趁着身体还好，赶紧的，去干一些应该干的和喜欢干的事情。

沈君得知同事姜楠夫妇得了半身不遂，心里犹如遭遇强台风袭击，被吹得七扭八歪，枯枝败叶拥塞其间，喘气都觉得不顺畅。怎么会？怎么可能呢？姜楠身体那么好，钱颖身体那么棒，一个曾是单位运动会上的长跑冠军，一个则是跳高第二名。听说他俩调往 S 市后，日子过得很和美，女儿很孝顺。

沈君避开节假日，选择"五一"和"六一"的中段时间，去看望姜楠两口子。

一见面，姜楠哭了，沈君看到他满头白发，苍老了许多，鼻子发酸，眼睛发热，险些落下泪来。她把带来的礼物放到旁边的沙发上，一时竟不知说什么。她想尽快扭转一下局面，便问姜楠："咱们多少年没见了？好想你们啊！"姜楠抹了一下眼睛说："上次见面还是你来出差，好像是 2000 年吧，那时我俩都忙，也没留你在家里吃顿饭。"说着，他把轮椅摇到卧室门口：钱颖快起来，看谁来了！随即调转轮椅对沈君说："她爱睡懒觉。你快坐。"

沈君在沙发上坐下来，姜楠的眼圈又红了："唉，有病后，她整个人都变了，经常闹脾气。你说，好好的俩人，怎么说病就病了，我的腿不听使唤了，她是一只手……这事搁谁谁能受得了。"

门开了，钱颖走出来："沈君来了，又是出差？"沈君站起来迎着她说："都啥岁数了，出哪门子差？我是专程来看你们的。"钱颖说："谢谢！"另一句"是来看我们笑话吧"被她挡在嗓子眼儿里。钱颖看到沈君略施淡妆，齐耳短发好像刚刚焗过油，腰板直溜溜的，很精神，再看自己……要强的她，顿感一股无名火攻心，不即刻释放出来，就会把自己憋爆炸。她一张嘴，携带着火药味儿的话就冲了出来："你看到我现在的样子很高兴吧？"姜楠听老婆说不在行的，叫了声钱颖，意思是制止她。

钱颖那股劲儿上来了，岂是姜楠能拦得住的。她继续说："没错，当年是我骗了姜楠，说你父亲是叛徒，让他离开你，娶了我。我知道你记恨我，那也用不着大老远跑我们家，来看笑话吧……"沈君赶紧解释："钱颖，你想到哪儿了，我就是想念咱们以前的老同事，想走动走动看看，你这儿是第一站，我还想去看周五、谢六……"沈君说的都是当年姐妹们的年龄排号。钱颖说："你爱看谁看谁，我这里不欢迎。"姜楠赶紧制止："钱颖！你说啥呢？"钱颖的手、胳膊哆嗦着，脸色煞白：

"怎么？你后悔了？向着她冲我要横……"

沈君万没想到，一片好心，反遭误解。既然自己的到来不受欢迎，不如尽快离开。姜楠留她吃饭，她客气地拒绝了，说和一位多年不见的老同学约好了，中午到她那儿。

沈君走后，钱颖的脾气越发坏了，无论姜楠如何劝说，她都固执地认定沈君就是来气她、看她笑话的。如果沈君老态龙钟，也许钱颖就不会那么敏感、那么过激。偏偏沈君收拾的精精神神，而钱颖一副病歪歪的样子。钱颖什么时候认过输？论长相，她和沈君的颜值一样高；论工作，她和沈君同是业务尖子；论找对象，她的姜楠高大帅气，现如今……钱颖越想越窝火，食无味，夜无眠，明显消瘦了。姜楠干着急，束手无策，他把情况悄悄通过微信告诉了沈君。

一天，姜楠告诉钱颖："听说沈君被你气得不轻，回家就病了，一下子老了许多，走路也不利索了。"钱颖听后，连日来巨堵的心里，长长呼出一口气，她和沈君又站在同一个界面了。失衡的心理找平了，钱颖白天吃得香，晚上睡得甜，每日按照姜楠说的方法加强锻炼，身体有了明显好转。

过了一段时间，姜楠发微信告诉沈君："照着你提供的方法练习，钱颖好多了。谢谢你！我想告诉她实情，这些都是你的功劳你的主意。"

沈君说："千万不要！你还不了解钱颖，平时要强惯了，她得比别人强，起码得平起平坐，活得才有劲儿。你就继续瞒着她，告诉她：听人说沈君的身体很糟糕。另外让她一定不要间断练习，只要你们过得好，我'糟糕'点没什么。"

原载 2021 年 4 期《新老年》

语丝微言

秦景棉的小说即使掩去名字，混在众多作者之中，读了也能识别出来。她的小说自有自己的味道。情感真挚，细节绵密，语言别致，结构朴实。虽讲的是家长里短、日常小事，但字里行间总能闪耀人性的光辉、人间的烟火气。她对女性的心理描写，对男人分寸的把握，拿捏得恰到好处。她写了各种人的性格，有的嫉妒、有的豁达、有的多疑、有的自卑，多姿多彩。给人的感觉是一道彩虹，如艳阳之光。其所以如此，则源于她生长的环境，所受的教育，对生活的热爱，对各种人的接触，对文学的执着。

温暖的文字

许福元

认识秦景棉，是在北京市劳动人民文化宫第十二期文学研修班上。她总是默默地来，默默地走，默默地坐在后排，默默地往小本子上密密麻麻地记录。

当我得知她早在 1996 年就参加了文化宫第一期文学班时，心里不禁油然升起一种敬意。因为 15 个年头过去了，第 1 期的学员在第 12 期"复读"，仅此一人。我还获悉，她曾在赵树理文学院脱产班学习过，在中国作协资料室干过，还参加过北京小小说沙龙的活动。

她惴惴地以极谦虚的态度，送我一本其 2006 年出版的个人专集《苏醒》。现在，她的另一本新著《追梦》也即将付梓了。

无论是旧著还是新书，书中都散发出作者特有的温度，读完感到一种惊喜。这种惊喜可以用鲁迅的话改造一下，那就是：有真情、存真意、去粉饰、无做作、不卖弄。从散文《永久的悔》中，我读到"我轻轻抚摸您的眼皮，也未能使您那双微睁的眼睛闭上"，也不觉潸然泪下；从《笨拙的嘴巴》中，我看到一个活脱脱的自我；《床边的疯奶奶》一文，闪耀着人性的光辉；而《遭遇惊吓》，把人的心情跌宕起伏，写到极致；《昔日恋人初登门》体察到人的心理微妙和敏感。

从题目看，朴实无华，并不香艳；从内容看，亲情友情，并不古怪；从构思看，娓娓道来，并不缥缈；从语言看，北京韵味，并不雄深。然而，你只要读，就能读下去。如同挚友，向你倾诉衷肠。又如同与一个陌生人相遇，初时不觉得什么，但攀谈起来、交往起来，就渐渐产生了相逢求相知的愿望。使你觉得暗自庆幸，并以手加额：险些与此书擦肩而过。世事有时就是这样，茫茫人海，滔滔书籍，与某人某书相遇相知，并未擦肩而过，都是缘分。

确实，此书没有宏大的叙述，但却有着细如毫发的缜密描写；也没有洪钟大吕般的警世名言，但行文之中闪耀着人性的光辉；书中的格调，没有男子汉的阳刚与雄强；而是具有一身挥之不去的小女子气息。正是这种小家碧玉的风韵，使你觉得她是那样的善解人意，在北京大杂院的人间烟火气味中，不动声色地表现普通百姓生活的方方面面。总之，这不是一条宽阔的汹涌澎湃的河流，泥沙俱下；而是峡谷间一股清澈的山泉，月白风清，一眼能望到潭底，给人的感觉是两个字：干净。

本书的切入点是以个人为圆心，以脚下丈量的距离为半径，如心灵的湖水投下一粒石子，扩展开来，渐成涟漪。从个人经验出发，以自己的叙述语言，写到家庭、写到朋友、写到悉尼，但写的都是自己内心的感受、情感的颤动。人们的心都是相通的，所以读着读着，不但没有疏离感，反而体味到作者是在真诚地表达自己，透露出一个思维的世界。那种最细微的情感陈述，很自然地引起读者的共鸣。

秦景棉是一个非常谦虚的人，谦虚得有点自卑，谦虚得有点木讷。她有时恨自己，那一直跟随她多年的笔，为什么与纸的结合，所诞生的总是长不大的一群孩子？消磨了大半生的光阴，应该有资格用笔当收割机，去开进发表鸿篇巨制那片金色的稻田，去走进目眩神秘的文学桃花源。

秦景棉又是一个非常勤奋的人，勤奋得与文字相约相伴，勤奋得与文字恋爱缠绵，勤奋得有点抱朴守拙。"此情无计可消除。"她已经用自己的手指，触摸了唤醒了属于自己独有的文字。青春过后，在时间的皱纹里，文字依然年轻。她笔下的文字，她抽屉里的文字，她书上的文字，都有了生命，而这些文字的生命也改变了她的生命，使她的生命更充实，更质感，更富有饱满的张力。一个不太知名的在文学创作之路艰难跋涉的小人物，却依然越来越执着地迷恋文学，依然肩扛着心中文学的大旗。文学的梦想使人迷醉，文学的追求使人充盈。文字使自己愉悦，给别人温暖，也就足够了。

2012.1.5

【作者简介】

方言，作家，编剧，本名孙海潮。京西孙家铺子人。中国作家协会会员。北京老舍文学院首届高研班（小说）学员。《京西文学》主编。1992年开始文学创作，1993年发表作品。现已出版长篇小说《一辈子也别丢下我》等四部。其他作品散见《青年文学》《北京文学》《延安文学》《安徽文学》《小说月报原创版》《阳光》《延河》等刊物。

文　杀

白山羊半眯着眼睛，舒舒服服地侧躺在河沿的荒坡上。它的兄弟姐妹在不远处的滩涂上啃食着青草，并不知道它在这里独自享受特殊的待遇。

我喜欢和歪毛儿一起出来放羊。"歪毛儿"也叫"骚鞑子"，但都不是他的大名。生产队长每天点名时，喊他歪毛儿，他就清脆答应。但叫他骚鞑子时，他便翻着白眼儿乜斜着瞪人家。我一直认为他不接受"骚鞑子"的原因是这"骚"字不好听，有贬损之意，或因他父亲先叫了"骚鞑子"的缘故，他可能是担心称呼上混乱吧。生产队的社员们似乎也发现这样很混乱，为了规避混淆，常把他父亲唤作"老骚鞑子""老鞑子"，有时图省事，直接喊"老骚"也不鲜见。

老骚没家，爷俩儿相依为命，蜗居在生产队的破场棚。他给队里养骡马，儿子歪毛儿在队里放羊。起先是我爷爷一人驯养牲口，后来他向大队长提出让老鞑子和他一起养，多把手。我本来不知道这些故事，就知道歪毛儿和他爹对我特好，我和歪毛儿有近二十岁的年龄差，与其说他带着我玩、放羊，不如说是他在陪我长大。后来他说我爷爷是他爷儿俩的大恩人，我才知晓来龙去脉。

白山羊咩咩地轻哼，显然是有了不同寻常的美妙快感。歪毛儿快速地套弄着它的阴茎，还不时轻轻地揉捏那两颗漂亮的蛋蛋。白山羊龟头呈深紫色，细长形状，约莫二寸。在它眯眼的奇妙幻想时分，有一滴滴稀米汤从顶端甩出。而此时，它那毛乎乎的包皮，就像在闷热的夏天，白癜风泛滥的皮肤病人一样，其底色由粉白迅速地变作了粉红。

歪毛儿放慢了"手环"频率，但依然保持着温情。他另一只手把一块平坦的河石，悄悄垫放在膨胀起来的阳物下面。

然后，又轻拿起一块拳状大小的圆石。

"你看它，多美！"歪毛儿又看了一眼成年英俊的白山羊。

他坏笑了一下。

我预感到歪毛儿没安好心，但不知道他要干嘛。可未及我深思其坏笑缘由，他便以迅雷不及掩耳之势，高扬起臂膀，手起石落，重重地将圆石砸在了白山羊激情膨胀的命根之上。

"咩——"白山羊长声嘶鸣，一跃而起，旱地拔松不下五尺。在半空中伸长脖颈惨叫一嗓，之后，便摔落在地。它不停地乱蹬四蹄，痛苦的叫声中间，省略了连接音符和喘息的空隙。

眼前一幕把我吓傻了。我以一个正常的雄性动物的生理反应，双手迅速下意识地捂于裆部，紧紧地夹着双腿，浑身上下犹如筛糠一般瑟瑟发抖，惊恐的目光直戳向歪毛儿的双眼。

然而，此时的歪毛儿，呲着一口米粒黄牙，拍击着手掌嘿嘿地正嘲笑我的胆怯。他的目光一点也不怜惜满地打滚的白山羊，耳朵也听不到那一声声撕心裂肺的嚎叫。

"砸骟！"歪毛儿理直气壮，犹如一名惩恶扬善的斗士，铿锵有力地说："这叫砸骟，你懂吗？干坏事的，都这下场！"

我愕然了，一句话也说不出来，不知这头长得如同美男子一样的白山羊究竟干了什么坏事。

歪毛儿没有骗我。我从爷爷口中得到了证实：刚成年的公羊，不谙世事，常因沉迷于母羊的美色，结果影响了自身成长发育以及体重的增加。关键是后者，会令队长心情不是很好。歪毛儿这么做，并没有得到队长任何指令，而是他爹老鞑子手把手传授的吃饭手艺。在我遥远的记忆里，生产队的羊群在生产队解散之前，都是由歪毛儿掌管。而老鞑子一直当着"弼马温"。

老鞑子爷儿俩不是京西人。据说，是从宁古塔那边逃难来的。可农村人谁知道宁古塔是哪座庙？那是解放前一两年，老鞑子怀抱一块破烂羊皮裹着的歪毛儿来到我们村，住在村外的破窑里。后来村里有了生产队，老鞑子会养牲口，村里就让他带着"歪毛儿"归了第三生产队，这俩"黄毛趔薤"雷公脸儿，由破砖窑搬到了"破敞棚"。有了家，有了人模样，还有了"官职"，这是老鞑子做梦都没有想到的美事。他跪在地上又磕头又作揖，抹着涕泪感谢了半天"常胜天"，弄得生产队长"常胜天"都很不好意思，结果又赞助了他一卷旧炕被。"弼马温"是个老喘子，时常用供不应求的气息"圣化"自己的职业：养马的，卫青算一号，封侯拜将！迎娶主家公主！走上人生巅峰！……那副牛气劲，处处都得点叹号。

老鞑子不但会驯养牲口，而且还会骟、会劁、会宰。生产队里的猪羊牛驴马骡……别人下不去手的，或者看时不敢睁眼的，他都下得去刀。这手艺和这点狠劲儿，他都传授给了歪毛儿。

老鞑子人生的最后一次宰杀，是杀一只骆驼。他不知队里从哪里弄来了一只骆驼。在旧社会，京城常过驼队，不新鲜。解放后，看见过骆驼的人并不多。全村人都争着跑到第三生产队来一睹驼容。大骆驼很健壮，两米来高，一丈多长，驼峰傲然，曲颈高扬。牲口棚都是按骡马身形建造的，这只大骆驼太高根本进不去。另外，社员们包括常胜天队长在内，也没有人知道怎么让骆驼干农活。所以只能把它天天拴在场院外的大榆树上进食水和草料。就那么无所事事地养着，可没过多少天，便有社员向队长磨叨：干不了活，还搭草料，它是祖宗呀？越养越瘦，最后剩一把骨头了，熬汤都泛不起油花儿。

饥饿往往使人丧失善良的本性。旧社会时，饿殍遍野、易子而食的事并不鲜见；三年困难时期，老百姓饿得吃"观音土"的事也是有的。从古至今，女人为了一口吃的而名节不保的事，更是真实存在的……下了三年蛋的老鸡，看了五年宅院的老狗，耕了八年田的老牛，驾了十年辕的老马，最后都被人们盛在了碗里。如此说来，这么一头干不了活儿的肥骆驼，容不得秋后问斩，也在情理之中了。

老鞑子得了队长的口谕，磨亮了家伙。歪毛儿把骆驼牵到场院里。本是上工时间，但是生产队员们谁也不去下田，都早早地在了场院里围了一圈，准备观看这场杀生大戏。常队长破口大骂了两次，也没有人挪动屁股，他便把老鞑子叫到身前询问：得用多大工夫？一袋烟！老鞑子喘着气说。队长说：手脚麻利点儿。

宰杀不同的牲畜禽兽，各有方式，设备和工序亦有不同。比如：宰牛。要先把牛赶入一个窄窄的、回不了头、向前不可纵身、向后褪不了屁股的木栏里，锁其四蹄，恐刃其胸时，牛疼痛难当，会利角伤人；烹狗。先将绳索套入犬颈，吊之于木，令其四爪离地，尔后，一瓢凉水自口鼻灌入，呛其肺，瞬间可毙；煺鸽，先烧沸锅水，锅俱木盖，之后，取来白鸽，无需拔毛，切勿刎颈，握其翅根，直接掷入沸水中，迅然盖之。闻锅内扑棱棱声止，遂揭盖捞出煺羽。以鸽体彤红为佳……社员们大多都看过老鞑子宰杀人们头脑中所能想到的一切牲灵，唯独没有看到过杀骆驼。给他充当助手的每次都是儿子歪毛儿，众人虽然喜欢观看宰杀的过程，但始终无人敢于上前助力，想必是望而生畏这生猛与血腥。

歪毛儿拿了一根粗麻绳，老鞑子却掐着一把青草，爷儿俩走到骆驼面前。这可是杀驴宰羊时从来没有过的开幕式。围观的社员有的人说老鞑子肯定是手软了发善心了。也有人猜疑这次老鞑子没拿他那把"桃叶刀"却带了绳子，一准儿时爷儿俩要各扯绳头，先把这牛蹄、羊头、蛇脖、狗尾的牲畜勒死，然后再开膛破肚……老鞑子把青草举到骆驼的鼻孔前，让它嗅了嗅草香。就把草塞到了它的嘴里。之后，他又拽出几根青草，扔在了地上。骆驼便伸长脖子，低下头。老鞑子赶忙趁机抚摸其肩膀，又拍打了两下，那骆驼似乎明白了老鞑子的意思，就顺从地双膝跪地，吃眼前的草。老鞑子见状，给了儿子使一个眼色。歪毛儿迅速把骆驼的右前腿，以半跪的折叠姿势，在膝关节以上一尺远的位置捆了起来，使骆驼的右前腿无法打开。老鞑子再拿起一把青草举向高处，引诱骆驼站起身。骆驼努了努，因右前腿窝着无法发力，身体前部的重量全部压在了左前腿上。它用三条腿很吃力地支撑着，然后猛地向上一纵，便站了起来。

骆驼这种三脚着地的"香炉站"，正是老鞑子忙乎半天所要达到的目的，为的是使它无法跃起前蹄。据说骆驼的攻击力很强，但不若牛羊般以头角顶撞，亦非虎狼状以啮齿咬力设防，更不似鹿驴骡马以后蹄尥蹶相偿。骆驼是在瞬间高高跃起，用两只碗口大小的前蹄，发千钧之力踢踹和猛砸，中了驼蹄的人，轻者或能残留半条性命，但绝大多数就直接去见成吉思汗了。

老鞑子示意歪毛儿向其一侧牵着缰绳，使骆驼扭过脸去以便于他执刀行凶。儿子不愧为他的最佳搭档、最得力的助手。父子间的默契可能来自草原民族血统的纯粹和技艺传承。歪毛儿用力牵了一下驼辔，骆驼便扭过了头。老鞑子嗖地从后腰处拔出一把寒光钢攮，猛地刺向骆驼颈部动脉。霎时，一股"红雾"喷向了前方。但就在这一瞬，骆驼反抗了，它凭借着一条前腿的爆发力，将重的躯体挺起，跃向了天空，之后骤然砸向老鞑子。老鞑子万万没有想到会出现这样一幕。他下意识地向后躲闪退避，可是已经来不及了。虽然骆驼前蹄没有踢砸到他，驼身也没有压到他，但因骆驼被束缚着一条腿，失去了平衡能力，驼头重重拍在了老鞑子的前胸，一口仿佛事先就含在他嘴里的鲜血，随着驼头接触到他的同时，喷薄而出。

老鞑子并没有死，能下炕走两步时，已是深秋。虽然躲过一劫，但原本被哮喘困扰了多年的"瓢子"，犹如雪上加霜。他披头散发，二目无神，艰难地一步三摇地走到生产队场院外的田地旁边，秋风嗖裆，他静静地伫立在暮秋的黄昏，向远方眺望了许久。

常队长看老鞑子能出门了，晚上便来看望他。聊天时说到了近日猪场每晚丢猪的事情。他坐在老鞑子的炕沿上，说："这帮子贼，一宿偷一头，来了好几回了！昨晚还把看猪场的老末儿捆了，让他'抱了树'。"

“我去会会这贼。”歪毛儿说，“要是还敢来，我劁了他！”老鞑子按住儿子的火气，说：“你去不行！贼人肯定不是一个人。并且这里定有内鬼。队长，让我去看猪场吧，我宰了一辈子牲口，没有威名也有些恶名，能够装装样子。”

次日，老鞑子在生产队的场院里，迎着秋风，赤着臂膀，磨快了桃叶刀、劈斧、钢攮、弯月镰，又剃了乱发、刮净了脸庞，换上一件干净的月白对襟大袄和一条青布灯笼裤，白布袜，洒口布鞋。中午时分，他吃过了饭，强忍着肺部顽疾的折磨，挺着腰板，抖擞精神，在村里走了一圈。这是他劫后首次在村人面前亮相。社员们上午便有人看到他磨家伙了，还不太确信呢，中午见他如此精神地村中行走，而且也不喘了，都很惊讶，诧异他这半年的工夫，竟把新伤老疾都调理好了。他去合作社买了一包“洋火”，对售货员肖老头说：我这不伤也好了，队长不让我当“弼马温”了，给我升了升官儿，派我去当猪场场长。

肖老头，江湖人称“二号大喇叭”。一号大喇叭，在大队部房顶上铁架上挂着。

猪场在河沿上，远离民居。五日后的清晨，公社派出所去了三个投案自首的人。一个是村里的浪荡主儿尤狗子，另外两人是邻村游手好闲的小混混。他们自首夜里去河沿偷猪的事情，一共四次三只猪，全是他们偷的。但是他们没有杀害老鞑子。

派出所民警立即来到第三生产队，找到了歪毛儿和生产队长，一起前往河沿猪场。老鞑子蜷缩在场房屋子的炕上，张着大嘴，瞪着眼睛，面容狰狞、痛苦。嘴角和被子上有新鲜血迹……

后经法医鉴定，老鞑子是旧伤未痊愈，又着秋露风寒，死于哮喘引起的突发性心脏病，并非他杀，与尤狗子等人偷猪无关，但尤等三人盗窃属实，被绳之以法另案处理。此后猪场再无盗事。

歪毛儿拾掇起父亲的家什，也不再计较别人叫他歪毛儿还是骚鞑子了。好像老鞑子离世，就没有人能和他混淆这个名字一样。他和常队长说：我去看猪场。这话既像是工作调动的申请，又像是顺口一说，更像是决意而往的通知。队长说尤狗子都去吃“松心饭儿”了，老鞑子又瞪着眼死在那里，夜里不搁人，猪都丢不了。可是骚鞑子似乎没听到队长说的话，腰里别着钢攮子，赶着羊群，自己搬到了河沿猪场，和猪倌老末儿住在了一起。白天他去放羊，老末儿喂猪，晚上老末儿睡炕南头，他睡北头。

一个冬晨，老末儿躺在被窝问：“骚鞑子，你会劁猪吗？北面那圈猪仔该劁了。”

骚子没吱声，噌地起身，拿了桃叶刀，赤条着走出房门。老末儿哎哎了他几声，他没回头也没有搭话。过了十来分钟，窗外猪场里传来数声猪的惨叫。老末儿钻出被窝，匆忙穿衣。他的破布裤带子还未系紧时，屋门就“哐”地开了，紧接着寒冷的北风裹挟硕大的雪花"呼"地就灌进了屋子。

"煮煮，一会儿咱俩喝点儿！"骚鞑子话毕，欻地一下，便将一串儿鲜血呼啦的猪睾丸掷在木锅盖上。然后，猴子一般地蹿上炕，哧溜钻进了被窝儿。

老末儿简直惊呆了。肥大的缅裆裤掉到了脚踝。他提起那串细铁丝儿串着的猪蛋仔儿，瞪着眼睛观看。"一个，两个，三个……十四个！我的妈呀！"

一滴油也可以荤锅。十四个骚猪蛋的香味，唤醒了全村人饥饿的嗅觉。老末儿嘟着油光光的嘴唇，向常队长坦陈他和骚鞑子没有杀猪炖肉。而是骚鞑子劁猪之后，他见猪仔的骚蛋扔了可惜，就给煮着吃了。常队长听得直干哕，问：那能吃吗？老末儿不好意思地说：好歹也是肉。

骚鞑子会劁猪，这事不胫而走。常队长喜出望外，没想到老鞑子刚殁，骚鞑子就能"扛身肩"了。他把骚鞑子叫到办公室，问他会宰猪么？会！骚鞑子信心满满地说：我爹把手艺儿都传给我了。常队长兴奋至极，一拍桌子，说：好！马上就到年根儿了，你杀头猪，队里给各家各户都分一条肉，油油嘴头子，过大年。

二十世纪 80 年代，生产队解散了，土地分包到户，队里除了大型的农机具之外，一切能拿得动搬得走的，都以抓阄的方式进行了分配。第三生产队，有两样没分：一是骚鞑子这个人，二是骚鞑子住着的两间猪场的房子。常队长为骚鞑子申请了"五保户"。

三十四岁的骚鞑子，脱离了集体生活，无羊可放，无所事事。当上了村副书记的常胜天，根据骚鞑子的特长，又汇聚了村里几名闲散人员，开办了一个村集体企业——汤锅。

汤锅由村里经营，主要就是宰杀猪、马、牛、羊等牲畜，然后卖生肉、卖熟肉、卖下水、卖血豆腐、卖皮子。骚鞑子的事由就是一个字：宰！

牲灵遭难，换回人间喜剧。汤锅成立之初，好多乡亲都去凑热闹，看骚鞑子怎么宰杀牲畜，随便还能捡回一些牲畜的内脏下水。可后来去看的人越来越少。都说骚鞑子看上去瘦小枯干，黄毛趔薤，不爱说话，但心狠手辣，常是"蔫下手"。虽说都是宰宰杀杀这档子事，但其风格一点都不像他爹老鞑子。老鞑子是"文杀"，骚鞑子是"武宰"。去看过的人个个撇嘴撂攞，那汤锅的后院，场面实在太惨烈，如同刑讯班房，看到骚鞑子手中的家伙，登时就会想到告密、围攻、谣言者。

我对乡邻所言，心怀置疑。砸骟、劁割、杀猪、宰羊……纵然关乎繁衍与性命，然自古有之，生于乡野、长于草寨的农人，哪个不曾见过？又有何异？怎的还同封建科举一般分了文武？难道老鞑子是依唐三藏样念的紧箍咒吗？

然而，有一日我问骚鞑子何时有宰杀任务时，你告诉我一声，我想和你学学。骚鬏子说：这几日都有。明天宰一驴、后天活杀一驴，大后天……我被他说得懵懂，赶忙问：宰一驴和活杀一驴有何区别？难不成宰一驴是宰一头已亡故数日的驴吗？骚鬏子神秘一笑，说：这么热的天，要是已死之驴，过不了夜就臭不可闻了……

次日，我去"汤锅"那儿找骚鬏子。首先看到的是拴在柱桩上的两头立耳白脖白脸小毛驴，一高一矮。骚鬏子见我来了，便招呼我坐在一条油腻的长凳上。他很是神气地告诉我说：今天他不上阵，让徒弟练练手。说着，用手一指，一个光着膀子、胸毛密匝黑亮锐利、剽悍至极正在磨刀的男人，说：喏，那个就是。

骚鬏子问我："以前见没见过宰驴的？"也不等我回答，他便说以前他父亲宰驴，那场面太瘆人。他现在不像他父亲那么狠。我听得都有点晕了，乡亲不是说骚鬏子是"武宰"老鬏子是"文杀"？怎么骚鬏子说的正相反呢？我问：以前你爹怎么宰驴？

他说：过去杀驴，需把四蹄拴上，五六个生产队员一起，喊个一二三，咣一家伙像推倒土坯墙，驴几声大叫，麻利地在驴头脖子下挖个土坑，坑里坐个大泥盆子。我爹一跺脚，"哧溜"一攮子插进驴脖，手腕晃荡几下子，一拔攮子，血流如注咕嘟两盆，驴叫几声，伸腿没气了。接着剥皮、开膛、破腹，肉还动弹，有一股臭草味儿，心肝在盆里也乱蹦蹦，驴下水翻过洗净，这驴就完了。

骚鬏子说得我浑身直起鸡皮疙瘩。真感觉他爹的宰杀方法确是武宰之法，太血腥了。我连忙问他：你怎么宰？他努了一下嘴：马上开始。

这时，有个伙计从柱桩上把矮驴缰绳解下，也不用拴四蹄，轻轻地胡撸几下毛驴的脊背、白脖子、脸蛋儿，便牵着毛驴，溜溜跶跶散开了步。伙计悠然地走着，这时骚鬏子的徒弟，猛然举起大油锤，使劲狠命照准驴头的白心子，"哐"一家伙砸下去，驴应声而倒，脑浆崩裂，红白相间流出来。

真叫人恶心！接着就扒皮开膛，忙活起来……

我坐在距离那驴七八米远的地方，被眼前的凶残场面吓飞了魂魄，脸上还沾了驴脑进溅的星子，一股草臭味在扒皮开膛的瞬间迎面扑来。我哇地一张口，便交出了晌午时奶奶烙的葱花油饼。

骚鬏子对我说："看到另外那头驴了吗？它便是我明天要活杀的畜生。已经饿它五天，肚里的屎尿除净，昨天熬二十余种香料药水，从驴嘴插根胶皮管至肚子，上边再用漏斗往里灌药水，给它灌三桶，不喝也得喝，驴光急，蹄子刨地，也没办法，眼珠子凸鼓，血红血红，大汗淋漓，过上一两天，药料就渗驴肉丝里去了，一是吃着香，二是不减分量。明天正好两天了，香料药水吸收得也差不多了，这头活驴啊，嘿嘿，已经自己个儿入味儿了……"我问骚鬏子："你是文杀还是武杀？要像今天的这种文杀，我可不来了。"他振振有词，说：明天是如他父亲一样的"武杀"。今天的才叫"文杀"呢。我说："你怎么和别人反着说着呢？难道这油锤贯顶是文杀？"他却说他的道理："这畜生在不知道危险的时候，你速决了它的性命，它并不痛苦。要是让它和那头灌了香料药水的驴一样，提前五六天就知道死期将至了，每天在惶惶不安和恐惧中度过，杀它的时候，脑子里是明明白白的，它的痛苦程度要远大于油锤贯顶之驴。这对于驴子而言，难道说不是武杀吗？"

我也辨不清他说的是否正确，似乎像是有些道理。我正沉默思考着，他却嘲笑起我来，说我这样的人，太自私，缺少大爱之心，只想着自己却不懂驴的痛苦，不懂牲灵内心。我愕然了。

不管是文杀还是武杀，第二天我还是来到了汤锅大院。

骚鞑子见我来了，远远地就跟我挤眉弄眼。后来，又快步跑到我的面前，说："今天你算来着了。给你演个'加片'——活驴取宝。"我不解其意。他却嘿嘿一笑，就跑去忙乎了。

这时我才发现大院里又多了一公一母两头驴。骚鞑子招呼一个伙计，先在大院中铺上白塑料布，让公驴吃饱喝足，溜达溜达。另一个伙计又牵出另外一头溜光水滑的大母驴逗引公驴。公驴看到漂亮的母驴，两眼登时放光，驴宝（又叫驴鞭）哧溜就下来老长。骚鞑子拿着闪亮的桃叶钢刀，在公驴肚皮下跟着转悠，瞅准机会，以迅雷不及掩耳之势，"嗷"一家伙手起刀落，一条二尺来长的黑棍子就落在塑料布上了，还哆嗦着蹦跶哩，红赤咧的，公驴就没命地嚎叫，几个围观看"加片"的人也应和驴嚎声大呼大叫起来。骚鞑子猫腰掐鱼似的拿起驴鞭，挺牛的样子，扔在瓦盆里，对一个伙计说：赶快给公社食堂送去，那边等着要呢。

"麻袋煮好了吗？"骚鞑子挺忙乎，亮开嗓门询问。

"好嘞!"一个伙计应答。

加片结束，正片开始。

骚鞑子又吩咐伙计把前天灌了香料药水的驴，牵到院中间的柱桩旁，拴好缰绳，锁上蹄镣。这道工序完后，又叫他的两名徒弟把用热水煮得腾腾冒着白气的麻袋片，用铁钩各自钩抻一角，小心地提拽着，绕到驴后面，猛地朝驴屁股上盖上去，驴嗷嗷叫，眼泪哗哗地流。紧接着，几条麻袋一起盖上……三五分钟后，揭掉，骚鞑子走上前去，用薄片刀由上到下地刮毛。驴毛纷纷脱落，着实变成一头"秃驴"。又让徒弟用水舀子往驴背上浇了一通儿开水，驴叫得悲惨入心。

待它嘶叫没劲了，"活杀驴"才算正式开始。

人不买，俺不卖

俺杀你来更无奈

千万别把俺来怪

早晚都是桌上菜

早死早脱生

俺的好乖乖

……

骚鞑子哼哼咴咴地在驴耳朵旁边念了一段套话，之后，还给驴打躬作揖，令我感觉真是可怜好笑。

骚鞑子开始用薄刀片片肉、刀尖剜肉，每片、每剜一下，驴都疼得哆嗦，眼皮紧挤咕，泪水横流，驴脸变形，难看至极。而片下来置在盆里的肉还突突蹦动着，驴身上鲜血奔流，不多时这驴已被刮成了白骨头架子，骨架晃动、颤抖着，风可从骨间缝隙穿过。最后骚鞑子高喊一声："早死早脱生，享福去吧，这辈子你辛苦啦！"随后，长尖刀照驴脖子一捅，鲜血汩汩淌一大盆子，驴死。骚鞑子将薄片刀、长尖刀随意往驴身一插，吆喝徒弟上前摘取杂碎。他脸上没有笑容，微低着头走出血泊，表情悲伤又难看。

那一刻，我突然觉得骚鞑子所论及的文武之杀、自私与大爱是正确的。

稍后的一段日子，正当我把一个屠夫的凶残、血腥和悲悯，经过大智的筛箩，大悟的甄选，无我无私的转化，即将离析出"大仁、大爱、大慈、大悲"之时，突然的一天，竟听到一消息，骚鞑子被抓走了。

他被逮捕时，我并不知晓。我是在次日上午，才听到村里人说："昨天擦黑儿时，警察去常胜天的女儿红红家，把他推搡着押出，从背后上的铐子，一个大檐帽用力向下按着他的头，话声狠狠嗒嗒的。"很多乡亲都看到了，同时被带走的还有常胜天的姑爷大伟。他的姑爷没戴手铐。常胜天的女儿常红红前后脚儿被一辆救护车拉走的。

有的人说：骚鞑子是个老光棍子了，憋的，欺负常红红，有人看见红红被抬上救护车时，是光着身子的；有人猜测，红红和他是通奸，他去红红家的时候，红红亲自做的饭，大伟去肖老头那儿买的酒和花生，后来事情败露了，他和大伟动了刀子，却误伤了红红；还有传言更加碲碜，不便录成文字。

一月之后，常红红从县医院回到了家。大门紧闭，不见外人。又过了几个月，歪毛儿、李大伟、常红红被判刑的布告贴在了村大队部的外墙上。村里一下"炸了锅"。红红不是在家里么，怎么还写着判了一年呢？缓刑，缓一年执行。常胜天虽未上榜，但成为口头文学里的"四大蔫"之一，被公社撸了村官。

原来，红红和大伟第一胎生了个丫头。有计划生育政策辖着，常胜天又是副书记，所以前两年生完大丫头之后，就让红红带头儿"上环"做了节育手术。可是，红红了解到如果肚子里的"环"自个儿脱落了，又怀孕了，发现又晚了，就还能生个老二，也不算违反生育政策。他们两口子还问了他父亲。常胜天点了点头。但是怎么才能让这个"环"神不知鬼不觉地掉下来呢？这是一个关键的问题。突然有一天，大伟灵机一动，他想起了骚鞑子，骚鞑子不是会劁猪骟蛋么？不论儿马骒马、公猪母猪，他都能对它们进行必要的人工干预，是村里名副其实的"一把刀"。再说这又不是让他捻蛋挤籽儿，不过是把放进去的东西拿出来而已……

大伟两口子真是想儿子想疯了。他俩在家里反复评估、合计了半天，怎么想都觉得这活儿骚鞑子肯定能干。于是，他们把这个好主意向他家自产的"村领导"进行了汇报。"村领导"真为他们能如此脑洞大开感到惊讶。可他还是沉默了好一会儿，不敢决定此事。他知道骚鞑子手艺确实好，可那毕竟是摆弄牲口，劁了骟了都没有问题。退一万步说，就算有问题，也是一攥子定乾坤。他有些犹豫不决，便甩了句话：我先探探骚鞑子的底儿。

"人和牲口有啥区别？不都是一层肚皮儿吗？"骚鞑子信心满满地说，"书记您对我们父子恩重如山。这事不但'有底'，而且'无嘴'。好吧您呐！"

其实，能应承下这事，除去报恩之外，他还有另外一个想法。以前他"举石砸骟白羊，赤身风雪劁猪蛋"，乡亲有人骂他会绝后，可他认为那是他对生命的一种敬畏，他那是要让他的畜生朋友们强健身魄，苗壮成长；他油锤贯顶迅速毙命群牲，他认为那是痛苦最小、最体现仁义的文杀；而为常红红摘取节育环，在他看来，这是最为尊重生命的体现，每个生命都有来到这个世界的权利。而他要做的，就是为每个生命开启生门。

常红红脱光衣服，淡定地四仰八叉地躺在八仙桌上。大伟和骚鞑子将她耷拉下的手脚分开，绑在四条桌腿上。这样做是因为骚鞑子没有麻药（他也从未用过麻药），大伟怕红红忍不住疼痛手脚乱动。不仅如此，他让骚鞑子稍稍等会儿再动刀，他去肖老头那里买了瓶高度白酒，给不胜酒力的女人灌了两杯，不一会儿常红红就呼呼睡着了。买酒的时候，为掩人耳目，大伟还特意买了一点花生米。

骚鞑子立于桌前，面对着眼前这具等待他去释放的肉身，他拿着大片刀的手，竟然颤抖了，额头上也冒出了豆大的汗珠。他心里起了退缩之念。可是站在一旁的大伟，竟然用怀疑的目光在看着他。"要是不行，就算了！"大伟说。

"我劁过的猪，比你见过的都多！"

骚鞑子说着话，手里的刀向下一按，又轻轻向前一推白白的小腹上就开了一条大口子。

醉酒的女人"嗷——"地叫了一嗓子。吓得桌边的两男人都激灵地后退了一大步。

方才白白的肚子，瞬间鲜血溢流，四下奔涌，变作了一个血葫芦。"你倒是快取呀？"大伟焦急地催促。骚鞑子有些惊呆了。他万万没有想到，这一刀下去，会流那么多血。他简直不敢相信自己的眼睛。按理说，这应该和侍弄大牲口没有什么区别啊？怎么会这样？他有些茫然和休克性困惑。

"快点取呀！"

骚鞑子在大伟的催促下，用力一扒那道口子，想要到肚子里翻找东西的时候，哗的一下，红红的大肠小肠……乱七八糟的小零碎儿，盘缠旋绕挟裹着各种叫不出名字的脏器，连汤带水，稀哩吐噜地掉出来一大堆。大伟见势不妙，赶忙上前用双手接捧着不让它们掉在地上，不让它们在半空中悬挂、摇曳……

常红红的叫声如狼嚎一般……

骚鞑子没大名。他出狱后回到村里。我问他八年前的布告上怎么写的是"歪毛儿"而不是"骚鞑子"？他说，我爸也叫"骚鞑子"，我不能给他抹灰。

语丝微言

方言文学创作起步很早，并非如他笔名"方言"的"方才言道"。年及弱冠就发表作品，三十余年一发而不可止，成果颇丰。他将文学创作，视为热爱的、钟情的、庄严的、神圣的。为之学习、努力、奋斗、求索。为此魂牵梦绕，"独上高楼，望尽天涯路""衣带渐宽终不悔，为伊消得人憔悴"。蒲松龄云："书痴者，文必精；艺痴者，技必良。"人生有限，时间珍贵。凡有所作为者、有所建树者、有所成就者，无不把有限人生、点滴时间，孤注一掷于某项事业、某种领域、某些门类、某某专科。百折不回、倾心所在、以命下注、拼力一搏、决然无悔。才庶几有成绩，可成功，有成就矣！马克思说："在科学上面，没有什么平坦大路可走，只有那在崎岖小路上攀登不畏劳苦的人，才有希望到达光辉的顶点。"方言不只自己在庄重地弄文学，还主编《京西文学》及其他，以其光辉普照众多文友，实功不可没，令人景之仰之。

【作者简介】

闫国强，怀柔区政协学者库成员，怀柔区文联顾问，怀柔区诗联协会理事，主任编辑职称。高中毕业后在顺义牛栏山公社插队落户，返城后做过搬运工、企业会计、怀柔区融媒体中心记者编辑，现退休。20 世纪 70 年代末开始，有作品发表于《北京晚报》《京郊日报》《青年文学》《中国电视》等报刊。

潮白河佚事

我岳父说：那时候的潮白河真是浩浩汤汤啊。他是村里 60 年代唯一的高中生，上学的时候最喜欢古典文学，所以说话总会带出一个两个的古语词。他说"浩浩汤汤"的"汤"不能念成"汤水"的"汤"，应该念"商业"的"商"那个音儿。这个我知道，我还知道这是宋代文人范仲淹《岳阳楼记》里的句子："浩浩汤汤，横无际涯"，是形容洞庭湖水势壮阔、漫无边际的名句。

我说：潮白河水势再大，恐怕也赶不上洞庭湖吧？

他说：那时候的潮白河宽下有二里地，浅的没波棱盖儿①，深处有 3 米多。到洪水季节，漫了河堤、灌了平地那更不得了……如此说来，用"浩浩汤汤"而省略"横无际涯"来形容潮白河似乎也并没大词小用？当他说起潮白河里的鲫鱼、鲤鱼、黑鱼、鲶鱼，说起载了鱼鹰捕鱼的渔人渔船，说起河汊子里的苇塘和苇塘里"啾啾"鸣唱的苇喳子、红靛颏、蓝靛颏、黄豆闷儿、柳叶儿和叫不上名儿的鸟儿，还有野鸭、白鹭、鸳鸯等等旧时潮白河的一切的时候，满脸的惬意、自豪、向往和遗憾，真是溢于言表。

据说范仲淹并没有亲身登临岳阳楼，写《岳阳楼记》完全是受人之托挥笔而就。我也没见过潮白河的旧时情景，只能试着写出一个大致，或许能有一二分影子就可以心满意足，因为我比范仲淹那样的大文豪差的可不是一星半点儿。

---

① 波棱盖儿：方言，膝盖

之一　小荷的家

　　小荷的家是春天的时候搬到乡下的，一辆嘎斯卡车拉着她和她的全家。小荷的妈妈抱着弟弟坐在驾驶员的副座，她和爸爸还有家里的那些柳条箱子、梳妆台、桌子、椅子，煤球、炉子的都在车的后槽里。

　　卡车在公路上跑了一个多小时，下了公路，又在一片一片的麦田和稻地之间的土路上颠簸，麦田深绿，稻地褐黄，带起的土浪一直追着车跑，小荷透过土浪看着一片儿深绿一片儿褐黄急速地在车的两侧向后掠过。偶尔也有村庄闪过，卡车临近村庄时会有扛着农具的人在土路上走，汽车爆起的土烟儿把他们遮蔽得模糊了又显露得清晰了，那些人仍然在土烟里不紧不慢地走，不躲也不避。

　　进了村子轧上硬实的街道，小荷看着车后没了一波一波的土浪，但是又追上来一群很少看见汽车进村的孩子，他们同样在追着汽车跑。

　　卡车穿过了整个村庄，才挨着村东头的场院边站下。

　　当小荷被爸爸从打开车厢板的一侧举着胳肢窝放在地上，回过头就看见了自己的新家，是三间黄土的房子。墙壁的黄土有些泛白，脱落了墙皮的地方露着斜砌的土坯；往上是木格子的窗户，木格子黑黑的已经没有了木头原来的颜色。窗户上面的房檐露着稻草，稻草上面就是房子的坡顶了，坡顶也是黄土抹的，黄土应该刚抹了不久，颜色比墙壁鲜亮了不少。小荷的妈妈让小荷抱了钢种（铝）锅先进门，传统里只要锅进了门才是真正的搬家，落难中的小荷的妈妈还坚守着老一代的信条。

　　王队长带了几个村里的青年，帮着小荷的爸爸把车上的东西卸下来，一件件搬进屋子。公社的干部没来，几天前公社的干部已带小荷的爸爸提前见过队长，那天公社干部跟队长交代说：

　　"错误不大，没戴帽子。大队可以不开批判会，就是监督劳动。"

　　小荷的爸爸回城里接小荷他们娘儿仁的空档儿里，王队长派了队上的劳力简单打扫了房子，重新抹了屋顶。

　　王队长对小荷的爸妈说："这是五保户老五爷遗下的房子，归置归置先凑合住吧。好在是独门独户，你们都是知识人儿，比住老乡家方便，住长了有钱可以再翻盖。"

　　小荷的爸爸就一连声说："好、好、好。"

　　王队长又带了人从河套镩来杨树枝，把小荷的新家圈了一圈儿篱笆。队长他们走了，小荷的爸爸、妈妈在房间的墙上糊了报纸，用高丽纸糊了窗户。

小荷在屋里屋外打量着自己的新家，房子东边是队里的场院，场院里垛着成堆的稻草、成垛的芦苇，芦苇都用苇席苫着。隔着场院是一大片稻田，还没到插秧的季节，稻田裸露着黄土。再往远看，才是一片青绿，分辨不出是玉米还是小麦。成排的杨树把田地分割成整齐的方块儿。屋后是一条土路，小荷就是顺着这条土路坐着大卡车来的，但是她暂时还不知道沿着路再往前走是哪里？小荷已经觉得这里的宽阔和敞亮，村庄被农田包围着，四处都能看得很远。

屋里和原野一比，显得很暗。屋地上没有砖，是和院子里一样的黄土，不知道住过几代人了。屋地上隆起着均匀的鸡蛋大的土包，踩上去脚板被硌得有些发麻，这让小荷觉得特别新鲜。墙上用白灰抹过，但是已经被灶堂的烟熏得发黄，糊了报纸后干净了许多。

小荷对那两扇厚厚的木板门非常感兴趣，两扇门合在一起，门后的竖梁上下有两道门闩，小荷从里边把门插牢，感觉这厚厚的木板门比城里单薄的安着四块玻璃的单扇门牢靠得多。让小荷没想到的是，爸爸从外边用一根钉子探进门缝拨着里边的门闩，小荷看着门闩一点一点地滑动，喀哒一声，门闩奔拉下来，门开了。小荷说：

"那这门不是插不插都没用吗？"

爸爸笑笑，把门闩卸下，比了竖梁外侧的位置，在门闩的上面钻了一个小洞，然后再插上门，在小洞里插上一根钉子，让小荷拔下门闩，门闩被钉子卡在了门的竖梁上。

"你看，简单吧？"爸爸说，"这下谁从外边都拨不开了。"

小荷的一家就这么安顿下来了。

过了几天，小荷要去上学了。早晨，小荷穿着蓝裤子白上衣，扎了红领巾，背起书包出门，妈妈嘱咐她：

"村子里狗多，走路躲着点……在学校听老师话，有事儿跟老师说……别和同学闹矛盾……少说话，你爸爸要不是话多，怎么能闹到这份儿上呢。"

小荷答应着往外走，妈妈的话也就听了一半儿。

小荷的爸爸已经提前带小荷来过学校，见过老师，所以小荷可以自己去。到了学校，还没上课，小荷找到班主任，问了老师好。梳小辫的王老师见了小荷说：

"新同学，你来了？咱们去教室吧。"

能看出来学校是老年间的一座庙，小荷原来的学校也是庙改的，但是比村里的学校大得多，小荷原来的学校是三层的院落，教室里的隔墙后面还能看见搬不走的大铜佛。现在的学校仅一个院子，没走几步就到了教室。

王老师拍拍巴掌，让大家坐好，先介绍了小荷，让同学鼓掌欢迎新同学。然后对小荷说：

"你就坐大彪旁边吧。"

大彪是个胖孩子，那天追了搬家的卡车跑的一群孩子里就有他。小荷对他点点头，放下书包坐下。大彪也没点头，倒有点不好意思似的，抽抽鼻涕扭头做了个鬼脸。

半天儿挺快地就过去了，放学后大家排了队回家，上课挨着谁坐排队也和谁并排，走出学校，大彪实在憋不住鼻涕了，抬手捏住鼻子擤出来一甩，正好甩在小荷的裤脚上。几个女同学就蹲下一边帮小荷擦，一边抬头指责大彪：

"大鼻涕鬼儿，喝凉水，喝一肚子小蚂蚁儿……"

"谁叫她不躲来的。"大彪实在是不好意思，强辩着一个人跑了，队伍也就散了。

小荷回到家，看见院子里妈妈刚买的一群毛茸茸的小鸭雏在"嘎嘎"地叫，小荷就忘了回家路上的事。嫩黄的鸭雏也追了小荷不停地扇着没有翎毛的短翅，这真让小荷惊喜不已。从此，小荷放学回家多了一些牵挂，她要去地里给小鸭子打草，去潮白河捡螺蛳砸碎掺在草里喂鸭子。

小荷和同学小竹还有小娟成了好朋友，没有功课的时候她们会去潮白河的浅水捉小鱼，用柳条儿串着的一串串小鱼是鸭子最爱吃的食物。一天，小荷和伙伴在田地间奔跑，小荷的一只脚突然踩空了，小竹和小娟都兴奋地说：

"这是田鼠的洞啊。"

他们回家拿来铁锹和水桶，足足挖了半天儿，终于找到了田鼠藏粮食的仓库，挖出了小半桶玉米。

潮白河畔温暖的太阳、轻柔的和风都成了小荷少年时候最好的回忆。

小荷的铅笔盒里有一支笔，是一支很少见的原子笔，笔尖是一颗比小米粒儿还小的珠子，笔杆里是蓝色的油墨，在纸上画要比钢笔锋利的笔尖柔和，写出来的字又不会被橡皮擦掉。这支原子笔是爸爸去苏联开会带回来的，小荷本来是轻易不拿出来给别人看的，只在没有人注意的时候才拿出来，却被她的同桌大彪看见了。大彪就要借，说好了只借一天就还，可大彪是忘了还是怎么的，他拿了小荷的原子笔下课和同学显摆，回家和弟弟显摆，显摆来显摆去，小荷就看不见大彪再把笔天天拿着了。小荷就嘟了嘴找大彪要，大彪也不说还也不说不还。小荷想起妈妈说：有事就和老师说。跟班主任王老师说了，才知道笔已经被大彪写没水儿了，大彪想灌钢笔用的墨水，就把原子笔的笔尖掰掉了，实在灌不进墨水就把笔撅折扔进了潮白河……王老师在课堂上呲怼了大彪，又给小荷换了座位。从此，大彪就对小荷有些忿儿忿儿的："谁叫她去老师跟前告状。"

随着柳絮的飘落，春天远去，夏天来了。这是小荷一家到村庄过的第一个夏天，围着小荷家房子三面的杨树篱笆长出了翠绿的叶子，小院染得像蒙了一层绿纱。小荷养的鸭子也从嫩黄变成了雪白，可以追着她去潮白河里嬉戏了。

潮白河宽阔的水面、水面上那些漂漂荡荡的渔船、渔船上站着的灰黑色的鸬鹚，打鱼的人驱赶鸬鹚，"喔喝——喔喝——"的吆喝声和着水鸟欢快的叫声响彻河面，延续在潮白河的两岸。还有河里的游鱼、放眼望不到边的苇塘，特别是自己养大的鸭子在河里戏水欢唱的场景，都让小荷这个城里来的小丫头惊喜。烦恼的是同学大彪只要不是在学校，每次看见小荷就带着他的两个兄弟二彪、三彪一起高声喊叫：

"丫头丫，养鸭子，鸭子不吃草，专啃丫头脚。"大彪最小的弟弟还拖着鼻涕，说话都不利索，也跟着一起喊。后来大彪还把那顺口溜改了词儿："丫头丫，养鸭子，鸭子不吃草，专啃小荷的脚丫子。"

爸爸去公社的土高炉大炼钢铁了，公社离小荷的村庄不远，但是每天都要很晚才能回来。

小荷一天一天地发现，妈妈越来越不能容忍农村的生活：吃水要去井沿挑，烧饭要点烟熏火燎的柴禾，屋子里总有打扫不完的黄土，特别是她还要照顾小荷和弟弟的一日三餐。小荷小心翼翼地和伙伴儿们在潮白河边、在田野上玩耍，但还是会沾些土回来。每次到家，妈妈的第一句话几乎都是一样的：

"你又上哪儿疯跑去了？你一个闺女家家的可不能和那野小子似的到处乱跑……看看你的衣服，简直跟在土里打滚儿的似的。"最后，妈妈会叹息一声说："你们爷儿仨简直准备把我累死。"

小荷在努力地帮助妈妈做着家务，脏了的衣服她也自己洗，包括爸爸和妈妈的，还有弟弟的尿布。小荷还是觉得妈妈的唠叨是没完没了的。

最快乐的还是下午不用上学可以去潮白河边放养自己养大的一群鸭子。潮白河岸边的风光让小荷心情放松许多。但是她怕碰上大彪兄弟，每当小荷带着鸭子朝着潮白河的方向走，被大彪看见，就和兄弟把小荷的鸭子朝相反的方向赶，赶得那些鸭子"嘎嘎"乱叫，晕头转向。

小荷是本来就不高兴的，就追了大彪的弟弟，一下把他推倒了。大彪见弟弟被小荷推了个仰八叉，就追上小荷一下揪住了小荷的小辫子，大彪的弟弟也爬起来去撕打着小荷。正巧立帆从潮白河岸边回来，拉开大彪说：

"你欺负女孩子可不叫能耐。"

大彪就反讥立帆说："你护着小荷，她是你的女人吗？"

立帆被说得脸上一阵青紫，就上去抓住了大彪的两条胳膊，脚下使个绊儿，一下把大彪摔倒在地了。本来立帆是准备走开的，大彪却爬起来从背后抓住了立帆，大彪的弟弟也冲过来抱住了立帆一条腿。三个人就在一层沙土的地上你上我下地滚打起来。最后还是立帆占了上风，一下把大彪撂倒了，又把大彪的弟弟掀翻在了大彪的身上，大彪兄弟两个就号啕大哭起来。立帆拍拍两手，撩起褂子擦把脸，对小荷说：

"走吧，他再欺负你我还打他。"

大彪不敢再明着欺负小荷，但是他总想着怎么报复她一下。那天放学，大彪乘着旁边没有同学，悄悄地靠近小荷，对小荷轻声说："你知不知道，老五爷就是在你家房子里死的？老五爷会变成鬼，夜里去抓你。"说着，大彪还吐着舌头扬起双手做了个抓人的动作，然后跑走了。

小荷朝着大彪的背影喊："哼，我才不怕！"

虽然小荷说不怕，但是每当夜里一个人睡在西屋还是会被噩梦惊醒。她没见过老五爷，梦见的老五爷是大彪的样子。梦里的大彪是一个鬼，吐着舌头，伸着双手……小荷不想和爸妈说，说了也解决不了什么，她更怕让妈妈知道了也会害怕，引起妈妈更多的抱怨。原来在市里住，每当夏夜在院子里乘凉的时候，大人们都爱讲些古怪精灵的故事，小荷听了只觉得好玩儿，从来都没害过怕。不知道为什么大彪的一句话，让她害怕了好些日子。

小荷不愿意夜晚的到来，她希望太阳永不下山，白昼永远都在。

夏天的潮白河孕育了无限的生趣，学校仅上半天课，下午的时光小荷都是跟伙伴儿们在潮白河的岸边度过的。杨柳树上的知了和田地里的蝈蝈在不停歇地鸣唱，潮白河河面上掠过的水鸟也在高一声低一声地唱和。还有蜻蜓，红的叫红辣椒，绿的叫老琉璃。老琉璃又分公母儿，公的叫老干儿，母的叫老滋儿，他们还夸张地把"老"读成"捞"的音，蜻蜓产在水里的幼虫叫水蝎子，是鸭子最爱吃的食物。

下雨了。雨没下起来的时候，天上先卷起了乌云，乌云成团成团地朝西北的天空卷过来，一会儿就把太阳遮蔽了。风刮得杨树叶子哗哗地响，柳树都弯了身子，用柔软的柳条抚摸着潮白河的水面。那些刚才还在戏水的鸭子匆匆忙忙地游向河岸，抖抖翅膀上的水珠，拽拽地向着村庄走去。一阵阵紧迫的风大起来，铜钱大的雨点迫不及待地自天而降，潮白河的河面泛起了密密麻麻的水泡儿，升腾起白白水雾。

小荷也和小伙伴儿们各自往自己的家里跑。跑到家，小荷的衣服已经湿透了，她顾不得进屋，反正已经湿了。小荷急急地去鸭棚看她的鸭子，一数还真是少了一只。

小荷以为是躲进了房间，进屋去看，没有。又跑到鸭棚再看，的确是有一只鸭子没有回来。

小荷的妈妈看小荷冒着雨屋里屋外地跑，就说：

"那么大的雨你就不怕淋感冒啊？"

508

小荷着急地说："鸭子，鸭子少了一只啊。"

"怎么会少一只呢？你去河边怎么就不看住了呢？看要下雨就应该早早地把它们轰回来的。"

妈妈的唠叨开始了。小荷知道自己的鸭子有多甜多可人，鸭蛋是弟弟的营养品，也是小荷上学的铅笔橡皮。小荷的一家刚来到村子，还没赶上分红，粮食是和生产队借的，油盐酱醋也都靠着用鸭蛋去供销社换。一场豪雨让家里的鸭子丢失一只，小荷也心疼。小荷想妈妈应该怪这雨，不应该一劲儿地埋怨自己，就赌气冒雨跑向了潮白河。

闪电撕裂乌云，雷声震荡。雨水冲刷着路面，卷着被风刮落的树叶，"哗哗"地流向潮白河。小荷蹚着没过膝盖的雨水走着，脸上的泪水和着雨水淌下。离潮白河越近水越深，渐渐地没到小荷的腰了，水溜儿在推着小荷往前走。小荷想着妈妈的唠叨、想着大彪变成的老五爷，小荷就想还不如干脆让潮白河把自己冲走算了。

立帆正帮着爷爷收拾渔网，爷爷披着蓑衣，立帆就穿着一条裤衩。立帆看见了小荷，远远地喊：

"嘿——小荷，你在干嘛？"

小荷也看见了立帆，走近了，带着哭腔说："我找我的鸭子，丢了一只。"

立帆把小荷拉到高处，说："你可真傻，这大雨里你上哪儿去找。它也许在什么地方躲雨，雨停了，它自己就回家了，要真丢了你找也找不着。"

几声闷雷以后，雨停了，残云被风刮向了东南。太阳出来了，潮白河又呈现了亮丽，被雨水洗过的潮白河里的芦苇、香蒲和岸上的绿树，都透着鲜灵灵的生机。

待地上的水落去，立帆和爷爷说一声，带了小荷沿着潮白河的河岸寻找丢失的鸭子。当他们走到一块大大的石头近前，看见一团白白的羽毛，走近一看，正是小荷的鸭子。鸭子看见小荷扇起翅膀嘎嘎地叫了起来，小荷听出鸭子的叫声里充满了欢快。小荷想抱起自己的鸭子，才看见石头的缝隙了还趴着一只麻鸭子，不知道是什么把麻鸭子的一只腿伤着了，麻鸭子站不起来了。小荷说：

"原来我的鸭子是在守护着受了伤的麻鸭子啊。"

立帆说："哎呀，它们是不是要好的小伙伴儿呀？"

小荷没搭立帆的腔儿，她着急要跟立帆证实一件事。小荷问立帆："你说人死了会变成鬼吗？"

立帆说："不会，世界上根本就没有鬼。我爷爷说，人死如灯灭。"

小荷又问："那老五爷是在我家住着的房子里死的吗？"

"不是，老五爷是去乡卫生院的半路上咽的气。再说，就算有鬼，老五爷也不会变鬼的，老五爷和我爷爷一样，可好了。"

小荷如释重负，她放下自己的白鸭子，抱起那只不能行走的麻鸭子，白鸭子懂事儿似的追着两个人走。小荷望了望潮白河，又看看蓝天和西下的红日，脱口说了一句："这真是长河落日圆啊。"

立帆说："真美啊！"

小荷不知道立帆说真美是在夸她想起的古诗还是在夸他们面前的潮白河，就说：

"潮白河美，城里的护城河也美。可护城河不如潮白河宽，也没有潮白河深。没有鱼和渔船，也没有这么多的芦苇和小鸟。"

潮白河沸腾了，从山区积聚的雨水夹裹着泥沙，沿着宽阔的河道翻滚而下。浑黄的河水取代了平日的清澈，浪赶浪地一路向南。

之二　爷爷

潮白河滋润了两岸的土地，土地上繁衍着庄稼的轮回。潮白河大片的芦苇被乡亲们称为"铁杆庄稼"，涝也收成，旱也收成，只要潮白河里有水。

沿着潮白河散落着许多村庄，村庄里有许多编席的匠人，匠人里立帆的爷爷是一顶一的好手，在这些匠人里谁都得承认。席子有竹席、草席、苇席，爷爷编的是苇席，就是用芦苇秆编出的席子。潮白河有成片成片的芦苇，只要有水，今年割了，明年还长，取之不尽，用之不竭。

立帆的爷爷一年四季都在编苇席，手艺是从他的爷爷和更老的祖辈那儿沿袭下来的，工具是木佘子、破篾刀、缲刀、拨席刀和五尺杆。

芦苇收回来打掉苇絮，经过晾晒的苇秆去掉外皮，用木佘子劈成苇篾子。木佘子是爷爷用枣木做的，像立帆抽打的陀螺，平面那边有一个洞，洞里半截的地方装上刀片，尖的一头稍下分成三个孔。爷爷左手握着木佘子，右手拿一根芦苇从木佘子的洞里递入，分成三缕的苇篾子就小蛇一样颤抖着从木佘子的三个孔里蹿出。爷爷的动作娴熟干练，让人眼花缭乱，很快地一铺苇篾子就摊在了他的面前。

摊开的篾子用水濡湿，在阴处闷上半天儿，再用碌碡碡轧。碌碡碡是一段笨重的石柱，四根粗大的方木框子把石柱框住，轧芦苇的碌碡碡不像场院轧麦子、谷子的那样把石柱框在中间，而是边梁的一头稍长，爷爷就把稍长那头的横梁抵在肚子上，把住竖梁来来回回地在摊开的篾子上碡轧，碌碡碡轧在篾子上，篾子发出清脆的噼啪响声。轧上一会儿把篾子翻个儿再轧，越轧篾子的柔韧性越好。爷爷推着碌碡碡，嘴里还唱着不知道打什么时代流传而来的戏歌：

"那皮鞭一举好似龙摆尾，

皮鞭一落像怪蟒把身翻。

直打得闵子骞在雪地里滚，

唰啦啦猛一鞭打破了棉衫。

那芦花飘飘飞满了雪地，

员外一看是芦花团……"

立帆听不懂爷爷哼唱的歌也不想懂，他跑到场院来叫爷爷回家吃饭，还挂着脸上的抓痕和衣服上的土。

"你这个小子！"爷爷见立帆，就问，"不好好念书，又和哪个打架去了？就不怕你老子揍你？"

立帆急忙说："是大彪哥仁欺负新同学……"

"哦，是那下放人家的闺女么？"爷爷放下碌碡碡，像对立帆说又像自己嘟囔，"人家强了就尿，人家弱了就欺负，可就愧做了人了。"

爷爷放下碌碡碡，一老一少往家走。立帆就跟爷爷说大彪怎么带了弟弟欺负新同学，他怎么去说大彪兄弟的不是，后来他怎么被大彪兄弟打，又怎么一个人战胜了大彪兄弟两个。

爷爷听得喜笑颜开，胡子乱颤地说：

"我孙子还真算个爷们儿，是爷们儿就不该欺负女人。"

爷孙俩说说走走的家去了。

爷爷也去潮白河打鱼，爷爷每次打鱼都是在天上飘雨的时候，不去场院编席了，爷爷就披了蓑衣、提着芦苇编的鱼篓。爷爷没有渔船也没有鸬鹚，他的工具是一张旋网，站在没膝深的水里，旋网顺着绳头一圈圈盘在左手腕，右手攥紧网脚，使出浑身力气甩开，朝着河心方向抛出的网像散开一朵雪白的大花。

温润的潮白河水浸湿了爷爷挽起的裤脚，温润地从爷爷的脚面和两条小腿间流过。爷爷对潮白河的情感甚至大于他对编席的情感，毕竟不管是编席的金黄色的芦苇，还是在爷爷的旋网里活蹦乱跳着的银鱼，都是潮白河所赐予的。

河面上那些打鱼的人每次看见爷爷，都停了他们嘴里"喔喝——喔喝——"的吆喝，朝着岸边的爷爷喊：

"嘿，老爷子，又来呛我们的行市来啦？"

打鱼的人没有敌意，他们的话语里充满了对爷爷的敬意。

爷爷从网眼儿上择下一条鱼朝渔船晃晃，大声说："这潮白河不是你的，也不是我的，是大家伙儿的，我捞两条少不了你鱼伙计的收成。"

迷蒙细密的雨线打在爷爷的脸上，也打在潮白河的水面上。渔船渐渐远去，爷爷还听见打鱼的人"喔喝——喔喝——"的吆喝。潮白河水渐流渐远，爷爷的眼前却依然是水波荡荡，隔水相望的苇塘郁郁葱葱，芦花绽放一片。

"芦花本是轻微物，

随风飘荡不挡寒。

三九天穿棉还觉冷，

何况我儿身披单。

今日他几乎冻死在中途路，

狠毒人有何脸面再纠缠？

你捡起这休书快给我走……"

没雨的日子，爷爷就去场院，把轧好的篾子摊在场院边的柳树下，坐在蒲团上，仔细地挑选篾子。爷爷说："编席要挑二压三大排四。"苇席花纹仔密、花样繁多，土炕铺上苇席冬暖夏凉，耐热耐磨，美观干净。编席时爷爷两只手左右开弓同时动作。苇篾在他的手里上下翻飞舞动着，苇篾子一边欢快地跳跃，一边又哗哗地歌唱。每编一会儿，爷爷要用拨席刀拨几下，让苇篾子紧密地靠在一起。

席芯儿编好，再编四边的水纹。爷爷把席翻过来，四边溮溮水洇上，在里层留三四公分长茬儿割掉多余的就该缲边了。缲刀也是铁的，中间一道凹槽，像粮库验粮的探针。爷爷一手按着五尺杆，一手用割席刀在席边划出痕迹，压折，把缲刀插进席花，席茬顺缲刀凹槽插入再拔出刀。爷爷编一会儿，站起来活动一下腰身，端详着他才编好的席子，像一个艺术家端详着自己的作品。

小荷的家紧挨着场院，爷爷编席的地方在场院东边。爷爷蹲在地上编着席，刚抬起身子，看见小荷的爸爸正绕过场院西边高大的芦苇垛，穿过场院向这边走来。走到跟前，小荷的爸爸说：

"老先生很辛苦啊。"

"先生可不敢当。辛苦一点倒是有的，又能怎样呢？老农民不辛苦怎么有饭吃啊？"

爷爷从烟荷包里挖了一锅儿烟点上，让让小荷的爸爸。小荷的爸爸摆了手连说："不吸不吸。"又说："席应该是队上往外卖吧？我也想请您帮忙编一领。"

"好啊，俗话说炕上没席，脸上没皮。"爷爷吧嗒口烟说，"编领席还不容易嘛。不过席都是队上卖给供销社的，你得去和队长商量。你现在也应该算是队上的人了，想必队长不会不同意啊。"

小荷的爸爸就带了几分颓唐，说："算是算，我是来改造的，怎么也不能说是个根正苗红的社员。"

说着话，爷爷磕了烟锅儿，又蹲下编席。小荷的爸爸也猫了腰看着。

"你的委屈我也是有耳闻，有错就改，改了就好。"爷爷两手翻飞着说，"啥叫吃亏啥叫占香应呢？挺过去就好，没有蹚不过去的河。"

小荷的爸爸连连点着头，说："我也没想到给领导提意见能提到乡下来了呢。"

"见人但说三分话，未可全抛一片心。老祖宗说的话不打诳。"

"对啊，对啊，真是受益匪浅，过去怎么就没人跟我说这个呢。您可真是个哲学家啊。"

爷爷哈哈笑了说："又不敢当了啊。你是知识分子，我们是老粗啊。可道理就是一个道理啊。"

说着话，正好队长从场院过，小荷的爸爸就凑近前，说了些客套话后，又说："王队长，我想让老爷子也帮着我家编领炕席，炕上没席褥子上总是沾土啊。"

队长就望着爷爷，说："二爷辛苦些，给他编一领吧。才来咱村，日子总得过。啥钱不钱的，就拿那垛上的二级苇子，我回头跟会计说，也甭收钱啦。"

爷爷点了头儿说："那不是容易么，咱旁的没有，手艺不差，有你队长的话就好办。"

小荷的爸爸又连连说："谢谢王队长……谢谢二爷……"

不到两天，爷爷就把小荷家的苇席编好了。爷爷扛了编好的席穿过场院矮土墙的豁口，大步流星地去了小荷家，站在杨树围起来的篱笆圈儿外，爷爷喊道：

"家里有人吗？"

一家几口就迎出来，爷爷把一捆席戳在地上，说：

"编好了，铺铺看合适不合适。"

小荷的爸妈就往屋里让，说："看看，怎么还让您送来了，念叨一声我们去拿啊。"

"呵呵，又不远，就是场院东头走到西头的事……我不进屋了，铺上试试吧。"

小荷的爸爸就抱了苇席进屋，铺了席隔着窗户就喊："真是正好啊。"

爷爷嘿嘿一笑："不是我吹，编席子，就讲究个平平展展、严严实实，可以说密不透风、滴水不漏，席面迎着太阳一照，一个光眼都不能有。"

小荷的爸爸拉了爷爷的胳臂让他进屋，说："怎么也得进屋喝口水啊。"

爷爷进了堂屋再不往里走，小荷的妈妈就端了茶壶茶杯给爷爷倒水。

小荷的爸爸又从里屋拿出几块小席片，说："二爷，您看这个是多了吧？"

爷爷笑说："这才是队长批的二类苇子编的，给丫头在当院围个鸭子棚儿吧。"

爷爷从墙根找了扎篱笆剩的粗木棍，钉在地上，小荷的爸爸帮着把几块小席片用铁丝固定在木棍上，上边也苫了席，一个鸭棚就好了。小荷看着围好的鸭棚，想起了什刹海游泳场那用苇席搭的更衣室，只是小了许多。

爷爷边干边和小荷爸爸聊着："过日子就得有个过日子的样儿。"

"哎，度日如年啊。"

"你要高兴，日子就快；你要发愁，日子就慢；什么最发愁？没吃没喝最发愁。有吃有喝就不用发愁，什么难事都能过去。今儿过不去明儿过，明儿过不去后儿过，就是个早晚的事。"

小荷的爸爸就换了话题，问爷爷：

"您可知道？报纸上说国家要在密云修个大水库了。"

"修个大水库派个什么用呢？"

"把潮白河拦上啊，水大的时候蓄起来，旱了开闸放出来。以后就不怕潮白河发大水了。"

"真是这样，那可好。民国二十八年潮白河大水别说淹了潮白河两溜儿，连天津卫都淹了半个月啊。"

没过几天，王队长就真的带了立帆的爸爸妈妈还有队里的青壮劳力，打着红旗、推着小车、挑着箩筐去了密云水库的工地。

秋天到了。爷爷70岁了，就像秋天的骄阳，干脆、炽热。他自己没觉得已经到了暮年，还以为自己是三四十年以前的小伙儿。爷爷在急迫地盼望着收割芦苇的日子。明知道节气没到，他还是会没事的时候走向潮白河岸。

随着秋天的一步步深入，潮白河两岸的庄稼地里都是收获着的村民。潮白河换了一身打扮，堤上的杨树、柳树都苍老了原来的绿色，一墩一墩的芦苇也尽情地绽放着雪白的芦花，有风的时候都一边倒地刷扫着天空，天空就被刷得蓝得透明、纤尘不染，叫人一丝云彩都看不见。

立帆的爷爷坐在当院的枣树下磨着他用惯的那把老镰刀，跟随了爷爷五十几年的镰刀，刀身窄窄的像一叶苇叶，枣红色的镰刀把已经被爷爷的手指磨出了几道明显的凹槽。

秋深了，秋风吹落了树叶，潮白河大片大片的芦苇开始披上了金黄的色彩，队里的劳力都准备好了锋利的镰刀，收割芦苇的季节到了。王队长说：

"今天开始收割潮白河岸边的苇子，不用蹚水，男劳力要抓紧割，运到场院，女劳力都去刷苇子，编席的、打箔的和苇柴都刷好了晾着。"

劳力们三三两两地跟着队长朝着潮白河走，爷爷也在人群里，一边的腋下夹着镰刀，另一只手擎着旱烟袋。王队长见了就说：

"二爷上场院看着妇女刷苇子吧，割苇子的事我们年轻人就办了。"

爷爷挥挥烟袋："我得去割，我得看看今年苇子的长势。"

爷爷唱着他的戏歌，在一群青壮劳力的簇拥下，大步流星地走向潮白河，走向芦苇滩。

"那皮鞭一举好似龙摆尾，

皮鞭一落像怪蟒把身翻。

直打得闵子骞在雪地里滚，

唰啦啦猛一鞭打破了棉衫。

那芦花飘飘飞满了雪地，

员外一看是芦花团……

芦花本是轻微物，

随风飘荡不挡寒。

三九天穿棉还觉冷，

何况我儿身披单。

今日他几乎冻死在中途路，

狠毒人有何脸面再纠缠？

你捡起这休书快给我走……"

湛蓝的天空，清澈的河水，金黄的芦苇。这是爷爷和村民的家园，家园的芦苇是他们的铁秆庄稼。铺炕的苇席、苫房的苇箔、烧火的苇柴是老天赐给他们的财富。

之三　立帆

夏天了，太阳白白的耀眼。

立帆轰了鸭子朝潮白河那边走。鸭子"嘎嘎"叫着在立帆的前边摇摇摆摆地排着散乱的队伍。暑假里，立帆每天负责把家里的十几只鸭子赶到河里，天擦黑以前拢了鸭子回家。

土路两侧庄稼地里的玉米长过头顶了，花生也开了花儿钻进土里做果了，好多天不下雨，庄稼的叶子在阳光里都有些萎靡。立帆穿着裤衩，露着的黑黑的脊背和黑黑的小腿儿也让阳光镀着一层铜色，一道一道白色的抓痕是他昨天在潮白河里戏水的证据。

还没走上河堤，就听见河那边传来的一阵阵"喔喝——喔喝——"的吆喝，立帆知道这是顺义史家口那边过来放鸬鹚捕鱼的船已经早早地到了。立帆跑进自己家"小片开荒"的菜地。菜地里种着一畦一畦的黄瓜、豆角、茄子、辣椒、韭菜、西红柿……从潮白河河岔儿引过来的渠水流进毛渠又流进田畦，汩汩地灌溉这些绿油油的菜蔬。远看这一片菜地，高高矮矮的杂乱无章；近处一看，每畦又都整齐得显露着农民伺候土地的那份耐心和细致。蓬勃的秧棵上开着花、挂着果儿，五颜六色地展示着生命的华丽。葫芦蜂嗡嗡地在倭瓜花之间穿梭，粉蝶轻巧地落在一片叶子上张合着翅膀。绿意盎然的田畴之间，夹杂着春天里种下的那些早扁豆都已经苍老了叶子，等待着主人拉秧、割去老藤，腾地种下新的种子。

立帆钻进菜地把粉蝶吓飞了，葫芦蜂却嗡嗡地在他的头顶绕了几圈。菜地外边大彪带着他的两个弟弟还有几个小伙伴儿吆喝着往潮白河那边跑去，撵得立帆的鸭子"嘎嘎"地四散逃开。立帆隔着黄瓜架向外张望一下，从黄瓜架上摘了一根嫩黄瓜，在衣襟上蹭蹭，咬了一口，又去准备拉秧的豆角架上扯下几根糟烂的支架撅成一尺多长，捆了小小一捆提着钻出菜地，紧跑几步追上了鸭子。黄瓜架上糟烂的支架可以卖给那些打鱼的人，中午他们会在河边支灶做饭，糟烂的支架好燃烧，是这些打鱼人最好的引柴，立帆手里的这一小捆，有时候他们会给他2分钱，有时候会给他3分钱。

三五只小船在潮白河逆流而上，船帮上排着的五六只鸬鹚也叫鱼鹰的灰黑色大鸟，猥猥琐琐地抿了翅膀偶尔动下脖子张望下水面，好像都不准备下水的样子。那打鱼的人就从水里抽了竹篙，一下子把船帮上立着的鸬鹚横扫下水，又一手撑了竹篙一手提起躲在船板上的一只鸬鹚远远地抛向水面。一只只灰黑色的大鸟被赶下水又凫回来试图攀上船帮，打鱼人就伸了撑船的竹篙一下一下拍打着水面，嘴里"喔喝——喔喝——"地吆喝着把鸬鹚轰开。

坐在潮白河西堤的石头上，立帆看着打鱼的人和鸬鹚忙活，又想起自己的鸭子。放眼望去，鸭子并没游出多远，就在他脚下的堤岸边凫水。领头的大白鸭带头在水面上排出一行队伍，时而舒展开翅膀欢快地"嘎嘎"叫几声，时而扎个猛子，翘起白而尖的尾巴，一下没进河水衔出河泥里的螺蛳吞进嗉囊。

身后有鹅和鸭的叫声，是小荷赶着自家的鸭子来了。立帆就站起来叫：

"小荷小荷，你咋才来？"

小荷答应着也不说为什么，就一直把自己的鸭子鹅的轰下水去了。立帆看见小荷今天穿了桃粉色的半袖小褂儿，藕荷色的长裤，搭攀儿的塑料凉鞋里还套了雪白的袜子。就说：

"小荷，你今天真好看。"

两群鸭子已经汇聚在了一起。两个人站在水边，看着河底的白沙，水从白沙上缓缓地流过，一群寸把长的小鱼向他俩聚拢来又游开去。立帆说：

"小荷，今天咱们玩什么啊？老虎吃小羊吧？要不就拔老根儿？"

立帆不等小荷答应，就跑到大杨树下摘了一捧杨树的叶子。"拔老根"就是把杨树叶子撸掉，剩下叶子的筋络叠一个弯儿，两个人勾住了使劲拔，看谁的先折了就算输了。两个人玩了一会儿，又默默地坐着看潮白河上船来船往的打鱼人的劳作。

太阳斜斜地照着，潮白河的水波都碎银子似的闪着一纹一纹的磷光。河滩上的花啊草啊也发散着让人迷醉的气味。河里的鸭子和鹅在觅食，打鱼人的小船远远的像贴在远处蓝天上的剪纸。潮白河就从远处的蓝天那边流过来，又无声无息地流向南边的天底下。天蓝、云白、水阔的潮白河，浅处清亮舒缓，深处湛碧一片，有一群和立帆他们一样大的孩子在潮白河湾处的潭里嬉戏，在一片波光潋滟里欢实地传来他们忘乎所以的欢快声音。

小荷就沉醉了，说："潮白河真美。比北京的护城河好。"

立帆说："我可没见过护城河。"

小荷接了他的话："赶明儿我要回北京，就带了你去，不光是护城河，北海、颐和园让你逛个够。"

立帆说："不用，我就想咱俩坐在这儿看他们打鱼……我爷爷说了，哪儿都没我们潮白河美。老辈子皇上去承德避暑，就是打我们大罗山村过的潮白河。"

小荷就有些佩服地看着立帆："你知道的事儿可真多。"

其实小荷对立帆的佩服还不全是他知道的事儿多。三年前，小荷随了爸妈来这个小村下放。开始，村里人看不惯小荷家和大家一起挣工分儿，那无疑是分了全村的口粮，一帮半大小子就欺负小荷，小荷只好凭了自己的拳头去对付。后来，小荷的一家融入了村民的生活，小荷家头年买的鸭子长大了，小荷也会轰了鸭子去潮白河。那次傍黑的大雨，把小荷的鸭子打散了，小荷怎么数都少了一只。小荷的妈妈因为下放脾气本来就大，丢了鸭子就呵斥她。小荷把剩下的鸭子关进鸭棚，独自去潮白河边找。是碰上立帆，荷才有了胆量，两个人找回了鸭子。打那儿起，小荷就对立帆有了依赖，觉得他和欺负自己的那几个半大小子不一样。

打鱼的人撑着小船在河心里分散开，边撑着竹篙边盯着河里漂着的那些大鸟。一只鸬鹚发现了目标，追着一条鲫鱼低头捕捉。只见那鸬鹚叼着鱼扬头一甩，鱼带着水珠在阳光里泛着银白的光，在鸬鹚的上方翻了漂亮的跟头，抖动着尾巴头朝下笔直地落下。鸬鹚就扬起脖子张嘴轻巧地接住使劲吞下。立帆看得明白，这么大的鱼是鸬鹚吞不进嗉囊的，它的脖子早已被打渔人用马莲做的绳套拴上了。鱼头进了喉咙，鱼尾还在鸬鹚嘴外边。紧划几下船追上鸬鹚，打鱼的用抄子把鸬鹚捞上来，提了双脚用手在脖子上一撸，让鸬鹚把吞了一半的鱼吐在船板上，然后一甩又把那大鸟扔向了河心。鸬鹚划出一个弧落入水中，混进了还在追逐着游鱼的鸬鹚群里。

小荷说："这些鱼鹰真可怜，自己抓鱼自己都吃不到。"

立帆说："你想吃鱼不想？我去给你抓。"

小荷说："你以为你是鱼鹰啊？"

立帆说："你说我是我就是……我可以游到对岸去，你信不信？"

小荷就笑："我没说不信啊。"

高大的白杨也舒展了叶子，哗哗地响。立帆说："你笑什么？你笑就是不信。"立帆就想下水去，又想起小荷是丫头："你闭上眼，我得脱了裤衩游得才快。"小荷就乖乖地闭了眼还用两只手遮上。立帆又说："不行，谁知道你偷看没有，你转过身去。"小荷就又乖乖地转过身去。

立帆脱了短裤扔在沙滩上，跑了几步一个猛子扎进了水里。

潮白河的风温润凉爽，空气里带着淡淡的水腥气和青草的芳香气味。小荷转回身，看见立帆在水里耸着脊梁已经游出好远，快追上打鱼人的鸬鹚了。立帆的屁股也一耸一耸地在水面上起伏着，小荷的脸上就有些发烧，心里骂了一句：这个傻蛋。听见船上的人喊着：

"嘿——，小子，鱼都让你吓跑啦！"

潮白河清冽的河水洗濯着立帆光滑的身体，河里生长的鲤鱼、鲫鱼、马口、鲢子都精灵一样的在他的身前身后来回地穿梭，似乎知道今天这个游水的孩子有些不怀好意，每当他的手触摸到了一条鱼，那鱼却灵巧地一个转身游走了。立帆知道河里的石头堆下还有蛰伏着的黑鱼和鲶鱼，游过去，一块块翻起石头，一尺长的黑鱼把立帆撞个趔趄，急慌慌地顶了水溜儿游走了。

立帆有些沮丧，回头看岸上，小荷还在河边，正张着手向他喊着什么。立帆想一定是小荷在叫他赶紧回去。立帆看看离着苇塘近了，就加紧速度向着苇塘的方向游。

一丛一丛的苇子已经扬起了苇穗，香蒲也挺起了蒲棒。蜻蜓在飞，飞累了落在尖尖的蒲叶上舒展着翅膀。又一只蜻蜓掠过，停在蒲叶上的那只就飞起来急急地追了这新飞来的，两只蜻蜓傍着翅膀飞过潮白河对岸去了。

有打歇儿的渔船拴在苇塘边的垂柳上，随着河水荡荡悠悠地浮着，打鱼的人铺了苇席在柳树荫下假寐。立帆绕开柳树，拨开芦苇向苇塘深处走去，听见鸟的呢哝"啁啁"地在他的左右应和。苇子上挂着一个精致的鸟窝，立帆过去把鸟吓得扑棱棱飞了起来，那鸟却不飞远，落在不远的苇梢儿上侧头看着立帆。立帆没想破坏鸟窝，他是想看看有没有还没出飞的苇喳子或者红靛颏给小荷。没抓到鱼给小荷养一只好看的小鸟也不会太没面子。

离开鸟窝，立帆继续往里走，又找着几个鸟窝都没有雏鸟，他只好快快地往回走。走着走着，突然眼前一亮，他看见苇棵下有个小锅一样的巢，巢里躺着5枚野鸭蛋。立帆捧了3个野鸭蛋走到水边，准备下水又傻了：自己要用胳臂划水，没有可以装野鸭蛋的东西啊。立帆放下鸭蛋想了想，飞快地撅了几根青苇子，他看见过爷爷用苇子编筐编笆箩，也用高粱秆儿给他编过蝈蝈笼子。立帆在地上用脚把芦苇杆儿踏扁，蹲下来上下交错着编出了一个小篮子，把野鸭蛋捡进小篮子。这样就可以一手托着一手划水回去了。

游近，看见小荷托了腮在水边坐着，立帆高兴地喊：

"小荷，你没家吃饭去？"

立帆抹一把脸上的水珠儿，一下从水里站了起来，想起自己的光身子，又赶紧蹲在水里了。

小荷就捡起立帆的短裤，团团，一下子扔过去。

立帆在水里摸索着穿上站起来，走上来又问："你咋不回家吃饭去？"

小荷说："我给你看衣服，叫人拾去了，你光屁股回家啊？"

立帆就摸了脖颈子"嘿嘿"笑起来。伸了左手的小篮子给小荷。

"看，野鸭子的蛋啊。你可以拿家去，让婶子给你炒着吃。"

太阳已经在正南边了。打鱼的人聚拢了鸬鹚陆续地靠近岸来，找一棵树拴牢自己的渔船，一手提了装鱼的鱼护，一手拎个小煸锅和柴禾，找了三块石头支起锅，吹起火来做饭。从河里舀的半锅水开了，把拾掇好的杂鱼放进去。没有盐，从自带的酱茄子罐里挖一块核桃大的酱，放了葱和鱼一起熬。他们锅里煮着的大多是泥鳅、黑鱼和鬼漂子，好卖的鲤鱼、鲫鱼、鲢子要留下卖给收鱼的贩子。

立帆和小荷还有刚才在河里洗澡的小伙伴坐在河边的石头上，闻到了打鱼人的锅里飘出来的侉炖鱼的鲜香气味。他们等着，有时候打鱼的心情好，会把吃不了的剩鱼让他们尝鲜解馋。立帆想着刚才还在河水里活泼泼的那些无忧无虑的鱼，一转眼就变成了人们锅里煮着的食物。又想起也会撒网打鱼的爷爷，头天还在下地干活，转天就去了另一个让立帆不知道的世界，立帆的心里就有点难受。

沿着河堤过来一个骑自行车的人，来到跟前，骗腿儿下了车。看着自行车后支架上挎着的两个铁丝筐，立帆知道骑车的就是收鱼的贩子。贩子在沙地上放倒没有梯架的自行车，边和打鱼的打着招呼边走过去，走到最近的一个打鱼人旁边，从兜里摸出一个酒瓶，自己喝了一口后递给打鱼的，伸出两个手指捏出锅里一条鱼放进嘴里吸溜吸溜地咀嚼。

吃了喝了，众人点了烟，有人聊着，有人把鱼护里的鱼倒在鱼贩子的秤盘里交易。早上买了立帆的柴枝子的就冲立帆他们喊：

"小孩，小孩，过来！"

立帆他们就围过去，看见锅里除了汤也就是鱼尾巴和鱼头了。

那人又说："鱼，吃不吃？不吃就倒河里去啦。"

大彪兄弟和几个小伙伴儿就围了上去，下了手抓到嘴里吃起来。立帆就学那鱼贩子用拇指和食指捏着鱼尾巴要放进嘴里，回头看见小荷还坐在石头上动也没动。

立帆走过去问："你不想吃？"

小荷点了点头又摇摇头不吱声。

其实立帆知道，小荷是跟了父母来村里下放的，有时候野得赛过小子，但是像他们这样吃打鱼人的剩儿，小荷真是一次都没靠过前儿的。

小伙伴们吃完了几个锅里的剩鱼一哄而散，有的找自己家的鸭子有的下河嬉闹去了。

鱼贩子驮了鱼筐去了下一个打鱼点儿。

歇过来的打鱼的人也解了缆绳，下河继续着他们的打鱼营生。

立帆和小荷仍然坐在石头上。

"喔喝——喔喝——"打鱼的人仍旧在驱赶着鸬鹚，河上的阳光更强烈了，蝉也在大杨树上一声跟着一声高声地鸣叫着。苇塘那边有两三只白鹭不知道被谁惊动了，飞起来又落下又飞了起来。

小荷托着立帆编的小篮子摆弄着野鸭蛋，叫了立帆的名字。立帆回头看小荷，小荷的脸红红的，立帆以为她是热了，又看一眼却看见了小荷的眼也是有些红红的。立帆说：

"你又没下河，怎么还迷眼了？"

小荷说："没迷眼啊。"

立帆就问："那你的眼咋红了？"

有两颗晶莹的泪珠就真的从小荷圆圆的脸颊上滚下来。立帆可不知道小姑娘哭了该怎么哄了。过了一会儿，小荷低着头说："立帆，我要走了。"

立帆说："你要回家吃饭吗？回吧，我给你看着鸭子，下午你不来也成，我帮你把鸭子轰回去。"

"不是啊，是我家要回北京城里去了。"小荷抠着指甲说，"开学我就不在村里上学了。"小荷掏出一块叠得方方正正的手绢塞在立帆的手里，起身拍拍裤子的土，扭身朝村子的方向走了。

立帆没去追赶小荷，他真是不知所措，只是愣愣地那样坐着，一直坐到天黑。

在河上过夜的一只渔船上有人在吹箫，起起伏伏、呜呜咽咽的箫声和着潮白河河心里迢迢的雾气上升、回旋，牵着立帆的思绪也在飘荡、起伏。

立帆觉得有两个自己，一个还是那个贪玩的瘦男孩，另一个却是他从来没经历过的、似乎已经长大的立帆，但是立帆又说不出来是一个怎样的感觉。他忘了回家，忘了那些个渔人和他们的鸬鹚。鸭子都已经自己回了家，立帆却一点都没察觉。

……

小荷走了。从此以后，立帆再也没见到过他少年的伙伴小荷。

好多年过去了，潮白河的水一天天少了，鱼也渐渐地没了，史家口那边打鱼的船再也不来了，苇塘也一天天枯萎到消失了，只剩下干枯的河床上细白的沙子……从连接两岸的大桥还能让人感觉出昔日潮白河的宽度。

潮白河，再也没有了往昔的"浩浩汤汤"。

语丝微言

作者的这篇一万六千余字的短篇小说《潮白河佚事》，写得浩浩汤汤，气象万千。既有朝晖夕阴，又有云开日出。如徐徐打开一幅潮白河的风景画图、水墨丹青：春天冰河乍开，移舟顺水，烟柳画桥，风帘翠幕，两岸百万人家；夏天水涨丰盈，香蒲浸岸，渔船鸬鹚，草长莺飞，隐约人间烟火；秋天兼葭苍苍，白露为霜，芦花茫茫，遮蔽水乡；冬天长河落雪，渡口落日，两岸银妆，辽阔风光。小说中的人物：小荷才露尖尖角，以一个城里少女的视角审视潮白河的风情，获得一种纯粹的乡野快乐；立帆，以一个潮白河本土少年的胸怀彰显潮白河的胸怀，获得一种淳厚快乐；爷爷，以潮白河的传承而传承仁义，获得一种善良的快乐。小说中有作者独到的观察：鸬鹚捉鱼，蜻蜓浅飞；有细致的描写：爷爷编席，挑二压三。有各种色彩：土屋的黄，苇穗的紫，雏鸭的嫩；小说中回荡着各种声音：风吹芦苇的起伏声，"喔喝——喔喝——"打鱼的人驱赶着鸬鹚声，夜里渔船上呜咽的箫声；小说中散发着各种气味：河边水草腥味，河水㑚炖野鱼味，雨河面的泡沫味。总之，闫国强是了解潮白河两岸生活的人，他的这篇小说，接潮白河之地气、水气、灵气，有作者自己的新观察、新探索、新思想。

【作者简介】

　　王也丹，北京密云人，中国作家协会会员，北京作家协会会员，中国林业生态作家协会理事，中国散文学会会员，北京杂文学会会员。在《人民文学》《北京文学》《天津文学》《佛山文艺》《北京日报》等发表小说散文作品百余万字，作品被《小说选刊》《读者》《青年文摘》等刊物多次转载，收入《当代散文大观》《感动美文》《语文新课标阅读丛书》《受益一生的感恩故事》等各种文集及中高考试卷，并多有获奖，出版有小说集《落地生根》、散文集《云上》等。

双 面 绣

1

　　我们那地方有个风俗，女人出嫁那天要穿自己亲手绣的绣花鞋。牡丹、月季、梅花、兰花，在鞋面上千姿百态、竞相怒放。具体绣什么花色，全看女人的心性和好恶，只不过这样的鞋一般都选用红色一类的鲜艳面料，大红的底色，花团锦簇的热闹，里里外外都透着喜庆。这样的鞋子叫新娘鞋。每个女子在待嫁前，都会早早地为自己准备好。待女人嫁作人妇做了母亲，孩子周岁时，还要给孩子做一双黄色的绣花鞋，绣上榴开百子、花开富贵什么的，为孩子祈福、祝愿。如果是男孩，鞋头上可以再缝个虎头。女孩呢可以缝个花朵，这样的鞋叫百子鞋。到年老时，讲究些的，都会在自己还能动针的时候，预备好一双青色的绣花鞋，绣上一些简单的花草，留给自己上路时穿，叫上路鞋。这三种鞋都必得女人亲手做，不能由别人代劳的，否则会被人耻笑、看不起。因此，虽然表面上说的是鞋子，但从鞋子上看出的内容可就多了。花朵的大小、花色的搭配、针脚的粗细，等等，反映的都是一个女人心灵手巧的程度。

　　这个风俗据说已经有上百年了。

　　稍微上点岁数的老人，数落起村里的这些媳妇，常常会说到她们当年迈进婆家门的那双脚，其实是脚上穿的鞋子。那是新媳妇的亮相，这个相要是亮好了，好口碑基本就奠定了。

　　常被他们挂在嘴边的人有两个：母亲和二婶。

　　二婶的绣花手艺是公认的好。啧，啧，那花绣的，跟真的似的，我以后再没见过。

是啊是啊。许多人附和：那么灵慧的一个人，就是命不好。

二婶四十岁那年，二叔患胃癌死了。十几年过去，她的两个女儿也已出嫁，二婶却一直独身一人。

说完二婶，十有八九会说到母亲。大家就会不约而同地摇头、感叹："没见过那么笨的女人哦，她怎么会穿着那样一双鞋出嫁呢?"

母亲是穿着一双"瞎鞋"嫁过来的。"瞎鞋"，就是没有花的鞋子，上面不绣一针一线。穿"瞎鞋"的女人肯定是笨女人，注定要遭人嘲笑的。

两个女人，一个天上，一个地下，似乎水火不容、针锋相对是前生注定的，更何况她们是妯娌姐妹呢。

2

二婶嫁给二叔的时候，我六岁，已经懂得些人事了。二叔是个木讷之人，老实得要命，一天到晚也听不到他说几句话。但却极其内秀，缝补衣服、做饭做菜这些女人家的活计，他都做得有模有样，加之二叔长得唇红齿白，俊朗俏拔，村里人就送给二叔一个绰号叫"二姑娘"。

说起来，二婶是被爷爷相中的。当时爷爷在镇子的食品厂里做糕点师傅，二婶的母亲经常去买糕点，一来二去的熟了，爷爷在称糕点时就会悄悄的多给几块。这几块糕点就把二婶的母亲收买了。两人说起自家的儿女，爷爷说自己有个二儿子至今未娶，二婶的母亲说自己有个二闺女至今未嫁。两人一拍即合：那咱们做亲家吧。

第二天，二婶的母亲就以买糕点为名，让二闺女陪着她去糕点厂了。其时的二婶正值三七年纪，一条油亮亮的大辫子垂到腰际，大眼睛，小嘴巴，说起话来叮当脆响。爷爷说：这孩子真爽快，正好配我那蔫儿子。

两家各找了媒人，定好了日子。二婶见了二叔的照片，又见了本人一面，还算满意。两个月后就嫁了过来。

二婶嫁到我们王家那天，正好是我的弟弟小宝周岁生日，添丁进口，双喜临门，格外热闹喜庆。大门口围了许多等着看热闹的人。二婶是坐着拖拉机来的。拖拉机可是那年月的奔驰呢。拖拉机还未停稳，就有人放好了方凳。二婶抬腿迈下来的那一刻，周围一片骚动。大家看到，二婶的脸美，二婶的脚更美。二婶的脸如果是十五的满月，那二婶的脚就是皇帝的御花园，缤纷耀眼。水红色鞋面上，一大朵黄灿灿的月季花鲜艳夺目，月季后面是银白的腊梅、粉红的春桃、草绿的枝叶，层次分明，生动传神。踩上方凳的那只脚哪里是普通的脚，那是一面魔镜，真晃人的眼呢。

多年以后，见过这个场面的人，提起来依然神往。那应该是一个女人一生最光彩的时候，我的二婶当之无愧。

想来，该有多少男人和女人在见到二婶的时候心里犯酸？我想：男人们见了二婶的脸肯定会和自己的老婆比较一番。而女人看到二婶脚上那双新娘鞋的时候，一定会自惭形秽的。

自惭形秽者中会有我的母亲吗？母亲穿着一双瞎鞋嫁过来早已人尽皆知了，母亲却从不理会别人怎么说她，永远是一副淡淡的表情，无山无水，无酸无甜。就像现在，大家都在夸新媳妇的脸新媳妇的鞋，母亲却依旧忙碌在厨房里。偏偏这时候我的弟弟小宝跟跄着跑过来，他脚上刚刚穿上不久的百子鞋分外显眼。金黄的鞋面上没有一丝花线，只在鞋头上简单缝了一个虎头，虽然虎头花花绿绿，栩栩如生，却因为少了装饰，显得愣头愣脑。

母亲的绣工在二婶的新娘鞋面前更加一败涂地，溃不成军。

母亲不理会，有一个人却是格外动了心的。那就是我的父亲。围观的女人对二婶的新娘鞋和弟弟的百子鞋开始品头论足，继而又有人悄声提到了母亲的"瞎鞋"，那表情和语气虽无恶意，谁高谁低却是不言自明。我看到父亲的脸上掠过一抹阴云，这阴云再未散去。

3

父亲那年应该是三十岁吧。和二叔比起来，我的父亲是很男人的那种，粗犷、魁梧，与人说起话来，从来都是："咱爷们儿，咱爷们儿。"

父亲和母亲的婚姻也是有媒妁之言的。我的姥姥在世时经常感叹，说是她害了我母亲。后来听舅舅说过，我才知道，原来我的姥姥一共嫁了三处，母亲是姥姥和第二任姥爷的孩子。母亲十二岁那年，我的第二任姥爷患肺痨死了。姥姥就带着与前夫生的一个女儿和与第二任姥爷生的一儿一女，嫁给了第三任姥爷。这第三任姥爷是个瓦匠，前妻因病去世，留下一个女儿，总喜欢没事吸上两口水烟，听媒人说起爷爷家的日子很殷实时，就一口答应了母亲和父亲的婚事。姥姥当时和这第三任姥爷已经又有了一个儿子，也没怎么过问。

母亲内心里却是不愿意的。母亲当时已经有了心上人，是谁呢？母亲从未说过，舅舅只说那家人实在太穷，你姥爷根本不会同意，就不再提起了。

母亲在那样的家庭里低眉顺眼惯了，她顺从地嫁给了我父亲。

父亲是生产队里的会计，算盘打得啪啪作响，小账记得条理分明，浓眉大眼，虎背熊腰，很招村里大姑娘小媳妇的喜爱。干活累了，中间歇工时，往往的，四五个小媳妇就和父亲在地边摔起来了，有时是她们把父亲压在身下，有时是父亲把她们压在身下。嬉笑怒骂都是开心而无顾忌的。

爷爷说父亲太疯了，应该收收性子。而母亲安静得似一湖水，多烈性的水手遇到这样的湖也掀不起波浪。

可谁想到母亲会穿着"瞎鞋"进门呢？看着那么干净清爽的一个女人，就那么笨！

有了母亲，父亲的性子收敛了一些，只是母亲的"瞎鞋"成了父亲心里解不开的疙瘩。此后，不管谁家娶媳妇，他都不再似以前那样去看热闹了。

但二婶嫁进门了。二婶绣工精细的新娘鞋闪了父亲的眼。

4

母亲绣工差，父亲就让二婶教我。父亲说："去，找你二婶学去，别笨得跟个棒槌似的，让将来的男人也跟着受罪。"

这话说得真是重，我知道父亲是在说给母亲听，他一直说母亲是个棒槌，一点也不通透。

比较起二婶，母亲的确是不通透的人。母亲长眉细眼，长相很秀气，可怎么就透着那么一股傻气呢？这傻气连我都看得出来。

二婶绣了三个红色的烟荷包，分别送给了爷爷、父亲和二叔。二婶说红色避邪，男人身上挂点红色，百鬼不敢近身。暗红色的烟荷包上一条金澄澄的巨龙腾云驾雾，挂在腰间，似乎整个人都要飞扬起来。

二婶的绣技随着爷爷、父亲、二叔的走动，传遍了十里八乡。尤其是父亲，对烟荷包爱不释手，走到哪儿夸到哪儿。有好开玩笑者说："又不是你老婆，你一个大伯子，老没完没了地夸个啥劲？"父亲说："好就是好，咱爷儿们到啥时都这样说。"

爷爷最看不上父亲的做派。说：你是大伯子，得知道避嫌。父亲说：一家子人，有啥可避的？父亲说得也对，二叔虽然成了家，却依旧和我们生活在一起，没有分家另过。看得出，其实爷爷也喜欢那个烟荷包。有人问起时，爷爷总会笑呵呵地说，二媳妇，二媳妇的手艺。而不善言辞的二叔听到别人夸奖二婶时，经常是腼腆地一笑，继而还会没来由地红了脸。就有人对爷爷说：老爷子哟，你这俩儿媳妇俩性子，该调个个儿。"莫瞎说，莫瞎说。"爷爷说："槌打鼓，锤敲锣，越凑一块越响，那样的日子咋过？"

因为有手艺，嫁过来的二婶就没怎么下地干过农活。起初是村里的女人们，渐渐地就有外村人慕名而来，都要跟二婶学绣工。二婶专门收拾了一间屋子，接待那些学徒。有钱的就给二婶几个，没钱的带些谷物杂粮，二婶也不嫌弃。有时远道而来的，中午免不了要吃点饭，填饱肚子。这时二婶总会对正在做饭的母亲说："嫂子，多添把米吧。"

母亲从不说什么。吃完饭，一帮人又扎到二婶屋里去了。母亲默默地收拾碗筷，跟平日没什么两样。

守着个好师傅不拜，父亲就说我犯傻，非要我跟二婶学绣工。母亲也不反对，只是说："愿意学就学吧，别耽误了功课。"

上初中那年，我正式开始拜二婶为师。二婶已经生了两个女儿，大女儿莲子八岁，二女儿叶子五岁。两个小丫头机灵得很，学起绣花来比我快很多。二婶说："就从最基本的平针绣学起吧，平针绣讲究平、齐、匀、顺。绣面要平，针脚要整齐，绣线得疏密均匀，针脚要顺滑……"

"一个绣花，这么多学问啊？"我说。

"那是当然。"二婶说，织绣、网绣、结绣、打子绣、乱针绣等等，绣法多着呢。

"最难的是什么绣？"莲子问。

"双面绣，尤其是双面全异绣，二婶说，"藏针又藏线的，两面的图案绣出来不一样。"

"那您会双面绣吗？"五岁的叶子问。

我二婶笑了，点着叶子的脑门说："考你妈妈是不？"

大家都笑。

二婶教得很细，如何压针，怎样挑花，都是手把手的。我却怎么也学不好。

二婶说："荣，你妈就是吃了不会绣花的亏，你看村里人的话说得多难听啊，你爸的脸都受不住。"

我有些生气，生自己的气，也生母亲不会绣花的气。我把二婶的话学说给母亲。母亲就冷了脸："学绣工行，可别学在背地里嚼摆人。"

再去二婶屋时，母亲就有些淡。母亲话很少，一天到晚洗衣做饭喂猪喂鸡，所有家庭妇女的活她都要做，偶尔的还要到地里帮父亲做些活计。二婶的名气已经在外了，靠着绣技，她是很少去干那些粗活的。有时，父亲也会到二婶屋里坐坐，或者帮她挑挑水，或者到地里把该收的庄稼收回来。实在没事做了，就看二婶教我们绣花。那时，我那羸弱的二叔被大队派到城里做工去了，一两个月才能回家一次，爷爷也已患病在床，没能力再过问家事了。

母亲就对父亲说："你一个大伯子总往弟媳屋里跑，就不怕外人笑话？"

父亲说："笑话啥？一家子人，咱爷们儿行得正。"

父亲没说错，当时我们王家是前后两进院子，只走前面一个正门。因为都是拉家带口的，饭已经分着做、分着吃了，但许多东西却还是共用的。可不就是一家子么？

父亲开会去到县里，买回了许多东西：爷爷一顶帽子，母亲一块头巾，我一本作文书，弟弟一个小弹球，莲子叶子一人一个小发卡，二婶是一大盒五颜六色的绣线，犹如雨后的彩虹般斑斓多姿。除了漂亮的绣线，父亲还给二婶买了一本《绣技大全》。父亲说，里面的图很好看，你能用得着。

二婶的喜欢都写在脸上，连连说：真好，真好，我早就想要了呢。

母亲没说话。

爷爷看了父亲一眼，叹了一口气。

没多久，爷爷病情加重。二叔被从城里叫回来。当着两个儿子儿媳的面，爷爷让他们分了家。前院归父亲，后院归二叔，锅碗瓢盆、粮食家具等物什全部一分为二。

爷爷去世了。我家堵上了堂屋正中的后门，二婶在后院的东墙角另开一门。从此，真的成两家人了。

不得不承认，二婶的花绣得美，二婶绣花的神态更美。一块普通的白绸布绷在圆形的绷架上，绣花针捏起来了，二婶的兰花指翘起来了，彩色的丝线飞舞起来了。二婶微蹙眉头，神情专注，虽然是三十几岁的人了，满头长发也早已变成了齐耳的刷子，却依然额头光亮，没有一点皱纹。二婶的侧影投到窗子上，窗子立刻变成了一幅画，把我都看呆了。

同时看呆了的，还有父亲。发现父亲的目光正一动不动地盯着自己，二婶的脸一下子红了。

5

1990 年，在城里做工的二叔突然回来了，带着一种叫胃癌的病回来了。瘦弱的二叔仿佛纸人一般，见风就倒的样子。二婶已经是大队的妇女主任了，整天忙里忙外的。二叔知道自己的病没个好了，就再没去医院，整天躺在炕上，吃一些从医院开回来的药，等死。二婶本是快言快语之人，因二叔的病却时常暗自垂泪，说话也变得低声下气了。二婶默默地为二叔准备着装老衣裳，从头到脚一律青色。二叔说他不愿意穿着寿衣店卖的那种寿衣离去，他愿意穿二婶亲手缝制的。二婶的绣工那么好，什么样的衣服做不出来呢？

母亲过来帮忙。刚刚四十多岁的母亲背却已经有些驼了。二婶突然发现，母亲缝起衣服的针脚非常细密匀称，一点也不在自己之下，就说："他们全都说错了，嫂子不是笨人。"

母亲说："去那个世界穿的衣服，哪能让它长针大线的。"

二婶就掉了泪。

二婶成了寡妇。

二婶成了寡妇以后，先后有四五个媒人上门给二婶提亲。二婶说：你们去问我的大哥大嫂吧，我的事由他们做主。

媒人就找到父亲母亲。

母亲说："这种事让她自己做主吧。"

父亲说："我不同意，那俩孩子到啥时都得姓王，她就是王家的媳妇，咱爷们儿得替兄弟留住。"

母亲说："你留得住？"

父亲说："我当然留得住。"

父亲说得没错，他真把二婶留住了。

6

周末，我回到家里。因为初三学习紧张，我已经住校了，每隔两周才能回家一次。母亲正在炕上躺着，很虚弱的样子。见我回来，就挣扎着要下地做饭。

"您咋病了？"我问。

"没事。"母亲说，就是胸口憋气，浑身没劲儿。"

"去医院了吗？"

"不用，过几天就好了。"

母亲去厨房做我最爱吃的打卤面。我坐在窗前有一搭没一搭地看着课本。二婶家的叶子来了。叶子已经上了一年级，扎着两只冲天辫，跟个小绵羊似的。

"荣姐！"叶子靠近我，轻声细语地说，"荣姐，我大伯和我妈妈打架了？"

嗯？我爸和二婶打架了？我真不敢相信，他们怎么会打架呢？

"真的，我亲眼见着的。"叶子说，打得我妈直叫唤。"

"他们为啥打架？"

"我也不知道。你说奇怪不？他们打架不穿衣服，还插着门。

啊？我惊呆了！"你咋看见的？"

"那天我们放学早了点，我就悄悄地回到家，本想吓唬我妈一下，听见屋里有声音，就从门缝看到了。"

"你告诉我妈了？"

"是呀。"叶子说，"我跑来告诉大妈，我说大妈大妈，大伯打我妈呢，快去拉架！"

"这下完了。"我说。

"是呀，是完了。"叶子说，"大妈过去时，他们已经打完了，衣服也穿好了，就是我妈的头发还乱糟糟的。"

"他们吵起来了?"

"没有,叶子说,"不过大妈哭了,大妈啥也没说,就回来了。"

我的心里真不是滋味。别对别人说了。"我说。

叶子说。"我知道,他们也这样告诉我的,我就对你说。"

这时,弟弟小宝满头大汗地从外面跑了回来。我说:"都上四年级了,还整天在外面疯跑,你就不知道帮妈干点活儿?!"

见我气势汹汹的样子,小宝说:"招你惹你了?炮筒子似的。"

炮筒子似的,我真希望自己此时是个真正的炮筒子。

叶子走了。

我来到厨房。母亲正费力地擀着面片,额头上渗出了大滴大滴的汗,那些汗挤在母亲的皱纹里,眼看就要滴落下来了。

我拿过一个小板凳,对母亲说:"妈,您坐会儿,我来。"

从母亲手里夺过擀面杖,我擀得恶狠狠的,可不争气的泪水还是流下来,掉到了面片上。

"傻丫头,哭啥?"母亲用手擦着脸上的汗,说。

"我就是想哭。"我说。

"挨老师批评了?还是和同学吵架了?"

……

"考试考得不好?"

……

"尽了力就行了,尽了力也不后悔,没有人怪你。"母亲说。

"妈,我会好好学的,给你争气。"我一把抹去眼泪,说。

"这丫头,今儿个是咋了?"母亲说。

晚上,我把父亲撵到西屋,我和母亲睡在了东屋,我想挨着母亲,好好地睡一觉。

夜里,我听见了母亲一声接一声的打嗝声。黑暗中,我看见母亲坐在那儿,一星火光忽明忽暗。

母亲正在吸烟。

"妈,您怎么抽上烟了?"

"不知咋搞的,这一阵子老是连着打嗝,我用烟压压。"母亲说。

夜很静,能听见蛐蛐的叫声。

母亲抽完一支,又点燃了一支。

"妈，问您个事？"

"说吧。"

"在嫁给我爸之前，您爱过别人吗？"

"问这干啥？"

"我想听，您就说说嘛。"

母亲深深地吸了一口烟，好像在斟酌是否该告诉我。

"您就说说嘛，我又不是小孩子。"

"有过一个，母亲说，他家太穷，你姥姥姥爷都不同意。"

"你们很相爱吧？"

"是。"

"您后悔吗？"

"后悔？这世上要有卖后悔药的就好了。"

"是啊，这世上要有卖后悔药的就好了。我想。我一定会想方设法为母亲买回来。您和那人有来往吗？"

"没有。"母亲说，"去年听你舅舅说，他，得病，死了。"

"真是命短。"我说，"您跟我好好说说他吧。"

"别说了。"母亲说，"说那些有啥用，睡吧。"

母亲吸完了烟，躺下了。我却怎么也睡不着。母亲的嗝依然在打，只是比开始稀疏了。我知道母亲也无法入睡。从院子里传来鸡的叽叽声、鸭子的呷呷声、鹅的嘎嘎声、猪的呼呼声、这声音虽然是浅浅的、小心的，但在静夜里却显得分外响亮。它们一定挨挨挤挤着、相拥着睡着了。可它们的主人——我的母亲，却在一夜一夜地失眠。

7

我再也不想和二婶学绣工了。父亲每次说我，我都以学习紧张为由推脱。父亲说："能浪费你多少时间？你就当成课间休息不就行了。"

"不行！"我说，"我不想学。"

"跟你妈一样是个死棒槌！"父亲说。

"我愿意当死棒槌！"我说。我本不想抵触父亲，可那抵触情绪却如天上的雨，哗哗的，哪里由得了我控制？

我所能控制的只有我的学习。我很努力，由镇里的普通中学考上了县里的重点高中，又由县里的重点高中考上了省里的重点大学。

考上大学那天，二婶特意绣了一双鞋。黑色的鞋面上，两只金色的凤凰，正展翅飞翔在云间，典雅端庄。

二婶说："荣，听说城里现在时兴布鞋，我绣了三宿呢，也没啥送你，就送你这双金榜题名鞋吧。"

绣得真好，这名字起得也好。我在心里说。嘴上说出的却是："谢谢二婶，我不喜欢花哩胡哨的，我喜欢没有图案的瞎鞋。"

二婶脸上的笑一下子僵住了。

母亲赶紧接来，说："越大越不懂事，这是你二婶的一片心意。"

8

母亲是突然病倒的。

我赶到县城医院时，母亲已经住院三天了。躺在病床上，母亲的鼻子上插着氧气，眼睛半闭着。见到我，母亲说："荣，咱回家，回家，不在这里了，让我回家。"

我去医生办公室。那个年轻的大夫指着片子，说："病人已经没有多大希望了，你们自己决定吧。"

我说："我想让我妈回家，路上有危险吗？"

大夫说："带上一袋氧气应该没太大问题，120可以送，但不会跟着护士。"

我请求大夫帮忙联系120。一会儿大夫对我说："送一趟，八百。"

"这么多？"我说，"还不到二百里路呢。"

"这已经是例外了。"大夫说，"一般情况下，我们只管接病人，没有送的。"

八百就八百吧，我要让我母亲回家。

回到病房，我对着母亲的耳根说："妈别着急，咱们这就回去。"

护士帮忙把母亲抬到了120车上，插好氧气袋。母亲躺在那里，呼吸有些急促。"路上要多和病人说说话。大夫说，以免她过去。"我点点头。

"妈，咱回家了。"我说。

出了城，路两边的树都绿了许多。风也有一丝清爽了。"妈，出城了。"母亲没有说话，眼睛却完全睁开了。她把头微微侧过来，用眼角的余光扫着车窗外。我从她的角度看过去，只是一些一闪而过的树梢，还有山。

"我想家了。"母亲说。

"我知道，我知道。"我说。

听着母亲的呼吸，看着母亲的脸，我的泪水止不住地流下来。

母亲的脸很黄，像一张黄裱纸贴在骨头架子上。刚刚五十六岁的她头发却多是白的了，稀疏又枯干。我的笨母亲啊，就知道默默地干活，默默地持家，默默地生闷气。

"那几只刚抓的猪崽卖了吧，你爸喂不了。"母亲说，"还有那些鸡、那些鹅。"

"您就别操心了。"我说。

"你爸如果愿意再续一个，你们不要反对，就随着他吧。"母亲说。

"您的心还没操够是不？"我说。

我知道母亲所说的"续一个"指的是二婶。这么多年了，母亲什么不知道呢？母亲从一开始就是知道的啊，只是我的母亲从不说什么，从不说什么，就知道自己私下里叹气。唉，我的笨母亲啊。

"二婶有什么了不起？"我说，"不就是会绣几朵花吗？真是犯贱。"

"别那么说她。"母亲说，她也不容易，她绣得确实好。"

"女人遇到了自己最爱的男人，那鞋才会绣得好看。"母亲说。

"那鞋是穿给最爱的男人看的。"母亲说。

我知道母亲和父亲并不相爱，打我记事时起我就知道，母亲对父亲有的只是容忍。

"答应我，别和你爸拧着。"母亲说："他们都不容易。"

我没有吱声。

"答应我。"母亲说着，呼吸突然变得急促起来。我赶紧用手抚摸着她的胸脯："妈，妈，我答应，我答应！您坚持住，坚持住！这就到家了，到家了。"

车停下，母亲被抬进屋里。躺到炕上，母亲的呼吸越发急了。大家围在母亲身边，大声地叫着她。父亲蹲在地上，把手插进花白的头发里，默默地看着母亲，不知该做些什么。父亲也老了，他再也不会和那些大姑娘小媳妇摔跤了。

母亲睁开眼，把每个人都看了一遍，目光落到我身上，说："水。"

我把水杯送到母亲嘴边，母亲竟一口气喝下了半杯，精神也仿佛好了很多。

过了一会儿，母亲说："扶我去厕所。"

"就在炕上吧，您都这样了。"我说。

"不。"母亲挣扎着半坐起来。

我搀扶着母亲。母亲似一片轻飘飘的树叶，飘到了院子里，没有一点分量。她打量着她生活了大半生的院子，两棵大杨树，一棵香椿树，两畦碧绿的小白菜在篱笆里圈着。鸡们在散步、找食，两只大白鹅把头扎进翅膀里，趴在树荫下乘凉。还有黑子，养了八年的黑子被拴在香椿树下。

母亲走过去，轻轻地叫了声："黑子。"

一贯和母亲感情甚笃、见到母亲就乖巧地摇尾巴的黑子，竟直立起来，冲着母亲汪汪汪地狂叫不止。

母亲叹了口气："黑子已经不认识我了。"

"怎么会呢？您才去医院三天啊！"我说，"黑子怎么会不认识您呢？"

"你不懂。"母亲说，"黑子的眼净，它看到的已经不是我了。"

母亲重又躺倒在炕上，气息微弱。

"你要多照顾你弟弟。"

"嗯。"

"给我穿衣服吧，趁我现在还有口气。"母亲说。

母亲的衣服早就准备好了。我轻轻地为母亲擦拭着身子，擦到了那干瘪的乳房，还有瘦削的阴部。这是生养我们的地方啊。人老了怎么可以这样呢？曾经的饱满已变成空空的袋子，曾经的富饶已成为烘干的盐碱地。

母亲穿好了衣服。

"把我抬到地上去，别让我死在炕上。"母亲说，"死炕上会不得托生的。"

地上放着两条长凳，上面放着门板，铺上一层褥子，再铺上一层金黄色的布。我认真地做着这一切，我知道母亲这回是真的要走了，我得让母亲走好。

二婶来了，手里拿着一双青色的绣花鞋，眼睛红肿："嫂子，这是我给自己预备的，绣的是兰草，给了你吧。"

母亲摇头。

我拿过从寿衣店买的鞋。那鞋就像唱老戏的演员穿的，厚底，高腰，鞋头尖尖。

母亲还是摇头。

母亲看着身边那口暗红色的柜子，那柜子是母亲当年的嫁妆，已经老旧得不成样子了，母亲一直不舍得扔掉，也从未让我们动过。

打开柜子，在几层衣服底下，我翻出了一个紫色的包袱。

母亲看着包袱，示意我解开。

一层，一层，又一层。包袱一共系了三层。就像剥洋葱，剥到最后，我看到了一双粉红色的绣花鞋。

那鞋缎子面料，鞋面上，一朵鲜红鲜红的牡丹正恣意怒放，两只金黄色的蝴蝶在嫩黄的花蕊间翩翩飞舞，草绿色的叶子和花茎浓淡相宜，蜿蜒缠绕，渐远渐素，顺着鞋帮一直延伸到鞋跟。那细腻的针脚，灵活的针法，饱满的纹样，协调的色彩，使得整双鞋如公主出嫁般雍容华贵，神秘安详，仿佛在述说着一个久远而漫长的故事。

尤其令人称奇的是，鞋帮外侧绣的明明是绿色的叶子，内里的针脚却变成了一只小小的绿色蝴蝶！

我敢说，这样的绣花鞋村子里没有任何人能绣得出，包括二婶。

二婶也呆住了：双面绣？这是最难绣的"双蝶恋花"图啊！

这是一双新娘鞋。母亲亲手绣的新娘鞋。母亲当年应该穿着这双鞋嫁人的啊。

我把鞋拿到母亲眼前。母亲点点头，目光竟亮亮的。

"给……我……穿上。"

我把绣花鞋小心地穿到母亲脚上。那鞋那么漂亮，我的母亲好像又成了新娘。

母亲的嘴角翕动着，突然出了一口长气，慢慢地，慢慢地，闭上了眼睛。

两滴大大的泪水顺着母亲的眼角流了下来。

一直站在旁边的父亲此时已是涕泪滂沱。他走过来，用那双粗糙的大手，轻轻地为母亲擦去了泪水。

这是我看到的父亲对母亲最为温柔的动作。

二婶第一个哭出了声："我的傻嫂子啊！"

院子里传来伐树的声音。父亲已经找来木匠开始为母亲做棺材了。

父亲说：这两棵杨树，一棵给你母亲，一棵留给我。

语丝微言

编者几乎读了王也丹的全部作品，其中有的篇章如《那边的槐花开了没有？》《像鸟儿一样飞翔》《瓦琴》《双面绣》等，尤其是《双面绣》（已被选入《小说选刊》）我读了四五遍，并写了评论《若炫耀就炫耀优雅》。每读一篇后便思索，那些准确、鲜明、灵动、优雅的文字像一条清溪，从白纸黑字的青山翠岭、茂林修竹间流淌出来，读之如沐春风、如饮甘泉，给人以闭目遐思、微醉微痴的感觉。是的，王也丹的叙述状物，极具精微；她笔下的人物，呼之欲出；描写的情感，直抵灵台。我每每怀疑：也丹下笔，似有神助。不然，为何俱有山川之灵、天然之秀呢。若有可比，她的文章，如京剧中的青衣，雍容华贵，落落大方，长袖善舞，如天女散花。

若炫耀　就炫耀优雅

——读王也丹小说集《落地生根》印象

许福元

正是雪吟轩窗的时节，读罢王也丹新出的第一本小说集《落地生根》。

窗外的雪花缓缓地悠然地翩翩地袅袅地飘落在减翠添黄的高杨垂柳雾松柏墙上，每一片雪花在微风中华丽转身，然后落地生根，炫耀一种天然的气质——优雅。

王也丹的小说，给我的印象，就如初冬雪花般的优雅。

那边的槐花开了没有？开了："五月的校园，到处弥漫着一股甜腻腻的香气，空气清新得仿佛被淡淡的香水筛洗过了一般，温润而干净。槐花弥漫了房后整个山坡，绿的白的翩然一片。那份洁白与淡雅，那种覆盖与生机，感染着校园每一个角落。"

作者的文字，如槐花一般，有那么一份洁白与淡雅。

王也丹在《舅舅的长征中》写初恋之感觉："舅舅的手臂感觉到了华梅手指上暖暖的温度，那温热的感觉像一滴墨水，慢慢地一点一点地氤氲开来，一下子弥漫了舅舅年轻的心。"

宣纸，应该是生宣。感情的色彩才更易于晕染，枯湿浓淡，冷暖自知。

她笔下的农家院，也不是鸡屎鸭浆，泥猪打滚，而别有一番雅韵。

在《双面绣》中，她写到："我知道母亲也无法入睡。从院子里传来鸡的叽叽声、鸭子的呷呷声、鹅的嘎嘎声、猪的呼呼声。这声音虽是浅浅的、小心的，但在静夜里却显得分外响亮。"

写男女之间的情爱，应该说是很容易落入俗套。但在《瓦琴》中，王岚内心对张导的那一份不可言说的微妙情感，是通过江小青反衬的："你敢发誓，你说的，都是真的？王岚死死盯着江小青的眼睛。那眼睛纯净，清透，白黑分明，从容淡定，没有一丝游移。我发誓，江小青迎着王岚犀利如剑的眼神，这都是，真的。一柄利剑落进了深潭，不仅没有水花，反而连利剑也融化成水了。"

即使写人物的命运，抑或是描写死亡，王也丹也有自己的表达方式。写于长水的坠楼："落地的一刹那，于长水觉得自己好像一只氢气球终于被牵着的重物放开，倏地一下就飞起来了，轻飘飘的，仿佛长了翅膀一般。随着风儿一起飞呀，飞呀，轻松极了。"

于长水"像鸟儿一样飞翔"的死亡，为读者提供了广阔思索的空间。

这本小说集有明显地域特色，几乎所有人物和故事都发生在江城，与槐树下村相联系。江城与槐树下村，成了小说明显的地标、有力的支点。这好像北极村之于迟子建，上海弄堂之于王安忆。"户外一峰秀，阶前众壑深。"

《落地生根》之中，写的几乎都是社会中的小人物，但给人的感觉是小人物不小。就在于作者把小人物的喜怒哀乐、人生命运，放在社会变迁的大背景之下。因此读者在阅读中，很容易联想到自己眼前身畔熟悉的人物和社会现象，在这些格调不高的小人物身上表达一种复杂的思想，引起共鸣。

"枫叶如丹照嫩寒。"细细品读，王也丹笔下的人物，其命运，其归宿，大都带有悲剧性的结局，如一首首挽歌，似一曲曲招魂曲。掩卷回味，胸中弥漫一种淡淡的哀愁与不可名状的悲凉，甚至感到一阵清爽般的轻寒且每有禅意。她对现实生活的感知，也许就是如此。孔子论诗："可以兴，可以观，可以群，可以怨。"引申到小说来，王也丹的小说属于"可以怨"的那种。一个人的文字，总在不经意间泄露其人生观与宇宙观的基因密码。

王也丹的文字，小说与散文，用一个字就可以概括，那就是"雅"。

雅，似乎是中国文学的传统。无论文风如何变化，但"雅"的历史胎记却始终未变。诗经《风雅颂》，雅，居老二。鲁迅所说，画家不去画鼻涕与大便。其实就是说的是：雅。京剧，其实就是雅剧，连苏三项上的刑枷，都散发着雅致。

所以，文人称雅士；名字称雅号；请对方指点称雅教；有胸怀称雅量；举止文明称雅观；琴棋书画称雅趣；寄情山水称雅兴；言之有理称雅言；情意高尚称雅意；请客吃饭到酒店，去雅间，坐雅座。

在西方国家中，那些有所作为、奋发向上、受过高等教育的年轻人，往往被称为"雅皮士"。"皮士"之前，以"雅"冠之。

作者出书之后，赠文友指疵。往往都要写上一句自谦的话，如王也丹送我《落地生根》，则在扉页上写道：请许福元先生雅正。

毋庸讳言，当今的很多诗歌小说，微信微博，小品电视，报刊网络的文学生态景观，俗有余而雅不足，泛黄而缺绿。在所谓市场的旗帜下，炫耀的是庸俗、粗俗、低俗、恶俗。向观众与读者展示丑陋与丑恶，恐怖与血腥，物欲与情欲。这真是一个媚俗的时代，这真是一个恶搞的时代，这真是一个粗言横行、秽语泛滥、黄段子满天飞的时代。

而最大的悲哀还在于，人们像适应雾霾一样，已经适应此种语境与氛围。入芝兰之室，久而不闻其香；居雾霾之都，长而不嗅其臭。

所以，王也丹的可贵和弥足珍贵之处，她的文字远逝与自疏并羞与之为伍。其行文颇有节制，题目，绝不古怪；叙述，绝不缥缈；语言，绝不香艳；思想，绝不玄深。

写小说的人更应读小说，尤其是读周边作家作者的作品。读王也丹的文章不适合一气呵成，也不适合碎片化阅读。最好是一杯清茶，一盘檀香。于窗明几净之中，于心境澄明之时。边读边品，方体会其书中人生况味。

"芳菲菲而难亏兮，芬至今犹未沫。"我一直以为，王也丹是个有潜质的作家，是个潜力股。她创作的路还长，她应该走得更远，更远一些。

若说王也丹在《落地生根》中炫耀了什么？她炫耀了：优雅。或者说，典雅。

2015.12.3.

【作者简介】

郑丛洲，北京作家协会会员，中国散文学会会员。1992年开始发表文学作品，先后于《绿叶》《北方文学》《天津文学》《北京文学》《报告文学》《人民文学》《书屋》等刊物发表小说、散文、诗歌、报告文学、评论百余万字，小说作品收入《中国微型小说精选》年选本、《北京作家》10年小说精选，报告文学作品在《京郊日报》连载。出版有作品集《想念大水》、长篇报告文学《京华水源头》(合著)、随笔集《俯仰天地间》，曾获北京作家协会"北京精神"征文二等奖、"廉政微小说"征文二等奖、第七届观音杯·美丽中国海内外游记征文优秀奖等奖项。

团　圆

炕桌放到炕上的时候，启良还在抽烟。烟斗一拃长，是由山上刨回的麻梨疙瘩，他用锉和刀整整抠了十几天，之后每天都被他握在手里。几年的摩挲把玩，让这个烟斗有了胡桃木一样的光泽，在村里有这样烟斗的人只他一个。抽过一袋烟，他在炕沿磕了，又装上一袋点着。黄板烟燃烧的味道，有太阳和土地的劲道，烟雾一缕又一缕由支起的窗子飘到院子里。透过窗棂上绷着的冷布，南山隐隐的绿色像是被河边的潮气搅拌过一样，直扑到眼前。

秀芝一手端上一大碗熥软乎的白薯干，一手把筷子往桌上一拍，朝着堂屋喊："妈，快点吃吧，队长都吹口哨了。"

启良挑了挑眼皮，他知道闺女正跟他闹气呢。他把烟斗用牙使劲咬了咬嚷道：队长？不就是个破三栓吗，你撺打谁呢？找谁不好，非得找三栓？大你六岁不说，长得跟个老头子似的。就三间干打垒的破房，上边还有两个光棍哥哥，你图的是啥？

图啥？图他能干，他讲理，他不像您似的整天嚷嚷。秀芝嘟囔着。

整天眯眯乐，有屁用，连个房都没有，跟了他你住南河套去。

队长怎么了？还不是大家选的，队里啥活儿能难住人家？队长人家也当了五、六年了，您不也经常夸？再说，他打算秋上就写申请批房基地盖房呢。

听了秀芝的话，启良把烟斗往炕沿一磕说：傻蛋，没听说就快包产到户了么？队长还有啥用？别说了，反正我不同意。

这个老东西，跟闺女横啥？连个火都不给烧，冬天又懒得攒筋，一到这时候，连

538

把干柴都没有。秀芝妈走进来。

你穷叨叨个啥，鼓捣了一大早上了还吃不上饭。

真是上辈子欠你的。秀芝妈把一盆菠菜汤放到炕沿上。

白薯干儿就葱花汤，吃过胃里就算闹了邪不气，酸水没完没了地返。有盼了，麦子就在场院晒着，除了交公社的公粮，每家怎也能分个三四十斤，到时长短让老婆子轧点面吃。

唏哩呼噜一阵响声过后，启良站起身朝饲养院走去。大女儿嫁出门了，落子在公社读高中，不仅秀芝要出工，连秀芝妈也要出工。一家人日子还算过得去。

刚走出院门启良又折回来。老婆正在扣堂屋门的钉锔："丢魂了？"

"忘了拿行头了。"启良昂着头来到里屋，从炕脚拿起帆布做的小褥子一样的棉垫，搭在肩头匆匆走了。

瞧你这显摆的。老婆在后面喊。

这老娘儿们真他娘嘴碎。启良由烟荷包捻上一斗烟，固自深吸一口，连脑瓜皮都酥酥了。没什么能破坏他的好兴致。昨晚队长三栓就告诉他了：老爷庙大队三生产队捎信来，有头驴该去配种了，另外去看看他们那匹枣红色骒马用不用回回手，如揣上了，就把配种的二十块钱拿回来。"黄世仁"正是精神头足的时候。

几十头大牲口被关在饲养院两排东西走向的牲口棚里，这会儿能上工的牲口们都被队长安排各自的把式们领走了。该粘畦芯去粘畦芯，该运肥的运肥。叫"黄世仁"的是一匹黄色的公马，在所有牲口里最特殊，只它住单间吃精料啃鲜草。

咔！启良狠狠地咳了一口，大声嚷道："都走了？"

"黄世仁"伸伸脖子打了一个响鼻，算是对启良的回应。它的邻居是两头老牛，只翻了一下眼睛又把眼皮耷拉下来，大嘴慢条斯理地蠕动，咀嚼草根的声响像正午的阳光一样有力而均匀。紧挨草料房的正房是饲养员李云居住的地方，李云正蹲在灶坑温泔水，院里西南角有他自己养的一头猪，一年多了，半大小子都能把猪抱起来，可见，社员说他把队里豆饼喂猪属于造谣，老光棍不易啊。

又要去哪儿疯呢？李云手里捉着锅铲迎出来了。

启良来到水井边，晃了晃了手里的井绳。水井里的水筲先是和铁钩摩擦的声音，之后就是水筲喝水的声音。白马关河发水了，水井水位上涨，一丈深左右就是清漾漾的水。他三下两下就把绳子收紧在手里，亮闪闪的一桶水就浮出了井口。

把马槽口给我塞上。启良冲着李云说。

马槽，日你个马槽，整个村里就你天天管驴槽叫马槽。李云用铲泔水锅的铲子把驴槽里的破布划拉到石槽的漏水口，又用铲子杵了杵说：是"黄世仁"去配种，你跟着瞎机灵啥？

青石水槽是个好物件，是花大功夫凿出来的，或许真能用到驴年马月。启良把水倒入槽中："马槽，就是马槽，你说这院里的活物有多少个'黄世仁'的种？它要是来得再早点，恐怕连你都是了。"

"你就胡呲吧，小心'黄世仁'炝蹶子把你掀下来。"李云用锅铲指着启良。

启良走向"黄世仁"。"黄世仁"扬起前蹄刨了刨马棚的土地儿，尘土飞扬中的"黄世仁"有一种难耐的激动。启良看到了牲口槽里零零碎碎的豆饼，想：李云这老东西对"黄世仁"真是不含糊。

启良牵过缰绳，顺手拿下挂在木桩上的简易马镫，不用引，"黄世仁"就绅士般走到石槽边埋头喝起了水，之后它抬起头温顺地等待启良的指令。启良把帆布褥子搭在马背上系好，拴着马镫的粗绳往马背的褥子上一搭，把肚带捆绑牢靠，出行前的准备工作大体完成了。已进七月了，天气一天比一天热起来，空气中满是麦秸秆发酵的腥甜，太阳快升到饲养院的杨树梢了。

启良搂过"黄世仁"的脖子轻轻地摩挲它的鬃毛说："老伙计，谁能赶上你？见天个吃香的喝辣的？好好给我卖把子力气，老爷庙的枣红马和大青驴正等你去亲热呢，这好事都快让李云眼红死了。"

"快骨碌吧，你不磨蹭，人家老爷庙队上也灌你酒喝。"李云说。

启良哈哈笑着，翻身上马。

微风中，威风的启良和他的大黄马走上了村里的河堤路。两排高耸的"北京杨"，哗哗流淌的白马关河水，河两边地里是正在榜头遍棒子地的社员，还有耠畦芯种豆子的把式们，或许秀芝就在他们中间。

欠着闺女呢，这孩子学习不错，没让她上高中，得紧着落子不是，闺女家的识几个字得了，早晚得给人家，可这日子像鞭子赶着似的，刚给家挣几年工分，转眼间闺女就大了。三栓三栓狗日的三栓。启良一边想着骂着一边松松缰绳，拍打着"黄世仁"的屁股。"黄世仁"慢跑起来。

骑在马上的启良心里渐渐有了美气。但凡这时候，启良都会吼几声河北梆子，他也只会这一段，就是这一段后边的"呼儿嗨，哪呼嗨"的甩腔他也弄不好，反正"黄世仁"也不懂。

启良咧咧开了："穆瓜开言道，姑娘你是听，回到高山上，急忙发大兵，先斩宋天子儿，再斩杨延景，姑爷做皇上，姑娘为正宫，穆瓜为元帅……"

所有的程序都是启良烂熟于心的，五、六年来他和"黄世仁"也算是走遍了十里八村的山山水水，"黄世仁"已繁衍了几十个后代，仿佛是为它的享乐还债。"驴骡"温顺且又善走，秋冬日里田间地头都是它们耕地、驮粪的身影。可是驴骡再好，却没有传宗接代的能力。好几年了启良都有一个愿望，一定要让"黄世仁"有个真正的后代，有个纯粹的马驹子。

老爷庙三队的那匹枣红色骒马早就牵出来拴在了饲养院马架子下。"黄世仁"没等启良由它的背上下利索就打着响鼻奔着枣红色骒马而去。它一边闻着枣红马的屁股，一边摆动着尾巴，胯下的物件像摄影师手中的变焦镜头，缓缓地伸出来了，之后它昂起头，前蹄顺势人立起来。

"我的祖宗哎，可别趴了，枣红马怀了你的种啦。"老爷庙大队三生产队队长刘黑子，赶忙过来牵走了"黄世仁"。

"黄世仁"仰天长嘶很是暴怒。启良顾不得和刘黑子寒暄，紧着拉过缰绳说：是哪头驴？快点拉来。

"早准备好啦，用不用把'黄世仁'眼睛蒙上？"

"'黄世仁'有后啦？等下驹子时告诉我一声，把马驹子给我留着。"

"你还要送汤来怎着？你倒是说啊，用不用把'黄世仁'的脸蒙上？"（这地区女人生孩子时亲友包一包面，或送点鸡蛋红糖等叫送汤）

"估计不用，'黄世仁'歇了个把月了，憋坏了。"启良还沉浸在"黄世仁"有后的喜悦中。

慵懒的大青驴牵到"黄世仁"跟前的时候，"黄世仁"并不买账，它昂首向天，整肃的样子像是一个卓尔不群的武士。

"你去弄点枣红马的尿啥的，抹在大青驴屁股上。"启良说。

天热起来了，启良用手按下"黄世仁"骄傲的头，对着它的耳朵说：将就着点吧，你这恶霸快行到头了，地都要分了，谁还养你啊？

"黄世仁"似乎听懂了他的话，待大青驴再次来到面前的时候，它闻到了枣红马迷人的气息，重又兴奋起来，前蹄后弯小心地趴上驴背。

"老伙计，这就对了。"启良说。

一分钟左右，"黄世仁"下来了。一会儿的工夫，"黄世仁"又上去了，如此三次。刘黑子很是满意。

"这家伙，它这辈子可没白来。"刘黑子说。

"这家伙，精神头真足，一会给它点黑豆，好好犒劳犒劳它。"刘黑子又说。

喝酒是在刘黑子家里，每回犒劳牲口的时候，人总是要借借光的。

菜有黄瓜拌腊肉、阴干白菜熬粉条、咸鸡蛋，另加一海碗拌凉粉。酒是由供销社打来的散装白酒。启良心里乐开了花。

二人左一盅右一盅地对喝起来，像是过年。

"兄弟，我们这儿都开始量地了，用不了个把月就把地分到各户了。"

"大牲口咋办？"

"能分的分，分不了的卖喽。你们那儿也过不了秋就得开始。你的'黄世仁'咋办啊？除了干这个，驮不了、拉不了的？"

"大不了，我养着它，难不成那会子就没牲口可配了？"启良有些伤感。

"你想想看，一个村谁家有劳力养牲口？谁能拴得起一挂大车？"

"喝酒吧，车到山前必有路。"启良不想再说什么了。

"酒真好，这酒肯定是一块三一斤散酒里最贵的，供销社没往里掺水。"这酒可瞒不了启良，九毛的口太白，一块一斤的劲头也不行。二斤酒被他们两个干净了。启良又吃两碗刚上场的新麦轧的手擀面条，拿过刘黑子给的配枣红马的钱，回返。

大青驴要是揣上了，怕是都找不到跟谁要钱了。好日子真的要到头了。他想。

"老哥们儿，包产到了户，我家喝去啊。你要养一头驴，我让'黄世仁'白给你配，下几头骡子不就能拴一挂大车？"启良骑在马上说。

"酒是要喝的，养牲口我还真不在行。"刘黑子站在艳阳下，黑红的脸庞像铁匠炉的砧子一样闪亮。

不管多忙多累，除了下雨下雪，每天傍晚下工的时候，启良都会来到饲养院，遛遛"黄世仁"，马上的启良和身下的"黄世仁"是这个四面环山的小村——黑山峪的一道风景，沿街仰视的目光，到处是艳羡的眼神。大多时候，他也会帮李云喂喂别的牲口，李云对他的回报常常是把"黄世仁"由棚里拉出来，把缰绳递给他。

白马关河水渐渐瘦下来了，再过十几天大田的棒子就该掰了，掰过棒子，就要分地，茬都得自己腾了，社正式要散了。启良骑在马上竟有些伤感，"黄世仁"是三栓带着队里会计在县南石匣大队花一千二百块钱咬牙买回来的，要用它当种马给生产队挣钱，那时它也就六七岁，正是年富力强的儿马子，作为一匹"三河马"的后代，差点被部队挑去做军马，石匣大队没舍得把它骟了，就想勒个高价。它不像"蒙古马"那样矮小，它高大威武，通身金黄，像一匹天马一样脚下生风，让人想到书上说的秦琼秦叔宝，秦琼的坐骑就是匹黄骠马。这马性烈，队上和他一样干活棒的牲口把式们没人近得了它的身，急得三栓当着这些把式们许下愿：谁能驯服它，这马就归谁管，遛马、钉掌、配种时原工分照记，另外每天加五分补助。那时可是一个壮劳力干一天才能挣十分！又有几人打起精神往它跟前靠，但它不是尥蹶子就是甩头撕咬，那架势彻底把大家镇住了。那年村里已放过电影《白毛女》，架在南山上的大喇叭又时不常地放《白毛女》选段。看着暴烈的黄马傲慢的眼神，让启良想起了黄世仁，他气不打一处来，更不信这邪，揪着缰绳蹿上马背，一边用烟斗锤头一样的底部敲打着马背一边骂着："你想当恶霸？没人收拾得了你了？黄世仁比你厉害不？早都被革了命，你这个'黄世仁'算个啥，我非得把你骑在胯下不可。"黄骠马疾风骤雨般蹿了出去，一口气蹿出十几里，差点蹿进公社大院。回返的时候，这匹马就有了"黄世仁"的名字，被收拾过的"黄世仁"认了他也认了命。之后的"黄世仁"可说是威风凛凛，作为种马，"黄世仁"一年挣回的钱顶十个劳力。每年队上年终结算时启良和"黄世仁"都像明星般受社员们爱戴。大家都知道，几年来，黑山峪大队第二生产队每个工值会因为大黄马而上去五分钱，年年在大队的四个生产队里排第一。如今"黄世仁"都来五年多了，要是人的话也是快五十岁了，它的步履也渐显疲惫。

浓郁的大田气息紧紧地包围着启良。玉米、豆子、高粱、芝麻各种醇厚的成熟味道交织在一起，像是各自吵嚷着要发言的样子，河水的潮腥也来凑份子了。感受着这些，启良再大的难事也会忘记。秀芝又闹呢，见天的晚上出去，和三栓根本没断，托人在县南给介绍了一个，她连看都不看，女大真是个爹妈都不由啊。原想着给闺女找个好人家，让她帮帮她落子兄弟，真找了三栓，那穷日子，不帮他们就不错了。不想她了，启良用脚跟轻轻地磕了磕"黄世仁"，"黄世仁"在秋老虎渐褪的黄昏慢跑起来。

木瓜开言道，姑娘你是听……喽啰是先行，宝帐里，耍大刀，你看我，威风不威风，呼儿嗨，哪呼嗨，哪呼哪呼咿呀嗨，咿得儿呀呼哪呀呼嗨咿呀。启良豁出去了这"呼儿嗨，哪呼嗨"，从未挑上去的调门，这次，他竟然拐上去了。

秋上的时候，地就分到各户了。

分大牲口时，也没有预想的那样复杂，轰轰烈烈的开始，平平常常的结束，没啥不好。饲养院里集中了二生产队的各家主事的人，人声鼎沸的样子，像是又有了牛肉可分。每年秋冬，都会有外放的需歇息的老牛，滚下山而被宰杀，有牛肉的日子就是社员兴奋的日子。

农具和牲口们，都被做成了阄，各家主事的人除了单抓，也会抱团抓阄。最属骡子犯抢，两三家共同出钱买下一匹骡子合养，十几匹骡子一会儿就被抓走了。没抓到骡子的抓牛，没抓到牛的抓驴，但凡抢牲口的都是队上的好庄稼把式。到最后，只剩下一千二百块买来的"黄世仁"在马圈里愣怔着，一双大眼扑闪着，若有所思的样子，像是看热闹。

"都别吵吵了！"三栓站上饲养院井边的石槽喊了一下。乱哄哄的饲养院安静下来。

"'黄世仁'咋没人抢?"三栓说,"整天气人家启良叔骑个马威风,今儿咋就没人要了?"

"你买下来送你老丈人不就行了。"人群中有人喊。

三栓没有理会,继续说:"和大队请示也和生产队的干部商量了,'黄世仁'作价二百块,不能再低了,谁要它谁就牵走。钱凑不上,等队上结算完,用工分顶,我合计了一下,咱队要是每十分合到四毛钱,差不多一个劳力的一年工分就够了。"

"谁要它啊,好吃好喝的待承它,除了会自己乐呵,连地都耕不了。"

"谁有钱弄回家留骑呗,谁用得起啊?"

"不行就宰了,大家分肉吃,马肉也是肉啊。"

"给李云得了,省得他没伴儿,俩光棍也好说说话。"

大家七嘴八舌地打着哈哈,像是都抓到了自己心仪的牲畜,其实他们都知道谁该牵走这匹马,只是他们看到启良咬着烟斗紧蹙眉头的样子,故意不往他这儿说。

"实在没人要,生产队就把他卖给别的村。"三栓说。

靠在大车边上的李云走到启良跟前拍拍他的肩膀说:"别琢磨了,不就是没钱吗?我的猪球子卖了,都借给你。要是把'黄世仁'给卖到别处,别说你,我心里都不好受。"

启良把烟斗由嘴里使劲一抽,用烟斗敲敲大车帮上的铁皮说:"给队上挣回多少钱了?它每年挣回的现钱,年终时哪家没分过?不是你们说的它能顶十个劳力吗?现在,它倒成累赘了?就是砸锅卖铁,我也要养着它。"启良解下"黄世仁"的缰绳,紧紧地攥在手里。"黄世仁"扑闪着水蒙蒙的大眼,连响鼻都不打了,悄没声的像个腼腆的小媳妇。

大家都静了下来,他们看着"黄世仁"和启良,眼光都黯淡下来了。陆续的,有牲口的牵着自己各自的牲口,没牲口的艳羡着别人的"劳力",盘算今后怎样花钱雇,雇谁家的现实问题,踢踢踏踏地往回走。饲养院冷寂下来了,三栓和李云围拢到启良跟前。

"叔,'黄世仁'先放饲养院养着吧,等您在家院子里搭好牲口棚再牵走,反正李云叔还要在饲养院些日子。"三栓说。

"那不成了占队上便宜了?"启良不看三栓只盯着"黄世仁"的眼睛,像是彼此都受了欺负。

三栓说:"我跟秀芝说了,先把家里的茬腾了,用我抓的这头牛把地耢了。"

"哼。"启良哼了一声,掏出烟斗开始装烟,三栓赶忙拿出火柴帮他点着。

你就给我吧,回头把分你家的豆子破成碴子背来点儿,我先给你喂着,咋说它也是个有功劳的。"李云拿过缰绳，重又把"黄世仁"拴回马棚里。

"李云，我回去做个小一点的车架子，'黄世仁'多了拉不了，怎着也能拉个千八百斤，以后你用车说话。"说着说着启良的眼圈红了。

饲养院起风了，空荡荡的大院飞荡着秸秆的碎屑，鼻腔里满是牲口们生猛的味道。今后，这味道怕是不会再有了。启良揉揉眼撇下三栓和李云往家里走去。

十天半月左右，启良搭好了牲口棚，也做好了架子车，做好这些让他背上了二百多块的外债。这十来天，启良往饲养院没遍数地跑，他夜里去的时候，常会看到李云拐着残腿，或站在"黄世仁"头前，或站在即将处理的几头病牛旁说着什么。空荡荡的牲口棚，李云拿着提灯，像是远古走来的先人。启良远远地看着，他的眼睛朦胧起来，去年过年的场景在他的脑海里又一点点浮现出来：年三十，他和前几年一样在家里吃过年夜饭，装上两个苹果，揣上一瓶大闺女给买来的"二锅头"，来到饲养院找李云喝酒。出院门的时候雪花就开始飘上了，他先径直走到"黄世仁"的单间，搂过"黄世仁"健硕的大脑袋对它说："老黄，过年了。"他摊开手掌，把苹果送到"黄世仁"嘴边。"黄世仁"眼睛晶亮，嘴唇翻卷，牙齿间发出清脆的咔哧声。它也高兴呢。启良感受到了"黄世仁"的欣喜，他冰凉的脸被"黄世仁"温热的脸颊给焐热了，两个苹果一会儿工夫就被"黄世仁"给咔哧了。他抓起槽里的马料，看到干草中混着豆饼，还加了香喷喷的炒黑豆，就对"黄世仁"说："你吃好了，该去犒劳李云了。"那天李云准备了白菜芯又把小锅盖一样的豆饼砸两块，他们啃着豆饼就着白菜心，把这一瓶酒都顺下去了。李云喝多了倒在炕上睡着了，他竟然倒在了"黄世仁"的马槽前，老婆找到他时已是后半夜三点多了。酒醒后，他看到歪斜的马圈横杆，马槽前自己倒地的地方被薄雪覆盖的人形，看着饲养院已被厚厚的积雪覆盖，才知道是"黄世仁"撞开马圈的横杆，用嘴把他一点点叼到马棚里。"你个现眼货，没这马你早就冻死了。"老婆一劲儿地骂他。那天可真是喝大了，他当着老婆的面抱着"黄世仁"，左一句老黄右一句老黄地叫着，鼻涕一把泪一把地弄了"黄世仁"一脸，到现在想起来都觉得羞愧难当。

见李云缓缓地回到屋里启良才走进来，想着"黄世仁"就要和自己回家了，李云的伴也越来越少了，他的心里又开始泛酸。

每天黄昏启良仍是骑上"黄世仁"到白马关河边、河两边的地头逡巡，只是村人们仰视的目光少了，他们都在忙着各自田里的事，能浇上水的地块该平畦种麦子了，他知道，大家都有了干头。自己家里地也没有耽误，三亩多的水浇地，棒秧砍了，地也耕了，主力自然是三栓，三栓每天都会帮秀芝和秀芝娘干活，却从没来家里吃过一顿饭，因这马和车，老婆都好几天没搭理他了。"'黄世仁'就是你祖宗呢！闺女的事你也不吐口，指望你咱家地都得荒了。"老婆得闲就这样骂他。

麦子种上的时候，"黄世仁"被启良从饲养院牵回了家。这天，他把"黄世仁"套上架子车，"黄世仁"好像是什么都知道，听任他的摆布。拉起车的"黄世仁"耳朵仍是"削竹"般直立着，只是它的鬃毛不再飞扬。一车车的棒秧运回来了，一部分铡过当做它的粮草，一部分用作烧火。偏偏自己不是秦琼，对不住啦老伙计。启良坐在车辕上，看着"黄世仁"高大的身躯被车辕杆框住，无奈地自语。

那小褥子做成的马鞍搭在了车辕上，启良把大黄马解放出来，再也舍不得骑它了，牵着它向有些空旷的田野走去。

晚饭后，启良对老婆和闺女说："明儿晚上咱们请桌客吧?"

"都请谁?"秀芝停下手里正纳着的鞋垫眼睛亮闪闪地问。

"老爷庙的刘黑子、你李云大爷。"启良闷住了。

"还有谁?"老婆问。

"把落子喊回来，明天先别让他住校了。"他拿眼瞟瞟秀芝。秀芝的脸眨眼间黑下来了，拿起锥子狠狠地穿过鞋垫带过针。

"把三栓也请来吧，给咱家干了不少活呢。"启良的声音突然低了下来。

"明天我把鸡杀一只，咱家还有点腊肉煮上。"老婆兴奋起来。

秀芝把鞋垫放进针线笸箩里，红着一张脸急慌慌地出去了。

刘黑子是骑着枣红色骒马来的。一进院，见到枣红马，"黄世仁"就连连打着响鼻，它的嘴唇翻动翘起，扬着头前蹄高高举起，几次差点把马棚撞塌了。刘黑子和启良顾不得寒暄，忙把枣红马送进马棚。启良往马槽里拌上满满一瓢黑豆磕，说："让它们两口儿也改善改善。"两匹马交头接耳地蹭着嗅着，像是经过战争烽火而重逢的夫妻。

"黑子、黑子，你老小子行啊，这家伙归你了? 马驹子呢? 你也会骑马?"启良拍着刘黑子的肩膀，连珠炮似的问。

"你先让我进屋，你小子比'黄世仁'还闹腾，不知道我渴着呢。"刘黑子攥着他的手，两人一起走进屋。

水喝上了，烟点着冒起来了。刘黑子说："听说你把'黄世仁'弄到手了，我才骑着马来的，这马骑得比我地下走还他妈的累呢，还差点把我摔下来。"

"就你，牵马还差不多，谁都能骑的那是驴。"启良哈哈笑着。尽管经常见到刘黑子，这次却让启良倍感亲热。

"我和你一样，也是把它当功臣一样买回家的。这匹骒马，给我们生产队立了不少功，入秋下的马驹子不算，以前还下了十来匹马骡。老了没人要了，我心里不是滋味。就花了一百五十块买回家了，也拴辆车呗。"刘黑子说。

"黑七你这家伙也是好人呢，那驹子呢？"

"驹子棒着呢，是匹儿马蛋子，被外人买走啦。"刘黑子哈哈笑起来。

"卖哪儿去了？我不告诉你给我留着吗？"启良的脸立马阴沉下来。

"谁出钱高给谁呗，你哪有钱？"

"不就是我穷吗？连你都瞧不起我，你们都坐钱眼儿里了，想给大老黄留个后咋就这么难呢？"启良抱着头，蹲在了炕沿根。

"快起来吧，你呀，让我咋说你，怎跟个孩子似的不识闹。"刘黑子拍拍启良的肩膀把他拉起来。

"唉……"启良长叹一声，他深深地抽了一口烟，平复一下自己又说："等我挣下了钱，一定给它买回来。"

"你呀，像儿马子一样躁。"刘黑子说。

"爸、爸，我李云大爷来了！"在堂屋忙碌的秀芝喊声很是高亢。启良和刘黑子一同走出屋，他不仅看到了拿着两瓶酒的李云，也看到了李云后面的三栓，尤其让启良眼睛瞪圆的是，三栓手里牵着一匹欢蹦乱跳的小马驹。

"这是你姑爷给你的酒，这好姑爷哪儿找去？顺带着把你的心上物给你牵来了。"李云说。

"真是的，真是的。"启良一手接过李云拿的酒，一手接过三栓拎着的果匣，眼巴巴地看着栗色的小马驹撞到牲口棚的槽前。

"三栓去我们那儿两回了，好说歹说把这驹子给买回来了，他说了是给你买的，'黄世仁'的种儿，纯粹的儿马蛋子，错不了。"刘黑七的黑脸笑成了花卷。

三栓好像没了平时的自信，轻声说道："秀芝、秀芝，都是秀芝。"秀芝瞪了三栓一眼，大家都笑了。

"快进屋，快进屋。"启良说。

今儿是好日子呢，启良把东西放进屋里，马上又跑出来，抱着马驹的脖子，用脸蹭着马驹的脸。"瞧你俩眼长得这个难揍样儿，跟你爹长的一样呢。"他抓起一把豆渣送到马驹唇边说，"这回你们一家算是真的团圆了。"说着说着，启良的眼泪就下来了，就像夏日里憋了三天才下的雨。

语丝微言

当四十年前，以"一大二公"为特色的人民公社，以"三级所有，队为基础"的生产队体系完成它的历史使命，遽然退出历史舞台之后，生产关系、经济结构、生产方式及发展模式都发生了变化。农民的生活方式、价值观念，也随之陡然发生了重大变化。

在近四十年的大集体的体制中，大牲畜即骡、马、驴、牛，曾是生产力的重要元素，是集体价值的体现，在社员心中占据重要位置。而作为种马，曾独领风骚，独占鳌头，独具辉煌。但"散社"之后，这位"王者"却遇到前所未有的尴尬，或被卖掉，或进汤锅，或成"药渣"。种马又不如雄蜂，在完成传宗接代任务之后，远离蜂群，自我了断。这似乎是命运注定的，本是无解。但郑丛洲却偏偏写了启良、李云、三栓等一干人，依然对老种马念其历史贡献，仍尊重有余，护持有加，并将其后裔奉在膝下。虽是小说，却有着千百年来农民对马的传统认知："养马比君子，牲畜也同人。"而作者正是基于此种观念，又加以深化，足见其仁者匠心。读者读之，自会各作解读之。社散了，但人心没散。该成全的成全，该团圆的团圆。日子还得过下去，生活还要继续。

善待乡愁

许福元

初识郑丛洲，是在 2008 年北京作协发展新会员的见面会上。顺义区就我一人，密云区有他和王也丹。我们之间并无交谈，虽然内心有结识同为远郊区县文友的亲切感。但囿于面子上的矜持，谁也不想冒昧地先伸出文学的橄榄枝进行交流。至少我是这样想。但他给我最初的印象：堂堂仪表，凛凛一躯。

后来在文学活动中，我送他新出的小说集《半夏》。事过境迁，也就忘记了。但再次相逢时，他却很热情地向我谈起《半夏》。从人物谈到语言，从结构谈到故事，从精彩谈到不足，并指出小说中某某细节的独到和描写的欠缺。并说将《半夏》作为枕边书，云云。

我着实被感动了。我从未奢望我的小说能引起读者的心情激动，虽然也希望有的读者为之心动。于是我觉得，我与郑丛洲之间，所有隔阂之门统统打开，文学的心灵通道一路绿灯。

在后来的几次文学作品研讨会上，他往往第一个发言，与作者对面剥葱，直指作品之不足。不绕弯，不掩饰，不含糊。但有理有据，言之凿凿。这使我很惊异又不得不佩服他的勇气，挑战相互吹捧的文坛江湖世俗。相比之下，我倒显得老奸巨猾。

有时我想：你批评别人的作品毫不留情，刀刀见血。你自己的大作？我们当然不能要求美食家同时也是一个高级厨师，但希望你也能颠颠炒勺。后来，看到了他的《绿豆》《孔明灯》及写他父亲和写水的文章，这只是他全部作品中的少数几篇。当了解了他的阅读量和知识结构后，方晓得他确有其文学底蕴才能吞吐底气。而且，他在办实业公司与个人创作之间，如何拿捏得当，掌握平衡。既要操持生活艺术又要兼顾文学艺术，有时定然两难和两全。因为他对文学是认真的、严肃的、执著的，绝不是在"玩票"。我天真的想法是：若丛洲以文学为信仰，宁愿密云少一个企业家而多一个有影响的作家。

现在，又读了他这个八千多字的短篇小说《团圆》。

好的小说，会边看边引起读者联想，或掩卷之后，小说中的人物与情节会激活或唤起你尘封的记忆。短篇小说《团圆》，亦如是。

小说的结构并不复杂。20 世纪 80 年代人民公社散社，生产队解体。种马"黄世仁"与牵种马的人启良一下子从辉煌走向黯淡，作为动物的种马自然无可奈何。但作为牵马的人，面对社会的转型、人生的落差，往往心有不甘。启良以自己独有的方式缅怀历史，记住乡愁，那就是找回了此种马纯正的后代，使之"团圆"而达到圆满。

由此勾起了我的回忆。当年我们生产队，曾饲养着三头草驴和两头母马。在春情萌动时，请沿河村的老田牵着他的马公子来了。那是一匹白马，通身雪白，只有头顶心两眉之间有一撮黑毛。长长的马鬃被编成很多小辫儿，扎上红绸飘动，脖子上挂一串黄铜铃铛。老田瘦高个儿，红脸膛，脚穿长靴，足踏白亮亮铁镫，高高地骑在金色马鞍上。手中将那软鞭儿往马背上轻轻一晃，那白马就驮着红脸老田，软颠慢跑，叮叮当当哗哗朗朗一路响过长街。若遇到熟人，老田也不下马，而是腕悬马鞭，拱手欠身作揖致意，如电视剧中过往的侠客。后来，生产队解体，白马进了汤锅。听说老田很郁闷，没几年就去世了。

郑丛洲笔下的黄骠马是幸运的，不因退役而退休。因为它遇到了启良，启良启动了人类的良知，并不完全用实用主义的态度对待异类。这有点像蒲松龄，蒲松龄就是以人文情怀关注异类，关怀异类，关心异类。所以，启良的心是柔软的，但这柔软却散发传达出巨大能量。他赋予了黄种马以骨肉亲情，以人性的苦恼设想解除马性的苦恼，让小马驹陪伴老爸老马，然后一起慢慢变老。

一个时代变迁，总会遗留下一些旧的东西。正如车子前行，总会留下辙痕。物是人非或物非人是。汽车代替牛车，电力代替畜力，电讯传递代替八百里快马加急。人民公社轰然倒坍，代之以乡镇。领袖来复去，人民却长存。

有一种说法做法曾大兴其道却有失偏颇，叫不破不立，把破与立完全对立起来。我看了意大利古罗马城遗址，那残破，那恢宏，那古拙，那气势，足以让人震撼倒吸一口凉气。可见，旧的留存并未妨碍新的发展，正如中国长城的存在不但并未影响高楼大厦的崛起，反而倒反哺大厦高楼。由此证明，不破亦能立，船多不碍港。而破了也未必能立。

南水北调，河南南阳之水已注入密云水库。丹江水岸，有一怀旧林，里面安放着淹没区域农村农家日常用过的石碾、石磨、石臼、石碌、锅台土炕灶具及各种农具车辆等等。

这是一场规模宏大的聚会与团圆。石器与土器团圆，木器与铁器团圆，历史与现实团圆。郑丛洲的小说命名为《团圆》是有寓意和深意的。当黄骠马被当作种马倾其所能时，当畜力还成为生产力主力时，种马的价值与地位是无可替代的。当社会发展了、前进了，那些曾经拥有的价值变成一文不值，几乎没有人再重新审视、回望、挽救。如一个废旧的轮胎，任它在一个角落里蒙尘受辱，谁还念及它车轮滚滚风华正茂的时候。

离合总关情。乡愁是一个大概念，她的外延很扩展。历史曾经就是现实，现实转眼变成历史，未来也会变成现实。我们经历过的一切，都可以看作是乡愁。虽然，自己个人的经历哪怕于己是怎样的刻骨铭心，而别人则未必完全感同身受。但是，你的文字还是触动了我。因为，历史与现实是相通的，人心还是相通的。

郑丛洲这个短篇，选的角度很陡峭，施展身手很需要软硬真功夫。他从一个独特的角度忆旧怀旧恋旧书写乡愁，用心灵的力量感受逝去的一道风景那人那马那情并想去救赎。农村的历史是一棵树，我们都曾经从这棵树上摘取过果实，而且至今与我们尚有诸多的交集。但是我们移居城市、搬进楼房后，很少再去探望这棵树，也没有常回家看看。舌头也日益麻木，渐渐模糊那果实的味道。这是人性的弱点。作者恰恰揭示了这个弱点。"固时俗之流从兮，又孰能无变化。"郑丛洲对此进行了深度思维。我揣摩他此篇最想表达的是：善待乡愁。

2016.3.9

【作者简介】

张爽，小说家，诗人。中国作家协会会员，鲁迅文学院第十七届中青年作家高研班学员，北京老舍文学院首届高研班学员。2010年后开始小说写作，中短篇小说散见于《上海文学》《青年文学》《清明》《山花》《大家》《小说界》《芒种》等多种期刊，有小说入选《中篇小说选刊》《长江文艺·好小说》等，出版长篇小说《白虎》、小说集《上帝的儿女都有翅膀》《火车与匕首》《我的两个世界》等。

寻找儿子王方正

　　星期一这天早晨，王三顺一出门，他的眼皮就疯狂地跳开了。老婆吴香枝听他嘟囔这眼咋这么跳呢，就问他是哪只眼睛，王三顺指了指自己的左眼。王三顺的左眼皮那会儿正像个跳神的浪娘们儿一样舞蹈着。吴香枝一看他指的是左眼，不言声了。左眼灾右眼财。左眼跳，没好事！走了一段，吴香枝见王三顺还在用手揉他的左眼，就安慰他：也许是夜里没睡好闹的，跳会儿它自己就不跳了。王三顺这几天见天在桃园干活，每天累得跟三孙子似的，晚上吃完饭倒头就睡，一睡就是七八个小时，早晨也醒得跟司晨的公鸡一样准时。睡眠好得不能再好。可睡眠这么好，无缘无故的，眼跳什么呢？吴香枝说：你别揉了，越揉它越跳。王三顺不听吴香枝的劝告，更加用劲地揉起自己的左眼，说：我让你跳，我让你跳！

　　走到自家桃园的时候，王三顺的左眼终于不跳了，可他带来刨树墩的镐没用几下，镐把突然齐茬茬地从镐头那里断掉了！这把镐王三顺用了多年，一直好好的，怎么突然就断了？桃地的土不硬，冻土早就化开，松软得用手一抓一大把，怎么连一镐头都禁不住？王三顺看着断了的镐把越想越沮丧，他自言自语说：今天真是邪了，闹鬼了，怎么一大早的就这么不顺呢？吴香枝忙过来仔细查看镐把的断口，看完，她舒了口气，说镐头那里的木头朽了！该断！王三顺说：可它早不断晚不断，怎么偏偏今天断？是不是故意要跟老子过不去？妈的，断了也好，它断了，老子也不干了！王三顺说着，就把断了的镐把扔在地上，闷头坐到地边抽烟。吴香枝说你挺大个人怎么和一把镐头闹气？你闹气它就不断了？镐头断了，你不干活，指望我一人把这十几亩的园子弄完？吴香枝唠叨着，她很不高兴。她不能眼看着丈夫因一把镐头罢工，她家缺钱，缺电器，可就是不缺镐头。想到这里，吴香枝就把自己手中的那把镐头扔给丈夫，把断了的镐头和镐把从地上捡了起来回了家。

王三顺的家离桃园一里多地，走快点，来回半个小时也到了。王三顺看着吴香枝的背影，愤愤地想：吴香枝这个臭娘们儿就知道让老子干，让老子不停歇地干，老子今天偏就不干了。他抽着劣质的香烟，感到一股火气正从心头升起，在胸口那里向外腾腾冒着青烟。他想我这样一天到晚的干，啥时是个头？过去他家，只有二亩多桃地，那点活他一个人玩似的就干了，可今年吴香枝一下自作主张地承包了十二亩。这十二亩桃地就像拴在王三顺身上的一盘沉重的磨，而王三顺无疑成了拉着这盘磨的一头驴！为了这十几亩地，他成了睁眼的瞎子、会思考的畜生，眼看着永无宁日了。他想这一切都是因为王方正这个王八蛋！要不是送王方正去那个寄宿学校上学，吴香枝也就不会多包这十几亩的地；要是不包这些地，他也就不会变成这样一头在地头呼呼喘气的驴了！

吴香枝半个小时后准时沿原路返回了。回来的吴香枝没看到往日一样驴一样弓着个身子劳作的王三顺，却见他大爷一样地靠在桃树上吸烟，吴香枝的火气就蹿起来了，心想照他这个干法，这地里的活还不得干到驴年马月去？吴香枝有些急，她想开口骂丈夫几句，可口袋里的手机突然吱吱地叫唤起来。吴香枝把拿来的镐头扔给王三顺，想这会儿谁给自己打手机呢？她犹豫着把手机拿了出来。屏幕上显示的号码很熟悉，是儿子的班主任朱老师。吴香枝的心突突地跳开了。朱老师打电话肯定和儿子王方正有关。去年，他们花光了家里的积蓄，把王方正送到这所以管理严格校风严谨著称的寄宿中学，谁想儿子去后只老实了一小段时间，接下来给他们带来的麻烦并不比在乡中学时少。吴香枝现在只要一听到电话响，就条件反射般的头疼。

朱老师在电话中问吴香枝：王方正的病怎么样了？说王方正周四中午就请病假回了家，到周日下午没按时返校，现在都是周一了，他又没来上课，连个影子都没见着，她想问一问吴香枝：王方正究竟去了哪里，今天务必给她一个答复！朱老师最后忍无可忍地告诉吴香枝：这个叫王方正的孩子她再也不想管了，她现在就要去找校长，如果王方正在明天之前再不来学校，她就向校长建议，勒令他退学……吴香枝当时的感觉好像被人打了一镐把，脑子一下晕掉了，她结结巴巴地解释：请朱老师原谅自己的孩子，说他还小，她一会儿支吾着孩子真病了这会正在家里躺着，一会儿又说她这就去把儿子找回来，亲自陪着他去学校找朱老师道歉……她说了半天，才发现那边的电话早挂掉了。她出了一脑袋的汗，挂掉手机，又悲哀地发现，丈夫王三顺也瞪着一双牛一样的眼睛在看自己。王三顺研究了一番吴香枝，突然火冒三丈：王方正这个龟儿子又怎么了？又逃学了去打游戏了吧？行啊你，还学着帮他撒谎了？他这么没出息都是你这娘们儿惯的！这回跑，他就别想回去念了。每年一万多块钱，还不如老子吃了喝了舒坦！

吴香枝没心思理睬丈夫，她拎着镐头去了另一棵树下。她手中的镐头用力地刨着地面，脑子里却全是儿子的影子。吴香枝都精神恍惚，不到十一点她就提前回了家。家里仍然不见儿子的影子。她急得在院子里来回转磨，把午饭都耽误了。王三顺回来，吴香枝才告诉他朱老师电话里说的实情，她想让丈夫出去找一找儿子。王三顺说：找什么找？等他自己回来！他回来了，看我不打断他一条腿。吴香枝说：你就知道打，你就知道打！你愿意打你就打，你有能耐你就打，你有能耐直接把他打死算了，打死了，我也就省心了！你说我怎么摊上个这么不省心的家……吴香枝说着，突然伤心起来，眼泪像贪婪的虫子一样从眼眶里爬出来。

吃过午饭，吴香枝决定自己出去找儿子。吴香枝出门的时候，王三顺正在屋外用砂纸打磨他的新镐把。他打磨得很认真。看吴香枝精神恍惚地走出来，说她要去县城找儿子时，王三顺还说：你愿意去找就找吧，找回来我一镐把先把他打死再说。吴香枝好像连他的话都没听见一样，骑上车子出了院门。

王三顺对儿子到底去了哪里并不怎么担心，他可以肯定儿子这会儿在县城某家网吧或某间电脑屋里。这几年县城的网吧和电脑屋开得比发屋还多，比发屋还会装神弄鬼，儿子王方正就像是在那些网吧和电脑城里游荡的孤魂野鬼，他从小学四年级开始就把魂丢在那些地方了。王三顺想不出那些地方好在哪儿。那些打打杀杀的游戏有什么好？一年前，王三顺满县城找儿子的时候，看着电脑上那些脚底下像安了弹簧的跳来跳去的人物，那些想杀就杀想砍就砍的血腥画面，那些穿着很少就像没穿衣服的游戏中的女人……他甚至也动了花几块钱坐下来玩会儿的念头，试试里面都有些什么能把儿子迷住，又是如何张开血盆大口从儿子身上敛财的。可最后，他看了看自己握惯了镐把的粗糙大手，还是放弃了。

吴香枝出了院门，恨不得立刻飞起来！她家离县城不过七八里地，可她已经很久没到县城来了。她一到县城就转了向。县城里那些高楼大厦好像是一夜之间冒出来的。她站在十字街头不知该到哪里去找自己的儿子。吴香枝问一个过路人：网吧在哪里。过路人看着吴香枝像看一个怪物，说网吧到处都是，谁知道你找哪一家？吴香枝红了脸，说我儿子丢了，我不知道他去了哪里，我就知道他平时爱上网打游戏。过路人见吴香枝是为找儿子，就指点吴香枝去了附近一家叫蓝太阳的网吧，说你去那里看看吧，说不定你儿子就在那里面。

蓝太阳网吧开在一个高层住宅下的底商楼里，牌子做得又大又气派。吴香枝刚进网吧的门，就被一个留着火星头的青年给拦下了，问吴香枝干嘛？吴香枝说我找儿子。火星头问她儿子叫啥。吴香枝说叫王方正。火星头就说你走吧你儿子不会在这里。吴香枝不相信，身子就挤进了网吧里。吴香枝一进网吧，眼睛就花了。一排排的都是电脑。电脑前低着很多脑袋。吴香枝认定那些脑袋里有一个是自己儿子的，就不管不顾地闯了进去。吴香枝在网吧里转了两圈，每个电脑前的脑袋她都看了，但没一个脑袋是王方正的。王方正的脑袋她记得很清楚。王方正的脑袋与众不同。他的脑袋上有三朵花，也就是平时说的"三个顶"。一个顶差不多人人都有，两个顶的就不多了，她丈夫王三顺是两个顶。而她儿子王方正比他老子还多一个顶。一顶硬，二顶横，三顶打架不要命。吴香枝摊上了两个顶的丈夫和三个顶的儿子。她觉得自己的命真是够苦的。

　　吴香枝出来，看火星头挡在门口，忙说对不起。火星头反而笑了，说我告诉你你儿子不在，还不信，这回信了吧。火星头问吴香枝王方正多大，吴香枝说十五岁。火星头说：十五岁你怎么上我们蓝太阳来找。我们蓝太阳是全县城最正规的网吧，未满十八周岁的我们一个不会放进去。火星头说着就拿过一个登记簿子给吴香枝看。说记着啊，下次你儿子不见了别到我这里来找了，你们这些人老是到我们网吧找人，会给我们惹麻烦的。

　　吴香枝不知道来找自己儿子给他们惹什么麻烦，又不好问火星头。她看见火星头满脑袋的黄毛就紧张，觉得留这样头发的人都不好惹。

　　这时火星头又说：你要找你儿子我建议你去"红星星"，红星星他们那里不管有没有身份证只要花钱都让进。火星头还说：我估计呀，你那个叫王方正的儿子没准儿就这会儿就在他们网吧里打游戏玩呢。

　　吴香枝好像抓到了救命稻草，忙问火星头红星星在哪里。火星头就指点给吴香枝，说你往前走，再往东走，到那里再往前一百米，那个牌子上有颗大大五角星的就是了。

　　红星星很好找，因为红星星网吧比蓝太阳还大。红星星网吧是上下两层楼的。不过吴香枝这次连门都没进去就让红星星的人拦下了。红星星的人对吴香枝说：你是来找儿子的吧？吴香枝很奇怪，她还没说话，他怎么就知道自己是来找儿子的？红星星见吴香枝发愣，就笑了，说现在像你这样到处找儿子的人多了，不过我可以负责地告诉你，你儿子是不会在我们红星星网吧的。红星星说：不要说你儿子，谁的儿子到了我们这里，只要他不到十八岁，我们一个都不会放进去的。红星星接着问吴香枝你儿子到十八岁吗？吴香枝摇摇头：不到，他才十五。红星星得意地说：我说怎么样？那你还是到别处去找吧，他肯定不在我们这里。吴香枝说：你让我进去看看他在不在行吧。红星星很坚决，说不行。吴香枝说：我花钱进去找下我儿子总行吧？他不在，我就出来。红星星说：花钱我们也不让你进，我们这里花钱是为了上网的，不是来让你找儿子。你儿子不在我们这里。吴香枝就急了，说你怎么肯定我儿子没在？别人都告诉我了，说我儿子在你们这里上网。她说完就要往里闯，却被红星星一下拦下了。红星星问她刚才说什么，谁说她儿子在这里。吴香枝不说。红星星说：你不告诉我是谁说的那话，我更不会放你进去了。吴香枝说：我说了谁说的，你是不是就放我进去了？红星星不说放还是不放，只问是谁说了那话。吴香枝就承认是蓝太阳的火星头说的。吴香枝刚说完蓝太阳，红星星就哈哈大笑起来。吴香枝很奇怪，问他笑什么？红星星说：我猜就是蓝太阳的人说的。吴香枝说：我说了谁说的了，这回你总该放我进去了吧。红星星说：你要是不说是蓝太阳的人说的，我还真放你进去了，可你这么一说，我不能放你进去了，万一你是蓝太阳派来的黑客怎么办？吴香枝不知道黑客是怎么回事，她只想进去找自己的儿子。她不说话，横着身子往网吧里闯。红星星抓住吴香枝的胳膊：蓝太阳说你儿子在我们这里，他是哄弄你呢，没准儿你儿子就在蓝太阳里。吴香枝说：他们那里我进去找了，没找到，他们才告诉我上你们这里，你就让我进去找一下吧。红星星却很坚决，说不行，我不能让你进去。我可以给你看我们今天上网的来客登记，可就是不能让你进去。吴香枝不想看什么来客登记，她不信那些来客登记，只想亲自找到自己的儿子。她急得眼泪都快下来了，她说："我儿子昨天就走了，学校也没去，家也没回，我儿子就喜欢玩个电脑上个网，求求你让我进去看下还不行吗？我看下就出来。"可不管吴香枝怎么求红星星，红星星就是不答应让吴香枝进去。红星星就像冰凉的一块铁，丝毫不为所动。后来吴香枝累了，知道说什么也没用了，就退到马路对面去。她坐到马路牙子上，等红星星那里出来的人，看看里面到底有没有自己的儿子。

吴香枝在那里一坐就是两个小时，可让她奇怪的是，红星星就像一个无底洞，她只见有人陆续走进去，偏偏看不到有人从那里走出来，她想他们进去怎么就不出来了，难道他们都被红星星吃了吗？难道我儿子也被吃了？想到这里，吴香枝就害怕起来，起身向红星星那里跑。她边跑边喊："王方正，你给我出来！王方正，你给我出来啊。"吴香枝惊慌失措的喊声吸引来半条街的人来看热闹，纷纷问出了什么事。红星星的人忙过去把吴香枝拉到一边，说你喊什么喊什么我告诉你儿子不在这里你怎么就不信呢。吴香枝说：他不在这里会在哪儿。红星星说：你儿子在哪里我怎么知道！见吴香枝张嘴又要喊，又缓下一口气，说你要找你儿子别在我们这种大网吧找，要找得去二环路那些小网吧，那里的网吧连几岁的孩子都让进。

接下来的两天，吴香枝像一只丢了小燕子的老燕子，在二环路一家家的小网吧屋檐下徘徊寻觅着。可寻觅的结果让吴香枝很伤心，她不仅没找到自己的儿子，还挨尽了网吧老板的白眼，那些网吧的老板见了她就像见了一只让人恶心的苍蝇，躲她的脚步比兔子还要快，看见她过来早早就把门关死了，怎么拍也拍不开。第三天的头上，当她心神恍惚地起床后想央求王三顺和她一起去找儿子时，王三顺却理都不理地扛着镐头向大门那里走去。身子出了大门了，他才甩过一句话：龟儿子我是管不了了，我看你也别去找了，就当咱们没他这个儿子。听到丈夫这句话，吴香枝突然觉得自己已经精疲力竭了，她摇摇晃晃地站在院子中间，好像是一棵被风刮得东倒西歪的病树。

吴香枝忧心忡忡地站在院子里，心里想着自己不争气的儿子，他到现在生死不明，他到底去了哪里啊？

吴香枝这里胡思乱想，没想到儿子王方正此刻已像个幽灵一样飘进了院子。他影子似的飘到吴香枝面前，没精打采朝地吴香枝喊了声"妈"。吴香枝愣了好长时间，待确认这个晃晃荡荡的人就是儿子王方正时，她只是有气无力地问了句：儿子啊，你为什么不去上学，你这几天究竟跑哪儿去了？王方正并没理会吴香枝的表情，他冷冷地开口了，说妈，您身上有钱吗？给我三百。吴香枝从混沌中清醒过来，说上个星期给你的三百块钱呢？王方正说：都花光了。现在我又欠了人家三百，你快把钱给我，我好去还人家！吴香枝上前给了儿子一个耳光，说你这个没出息的东西，我就是打死你，也不会再给你钱了。王方正挨了母亲一个耳光，居然什么反应也没有，他直直地看着吴香枝，问：你到底给不给我钱？吴香枝说：不给！我宁肯打死你这个没出息的，也不会把钱给你。我不但不给你，我这就去把你爸喊回来，看他咋收拾你！王方正听吴香枝这样说，一下子蹿到了母亲面前，呲牙咧嘴地喊：你他妈快把钱给我，你不把钱给我，我就不认你这个妈。吴香枝听着儿子的喊声，耳朵一下子失去了听觉，儿子张开的嘴巴凶巴巴的，眼睛里一会儿跑出的是一把把刀子，一会儿又是一股股的火。后来，她终于听清楚了儿子说的话，她想再次给这个不孝之子一个耳光，但她伸出去的手很快被儿子捉住了，他顺势往前一推。吴香枝像一个折断了翅膀的老燕子，身子弹了几弹，就听话地倒在了地上……

吴香枝不知是怎么从地上爬起来的，她感觉自己身子是那么轻，那么脆，就好像是一根苍老的桃枝，说不定哪会儿就会折断。她觉得天要塌了，地要陷了，儿子陌生得让她害怕了。她爬起来，第一个念头就是赶紧把王三顺找回来。吴香枝跌跌撞撞出了院子，向自家的桃地里跑，她感觉自己的身子就像一片纸，轻得一阵风就能把自己吹跑。

吴香枝领着丈夫从地里跑回来的时候，王方正正拿着一张纸片站在院子里，见了王三顺不但不躲，还勇敢得像个坚强士兵。王三顺像一头发怒的公牛，一下就冲到儿子面前，左右开弓给了儿子两个嘴巴。王三顺说："畜生，你这个畜生，连你妈你都敢打！看老子今天不把你打死！"

　　王三顺的这两巴掌很重，王方正立刻感到自己的两边脸同时肿了起来，除此之外，他还感到有两条温暖的小河从两个鼻孔顺流而下，流经嘴巴时他感到一丝腥和一丝咸……他很害怕，但他不想在这个粗暴的男人面前矮下去——他抹了一把鼻子里流出的东西，说你有能耐就打吧，再不打你就没有机会了。他的话把王三顺和吴香枝吓住了。王方正继续说：我刚才从屋里找出来三百块钱，算我借你们的，我欠了人钱，不还钱人家就要我的命——我的命怎么就这么不值钱？我他妈受够你们了。就知道一天天逼着我上学，我够够的了。王三顺说兔崽子，看老子今天不打死你。王方正说：过去你是我老子，现在不是了——我要和你们断绝关系。从今以后，我干什么你也别想管，我是死是活，也不关你们的事了。吴香枝像绝望的鸟儿一样一声尖叫，她喊儿子啊，你说的都是什么啊，你疯了？王方正说：我没疯。你看，连这个我都给你们准备好了。王方正说着就展开了手中的纸片。那是他刚趴在床上写好的与父母绝交书。他想：只要和父母断绝关系了，就可以在网吧里想呆多久就呆多久了。二环路那里的一家网吧老板已经答应他收留他，让他在网吧当个管理员——当管理员上网不用花钱，还能每月从老板那里领生活费。王方正很高兴，他觉得自己完全可以自食其力了。再也不用看父母和老师的脸色，也不用装病，更不用逃学了。他长大了，他早就应该独立了。他要像从电影里看到的那样，和父母断绝关系。断了关系，他们自然管不着自己了。

　　王方正念起他费了半天事写好的文字。那张纸上字不多，念起来也颇为顺口："今有学生王方正，十五岁，从今天起自愿断绝和父亲王三顺、母亲吴香枝的父子、母子关系，从此互不相管……"

　　听着儿子字正腔圆的朗读，吴香枝的身子像纸片一样瘫下去了。王三顺没倒下去，但他很惶惑，他突然感觉，这个用普通话"念书"的人并不是自己亲手养大的儿子，而是一个从土坷垃里蹦出来的陌生的家伙。这个陌生的家伙正在念着自己和老婆的名字以及他和老婆儿子的名字：王方正。没人知道为了给儿子取个好听的名字他费了多少心思，他曾经成宿成宿的睡不好觉……

　　王三顺到儿子的背后去了。这个陌生的家伙发出的声音越来越高。王三顺的耳朵听得嗡嗡直响，像是汹涌着的一团苍蝇。他想阻止这团苍蝇，可一时又不知道该如何去阻止它。那把断掉镐头的镐把不知什么时候被抓到手里了。那镐把他太熟悉了，用了三年，习惯了，也顺手了。现在，那把镐把重新回到了自己手中，他立刻感到了一股复杂而奇怪的情感袭击了自己，他眼里一热，眼泪就流出来了。他举起那把镐把的时候仿佛是在桃地里认真地翻着那些带着粪香的泥土。他感到几分失落。几分失神。镐把很轻，可举起来的时候好像用尽了他全身力气。他必须全神贯注，全力以赴才能擎得住它的分量，才能让自己专注起来。

王三顺知道自己想干什么了，他的镐把准确地敲打在那个不停地发出声音的陌生人的脑袋上。他想阻止那声音，必须阻止那声音。

王方正是我搂出来的儿子，谁他妈也别想带他走。王三顺终于吼了出来，他吼出来的声音把院外的一棵树都震动了。那些树上的叶子吃惊地抖动着，不知道院子里到底发生了什么。

（小说发表于 2015 年 6 期《青年文学》）

语丝微言

记得是 2017 年底，在张爽的小说集《火车与匕首》的研讨会上，编者谈了他小说的特色："灰色地带，灰色人物，灰色幽默。"当时笔者认为，小说有红色地带、绿色地带、蓝色地带、黄色地带等。而张爽的小说，属于灰色地带。而灰色地带不但现实存在，而且广阔。但写此地带的作家并不多，佼佼者亦少，张爽亦是佼佼者。其题材并不重大，人物并非高洁，思想也说不上多么深刻，境界也谈不上多么高山仰止、景行行止。但这就是生活，就是社会，就是人间的烟火气。作者的笔下，都是小人物、小百姓、芸芸众生。但正是这些贩夫走卒、建筑小工、引车卖浆者流，才构成文学大厦的基础。"领袖来复去，人民却常存。"张爽的笔触，正是触摸普通人的爱与恨、情与仇、无奈与尴尬、理想与失望、高洁与邪念、嫉妒与背叛甚或是精神困顿与生理需求。编者也许有自己的偏见，与其看那些所谓高、大、上兼假、大、空的小说，倒不如看看张爽的灰色地带作品。其遣词造句之准确，谋篇布局之洗练，不时闪耀出黑色幽默的光芒。著名作家浩然评其文风有王朔风格，称其为京东王朔，还是确切的。

【作者简介】

张溪芜，北京通州人，1953 年 6 月生。1980 年开始发表文学作品，1987 年加入北京作家协会。先后在《雨花》《北京文学》《小说林》《芳草·小说月刊》《农民文学》《雪莲》《金沙江文艺》及报纸副刊发表作品约 200 万字。主要作品有短篇小说《三句半》《雾霾》《文身》《漂白》《臭墨》《刷夜》《送你一束黄玫瑰》《飘扬的记忆》《马蹄表》《二甲传胪》等，中篇小说《秋深柳叶黄》《隐形绑架》《人约黄昏后》等，长篇小说《迷路的村庄》及长篇随笔《读石笔记》等。其中《三句半》获第 20 届全国梁斌小说奖。

雾　霾

1

夜来了，我仍旧被雾霾锁在屋里，憋得透不过气来。老婆不时打电话过来，说是家那边也看不见路了，都是雾。她不说雾霾，是她不了解它的危害性，甚至不知道这个字的读音。记不清我教她多少遍了，她还是记不住。去年腊月里，她舅舅从哈尔滨来，到京城出席一个什么冶金方面的研讨会，顺便来家里坐坐。也赶上雾霾天气，她只说雾不说霾。不想她舅舅是个专家，就喜欢在每一种物质的成分上较真，于是就像我一样教她读 mai，饭前是记住了，撂下筷子她又忘了。舅舅说她笨，她不服气，说不是她笨，而是造字的人混蛋。如果雨字头下面换成埋葬的埋字，谁记不住呀？舅舅当然要跟她撕扯清楚，我只好盗用张中行先生讲过的一个故事阻止他。说在很久很久以前，有两个人为算一个数字发生口角。一个说四七二十八，另一个说四七二十七。争来争去互不相让，最后闹到了公堂上。知县审案，将说四七二十八的人打了二十大板。此人不服，说明明是四七二十八嘛。知县说：知道四七二十八，说明你是个明白人。他说四七二十七，无疑是个糊涂蛋，我就是打死他，他也认为是四七二十七。你一个明白人跟他费那口舌有什么用？被打的人心服口服。听了这个故事，妻舅笑了，老婆却恼了。她说谁是糊涂蛋呀？要不是我计算得准，你早就有闲钱找小姐了。我没有抱怨她抠钱抠得紧。一家人上有老下有小，光靠我这辆出租车不行。左邻右舍都在显摆小康新气象，我们万万不能趴在温饱线上被人耻笑。她在家里照顾老小不得闲，还要种粮种菜，风吹日晒的也不容易。这年月找找小姐也不算什么，只是我心疼钱。为了钱，我养成了憋的习惯。

气象台预报，说雾霾天气还将持续数日，我心里一阵阵起火。可老婆却在电话里，要求我老老实实呆在租住的房间里。她说你瞧瞧电视吧，到处都有撞车、追尾的，车毁人亡那叫惨呀。我说干呆着倒省油钱，但公司的份钱省不了哟。她说省不了就不省吧，有人在就不愁钱。我知道她这是心疼我。说白了是怕我出事。女人到了中年，最怕的事情是守寡。只要我还活着，每个月总要回家几趟，这样就能维持荤素搭配的日子。可这挥之不去的雾霾，正在打乱我们的生活，我的心理和生理都在失衡。正愁着，隔壁的小山东推门而入，求我立即送他去火车站。我说这么要命的天气，又是夜里，你让我怎么走车啊？他掏出一千块钱扔在床上，皱着眉头说：李叔，我知道外面雾大路难走，可我不跑，说不定等不到天亮，我就大难临头啦！我瞧着他心急如焚的样子，推想他是遇到了天大的麻烦。平时处得不错，有时候回来晚了，人家就提一壶开水过来，是个很热心的小哥们儿。我的心一软，也就答应了。

我将车开到院门口，就见他抱着一个裹着蛇皮袋的物件上了车。物件呈正方形，从他吃力的架势看来，分量足有七八十斤。知道他做的是收破烂的营生，我猜想他是收到值钱的宝贝了。车上了路，不等我问，他就告诉我说：昨天花一百块钱收了这个东西，见上面生了绿锈，就请干爹看了看。今天干爹又找了几位高人研究了半天，听他们说可能是块金砖。我说：要是有绿锈，肯定不是一块铁。他说是呀，所以要赶紧送回老家去。这地界是城乡结合部，人太杂，留在这儿容易招灾惹祸。我双手握紧方向盘，两眼死死地盯着前方隐隐的光亮，缓慢地尾随着前面的车辆。浓重的雾霾仍在弥漫，我不敢大意。

2

缘分这东西由不得你怀疑。有缘千里来相会，无缘对面不相识。我刚闯进京城的时候，正是暑热节气，打车的人早晚居多。我家在京北九渡河山区，每天一往一返一百四十公里。黄金光阴全都扔在了冤枉路上，于是我想在城边租房。城里的房不好租，也租不起，只能选择城乡结合部，选择平房。托朋友，求同行，折腾了一个礼拜，没戏。这天黄昏，我在一个叫"的哥的妹"的小餐馆里吃面，茄丁打卤面。正吃着，从门外走进一个老头，面黄肌瘦，头发却油光光地向后梳着，在脑后扎成了一条刷子，像马尾巴。他在我的对面坐下来，瞥了一眼我碗里的面，就喊服务员。一个小姑娘拿着菜谱走来，很礼貌地问："您要点什么？"老头取过菜谱翻了翻，说先上一碗面吧，茄丁打卤面。服务员转身离去，他便与我搭讪。我说我是开出租车的，正忙着找房。他说附近就有空房，他干儿子隔壁就空一间。条件差一些却便宜。我说没问题，我租。这时候服务员端来了面，他用筷子夹了一点茄丁放在嘴里，尝了尝，说味道好极了。又挑起几根面条送到嘴里，嚼了几口忽然撂下筷子，大喊一声："好面啊！"语惊四座，我看见有人在窃笑。他叫过服务员，说你能看出我是什么人吗？小姑娘摇摇头，说不晓得。他很失望地闭目沉思了片刻，然后慢慢地睁开眼，微微一笑说：告诉你吧，我是个艺术家！小姑娘傻傻地看着他，说艺术家是干啥子的？他愣了一下，说听口音你是四川人，你们那里就出过不少艺术家，郭沫若，你听说过吧？小姑娘笑了，说晓得晓得，艺术家是摸锅的，摸锅热不热。老头生气了，说你把老板叫出来。老板提着炒勺跑过来，说有事您快说，我还盯着炒菜锅呢。老头说：我送你一幅字吧，就写"天下第一面"，你把它裱好挂在墙上，你的生意就火了。老板握着炒勺拱拱手，说谢谢您的美意，不用了，这我还忙不过来呢。说完，转身就朝厨房跑。我觉得这个艺术家老头不靠谱，没想到他真的帮我租到了房子。原来小山东跟他，也是在一个小餐馆里认识的。小山东告诉我，他这个干爹喜欢吹牛逼，但也有可爱之处，就是乐于为别人张罗事。

后来接触几次，都是老头打我的车去潘家园路边卖字。据我观察，他很少开张，即使开张了也卖不上价。最让他自豪的一次，有一幅字卖到了三十元。有一天他跟小山东借钱，说是他被评为全国书法名家了，应邀到河南参加名家笔会。参会要交住宿费、用餐费和专家讲课费，累计两千九百元，路费也是自理。小山东就问：您是名了，应该他们给您钱才是。老头就笑小山东无知，说山外有山，人外有人，我是名家了，但还得听大师教导啊。他摊在桌上一堆证书，说领这些证都得花钱，可要是没有这些，说我是艺术家，谁信？别急，等我把市场打开了，一字千金，你就不用收破烂了。我写废了的书法条幅，你捡一张来，就能在北京买一套楼房。小山东说：那我得等多少年呀？老头说：心急吃不了热豆腐。想当初，我年轻的时候，非得下地干农活儿，就照着一本美术字样本练字。给生产队写黑板报，帮村里剪字做锦旗，谁不夸我有才啊。没想到老了，有人点拨了我，说我写的字体是汉隶，汉代的隶书。哎呀，要是早有人点拨多好呀！小山东信了，而我却半信半疑。

据附近一个同行说：老头的家在一个叫牛庄的小镇上，距离我和小山东的住处不远，大约六七华里的样子。他叫牛国栋，是个做白活的。谁家死了人办丧事，就请他糊船糊桥糊幡儿，还有童男童女什么的，赚的是糊弄鬼的钱。成了所谓书法艺术家之后，白活没扔，只是加了一道代写挽联的程序。他做什么也不关我的事，只是我不喜欢他一个毛病，说话时唾沫星横飞，而且他总是伸着脖子追着你说，躲闪不及，就会落一脸唾沫星子，想起来就恶心。我一直认为：艺术家无论大小，甚至无论真假，起码应该做到不使人恶心。恶心人的人做出来所谓的艺术作品，我想象不出美从何而来。

3

送走了小山东，我回到住处煮了两袋康师傅方便面。一边吃一边往家里打电话，给老婆报个平安。这样省得她牵挂，也省得我在睡梦中被电话惊醒。刚刚跑短途，挣了一千块钱的事，我没敢告诉她。即使在没有雾霾的月明之夜，这样的事也不敢告诉她。她一兴奋就失眠，我不能毁了她的睡眠。步入中年的女人少了睡眠，脸上会带出憔悴相的。我没有情人，所以还是希望老婆的脸耐看一些，不然的话，我的生活就更加乏味了。

也许是怕我在乏味中熬不住，老婆一直让我买一台电视机。我挤不出这笔闲钱，就从小山东的破烂里面挑了一台旧的，稍稍修理了一下，也能看五六个台呢。这时候有个台正演赵本山的小品《卖拐》，我看着看着就从心里冒酸水。老赵原来是农民，我也是农民。人家都有自己的飞机了，我开着一辆轿车却是公司的，属于我的东西只有山脚下那几间半石半砖的房子。正辛酸着，有人敲隔壁的门。我拉开门探出头去一看，是两个彪形大汉，心里一紧就缩了回来。没容我关上门，两个人就转身跟过来，说哥们儿，小山东呢？我说天刚黑就走了，好像是出了远门。他们说了声谢谢，转身去了。我望着他们的背影，暗想幸亏小山东跑得及时，不然难逃一劫。关上门，电视里还是赵本山，他还在展示忽悠的功夫。我刚点上一根烟，又有人来敲门了，这次敲的是我的门。

来人是小山东的干爹牛国栋，我讨厌的那个艺术家。他坐下来没有喷"雾"，而是满脸的愁云。我感到奇怪，就问他是不是找小山东。他摇摇头，说这孩子做了一件糊涂事，惹上了麻烦，总是东躲西藏的也不是办法。我说：既然他是您的干儿子，您就帮帮他吧。他说：是啊，我必须帮他摆平这事儿。要想从根儿上消除祸患，我得马不停蹄地赶到河北沧州，请一位老爷子站出来说话。我说那您得连夜赶火车去，他说坐火车赶不上点儿了，想麻烦你送我一趟，辛苦费我出五千。说着，他掏出一把票子拍在床上。我望着一张张崭新的老人头，有些眼馋，可我心里又有些发憷。我说钱是不少，可我这车没有多少油了，怕是跑不了那么远。他说油不是问题，我准备了两桶，夜里不用找加油站。我还是发憷，说这人生地不熟的，半路上遇上事就麻烦了。他说你放心，我花一万块钱雇了俩保镖，都是高手。我再也找不到拒绝的理由，只好点头了。其实主要是他这次没有喷唾沫星子，这就不那么恶心人，再就是他为救小山东舍得出血，也让我感动了一回。

车开到一个十字路口，牛国栋让我停一下。有两个彪形大汉各提一个油桶过来，他说这两人就是保镖。我一看原来就是在隔壁敲门的两个人，样子确实威猛。怎么看都像是黑社会的人，牛国栋说你别误会，这两个人我知根知底，绝对不是流氓地痞，更不是黑帮。我料想他这个样子，也不具备摆布黑社会的能力，于是心里踏实下来。

一路迷茫。我不敢与坐在身旁的牛国栋聊天，他好像也很惜命，一直沉默不语。

过了沧州市区，牛国栋开始为我指路，七拐八绕地转了几个圈，才听牛国栋说：到了，就是这东庄。按照他的指点，我将车停在了村口一棵老榆树下。树后有个残破的院落，好像有几间北房，还有几间棚子样的偏房。牛国栋领着我和两个保镖走到栅栏门，就听偏房里传来忽高忽低的咩咩声，是羊叫。周围雾气缭绕，我摸出手机看了一眼，已是上午八点十四分。抬眼望去，北房的烟囱正冒着浓浓的炊烟。牛国栋示意我们不要出声，他侧着耳朵听了听，就轻轻地推开了栅栏门。动静不大，却惊动了屋里的人。只见一个驼背的瘦老头挪到屋门口喊了一声：谁呀？走在我前面的牛国栋应道："是我呀，老哥！"再看那驼背老头，好像被吓了一跳，脸上惊慌地一下就呆了。

我是牛国栋啊，艺术家！

牛国栋已经到了屋门口，驼背老头还在发呆。我心里暗笑：这就是那位能平事的老爷子呀？转念一想不对头，牛国栋肯花血本找的会是一个弱不禁风的老头吗？可是，那个驼背老头就呆呆地立在眼前，张着嘴说不出一句话来。这时候从屋里跑出一个年轻人，我一看就傻了——小山东！

小山东喊了牛国栋一声干爹。牛国栋说："你要是还认我这个干爹，就把东西拿出来。"

小山东梗了梗脖子，说那东西是我收的，我卖了钱是要孝敬您的，说话算话。牛国栋就笑，说那东西是你收的不假，可我给了你一千块钱，那东西就姓牛了。小山东掰着手指开始算账，说这两年您从我手里先拿走一个三千，后又拿走一个两千，加上那几笔三头五百的，总共不下六七千了吧？牛国栋瞪起眼骂道：混蛋，没有我给你罩着，你在北京混得下去吗？天底下哪有儿子跟爹算账的？还讲不讲廉耻？小山东一只手搀住驼背老头，另一只手指着老头给牛国栋看，说我爹在这儿呢。至于您这个干爹，用北京人的话说，您自个儿当根葱，谁用你炝锅儿呀？牛国栋刚要发作，驼背老头缓过神来，他拉过儿子说：不就是一块金砖嘛，给他！你瞧他都带着黑道上的人来了，这是要玩命！钱财是身外之物，俺们不稀罕。小山东气得呼呼喘气，我很尴尬，就忙着跟他解释，说我真不知道你在河北的家。小山东说：李叔你别说了，我知道你是被他蒙骗了。牛国栋跳着脚叫道：谁他妈蒙骗谁呀？我一个艺术家不缺钱，争的是这个理。他说着从身上掏出一个鼓胀的纸包，说这是七千块钱，还你，还有的说吗？小山东转身进屋搬出了那块金砖。

返京的路上，牛国栋眉飞色舞，说到家先得烧香上供，等这块金砖卖了，再在四环路边建造一座牛国栋艺术馆。我明白他的想法，只要艺术馆落成，就会有人把他的书法作品炒热。我也弄清了小山东的状况，父子俩相依为命，老父的肺上长了东西，却没钱去做手术，而他年近三十尚未婚娶，但他最急的事不是娶妻生子，而是攒钱为老父治病。看来是个孝顺的孩子。

4

回到住处，我算了一笔账。昨夜送小山东到火车站，再到送牛国栋到沧州，直至返京整个过程用了不足二十二个小时，也就是说不足一天。即使算作一天，六千块钱收入也是个奇迹了。何况这笔收入来自一个雾霾之夜，简直不可思议。都说天上不会掉馅饼，这不就是天上掉下来的馅饼吗？一个价值六千块钱的大馅饼，我舍不得咬一口，就跑到附近银行存上了。新开的户，老婆不知道，我也不想让她知道。作为一个男人，不能没有自己的小金库。

这天夜里，我做了一个奇怪的梦。牛国栋将那块金砖扔在我的车上，我开车带他去了潘家园古玩市场。我们在摊上刚摆放了金砖，就有一群人围上来观看。其中有位老先生俯下身子，撅着屁股，一手撑着地面，一手举着放大镜，仔仔细细看了一遍。他站起来冷冷一笑说就是一块黄铜，不过有些年头了。牛国栋说：褒贬是买主儿，有心要，您出个价儿。老先生眨眨眼，伸出四个手指说：四千。牛国栋嘿嘿一笑，说您找个凉快地方歇着去吧。老先生没有走，说：四千六行了吧？牛国栋一步跨到老先生身边，说我来之前找专家鉴定了，这是块金砖。皇宫里的金砖是泥制的，我这块金砖是真金做的，您说说，得是什么人物才有资格把脚放在上边？唾星飞扬。老先生掏出一块纸巾擦了擦脸，往后退了一步，说什么人物比皇上还牛呢？玉皇大帝？牛国栋说：那倒不是，据史书记载，秦始皇宝座前边踩的就是金砖。老先生问道：是哪部史书上有这个记载呢？牛国栋烦了，说抬杠没有打幡儿挣得多，您别添乱好不好？老先生摇摇头，躲到了一旁。这时候来了一位款爷，肥头大耳，一身休闲装，身后有两个跟班的。他朝牛国栋笑了笑，说这玩意儿是你的？牛国栋哈哈腰，嬉皮笑脸地点点头，说是我的。款爷扬起头盯着他看了一阵，说：是金的吗？牛国栋说没问题。款爷说：只要货真，钱不是问题。可谁要是敢拿假货耍我，那他就是活腻了。牛国栋愣了一下，说东西您自己看，我说真说假也没有权威性。声音有些颤抖。款爷说：你就说个价儿吧。牛国栋想了想，说五十万，您看可以吗？款爷转身对两个跟班说：给他点六十万。两个跟班就取出六十捆票子，交给了牛国栋。款爷对金砖连看都没看，就说装车上去吧。他刚离去，牛国栋就将一捆钱塞给我，说一点辛苦费，别嫌少。我瞧着那捆钱就笑了，笑着笑着就醒了。起床后开门一看，外面依然大雾弥漫。

我坐在床边将做过的梦琢磨了一下，觉得这个梦是个信号。它在暗示我什么呢？我想来想去，想到了老婆的舅舅。刚想到这个专家，牛国栋就来了。他说自己从沧州回来没闲着，又找两个古玩商看看东西，人家说这东西不是老的，至于它的成分是金是铜说不准，不敢妄下结论。我告诉他：我老婆的舅舅是这方面的专家，可他远在哈尔滨，远水解不了近渴啊。牛国栋说：不远，坐火车当天能到，我们可以带东西过去。

我朝老婆要了她舅舅的手机号。老婆追问什么事，我就说一个朋友收了一块像金砖的东西，拿不准，想请舅舅给鉴定一下。老婆说：你先问问你的朋友，如果真是金的，能给你提多少钱？我说不会白忙的，你放心吧。牛国栋抢过我的电话就说：弟妹你放心，无论是不是金的，我都给他一万块。也就耽误两天工夫，跑出租，两天可挣不了一万哟。我听到电话里传来了老婆的笑声。按我的判断，这两天她要失眠了。

在列车上，我发现牛国栋话语少了，花钱也抠了，买的是两张硬座票。本来车上是有餐厅的，他却带了一大包桶装方便面，还有两瓶普通的红星二锅头以及花生米和火腿肠。好在座位临窗，我可以欣赏窗外的雾景。一切都那么模糊，正好给了我想象的空间。牛国栋说回来后再付给我辛苦费，我没有表示异议。东西若真是金砖，说不定他还要多给我几张呢。经过这两天的接触，我认为这个人还是言而有信的。

午饭时，我和他喝了酒。他说下了车，我们就不要沾酒了，酒这东西容易使人迷惑。我说我们见的不是外人，没必要拘束，再说人家也不收鉴定费。牛国栋说：我写了一幅字，送他，你看行不行？我说你写的什么呀？他就从提包里取出一张折叠的宣纸，展开后果见四个隶书大字——火眼金睛。落款是一行小字：汉隶书法艺术家牛国栋敬赠。坐在我身边的一位中年女士，伸着脖子看了看，忍不住捂着嘴笑了。我说：您笑什么？这字写得怎么样？她忍住笑，反问我：你是让我说真话呢，还是假话？我说当然是听真话。她说这字写得不错，只见工整不见功力。我说这可是这位书法家写的。牛国栋连忙掏出了一堆证书，说这些可不是我伪造的。女士看了一眼，说这些东西早就泛滥成灾了。牛国栋很生气，说隔行如隔山，我跟您这个外行撕扯不清。女士笑笑说：您说得没错，真是这样。她转过身去不再言语。我忽然想起还没回答牛国栋的问题，就说牛老师啊，我媳妇那个舅舅是冶金方面的专家，他可能也不懂书法，送就送吧，是份心意就行。不料女士转过脸来，说不管是哪方面的专家，人家也算是知识分子。如果人家帮了你，送它还不如送一面锦旗呢，这种字恰好就是锦旗字。牛国栋听了反而笑了，说这话在行，我年轻的时候做过锦旗，后来有人点拨，我才知道这种字体叫汉隶。我猜想这位女士也是有学问的人，就问她在哪里高就。女士说自己是个教书匠，在一所大学里教书法。趁她去卫生间的时候，牛国栋对我说：别听这娘儿们瞎扯淡，教大学的老师有这么膈应人的吗？我参加过好几次书法笔会，那些书法家都叫我牛老师，甚至有人喊我牛老，都很礼貌。我说是，人家那么称呼您的确是出于礼貌。

下了火车已经是凌晨两点。车站门外灯光朦胧，空气里荡着一股又一股的冰凉。牛国栋知道目的地是哈尔滨的道里区，就朝一辆出租车走去。我想深更半夜的打搅亲戚，有些不合适，就叫住了他。他说天快亮了，我们去住旅馆就吃亏了。即使只住四五个钟头，人家照样收一天的钱。我说：不住旅馆，我们就在候车室里忍到天亮吧。

5

天亮以后，我发现车站广场上铺了一层霞光，视野里忽然不见了雾气。牛国栋的脸上有了喜色，他说云开雾散，这是吉兆。我们在附近找了个小餐馆，匆匆吃了东西就去打车。在车上，牛国栋不停地哼着一句歌词："今天是个好日子，心想的事儿都能成。"反反复复。我说您就会唱一句，唱的词也不对。他说管它对不对呢，反正我高兴。

到了楼下，牛国栋问我几楼。我说四楼，爬吧。他说这块金砖一个人抱着够受的，我说两人抬着吧。他说对，你也借光沾点财气儿。

妻舅开门迎客，一见金砖就笑了一下，说千里迢迢的，你们不嫌累呀？牛国栋说：怕累，那是跟钱有仇的人。

坐在客厅里，我扫了一眼墙壁，见有一幅大山水，还有几幅书法作品都很大气。虽不懂书画艺术，却瞧着顺眼，有一种赏心悦目的感觉。字画都装在镜框里，显得特别雅致。妻舅为我们沏茶，让烟，倒是热情。牛国栋站起来献出了他的书法条幅，说是一点心意，妻舅连声说谢谢，可他晃了一眼就拿到书房去了。转眼间他捧回一个立轴，送给了牛国栋，说退休了无事可做，练练书法也算是修身养性。牛国栋迟疑地接过立轴，说我来给您添麻烦，还收您的东西，这怎么行？妻舅说：只是互相交流，礼尚往来嘛。牛国栋打开立轴，只见上面也写着四个大字——吃亏是福，落款是一行小字：愚人龚自清与友人共勉。大字大楷，小字小楷，却又似楷非楷。我忍不住问道：您这字是什么体呢？妻舅说：我学的是行楷，可又不尽然，还有多种成分。牛国栋说：我学的是汉隶。妻舅说：不管学的是哪种字，也不管学的是谁，都要有自己的面貌。这时候，从卧室里走出一位富态的老妇人，我依稀记得她从前的模样，变化不大，只是胖了些。我叫了一声舅妈，她冲我笑了笑，说你们唠吧，我还有个牌局。她出门时回头闪了一下不屑的目光。

聊了一阵书法，妻舅又仔细地看了一阵牛国栋的金砖。牛国栋急于知道结果，就说有些人看它是块黄铜。妻舅摇摇头，说这东西绝对不是黄铜，如果是黄铜，我这双眼就成了猪眼了。牛国栋说：既然不是黄铜，那也绝对不是银，不是铁。妻舅说：当然不是。牛国栋喜笑颜开。妻舅说：你们远道而来，我得尽地主之谊。他就带我和牛国栋去了附近一家饭店。

这家饭店的走廊里挂了许多画框，疏密有致。穿过走廊，就进了一个叫"水云间"的雅间。妻舅点了丰盛的菜肴，又拿出了一瓶自己带的五粮液。席间，牛国栋又问起那块金砖的事，妻舅笑而不答。后来看我和牛国栋都酒足饭饱了，他才慢吞吞地说：那个东西金银铜铁锡都不是，但确是金属。牛国栋大惑不解，说那是什么玩意儿呢？妻舅说：它是钨钢。也就是含钨的合金钢。制枪管，炮身，造穿甲弹离不开它。生了锈以后很像黄金，但它确确实实是一块钨钢，虽说算不上什么宝贝，但也并非一文不值。像这块一米见方的东西，还是能卖三百块钱的。

6

当晚，我和牛国栋乘火车回京。他气急败坏的样子很让我讨厌，我说您让我清静一会儿行不行？要不您就买个口罩戴上。他说：你是站着说话不腰疼，为了小山东捡的这个破烂，我损失好几万了。这事摞在你身上，你不着急上火呀！我想想也是，就说事已至此，你急也没有用。他说不行，我得想法子把这东西蒙出去，不能砸在我手里。

列车穿过黑夜，离北京越来越近。我隔窗望外，仍是雾气重重。牛国栋用手机拨通了小山东的电话。他对小山东说：干爹一时糊涂，起了贪念。回来这三天，我终于想明白了，钱财乃身外之物，生不带来，死不带去。我已经到了古稀之年，要钱还有什么用呢？东西是你收的，我还给你，也算了了我一块心病，咱爷儿俩的情分不能丢。黄金有价，情义无价。北京这边惦记这块金砖的人不少，我怕被人偷了或者抢了，明天你赶紧过来一趟。别忘了借点钱，把我这几天花的六万块钱补上就行……他说得口吐白沫。我递给他一瓶矿泉水，让他润润嗓子。他喝了两口水，忽然问我：六万块钱，是不是便宜他了。我说：还不如你留着呢，到潘家园地摊上，没准儿能蒙出几十万呢。他说还真的，现在懂行的人太少了，全他妈是睁眼的瞎子。

列车临近终点，窗外大雾依旧。坐在我周围的人们，都在用不同的腔调骂着天气，说物价涨钱难挣，老天爷也跟着捣乱，又是雾又是霾的，叫不叫人活啦？我见牛国栋闭着眼睛不言语，就提醒他说该付给我辛苦费了。他睁开眼对我苦笑道：算了吧，我都倒霉到家了，你难道连一点同情心都没有吗？刚才我还在想，是不是跟你借点钱花呢，可一想你也不容易，就没好意思张嘴。

一万块辛苦费泡汤了，我心里十分别扭。

这天深夜，我在朦胧中听到有人敲门。是小山东回来了，他告诉我干爹认错了，要把那块金砖还给他。我说蒙神赚鬼呢，什么金砖，那只是一块钨钢而已。小山东得知真相后很生气，说老东西太黑了，明知东西假了，也知道我没钱，还要坑我六万块。真的的，他为了钱连脸都不要了。我说苍天有眼，让这丫挺的赔本赚吆喝，活该！

天亮以后，我猜想牛国栋很快就会来找小山东，一旦小山东表明态度，他会认定是我出卖了他。于是我一再叮嘱小山东：在牛国栋面前，一定要装傻充愣，切不可让他生疑。

奇怪的是，整整一天，牛国栋既没露面，也没有打电话过来。

雾霾不散，我依旧被锁在狭小的房间里，小山东也是这样。我们俩抽着烟，喝着茶，反复切磋着对付牛国栋的计策。可两天过去了，牛国栋仍然没有来。小山东有些沉不住气了，满脸茫然，坐立不安。我也沉不住气了，不停地到院门口张望。可迷雾重重，我眼前的路已经湮没其中，什么也看不清了。

第三天早上，小山东起床后顾不上吃早点，就求我开车送他去找牛国栋。我也想去看个究竟，就拉着他驱车赶往牛庄小镇了。半路上，他接到一个电话，是牛国栋打来的，告诉他如果仍在老家，就暂时不要来，因为情况有些变化。小山东说：我很快就到你家了。牛国栋好像在吼：马上回去，别给我添乱好不好？小山东挂断电话，举着手机问我：什么意思？他让我回去。我说：肯定是遇上冤大头了。

我们没有听从牛国栋的摆布。当车开进牛庄，临近牛国栋家门口时，就见院门外停放着一些轿车，还有摩托车。我把车停在附近，就和小山东一起走进了院子。

院里聚集着很多人，从衣着模样上看去，大多像是古玩商人。正房门前摆着一张方桌，桌上摆放着那块锈迹斑斑的钨钢。牛国栋手舞足蹈地讲述着它的传奇故事。他说：要不是干儿子得了不治之症，这块金砖还真舍不得出手，这是镇宅之宝啊！有人问：你拿什么证实它是金砖呢？牛国栋举起一块方寸大小的金属块，说看见了吧，这是从这块金砖上切割下来的，你可以上秤称一称。寸金寸斤，如果少一钱，各位可以到五金商店买个大号锤子砸我的睾丸。说着他就从桌下拿出一杆秤，反复称了三次，每次称完都要指着秤星让人们看个仔细。牛国栋说：谁出的价最高，谁把它搬走。纷飞的唾星在浑浊的雾气中悄然滑落，似乎无人在意。我也知道寸金寸斤的传统说法，于是开始怀疑妻舅的鉴定。就在众多买家蠢蠢欲动时，小山东突然大喊一声：大家不要上当！他冲到桌前指着牛国栋的鼻子说：我再叫你一声干爹，你咒我也好，挣蒙神赚鬼的钱也好，这都不要紧，但你坑人不行。一块钨钢当金砖卖，这也太损了。

牛国栋先是一愣，转瞬间嘿嘿一笑，说好小子，你来得正好。请你当众说说，既然它不是金砖，你抱着它连夜跑回老家是怎么回事？怎么被我追回来，它就成了一块什么钢了，你可真敢忽悠啊！别忘了我有仨干儿子，你这个早就不算了，滚！他的话音未落，就蹿上两个彪形大汉，扭着小山东的胳膊，将他推出院门一阵拳打脚踢。下手真够黑的，打得小山东鼻青脸肿。

我开车将小山东送到了医院，好在没有伤筋动骨，医生给上了药就让回家静养了。我告诉他：那两个彪形大汉正是那天送牛国栋去沧州的人。小山东说：我认得他们。这件事，我跟牛国栋没完。回到住处，小山东让我到超市买来了纸笔。他在纸上画了牛国栋的头像，标上了牛国栋的名字，然后用针一下一下地刺他的头像，咒他不得好死。我说：这是旧社会农村妇女诅咒仇人的做法，早就过时了。小山东叹了口气，说用北京人的话说，没辙了。我想了想，也是的。假如我当时挺身而出，也得被人家打得满地找牙。

傍晚，小山东坐在我的房间里仍在用针刺牛国栋的头像。不料牛国栋忽然来了。他扔给小山东一万块钱，说：干爹让你受委屈了，别恨干爹。干爹是坑人了，可你得看看干爹坑的是什么人。几十万在你眼里那叫钱，可在人家眼里那就叫纸。东西也是这样，它在你手里是钨钢，到了人家手上那就是金砖。说完，他看了我一眼，走了。

再看小山东，只见他将画有牛国栋头像的纸张揉成一团，抛在了地上。我凝视着那个纸团，一股莫名的悲凉袭上心来。这时候，我不由得想起了上学时老师教过的一个字——蛊。传说把许多毒虫放在器皿里使其互相吞食，最后剩下不死的毒虫叫蛊，用来放在食物里害人。我忽然觉得牛国栋就像一条害人的蛊，可仔细一想又不像。在这个雾霾还没散去的黄昏，我打来一盆清水，很认真地洗了一次脸，生怕自己因双眼模糊而变成一个瞽者。

语丝微言

这是一篇很有特点、很有特色、也很独特的小说。本来就是一块钨钢，却被炒成"寸金寸斤"的黄金。小说中的三个主要人物——我、小山东和牛国栋，都知道这所谓的金块是假的，但最后却弄假成真。小山东是清醒的、善意的、良心未泯的，说出真相，但却被打得鼻青脸肿，惨不忍睹。小说写得似乎荒谬，是悲剧不是喜剧，是滑稽并非崇高，是可笑并非可爱，但却有现实可寻。天气不光全是朗朗晴空、月白风清。也有雾失楼台、霾失津渡的时候。而社会也有雾霾迷眼、混沌难辨的时候。这时，真假莫辨，价值失衡，是非颠倒，人心凄迷，也是事出有因、见怪不怪了。好在雾霾终不能持久，云开日出，天朗气清，惠风和畅，人们终可以游目骋怀，极是听之，娱信可乐也！作者思想深刻，语言老辣，叙述简洁，文风犀利，自成一家。

【作者简介】

周树莲，中国作家协会会员、大兴区文联副主席、作家协会主席，作品散见《人民文学》《青年文学》《北京文学》《清明》《天津文学》《山花》《鸭绿江》《星火·中短篇小说》《湖南文学》《雨花》《北方文学》《阳光》《民族文汇》等全国各类文学期刊。曾获首都五一文学征文奖一等奖、北京市最高群众文学奖、北京市群众文学创作优秀成果一等奖等。有作品入选多种合集，中篇小说《良宵引》被《海外文摘》文学选载。出版中、短篇小说集《丁字街的槐花树》《良宵引》两种，老舍文学院首届中青年作家高研班(小说创作班)学员。

乡　戏

临近黄昏的时候，四步牵了女人的手走在村子里，臧村的人几乎没有没见过这一幕的，人们早已经司空见惯，任凭这瘦小的男人牵着自己双目失明的女人在街上走过。爱说话的顶多说上一句：又遛弯呢，算是打了招呼。唯有那些调皮的孩子追着四步一遍一遍地问四步女人：会娴，你的眼睛是怎么瞎的？

听到孩子们的问话，四步抖抖胳膊，翘起山羊胡轰鸡似的轰赶着孩子们：去去，一边玩去。

孩子们便嘻嘻哈哈地欢笑着，两脚踩在积水里踏着水花四下散去。

刚下过雨，空气湿漉漉的。村路上净是些大大小小的水坑，四步边走边不停地停下提醒女人：迈大步注意脚下的水坑。见女人平安地迈过了水坑，才又放心地牵了女人的手向前走。雨后的天空水洗过似的，一朵一朵的白云飘浮在蓝天上。四步站下，手指着天空中的白云给女人讲，这片云像一匹白色的骏马；那一片像一只怀了孕的母牛；那一小片像一只鸽子；那一片厚厚的像雪；那边的一大片像冰雪融化的河流。女人仰着头，看着蓝天的方向，翻着眼白在天空中寻着马、母牛、鸽子、雪和河流。

白云过后，天空升起一片红彤彤的晚霞。四步又牵了女人的手，将两个人的身体同时引向西边的天空，声音里有些抑制不住的兴奋：会娴，快看呢，火烧云，红彤彤的像咱家灶膛里的火。

女人像是受了传染，脸上也露出惊喜之色：两个人就那么面对晚霞站着，看着西

572

边不断变换的云霞，直到那些云霞逐渐散尽，四步才牵着女人的手回家去。

四步的家坐落在村南一座废弃的砖窑前，那里紧邻场院，房西是一片庄稼地，房北就是那座废弃的砖窑，窑旁边遗弃着大大小小的挖土烧砖留下的土坑和那些成堆的废砖烂瓦。房子东边一条蜿蜒的小路的尽头就是场院，那是一座坐北朝南的三间大房子，院前是一片铺着洋灰的打麦场，场院里堆积着一堆一堆的麦秸。看场人刘线杆儿悠闲地坐在门前，怀里抱着一个老旧的收音机在听评书。

四步牵着女人的手沿窑边的小路回到家，两个人没有进屋，而是坐在屋前的倭瓜架下乘凉。春天的时候，四步在房前种了两棵倭瓜，到了夏天，瓜秧爬满了倭瓜架，它们长如丝瓜一样的果实重重地垂在架下。房前是一大片的枸杞子地，那些白天还鲜艳饱满的枸杞子到了夜晚和那些叶子混杂在一起，黑乎乎的分不清哪是叶子哪是果实。院子水管前立着两根木棍，上面拉着一根铁丝。白天这根铁丝用来晾晒衣服，到了夜晚铁丝上面悬挂着一条拧成花瓣的蒿草，夜晚只要四步和女人在院子里乘凉，就会点燃蒿草熏那些"嗡嗡"乱叫的花脚蚊子。

四步和女人聊天的时候，刘线杆儿怀里抱着收音机慢悠悠地打场院的方向走了过来。刘线杆儿是个光棍儿，人长得瘦瘦高高的，圆规似的两条长腿走起路来戳哒戳哒的，脖子细长，往人群里一站看上去像一根细长的电线杆子，村里人便叫他刘线杆儿。四步没娶女人的时候，刘线杆儿和四步两个人经常穿过那条小道晚上坐在一起聊天，后来四步有了女人，夜晚的闲聊变成了三个人。对于四步的女人刘线杆儿是看不上眼的，他不明白为什么四步会要一个眼睛看不见身子又病歪歪的女人。要是换了他，他宁肯打一辈子光棍儿，也不会要这样的女人。四步结婚那天，面对四步女人失明的双眼，刘线杆儿犯坏，故意取笑女人："哎呀，会娴，你这眼睛是怎么回事？"

"我娘说我十岁的时候，一天夜里出门被挂在树上的棒子种给冲了，打那以后眼睛就老疼，后来就看不见了。"女人没听出刘线杆儿是在让她难堪，把脸挪向刘线杆儿说话的方向认真地说。

"棒子种能冲瞎眼睛？"刘线杆儿愣怔了一下，随后眼睛一眯，女人似的咯咯笑了起来，带得一群看热闹的孩子也跟着哈哈大笑起来。那以后四步女人的眼睛让棒子种给冲瞎的笑话似的在村子里传开来，一群淘气的孩子见了四步女人就要追着问个不停。

"吃了？"见刘线杆儿过来，四步招呼着刘线杆儿，顺手扯过一个小马扎递过去。刘线杆儿接过马扎坐下来，把手里的收音机放在地上，收音机里此时正在唱戏，女人喜欢听戏，便支起耳朵听。

见女人专注听戏，刘线杆儿对四步说：听说了吗？村北街熊二的老婆死了，今天刚下的葬。

听说了，才五十几岁就病死了，怪可惜的。四步惋惜地说。

唉！村子里又多了一个光棍。刘线杆儿并不关心熊二媳妇的死活，他只关心从此村子里又多了一个打光棍的人。

是啊，又多了一个跟你抢女人的人。四步瞧一眼刘线杆儿。

就凭他，上有老下有小的，他凭什么跟我比。刘线杆儿脸上露出一种不屑。

是啊，他怎么比得过你，你一个人吃饱了一家子不饿。四步朝刘线杆儿撇撇嘴。瞧着得意中的刘线杆儿，四步脑子里忽然想起县城刚通火车那阵，刘线杆儿一个人偷偷去县城看火车，回来路上饿了，进了一家小饭馆，等吃饱喝足了，一摸口袋才发现兜里分文没有，刘线杆儿顿时傻了，不给钱人家不让走，刘线杆儿坐在凳子上磨磨蹭蹭的，两眼看着窗外想主意。一杯茶的工夫，刘线杆儿主意想出来，对饭馆的伙计说：你见过人飞吗？伙计摇摇头，刘线杆儿站起来，伸开两只胳膊像鸟扇动翅膀一样扇动着两只胳膊一溜烟地"飞"了出去。等伙计反应过来，刘线杆儿早没了踪影。后来，刘线杆儿向村里人说起这事时，那脸的得意就像刚才说他条件比熊二强。四步是看不上刘线杆儿那份得意的，刘线杆儿吃了人家的饭不给钱耍小聪明本就不对，还到处炫耀，这事若换了他，他是做不出的。

想什么呢？见四步愣神，刘线杆儿伸出一条长腿用脚踢了四步一下。

四步从回忆中回过神来，看了看刘线杆儿，突然说：我听说金香要嫁人了。

嫁去，瞧谁好嫁谁去。听四步这么一说，刘线杆儿突然翻了脸，寡妇金香是刘线杆儿心里一直惦记想娶的女人。

听说嫁的那个人是个吃商品粮的。四步说。

吃商品粮管个屁用，是个瘸子。刘线杆儿一脸的鄙夷：你说这个女人，放着我这么个全活人不嫁，非要嫁个瘸子，这些年我可没少当牛做马地给她干活。

还不是你愿意，再说你也没少占人家便宜。四步说。

天地良心，我净给她家干活了，什么便宜也没占着。刘线杆儿一脸冤屈地说。

那年在场院打场，你没趁人家弯腰喝水的工夫捏人家脚。四步揭穿刘线杆儿说。

我是为她掸脚上的土，那怎么叫捏？刘线杆儿红了脸争辩道。

两个人说话的工夫，女人咳了好几次，四步不时地停下话，为女人拍拍背，捋捋前胸。看着四步对女人如此殷勤，刘线杆儿撇撇嘴，他看不惯四步如此待女人，女人干什么都不行，见天等着四步伺候，四步还像宝贝一样地宠女人。去年冬天，女人给四步做了一件棉袄，两只袖子一长一短，肥得能装下两个四步。四步却不嫌弃，在腰里系一根布条见天穿着，一副很知足的样子。刘线杆儿奚落他，说他像给地主家扛长活的长工。四步却不介意，笑呵呵地说暖和。这要是换了刘线杆儿是不屑穿的，他宁愿冻着也不会穿那样丑陋的棉袄。

夜幕降临的时候，一轮明月在头顶上升起来，像镶嵌在天幕上的一盏灯，远远地照着倭瓜架下三个影影绰绰的乘凉人。草棵里一些不知名的小虫子开始合唱一支动听的小夜曲。铁丝上悬挂的蒿草忽明忽暗像是给那支小夜曲打着节拍，四周的庄稼地黑魆魆的。听完了戏的女人也加入了四步和刘线杆儿的谈话。

女人说：大兄弟，有合适的就娶了吧。一个人多闷呀，连个说话的人都没有。

我倒想娶，可我娶谁去，人家宁愿嫁个瘸子也不嫁我。刘线杆儿有些懊恼地说。

那是你们没有缘分，有缘才能走到一起，像我和正北，隔了那么远，不也成了夫妻。女人摸索着拉住四步的手。

刘线杆儿不爱听女人的话，他在黑夜里撇撇嘴，心想：你们这也叫夫妻，四步纯粹给自己娶个累赘。这样想着，刘线杆儿站起来：不早了，睡吧。说完，提起收音机迈开两条长腿戳哒戳哒地走向夜色里。

见刘线杆儿抬起屁股走了，女人愣了愣，问四步：他不高兴了吗？

他是想小寡妇了，我们也睡吧。四步说着站起来，把铁丝上燃着的蒿草拿进屋子里，转身出来扶着女人进了屋。

第二天，晨光微曦，偏头疼的老毛病让四步早早地醒来，四步的偏头疼就像他的一个老朋友时不时地就来光顾一下他，四步也不在意，能扛就扛，扛不过去就吃片药。四步忍着头痛穿衣起床去做早饭。吃饭的时候女人觉出了不对劲，问四步怎么了？怎么饭吃得一点响动没有？常年生活在一起，女人对四步了如指掌，四步平日若是没事，吃饭的时候总喜欢吧唧吧唧地带出点声音，今天却吃得一声不响。四步便把头疼的事随口告诉了女人。女人放下筷子就要给四步去找药，被四步拦下：你吃你的，我吃完饭自己去找。等吃完了饭，也到了上工的时间，四步撂下饭碗顾不得吃药便出工了。

四步出工的活是和刘线杆儿一起给生产队的牲口铡草，铡草的活是队上照顾四步和刘线杆儿，四步身体瘦弱，刘线杆儿要看场院，队上就把铡草的活派给了他们。他们每天给牲口铡够了草料就可以挣到七个工分。铡草对于四步和刘线杆儿来说并不累，两个人在一起干的时间长了，配合起来很默契，刘线杆儿个子高蹲不下，每天都是由刘线杆儿持刀，四步蹲在地上往铡刀里填草。随着"咔嚓、咔嚓"的声响，绿莹莹的青草立时被截成一截一截地堆放在牲口棚前。铡完草两个人把牲口棚的槽子里拌好草料，等着晌午收工的车把式把马牵进棚里吃上草料，他们就收工了。

草铡到一半的时候，忽听不远处传来"啊"的一声惨叫，四步和刘线杆儿一惊，随即四步扔了手里的青草就往家跑。那是四步女人的叫喊声，女人肯定遇到了什么事情，不然怎么会发出这样的叫喊？跑到家里，女人没在家，四步找遍了院落也没见到女人。别是掉坑里了吧？尾随着四步身后的刘线杆儿提醒说。在窑边的一个土坑里，四步找到了女人，女人头朝下躺在土坑的底部。

"会娴，会娴，你这是怎么了，你怎么跑到这儿来了？"四步翻过女人的身子，将女人抱在怀里，摇晃着女人。女人满脸是血，双目紧闭像睡着了一样。猛然间，四步看到女人手里紧紧攥着一个缠着麻线的小药瓶，原来女人不放心他，到场院里去给他送药，走错了路掉到了土坑里。

夏天的野草疯狂地蔓延，河坡上、田埂上到处都是。刘线杆儿这几天憋闷，吃了午饭睡不着，坐在场院房东山的阴凉里抱着收音机听书。书是古书《乱世枭雄》，听得正上瘾，忽见一座"草山"打场院南边的庄稼地里走过来。这是谁家的娘儿们这么能干，也不怕压死。那时候，为了多挣几个工分，许多妇女收了工不急于回家，要捎上一筐青草背回家，晾干交到队上。当"草山"走到跟前的时候，出于好奇，刘线杆儿抬起屁股走到"草山"跟前，想要开句玩笑，却见"草山"下一双家做的鞋面绣着一朵兰花的黑色布鞋。刘线杆儿一惊，这双鞋他熟悉，他的手曾经以掸土为名摸过这鞋这脚。如今，那兰花已经旧得不成样子，失去了先前的水润俊美，花不是花，叶不是叶了，鞋帮儿也磨飞了边儿。

金香！刘线杆儿不禁脱口叫道。听到叫声，"草山"下探出金香那张汗涔涔的脸，见是刘线杆儿，金香没说话，细毛下一双丹凤眼斜了刘线杆儿一眼，便走了过去。

"活该，让你不嫁我，非嫁个瘫子，受累的命。"见女人不理自己，刘线杆儿望着远去的"草山"，心里愤愤的。

转天，吃过午饭，刘线杆儿依旧抱着收音机坐在场院的东墙下，收音机里评书说得跌宕起伏，可刘线杆儿却无心听书，眼睛不时地瞄向场南的那片庄稼地，直到看到金香出来，刘线杆儿才又装作专注听书的样子，看都不看金香一眼，故意把收音机的声音调到最高音量，以致震得他的耳朵一阵一阵地发麻。金香刚走过去，刘线杆儿忙关了收音机，抬起屁股轻手轻脚地一路尾随着金香走向村口，直到看着金香进了村子，才回过身子伴着说书人沙哑的声音向场院走。

第四天，刘线杆儿打听到金香最后一天在场南那片地里干活，草草地吃过午饭，等候在场院路边的阴凉里，当金香背着草筐走到近前，刘线杆儿突然说：站下。金香被刘线杆儿的喊声吓了一跳，抬起头，剜了刘线杆儿一眼，继续朝前走。

"我让你站下!"刘线杆儿走上前伸手将草筐从金香背上拽了下来。

"你想干吗?"金香惊恐地向后退了一步。

"你说我想干吗?"刘线杆儿看一眼金香,一把将草筐拎到背上,迈开大步朝村子里走去。金香一愣,跑过去追着刘线杆儿喊:"你给我放下,我不用你背!"

刘线杆儿不理金香,金香越是叫喊,刘线杆儿步子迈得越快。追到村口,见刘线杆儿将草筐放下。金香一脸怒气地说:"我告诉你,你甭想打我的主意,我现在是有男人的人!"说完弓下腰,背起草筐就往村子里走。

"嘿,我打你的主意?"受了金香的斥责,刘线杆儿一时抹不开面,冲着金香的背影喊,"我是怕你累着心疼你,你咋不识好人心呢?"

"你是黄鼠狼给鸡拜年,没安好心。"金香头也不回地甩过一句。

"这娘儿们,不识好歹。"刘线杆儿碰了一鼻子灰,悻悻地走回场院。

秋天快要到来的时候,四步把女人从县城的医院里接了回来,女人的额头有一道两寸长的疤痕,那疤痕像蚯蚓一样趴在额头。女人左臂骨裂还没完全好,还打着厚厚的石膏。

四步和女人回家的第二天,刘线杆儿就跑了来,嘴里说着这些日子你们不在家可把我闷坏了。之后便滔滔不绝地说起了前些天的一场大雨和大雨给村里人带来的灾难,最后说起了村后那条因河水爆满,河里的鱼噼啪地蹦到岸上,搞得家家有鱼吃。

"你可不知道,那几天村子里天天飘着炖鱼的香味儿。"刘线杆儿边说边不停地咂着嘴, "要是天天下大雨就好了,老能吃到鱼。"

"天要老下雨,你还吃得上饭? 庄稼还不都得涝了。"四步指指炕沿儿示意刘线杆儿坐。

"是啊,大兄弟,老下雨就收不成庄稼了。"坐在炕上的女人也随声附和着。住了一个月的院,女人胖了,脸也白嫩了。

"你们倒真是两口子,夫唱妇随呀。"见四步和女人一唱一和,刘线杆儿不高兴地白了两人一眼,一屁股坐在炕沿儿上。

女人养伤的日子,四步忙里偷闲,弄了一堆树枝子,在自家通向场院的那条小路上筑起了一道篱笆墙,为的是让女人摸着篱笆能够准确无误地走到场院去,而不再有什么闪失。那道篱笆集中了杨树、柳树、槐树、椿树的枝条,那些枝条肩并肩地站在一起,像是一排哨兵守护在小路的边缘。

女人的伤养了三个月才好起来,好起来的女人便张罗着给四步做棉衣,四步的旧棉衣拆了还没来得及做,她要赶在入冬前给四步做一身新棉衣。

入冬后的第二天下了雪，下得天地白茫茫的。四步起来扫完院子里的雪，又去扫通往场院路上的雪，扫到刘线杆儿门前的时候，刘线杆儿听到动静，穿衣出来，伸着懒腰站在门前，见四步把路上的雪扫干净了，说：大雪天的你起这么早干吗，不多睡会儿，路上的雪让它自己化不得了。

大雪过后，天晴了起来，明晃晃的太阳照到雪地上晃人的眼。四步穿着新棉衣和刘线杆儿各自揣着手坐在门前晒太阳，女人怕冷没有出屋，独自围在火炉前取暖。四步和刘线杆儿两个人眯着眼睛享受着阳光的温暖。天上不知什么时候出现了一朵一朵的白云，刘线杆儿和四步眼里便有了事干，两人眼睛盯着云朵看，看着看着两个人就兴奋起来。四步指着一朵云说：你瞧那片云朵多像我家会娴。

刘线杆儿也发现了那朵云，但刘线杆儿和四步的看法不一样，刘线杆儿眼里的那朵云像金香，尽管因为"草山"事件，刘线杆儿遭到了金香的斥责。但在刘线杆儿的心里仍旧放不下金香。

"怎么会像金香？明明就是我家会娴吗。"四步不赞同刘线杆儿的说法。

"怎么是会娴，明明就像金香吗。"刘线杆儿坚持自己的看法。

"你看她的腰细细的，脸白白的，跟我家会娴刚嫁过来时一模一样。"四步进一步解释说。

"不对，你看她的长头发飘散着，像金香刚洗过的长发，你没闻见还带着一股子香味呢。"刘线杆儿眯缝着眼，颤着鼻子嗅着，好像真的有一股洗发水的味道扑面而来。

"那是我的会娴，你看她还冲我笑呢。"四步高昂着头笑着迎着云朵。

"你那瞎眼老婆哪有这么好看？"刘线杆儿瞪了四步一眼，有些生气地说。说完，又向屋子里瞟了一眼，唯恐屋里的女人听到。

"瞎她也是我老婆。"见刘线杆儿如此说自己的女人，四步生气地转过头瞪着刘线杆儿，"金香再好看也是别人的老婆，又不是你老婆。"

"我把她装在我心里她就是我的老婆。"刘线杆儿梗着脖子说。

"你说什么都没用，在我眼里她就是我家会娴。"四步一脸坚定地说。

"就是金香。"刘线杆儿也一脸的坚定。

"是我家会娴。"四步气得撅起山羊胡。

"是金香。"刘线杆儿瞪起那双细长的小眼睛。

"正北，你大，你就让着庆才些。"两个人争执的时候，女人打开屋门，站在门口对四步说。说完女人抬起头，向天空翻着眼白，似乎在寻找着两人为之争执的那朵云，然而，那朵云已经不见了，涌来的是大片大片的厚如积雪一样的云朵。

冬天走得越远，离春天就越近。寒冷的日子一天天过去，天气渐渐地暖和起来。又到了一年春忙的时候，刘线杆儿被派去赶马车，四步被派去和妇女们种土豆。给牲口铡草的活，队里派给了瘸子连喜和一个半大的孩子。

土豆地里男人少女人多，四步头一次在女人堆里干活，妇女们嘻嘻哈哈地拿四步开玩笑，说四步你女人怎么还没给你生个一男半女，莫不是你俩不在一个被窝儿里睡？四步不善于和女人打交道，被女人们一取笑，脸羞得像红布一样，不敢说话，自顾低下头忙手里的活。好不容易盼着收了工，四步像得到大赦一样逃离了女人们。

从没干过重活，一天下来，四步累得腰酸腿疼，吃了晚饭躺炕上就睡着了。

那是一条水流缓慢的小河，四步躺在一只小船里，两条腿耷拉在河水里，河水被阳光晒得很温暖，一群鱼儿成群结队地围着四步的两条腿游来游去，不停地用嘴去啄四步的双腿。有一只调皮的小鱼跑到四步的脚心处啄他的脚心，啄得他痒痒的想把脚移开，两腿却被什么东西紧紧缠住动不了。四步晃动着身子，用力蹬着双腿，船却翻了，整个人掉到了河水里。四步拼命地挥舞着双臂，一着急，人便醒了。昏暗的灯光下，见女人正抱了他的两条腿给他按摩。

"我说怎么拔不动腿呢，原来腿被你抱着！"四步伸了伸腿，快别揉了，睡吧，天不早了。说着想抽出双腿，却被女人用力抱住，女人说："我不困，给你揉揉，明天再上地干活你的腿就不疼了。"

"你不睡我也不睡。"四步坐起身子，再次想从女人怀里抽出双腿。

"你躺下别动。"女人固执地再次抱住四步的双腿，四步只得将两腿交给女人，任女人揉捏。

窗外满天星斗，月亮露出半张脸，在窗前望了一会儿，便又跑到一片云朵里把自己藏了起来。

连日在田里干活，四步已经适应了田间的劳累，饭量长了，人也粗壮了些。

自从和四步分开干活后，每天晚上，刘线杆儿开始喜欢往村子里跑，来四步家没那么勤了，每次来隔着四五天，或是更久。这一天傍晚，刘线杆儿带来一个消息，说要有戏班来，在镇上搭台唱戏。对刘线杆儿这个消息，四步和女人将信将疑，镇上已经很多年没来过戏班了，最近的一次还是在四步成亲之前来过一个戏班，唱了三天，搞得全镇男女老少跟过节一样。

"镇上真的要有戏班来吗？"刘线杆儿走后，女人问四步。

"谁知道，来的话村子里会广播的。"四步说。

刘线杆儿说过不久，村中央的大喇叭里果真广播说镇上来戏班的事。这个消息着实让女人高兴了一阵子，女人喜欢听戏，做梦都想去"看戏"，可是女人从来没出过村子，更没去过镇上，从村子到镇上要有七八里路程，黑灯瞎火的女人身体能吃得消吗？想到女人病歪歪的身子，四步有些犹豫带不带女人去。

"你带她去干吗，走道儿慢得跟虫子爬似的，再说她一瞎子也看不见。"听说四步想带女人去看戏，刘线杆儿极力反对。

"把她一个人扔家里我不放心，再说戏班走了，不知道什么时候才能来，想看都看不上了。"一想到戏班多年不来一次，错过了这次，再来不知什么时候，四步当下决定带女人到镇上去看戏。

"咱可说好喽，你要带她去，到时我可不跟你们一块走。"刘线杆儿板着脸说。

"你走你的，到时候你把队上的手推车借给我就行了。"四步说。

"就你这身子骨儿，七八里地你还想推着她去？"刘线杆儿鄙夷地说。

"那你甭管，推多远都是我的事。"

看戏的这一天，四步用从队里借来的两轮手推车，推着女人早早地出了家门。刘线杆儿见四步推着女人走了，便锁了场房的门一路尾随着出了村子。

"出不了一里地，你就得改变主意，到时候你还得跟我一起走。"刘线杆儿摇着芭蕉扇，慢慢悠悠地跟在后面。

七月的盛夏，连夜晚都是炎热的。路是柏油路，白天吸了一天的阳光，到了晚上路面上还是温热的。四步推着女人走了一阵，便开始气喘吁吁的，额头上豆大的汗珠滚落下来，女人听到四步喘气，便扭回头说："歇歇吧，别把你累坏了。"

四步放下车，擦了擦额头的汗，女人掏出手绢摸索着也来为四步擦汗。歇上一阵子，四步缓过劲来，推上女人继续朝前走。不时有人在他们身边走过，那些都是去镇上看戏的周边村子里的人，也有本村人路过，他们同四步打过招呼，便远远地将四步和女人落在身后。四步推着女人，不急不慌地慢慢地往前走。"你这是图的什么啊？累死你算。"跟在他们身后的刘线杆儿，见四步不但没有改变主意，而且越走越远，心里悻悻地说。

一轮明月斜挂在半空，撒下银白色的月光，远处连绵的群山在月光下呈现出青黛色的剪影，村庄里偶尔传来一两声狗吠，路边的庄稼地里蟋蟀轻声地吟唱着。

"这是鹅房村的芦苇塘，咱家房顶的苇子就是在鹅房买的；这是周庄村的鱼池，要是白天能看到成群的鱼在水里游；这是孙庄子的棒子地，棒子苗都到腿肚儿了；还有这片土豆地，也是孙庄子的，土豆都开花了，要是在白天这片开花的土豆地可好看了。过了这片土豆地就该到镇上了。"四步边走边说给女人路边的景物，女人专注地听，不时地插话进来，问鱼池大吗？里边都有些什么鱼？有红鲤鱼吗？土豆的花是什么颜色？"鱼池有一亩地大，而且不止一个，两个呢。听说鱼挺多的，肯定会有红鲤鱼，那么大的池子怎么会没有红鲤鱼呢。土豆的花是白色的，花比咱家窗前的茉莉花小多了，也没有咱家的茉莉花香。"四步——地给女人做着解答。

这时，远处一片灯火通明。"就要到镇上了。"四步对女人说。

"是吗？终于到了。"女人的语气中透着惊喜。

灯火通明处是镇小学的操场，正是暑假的时候，操场上人山人海，十里八村的人都来看戏，他们有的牵儿带女，有的扶老携幼，像过节一样聚集在戏台前。一些相识的年轻人因为不在一个村子里住着，平日很少见面，因为唱戏的缘故得了机会见面，聚在一起嘻嘻哈哈地有说有笑。小孩子们在人群里钻来钻去，偶尔遭来一声呵斥。最安静的是老人，他们坐在板凳上眼睛望着前方的灯光处，那儿有一座用帆布临时搭建的一米多高的戏台，台前挂着红色的帷帐，演员们在台上走来走去做着开演前的准备。就着灯光，四步看到看戏的好位置已经没有了，他只得把车放到一棵大杨树下，那里地势要高些，看起戏来也方便。刘线杆儿在距离四步他们几米远的地方站住，那里熊二和几个村里人聚在一起正在说话，刘线杆便站在了他们当中和他们说话。

晚上七点的时候，戏开演了，戏是老戏《牡丹亭》，台上太守杜宝和夫人迈着方步踱上台，舞台中央早已为他们摆好了两把椅子。刘线杆儿不喜欢台上这两个老生老旦，老头老太太有什么好看的，啰里啰嗦的，唱得再好也是老头老太太，他把眼睛从台上移到台下，四处张望，周围人都在看戏，没人理他。他把目光望向不远处的四步和女人，四步站在手推车旁正在给女人讲戏，女人面向四步，专注地听，俨然她的戏台在四步这里。

连戏台在哪儿都不知道，还来看什么戏？刘线杆儿撇撇嘴把目光又移回戏台。这时候，戏台上已经换了场景，身穿粉红色绫罗的杜丽娘一个人在花园里赏花观景。

"台上摆几盆假花，这女人转来转去的干吗呢？"站在刘线杆儿身旁的熊二用胳膊捅了捅刘线杆儿问。

""这你都不知道，游园呢。"刘线杆儿说。

"你怎么知道？"

"我听过，收音机里播过，游完园就该做春梦了。"刘线杆儿说完自顾嘿嘿地坏笑了一声。

"瞧你那样儿！"瞧着刘线杆儿的坏样儿熊二撇撇嘴，"播过你也没看见，你也就瞎猜。"

"嘿——这还用瞎猜，一看就知道，谁像你脑袋瓜子像根木头，一点儿不灵光。"

"你灵光，你灵光你现在还打着光棍。"熊二被刘线杆儿说得有点恼。

"得得，不跟你抬杠，你看那儿是不是做梦呢。"刘线杆儿得意地冲台上努努嘴，示意熊二看台上。

此时的戏台之上，杜丽娘正在和书生柳梦梅相会，两个人咿咿呀呀地边唱边眉目传情。刘线杆儿看着台上的二人围着戏台打转转，转起来的两个人像一对翩翩起舞的蝴蝶，刘线杆儿看直了眼，直到戏台上的两个人下了台，刘线杆儿还看得意犹未尽。"妈的，真是郎才女貌！"刘线杆儿羡慕地骂了一句。戏台上又换了杜宝慢条斯理地唱起来，刘线杆儿收回目光，在他目光所及的大杨树下，四步边给女人讲戏边为女人扇着扇子，女人则从书包里拿出一瓶水打开摸索着送到四步的唇边。四步接了水，女人则接过四步手里的扇子为四步扇起来。刘线杆儿看着看着心里突然一动，"妈的，四步真福气，女人知冷知热的，难怪他把女人当个宝儿。"刘线杆儿羡慕地瞧着四步和女人，在心里骂了句粗话。后半台戏，刘线杆儿的眼睛不在戏台上了，他的眼睛总溜向一边，去看四步和女人，四步和女人这出戏远比戏台上的戏吸引他，让他心里发热，心生感动。站在他旁边的熊二见刘线杆儿不看戏，眼睛总往别处看，便说："你不看戏，总东张西望地瞎踅摸什么？是不是找金香呢？"

"切，我找她。"刘线杆儿从鼻子里哼了一声，"你看见四步和媳妇了吗？"

"四步和他媳妇？在哪儿呢？"熊二说着扭过头去四处寻找。

"那儿——"刘线杆儿用手一指大杨树，杨树下，四步和女人边看戏边吃一个羊角蜜，四步为女人扇着扇子，女人手里举着羊角蜜两个人你一口我一口吃得正香。

"瞧瞧，瞧瞧，这俩人比戏台上唱得还热闹。"刘线杆儿咂着嘴。

熊二看着四步和女人，突然心里一酸，不由得想起两年前病故的媳妇，他和媳妇算得上青梅竹马、恩爱夫妻，可是上天捉弄人，媳妇跟他过了一半，便撇下他一个人走了，剩下他孤零零地打发着日子。

"嘿嘿，怎么了你？"见熊二不语，刘线杆儿捅捅熊二。

"没什么，看戏吧。"熊二抬起头看着戏台，戏台上柳梦梅因为说自己是杜宝的女婿，正在遭受杜宝的鞭打。

"白捡个女婿还不认，咿咿呀呀地唱个什么劲。"刘线杆儿顺着熊二的目光看向台上，嘴里自顾叨咕着。

月明星稀的时候，戏散了，看戏的人群呼儿唤女地也四下散去。刘线杆儿在人群里东张西望，熊二拽了一下刘线杆儿："还不走找什么呢？"

"我在找四步。"刘线杆儿说，黑灯瞎火的七八里路，我得帮助四步把会娴推回家去。

"找四步喊一声不就得了？"熊二说，说完扯起脖子喊起来："四步——会娴——"

见熊二喊，刘线杆儿也喊了起来："四步——会娴——"

喊声穿过杂乱的人群，飘荡在戏台的上空。

语丝微言

《乡戏》的故事情节很简单，就是主人公四步用手推车，推着盲妻会娴，去十几里外乡场看夜戏。看戏时，演员在台上演，丈夫在台下给盲妻讲。戏演完了，但故事并没完，四步还要用手推车将盲妻推回家。不过这时多了两个帮手：受了感动的刘线杆与熊二。一个盲人，她的世界是黑暗的世界。但四步，不仅给她带来生活上的光明，而且给她带来艺术上的享受：优美的唱腔，悦耳的音乐，多姿的舞蹈，生动的故事，鲜活的人物和耳鬓厮磨、款款诉说亲人的气息。人类之爱丰富多彩，情感细腻入微。但有一种爱是爱之上者，是爱中之爱。就是彼此，就是对方的精神需求、心理慰藉、被尊重的感觉、被关心的渴望。这才是最珍贵、最纯洁也是心有灵犀、知心、知己、知音，只能意会不可言传，此中甘苦两心知。《乡戏》这题目也好，朴实无华，并不古怪、香艳、缥缈、雄深。周树莲的小说，每于简单中体现复杂，于平实却有崛起，出手豪阔，行文大气。

戏里戏外都是戏

——戏说周树莲的短篇小说《乡戏》

许福元

因为提前知道《北京文学》2018 年 12 期将要刊登周树莲的一个短篇小说《乡戏》，心中便有了期望、盼望、渴望读到的意思。几年来，我一直关注着她的小说创作，从《马兰花》《面人》《丁字街的槐花树》到《杀猪菜》再到今天的《乡戏》。

《乡戏》的故事情节很简单，简单到几乎没有故事情节，从故事的发生、发展、高潮到结束，不就是光棍汉四步娶了一个瞎女人吗。另一个光棍汉刘线杆儿认为："对于四步的女人刘线杆儿是看不上眼的，他不明白四步为什么要一个眼睛看不见，身子又病病歪歪的女人。要是换了他，他宁肯打一辈子光棍儿，也不会要这样的女人。"

《乡戏》里的人物也很简单，主要人物就二个：四步和他的瞎女人和光棍汉刘线杆儿。但周树莲将这三个人的人物关系写得很微妙有欲说还休的感觉。

作者几乎不动声色又浓墨重彩地写了四步与他瞎女人之间在情感上相濡以沫的依赖关系。"刚下过雨，空气湿漉漉的。村路上净是些大大小小的水坑。四步边走边不停地停下提醒女人：迈大步注意脚下的水坑。见女人平安地迈过水坑，才又放心地牵了女人的手向前走。"

小说一开始，人物一出场就从牵手开始："临近黄昏的时候，四步牵了女人的手走在村子里，臧村的人几乎没有没见过这一幕的，人们早已司空见惯，任凭这瘦小的男人牵着自己双目失明的女人在街上走过。"

周树莲的笔墨从"牵手"开始延伸、升华，然后给瞎女人黑暗的天空带来光明绚丽的色彩，他"手指着天空中的白云给女人讲，这片云像一匹白色的骏马；那一片像一只怀了孕的母牛；那一小片像一只鸽子；那一片像厚厚的积雪；那一大片像冰雪融化的河流。"。

四步的引导与描绘引起瞎女人对光明的反响，给了瞎女人一对隐形的翅膀。"女人仰着头，看着蓝天的方向，翻着眼白在天空中寻着马、母牛、鸽子、雪和河流。"

瞎女人在天空中寻未寻到马，母牛，鸽子，雪和河流，作者没有说。却给足了读者一个想象的空间。我想瞎女人只是看到了她矮小瘦削的男人布满在天空中那辉煌的背影。

"白云过后，天空中升起一片红彤彤的晚霞。四步又牵了女人的手，将两个人的身体同时引向西边的天空，声音里有些抑制不住的兴奋：会娴，快看呢，火烧云，红彤彤的像咱家灶膛里的火。"

"女人像受到了传染，脸上也露出惊喜之色。两个人就那么面对晚霞站着，看着西边不断变换的云霞，直到那些云霞逐渐散尽，四步才牵着女人的手回家去。"

这是一幅油画，这是一帧剪影。一个矮个的男人牵着自己的瞎女人，面对如火如荼的灿烂晚霞，两个人的身体同时引向西边的天空。

不要说只有文化人才敏感细微，对花流泪，对月伤情。农民有农民的二人世界，残疾人有残疾人的精神角落。天空中的流云，灶膛里的炭火，就是自己独有的天上人间。周树莲将这种底层普通人的生活写成了诗意，将他们的情感写到了极致又不失烟火气而令人唏嘘。很显然，作者更多地注入自己情感的浪漫色彩。所以，写作的人不只需要智商，更需要情商。有时情商比智商更重要。

相对于四步与他的瞎女人，刘线杆儿是一个反衬人物。曾经是光棍的四步娶了瞎女人变成了非光棍，一直是光棍儿直到现在还是光棍儿的刘线杆儿仍是准光棍。他对四步娶瞎女人为妻有些不解和不屑，但看到两个人牵手互动，夫唱妇随，恩爱和谐心里又觉得空落落地，酸酸地，有一种不可名状的羡慕与嫉妒还有一点点小恨意。所以他犯坏，故意取笑瞎女人："哎呀，会娴，你这眼睛是怎么回事？"

四步与瞎女人的婚姻似乎对刘线杆儿也有所触动，他开始更以自己笨拙的方式追求寡妇金香，结果碰了一鼻子灰。但他心里，仍对金香念念不忘，继续一厢情愿的单相思。以至于和四步面对天上的白云像谁而抬死眼杠，可爱和可笑似乎回到了孩提时代，却又充满着壮年光棍汉的悲情与悲壮。这虽是周树莲的闲笔，却妙笔生花，小说一下子就飘逸飞升起来。

越写到最后，越接近小说的高潮。夏夜里到七八里外镇上去听野台子乡戏。去不去，怎么去？女人是瞎子，且病病歪歪。男人瘦小枯干，小身板儿也单薄。几经踌躇后，四步毅然决定自己用手推车推着女人去。在去听戏的路上，四步向瞎女人讲沿路的村庄风景。这个过程写得很细腻。看戏的时候，四步向瞎女人讲戏台上的戏景。这个过程，周树莲写得更细腻。好的小说展现的就是过程，而结果出现或将要出现时，小说就该结束了。所以好的小说家，写过程很耐心，读者才觉得耐读。

对于四步与瞎女人的婚姻，刘线杆儿都是第一旁证者、旁观者，还是持不同意见者。经过时间的考验，四步与瞎女人之间的情愫与时俱进，逐步升温。于黑暗中给光明，于寒冷中予温暖，这个现实很出乎光棍汉刘线杆儿的意外。他面对此情此景此人此事有惶恐，有不安，有触动，有意无意地重新审视自己的择偶观与价值观。其结果是刘线杆儿的思想境界得到了一种升华，在月明星稀戏散了的时候，刘线杆儿扯着嗓子喊：四步，会娴，黑灯瞎火的七，八里路，我得帮着四步把会娴推回家去。至此，刘线杆儿虽然还是光棍汉刘线杆儿，但此刘线杆儿已不是彼刘线杆儿，他心中不止有了爱，还有了爱之上的东西，那就是人性之爱、人类之爱。至此，舞台上的乡戏结束了，曲终人散。但乡间生活的乡戏，又击鼓开锣，永没有收场的时候。

通观整篇《乡戏》，周树莲写得节制而不拘谨，从容而不急迫，淡定如水而又风生水起。一如江南雨，密密而斜斜，绵绵而潇潇。结构上脉络清晰，不蔓不枝，主次分明；语言平实、精准、妥帖。用词极讲究，宁可不足，也不写过，更不铺张扬厉。淡雅而不失芬芳；人物性格拿捏得恰到好处，恰到火候，恰如其分。"著粉则太白，施朱则太赤。"似乎不用修饰，不著痕迹。看出来，作者已形成自己独自的观察独自的匠心与独特的表现手法。虽是短篇，却有大气存焉。她驾驭情感题材，举重若轻。真是文如其人，其手持轻罗小扇之时，心中乾坤定矣。

《乡戏》的历史背景是三四十年前的乡村。那时人们的衣食住行与今天不可同日而语。人们之间的情感是那样简单与纯粹，专一与不移，彼此相看两不厌。"我看青山多妩媚，料青山见我应如是。"而反观今日，物质是极大丰富了，但精神贫困了。手机，微信，视频，打门球，广场舞，往往在亲人之间，也是各玩各的。那种四步牵瞎女人之手，两人身体同时引向天空，几成绝版。

周树莲涉足小说的时间并不长，大概也就有四五年的时间。收入2014年《大地之礼》之中的短篇小说《马兰花》显示出她写小说的潜质，但也显出她对短篇小说的结构尚处在摸索阶段；收入《与太阳握手》中的另一短篇小说《面人》拟物抒情，谋篇布局已了然于胸，但在境界上似乎有待提高；及至写出了《丁字街的槐花树》则令人耳目一新了，因为她对文中人物性格的把握、人物相互关系的描写，准确生动而传神，上升到了一个新的台阶；到了她《杀猪菜》的问世，显示她总在寻求自己特有的角度去写小说，以自己的特性写小说，这对于她是个由量变到质变质的飞跃；而此篇《乡戏》则是周树莲在小说创作上的又一次飞升。所以，你只要关注周树莲，她总会不断地给你以小惊喜。几乎与《北京文学》发她的《乡戏》同时，《鸭绿江》发了她的一个短篇《带他去镇上》。

周树莲诸篇小说中的主人公，几乎都处于社会的最底层，属于弱势群体，且是弱者中的弱者。但周树莲将目光移向他们，关注他们。语气和气，神情愉悦，面带婉容。正如《礼记》所云："有深爱者必有和气，有和气者必有愉色，有愉色者必有婉容。"其源盖出于爱。所以她笔下的小人物才血肉丰满，于惆怅与忧郁的氛围中，立体地向读者走来，诉说着永不褪色的情感故事。而不像有的人有的小说中的人物，纸糊得一样苍白无力。

每读周树莲的小说，总有一个感觉，就是：耐看。读着，读着，就不由得停下来，或翻翻前面，或引起思索。究其原因，首先是：有内容。再一个是她的笔触总沿着主人公的情感不断撩拨读者的情感与思绪，感情发酵。手法则是朴实、平实。正如鲁迅所说：有真意，去粉饰，少做作，勿卖弄。

前些天读到莫言接受《环球时报》专访时说的一个观点："如模仿西方，中国文学永远是二流。"莫言说："唯有写出中国特色和个人特性的作品，才能使中国文学在世界文学版图上占有一席之地。"中国特色和个人特性，应该是每一个写作者的圭臬。

《乡戏》中我觉得亦有可商榷之处。铡草的两个人，一个人掌刀，一个人入草。入草人是"坐"而不是"蹲"。春天铡谷草和干草，瘸子和半大孩子都不胜任，因为那是一个危险活儿。四步对瞎女人的情深意笃，应加一点源头的合理性。

周树莲对生活积蓄已久，厚积而薄发。一路走来，周树莲一步一个脚印，一年一个新台阶，步步坚实。人虽低调，但步步有回声，步步莲花。真是可喜可贺。生活是戏外戏，小说是戏中戏。"乡戏"的特点是将散未散，戏里戏外都是戏。

2018.12.3

【作者简介】

凸凹，本名史长义，男，1963年4月生，北京房山佛子庄人。系中国作家协会会员、北京市文学艺术界联合会理事、北京作家协会理事、北京评论家协会理事、北京作家协会散文委员会主任、房山区文学艺术界联合会名誉主席、房山区作家协会主席。创作以小说、散文、文学评论为主，已出版著作40余部。其中，著有长篇小说《慢慢呻吟》《大猫》《玉碎》《玄武》《京西之南》《京西文脉》和《京西遗民》等12部、中短篇小说集3部、评论集1部、散文集《以经典的名义》《风声在耳》《夜之细声》《故乡永在》等30部，出版有《凸凹文集》(八卷本)，总计发表作品1000余万字，被评论界誉为继浩然、刘绍棠、刘恒之后，北京农村题材创作的代表性作家。近60篇作品被收入各种文学年鉴、选本和大中学教材，作品获省级以上文学奖30余项，其中，长篇小说《玄武》获北京市建国六十周年文艺评选长篇小说头奖和第八届茅盾文学奖提名奖；散文获冰心散文奖、第二届汪曾祺文学奖金奖、老舍散文奖、全国青年文学奖和十月文学奖，2010年被评为北京市"德艺双馨"文艺家，2013年被授予全国文联先进工作者称号。

桑麦

1

没想到，区农业农村局一个普通的退休欢送会，区委常委、组织部长竟亲自到场。

大家便都感到惊讶，不知所措中，不仅认真布置欢送会会场，还大搞卫生，窗明几净之外，居然还挂上了横幅，请来了电视台的记者。大家静静地坐在会场，即便人还未到场，也不敢放声说话，而新任局长早早地就等在大门外，谦恭地翘首，似要把秋水望穿。

但是，那个当事人——退休局长于凤山，却骑着自行车慢悠悠地走在路上，嘴里哼着河北梆子《打金枝》中的一个唱段"劝驸马"：在宫院我领了万岁的旨／上前去呀劝一劝那驸马爱婿／劝驸马你莫发那少年的脾气／有母后爱女儿更疼女婿……

于凤山是京东平谷人，北京农业学院毕业之后，被分配到京西罗府街人民公社。那个时候，大学生是稀有之物，便金贵得跟驸马无两，也就是工作到三年的光景，就当了公社主管农业的副主任（准确地说，是主管农业的副镇长），两年后就晋升为正，可谓春风得意，便开始喜欢唱两句。但平谷人有很重的口音，在京评梆的戏种中，只有梆子更迁就他，道白、唱腔均可以顺势而为，不仅适宜唱，而且还唱得好。

他这里慢悠悠地唱，大门口的新任局长却急火攻心。他心里骂："这个于凤山，都退休了也不让人省心，你人一走一身轻，也不体贴我们在职的，部长就要到了，你还在路上打秋风，真是个典型的棒槌。"他暗暗祈求：你于凤山一定要赶在部长到来之前到啊！

左等右等，还不见于凤山进院，新任局长——怪别扭的，干脆报出大名吧——金守振局长兀自生怨，心里说："怪不得你二十几岁就当处级干部，到了退休还是处级干部，都是太个性、不长眼的结果。"

好不容易见到了骑车而来的于凤山，金守振赶紧迎了上去，一把抢过他的自行车，命令门卫赶紧给他藏进车棚里去。"我说派车去接您，您说儿子开车送您来，没想到又骑个破自行车亮相。这要是让部长看见了，准得批评我不尊重老局长，留下不好的印象。您知道您这么做叫什么吗？叫'上眼药'，哼。"

于凤山哈哈一笑，说："我说小金、不，金局长，你局长都当上了，还怕什么上眼药？我看你是炮铳不大响儿不小，还想当大官儿。哈哈，不过这也没什么，可以理解，别像我似的，该窜苗的时候我却蹲苗，没掌握好火候，一下子把自己蹲成了小老苗，哈哈……"

"蹲苗"，是一个种植术语，指在作物的幼苗期，控制肥水，进行中耕和镇压，以便让幼苗的根部下扎，健壮生长，以防止茎叶徒长，不结果实。换言之，蹲苗有提高作物后期抗逆、抗倒伏能力，协调营养生长和生殖生长的关系，既要长得健壮，又要结出丰硕果实。再换言之，所谓蹲苗，就是要让作物"长眼"，别光长秧棵而不结果实，让人嫌弃。

于凤山总是喜欢把农业种植上的术语转化成与人交谈的社会话语和生活话语，生动是生动了，却把来路暴露了，有明显的身份烙印。呃，这是个学农的。学农的也没什么不好，问题是许多人都把学农的与不懂政治、不识时务联系起来。

于凤山参加工作之后，只埋头向下扎根，跟农民群众打成一片，说实话、干实事，却不向上看、朝高处伸展，有了业绩也不宣传，更不向领导汇报。他说，桃李无言，下自成蹊，天地可鉴。幸运的是，公社里有个全国劳模，由于受过领袖接见，还被请到人民大会堂作过事迹报告，名扬华夏，所以在当地就有一言九鼎的话语权。他看到了于凤山扎扎实实地在农村工作，便很喜欢他，对县里领导说：我为什么能当劳模？就是因为爱种地、喜欢跟土坷垃打交道，亩产过黄河、跨长江，而这个于凤山很踏实，也爱种地，总是不辞辛苦地给我们传授农业技术，让我们的地连年高产，我们农民都喜欢他，你们做领导的，要心中有数。这个劳模说话真是有水平，意思表达到了，还不对县领导发号施令，欢悦之下，于凤山被提拔了。公社主任（后来的镇长）是行政干部，以粮为纲的年代，他自然干得如鱼得水。他后来就不幸运了，老劳模过气儿了，经济结构、生产方式、发展模式都变了，既没人为他说话了，他那套也跟时代不接轨了，也就把自己淹没了，蹲成了老苗。他在罗府街镇当了三十多年的镇长，还有两年多就要退休了，区里竟让他当了农村农业局局长，因为上头要让各区发展观光农业，区里要建几个像点儿样子的农业生态观光园——既然是观光，不仅设施要建得好，作物也要长得好，那么就想到了于凤山。他既懂农业管理，又懂作物种植，可以说是不二人选。

他还真的不负众望，把生态园建成了全市样板，给区里争得了荣誉。荣誉到手，他也到了退休年龄，也算是全身而退。许多人为他惋惜，说：政绩一有，职务到手。人家都是为了升迁而战，你却把自己干回家里，唉。他嘿嘿一笑，说："这有什么不好，省得丢人现眼。"

这时，金守振的电话响了。有话传来，说部长临时有个会议，不知什么时候才能散，所以欢送会你们先开着，大家座谈座谈，说说体己话。到了会场，同志们自发地热烈鼓掌。鼓掌的时间有点儿长，于凤山用力摆手才得以静场。他笑着说："你们这叫猫哭耗子假慈悲，是因为我当局长的时间短，如果再当的时间长一些，你们就谁也不鼓掌了，哈哈。"他这一哈哈，大家也都哈哈成一片，他们喜欢他说话的方式，不留情面的真实。

"部长临时有会，要晚些来，所以我们先座谈座谈，跟老局长说说心里话。"金局长说。

半天冷场。

这时所说的"心里话"，当然是歌功颂德的好话，但当着现任局长，赞美退休局长，大家还真不知道如何措辞。

于凤山打趣道："我局长当的时间再短，我们也朝夕相处七百多天了，好话赖话也都说过了，再说，都是多余的了。再说，我们都是家里人，家里人眼对鼻子说好话，肉麻不肉麻？不如抓住这难得的、或许也是最后的机会，跟大家说说我，说说我是怎么从京东一个流着鼻涕的小侉子熬成一个人五人六的局长的故事，给大家逗逗乐子。你们说，愿意不愿意听？"

"愿意听，愿意听！"大家把眼前的桌子拍出一片脆响，他们喜欢乐子。

金局长紧皱了一下眉头，马上又笑了："嘿嘿，你们这帮孙子，也不嫌闹的哄。"农口的人不喜欢文词，认为文绉绉地说话有拒人千里的味道，只有粗话俚语才亲切，所以，一句"你们这帮孙子"，让他们知道，金局长允许了。

2

于凤山说："那我就开篇儿。"

开篇就发问："你们跟我一起工作了两年多，谁见过我老婆？"

给他开车的司机脸红了一下，说："我见过。"

于凤山一摆手："你不算。"

见其他人都没反应，他一笑，"都没见过吧，嘿嘿，你们为什么都没见过，那是因为我对她实行'三不'政策。"他解释道——

这一，不让他跟我到别的领导干部家里串门。为什么？别的领导家有住别墅的，有住大房子的，一进人家的家门，宽敞的环境，华丽的装饰，阔气的摆设，而我家只有一个几十平米的小三居，还一白落地，几十年都舍不得扔的老式家具，一比较，她会自惭形秽，回来她会对我说："你看人家。"

这二，不让她跟我出席公共活动和大小宴会。为什么？别的领导的夫人珠光宝气、穿金戴银，还坐着各种有档次的名牌轿车，而她荆钗布裙、素面朝天，跟我出行，公车不能坐，只能打的或坐公共汽车，差距立刻就显现了。并且，女人坐在一起，会东拉西扯，夸富显阔，会立刻让她心理失衡，回来肯定会对我说："你看人家。"

这三，不让她出去参加工作一辈子就守在家里。为什么？一出去工作，就领略了世界风云、就了解了社会风气，就知道了市井风尚，就产生了对人间不公和世情冷暖的心理忧虑，就受到了贫贫富富和香香臭臭的物质诱惑，就察觉了自家卑微和他人优越的经济差距……这样一来，作为一个妇道人家，仅具有一点儿表面的感知能力，她怎么能够承受？心里的平静就被打破了，就会胡思乱想了，也就不幸福了。所以，我只让她在家养蚕、喂猪，虽然挣的不是太多，但也略有结余，足以自食其力、养活自己，她很知足，整天乐呵呵的。

有人插话说："你实行的是愚民政策。"

"你别扣帽子，说愚妻政策还差不多，但准确地说，我这叫爱妻政策。"于凤山自得地笑笑，"这没什么不好，在她心里——她家老于最有本事，所以，她一心一意地爱；她的家庭最衣食无忧，所以，她全心全意地呵护。内心盈满，知足常乐，天天幸福。她过的是什么日子？用时髦的话说，她过的是极简主义的生活，不被物质奴役，不被外界干扰，自主自适自足，你们说，是不是莫大的享受？哈哈。"

"那你老婆也不反抗？"有人问。

"她不反抗，因为我一辈子对她百依百顺，给了她想要的生活，嘿嘿。"于凤山说。

"那你就跟我们说说你们是怎么走到一起的吧。"

"你们这些人，就喜欢聊杵子传（男女情事），那好，我就拣主要的说给你们听。"

于凤山开始叙述——

我老婆叫吴凤芹，跟我是一个村的，还是同龄人。一起上小学、上中学、上高中，一起在乡间的小路上走。上小学和中学的时候，她学习成绩一直就比我好，在班里始终排名第一。学习好，人又长得很清秀，我很喜欢她。每一放学，我就学校门口等她，让她跟我一起走。走了几年，就走得跟家里人一样了，好像她的一切都跟我有关。到了高中，她的学习成绩就不如我了，甚至还很吃力，常在我面前哭鼻子。每天晚上，我一做完作业，就到她家里去，给她做一些辅导。她的父母见到我们俩簇在一起的样子，在我们身后小声嘟囔："这俩孩子，真是天生一对儿。"

后来，她高考落榜，我则考上了北京农业学院农学专业。我到她家里去安慰她，她凄然一笑："你什么也别说。"我说："你别气馁，你可以明年再考。"她还是凄然一笑："你甭管。"

我出村的时候，以为她会来送我，却左顾右盼也不见她的身影。我悻悻地到了公路上的车站，发现她就站在站牌之下，我的心疾速地跳了起来，怦怦，好像就要跳出嗓子眼儿了。我说："以为你嫉恨我，不理我了。"她说："我为什么要嫉恨你，你考上大学跟我考上大学有什么两样？"她贴上身来，把一条粉红色的长围巾系在我脖子上："这是我给你织的。"我说："你这哪里是围巾，分明是一条缰绳，你是要用它拴住我。"她脸一红："就算是吧。"我心中一热，忍不住拉过她的两只手，在我的手心里用力地攥了一下。她对我说："你安心读书，家里的老人我会替你照顾。"我说："那怎么成，你还要复习备考，别耽误了你的前程。"她生气地甩掉我的手："你甭管。"

暑假回家，刚一进屋门，母亲劈头就说："你还知道回啊？"我一愣："您这是什么意思？"母亲说："你把家整个都交给了人家小芹，你也落忍，人家可是还没有过门呢。"我说："她是她我是我，我们俩有什么关系？"母亲说："打你走后，小芹就像过门媳妇一样伺候我们，你还说这种话，你烧包不烧包？还知道不知道天高地厚？哼。"我说："我可没让她来伺候你，她怎么把自己弄得跟家里人似的了？"母亲说："那你去问她吧。"我说："我这就去问。"母亲说："她就在村西刺猬河边，正给你爹我俩捶洗冬天的衣服呢。"

到了河堤，从上往下看，水流清浅，静静地闪光，水草也静默，浮在水面上绿绿地长。在鹅卵石上，就坐着个吴凤芹。她背对着河岸，不知有人来；她不紧不慢地捶打着冬衣，整个后背微微地摇动。半年不见，短发垂成了拖地的大长辫子，衬得腰窝深陷，一伏一仰，惊心动魄，让我忍不住想到了《诗经》里的画面，脚下滑动了一下。她被惊动，回过头来。只见：她脸颊丰润了，白里透粉，随着嫣然一笑，唇红齿白，有扑面而来的美艳。天啊！"桃之夭夭，灼灼其华。/之子于归，宜其室家。/桃之夭夭，有蕡其实。/之子于归，宜其室家。/桃之夭夭，其叶蓁蓁。/之子于归，宜其家人。"我心中发出了一个强烈的声音：这个吴凤芹，就是老天爷赐给我的媳妇儿，她跑不了了！

嘿嘿，其实所谓的爱情，没那么复杂，就是一个简单的动作：王八看绿豆，对眼了。

就这样，她在家里帮我照看父母，我在学校专心读书，心无旁骛。大学一毕业，我们就正式结婚了。什么，在校园里就没有看上眼的女同学？就没有被女同学追？你们这帮人，就喜欢别人弄出点儿花花事儿，坦率地告诉你们：还真的什么都没有发生。你们想啊，一个学农的，整天学的都是土壤、育种、作物、植保、气候等等有关种地的知识，离诗情画意很远，不招惹额外的闲情，内心平静，有不是定力的定力。再说，我长得也不好看，一双小小的绿豆眼儿，一张塌陷的猪腰子脸，只要是一笑，抬头纹密得赛过老头子，只能招女同学打趣，绝不会让她们心动。不过，这很好，省心，因为我毕竟是已经有了归属的人。

领结婚证的路上，吴凤芹对我说："于凤山，你再想想，你是国家干部、有吃粮票的非农业户口，而我只是个农民，这一工一农的搭配，不光会让人说闲话，而且日子里也会有许多现实困难，我将来会成为你的累赘。"我一听就急了："吴凤芹，你一个如花似玉的大姑娘，还比不上一个非农业户口？你不要多说了。"吴凤芹一笑："你也别急，你想，咱们在一起之后，你一个人的粮票哪里够咱们俩人吃？再添俩小崽子，就更没得吃了。"我说："这你不用发愁，实在不成，我就去要，就凭我这智商，要饭都会要到大白面馒头，如果只要到三个馒头，你们娘儿仨一人一个，保准饿不着你们。"我一边说一边做要饭的动作。她说："你还真像要饭的，满额头的抬头纹，比老头子还老头子，肯定有人给。"本来是想打趣一下，但她话一说完，竟哭了。我说："大喜的日子，别让我烦。"

毕业分配，我竟被分到了远离家乡的京西。她说："你看，现实问题马上就来了，我是跟你走，还是留在家里？"我说："你是我的眼前花儿，当然是跟我走。"她说："你是一棵独苗，公公婆婆怎么办？"我说："我是独苗不假，但你们家却儿女成群，咱们又是一个村的，让家里人搭伙一起过。再说，你公公婆婆又不老，累不着人。"上她家一说，他小弟弟立马就笑了："姐夫你放心，你能娶我姐，我就觉得你是个爷们儿。你能带我姐走，就更觉得你是个爷们儿。家里有我呢，你尽管去跟我姐恩恩爱爱。不过我可把丑话说在前头，你如果敢把我姐甩了，我会拎着镐头子去找你算账，把你的腿打折了。"

3

到了京西罗府街人民公社，公社书记姓朱，他咧了咧嘴："于凤山同志，你这个人可真是有意思，你到我这里报到，还拖人带口，你是不是有意给我出难题？"

我说："是生活给我出了难题，作为我人生的第一个上级领导，对我，您有不可推卸的责任，您要帮我解决，拜托了。"我深深地给他鞠了一躬。可能是我额头紧皱，沟壑顿起，疑似放大了的苦相，惹得他一阵咂舌。"也罢。"他说。

出了公社大院往东走一华里的样子，有一片民宅，朱书记很快就从那里给我们找到了两间平房。房子坐北朝南——房后是居民区，有围墙垒起，好像拒绝这里的房子融入；房前有半个篮球场那么大的一块阔地，长满了杂草，让房子显得更加孤零。我觉得这是一块弃地，有历史，没今天，更没有未来。

朱书记说："这里原来是公社小学的校址，校舍是危房，都拆了，只留下两间门房。因为它还结实，我不忍心拆，心里有预感，将来它也许还有用。"

我说："这我知道，你是专门为我预备的。"

他一愣："你这是瞎扯，不过，说句实话，这地方还真不太适合住人。"

我说："这我也知道。"

他说："怎么，这你也知道？"

我说："您也不想想，我在农学院是学过气象学的，对天象、地象和物象都是有足够认识的。嘿嘿，因此我就知道，这里的地势低，一到雨季，就积水，会蛙声一片。"

"那就委屈你们了。"想要说的，都被我预料到了，所以朱书记很惭愧，对我说，"你们两口子先到我家克服两天，这里我派人好好收拾一下。"

我说："必须克服。"

房子收拾好了之后，我们急切而略带欢悦地住了进去。

墙是一水的白灰落地；地是一水的水泥抹地；门窗涂了一层清漆，还是原木的本色；屋顶铺了一层油毡，怕被风刮起，撒上了一层细沙；门外的阔地上插了一圈竹篱，最终拴在两根圆木上，并嵌上一个竹编的蓬扇，算是门扉了。

屋里有穿衣柜、盆架、碗橱、饭桌，还有几把木座椅，都是陈旧的颜色，看得出，是在朱书记发动下，大家凑起来的。但屋里的床却分外显眼，或者说很刺眼，是一张偌大的钢管床，床柱上撑着崭新的蚊帐，还有粉红色的丝绦垂下。

看着我们两口子惊异的样子，朱书记竟重重地把自己扔在床上，不停地上下颠宕。即便这样，床也不摇晃、也不吱嘎，稳稳当当、平平静静，像敬畏梦境。朱书记得意地说："于凤山你看，这屋里哪儿都稀松，就这床不稀松，给你整得像个龙床。什么叫龙床？天动地动人不动，风声雨声床无声，即便是整天价颠鸾倒凤，也不担心江山倾覆，哈哈。"

虽然他说得很不庄重，但我还是很郑重地说："真是难为您了，朱书记。"

"这有什么难为的，不过是举手之劳——咱们公社就有一个钢窗厂，把铣下来的边角废料拿过来，稍一用心，就能给你加工出一张硬梆梆的好床，哈哈……"他言犹未尽，接着说道："你这个住处，虽简陋、老旧，却稳当，接下来，你就好好过日子、好好工作吧。"

嘿嘿，虽然朱书记给弄了一张过硬的床，但住进去的第一天晚上，我和吴凤芹却老老实实地睡觉，没有一点额外的举动。因为这床太适合干男女的事儿了，反倒让人不好意思了，如果急火火地使用，就显得太不正经了。

第二天，我买了一包草籽，撒在了房顶的细沙之上。为什么？雨水淋过，草籽发芽，便挺起青绿，"竹篱茅舍"就坐实了。竹篱上肯定会爬上牵牛花，弄不好当真就自己长出矢车菊，再加上积水之滨，青蛙自来嬉戏，一切就盈满了。你们想啊，竹篱茅舍、牵牛花、矢车菊、晨昏蛙鸣、美妇，不久再有灵童，哈哈，农业文明最诗意、最经典的元素都全了，那是多好的生活前景。什么"采菊东篱下，悠然见南山"、什么"蒹葭苍苍，白露为霜。所谓伊人，在水一方"、什么"萤火一星沿岸草，蛙声十里出山泉"、什么"松下问童子，言师采药去"，等等诗句都在小院里自然生长着，我们随时都可以采撷。这让我对未来充满了希望，我要好好地爱吴凤芹，好好地听领导的话、好好地为罗府街人民公社的老百姓贡献自己的聪明才智。

4

因为有一份感动，便让我有了澎湃的工作激情，在领导分派下乡任务时，我就主动申请，把公社区域中最远处的村落，分派给我。那时下乡，单位不提供交通工具，一切都要靠下乡干部自行解决。我刚参加工作，买不起自行车，只有借。借来的车辆，在骑行时，要加倍小心——遇到沟坎，要下车推；遇到泥洼，要用肩扛。因为是人家的私有财产，稍有损坏，就难为情，损坏严重，就得赔。这样，人与车之间就有了倒置的关系，人沦为奴隶，我的工作积极性就不能得到充分展示，情绪不免有些低落。见我闷闷不乐，朱书记以为我嫌累了，便专门找我做工作。"于凤山，干工作不能只是一时的热情，要有常性。"我对他说："您想错了，我有不竭的热情，所以这里不牵扯觉悟的问题，只是人情的问题让我放不开手脚。"听完我的解释，公社主任恍然大悟，笑着说：这没关系，我这里正有一辆自行车，你尽管骑。

有了公社领导派给的车辆，我的顾虑就烟消云散，有了在田野里放飞的大好心情。属于青春期的野性和顽劣也就放纵得无遮无拦——遇到沟坎与泥洼，我会早早地提速，到了跟前会猛地一提把，飞越过去。三年下来，我有了一流的骑技，下乡工作也完成得顺风顺水，机关上下一致称赞，年度先进屡屡获得。但是胯下那辆车却惨不忍睹，除了铃铛不响，浑身全响，待我被提拔为农业科长时，车子几近报废了。朱书记给我庆贺，酒喝得昏天黑地，借着酒意，他哈哈大笑，对我说："我造就了一个科级干部，却搭进我自己的一辆车，不过，也值了。"这时我才知道，原来，他以公社书记身份派给我的车辆，却不是公社财产，却还做得那么自然而然，不给别人增添心理负担。我惊愕不已，感到基层领导有土性，本身就有养分，不声不响地培育健壮的植株。

这期间，吴凤芹也体贴，连着给我生了两个小崽儿，大的是女儿，小的是儿子，让我成了儿女双全的人。起初，朱书记想给她在公社机关安排个临时工，标准的称呼叫"社调干部"。社调干部也是有前景的，一遇机会，可以转正，也变成吃粮票的人。我想，机关干部，不少人都是农村家属，全不被安排，怎么就给我安排？就因为我是公社里仅有的一个本科大学生，有别人不具备的特殊条件？这可不好，领导爱才，而我不能恃才。这一如小麦品种，引进的品种跟农家品种即便是有产量上的区别，但都是小麦。我便对朱书记说："您看吴凤芹的个人条件，面如桃花，牌儿亮，身子也有型，高胸脯大屁股，就适合给我养孩子，就让她呆在家里，给我生儿育女，让我过上孩子老婆热炕头那种土财主一样的日子吧。"

"你这个人真操蛋，忒怪。"但他还是点点头，"也成，人各有志嘛。"

我说："您这个人也真操蛋，我说什么您就同意什么，虚情假意。"

"你少给我扯淡，做人就应该实打实地做，做到里外要一致。"朱书记捶了我一拳头，说道，"你赶紧写一个困难申请，党委研究一下，给你批几百斤粮票，让你家吴凤芹能吃饱饭，好能安心给你生孩子，哈哈。"

孩子都能满世界跑了，农村实行大包干了，公社也改成镇了。朱书记对我说：

"你赶紧把吴凤芹的户口从老家迁过来，入到某个村去，好能分到几亩口粮田，我不能总是给你批粮票，惹得别人有意见。"

就这样，吴凤芹的户口落到了一个叫詹庄的村子。之所以选这个村子，是因为这个村是"以粮为纲，农林牧富渔全面发展"的先进典型，村里出了一个叫詹喜成的全国劳模。他主动接纳吴凤芹，说这女人背后有个科班出身的农业技术人才，对村里的未来发展大有用处。

按村里的土地面积，每人能分到两亩口粮田，但詹喜成却给了吴凤芹五亩。我觉得这些违反农村的承包政策，对他说："詹书记，使不得，使不得，村民会有意见。"詹喜成晃动了一下胖大的头部，哼了一声："我在村里经营了这么多年，难道这么点儿权威都没有？"我说："那也使不得，因为我是镇里的机关干部，这么多地，我哪有时间和精力去侍弄，又种又收，既耽误工作，又拖累自己，嘿嘿，我发憷。"他把肥厚的手掌往桌子上一拍："村里帮你种帮你收，用不着你！"我忙说："我是机关干部，不能搞特殊化。"他说："你以为你是谁，你是村里的困难户。"

嘿嘿，真有意思，镇上、村里，都把我当成困难户了。其中的用意，我自然明白，因为是困难户，就可以给予我顺理成章的照顾。京西是革命老区，又是传统的农业大区，既传播大义，又种植淳朴，桑麦之地都是桑麦，他们厚待外来人。这样一来，我就有了扎根的意识，我要融入脚下的土地，做一个名副其实的京西人。

农民既然拥有了自己的土地，那么，就要高产增收，让其真正尝到甜头；既然我是镇里的农业科长，那么，镇域里的每一块田畴就都是我的承包地，让其都长出最好的庄稼。我骑着自行车，背着一块小黑板，到田间地头，给农民群众讲茬口安排、种植技术、现代农艺，教他们科学种田。这就不得了了，整个罗府街镇，几乎块块农田都高产，几乎户户农家都丰收。我成了土地上的红人。詹喜成为我是他村里的居民而感到自豪，就先后找了朱书记和区委书记，推荐我当主管农业的副镇长。我对他说："使不得，使不得，我只是个学农的，只想推广种植技术，从来就没想到过当官。"他说："就因为是这样，才推荐你当官。这就像好庄稼，它只想低着头往饱满里结穗，而从来不抬头招摇，就让人看重了。""这里也有我自己的考虑，或者说一点儿私心。"见我还要反驳，他摆摆手："咱们詹庄村是以粮为纲、农林牧副渔全面发展的典型，这就是说，不仅粮食高产，农民手里还有钱，有一套成型的富裕农民的做法。要想在镇里推广，必须有一个有镇领导身份的人，而这个人，就是你。你想一想，如果你把咱的经验推广出去，咱詹庄岂不是起到了先富带后富的引领作用？那咱们这面农业战线的红旗，即便是新时期了，不也还是不管东风还是西风，继续高高飘扬？所以我说，你小子不能只懂技术，也要懂政治；不能只懂战术，也要懂战略。就是说，这个副镇长，你必须当。"

"就是说，为了你这个永不退位的劳模而当?"

"有些话不能说得太直白了，哈哈。"

当了副镇长之后，在詹喜成的鼎力支持下，在全镇推广詹庄经验，不仅保住了高产样板的地位，还使罗府街镇的农村总收入和农民人均收入位居全区之首。其实也恰好顺应了时势，因为不久，上边就推行农业经济结构调整，实行规模经营，让土地向种植大户转移，甚至农场化、产业化。农民摆脱了土地的束缚，可农、可林、可牧、可商、可外出打工。在詹喜成和时势的推动下，我稀里糊涂地有了一些业绩，被组织认可，又当了镇长。嘿嘿，说句实话，我的官儿是捡来的，根本就不在规划之列。我心中只有一个念头，就是要对得起背井离乡跟我而来的吴凤芹，给她一个牢固的家庭，过上衣食无忧、安宁温馨的小日子。

5

嘿嘿，扯远了，扯远了，从现在开始，我只说我和吴凤芹。

那些日子，因为总是往村里跑、往田间地头跑，我每天回来得都很晚。每次走近竹篱，都看见她立在夜色中的身影。虽然都是两个孩子的母亲了，她的剪影却还是那么窈窕，还是那么让人怦然心动。来到她身边，我说："对不起，又让你等了。"她赧然一笑，望了望天："谁等你了，我是在看星星。"我说："你是嘴不对心。"她说："真的，你看，咱的院子虽然低洼，却开阔，星星能看得真，你看那星星，多密多亮，让人看着舒服。"

进了屋门，两个孩子都睡着了，睡相都是那么甜美，我心中很热，想马上就在他们好看的脸蛋儿亲上几口。吴凤芹牵了我衣角一下："你褂子上、裤子上都沾满了尘土和泥点子，换下来再亲。"那洗干净了的衣裤就叠放在床头，她托过来放在我的手上。我忍不住闻了闻，是一股好闻的肥皂味，立刻就让我感到这衣服既家常又干净，正与我这个农村干部相符合。我换衣服的时候，她居然背过脸去，都多年的夫妻了，面对自己男人的身体却还感到难为情。我亲孩子的时候，头刚垂下去，两个孩子竟同时睁开了眼、同时喊出"爸爸"。我被吓得哆嗦了一下，他们很得意地笑了起来，呵呵。这种调皮让我感到很富有，忍不住深情地看了吴凤芹一眼。吴凤芹也报之以笑，还是那么桃之夭夭、灼灼其华，像花儿初放一样。我冲动地放下孩子，转身去亲她，她赶紧躲闪："当着孩子的面，也不注意影响。"孩子们在床上喊："妈，让他亲，让他亲。"

土灶上架着铁锅，铁锅上稳着笼屉，笼屉里焐着我的吃食。吴凤芹一样一样地给我"起"到地上的小方桌上，我坐在小方凳旁，庄重地吃起来。为什么说"庄重"？因为有菜有酒，我先要喝上几杯。酒是二锅头，能喝出麦子的味道。整天与土地和农民打交道，肥大了我的酒量，所以，喝得不紧不慢，一杯接着一杯。"啊，滋润。"我感叹道。吴凤芹坐在床沿上，不停地抚摸着孩子们的头。她含笑不语，也不阻拦。她信任我，懂得我干什么事情都心中有数，不会莽撞、不会过分，何况喝酒。

　　酒喝得微醺，我知道，要喝得既滋润又清醒，自己还有一杯酒的量度，便对她说："吃什么主食？"她说是新面馒头。我说今天不想吃馒头，想吃点软和的，麻烦你去给我煮点儿挂面。她从柴棚里抱回来一束麦秸，问我："煮多少？"我说："就煮一子儿吧。"一子儿，就是一捆，就是一斤。麦秸在灶膛里无声地燃烧，挂面在铁锅里慢慢地舒展，撑得满满当当。

　　最后的那杯酒被喝光之时，挂面锅也给我"稳"到了桌面。我一碗一碗地吃，吃得铁锅见底。床上的孩子惊呼："我爸可真能吃，吃了整整一锅。"吴凤芹说："你爸白天跑的路多，把肚子都跑空了。"我说："孩子们，爸告诉你们一个秘密，惦记家的男人都吃得多，哈哈。"

　　雨季来临，绵密的雨水滴在屋顶，屋里的人能听到簌簌的细音。我和吴凤芹相视一笑，都说"好听"。我们也知道，房草被雨露滋润，肯定也是簌簌地长，扶摇而清俊，肯定也"好看"。院子里的积水汪成了一片——太阳照耀下，亮亮地如镜，云朵贴着水面游走；月光洒在上面，粼粼点点，像童话里的什么人在那里眨眼。从来没见过蝌蚪，此时却来了青蛙，咕呱咕呱，引得孩子们贴着窗棂看它们游戏。孩子们的眼仁越来越清澈，感到住在这里真好。

　　吴凤芹也觉得好。

　　住在这里，竹篱茅舍，波光潋滟，蛙鸣一片，除了自然的景色和天籁之音，她听不到外边的杂音，也闻不到外边的香香臭臭，心情平静，不生多余念头。一简单，就聚焦，她眼里只有我早出晚归的身影和孩子们银铃般的笑声，她内心盈满，活得单纯快乐。

　　于是，我们虽然立于洼地、居于陋室，却不感到卑微，她安心于相夫教子，孩子们安心于功课，我安心于工作。

　　一天，她对我说："这日子过得真快，我从平谷跟你来到京西，转眼之间，你就当领导了，孩子们也上学了，快得什么记忆都没有。不成，我必须留下点儿记忆。"

　　"你想留下什么记忆？"

　　她笑而不语。

盛春的一个傍晚，她居然用篾筐剜来数十棵向日葵的幼苗，并用一把沉重的老镢头自己掘地。

我说："还是栽几畦菜吧，吃着方便。"

她却说："你怎么也像村中小妇人似的，光往俗处想呢？"

我说："你爱栽什么就栽什么吧，我可不管，因为整天田间地头、小麦玉米，已懒得想栽植的事了。"

她笑一笑："谁要你管，你尽管歇着就是了。"

"我不管，你会知道怎么栽？"我说。

"你没听说，要想学得会，就跟师傅睡。我跟你一个屋檐儿地下睡了这么多年，即使再不用心，肚里也装了很多农学。"她说。

这无疑是对我的赞美，我心中大悦，便坐在门槛上看她劳作。那镢头很沉，而她的身子窈窕得近乎单薄，每次挥起，都倾了全身的力气，镢头下去，脚下趔趄，她那秀美的发尖也被湿汗大绺大绺地沾在颊上额上，脸蛋也通红，喘气如嘘。

我心中不禁生出一丝爱怜，就去接她的镢头："还是我来吧。"

她扭脸一笑，并不争持，俯下身，以十指作耙，耙土里的砖头碎瓦及木屑杂草。之后，便在挺匀的细土上，以手作穴，小心地栽下向日葵的幼苗。她分两行并栽，留着很内行的株行距，栽到三十棵，就不再栽了，她说："我有够。"

我赶紧帮她浇水，她竟说："谢谢你了。"我感到奇怪，说："还客套了，横竖还不都是家里的事。"她说："这可不一样，这是我自己的事，你只是帮了我的忙而已。"我便暗忖：吴凤芹，你这是什么意思？

夏末，向日葵开始渐次抽出花盘，吴凤芹的笑靥也开放得很美。但一日下班回家，离家不远，就听到她尖厉而愤怒的斥叫，我一愣，她的性子是那么绵润，可从来没大声说过话啊。进了家门，便见三岁小儿正垂头哭咽。她抬头看了我两眼，眼圈竟也霎地红了。我问："出什么事了？"

她哽咽道："这孩子可有多淘气，好好的两棵向日葵，生让他给折了。"抬眼望去，靠里的一排向日葵，果然被拦腰折断了两棵。我觉得她也太孩子气了，便安慰说："为了两棵向日葵，就跟不懂事的孩子生气，这可不符合你的心性。"

她急了："你说得倒轻巧，他折的可不是简单的两棵葵，而是折残了我的念想！"

见我愕然不解，她说："十五的月亮圆，栽十五棵，取的是圆满。外边那一排是为你栽的，里边的一排是为儿子栽的。并排十五棵，是让儿子跟你看齐，上名牌大学，当跟你一样大的干部；你看，他偏偏就自己把自己的前程给毁了。"她很懊丧，眼泪竟流汹涌了。

我哈哈大笑："快别伤心了，既然我已经定型了，不会有什么长进了，那里边的一排归我，外边的就归儿子吧，让他超过我，不更好吗!"

她喃喃地说："本来娶俺个柴禾妞儿就已经委屈了你，这下子俺心里就更不踏实了。"

我把她拥在怀里，帮她抹去泪水："你整天乐呵呵的，从来没见你自卑过。没想到你心里还有这种念头，你隐藏得可够深的。不成，得罚你给我们做好吃的。"

"对，不单罚她给我们做好吃的，还要专给我摊两个柴鸡蛋。"一边的大女儿说。

"为什么要专为你摊鸡蛋?"

"她为你和弟弟都栽了向日葵，可就不为我栽，哼，重男轻女。"

我哈哈大笑，逗弄女儿。"摊鸡蛋多不上档次，为什么不让她给你做两只油焖大虾?"

女儿说："没见过、没吃过，也不想。"

"好好，妈给你摊鸡蛋。"吴凤芹把女儿揽进怀里，说道，"闺女，你可别怨妈，我不也没给自己栽吗? 因为咱们是女的，没必要在外边争强好胜，你看看，那些强势的女人，有哪个是快乐的?"

女儿温顺地贴紧了吴凤芹，小声地说："这我知道。"

后来，我知晓了吴凤芹栽种向日葵的缘由：是因为她一径想栽一种有象征意义的金枝佳卉，而左思右想，偏偏就想到了幼时的向日葵。在她经历的那个年代中，向日葵可是神圣之物，歌里唱得好，"朵朵葵花向太阳"，那里有对党和领袖的尊崇与向往。在心理的暗示之下，就选了向日葵。她确信，每年栽种一些向日葵，一定会引来神灵保佑，健旺她的丈夫和儿子。

于是，栽下向日葵之后，吴凤芹就天天企望向日葵长得苗壮，期盼花盘作得大，籽粒也灌得饱满，团圆又沉实。但这可是很不好达到的境界，她便殚精竭虑——查书本、问旁人（她不好意思问我）、科学护理，倾尽了一个普通女人所能有的一切心力。

天道酬勤，天道酬诚。吴凤芹的向日葵果然长得壮健红火。入秋之后，二十八个葵盘作得硕大浑圆，若盈满了沉重的思念和眷恋；那金黄的花瓣鲜嫩而奋挺，在阳光下，艳艳似火。听着她那孩子般的笑声，我不禁怦然心动：向日葵，在乡间小院里燃烧，这燃烧的爱，在平凡的人生中灼灼闪光。

这就是吴凤芹给生活留下的记忆，带着金灿灿的光芒，卑微而伟大。

这就有了意外的效果，吴凤芹虽然呆在家里，也收束合规整着我的心，使我情系家庭，不生妄念，疑似洁身自好。

后来，罗府街镇城市化步伐加快，楼房渐次耸起，我的那块蛙鸣之地居然地价如金，依规划，要建一座二十层的楼房，让搬迁户搬进。吴凤芹很兴奋，觉得既然我们就住在这里，当然就应该就地迁入。但是，政策有规定，一工一农户不享受福利分房，要想居住也可以，须按商品房的价格自行购买。

这就是难题了。就我一个人的那份工资，供养一家人吃喝、供养一双儿女上学，还要精打细算，哪里还有余钱？

吴凤芹整天唉声叹气，我则看着她傻乐。

"亏你还乐得出来。"她说。

"我那不是乐，是绝望，就像干力气活干过了劲儿，全身麻木，没办法移步，由于无奈，只好自嘲。"我说。

"亏你还有心思耍贫嘴。"她说。

"我这不是耍贫嘴，是担心，因为我想起了你弟弟说过的话，他说如果你敢把我姐甩了，就打折我的腿，我连个固定的屋檐都给不了你了，跟甩有什么两样？看来，我的腿是保不住了。"

一说到她弟弟，吴凤芹反倒眼前一亮，居然说道："那么，我甩你。"

我一愣："你这是什么意思？"

她说："我带两个孩子回京东老家，那里有祖宅。"

她说得虽然率性而柔和，但却像一记响亮而有力的耳光，抽疼了我的麻木，我在她的胳膊上用力捏了一下："你哪儿也不能去，祖宅是属于上辈人的，我们这代人要自己给自己找到立身之地，不然还不如不活。"

"你捏疼我了。"

"疼？对，你这辈子，就是留给我疼的，你等着，我马上给你去寻找新宅。"

撂下这句话，我跨出门去。骑上自行车，狠狠地蹬着，由于心中有悲壮，所以就有行进的速度。起初是暗黑的行程，骑着骑着，竟渐渐有光。原来已经进了詹庄的地界——这个村子被詹喜成搞得真好，水泥路通到大街小巷，两侧是林立的路灯，光亮照耀着静默，不使人惊惧。

走进了詹喜成的深宅大院。不论是街门、梢门、影壁门，还是廊门、旁门、堂门、屋门，居然都是一推就开。一进到厅堂，竟看到詹喜成就坐在八仙桌旁，而且桌上还摆放好了各种酒菜。见到贸然闯进的我，他毫不吃惊，只是缓缓地挥挥手："请坐，我已恭候你多时了。"

由于迫切，我想赶紧陈述，但却张口结舌，不知如何谈起。他给我倒上酒，说："你什么也别说，先喝酒。"

就喝了三杯，血液有了流动，羞怯也慢慢散去，我要说，而且要坦率地说。但话头却被詹喜成抢了，他说："我正要找你商量，你能不能回咱村里来住？"

我的泪水夺眶而出，模糊了视线，情急之下，把酒杯端起来遮在眼前："为什么？"

"吴凤芹落户在詹庄，而你是居民里的散户，也入户在这里，既然都在这里，为什么还长期住在外边，好像我詹喜成没有容人之量似的。"他说。

"搬回村里也可以，可是我们住在哪里？"

"吴凤芹不是有五亩口粮田吗，你们就住在口粮田里。"

"这？"

"于凤山，别怪我不叫你镇长，因为据我观察，你这个学农的，没有花花肠子，即便是当了镇长，做人做事也还是那么实诚。而我坐根儿就是种地的，即便是当了劳模也是泥腿子，改不了实诚的本性。就好比石头碰石头还是石头，那么我们就心贴心、实打实地在这儿说话。"

"那好，那就请你明示。"

詹喜成说："眼下不是提倡调整农业结构，打破单纯的种植，要搞多种经营吗，那么，你就在口粮田里搞养蚕、养猪。养蚕需要棚舍，养猪需要猪栏，你就得盖些房子。依你的工资收入，你当然盖不起，但你搞的可是设施农业，银行可以给贴息贷款，村里也能名正言顺地给你发放补助，一切都不在话下。当然，这都要以吴凤芹的名义，她作为一个农民，属合法经营，不会影响你的政治前途。嘿嘿，你自然要担点儿委屈，与猪同居一处，整天听着杂音、闻着粪臭，很是不观应（浪漫、文雅），有碍你大镇长的面子，如果你不能接受，算是我白说。"

我说："你说的都是实打实的话，那么我就也实打实地告诉你，你是给我指出了一条绝处逢生的明路。你是在真心救我，我岂止接受，还要感谢你十八辈祖宗。俗话说，三十年河东三十年河西，我生在京东没知音，活在京西有至亲，你就是我的再生父母。"

"你这个人真操蛋，堂堂个大镇长，还像个孩子，一点儿城府都没有，我看了，你的官儿也就到此为止了，当不大了。"

"官儿当得大当不大不重要，能给老婆孩子一个遮风挡雨的屋檐儿、能过上正经的日子才最重要。"

接下来两个人往实打实里喝酒。很快他就有了醉意，脱去上衣，露出他的大肚子。他的肚脐眼儿很大、很深，撒进去麦种，很快就能发出芽来。我油然生出一种特别亲的感情，忍不住轻轻地叫了一声：詹大胖子。

他嗯了一声："你叫我什么？"

"詹大胖子。"

他哈哈大笑："你怎么知道我的外号就叫詹大胖子？村里这帮孙子，当着面恭恭敬敬地叫我詹书记，一背过脸儿去就叫我詹大胖子，哈哈。"

他最终还是醉了，仰在靠背上合上了眼，不动了。

我悄悄地告辞。

我刚要跨出屋门，就听到身后叫道："于凤山，你给我站住。"

我回过身去，笑着问道："你还有什么吩咐？"

他吧唧吧唧嘴说道："你给我听好了，詹大胖子你在屋里叫叫也就算了，出了屋门你要是再叫，小心我抽你，哈哈。"

酒意缩短了距离，我很快就骑到了家里。那个窈窕的身影果然就站立在暗夜里。我远远地喊道："吴凤芹，你得救了，你依然可以延续你竹篱茅舍、蛙鸣一片的好日子。"

她扶我下了车子，怕我跌倒，紧紧地抱住了我。她越抱越紧，像扎紧一捆麦子。奇怪地，她的热情竟陡地在我心中唤起一丝寒意：唉，我们可怜的爱情。

7

就这样，在吴凤芹的口粮地里，搭起了蚕棚、建起了猪舍，当然也盖起了几间工房。一家人就住在了工房里，既照看养殖物，又栖息自己，有了生产与生活双美的境界。

我们的养殖规模不大，栽种了100棵桑，圈养了100多头猪。整个养殖场，既不插竹篱，也不垒院墙，呈开放状态。因为土地上的劳作，不忌惮偷，就一如高粱长在梁上，小麦长在平地，乃天经地义。也遵从"前不栽桑，后不栽柳"的农谚，桑就栽在西侧，夕阳洒下，树荫斑驳，煞是有趣，颇有"失之东隅，收之桑榆"的美意。由于开放，村民们陆续趋来。起初是因为好奇，一个这么大的干部还带着老婆孩子在这里种桑养猪，自食其力，跟我们农民有什么两样？而且还住在简朴的工房里，还不如我们农民？是真是假，他们要看个究竟。后来就是关心了，把多余的高粱玉米，甚至是一些不成气候的瓜菜（当然包括择下来的萝卜缨子、白菜帮子和豆角秧子、拉架黄瓜），均不露声色地给他们送过来，让其做饲料用。因为知道大干部过的朴素的日子是真的，村民们的同情与爱意就自然地涌动出来。就一如地在低处，水自然就流入；人一旦低调，就让人感到可亲可爱，愿意跟其走动、也愿意送其温暖。

我们一家人就彻底融入了村子，就跟住在京东老家没什么两样了。

家里的农事当然是由吴凤芹打理。她虽然没学过农，但她有早年的农村生活体验，也有起码的养殖常识。另外，她上学时就是好学生，对知识有很强的悟性，有关养殖的书本一旦给她，很快就能弄明白，并迅速地在实际中运用。嘿嘿，再说，我差不多就是个农业专家，我可以指导她。家里的养殖就搞得顺顺当当，家庭的收入就有了惊人的增长，家境就渐渐殷实了。儿女们也优秀，学业精进，前途大好。

我的心里充满了阳光，觉得一个学农的出身、又长期工作在基层的人，这是最适宜的生活了。满足之下，在工房的门框上，我写了一副对联：夏植桑冬养畜，日荷锄夜读书。横批：自得其乐。

我不免喟叹：陶渊明又怎么着？虽然有"采菊东西下，悠然见南山"的雅致，但那是对现实的逃避，是在绝望之下无可奈何的豪迈。"桃花源"虽然令人向往，但那是虚构的，是凄美。而我感受到的，是现实之美，是生活之美，是农业文明的自然之赐，便不能再有更多的奢求和贪欲了。

于是我感到，我最应该有的，是现实中的担当。便每到晚上，躲避不必要的人际交往，更不参加灯红酒绿的功利性应酬，而是静心在灯光之下，继续钻研农书，并结合自己的工作经验，写出一篇篇能给农民以指导的论文。嘿嘿，我都写了什么，我相信，你们大家肯定是知道的。因为我是基层的领导干部，我的着眼点不是纯学术，不是当什么农业科学家，而是要有利于生产经营和"三农"的发展，当农民的贴心人。比如《二四滴技术与西红柿增收》，就是要指导菜农通过对植物生长调节剂运用，让西红柿早熟，赶早抢占市场，以达到增收的目的。还比如《茬口安排与两茬平播》，就是要农民靠平播技术，掌握好合理的行距和密度，既节省种子又实现高产。不多说了，再说就有王婆卖瓜、自卖自夸的嫌疑了。

吴凤芹她可真能干，天刚蒙蒙亮，她就起来冲洗猪舍。我起床之后，早饭她就给我和孩子们焐在笼屉里。猪肉包子、豆浆和老油条，有极家常的香味。我在屋里慢慢地咀嚼，听着她在外边冲洗的声音，哗哗，哗哗。心说：好生活也就是这样子。推着自行车欲出门之前，我隔着猪舍的矮墙望她一眼，见薄衫子因为汗湿就贴在她的胸前，显出很高耸的轮廓；裤腿儿绾到了膝上，在胶皮水靴之间，露出两节小腿，白花花的，圆鼓鼓的，像两只灵动的兔子。我心中一动：她可真结实啊！

孩子健康，她健美，我的心神就健旺，白天也不愿窝在办公室里，还像年轻的时候一样，骑着自行车到镇上最远的乡村去，指导生产，解决民生问题。在百姓眼里，我这个领导没架子，也始终不蜕变，疑似好干部。

一个星期天，早晨起来，阳光清澈，痒痒地暖，我不禁慵懒了一下，不再想出门。吴凤芹好像感觉到了，她说："你今天就给我照看一下桑吧，有几棵桑树侧枝上的叶子有些打卷，你看看它们中了什么毛病。"既然她给了我一个理由，我索性就懒下去吧。

　　我一棵棵地察看了树情，不见虫咬，也不见病变，看来，可能是土壤有了问题。我便捏起树根下的一小撮土，放进嘴里，想通过唾液和舌尖儿检验一下土的酸碱性。这让吴凤芹看到了，她愣了一下，说："你差不多就是专家了，怎么还用这样的土办法？"由于口舌里的障碍，我唔哝出含糊的几个字："省事，管用。"

　　她一笑，整个人贴上来，眼里闪着奇异的亮光，她勾着我的脖子，竟然把嘴亲在我的嘴上。我也冲动地迎接，在忘情中突生一丝顽劣，把舌尖儿上的土，顺势吐到她的舌尖之上。这样的吻引发了新异的热情，我们吻得泥沙俱下、稀里哗啦。意外的仪式完毕，她居然把嘴里的土咽下去了，红着脸粲然一笑："自家的土，干净。"

　　这是一对什么样的男女啊，老大不小，却忘记年龄，以至于没大没小。此时的我，居然不敢正眼看她，低着头推起一隅的那辆双轮车，到村里去了。

　　遇到一个村民，他礼貌地叫道："于镇长，您早。"我不理他。又遇到一个村民，还是很有礼貌地问候："于镇长，您早。"我还是不理他，只是兀自朝前走。对不起了，你们的于镇长他很羞臊，很坏，很不正经，嘿嘿，不过是一个臭男人而已。

　　村里有的是盖小楼的农户，自然有不少遗洒的过了劲儿的生石灰，我悉数铲进车里。桑树下的土壤酸性太大了，全是因为吴凤芹她太勤勉，施下去过量的猪粪，必须用碱性的东西中和一下。

　　白天我埋头往树根处洒生石灰，中途几次吴凤芹想跟我说话我都不理她。晚上她殷勤地给我倒酒，我才抬头说了一句："你这个人真差劲！"酒后，我站在门前的空地上向桑树林瞭望，树根下的一圈圈生石灰由于被夕阳浸染，白里透红，像动了情的眼睛。我忍不住偷偷地笑。门廊下，吴凤芹坐在杌凳上，用她自己缫出来的蚕丝给我织围巾，一边织也是一边偷偷笑。

　　我心里说:完了，完了，因为她现在用蚕丝织的这条围巾可比她原来用毛线织的那条围巾强多了，又柔软又结实，套在脖子上，挣也挣不断了。

　　罢了，罢了，一辈子就是她了。

8

　　讲到这里，于凤山半天不说话，急得局里的同志们直催促："讲啊，讲啊。"

于凤山嘿嘿一笑："讲完了。"

一个人说："听你的口气，后边肯定还有故事，因为你有挣断的心思。"

于凤山说："你这个人真操蛋，我的意思，是跟吴凤芹过一辈子，我甘心情愿，毫无杂念。"

大家感到了这里边重量，一直觉得，他说的是真的。既然几十年没离开农村、农业、农民，就一肚子的土地感情了；既然是那么的珍惜桑麦，就必然会珍惜桑麦荫下那健美的农妇。这是剥离不开的情结，是大地道德、土地伦理。

大家还吵着追问，却见局长金守振嘘了一声，用力地摆了摆手："肃静，部长来了。"

在于凤山讲他特别的吻的时候，金守振接到局传达室打来的一个电话，通报他：组织部长已到大门口了。他不愿打断于凤山的话头，也不忍扫大家的兴，便一个人下楼迎接。到了会议室门口，于凤山正讲他新旧围巾的事，金守振欲打断他，但部长摆摆手："我也想听听。"

既然不讲了，部长含笑走进了。

见了部长，于凤山缩了一下脖子："对不起部长，没去接驾，请多海涵。"

部长一笑："没关系，想着把你夫人织的围巾送我一条，留个纪念多好。"

于凤山嘿嘿一笑："那是必须的。"

大家坐定，金守振请部长讲话。

部长说："你们的欢送会开得很好，别开生面，至于对于凤山同志的评价，相信大家已在心里给了答案，我就不多说了。我来只是宣布一个决定。"

他宣布道——

于凤山同志自工作以来，一边做着事务性工作，一边搞着农业应用技术研究，写了大量的论文，出了不少普及性专著，由于针对"三农"实际，又通俗易懂，被广大农村干部和农民群众接受并运用，起到了推动生产、惠及民生的作用。基于此，在今年全区优支人才评定中，区委组织部决定，授予他"'三农'系统领军人物"的先进称号。

部长宣布完毕，又很郑重地把证书颁发给凤山，在相互握手的时候，叮嘱道："于凤山同志，你虽然在现职岗位上退休了，但你在田间地头上的事业，却永无休止，你要在保重好身体的同时，当好表率，再写新篇啊。"

于凤山很想说一句响当当的话，却莫名其妙地说道："嘿嘿，您放心，桑麦之赐，到底是丰厚的。"

2022年9月28日—10月6日于京西昊天塔下石板宅

语丝微言

读了凸凹先生的这篇小说，于凤山这个人物，活脱脱地从桑麦之地向我们走来。主人公是个知识分子，他的书卷气接地气，与大地联系在一起；他的专业是学农，因此与农村、农业、农民融在一起；他几乎用一生的时间，匍匐在土地上，住茅舍、听蛙鼓、饲猪羊、植桑麻。说他是位农业专家吧，朴实得比农民还农民；说他是个当官的吧，比百姓还百姓；你说他志存高远吧，他热衷于老婆孩子热炕头。他胸有诗词歌赋，对乡亲亦满嘴粗言俗语；也颇知花前月下言情，却和老伴打情骂俏逗趣。他没有唱高调，每一步都脚踏实地；没有空谈，只有实干；他不求当官，只是为民。他不是本地人，本地人却他当作本地人；他是外乡人，他却把他乡当故乡；他是外姓，乡邻却视他为亲人。他有苦恼也有快乐，有成功也有失败，有知音却无敌对。他生活至简但情感丰富，知足常乐又能忍自安，不断学习又常感不足。他有着苏轼的旷达、陶渊明的怡情、杜甫的严谨，又有着东方朔式的幽默与风趣。尤其他与其妻吴凤芹尝土的这一细节，写得顽劣又奇异，合情又合理，别致且新鲜，天真有童趣。两情相悦，爱心盈满。大地道德，大地伦理。桑麦之地，传播大义。一言以蔽之，只有从丰厚的桑麦之地，才能出现如此丰厚之人；只有如凸凹这样的丰厚之人，才能写出如此有个性的丰厚人物。这样的人，这样的人物典型，这样的艺术形象，足以立于小说肖像之林。且结构之简单，背景之宏阔，语言之准确、新颖、独到，都令人耳目一新。壮哉！美哉！奇哉！

后　记

这本《顺义小说选》的编选成书，源于几年前由编者个人出资设立的"许福元文学奖"。此奖以何种方式落实，颇费一番周折。后经"许福元文学创作工作室"全体成员研究，觉得出一本《顺义小说选》较为恰当，因而此书得以印刷出版。

本书选编时间段为1949年——2024年，计75年。选入作者计83人。在这83人中，有顺义作协作者、顺义籍作者，有虽非上述二者身份，但在顺义曾工作或正在顺义工作达五年以上者，仍视为顺义作者编入。但有的作者虽为顺义作协会员，但非顺义籍，因本书体量有限，其作品也未选入，敬请谅解。所收入的作品，自然以小说为主。但也有部分作品，不是小说，而是散文、随笔类。因内容颇佳且重要，于是作为"非虚构"选入，以飨读者。

同时，亦将兄弟区数名作家的优秀作品选入。以互相学习，互相借鉴，互相尊重，共同提高。

本书是"选集"，并非"全集"，每人只选1至2篇，并不能反映作者全貌，有挂一漏万、遗珠之憾。但辑成此集，确能反映出顺义小说创作全景、发展脉络、主要成果，洋洋大观。也可以说：本《顺义小说选》是顺义小说的聚光灯，是顺义小说的头脑和灵魂。回溯历史，指示未来。

本书的编选，大体以时间为中轴线。上至八十九，下至小朋友。且所选作品，均为在各种媒体公开发表过。

本书每人作品编排结构为：作者照片、作者简介、文本正文、语丝微言、寓意尾花计五项。但限于年代跨越较大，有的作者未联系上，其文又重要，因此缺失作者个人资料，只能转载其正文，编者在此向这些作者致敬并致歉。凡编者许福元所作评论、署"语丝微言"。本书题名：临河居士。校对：魏子楚。审读：赵国培。

在编选本书期间，多位出力颇多。顺义作协王艳霞、靳叶等，工作室胡广星、柏凤英、肖文强等，文友金克亮、鲁进先、冯连才等。方言亦参与编审工作。文友金恩顺（字子厚）奉出尾花。仁和潮白书画院院长王雍先生提供了摄影、书法、绘画、印章。诸君都为本书作出了很大贡献，特在此诚挚感谢！

编者以耄耋之年，拖衰朽之躯，呈齿发之寒，以减少生命存量之一部分为代价，终编选成此书。但因时间仓促，水平有限，虽以命下注，拼力一搏，尽力而为之，但仍难免有错讹、纰漏、瑕疵之处。敬请读者诸君指正、教正、修正，不吝赐教！编者将感激涕零，祝您幸福健康！

【许福元文学创作工作室】

许福元顿首

2024 年 5 月 1 日